执著

一念光明，一线希望
所求无多，报以星芒
一念黑暗，一处彷徨
所求无法，报以怅惘
人生犹如阴阳，难分善恶
岁月总似刀斧，剖心剜肠

一月春柳，一季秋禾
所求无得，报以琴瑟
一月夏荷，一席冬雪
所求无地，报以思结
人生犹如研墨，难知浓厚
岁月总似流水，哪堪回首

一时欢喜，一世琢磨
所求无处，报以沉默
一时愁怨，一瞬泪落
所求无门，报以来生
人生犹如潮汐，难放执著
岁月总似晚风，尽唱悲歌

谢珉宁 著

杏壶之殇

上海文化出版社

图书在版编目（CIP）数据

杏壶之殇／谢珉宁著． — 上海：上海文化出版社，
2021.7
ISBN 978-7-5535-2314-9

Ⅰ．①杏… Ⅱ．①谢… Ⅲ．①长篇小说—中国—当代
Ⅳ．① I247.5

中国版本图书馆 CIP 数据核字（2021）第 130295 号

出 版 人　姜逸青
责任编辑　吴志刚
　　　　　王茹筠
装帧设计　长　岛
封面绘画　卢苏民

书　　名：杏壶之殇
著　　者：谢珉宁
出　　版：上海世纪出版集团　上海文化出版社
地　　址：上海市绍兴路 7 号　200020
发　　行：上海文艺出版社发行中心
　　　　　上海绍兴路 50 号　200020　www.ewen.co
印　　刷：无锡市海得印务有限公司
开　　本：787×1092　1/16
印　　张：29.5
版　　次：2021 年 7 月第一版　2021 年 7 月第一次印刷
书　　号：ISBN 978-7-5535-2314-9 / I·900
定　　价：88.00 元
告 读 者：如发现本书有质量问题请与印刷厂质量科联系 T：0510-85522228

自序

前些日子出版了一本小说，名字叫《无请之疾》，主要为了调侃并纪念一下我的大学。有位一起在中医大学习阴阳五行的同学说：不要在过去的影子里徘徊，要学会放下，徘徊是一种对过去的执念，佛说要放下执念。我想所谓的要放下执念，本身未必也不是一种执念。

在一生中，我们的心中其实永远都存在着这种或那种遗憾。遗憾那些无法追求或实现的完美，遗憾一些后来看起来是错误的选择。反复找寻那些因为遗憾而引出的不完美，这本身的确也是执念。不过我想正是因为有了这种执念，那些天才作家们才会为这个世界留下诸多伟大的作品，才让人类的文化变得更加丰富饱满。斗志昂扬与风花雪月虽然都是人类的精神所需，但似乎那些凄凉温婉、怅然若失的作品相对会流传得更为久远。这大概也因为人性本来就是孤独悲悯的，一如这个物理宇宙中，其实暗物质才是形成质量的主体。

但人都有一种善念，正如我们心中都有形而上的对美的感知，以及对知识、对美好的渴望。形而上的亚里士多德说："人的最终价值在于觉醒与思考的能力，而不只在于生存。"虽然我们每一个人都像王小波写的那样，都在被生活慢慢地锤骟。现实也的确会让每一个人都低下自己曾经王侯将相般高昂的头颅，但我相信低下头颅的胸腔里并非没有了当初的一丝倔强。正如泰山上的挑山工和山城重庆里的棒槌，虽然被肩上重担压弯了脖子，但他们依旧会沿着石阶向上攀登。因此，我为何要放下自己的执念？如果没有执念，我的精神世界将在哪里安放？于是，我终究要续写完前一本书里的故事，为了两位无处安放的女主角，也为了自己心中的那份执念。

人生不仅有在象牙塔里求知时的离愁别怨，也有为了五斗米奔跑时的仓皇落魄。对于每个走上社会的人来说，不知道自己为何而活才是一辈子最大的困惑。生活给我们的最大困境其实是：自己喜欢做的事可能养活不了自己，而能养活自己的工作自己又可能特别的厌恶。于是总想起另一位希腊哲学家爱比克泰德的话："我们登上并非自己选择的舞台，演出并非我们选择的剧本。"因此，即使惨淡，如何在社会立足也才是人生故事中最值得书写的部分。

但真正的人生不是我此刻所要续写的故事。因为我可以设计这本书里每一位角色的喜怒哀乐、生老病死、爱恨交加，而现实完全不同。电影《海上钢琴师》里 1900 说："钢琴的键盘有始有终，你确切地知道它就在那里。它并不无限，我所要演奏的音乐是无限的，是可以被我掌控的。"我也认为在真实社会中没有可以被自己完全掌控的事物，因此现实中的每个人的人生都是无限的、未知的与不可书写的。

正如读大学前，我从未想过要当一名医生。读大学时，我以为我将来能当一位杏林流芳的好中医。等工作后，在医疗工作中，面对过形形色色的患者、千奇百怪的疾病以及其他是是非非的枷锁时，我才明白其实自己陷入了一个两难的困境。传统的中医日渐没落，而新生代的中医离传统也越来越远。在中医理论已经无法修补的今天，在中药药效越来越无力的现在，也许所有当着中医的医生就像鲁迅先生说的那样，守在中药葫芦里当着一位"有意"或"无意"的养生保健医生。当然我人微言轻，即使使尽全力也当不了中医卫道士或堆土人，对它的未来没有什么决策力也没有发言权。我能做的也许只有在自己的人生舞台上虚情假意、破绽百出地去演绎自己所扮演的医生角色，或者执念地去书写一个自己所希望的完美剧本。

仅以此书纪念这为医十余年来的纠结，纪念那些曾一起工作过的同事，纪念那些与我们一起同疾病战斗过的患者以及那些从来都不想直面的生老病死。

特别感谢人生中的那些长久的或不经意的陪伴。

2019 年 8 月

目　录

contents

上　部

下 部

上　部

1. 葫芦中的汤液醪醴

　　我叫谢安，曾经的愿望是当上王侯将相，但我最终没有走进春天的"王谢堂前"，而是走到了中医的大药葫芦里。我认为这种落差主要来源于两点：第一、是父亲选错了名字或我选错了父亲；第二、是我读了太多乱七八糟的书或者是太多"金生水、肝乘脾"的书被塞进了我的脑瓢里。于是大学毕业后，我就那么胡乱地过着当小中医的日子，年复一年，月复一月，日复一日，秒复一秒。直到挂了十年的紫金葫芦、卖了十年的狗皮膏药后，我才真切地意识到"杏林悬壶"不该是我的事业。我的事业应该是站在柳七的肩膀上骂街。

　　关于柳永老前辈，我相信他不是一个能在"胳膊上跑马，拳头上站人"的汉子，婉约派词人的瘦弱肩膀应该架不住我这一百八十斤的胖子。我对他的仰慕起源于初中时读到他写的那句"念去去千里烟波，暮霭沉沉楚天阔，多情自古伤离别"。这是我在中考前读《上海市中考优秀作文》时看到的一段没有前言后语的词，那时我还不能真切体会到人世间离别的无奈，但还是被这凄美辽阔的句子给打动了。在高中开始过禁闭生活后，我无意中在尤大同学的书法字帖里见到了完整版的《雨霖铃》。说实话，那时我更感兴趣的是尤同学所描述的这首词的背景故事。在那个晚自修课上，他是如此流着口水，激动地与我辩论，说："这首词明明是柳永这个老色鬼在离开东京汴梁城时，写给烟花巷里当妓女的虫虫的！"

　　有感于柳公子的多情人生，东施效颦的我自此也有了一个誓言：

作为中国传统文化的"标准继承人"的我也要给那些从我的人生课本里飞奔而去的女士们开一些关于离别的"药方"。于是自大学以来，我的大葫芦里总会不时出现一个酸枣仁样的故事，或者是黄连样的一首诗，又或许仅仅是一段生石膏样的随笔。但是冯佩兰不是那种两、三味性寒味酸的中药就可以打发的女生，因此在悬壶十年之际，我着手准备为冯小姐写一个类似于伟大的陀思妥耶夫斯基写的《白痴》一样的伟大故事。没想到的是我踌躇满志地开了个头，写了几百字以后就写不下去了。那几百个字就一直在电脑里等待着与福尔马林溶液一起被我的妻子柳月兰护士输进我未来的尸体里。

在大学里接受"天人合一""五行相生相克"的中医理论时，我以为自己能成为一个伟大的作家或诗人，一辈子能写几个正常又伟大的故事。等工作十年之后才发现其实自己既不伟大也不正常。证据就是我既没成为一名伟大的中医医生，也没当成一个正常的作家。那些我原本想写的美丽爱情最后都变成了扬州臭大圆（圆饼状臭豆腐），黑得像加了不少生石灰的大同煤饼，臭得像老孙爷爷门前小缸里的泔水，没有一点点以前流行的"妙恋酸奶"的酸甜味道。至于我什么时候发现自己思路不正常，那是一个长长的故事。在此，我不准备花很长时间来阐述它，因为如果写得太长会如同我的大学舍友鬼氏同学在洗脚盆里泡了一个月的臭袜子一样，等他夹着鼻夹把它们从桶里拎出来时，即使提前半小时打上一针"甲氧氯普胺（胃复安）"也抑制不了呕吐中枢的神经兴奋。

还是这样写吧：从大学一年级开始，我就被亲密无间的大学同学们定制了一面锦旗曰："怪"。"怪"字的称谓考据自"扬州八怪"，而非孔子说的"怪力乱神"，因为他们都公认我为"扬州第九怪"。扬州历史悠久、天宝地灵，每年有那么多才子佳人在高考中脱颖而出，为清华、北大、复旦、交大贡献了那么多雕梁画栋，为祖国建设添了无数块青砖大瓦，我一个小小的上海名老中医的伪继承者、真挖墙人，为何能忝列在各位名家之后？这本来值得来一番费马大定理般的三百年论证。当然，如果谁真的去干了这事，那他不是原本就有癫痫病，就是爱我爱得得了癫痫病。

大学六年级时，我曾与小静同学一起在 SD 医院门诊跟一位专看神经病的张姓名老中医抄过方。那位老先生鹤发童颜、器宇不凡、精神矍铄、言谈高雅，中医理论高深莫测，就是慕名而来看病的患者太少，一天也就十来位。闲得无聊时，我曾拿出显微镜以及大二时在复旦门口拍的毕业照，依据老先生所指派的理论，对他们进行了充分的望诊，并一一"八八六十四纲辨证"了一下，发现我那四十六位同学具有癫痫潜质的一个都没有，因此让他们丢出写满"理法方药"的中药签来证明我是名副其实的"扬州第九怪"实在是不可想象之事。既然如此，那我只有自己躺在无影灯下，像前苏联的疯子医生罗格佐夫一样对着镜子亲自划开肚皮，寻找自己化了脓的阑尾。

首先想到既然能排列在"八大怪"之后，我怀疑除了脑子有病之外似乎还必须有一定的"特殊才能"。只是"特殊才能"这个词应该与我无关，因为"扬州八怪"里除了郑板桥之外，其他人的名字我都背不出。说实话，那扬州其他的七位名人，我还得去网上查一下才能把他们按姓氏笔画写在这里。如此罗列也能显得我引经据典、考据丰厚、才高八斗、学贯中西、脑通宇宙。不过我觉得既然我能上网搜到，那别人也能搜到。大家都能干的事，别人自然不会自觉趴在午门外等待戴着墨镜的大清监斩官的三声炮响，那我也没什么必要再去记忆那些古怪名字。

况且郑板桥写的书法就像瓜洲张记早茶店里学徒工贴出来的一炉子烧饼一样，大小不一、形状古怪。郑板桥画的竹子得了肢端肥大症似的，狗看了会流口水，狼看到会发出嚎叫，我看了会莫名其妙地瑟瑟发抖。因此郑板桥怪是怪，讲白了也只是古代天才们黔驴技穷、另辟蹊径而已。至于其他人说了什么名言，有了什么著作，我都一无所知。而且我相信这种凑人头的事在中国史书的坟里埋得太多了，什么"竹林七贤""建安七子""金元四大家""秦淮八艳""京城四大名妓"……很多人物根本就不在一个档次，把他们罗列在一起如同一个等差数列。排在后面的几个人类似于该数列最后的"……"，也就是说不值得浪费纸张继续写下去。

既然"……"不是那么重要，我相信即使是最变态的高考，也不会考到诸如"请问北斗七星每一颗星星叫什么名字，并按顺序写下来"的题目（大概只有金庸武侠大学的毕业考试题目里才出这个题目，例如：请问"玄贞七子"所对应的星宿是什么）。不过，我知道北斗七星的第一颗星叫什么。它叫"天枢"，因为这个名字和我在大学里学的《针灸学》里的"天枢穴"有奇妙的相会点。中医的老祖宗把天枢穴定在肚子上"横平脐中，旁开 2 寸"的地方，在归属上属足阳明胃经。祖宗的书上说天枢穴可以"输调肠腑，理气行滞，消食散积"。对我这种记忆力不好却好吃懒做的学生来说，我只记住了拿 5 寸的大针来扎它们可以通便。可是作为一个中医，如果我自己遇到了消化不良、大便秘结，我也不想在自己的肚皮两边扎上两根不锈钢的银针。因为扎着针的我如果在大街上遇到一些不明白的中医盲们，他们也许会以为这是三体人在我肚子上插上的两根信号发射器。"热心的"他们也许会把我当天线宝宝一样抬到金茂大厦的尖顶上献祭。那时也许十三重天的电母会穿着露脐的珍珠汗衫，驾着 17 级的超强台风来讨伐我这十年来经常嘲弄中医理论的罪业。

写到这里，我就觉得自己根本不能算"扬州第九怪"，而是一个标准的"杠精"。"杠精"据《谢氏新编聊斋》中记载属于一种由竹杠修炼出来的妖怪，长得特别寒碜，眼睛长在肚脐眼上，没有四肢，只有飞门和魄门，而且它们的飞门和魄门长得一模一样，一般人很难分清它哪里是进口，哪里是出口。因为它直上直下，从它嘴巴里吞进去的东西，立马就会从屁股里掉出去，这很类似于《镜花缘》里的无肠国国民。杠精们因为骨骼惊奇，所以没法竖着走路，只能横着走路。这样走的好处是不会轻易勾搭上高压电线，坏处是常常戳到人家的肚子或者屁股。面对温文尔雅的老中医们还好一点，要是被有些血性的小中医们给揪住了，有可能会拿到灶膛里给烧成灰。

因为我以前惯于抬杠也喜欢坐在大灶前烧火，所以读中医时还没被烧成黑炭的杠精曾在梦里跪着要当我的老师。为了以示诚意，它告诉我要当上名老中医，吃上国家的俸禄，必须做到以下几点：第一、你需要拜一个祖上在《清史稿》里有名字的老中医当老师；第二、只要人家说"一"，你就说"二"，人家说"二"，你就说"一"。不明白的人还以为我们在军训，其实它讲的这一切都是为了让我修炼成名驰宇宙、晃动乾坤的国医大师。

不过我并没有完全遵循杠精的理论。惯于开小差的我只听到他说的下半部分，而漏掉了的上半部分才是当一个国医大师的宇宙"原力"。因此我还要介绍我的第二个师傅，那就是我的胖姑父。我的胖姑父在年轻时漂亮得像个唐僧，他们上海化纤厂里的女妖精们个个都想吃他的肉。等我姑妈捉住了他，他却变成了猪八戒，除了特别能吃，也特别会抬杠。因此，想吃唐僧肉的人一定要看清楚自己看中的唐僧是不是八戒变的。

自从胖姑父的厂子在 20 世纪 90 年代的改革开放之春风中倒闭以后，赋闲在家的他只干两件事：第一、想办法不在家做饭，第二、想办法不在家吃饭。于是，我经常在我奶奶家遇到他，每次和他抖落点从学校里学来的东西，他都会用一个"狗屁"来开始他的论述。比如如果我说："猴子最不喜欢的是什么？是平行线。因为平行线没有相交（香蕉）。"他立刻就会反驳："狗屁！平行线肯定会相交！"他说的是对的，因为我在用欧几里德的几何跟他的罗巴切夫斯基之非欧几何学讨论世界。可是如果我说的是"平行线也会相交"，他就会说："狗屁！你连公理都不知道，你读的是什么狗屁大学？！"于是我知道我错了，不该去读胖佛爷看不上的排不进"211工程"的"狗屁"中医大学。既然我意识到自己错了，便不再与连初中都没毕业的他辩论下去。无论如何，我跟他比起来就如同孙悟空与如来佛一样，除了尿频尿急的本事比他大以外，实在渺小得很，而他就像一尊猪八戒变的弥勒佛一样，以"狗屁"来应着万变。

自从杠精教的理论在我们家佛爷的面前碰了壁，我发现自己其实还是有原则的，因为我知道人不可以冒天下之大不韪。即使我知道自己在中医大学学了七年的东西有点精神分裂，但是无论如何这是一门可以吃饭的手艺。人如果非要跟吃过不去，那就只有两种下场：第一种，得上神经性厌食症，逐渐把自己饿成只有一张皮的骷髅架子，连送进火葬场都要被国家一级火葬师鄙视，因为他们得多浪费好多汽油，不然根本点不着（相信国家一级火葬师们一定最喜欢三国时的胖丞相董卓）。第二种，会如同《礼记》中写的"不受嗟来之食"的路人一样，连姓名都没留下就饿毙在路边。

因此，无论如何我都得在毕业后找一份养得活自己的工作，仅靠与猪头小队长（研究生阶段的辅导员）抬上两年的杠是不会有好下场的。抬杠带来的一时快乐并不会像一碗回阳救急汤一样，能给自己带来实实在在的五羟色胺的释放。可是临到毕业，即使我抱着猪头小队长的小腿，咬断他的胫腓骨，他也不会给我一个留在SD医院挂药葫芦、搓药丸、煮汤药醪醴的职位。因此，为了能娶到美丽的柳月兰姑娘，我必须要找到一个可以闭关修仙的神仙洞府，或者在火葬场的三昧真火中获得一次真正意义上的永生。

2．鱼与熊掌总想兼得

　　我的工作在离毕业仅剩半年不到才找到，这点我已经写在《无请之疾》里了。那个时候一心要收我为徒的杨大师并不晓得我的尊号已经是"扬州第九怪"。一如通天教主一般，杨大师收徒弟时通通不管是妖魔鬼怪，还是虎豹豺狼，只要梦想成精的，他都想收在自己门下。可惜杠精已经被烧成了灰，折了几百年的道行，不然也可以在他门下修成正果。其实干掉杠精的人就是那年轻气盛的我，因为我已经采用干锅蒸馏的中药特殊熬制技巧，把它变成一味神奇的中药——竹沥，谁叫它当年冒犯了我曾经高贵的臀部。

　　老虎的屁股是摸得的吗？自然摸不得，因为我试过。我曾经有三个老虎同学，高三有两位，大学有一位。他们的屁股我都摸了一遍，结果我的脸肿了三回。因此我知道老虎们不喜欢除了武松、李逵以外的非正常男生去摸他们的屁股，而我就是这种愈挫愈勇的非正常人士。既然被杠精捅伤了臀部，而我又因为在实习时向辅导员猪头小队长展示了一回我那不可一世的屁股而挨了 SD 医院领导们的骂，但是我却决定把摸屁股的事业进行到底。我要让他们知道：我不仅有摸他们的权利，还有法律赋予我的摸他们屁股的合法性。于是我在毕业前拜了现在科室的杨大师为师，发誓毕业后一定皈依在他的门下继续修炼中国传统艺术。

　　说起来杨大师应该是我读大学后的第四任师傅。第一个师傅是杠精，第二个是我的胖姑父，第三是我读研究生阶段时的老板：皮肤科的潘老师。可怜的潘老师是看不到我为他的门楣增光添彩了，不过在他在世时，我还没沦落到今天这样不守中医门规的程度。既然"是非成败"对他已经是转头之空，因此在九泉之下，他也会大人不计我这小人之过的。

关于杨大师爱好收徒的性格，小生同学应该也深有体会。如果他不是"因为爱情"去广州陪着素素小姐，他兴许会在我们科做上一阵子的屁股科医生，被他挤掉饭碗的我还不知道会去哪个洞府里停尸。我说了，我读研究生时选择的不是这个行业。在研究生阶段喜欢摸人家屁股的是孙一姑娘。孙一毕业后干了没两年的肛肠科就不干了，大概她觉得屁股千篇一律，从女娲造人开始就没有太大的变化。而那年没有饭吃的我则觉得每一个屁股都像郑板桥的杠精字一样值得好好临摹，因而坚持到了现在。从大六、大七选择会令人起鸡皮疙瘩的皮肤科开始，到毕业后干了十年的肛肠事业，这两件前后矛盾的事大概也是证明我脑子有梅毒螺旋体的重要论据之一。

皮肤吾所欲，屁股亦吾所欲也，然不可兼得，为之奈何？这是孟老夫子也难办的事！如果有人问我在这两个行业里，我更喜欢哪一个，那我还是更喜欢皮肤科一点。皮肤科虽然有各种各样令人头皮发毛的毛病，但是不乏有诸多年轻漂亮的弟弟和妹妹前来就诊，可以让人不时心潮澎湃一下，复燃为人民服务的自豪感。但肛肠科就不一样了，大部分患者都是些不修边幅的中年妇女或浑身味道的孤寡老人，即使有些年轻人，也大多都是些奇装异服或举止扭捏的第三性人员。

前些日子我终于等到一位染着白头发、穿着小短裙、小西装、特别像"绫波丽"模样的妹子来找我看病。她刚在我身边坐下，我就慌了神，脑子里一下子变成了白纸，宛如又被杠精打了一样。因此，在我童话般的脑壳里，觉得过于漂亮的妹子还是不要躺在我的检查床上比较好。这总让我想起在 SD 医院妇科实习时，那些漂亮的妹子们为了她们的纯真去检查床上消灭唐僧模样的猪八戒在她们肚子里种下的人生果时因为疼痛而发出的阵阵喊叫。我宁可看到漂亮的妹子们全身长满牛皮癣和青春痘，也不愿意看到她们找我看难言之隐。由此，我在医学道德上还算纯洁，只是在生活中偶尔会在柳月兰和冯佩兰之间犯些迷糊。这两个科室间的区别大概也是毕业后心内科的鬼氏还能在皮肤科干下去而肛肠科的孙一却选择去外地相夫教子的原因。

想起我去金山区找杨大师拜师学艺的那天，杨大师正在练习书法。他每看一个病例，就会在病历卡上临摹几行颜真卿或王羲之的字帖。可惜找他看病的人都不识货，不晓得杨大师写在他们病历卡上的病案是无价之宝，却只关心卡上有没有他们看不懂的医学术语。如果他们学识不够，就会问杨大师："杨医生，我得的是什么毛病？"去面试的我其实特别想说，"你得的是和我一样的毛病——大脑外伤后残疾"。

和我接触过的人都知道我脑子有问题，而不知道导致问题的原因所在，只能用一个"怪"来给我做总结。关于这点我原来想在《王侯将相的消亡史》里详细分析一下，但是写着写着就走了题。那次我是这样写的："每个人都是要被母亲生产出来的大烧饼。因为制作工艺问题，有的人在出炉的时候被卡在了炉口，被炉子里凶猛的炉火照耀了过多的时间。这些被过度热辐射照射的大烧饼们最终会因为组织缺血缺氧而变得像煤精娃娃大宇同学一样，焦黑无比！"当然，我不是故意要提到焦黑的大宇同学，也不是要说明我是在出生的时候被产钳夹坏了脑壳，因为我不记得自己小时候有什么奇怪的地方。我这样写的初衷只是想阐明为什么有的人生下来就是如张智慧同学一样是个天才，而有的人生下来却是一个眉间七尺、头颅肿大的唐氏综合征患儿。

好在我现在思路上的病不影响我去给别人看屁股的病，我只是心有不甘。原本我是曹雪芹、冯梦龙、孔尚任、李汝珍或者兰陵笑笑生转世，不知道从什么时候开始变成了邪恶的弗兰克斯坦，变成了风子赐予的藤田刚住院医师，变成了大学同学嘴巴里的"怪"。可如果有不怀好意的人士企图拿着各种精神分析量表来给我做测试，那他们肯定会失望。因为我才不会摔倒在这些量表上，无论如何我自己也算自学成才的精神病专家，熟悉并背熟所有著名量表的标准答案也是我的技能之一。

而且更厉害的是我也不会摔倒在色盲卡上，即使我是一个红色色盲症患者，我也有特殊方法来通过该项测验。这个特殊方法依然是：背！从小学到高考体检，我在做色盲测试时，都是靠背来蒙混过关。因为我的大舅妈是扬州第八人民医院体检部的主管护士，因此只要有新的色盲卡被印刷出来，我手里就会有一本新的。直到最近我还靠这个通过了摩托车驾驶员的体检。说实在的，驾校体检的那本色盲卡还是我小学时六年级用过的那本，这说明色盲卡的更新是有多慢。

如果我说我实习时在 SD 医院的中药房里看到的红花是灰褐色的，枸杞是灰褐色的，别人一定不会相信。如果我说我曾经最爱的杨静同学穿的红裙子在我眼睛里也是灰褐色的，别人也一定不会相信。如果别人担心我在开摩托车时看错参照物会造成严重的后果时，我要告诉他们大可不必。色盲症根本就不会影响开摩托，只会在送外卖偷吃人家的薯条时把番茄酱当甜辣酱吃下去，并发一阵牢骚："今天那个做麦辣鸡的小姑娘怎么又换人了？"

有些日子柳月兰也曾担心我因为色盲而当不了拿手术刀的小中医，怕我分不清伤口是在出血还是渗液。我则告诉她"想多了"，因为分别物体本身靠的是经验而不是色彩。就像如果你是一条在山洞的黑暗中爬行了几万年的蝾螈，你就不需要眼睛；正如如果你是一条在海里游了几亿年的鲨鱼，你也不需要长出四肢；正如如果你是一位悬壶五十年的名老中医，就不需要懂如何做蛋白免疫印迹检测或者细胞信号转导通路的定量检测；正如如果你自己是一位会发光发热的王侯将相或煤饼，你甚至都不需要长出五官来！

顺便再提一句，造成我色盲的原因其实和基因无关，因为我不是天生的色盲，也不是全色盲。虽然我小时候拍的照片是黑白的，但那时每一个人的照片都是黑白的。当我们回忆以前的情景时，似乎那些幼时的回忆也是黑白的，这说明人类的大脑懒得给过去上色。关于这个问题的科学解答需要大鹏同学这样曾经的高级大脑研究员来介绍下，谁叫他研究生读的是神经病科。我那年读《神经病学》时记得视觉的中枢在后脑勺，拿大竹杠给它来一下子，轻则两眼一黑，重则灵魂出窍。出窍的灵魂据国内某出版社翻译的《吉尼斯大全》里说：他们会看到一道无限亮度的光，接着会看到死去的亲人们围着自己跳草裙舞。如果不喜欢在这道亮光下与自己的中医老祖们畅谈《本草纲目》或《千金药方》，也可以选择返回人世间。只是回得来回不来，得看有没有著名小中医们给备上上好的"安宫牛黄丸"这样掺着牛结石的灵丹妙药。

于是，忽然想起来我的色盲症大概是在小时候偷看何欹同学换裙子时留下的毛病。这件事我在上一部的小说里没有写到，因为在那一本叫《王侯将相的消亡史》的涂鸦里我想写的是一个纯洁的爱情，不过这样的故事在我这里已经被证明是写不下去的。我也一时想不起来当初那个打我后脑勺的人是谁。被揍这件事从来都很痛苦，普通人一般都不愿去记被人狠揍的事，这叫应激保护。所以我也记不住我曾被谁揍过，也几乎忘了在高中和大学里和我打过架的同学到底长得是什么样子的。

如果有一天我因为小时候挨过的棒子而成了什么行业的王侯将相，我一定会穿上早已准备多年的宝贝袈裟，背上我打造多年的紫金葫芦，豪情万丈地重返我的小镇。我将会把那些童年的同学们都召集到瓜洲古渡的杜十娘沉箱亭前，让他们说出当年的秘密！可如果他们都沉默不语、相互推诿，我就得拿着我修炼了十几年的紫金葫芦给他们每一个人的后脑勺都来上两下子，让他们也了解一下被世界黑白的感觉。

不过有朝一日如果我真的这样干的话，我肯定会被唐军这种穿制服的办案人员抓到局子里，在审讯之余，不得不坐在不锈钢栏杆后的稻草堆上捕捉藏在宝贝裆裤里的只有五条腿的虱子们。穿着短裤、拖鞋，背上纹着"青龙偃月刀"的大汉也许会揪着我的耳朵，问我："你这个小瘪三是怎么进来的？"我会回答："我给人家的脑袋瓜子开了一副大青龙汤。"听到此话时，青龙偃月刀先生一定一脸愤怒，以为我在调戏他。人往往都是这个样子，面对自己不懂的事时如果不选择跪在地上瑟瑟发抖，就要跳起来揍人。如果他要揍我，我会恳求他允许自己在屁股上先抹上十斤黑玉断续膏，然后才能抱着头趴在地上让他揍。谁让我读了七年的中医学，又干了好多年的中医，无论喜不喜欢它，我总会不时地从嘴巴里跳出些中医术语来，所以挨揍也是情理之中的事。

我小时候总想着长大了能修炼成威名一方的王侯将相，可以像日本动画片《圣斗士星矢》里的帅哥紫龙一样，面对牛屎们大叫一声"燃烧吧，我的小宇宙"，轻而易举地把他们都揍翻在地，然后顺利当上瓜洲镇镇南的一霸。没想到从小到大我却总是在挨揍，以前是因为色，后来是因为盲。

3. 色字头上的竹杠精

小学时我还很纯洁，到了初中就不那么明显了。这中间应该有一个变化的过程，可惜我忘得很彻底。人总是记不住对自己不利的事，因为那时总觉得男生变得下流是不道德的，是天理不容的，是《红楼梦》所不齿的。可是在青春发育期，每当我看到老光棍堂叔谢海糊在墙上的印着各种大美女的挂历时，内心总会有一种无法言语的冲动，这大概就叫做"情窦初开"。慢慢地又特别想知道这种初开的情窦到底有什么意义？想知道女孩子和男生为什么不一样，又哪里不一样？而且特别想知道怎么样才能和漂亮的女同学们过家家、生娃娃。

五年级上学期，一时冲动的我曾去找同桌徐菱同学打探了一下关于上海电视台广告里放的那个"卫生棉条"到底是什么东西时，意外获得了全班女生们颁发的"大牛屎"的豪华称号。"谢安，你就是个大牛屎！"一瞬间她们全都红了脸！而且弄得我也红了脸！虽然我红得有点莫名其妙。心想那些刚发育的小女生们为什么都是这么无聊透顶？班上有点风吹草动，她们只会对着被她们称作牛屎的男同学们尖叫或骂街。其实让她们被牛屎们拦在街角也是应该，谁叫她们一直喜欢说谎呢？明明不喜欢我，却非要说"我们可以做朋友"，明明讨厌我讨厌得要死，却还是要说"你真是一个奇怪的人"。

我一点也不奇怪，我只是有点好色。《夫子语录》里有一条就是"寡人有疾，寡人好色"。喜欢漂亮的女孩子，这又不是我的错，也不是我一个人的错，是每一个像我一样想当王侯将相的人都会犯的错。

初二时瓜洲中学发的《生理卫生》书上也说了："食色性也"（其实没有），可是书上从来不说"如何解决"。一切都得要在某些古代删节版小人书中潜心找些线索来研究，又或者从在过青春期的大牛屎嘴巴里打探点什么。大牛屎们总是更坏，又比我力气大，如果想知道点有关女生们的事情，就必须从存钱罐子里掏出点硬币零钱送给他们，让他们去买大前门香烟或者王义爷爷的五香蚕豆。如若不然，就得挨他们的揍。自从四年级时住在隔壁的结拜大哥邱峰同学搬去了镇北，在找不到能带着自己出去鬼混的头目后，经常挨揍的我总觉得十分怅惘。

前几天的一次在门诊看患者与保安打架的偶然事件，让我想起来那次被人狠揍一顿的模糊细节，好像那是五年级下学期全校举行合唱比赛时候的事。那次文艺比赛，班主任陈老师说："我们要统一服装，男生要穿白衬衫、黑裤子，女生要穿红裙子、白衬衫。"大概全校的老师都说了同样的事，于是一下子瓜洲商场、陈家湾商场和洛家路商场里的相关裤子和裙子都被一扫而空。每个店里刚改成了经理头衔的领导们为了能第一批拿到货，把扬州制衣厂的老式电话机都打爆了。到最后还是有很多同学没有买到学校要求的衣服，只能相约去其他年级的同学那里借。比如先跟三年级的某某说好了，说等他演完了，下了场，五年级的谁马上去拿了穿。借不借得到还要看身高是不是合适，关系又如何。乱是乱，但也是一个不得已的办法。

我自然没有去买黑裤子，只能去问陈老师："灰裤子可不可以？"陈老师说："实在没有你就站在后面，从后面应该看不到。"不用买黑裤子，还能站在后面，这其实是两全其美的事，只是我没告诉陈老师其实我连白衬衫也没有，我只有一件米色的新衬衫。我的母亲总是嫌弃我"走路蹭墙根、擤鼻涕不用手绢，整天总把身上的衣服弄得脏兮兮的"！这件新衬衫按她的计划是要捱到过年才能让我穿的。新衬衫还是谢校长在开春时去上海出差带回来的，是我哥已经穿不下的。它还没下过水，用吸潮的纸包着，压在满是樟脑丸的五斗橱里。每次看到它时，我的眼睛里就会流下口水来，总怕我会像我哥一样，一不小心发育了就再也穿不上它了。

从小学到初三，一直特别嫉妒班上的张宇同学，因为他总是穿得干干净净的。白衬衫比雪还白，白袜子比用来写书法的宣纸还白。我总觉得这与他爸爸是瓜洲镇法院的大法官，是知识分子有关。可我的父亲也是知识分子，还是一个教语文书的，可他几乎不会给我买白色的衣服。因为他也赞同我母亲的观点，说："白衣服给你穿不干净的，还是深色的衣服好，耐脏。"我觉得他们说得很有道理，可这说辞在上学时总挡不住我对张宇同学嫉妒的目光。

正式表演的那天天气很热。20世纪80年代的电影院里没有空调，只有几十台悬在头顶的吊扇。在这种密闭的空间里，人一多会变得非常闷热。为了怕把新衣服弄脏或者穿出汗渍来，绝大部分同学都穿着旧衣服，把新衣服都套在塑料袋子里，提着或丢在书包里。一开始我们都坐在电影院里指定的几排位置上听其他班级唱歌。其实大家都没心思听，都在看轮到哪一个班级了，关心我们什么时候换衣服上台表演。等到四（4）班表演完，陈老师示意我们站起来从剧场出去，绕到后台去，准备上台。

剧院的后台闹哄哄的，两个更衣室小得不得了，里面全是人，女生更衣室那边的人就更多了。原来是四（5）、四（6）班的同学都在换衣服。排队等了半天，四年级的还没全部换完，我们班有几个男生干脆就在走廊里脱下了裤子，露着平底大裤衩、黑毛大粗腿和黑尼龙袜子在那里换裤子。走廊里还有那么多女生，这多不好意思！于是我想了想还是去外面的厕所换，怕时间来不及，我从二楼下来一头冲进了剧院外面的厕所里。等我看到里面全是女生时，我才发觉我进错了地方。我一惊，反而忘掉了我应该赶紧滚出去，而不是站在那里想对着这几个抱着衣服裙子的女同学们解释点什么。那时候我想的是大声对这些在换衣服的女生们喊："我其实什么都没看见！"结果还没张口，她们中的一个开始哭了。那是何歆，我那时还不是特别喜欢她，要到初中我才会喜欢上她。小学时，我喜欢的是同桌徐菱。

然后我被人从背后用什么东西夯了脑袋，然后我就变成了真正的大色狼，然后我就写了一份检查吃个处分，然后我就老是被手臂上文着一条大青龙的唐军等真牛屎们盘问："你那天看到的是哪几个小姑娘？到底是哪个小姑娘的胸口被你看到啦？"我说："狗屁！我什么都没看见！"他们就拿又脏又乱的语文书拍我的头，说："谢安你个小牛屎，你真他妈的不够意思！"

和他们有什么可够意思的？我那时只想和徐菱够意思。不过她也不够意思，那时她总是认为如果一个男生看到了女生的屁股或胸脯，应该立刻瞎了眼睛。而我没有立刻瞎掉，这不符合宇宙的真理，所以一直到小学毕业她都不怎么理我，真是忧闷。不过我也没去告诉她我并未变成牛屎，而是变成了色盲，这无论如何是一个不应该讲出口的秘密。想想以前我还敢当着何歆的面，大言不惭地对徐菱说"我要保护你一辈子"呢。可在这五年级剩下的日子里，我只能坐在教室的最后一排和一群牛屎们在课上想当然地议论"班上有谁还没发育"。

那场合唱比赛我最终没有参加，在没有我参加的情况下，他们拿了个并列三等奖。要是我去了，肯定连安慰奖都没有。之前在练习时，我们的音乐老师高老师特意对我和其他几个五音不全的小牛屎们说："你们几个都不要唱出来，张张嘴就好了。"我知道这是对我最大的鼓励，因为"只张嘴，不出声"需要极高的演技。我自认为自己的演技还不错，要不然我也不会把自己可能是未来的王侯将相的身份隐瞒那么久。其实在被揍的那一天是我一生中演戏演得最好的一次，应该有学校里的领导给我颁发一个"瓜洲实验小学技术创新一等奖"，而不该是一张"关于处分谢安的公告"。

那天我大概在女厕所的地上躺了快半个小时才被人送到了瓜洲镇卫生院。其实我醒了一会儿了，但是我一直假装自己还睡着。为了显得真实，我连自己的眼珠都不敢动。好在终于有人把我从厕所沾满了烂草纸和蛆虫蜕的壳的地面上抬了起来，用小板车送进了瓜洲卫生院。还有谁真的能在厕所里睡上半个小时？即使是女厕所也不行吧。

一到卫生院，我就在医生的拍打中张开了眼睛，假装自己是白雪公主，刚刚咳出了喉咙里的半片毒苹果。给我看病的是一个中年医生。我与他已经打过很多次的交道了。他似乎什么病都看，包括拿着大搪瓷脸盆给喝农药自杀的人灌肥皂水。他姓毛。毛医生这次又问了我很多问题，比如"你几岁啦？一加一等于几？你知道这是哪里吗？……"我一一回答。面对毛医生我觉得还是不要撒谎的好，因为在装病上我没他专业。但是这位穿着白大褂、露着胸毛的毛医生还是不让我走，让我又在卫生院的住院部睡了一晚以后才让我回家。我们那里的人很少有长胸毛的，由此我知道这位长满胸毛的毛医生肯定不是本地人，即使他扬州俚语说得很好。

第二天下午，成功出院的我背着自己绿色的帆布小书包去上了学。在上《泊船瓜洲》的陈老师看见我时吓了一跳，问："你怎么还来上学？！"我不知道他说的是什么意思？是因为我当了色狼了就不该来上学，还是因为我被人打昏了头不该来上学，还是因为"夏日炎炎正好眠"？既然他不想让我上学，我就背着书包跑出学校去了。在校门口，骑着破自行车、提前来摆摊儿的王义爷爷追着我喊："谢安殿下，今天五香豆还要吗？"我都不用上学了还买你的五香蚕豆？！

既然刚才听陈老师讲到了"京口瓜洲一水间"的好诗，于是我一个人溜进了瓜洲古渡公园。本想去找以前刻在石碑上的那些千古名句的，却发现那些石碑都已破败不堪，半天也识不出一句完整的句子。于是我坐在瓜洲闸的围墙上发了一阵子的呆。我忽然意识到眼里的世界变了，虽然天空还是蓝色，公园里的柳树叶还是绿色，七层琉璃塔还是黄色，但瓜洲闸上飘的旗子变成了灰褐色，与来来往往的水泥驳船一样。而且各种颜色都有点灰蒙蒙的，似乎关于昨天的有些记忆也变得有点紊乱和模糊，但是我不能告诉任何人，这样就显得我很不正常。而且我首先要做的事是尽快想起来到底是谁在背后暗算了我。

晚上回家，自称是我父母的人对我问长问短，比毛医生的问题还多。自称是我父亲的中年英俊男子对我说："没事的。我和你们左校长打过招呼了，你明天可以继续去上学。"自称是我母亲的中年漂亮妇女为我烧了一锅猪脑子，劝诫我全部吃掉，还说："你脑子受了伤，要多吃脑子补补脑子。"烧汤的猪脑子真难吃，还没放八角茴香，因此又腥气又恶心。只有猪脑子才会买猪脑子给脑子坏掉的人补脑子吃。我想起来昨天晚上他们在医院也陪了我一晚，大概只有真的父母才会在医院陪我。而且我没动脑子就回到这间屋子，因此我推测我应该是他们俩的孩子，而且应该是亲生，所以我不能怪他们不动脑子就给我烧了猪脑子。

第二天，学校的处分公告贴在了报刊栏里，用的是一张褐色的纸，虽然抬头不一样，但颜色和隔壁那张合唱比赛获奖名单看起来差不多。可第二张纸里面没有我的名字，于是我想通过一个"调换符号"把自己的名字转移到第二张纸上。就在我正掏笔的时候，大腹便便的体育老师黄老师正好从厕所里出来。他的裤子还没系好，裤子前襟的大门依旧是敞开的，露出了里面白花花的裤衩。这老牛屎！想起以前每次上体育课时他都会色迷迷地看我们班那些已经发育的女生们，还上手帮她们纠正扔垒球的姿势，简直不要脸。幸亏徐菱的胸口还没隆起来，如果他敢去摸她的手，我一定要找他拼命！

这时的黄胖子意识到我可能图谋不轨，他远远地大喊："哎！你这小牛屎要干什么？"我回答说："我的钢笔漏水了！"然后远远地朝他的脸上用力甩了一把。钢笔里的墨水明显动能不够，它们并没有飞到黄胖子的脸上，而是在不远处爬满洋辣子的水泥地上排成了一列滑稽的蝌蚪。看到黄胖子冲了过来，我转身就跑。黄胖子虽然是体育老师，但是他以前在市里获奖的项目是举重，只要不给他逮住，就不会被他像推铅球一样扔进厕所里。

晚上，我的父亲——花园小学的谢校长表情显得很轻松。他对我说："你不要在意这个处分的警告，我和你们左校长说了，不进档案的，就是做做样子。"我会在意这个吗？我在意的是那时谁站在了我的背后。等我想起是谁来，我一定要在他的书包里塞上一包装满狗屎、鸡屎、鸭屎的数学作业纸。

"警告个大头鬼！把我儿子脑子都打坏了还要给处分！要不要脸？！我儿子要是脑子真的坏掉了，将来讨不到老婆，我就去镇法院告他们去！"我不晓得到时候张宇的爸爸会不会看在我是他儿子的同学份上，向他儿子上学的学校给我讨还公道。不过即使他有这个心也不行，因为张宇说他爸爸好像是搞经济纠纷的庭长。我与学校之间除了每年的学杂费，没有经济往来。我母亲说着，继续给我的碗里夹鸡头，这大概算我昨天说不想吃猪脑子的妥协版。流落在我碗里那只鸡头上还有一双死不瞑目的黑眼睛。

在之后的一个多月，我被动地害死了无数有脑子的低等动物，让他们变成了色字刀下的亡魂，让它们成为了我的胃内容物，成为第二天新的米田共。即使有些东西活着时就很恶心，可面对谢校长和牛贵妃的诚恳眼神，我也不敢当场把煮熟的它们给吐出来。而且他们逢人就说："我们家谢安现在最喜欢吃脑子了，将来肯定能考上清华大学！"

我不知道是神奇无比的"吃脑子补脑子"的中医传统理论有用，还是脑袋瓜子上挨的竹杠有用。反正上了初中以后，我的成绩犹如吃了《伤寒论》里的著名方剂——四逆汤一样，一下子从班级的中下游迅速逆游到年级前列，然后中考时盲目地考上了县里的省重点高中，高考时盲目地考上了国际著名的中医药大学。至于我母亲口里的清华大学，大概是因为在瓜洲小镇上，她实在买不到鲨鱼或鲸鱼的脑子。

4．盲字头上谁已心死

　　盲就是眼睛瞎了的意思！眼睛瞎了分主动和被动。被动的瞎了就是被人拿着大竹杠在脑袋上来上一下，或者被梅超风用九阴白骨爪插进眼窟窿里。主动去变瞎却有很多可能，人一辈子总会去做一些很傻很盲目的事，比如在徐菱的课本上画老和尚，比如去给何歆的文具盒里放条拇指粗的大黑蚯蚓，比如在填自己高考志愿时写上"服从"。但这样做的结果往往会被漂亮的女同学或漂亮的命运女神臭骂一阵："你这小牛屎怎么能这样？你是不是傻？你的脑子是不是被人敲过呀？！"

　　如果不想听她们聒噪，不想看这个怪诞的世界，最直接的方法就是把耳朵堵上，把眼睛蒙起来，披上被子，在停电的夜晚，一个人躲在蚊帐里玩钱锺书爷爷说的"石屋里的和尚"的游戏。但这种自闭的行为其实并不能让自己的灵魂到达玉皇大帝家的灵霄宝殿，或者真切想起小时候被母亲带到女浴室洗澡的事，更或者会在明天真的实现与徐菱同学的和好如初，却只会在被子被忽然掀开时，抬头撞到跑过来监督我写作业的我妈的胸口，挨我那老娘的一阵臭骂。

　　在被子里当和尚时，我有时会想起《西游记·四圣试禅心》里的桥段，想起猪八戒妄图捉住四位漂亮女菩萨的那一场戏。我也喜欢被人用手绢蒙上眼睛，与隔壁许记馄饨店的两个女儿在她们家制面机房间里玩捉媳妇的游戏。她们两个被我捉到时都会发出咯咯的笑声，但我更喜欢许家的大小姐许艳，因为她更漂亮。可她们家的小女儿许薇似乎更愿意跟我一起跪在白面口袋上假装成亲。每次她搂住我亲我的时候，我都会觉得浑身不自在，像被蜘蛛精蛰过一样。每被她亲一口，我都感觉自己的身上又多了一层情毒，感觉对不起我的同桌徐菱。

现在我挺后悔的，当年我应该在面口袋上好好回亲她几口的。"骑马绕床"这种连大诗人李白都羡慕的大好机会全被当年幼稚的我给浪费了。算起来我一辈子喜欢过很多人，只是不是每个被我喜欢的人都会喜欢我。仔细想想在挨了竹杠之前还是有好些个女孩子愿意跟我拉着小手，一起吃雪糕，吃棒棒糖，吃棉花糖的。等我挨了一竹杠以后，那些个看到我时眼中就会开出桃花来的女生就逐渐绝迹。看起来脑子是否挨过竹杠是一条不会被爱的分水岭，总有一天我要以此为据，写一篇影响力巨大的论文发在著名的《Nature》杂志上。

当然我忘了说明最重要的一点就是我小时候长得真的很可爱，像是一只新鲜的桃子，谁见了我都想咬我一口。可自从脑子上挨了竹杠以后，光鲜的桃子变成了烤熟了掉在地上的烂山芋，就是猪见了也要三思而后拱。等我上了梅人爱老师《生理学》的课，我开始怀疑我变丑的原因就是因为下丘脑在那次外伤中受了伤而分泌出过量的生长激素。正是那些过度分泌的激素把我变成了一根被熊猫啃过的竹竿，如同那些得了巨人症的患者一样。更为不幸的是，大学里自学过《刑法》的我还得感激那个给我脑袋上敲过竹杠的人，因为如果我没躺在厕所的地上，很有可能会躺在少管所里。等我长大成人那天，穿制服的人很有可能请我吃两毛五分钱一颗的铜质花生米，或者在少管所里惹出更多是非。

我第一次去金山区找工作时也招了不少是非。那天我站在锦江乐园附近的长途汽车站里，被各条郊县公交的售票员和司机当间谍盘问。他们都以为我要去医院看病，依据我的症状，他们给我推荐了很多奇奇怪怪的医院和专科，可是我一直在摇头，于是他们都很生气。这点其实不能怪我，我能通过色盲的测试，通过高考，混了个中医研究生学历已经很不容易。若不是小时候被竹杠分水岭了一下，此时的我可能正在瓜洲镇的街道上摆水果摊子。

原本我母亲对我的期望就是将来能顶她的职，拿着螺丝刀和大扳手在化工厂里修理制造浓硫酸和氧化锌的大机器。以我善于拆卸一切机械的才华，我肯定很快能做到钳工八级，在化工厂里混得声名鹊起，蜚声瓜洲镇内外。到时小荷花和小菱角同学一定会抢着要和我比翼双飞、举案齐眉，这样的人生肯定要比我母亲风光很多。她年轻时除了长相漂亮，业务技术一点都不过硬，面对车间里一堆熄火的机器时经常一脸茫然。有好多次厂里的机器坏了，我的母亲和她的修理小组被叫去捣鼓了一个晚上，那些破烂货们还是重伤难治、瘫痪不起。厂里还是得打电话，请仪征市化工厂里的老师傅坐着手扶拖拉机，挂着九环锡杖来做法施救。

让我没想到的是母亲的化工厂在我读中医药大学的时候倒闭了。听闻这个噩耗时，我很伤感。如果我没考上我们县的省重点中学，没考上日后会被国际医学院联盟除名的中医药大学，如果在初中毕业后，我顶我母亲的职在化工厂里当了手段高强的八级钳工，恐怕也会在那年丢掉这只饭碗。那样我就会变得十分愤怒，因为年纪轻轻就已失业的我一定会被小荷花或小菱角戳着脊梁说："你怎么这么没用！当初真是瞎了眼睛嫁给了你！"按老牛家的传统，没有正经工作、还得养活老婆孩子的我只能从摆地摊开始，把自己腐败变质的苹果、香蕉强买强卖给自己那些初中、小学的同学们。脸皮足够厚、拳头足够硬的话，也能赚上好几桶的钢镚。发财以后的日子如果不是像我老姨娘一样在街边摆台球桌子，就会像我小舅舅一样，在镇上买一个铺子，坐在里面卖贴牌的水龙头和胶皮管子。

不过从另一个角度来说，摆摊卖东西大概与我父亲的希望不太一样。我曾经以为有些文化的他会对我有超乎寻常的期盼，盼望着我将来能一统瓜洲镇镇南地区，封王拜相。这样他就可以父凭子贵，在镇上或县里的某学校里扬名立万，显赫一方。我在大学毕业当了小中医的一年后，曾经下乡去找他讨要为我买婚房而提出来的公积金。那次我们父子俩一起喝了两瓶四块二的泗洪特酿。喝到最后，我哭了。因为我问他："老头子，我小时候，你是希望我将来有一天是像我小舅一样当老板呢，还是像你一样当一级人民教师？"谢主任眯着眼睛，老眼浑浊，说："没有！我哪块（哪里）晓得你要走的路？再说了，人生嘛，就是走一步算一步。早知道你会去上海郊区当医生去，我那年到石化厂买塑料粒子时就该给你买套房子。现在上海的房子这么贵，你娶个上海老婆，居然要我出那么多的彩礼！早知道就不让你考上海的大学了！"看来我从小就高估了作为从上海下放的知识青年、花园小学校长、运西小学校办塑料袋厂厂长、运西中学教导主任的他的人生视野。

前些日子因为长久偷吃零食终于得了糖尿病、坐熬退休的谢老师在老家开始写自己的回忆录。无论写了点什么，他都会通过电子邮件发过来，说要让我好好领略一下他作为语文老师的文采。有些章节我在读的时候差点把嘴里来之不易的方便面从鼻孔里给喷出来。他写的大部分内容都是上山下乡那年他当知青时的事。作为大上海的纨绔子弟，他写到他那时一点儿都不晓得怎么烧大灶，不晓得怎么区分麦子和韭菜，不晓得怎么消灭爬在脚脖子上吸血的蚂蟥等等令人啼笑皆非的事。令我最浪费方便面的一件事就是他写到：有次他跟邻村的老农民"大柿子"抬杠，比赛看谁能挑起一副三百斤重的大粪桶。赌注仅仅是一包大前门香烟。最后他成功地输了一包一毛九分钱的烟，为此还扭伤了自己的腰。在老太奶奶的木板床上，他整整趴了一个月才勉强下地，白白丢掉了三十天的工分！没有劳动能力的老太奶奶是骂他也不是，不骂他也不是。因此我父亲也肯定如我一样，不知道从什么时候开始就被人用挑粪的竹扁担敲坏了脑子。

是此我也不能怪他。人一辈子说不准什么时候就被人敲过竹扁担，而被敲了竹扁担的人一般都不记得当时的事。他们会以为自己依旧是一个正常的人，高高兴兴地上班下班，快快乐乐地结婚生子，把自己受过伤的事实当成是邻村大柿子的故事。在老酒喝多的时候，他们还要大声说："大柿子他妈的肯定是个被枪打过的大呆瓜。"这点我比他们还幸运一点，至少我还依稀记得这件事。不但如此，因为受此一棍我还考上了大学，学成了世界上最难学、最博大精深的中医学，并在一所大学附属医院里当上了一个令老父亲自豪无比的悬壶小中医，这委实也算得上一个奇迹。

说实在的，从小我一点儿都不想当医生，也不想到医院里去。那里的环境、味道、器械、医生、护士，每一样都让人不舒服。可我小时候老是生病，牛贵妃总觉得某一天我会在高热引起的抽搐中忽然驾鹤仙去。小时候那位长着胸毛的卫生院毛医生给我的屁股开过很多针的庆大霉素。我也记得当年他在我的病历本上打过一个诊断叫"脑震荡"。那时我完全看不懂这个名词。后来我上了高中，脑袋上有"一块无毛"的耿老师又教会了我"电磁震荡"。这两个名词很有共同点，据法拉第的"电磁感应"，我的大脑肯定也因为"震荡"而"感应"到了某种未来要学的道法阴阳。

后来我在中医大又学习了《神经病学》，就又想通了一件事：大脑在脑壳里震荡一下虽然可能损伤自己的视觉中枢变成色盲，但是也可能刺激到自己的额叶。书上说刺激额叶的好处是可以引起大脑失忆或者精神分裂。变成色盲和精神分裂都符合我现在的临床症状，因此我能以此推理出那一年挨的竹杠一定确有其事，但是我不能到瓜洲卫生院翻老病历去。毕竟一个肩负色盲症及精神分裂症的患者如果还能考上大学、当上医生、给人家胡乱开些中药方子吃，这本来就是一个巨大的社会危机。我不能引起社会的恐慌，低调才是我应有的选择。

毕业的那年，我也因终于有一个不是精神病院的地方可以去而心满意足，而且还觉得十分的安全，因为金山区离市区有几十公里远。愿意从零陵路600号精神病院里跑到这里来抓我的主任医生们如果不是因为穷，就是感染了《生化危机》里的 T 病毒。

毕业前陪潘老师抄方的最后一段日子，潘老师十分无奈地对我说，"我是要留一个男生的"，而绝口不提我到底是因为什么才把这样一个好好留在 SD 医院给人家看性病的机会给浪费的。这也不能完全怪在我长得有点骨骼惊奇上。医院里的那些个霸占着领导位置、讲究各种传承的中年老中医们估计都精通面相术，善于见微知著，望表知里。即使我糊着最漂亮的中药牛皮纸，背着一只放满麝香、冰片的紫金葫芦，满脸贴满黑玉断续膏的药膏，跳着草裙舞去参加面试，也会被他们看出来我外实内虚、邪气留滞、督脉瘀阻、病入膏肓。如果把我留在 SD 医院皮肤科很可能要搭上一笔不菲的人道主义捐款，就像我那在急诊室得了白血病的陈老师一样。而在我即将济世悬壶的郊区医院，那些个也是中医大毕业的校友们显然没有好好继承附院里各位名老中医的造诣，没有一位医生敢站出来指着我说：" 额头尖，眼睛小，鼻子塌，嘴巴薄，小伙子，我看你的葫芦里装的全是毒药呀！"

于是，成功签约后坐在从郊区回市区的大巴车上时，我很满意。回想刚才面试时，中医科的张莹主任居然觉得我一表人才，诚挚邀请我跟她去干中医内科专业。可我才不去搞什么中医内科，据说这里内科收的都是中风后肢体偏瘫、脑子有病的人。如果我跟着他们去查房，站在那些口齿不清、嘴角歪斜的病人前，与查房的张主任和手脚抖动的病人在一起研究神经病的临床症状时，他们很有可能注意到在一边流口水的我。

读中医药大学时，每次失恋后我都会跑到万体馆的台阶上去面壁思过。每次路过零陵路 600 号的门口时，总感觉那些在心理诊所里坐诊的大医们会用异样的眼神多看我几眼。每次见到那些穿白大褂的精神病大专家们，我都会想起《狂人日记》里的"海以那"，想起在仙台医学院里学医的周树人自己。想到鲁迅先生弃医从文的经历，我总觉得自己有朝一日也要向他学习。既然当医生已经勉为其难，而内科专业又是那么神神叨叨，因此我还是跟杨大师去干中医外科吧。

听到我坚决要去跟着杨大师混时，张莹主任有点失望。不过她也说了，将来我也可以在这里搞我的性病专业，到时候可以打出"中西结合"的旗帜把医院里西医皮肤科的生意全都抢过来。为了打造我王侯将相般"杏林神医"的声誉，张主任还说我们还可以把我的潘老师从市区接过来看特需门诊，师徒俩一起普渡金山区的广大梅毒症患者们。

关于梅毒，毕业前潘老师曾让整天在宿舍里挺尸装样的我代编了某版《中医皮肤性病学》的部分章节。我在编纂梅毒这一章时，在 SD 医院的图书馆里查阅了不少资料（这大概是我研究生阶段做的最认真的事）。那些资料看得我头昏脑胀、精神恍惚，感觉书页里的"梅毒"螺旋体们都跳着华尔兹舞，循着手太阴肺经传进了我的大脑（梅毒螺旋体体外不能存活）。于是我胡乱写到：梅毒发展到三期，会侵犯到脑神经，造成耳聋眼瞎，但那时脑子会特别好使，会有从梵高到叔本华等无数的先驱们光着屁股在自己的囟门里公开辩论。到那时三期梅毒的患者们会呈现出特别强的表现欲，会特别想大声对着这个世界吼道："我才是你们真正的王侯将相！你们凭什么不磕头谢恩？！你们凭什么不玉体横陈？！你们这些刁民凭什么总想害朕！……"

我还是不要把这一章再写下去，这样很容易得罪皮肤性病学的大专家们，也很容易写成谢氏版《狂人日记》，但更容易挨潘老师的揍。

5. 誓要为害一方土地

现在看来，这篇故事的原点是我那一年撞见了何歆她们在换红裙子而挨了打。我其实喜欢穿红裙子的女生而不是只穿短裤、抱着自己胳膊说"滚出去"的女生。如果穿红裙子的她们还能穿一件扎露袖束带的白衬衣，戴一顶圆顶的米色太阳帽，配一双水晶做的公主鞋，那就更完美了。会打扮才是女孩子最应该学会的技能，而不是什么劳什子的"语数外史地"或"望闻问切"。

如果我想起那一年的确看到了什么，也不是不道德的事，毕竟那一切都是意外。可惜现在是新时代了，即使被看个透心凉，我也不能娶她们为妻，她们也不会心甘情愿地嫁给我。于是怀念起万喜良和孟姜女的时代，"沾衣裸袖便为失节"是多么让我向往。如果历史还是停留在那个古老的年代，我就可以把那一厕所的女生全部娶回家来，在瓜洲镇上当一个引千人流口水的韦小宝，而不会在大学时代面对追求如杨静和苦楝这样聪明傲娇、读过不少诗书礼乐的有才女生时变得无比窘迫。

那些个看出我脑子有病的聪明女生们都像东汉的管宁一样，选择割席断袖而去，而不是像得了斯德哥尔摩综合症一样拥抱着我，这着实令人悲伤。因此，无聊的我只能选择给这些很有些文化的女生们写上一段带着朱砂、雄黄色彩的故事，而不是扯住她们的裙子，恳求她们一起去看一场由周迅主演的电影（即使没有什么东西，周迅也要拼命捂住自己的胸口，这镜头总让我想起那一年的何歆）。基于这点，我觉得现在最重要的还是拿输液皮条把我那傻傻的柳月兰捆紧一点，免得她哪天不想被捆着了，自己念起咒语解开绳结，换上漂亮的新版护士裙，扎着飘摇的丝带，提溜着一排装着氯化钾的盐水瓶，飞到别人的世界里去。

快毕业时，得知我签了郊区医院后，潘老师说他以后到金山来玩方便了，说下次他来找我时，我得好好招待他。我连说"好的，好的"。潘老师又说他以前来过金山，是上一年和我的老赖师兄一起来的。那次他们两个人从市区骑着自行车，从 SD 医院出发，顺着沪杭公路一直骑到了九龙山。在海边等到星星出来，听过了那一阵阵的海涛声，他们才又骑车回去，半夜才回到了龙华寺。潘老师说那天晚上龙华寺的钟声特别浑厚悠远，特有老上海的味道。

他在给我讲这段经历时明显很舒心。看起来他很喜欢赖师兄，我也喜欢赖师兄，不但喜欢，我还挺嫉妒他。赖师兄曾经在我们大三时和我们的辅导员王珏大师兄一起去了西藏。我特别羡慕赖师兄的人生，在我还没开始计划时，他已经把我想做的都做完了。我嫉妒所有比我好的人，恨不能把自己的脑灰质用弯针缝到他们的百会穴上。不过诺贝尔文学奖获得者莫言老师似乎并不赞同我这种怀有嫉妒之心的心绪，他似乎发过一篇"不要羡慕别人的生活"的鸡汤。我讨厌所有的鸡汤，因为里面肯定有死不瞑目的鸡头。但是无论如何我也要尊重我的偶像和前辈，即使我将来最可能获得的也许是"张仲景最糟糕中药配伍奖"。

我也挺喜欢潘老师的，可惜他不知道我有多喜欢他。每次见到他，他对我永远只有无奈的笑，而且他以后一次都没再来过金山。这没办法，我不算一个好医生，也不会成为一个在中医学术上有所成就的人，半辈子写的十几篇专业论文的字数加在一起还不到我写的某一部小说的一个零头。一个人如果不能出类拔萃就不算一个好的徒弟，也就没道理在面对占山为王的其他中医师兄师弟们报出自己的师门。这如同菩提老祖对孙悟空说的："你这去，定生不良。凭你怎么惹祸行凶，却不许说是我的徒弟！"

于是我在这部小说里预备对中医大法师们大放厥词时，委实是不应该提到我师傅的大名。但想到我总有一天会离开医生这个行业，调侃几句也无妨。中医老祖宗们绝不会因为我这几句调侃就从棺材里跳出来骂我其实就是一个喜欢骂街的杠精的，而现代的老中医们也绝无看到我这篇小说的可能。可惜的是零陵路上老校园里那尊张仲景祖师爷的雕像已经被房地产开发商给推平了。不然也许未来有一天，我会在真正后悔的时候跪在中医大灵芝的水坛前，磕破脑袋，恳求各位中医老祖宗的原谅。

人的一生实在有太多自己无法确定的因素。人生也许就像我的知青父亲谢校长说的"就像是一片浮萍"。正如他在读小学、初中时不晓得自己会上山下乡，会接受"贫下中农再教育"，不知道自己会需要用捣草纸、挑大粪、偷敌特分子家的鸡来证明自己是一个合格的知识青年。当然，后来他也通过自己的努力考取了扬州师专，读了大学，当了小学校长，娶了扬子津镇的第一等美女，并成功生下了我一直英俊的哥哥和后来变丑的我。只是谢老师的人生舞台从上海的小弄堂漂到了邗江县的广阔农村，无论他是否甘心，他都变成了一片浮萍。潘老师也一样，当年他也是从一个到江西插队的知识青年经过一次次努力终于在 SD 医院当上了皮肤科的主任，并在知天命的年纪里遇到了不太像学生的我。人的命运在年轻时的确可以被改变，但只有在无风的港湾里才会繁荣昌盛。

毕业后的假期很短暂，只有一个月不到。在正式入职的前两天，在上海最热的季节，我乘石梅线从梅陇跑到了石化。因为是去上班，所以不可能像潘老师一样把这种奔波当成旅游，也没有闲情逸致去感受一路上应该有的放松感。从没乘过在高速上飞驰的公交车，我也是大姑娘上花轿——头一回。去郊区的高速公路很空旷，司机把车子开得都快飞起来了，车窗和发动机都发出了令人激动的抖动，可它最终并没有上天。天很清澈，风很热，树影摇晃，田野宽广，看不到尽头的高速公路像一把长剑无情地把我面前的田野劈开。车子开的时间越长，离柳月兰也越来越远，从上海市滚蛋的感觉也越重，但也莫名地想起来在金山枫泾上班的冯佩兰。

在医院的人事科找到了干事黄继广老师，他的名字总让人想起那个炸碉堡的英雄。找他拿了一套入职的手续，那感觉就如同接过了当年的炸药包一样，充满了无上的神圣。想起半年前我也是在他手里签了卖身契。高中学政治课时朱勇老师讲到英国的"圈地运动"时说得很有意思。他说没有了土地的人民只能把自己卖给资本家，这中间充满"血与火的斗争"。但我签卖身契时一点都不伤心、愤怒和绝望，一点都不想拿着祖传的咸鱼宝剑和人家做你死我活的战斗，反而有点洋洋得意、阵阵窃喜，这大概是因为我感到自己终于有个地方可以祸害了而无比幸福。正如同一块在瓜洲镇的李记熟食摊子上挂了半年的猪头肉一样，明明已经腐烂变质，这时居然有一个人愿意出钱买下，这个人不是脑子里生了姜片虫就是有智障禅师给他念过经。

我在正式报到的前两天就来了。医院管宿舍的人还没把宿舍准备好，所以人事科的黄英雄安排我先在医院外的学生宿舍暂住一晚。到宿舍时，我发现宿舍里已经有一个人，仿佛正在出售他的私人物品，衣服、鞋子、蚊帐、各类书籍在床上摆得到处都是。我和他打招呼时，他正背对着我跪在床下面，拿着一个衣服架正从里面掏什么东西。听到有人说话，他一转头，我看到他一张脸都黑乎乎的，好像刚从小煤窑里爬出来一样。他脸上似乎还有一些暗色的豆子，一看就知道有点内分泌紊乱。等他拿着一件落满灰、连颜色都脱了的女生内衣站起来时，我才看清楚了他的脸：细眉毛、薄眼皮、大眼睛、蒜头鼻子。

"我还以为是什么东西掉在里面，原来是一个胸罩。看来我们这间宿舍以前是女生宿舍噢！"说着他神态自若地把别人消失的内衣扔进了门口的垃圾桶，然后拿起一块湿毛巾把自己的脸擦干净了，问我："你是哪里的人。"我说："江苏的。"他兴奋起来，说："我也是江苏的，江苏盐城，你呢？""我扬州。""你叫什么名字？哪个科的？哪个学校毕业的？""中医科，中医药大学的。我叫谢安。""老乡老乡，我叫牛文才，南大的，普外科。谢安，这个名字好，有霸气。我们以后一起在这个医院混！"

这位老乡过于热情，一般特别热情的人都不可信。这种人脑子太好也太活，思维过于跳跃，自己说过的话经常会忘掉，问别人借的东西也多半想不起来去还。而且他总觉得大家都是好哥们，还分"你的我的"很不够义气。我这人心态比较阴暗，我做不到面对别人的内衣可以无动于衷，也做不到对谁都像自己的亲兄弟一般。即使是我自己的亲哥，我都有着几十公里的代沟，何况一位几百公里远面相还不合拍的老乡。

自从上次在中医大毕业面试中吃了亏，我自学了几本相面书，以后一有机会我就会为路过的行人免费看相。我看相看得最好的是漂亮的姑娘，给她们看相算命时，我常常流下口水来。不知道的人以为我得了狂犬病，其实我只是想算算看她们命中会不会犯我这碗加满大生姜的桃花汤。这点柳护士也不理解我，经常在我沿街流口水时请我吃两个"爆炒毛栗子"。

盐城我也没去过，老实说我只在两个城市待过：瓜洲镇和大上海。一个是只有三千人的小池塘，一个是有三千万人的热反应炉。作为我们省会的南京，在我大学毕业前一次都没去过，本来我是有机会在大二的时候去南京见见陈子冰的，后来觉得还是没去的好。南京大学居然也有一个医学院也是我更加不知道的。

看出这位马老乡的性格特点后，我决定还是维持我惯有的处事原则：装。晚上我们一起在医院食堂吃了个饭。在吃饭的当中，牛文才医生邀请我晚上一起去海边转转。那片大海我在早上报到的时候在人事科的窗户口见过。我们医院人事科在急诊五楼，向南看可以见到那一片涌动着白色波浪的浑浊海水。从医院出去，路过我们寄宿的宿舍，经过可以开车子进去的步行街，翻过大堤路，再向南走一点就到了金山海滨浴场。那是一个很大的海湾，对面的石化厂区里竖着各种奇怪的建筑。有的像电视塔，有的则像镀了白锡的圆土豆，有的像高压电网。海风在空旷的堤岸上刮得很肆意，有股腥味，并不是郑智化唱得什么"咸味"。无数穿着泳衣的男女随着海潮的涌动在浑浊的海水里游泳，游得太远的人会引来坐在监视台上的救生员的一阵哨子和手提小广播。最远处有一排浮标球在波浪里忽隐忽现，提示着浴场的边界。

我和牛医生都没带泳衣（其实也不会有）。我穿的还是皮鞋，他穿的倒是拖鞋。我们一直走到了堤岸最外面的地方。临近最外面堤岸堆满了防浪的水泥十字架，上面布满了牡蛎的白色碎壳，大概也是为了镇住偶尔狂暴的大海。怕划伤脚，我们都没在此脱鞋下海。转了个方向，海边的长廊前有很大一片不知道从哪里运来的砂子，人造沙滩的中央有一个国际排球馆。关了门，进不去，我们又走回堤岸。这一片朝东的堤岸上有一排看不到头的长廊。在长廊上又走了一段后，我们返回医院宿舍。

半夜，被不远处步行街上热闹的音乐吵醒，仔细听听是动力火车的《当》。"让我们红尘作伴，活得潇潇洒洒"。听出来还有跟着唱的，有男声，有女声，还有啤酒瓶相撞的碎裂声。你们是很潇洒，可想睡觉的人怎么办？我在钢丝床上翻腾了一会儿，临时舍友牛医生正打着不算过分的鼾声，窗帘外有几束激光柱晃动的影子。

今夜，睡在一个远离父母、大学同学与柳月兰的地方。在一块没有海风的港湾里，也许有一棵浮萍悄悄在水下长出了纤细的根须，也许有一棵骆驼刺飘到了荒芜的戈壁滩。

6. 小中医的启程之路

在零陵路中医大对面的小书店里我曾经买过一本《中草药图谱》。图谱上有一行介绍浮萍的，说它的功效是：宣散风热、透疹止痒、利尿消肿。读起来和牛蒡子、蝉蜕的作用差不多。学中医时最恨的就是这个，几个完全不同类别的中药有着差不多的功效，这些差不多的功效里又要区分它们有什么不同，其实这些个功效哪条都不挨着。

浮萍功效的第一条成语说明可以用它来治疗流浓厚鼻涕的感冒；第二条说它又可以用来治麻疹、风疹、荨麻疹；第三条看起来说它可以治肾炎水肿。因此，怎么看浮萍都是一味神药，但是临床上谁也不会拿浮萍来治病，因为这味神药在一般的中药房里买不着。不过，如果谁有以上诸症，又不想去医院，可以自己拿着长柄的粪勺到池塘里去捞上一些来煮了喝。如果一勺治不好，可以捞上一筐，反正池塘里多得是。而我是不需要喝"谢氏浮萍汤"的，因为教课书上没写它有开窍醒脑、主治谵妄狂语的功效。

中医有一个奇怪的传统，喜欢把所有能吃的东西都编上药性归经和主治，比如大米、绿豆、石头、火龙果和米田共。甚至只要他们高兴，连阿司匹林和地塞米松（前朝张锡纯医师著有著名的阿司匹林白虎汤）等也可以。如果有一天我混成了中医界的王侯将相，我也要重新修订《中药学》。到时我会把全中国的名老中医们都请过来关在我们医院的中药房里，让他们在油尽灯枯之前把《辞海》里的每一种物体都纳入中医体系，这叫中医理论指导下的完美世界。比如"大熊猫"，应该在原有注释下继续写上：性平味甘，归心经，主治国际关系不和。再比如"钱"：性大热味甘酸，归心肝肾经，主治除亿万富翁之外的一切人类之诸症；中医古籍：性大寒味苦，入心肝肾经，功效为降低现代人类智商……云云。当然以上举例，都是我一家之言，还需要各位在药房里冥思苦想的中医泰斗们分组讨论定夺。不过我看他们不把彼此打得头破血流绝不会有相同的意见被拍在抓药台上。其实我们可以提前知道答案，因为年轻时插过队、练过少林内功的老中医们一定会在这次《谢氏中药大宝典》的编纂中脱颖而出。

　　读完上述文字的人中如果有国务院钦定的中医正宗继承者，他们一定勃然大怒，一定都想把塞满发霉米粒的脉枕们都砸到我的脸上，也可能会用上延的肝火烧掉他们自己的大脑中动脉，变成口眼歪斜的吃着国家俸禄的傻子。我估计他们的理由是：让这些还在岗位上发着光发着热的老煤球们，不，是老前辈们不好好为患者服务，而是去编纂什么奇怪的经文，简直不可饶恕。其实他们不懂我的初衷，明代有《永乐大典》，清代有《四库全书》，我《谢氏中医大宝典》及《谢氏中药大宝典》再不及时编纂，等那些被国家领导颁发过大红花的老先生们都驾鹤仙去，留下的只会是我这种混进来的假冒浮小麦。如果让我一个人去写《大宝典》，肯定得不到"中医银河化小组"的认可而可能永远不会完工，而且一心想要篡位的我每天还要花上十个小时来锻炼身体。因为我必须在自己七十岁时还能把自己的肱二头肌保持得饱满肥厚，像某位广州大神医一样，只有这样我才可以在将来的中医继承事业的擂台比武中，把我的师兄、师弟和师侄们揍得鼻青脸肿、跪地求饶。这其实是两头都不取巧的事。

　　第二天，在正式岗前培训的前一天，我的同班同学风子也出现在了医院。陪着他领完了工号，和牛文才一起，我们三个人领到了5号楼三楼的同一间宿舍。接下来是五天入职培训，所有今年来的医生和护士都坐在急诊楼上的多功能会议室里上课，大概有四、五十人。给我们培训的领导里面有后管科的两位科长。他们的名字很有意思，一个叫李龙的，另一个叫李晓龙，如果再加上我的小龙同学，这在相声上可以做一个不错的伦理梗，也可以把他们聚在一起拍一部叫《猛龙在金山》的片子，就是不知道他们有没有我的幽默感。一起培训的女新职工都挺好看。因为后来的故事证明我和她们的人生没有交集，所以我不准备写这些女医生或女护士的名字。

培训完最后一天的上午，人事科的黄干事说："按照历年的传统，我们安排了迎新会。下午一点钟在医院门口集合，我会安排大巴车将大家接过去，地点在听涛两村。"

黄干事是个非常和蔼的好人。人一辈子不能总是遇到好人，我小学数学老师朱翠竹是一个好人，大学七年级的导师潘老师也是一个好人。但在好人手里，我这样的小牛屎会变得安逸，会变得不思进取，会变得颓废无能。不过这也是我整天把自己自挂在老庄思想大树上的荒唐借口。范文正说"先天下之忧而忧，后天下之乐而乐"，苏东坡说"老夫聊发少年狂，左牵黄，右擎苍"，陆游说"王师北定中原日，家祭无忘告乃翁"，岳飞说"莫等闲，白了少年头"……这些都是被人陷害后才留下的千古名句。"生于忧患，死于安乐"，才是经得起马列主义检验的、颠之不破的真理。司马迁受宫刑而作《史记》，屈原被流放才作了《离骚》，梵高得了梅毒才画出了《向日葵》，所以人一辈子得走几次霉运，得有几个仇人。把仇人都熬死才是一位成功人士的最大乐趣。因此，我得感谢初中时骂我狂妄自大的苏老师，高中没收了我《皮五辣子》小说的魏老师和 SD 医院请我吃牌头的猪头小队长，至少在与他们共处时我特别恨他们，也特别上进。

听起来仓促筹办的医院迎新会居然搞得像模像样，还正经配了两主持人。男女主持看起来都很年轻，但主持起来却都很有经验。各种表演很能给人惊喜，让人感慨医院的同事们为啥都这么多才多艺。在最后的有奖问答节目里，我被抽了个"这届美洲杯的最佳射手是谁？"的题目。这我哪里知道，我是一个伪球迷，前几天的新闻上是说过，但是记别人名字对我来说就是一种折磨。中医老祖宗的名字我都记不全，何况还是非中医专业的外国人。让我能记住的名字大概只有两种情况：这个名字本身特别奇怪或者拥有这个名字的人是一个大美女，比如黄老英雄和付医生。最后漂亮的女主持人公布答案是"罗德里格斯"，这下我一下子就记住了这个名字，谁叫主持人那么漂亮呢？可惜我不想直接上台去问她的名字。

因为答不出题，他们把我叫上去和别人做踩洋泡泡的游戏。绑在别人脚下的洋泡泡都调皮可爱得要死，像一只淡白的小兔子一样蹦来蹦去。而我的对手与周围的同事们还一起高唱着儿歌："小白兔，白又白，两只耳朵竖起来。"于是我又想起了我的女朋友柳月兰，她像月亮里的嫦娥一样，只是她不喜欢抱着兔子。在来医院报到的前几天晚上，我和她在市区最后一次约会，那时黄浦江畔的天空中正挂着一轮圆月，在她的反复指点下，我才看出来月亮里真的有只回眸的兔子，这大概也是她为数不多的可以笑话我的情况。踩洋泡泡比赛的最终结果自然是我输了。我脚底下的洋泡泡在别人的脚底发出了"嘭"的一声巨响，把发呆神游的我吓了一跳。终于输了的我如释重负般赶紧滚下台去，和风子挤在一起，当了两块永不分离的年糕。赢了的同事领完奖，是一只毛茸茸的小兔子。接下来的节目是自由唱歌和跳舞，这都不是我擅长的，于是和风子坐着说些不苦不酸的闲话。

风子同学以后就是我的同事了，再加上又是舍友，我们的感情可以升华到一个新的境界。如果上天不派七仙女来阻止我俩，我们一定会像大学时代一样潇洒地苟且下去。其实风子的名称是缩写，他自封的全称叫"像风一样飞扬飘逸潇洒的英俊男子"。我觉得这样的称谓打出来太麻烦，如果被小学老师罚抄一百遍就要得拇指双重腱鞘炎，得打三个月富含曲安奈德、利多卡因的封闭针。

记得小学三年级时我因为家庭作业书写太潦草，曾经被陈老师罚抄了三遍作业。为了早点交差，我也学说我是"以小人之心度君子之腹"的小痞子季杰同学，把三支笔用橡皮膏捆在一起写罚抄的作业。第二天罚抄作业交上去时，立马被陈老师下了新的恩赏：抄《小学生行为规范》五遍，要抄完一遍再写一遍。看起来陈老师根本就没我想的那样仁慈，对我的期望值也很高。不然为啥这样干的季杰、唐军从来不会被第二次的责罚，而我却要在《小学生行为规范》中重新寻找自己的人生定位。这都是名字笔画太多惹的祸，要是我不叫谢安，而叫于飞、张宇就好了。于是我小时候挺恨谢校长的，被他冠名的姓真是没意思，笔画还多得要死，还动不动就写错了！要不是想偷懒少写几笔也不至于"字迹潦草"被罚抄《行为规范》。不想抄《行为规范》的另一个选择是像于飞、王义、张宇一样，当一个成绩好的学生，然而当时我一点都学不进去。不过到了初中以后，我成绩就忽然变好了，那时即使跑到隔壁班上对何欻说"我喜欢你"，班主任王老师也不会罚我抄《中学生行为规范》了，可我却没敢直接去说过。

说回风子。"像风一样飞扬飘逸潇洒的英俊男子"按《谢氏新编简化规则》来说应该简化为"风飞飘洒男"，或者叫"像风男"，或者叫"风飞子""风之子"，反正不是他给自己起的"风飞扬"。我一点都不喜欢"风飞扬"这个名字，这名字一看就是来源于《第一次亲密接触》的轻舞飞扬，或者金庸小说里的无敌高手"风清扬"。在我看来这年头除了女生的长发和裙子以外，没什么是值得飞扬的。"风之子"我也不喜欢，宫崎骏有一部动画片就叫这个名字。如果不想跟日本神宫里的老人家搭上关系，那就应该按诸子百家命名传统，叫作"风子"。我很喜欢我赏赐给他的这个称谓，这样显得读了好几年中医的我很有些传统文化。风子、瓜子、决明子，桃子、杏子、女贞子……都是开胃润肠的好药。

不过每每在女同事面前听到我这样介绍他时，风子都很生气。他总是要曰："汝闭之口。今诱至此，汝之罪也。罪之大，须生啖之！"于是我知道风子又不开心了。这句话翻译成白话文就是："你个死谢安，就是你把我骗到这个医院来的！如果哪一天我飞扬不起来，我一定要生吃了你。"差不多是这个意思。反正他是一个会做饭的好男生，每天都可以想出新的料理我的方法，比如和附子蒸、和蜀椒煎、和高良姜炒……肯定比只掌管十八层地狱、却不懂中医烹饪保健法的阎王爷的方法多。

其实我和风子虽说是同学了七年，但最后两年的实习，我们不在一个附属医院。那两年时间里我和他只见过三次面，说了不超过十句话，那时我根本没想到我今后还能跟着他一起杜撰《中医大宝典》。风子是一个有趣的同学，他脑子里经常会涌出一些开天辟地的思维，比如"政府在股市里的作用""中医 SCI 文章的书写原则""房价和医院门诊量的关系"……如果在大学时不是被夫子盖住了光芒，我也应该为他编一本《风子语录》的。人有时就这样，对熟悉的人反而不知道应该记点什么好，而对于只有几面之缘的人反而印象更深刻一些。既然毕业后，我们还能在一起工作，造福金山区广大患者，那我今后还是得让风子多曰几句。

于是此时，风子又曰："是不可乐，孰可乐乎？！"风子说的不是别人，正是放射科的李文同事。新同事李文此时正在台上忘情地唱着王菲的《但愿人长久》，从头到尾他大概没有一句歌词是唱在调子上的。如果没有伴奏，我们都以为他在以方言背诵苏轼的《水调歌头》。如果北宋落魄的苏轼老祖宗听到今世的研究生李文医生以这种音调演唱他的词，估计他一定"擎不了苍""牵不了黄""卷不了平冈"，而要像被骂到吐血的三国时期的王朗一样，立坠于矮棕马下。

能避开所有正确音阶的确也是一种超过凡人的本事。我总以为在这个世界上我是最五音不全的，没想到人上有人，天外有天，于是风子和我笑得把眼泪都洒到了茶几上，连肚子都笑得抽了筋。想想如此取笑自己的新同事很不道德，赶紧含着泪把有不少籽的砂糖橘塞进嘴里，不一会儿我们又把那些籽笑到喷得到处都是。

后来我们提到李文医生时都叫他"明月几时有"先生。只是那时也没想到他将来会成长为放射科的骨干，也没想到我以后会跟着他一起参加援滇的任务。其实上帝为谁打开了门，就已经为他关上了窗。当然我是拒绝鸡汤的，我不喜欢被打开的门。十年后，也许我更喜欢光着屁股从窗户里跳出去，对着里面的妹子大喊一声"我谢安还会回来的"，而听到这句话的柳月兰一定会大吼一声："滚去找你的小老婆吧，再回来你就是猪！"

参加完迎新会的第二天，我和其他新职工在一起考完《中医外科学》《医学英语》等两张看不懂的入职试卷后，在人生的第二十六年，我终于可以为了能娶到柳月兰而开始攒聘礼了！有一渊的金钱可以相望，而不仅仅是那点相濡的口水，无论是鱼还是我，都很令人期待。

7．欣然熬制一锅中药

被杨大师领进科室以后，首先要认识科里的全体医生。中医外科组有五位医师，除了杨大师，还有一个从镇卫生院院长位置上调回来的老孙医生，有在我前面一年来上班的罗发明医师和陈晓萍医师，听说科里还有一位正在 LX 医院进修的陈华医师。中医内科组有张莹主任、刚从外地调过来一年的马主任、于兰医师、去年来的高医生、潘红医师，还有今年和我们一起来的金婷婷同学。内科门诊还有任医师、赵医师、张医师等老医师。人总是要慢慢才能认全，角色总是得慢慢进入。好在大家基本都是中医大的校友，都是从张仲景老祖宗的一根中医大麻绳上被摔出来落在金山区的小泥巴。

我们中医病区也是独立于整个医院的，在医院最角落一栋三层小楼的三楼。二楼是肾内科，一楼则是传染病肝炎病房。病房离我们住的 5 号楼很近，走过去很方便。风子同学虽说也是中医毕业，但是他入职的科室却是康复科。康复科的业务主要是在门诊和理疗室，风子的顶头上司是从中医科调出去单干的莫主任。

陈晓萍和罗发明是我的师弟师妹，但比我们早工作一年。更有意思的是今年入职的金同学和他们两个是一级的。问金医生缘由，她说是大学期间因为她爸爸过世休学了一年。很好奇她爸爸是得了什么病去世的，她说她爸爸既不抽烟、也不喝酒（也不烫头），却患上了肺癌。大学和附属医院里有很多抽烟的医生都不相信抽烟和肺癌有什么直接关系，即使某位呼吸科的主任也这样说。他们都说"空气污染"

才是肺癌的诱发因素。反正注定都是呼吸同样一种空气，如果基因注定肺里的正常细胞会被污染的空气诱变成癌细胞，不如来根烟来扩张一下脑血管，缓解一下当医生的压力，管它教科书或 SCI 论文上写的是什么可怕内容。

按理说在中医大读书时我肯定见过他们仨，但是我却一点儿都想不起来。看来幼年时那一杠的伤害还在，导致我只记得那些漂亮的女生，比如排球美少女杨静和苦楝等。对于那些个长得不漂亮，又不会请我吃饭打游戏，还不愿意投怀送抱送金匮肾气丸的女同学们，我实在无法把她们从我的大学背景里给挖出来。

现在既然大家变成了中医一家人，那就要试着进行相互间的配伍与合作。首先下砂锅的是金婷婷同学，一个面相端正的女士，和茯苓一样白，大眼睛，总戴着一副粗大的金丝眼镜。从某种角度看起来还算漂亮，但总让人感觉她应该去居委会工作而不是当一个医生。我从小到大特别怕姓金的人，总觉得他们身上流着清朝皇族的血液，也总害怕他们跳出来证明我是一个冒牌的王侯将相。其实自从高考失败被命运女神安排读了中医，我就没觉得自己有一天还能封王拜相。入职培训那几天的一个傍晚，我曾经和她一起步行到农工商超市里去买诸如拖鞋、毛巾、橘红糕、方便面之类的物品。路上她提到读中医大时有一位叫"土狗"的师兄，说他发在《中医人》上的小说写得很有意思。我对她说："那就是我呀。"她一点儿都不相信，问："怎么可能是你？怎么可能！"我只能回答："不相信算了。"大概在她以及其他中医学子的心中，能写出那种文字的人不应该还能当上医师，应该早日住进精神病院去。

其次下锅的是陈晓萍，在我眼里她就如同附子。身材良好，两腿修长，脸却普普通通，还发着一些不小的痘子。她干起活来风风火火、干脆利落，说起话来却肆无忌惮、大大咧咧，有种天生的御姐风范。要是在市北的棍棍愿意和陈洁分手，我会撺掇他来金山挖陈晓萍的墙脚。除了没有陈洁有钱，陈晓萍哪里也不输她，连脸也比她好看些。同样都是大姐姐，把棍棍塞到谁的褴褛里还不是都一样？不过一个半个月后陈晓萍就辞职跑路了，去了市区的一所部队医院。当得知她男朋友是个职业军人时，我也庆幸当时还没来得及跟棍棍密谋串供，不然挖塌了陈晓萍的裙子兴许会有牢狱之灾。

还有内科的潘红医师。她应该就是大建中汤里最重要的药物——饴糖。饴糖是我们扬州的特产之一，叫高粱饴。但我们那里明显不种高粱，因此这有"拿着别人家的咸鸡说是自己亲手腌制"的嫌疑。说她是饴糖，因为她是本地人，常常拿着家里种的甜芦粟来给大家吃。另外又因为她是本地人，而本地属于农村也属于海边，比市区特产阳光，因而她的皮肤晒得比较焦，和饴糖的颜色比较类似。

最后是罗发明同志。他长得很像块干姜，能做到让人过目不忘，说不清他五官有哪个不好看，但是装在他的脸上就很别致。他有两撇狗油胡子，笑起来嘴角能咧到耳朵根，而且特别喜欢剃光头。我总觉得我不该在医院里遇到他，而是应该在武当山下的一座小庙里。后来我无意中看了《辛普森的一家》，觉得他更像是从这部动画里逃出来的动画人，也总怀疑他有一天会从金山的海岸线出发，游过钓鱼岛，游过关岛，游过中途岛，横穿太平洋，一直游到对面的旧金山去。别以为我是在瞎说，我这样推理是有事实依据的。因为他每天都会去广场上的公用单杠上做几十个引体向上，在科室里经常要拉我比赛扳手腕，一整个夏天都在金山游泳馆里练泳姿，闲暇时总拿着一本英语 4 级词汇在背单词。

锅里已经如此热闹，还要加上特别像炒了炭的杨大师。关于杨大师，我前面已经写过一些了。他真是一位神人，每天大概要喝掉二两的茶叶，喝到最后连牙齿都是黑的。而且他还动不动与别人比赛吃茶叶，看谁吃得多！茶叶这种东西即使是上好的龙井也是毛毛糙糙、苦涩坚韧，难以下咽。那些络绎不绝地前来挑战的牛鬼蛇神们往往在吃到第二口时就伏地不起、磕头求饶，恳求杨大师把他们收作弟子。而且在这些过量咖啡因的支配下，杨大师值班时一般到早上四点才会去睡觉，而七点半他又跑出来带我们去查房，一点儿都不困的样子。我觉得我也应该求他赐道灵符贴在脑门上，这样我才能心甘情愿地继续去当什么医生。

周一第一天去科里上班，跟着杨大师和陈晓萍师妹查房。查完房，杨大师就跑到值班室里继续玩电脑练打字去了。于是我只好跟着陈师妹一起换药，看她给各种烂腿、烂脚和烂屁股消毒，换纱布。她的手脚很快，一直跟我说："你别老跟着我呀。你去干点别的什么吧。"我说："我不知道要干什么。你带带我，下下周你跑了，我还什么都不会呢。""换药有什么好学的。你一个研究生还不会换药吗？随便换换嘛好了呀，我们又不是无菌换药。"

中午罗发明打电话过来，说有一个门诊手术完的患者想收进来观察观察。我去向杨大师请旨，杨大师脱下道袍，举着桃木剑，发了飙，说："没这个道理的！自己搞不定的手术为什么要在门诊开，开完了收进来让我们承担风险？"不过下午这个病人还是住了进来，被陈师妹收在了床位上。病人没啥，大概门诊的老孙医师觉得患者的手术范围大了点，怕他出血，收进来留观一下。只是我们要写住院的一大套东西。原来，杨大师也是一个好人。

过了一周，周四晨间大交班，吴护士长、全体护士、张主任、马主任、杨大师和其他住院医师都围在护士办公室交接班。我把手里的五六个病人汇报完。张主任接着讲话，首先欢迎我和金医师的到来，然后她又和护士长沟通了一下科室的安排。又提到了陈晓萍的离职，叮嘱她和我做好交接班准备。站在一边的马主任似乎想讲些什么，被张主任按住了，接着问："陈医生走了以后，中医外科以后的值班有没有问题？"杨大师回答说："我和谢安医生先对翻着，等下个月进修的陈华医生回来再说。""你们应该让门诊的罗医生一起值班，年轻人就应该多担当点。你不方便说，我去门诊跟罗医生说。"顿时感觉新科室的人际关系也很微妙，不过也没什么，这是中医的传统，我在 SD 医院已经领教过无数次了。

陈晓萍走了以后，我和杨大师对翻了两个星期的班，罗医生才排进来和我们轮流值班。但很快科室的业务量急剧下降，一个月来病房让我参观臀部的患者只有个位数，更多的是一些烂腿烂胳膊的患者躺在床上等我去端着换药碗招呼。那些个外伤车祸术后的患者都是杨大师打电话跟他的骨科兄弟们要过来的，反正闲着也是闲着，总比一天到晚都在护士站以整理病史为名与小护士们聊天要好。只是骨科病人的换药都是在床边换药，需要我弯很长时间的腰给他们清理坏死组织，敷上提脓祛腐、生肌收口的大好中药膏。由于骨伤科的患者比率越来越高，我弯腰的时间也越来越长。有一阵时间，我的腰就如同生了锈一样，在挺直的时候会发出齿轮转动的咔咔声。如果我有时间回洞府再闭关修炼一下，应该可以悟到迈克尔·杰克逊僵尸舞的真谛。

其实换药挺有成就感的，患者每天的创面都不太一样。有时过了一个周末再换药时，会发现患者伤口边的皮肤和肉芽已经长出好多来。看着原本腐烂腥臭、一团浆糊的伤口在自己的清理下慢慢变得干净整洁，会有说不出来的获得感。因此以前 SD 医院的猪头小队长在班会上曾指着葫芦骂秃驴式地说："有的学生写的病史真是搞笑，说什么'长势喜人'，这哪里是什么病史，这是在写小说哪？！"其实猪头小队长在当皮肤科住院医师时肯定没好好换过药，无法理解我写下"长势喜人"时内心的快乐。如果我的脸皮再厚一点，我还要加上"在党和国家政策的密切关怀下，在中医药宝贵药材的影响下，该患者上皮生长形势大好，肉芽组织抬升日新月异，脓腐组织已经逐渐退出历史舞台……"当然，这样的话在新闻里属于陈词滥调，而且写在病程录里有点翻旧账的感觉，为了避免国内矛盾的激化，我还是按下自己当一个脑残小说家的冲动，老老实实地写正经一点的病史。

九月初的一个周五安排有一台较为复杂的肛瘘手术，听杨大师的话提前去门诊找孙医生要一根做手术要用到的银丝探针。孙医生正和罗医生在门诊做手术。上个月他们两个在门诊做了四十几台手术，连周末也在做，而我们病房只做了十几个。看到我时，老孙医生很客气，说："你就是新同事啊？小伙子挺精神的，听说你是研究生毕业？很好，很好，有前途！"孙医生五十几岁了，浓眉大眼，高鼻梁，面容英俊，年轻时肯定迷倒过一群妹子。我等了一会儿，看他们把手术做完。在手术中老孙医生对手术病人一直嘘寒问暖，问人家"有什么不舒服""疼不疼""在公司里是干什么的"等等，态度十分和蔼可亲。等他们做完手术，孙医生从抽屉里拿出来一根银丝探针交给我，对我说："你拿上去吧。用完了还给我。这是银子做的，外面买不到。小伙子，你很有前途的，有机会让我好好教教你。还有，你上去顺便跟杨医生说一声，我不同意他说的奖金分配方案。你告诉他，'多劳多得'是医院的奖金政策！"

　　他说的杨医生定的奖金分配方案是这样子的：自从孙医生从外院卫生院长的位置上调回来后就一直在门诊待着。因为他以前是科室的创始人之一，可以说又是杨大师的老师。他平时不参与病房工作，可又觉得手痒，除了把一些比较复杂和有较高风险的患者收进病房让杨大师做，其他大部分的手术他都留在了门诊自己做。而目前科里的奖金分配门诊和病房都是分开的，导致病房里我和杨大师的奖金只有几百块，而门诊他和罗医生两个人的奖金接近五千块。对此情况目前负责中医外科组管理工作的杨大师十分不开心，决定要从门诊奖金提一部分出来作为"医务人员闲置无聊费"补贴给在病房中的医护们。

　　回去和杨大师一说。杨大师很生气，说："没这个道理的。医院里是讲多劳多得，可是科室内部也要讲公平。他们做得多，是因为他们在那个位置上。我要是也在门诊，也把手术全放在门诊，我奖金也高的。况且门诊手术又不安全。我要去跟科主任反映反映，不行我就到院部去!"

　　第二天,杨大师拿着他口述、我手打的新的奖金分配方案去找罗医生,让他签字画押。罗医生笑着说他"只是小不拉头子,说话不算数",没法签这个"同意",他要听上级医生的。杨医生于是变得气急败坏,就差要问他"你说的上级医生是我还是孙医生?"亦或者干脆拿起令箭,号令牛鬼蛇神们把罗医生和老孙医生一起推到油锅里去。但是最终杨大师还是按下了自己的怒火,在办公室里烧了好几根的香烟,这才心平气和。于是这些日子,孙医生和杨大师的斗争有些升级了,一干人等都得选边站岗。我不想站边,不喜欢人与人的斗争,不喜欢人之间的派系纷争,只是杨大仙平时说的一句"大家都是干活的,都是平等的。不要太在乎钱,在一起开心就行"的话触动到了我。

　　奖金分配方案的调整暂时没了下文。病房里只有我和杨大师上班的情况又持续了半个月。过了中秋节,杨医生给 LX 医院打电话问:"陈华还在你们那里吗?"那边科教科的说:"不知道,不知道在哪个科。"杨大师一筹莫展地坐在办公室里,从口袋里拿出一盒烟,递了一根给内科组的于兰医生。打火机"嗒"地打着,烟还没点上,张主任从外面忽然进来了,说:"你们两个又在办公室里抽烟!像什么话!杨医生你一会儿到我办公室来一次。"说完她躲着烟味出去了,杨医生笑着对于医生说:"一会儿到我值班室去抽。"

　　我则去护士台,在一群护士妹子的关照下,开始赶我的出院病史。今天出了五个病人,要写五份出院小结,一会儿说还要收一个病人。到了下午,在我写新病人的入院录时,一位今天出院的患者拿着我亲手写的出院小结来找我。我问他:"怎么啦?复写的不清楚吗?"这位老人家说:"不是的。复写得蛮清楚的,你的字也写得很好,但是我一个字都不认识,你可不可以给我念念?"一个字都不认识还给我戴个"现代著名书法家"的高帽子?这明显是来砸场子的!复写纸这种老古董,写个十几次,下面复印的笔迹会变得很淡,就算用很大的力气去写也没用。今天我还特意找了一张新的来写，结果人家又嫌我写得太潦草。即使新病史还没写完，也要先给人家把出院小结从头到尾地念一遍。虽然我很努力装着很好的态度，但肯定眉宇间藏了不少怨念，这点还是要向孙医生学习。

　　又过了两天，新的奖金制度终于被推行下来，孙医生"保留了"他要"择期去院长那里出诊"的意见。在国庆前，我第二笔月度奖金终于发了下来，终于从标准的三位数变成了刚刚的四位数。回想九月初和杨医生两个人对着翻夜班的忙碌，想到罗医生已经参与病房的值班，想到奖金分配的风波暂时结束，于是感慨自己办事拿钱的临床工作终于慢慢进入了正轨。

　　过了国庆节的第一个工作日，一位身材玲珑的漂亮女士穿着白大褂走进了我们医生办公室。刚交完班的杨大师正趴在桌子上写他写了上百遍的《兰亭集序》，抬头看时大吃了一惊，问："陈华医生，你怎么来上班了？你怎么没和我说一声？我还以为你跑了呢！"这位陈女士嫣然一笑，说："我不回来还能到哪里去啊？！"

　　她笑得很美，宛如一朵淡色的木槿花，柔弱、内敛却又带着一丝的倔强。

8. 柳家公主莅临指导

在我上班的前两个月里，柳月兰到金山只来过两次。每次她都打扮得光鲜闪亮，像尚未嫁人的茜茜公主一般。每次我都得打着阳伞，夹着一支鲜花站在汽车站里接她。她第一次来金山时一看到我就给我的脸上轻拍了十几个巴掌，仿佛是在挑选打过秋露过了节气的 8424 西瓜。没等我喘上气，她已经开始她的盘问："我不在，你有没有勾搭过医院里的其他小护士啊？""有啊。我们科里都是漂亮的小护士。""是吗？是吗！叫什么名字？说来听听。""小母鸡、小燕子、小妖、许苹小松鼠、建芳大红花、李夕大包子……""在你嘴巴里就说不出什么好名字。怎么样，你对哪个有兴趣？""我对谁都有意思。""你行吗你？还对谁都有意思！""真的。""行了吧，除了我，谁受得了你哦！嘴巴老，哪天把你的舌头切下来你就老实了。"

她说得我的舌头一阵酸麻肿胀，宛如被蕲蛇咬了一样，需要咬舌自尽。我并不想与我女朋友争辩舌头的完整性与花心程度无关的问题，赶紧拉着她的手朝外面走。车站出口处有两个在擦皮鞋的中年男子，对着来来往往的每一位旅客说："皮鞋擦一下吧？"我看了看我的破旧皮鞋，又看了看我身边的漂亮妹子，似乎一双沾满灰尘的皮鞋并不会让我立刻丢掉身边的女生，于是绕过他们朝前走出。在车站附近的马路上停着一排上海市区见不到的人力三轮车，我们朝其中一辆走了过去，像一对民国的瘪三和漂亮的贵妇一样坐了上去。接到客的三轮车夫吹了个口哨，将车子调了个头朝医院骑去。其实我不喜欢人家看我女朋友的目光，但也知道走在大街上的美女无论如何也算是一种共有的社会资源。对此我也应该大度一点，不然今后我也没有理由在逛街时盯着别的漂亮妹子看。

南风迎面而来，带着一点儿海的味道，隔离化工厂和居民区的那一大片水杉林挡住了全部的阳光。这是立秋后上海最热的几天。其实没几步就能到我们医院，但是公主新买的水晶鞋子怎么能随意踩在沾着泥的地上呢？万一碎了可是一笔不小的开销。在医院门口，我们从三轮车跳下来以后，一对看完病的夫妻抱着孩子立刻就上了我们刚才坐的车子。医院的门口总是那么热闹，卖洋泡泡的，摆小地摊的，总是把行人的通道挤得更为狭窄。

经过急诊大楼，三步两步到了我们宿舍，推开门，牛文才医生正穿着短裤在宿舍里做第七套广播体操。他韧带真好，一条毛腿一直抬到了电视柜上。看到柳月兰进来后，他赶紧把腿撂下来，很热情地和我们打了个招呼，冲我挤了挤眼睛后说："你好，你好。你们饭吃了没？晚上一起吃个饭吧。"过了一会儿他拿起拷机来，又说："哎哟，我要去科里看看，吃饭前他们就说急诊收了一个急腹症的，我现在去科里看看要不要帮忙。"套上白大褂，他随手把门带上出去了。

这时的房间里冷得要死，就像进了冰柜一样，睡在上铺的风子正像一支盐水棒冰一样躲在被子里保温保湿。看到我和柳月兰来，他哆哆嗦嗦地从被子里探出头来，说："谢安，你把空调调高一点。我脚冻得要抽筋了。"

我们俩对牛医生都挺无语。这家伙就像得了甲亢一样，每天都和一只生殖期的鼩鼱一样蹿上蹿下，似乎永不休憩、不知疲倦。只要他一回来，他会立刻把宿舍里的空调调到18℃，然后站在空调下乘凉。从空调里喷出来的一层白烟会在他头上形成一层雾凇，在此情况下，他还要再锻炼十分钟才会躺在床上睡午觉，也不怕得老祖宗说的风湿病（"一身尽疼，发热，日晡所剧者，名风湿，此伤于汗出当风"）。我和风子在牛医生横行的大夏天里前后感冒了两次，浪费了不少电费的同时还浪费了不少宝贵的银翘散和劣质餐巾纸。

牛文才的名字总让我想起《梁祝》里的坏人马文才，民间传说中也有一种说法说有一种叫马文鱼的鱼类就是死去的马文才变的。我至今不晓得马文鱼是什么样子的，如果按《谢氏新编八卦史》记载马文才财主是被山洪淹死的话，那在浙江山涧溪水里常见的石斑鱼是不是就是这种传说里的马文鱼？这种山涧里的小鱼也长着类似与斑马样的竖条纹。如果我能成功论证这点，那也值得写篇论文发在《谢氏新编考据集》这种宇宙级的核心期刊上。

柳姑娘以前也见过风子一两次，和风子聊了一会儿，约好晚上一起吃饭。快到一点半，风子从床上跳下来去门诊上班。我昨天值班，今天下午出夜休，有一下午可以陪我的姑娘。当宿舍里只有我们两个人时，我们热烈地表达了对彼此这一整个月的思念，接着聊了些科里的事，最后话题又转到了牛医生。

今年普外科招了好多医生，牛文才是他们中唯一的硕士研究生，在普外科他算得了宠。他整天开口闭口都是："我现在直接当二值了！我们组的所有手术都要经过我审核""我们俞大主任说我是重点培养的对象""科里的那些小护士都叫我牛大医生""我们科里有几个小护士又好看又热情，下次给你们介绍介绍"……牛文才是一个如此热情的人，他早已和住在同一层楼的所有住院医生混成了表面上的弟兄。这也间接导致风子、我和外科系统的几个住院医师也玩得比较好。普外科的吴医师、解医师、大海医师，骨科的善医师、桂医生，还有手术室的陈医生，放疗科的陈医生等，除了在宿舍或网吧里一起玩魔兽世界，大家也会去海边的大草坪上一起踢足球。

和他们一起踢足球，在踢之前的感觉很美好，在正式上场后觉得非常无趣。在新的单位大家都是靠实力说话，没有实力谁也不会传球给你。于是我经常做无用的五十米来回跑，一场下来连球也没碰到几回。和他们一起玩了几次，我就不去了。风子因为膝关节在大学里受过伤，不然倒是一个可以制衡他们的足球小王子。于是特别怀念在中医大那三年的生活，特别怀念和小龙、旺仔小馒头、杨得志、大卫、年糕香、大畚箕、饭太稀等一起混操场的感觉，也莫名地想起那个难得对我笑一笑的杨静同学与貌合神离的苦楝师妹。不过我还是希望自己的人生能够静止在那个时代，因为只有那个时代有小说、足球、稿子以及无恋的孤独感全方位地陪伴着我，即使孤单寂寞冷，也有别样的痛苦与快乐。

每次提到这点，柳月兰同学都十分不乐意，总是放下手机对我说："你不就是嫌弃我看不懂你的小说吗？那我陪你去找你的那些小姑娘吧。什么静、什么冰，还有冯什么的吧，我倒要看看她们会不会要你。尽想那些没用的，要是不想分手就老老实实地想想怎么娶我！"

除了率性和笨以外，柳小姐似乎毫无缺点。"率性"让人清澈见底，"笨"总让人恼火和无可奈何。而且她对"笨"这个字一点儿都不感冒，还经常说"我笨，才显得你聪明啊。要不然你给我说说你还有什么优点？"按她的理论，她可以在自己住了二十几年的城市里迷路，可以在买东西的时候算错账，在乘到郊区来的公交车上下错站，在看电影时永远弄不清里面的剧情……而我的主要职责就是随时随地把她从"你认为的错误里"拯救出来，因此她存在的意义就是"有机会让你证明自己还有点用"。"跟你比，我是笨了点，跟我那些同事比，我算聪明的好吧。还有我情商比你高，这年头情商比智商重要好吗！你看你天天说这个人不好，说那个人不好，除了我，谁还会喜欢你？"关于还有没有人喜欢我或喜欢过我的事，我不能跟她摊牌，如果说了不晓得她会不会半夜给我注射氯化钾，或者干脆像《变相怪杰》里一样把我从抽水马桶里抽走。

关于怎么娶她的问题，我暂时也没有头绪，人家在 ZX 医院混得好好的，虽然忙得很，但是钱也比我赚得多。暂时她还和她父母住在一起，但是看她超喜欢灯红酒绿的大上海的甜蜜眼神，估计一时半会也不会抛父弃母来金山陪我跳海。那一对青蛙国王、黑桃皇后早就提了"必须要在上海买套房子"的最高指示，不然就"对不起他们家如花似玉的姑娘"。那金山的房子算不算上海的呢？金山的房价此时倒是便宜，三四千一平，但也不是月奖金只有三位数的我近期能放入自己的"谢氏四八计划"的（中医老祖宗说男子以"八"为期）。

晚上和风子一起去明华饭店点了几个炒菜吃，肉末粉丝和毛血旺是必不可少的。牛文才本来也要来蹭饭，都已经一起走出医院了，在大门口他又接到一个 call 机，赶紧去门卫室回了个电话，走出来说："科里收了个急腹症的，下面医师搞不定，我去看看。""你就能搞定啦？""不行还有主任呢！"说完，他赶紧回去履行他"住院代主治医师"的职责了。吃饭的时候，风子向我们抱怨说他们科室里全是混日子的领导家属，每个月连医院发的四百块保底奖也要打半折给他。他的潜台词里还不是说是我做了不光彩的老鼠夹子，把他夹在这里了。其实我们都是被一个夹子夹住的 SD 大鼠，虽然丢掉大腿可以脱身，但是彼此此时有没有这种勇气。我离开金山的理由更充分些，但是我又懒又穷，且脑子有病。

吃完饭，天已经彻底黑了，送柳姑娘回汽车站，一时间又没找到什么话题。一路走着，街边的传统店铺都关了门，只有几家理发店透着昏暗的光，坐在里面的女孩子大多长得一般，但光溜溜的大腿和雪白的胸口总能吸引住路人的目光。一位刚在我们科里开过刀的患者正点着烟，坐在靠窗子边的位置上对着我点头示意，满脸的笑容。

走到车站前的十字路口，月兰忽然对我说："你给我当心点！弄出毛病来传给我，我就杀了你！"我莞尔一笑："行啊。那你现在就得想好了将来拿什么杀我。不过你放心，我绝不反抗！""切。你呀，什么时候嘴巴跟你身体一样老实就好了。"她说。我老实吗？

今天晚上回市区的人很多，月兰上去时已经没有正式座位，售票员拖出来两只小板凳加在过道里。看着车子远去，我觉得在某一个地方有一张只属于我们两个人的床铺变得越来越重要起来。

9．中医科的代表女性

　　春节后被内科张主任安排去外面科室轮转了快半年的金医师回来了，顶替要去 SD 医院妇科进修半年的潘红医生。金回来时还牵回来一个长得像仙人掌的男朋友，是心内科的饭医师。饭医生和我们一样，都是今年新进的职工，平时都住在同一层楼面。他个子偏矮，近视，眼睛很大，因此巩膜的比例高了一点，语调纤细，头发短促而外放，颇似自带了几万伏的静电荷，因而整个人看起来都很顽劣。

　　平时他在公共厕所蹲坑时，很不喜欢厕所里有其他人，只要里面有人，他就不进去了。在盥洗室里冲凉时，他会把盥洗室的门都锁上，如果有人要上厕所，他会叫人家等一下或者赶紧去其他楼层的厕所。我想他上辈子一定是从皇城内院坐着尿盆顺着秦淮河漂出来的，看到他的玉体的人如果舍不得剜去双眼，就要把自己泡在福尔马林溶液里专供医学生解剖参观。可惜他没有我的紫金葫芦，不然我们一层楼的住院医师肯定都会被他收进去化成腥臭的脓水。

　　前些日子外面轮转的金医师有时也会回科室里聊天，那时她与饭医生的关系还没正式确定下来。我说了饭医生不少坏话。她也说："是呀是呀。小饭这个人很出壳（妖孽）的。不是他床位上的事，护士叫他，他都不管的。""他们科护士叫他中午带饭，他都不带的。带个饭又无所谓的咯。""上次我们一起去吃肯德基，还是我付的钱呢。"……听到这样的话，我觉得自己挖墙脚挖得很成功。毕竟我们中医科出产的新鲜茯苓怎么能随便被这样一个要人品没人品，要身高没身高，要房子没房子的野生毛头鬼伞蘑菇给炖了呢。

等金医师轮转回科室后，我却经常看到饭医师到科里来陪值班的金医师，两个人亲亲密密在一起吃一份盒饭，说心内科的一个轮转医生连心电图机都不会接的事。两个人笑起来一个天真，一个妖怪。唉，挖女生的墙脚是我毕生的癖好之一，但为何每次墙倒了都只有我一个人被埋在墙下面？想起以前读书时被华华、苦楝、杨静打了无数次的脸，现在又被金贵人打一遍，真是悲催。于是一个人坐在办公室里满怀怨念地念了五百遍的《谢氏新编大轮回真经》，希望有一位九世路盲的大法师感受到我的虔诚，愿意从长安跑到这里来揭去压在我头顶上五百年的"妈咪妈咪哄（嘛尼嘛咪哄）"。

读大学时，我总觉得自己已经特别了解女孩子。总觉得除了张智慧、姚老师以外，其他人大多"非蠢即笨"，尤其是长得漂亮的，而聪明女孩子又大多相貌平平。虽然她们的模样千变万化，但她们的性格都有一个共同点：在做决定前理性无比，一但下定决心就会不计后果，义无反顾。每次我都想在她们准备纵身跃进 Acheron（阿卡戎）河前把她们拯救出来，结果她们总是会与我割袍断袖、生死两绝，顺便还要送给我一句"你这个人好怪"的箴言。虽然我的后脑勺小时候被人敲过，部分神经元化成了血水，重新连接的神经通路的确怪异，但是我真的是因为喜欢她们，才不愿看到她们去趟那些富含霍乱杆菌的男生们搅出来的浑水。

第一年春节，恰逢轮到我年三十值班，于是哪位亲戚家也不能去，虽然胖姑夫佛曾说要请我去听经，青蛙国王说有空可以去他们家吃年夜饭，但听口气都不是真心的。过年期间，整个中医科住院部也只有五位病人。除了内科有两个半身不遂的患者，就我们科还有三位下肢打着外固定支架的汉子。这几位下肢骨折的患者走起路来就像幼年的阿甘。我总想在他们的身后默默大喊"Run！Forrester run！（阿甘，快跑！）"而他们只会回头对我说："医生，你看我这骨头能长好吗？"

呃，我才不管你的骨头长得好长不好，那是骨科的事。我只管被骨科圣手打上铁架子的骨头有没有发炎，会不会从那些个窟窿眼里流出脓水来。

查完房，给他们换好药，一切正常和清闲，准备去护士台开医嘱。金医师已经处理完手里的事情，正在护士台跟小燕子、小妖聊天。三个人聊得开心得不得了，似乎金医师又在表扬自己男人的"促狭和无用感"。看起来插不进嘴，我也没有"吕布战三英"的本事，只好回了值班室。窗外的天气不错，风不大，气温接近冰点。站在背风的阳光里应该会很温暖，可我不想出去。

值班室的老旧电脑只有连连看和练打字的游戏，键盘已经被杨大师摸得黑黢黢的，连我这个没洁癖的人都觉得脏。不想动电脑，于是躺在床上，翻了几个身还没睡着。无聊，编了一个段子："春节到了，一只公蛤蟆扑通跳进了粪坑。母蛤蟆一脸讶异，一会儿公蛤蟆顶着一头人中黄又跳了出来。母蛤蟆一脸嫌弃。公蛤蟆说，你知道个啥呀，这叫'蟆（马）上有黄金！'"手一抖，心一歪，发给了那些努力上班或者混吃等死的大学同学们，想了想又加上了冯老师和陈子冰。等了很久，她们两个果然一点儿回音都没有，看来她们两个不喜欢带有米田共的笑话，也不喜欢整天与米田共打交道的我。于是满心失望地睡着了，睡到下午三点多起来，发现金贵人终于从护士台消失，只有小妖坐在那里敲体温单，和小母鸡一起对着医嘱。

小妖、母鸡、燕子是科里的三大美女，都是本地人。小妖纤细柔美，像一只豆娘，也有点大大咧咧，笑起来没心没肺。小母鸡就如同我小时候养过的芦花鸡，丹凤眼，圆墩墩的，笑起来全身会格格的抖。燕子是一个古典的美女，说话细声细气，笑起来会捂着嘴。看起来她们都喜欢我，不然为何在我值班找她们聊天时，她们总是对我笑呵呵的呢？我又不是漂亮的三藏法师，即使穿着宽松无比的白大褂也与明华饭店里做拉面的大师傅差不多，不值得这些女妖精明里暗里地送秋波。挺喜欢这种不被讨厌的感觉，自从小学脑子进了水以后就一直被女生们嫌弃着，怪异着，远离着，连喜欢也只敢偷偷摸摸，一篇写满是是非非的爱情的《无请之疾》也只能藏在自己的电脑里。

过了正月十五，杨大师在科里悄悄地说，大主任张主任下个月要正式调到市区某医院去当一名老中医正式继承人，以后我们科里将由马主任主持工作。马主任是北方人，做事情一丝不苟、条理清楚、目的明确，但喜欢上纲上线，最看重的是下级同志有没有和领导步调一致。她和张主任一样，眼睛里也揉不进烟叶子，每天都会说让杨大师和于医生不要在办公室里抽烟。可抽烟这种事就算把手剁掉也不能解决。让别人戒烟的人，绝大多数是自己没抽过烟的人。如果劝人戒烟的是一位医生，那他不是葫芦腔太重就是《药理学》没学好。

大学时教《药理学》的刘老师说："给猴子打一个星期的吗啡，连猴子都能开口叫唤，吵着让实验人员给它多来几针。"我的谢校长一辈子戒了无数次的烟，每次他都说："戒烟是天底下最容易的事，我每年都可以戒十几次。"这句话非常不要脸，正如同我经常对柳月兰说"爱上别人是天底下最容易的事，我每年都要来上几回"一样。而柳姑娘毫不在意，经常回的话是："你呀，随便你去找谁。你以为没了你，我就嫁不出去啊？！你哪凉快待哪里去吧！"金山区是挺凉快的，经常比市区要低上好几度，冬天连池塘里的冰也要多厚上几毫米。看起来她十分赞成让我一个人待在郊区的医院里好好反省，于是乎有两个星期我们为了如何去对方家拜年的事连面都不见了。

在新主任的谆谆教导下，为了保持自己已经戒烟的幻象，杨大师开始把烟蒂和烟灰藏在他的空茶叶罐子里，可他又懒得去扔。因为无论喝茶还是抽烟，他都比别的人要勤快，因此他那些装的不知道是茶叶还是香烟灰的罐子会在他办公桌上排成首尾相接的一堵墙，比整个科室的专业书还多。有时候马主任想去他那里抓点茶叶，却经常打翻了他的烟灰罐，弄得满地都是烟灰。马主任每次都恨恨地说："这老杨怎么这样！恶心死了！"而杨大师却经常对我说："烟灰是个好东西，以前来我们这里做手术的 SD 医院的王主任就是一边做手术一边抽香烟。哪里出血了，他就直接把烟灰点上去止血。"我不知道用烟灰止血靠不靠谱、科不科学。这听起来和《金匮要略》里的"烧裤散"差不多，也许能增加外源性凝血因子，但是医生总不能不戴口罩、叼着烟、露着一把大胡子做手术吧？能这么干的似乎只有前清或民国时那些没学过消毒概念的名老中医们！

读书时挺羡慕那些语文功底深厚、毛笔书法出类拔萃、医案写得神乎其神的老中医们，不但可以收受一根金条的出诊费，还可以养活好几位喜欢涂脂抹粉、穿金戴银的漂亮姨太太。中医内科门诊张贤医生的父亲正是这样一位民国上海滩自评的十大名老中医之一。可惜一场"文革"耽误了张贤老师的深造，他最终只读了个工农兵大学，毕业后留在我们医院，一直工作到现在，而且他也一直没有继承到他爸爸的烫金招牌。老中医不能继承自己父亲的事业，做某某流派的继承人也是一种挺有意思的现象。

张莹主任走了以后，楼东的主任办公室里终于只剩下马主任一位主任了。

10．医院里的遍地妖怪

开了春的天气依旧寒冷，秋桐树依旧光秃秃的，天空依旧灰蒙蒙的，即使靠着海也没有换来海的一丝清澈。也难怪，金山的海是混浊海，虽说"水至清则无鱼"，但是这浑浊的海水里除了小螃蟹和黄泥螺外也见不到什么鱼。海滩的防浪石上除了破碎的牡蛎壳，还有就是盐霜。刮了一个冬天的剧烈海风终于把枯萎的芦苇吹倒在地，只是风儿没注意到海水里已经有新的芦苇荸子从淤泥里探出头来。在海滨浴场的大堤上稍微站一会儿，我已经冻得鼻涕横流。

还是病区舒服。主任的办公室朝东，迎着每天早晨的第一缕阳光。我们的办公室在西面，迎接着每天的最末一丝阳光。在阳光的前面还有一排巨大的水管和化工厂。滚烫的蒸汽从石化厂顺着包着白锡的管道，通过路口的空中走廊，蜿蜒进入我们医院，又像人身上的动脉一样分散流进门诊和住院的每一个办公室与病房，于是整个医院都洋溢着来自石化厂提供的暖意。热水汀是南方少见的物件，连我的家乡江北的扬州都没有。也不知道热水汀里面的水到底有几度，反正把冻僵的手放在上面一会儿就会发出蛋白质变质的味道。

更有意思的是遍布医院各处的热水管子总是不时发出被敲打的声音——"喹……喹喹"。那种声音有时遥远，仿佛是《暗黑破坏神》里来自地下的 Diablo（怪兽）；有时又很急促，仿佛《寂静岭》里三角头的丧尸拖着斧头划过一排破败的铁栏杆；有时声音也会沉默很久，再冷不丁地来上超金属的一段。半夜病房里这种声音会更加清晰，不过科里似乎

上部　*61*

没人会在意这些声音，连中班夜班的护士们都习以为常。我曾经拿着摩尔斯电码记录下一整天热水汀声响的规律，其中绝大部分段落都毫无意义，一整本的本子里只有一小段零碎的字母："w""y""nm""si"……

其实这段字母没啥意思，是我随便写的，和摩尔斯码无关，纯粹是我想拿着这个本子去吓唬上中班的小妖。我原本不应该去调戏小妖的，但是作为一个脑壳里有太多大黄粉的我觉得不去勾搭一下暂时没有男朋友的小妖有违大自然的规律。前面我说了我们科的护士中有三大美女，除了小妖，燕子和母鸡都已经准备谈婚论嫁，一个是转役的军人，一个是在编的警察。虽然我惯于拿着粪叉去戳漂亮妹子的脚踵，但是想到这样做可能被人民民主专政在电椅上后，我还是得小心一些。

小妖是个特别有意思的女生，喜欢像男生一样分开腿坐着，显得十分逍遥。提醒她时，她会大吼一声："啊呀，你在看什么！"顺便会把一本铅皮病历卡丢过来，然后翘着二郎腿继续在那里抖。我承认每个女孩子都有自己可爱的地方，即使是长得像大象一样的天使。何况小妖不是大象，还很漂亮。如果一个男的不承认自己喜欢漂亮又可爱的女孩子，那他就是虚伪小人，比写《登徒子好色赋》的宋玉还可恶。我就承认自己喜欢各种漂亮的女孩子，因此我一点儿都不虚伪，比那些"满嘴的仁义道德，一肚子的男盗女娼"的宋玉们要高尚些。即使我的正式女友柳月兰小姐拿着双氧水和三氯消毒片要给我的海马回消毒，我也要捍卫自己作为一个小人物，有可以同时喜欢别人的权利。

当我将这本"水管怪密码本"展示给小妖看时，小妖一脸吃了碘仿纱条的迷茫。我只好跟她摊牌说："水管子怪重复说的是一件事：我要你们死。"小妖摇头，那种不信感如同她从馄饨帽里漏出来几缕青丝一样。看她把头发捋了回去，我又问她："你不觉得热水汀里有妖怪吗？""你毒头啊，脑子瓦特（坏掉）啦？那声音是空气的声音。"小妖怎么知道我脑子坏掉了？而且我才不相信那是空气的声音，水管子里怎么会有空气，即使是空气也不会喤喤喤的响吧。"还是我跟你说一件事吧，我们楼下的传染病房才真的有鬼呢。我听说他们病区晚上值班时，值班室里锁住的门会自动弹开来呢。"小妖一本正经、神经叨叨地说。

结果晚上值班的我睡不着了。日光灯的整流器总是发出些"嘶嘶"声，即使关了灯，它还是响了一阵。半夜里好像有人在转我们值班室的门把手，喊了一声又没人答应。总听见有人穿着皮鞋故意在走廊里走来走去，打开门去看连个鬼影子都没有。过了一会儿似乎脚边的电话嘟嘟响了两下。没接到，转了好几个身，想着不对劲，慌忙跑出去看。上夜班的小燕子正盖着棉大衣、靠在护士台的躺椅上打瞌睡，看我出来说："怎么啦？没事啊。刚才一点多13床是说睡不着，讨了两粒安定回去了。你明天早上补一下医嘱吧。"小燕子护士真是好，但是她不知道刚才我一直在跟瞌睡虫捉迷藏。

早上交班，马主任跟护士长说："哎呀，昨天怎么回事啊。你们马上叫技工间的人来把我办公室的锁修一修，我那个锁打也打不开。还有我那个电话也坏了！打你们医师、护士值班电话你们都不接。你们说这样怎么能好好为病人服务，连自己的医生都没服务好。还有有些医生值班的时候都不待在值班室里！值班值班，一个人直直地站着才叫值班。下次谁值班不在病房里、不接电话的，年底考核不合格！……"

交完班，私下里小燕子很委屈地说："我帮她打过电话了。半夜木工说不修的，让她等到明天她又等不及。那个门其实慢点开是开得下来的，我后来都给她打开了。"因此我知道主任是一个急性子。"急性子遇到慢郎中"真是一件上火的事，不过急性子本身是一个老郎中这也是一个特别有趣的事。

又过了一会儿，马主任特意把我从护士站叫到医生办公室，说："小谢，你是什么态度？我昨天打你电话你也不接，门也不开，你在干啥呢？"

我可不能说"昨天我是遇到鬼了"，只能说："主任，我睡着了，没听见。"

"怎么会没听见！我那么大声你都没听见，万一病房里真的有事怎么办？！……"

于是我知道了不能在值班时擅离职守，也不能在值班时和美女护士讨论医院里的灵异事件，更不能说："今天晚上真太平，好安静。"因为往往这句话刚说完，走廊里的警示灯就会"滴滴滴"地响起来。

再前面的一个班就是如此。等我跑过去一看，其实只是某一位病人在发歇斯底里，说什么："我头晕恶心，我眼睛看不见了，我喘不上气，我两个手都麻了，从手指头一直麻到脖子。你看，我现在脖子都不能动了……"

我看她表情丰富，面色如潮，呼吸急促，安慰了几句，说："没事的。我们这里有一种特效药，给你打一针就好了。"然后回护士站开了一针安定。美丽的小母鸡护士会像一只老母鸡一样，咯咯笑着，拿着注射器给她的屁股上来了一针。打完针后那位患者很快安静下来，那些奇怪的症状都没有了。过了半小时我再去看她时，她已经像白雪公主一样睡着了。我觉得我还是不要去唤醒她，因为我既不是小矮人，也不是菲利普王子。其实每次遇到这种发癔症的患者，我都只想给她们打一针25%的葡萄糖，想了想她们又不是我命中注定的糖尿病小姐，还是算了。

安定是一个好药，可以抑制各种脑细胞的异常放电。我也特别喜欢吃安定，这样既可以与患者同甘共苦，也可以在药片带来的内心平淡中平息在脑子里吃了恶心无比的鱼腥草的牛鬼蛇神们的愤怒，也可以让我不去写什么奇怪段子发给那些不愿意理我的妹子们，尤其是离得不算远的冯佩兰小姐。

还是自己科室里的护士好，随便调戏。不过燕子护士说了，枫泾的黄酒和猪蹄很有名气呢。喝酒吃肉是去梁山聚义的一个很不错的借口，我到底要不要再去一次枫泾呢？我要不要也学一学无耻下流没底线的矮脚虎王英呢？

11. 单纯的罗发明医生

最近从骨科转过来一个胖胖的小姑娘，十七八岁，脸盘子圆得和月亮一样。她是车祸外伤，没伤到骨头，左侧大腿外侧有一块像粽叶一样大小的结了痂的创面，骨科不愿意换药就直接转给了我们。她的伤口没什么，就是焦痂大了点，看着有点瘆人罢了。我感兴趣的是她的膝关节以上的大腿肚子里就像藏了一只热水袋一样，晃一晃皮肤可以听到里面有海涛的声音。

这让我想起小时候看《小朋友》杂志上的故事：把海螺放在耳边可以听见海的声音。我从小就特别憧憬大海，只要我家的谢校长要拿抓痒耙子揍我，我就会跑到长江边，想着这一次一定要跳进长江里，随着波浪游到大海上去。后面我总是想起来我还不会游泳，只能愤愤地回去挨揍。

游泳在我们当地不叫游泳，叫"下河洗澡"。因为加了"下河"，所以与一般躺在澡堂子里洗澡不一样。在澡堂里洗澡没有太大的技术难度，只是大人们喜欢花钱被人家技术性的抽筋剥皮（搓背）。我简直受不了被他们搓完背后全身的刺痛感。下河洗澡我也一直都没学会，因为我的小学老师们在每次暑假开始前讲的都是"淹死的都是会水的""去年某某村里夏天又有几个小孩子下河洗澡淹死了"之类。于是，我不喜欢洗澡，也不喜欢下河。大概也是自己从小久病，火气不旺、五行犯水。偶尔几次被亲戚带着下河，我也都是紧紧抱着汽车黑色的内胎漂在水里，动也不敢动。第一、我怕轮胎漏气，第二、又总怕水里有什么诸如蚂蟥或线虫的不明生物游进裤裆里，钻到命根子里去。

等上了初中我再也没下过河，我也不再嫉妒那些会下河洗澡的男生们。因为，第一、我从来没在河里见过我喜欢的女孩子，因而不存在我下河去救她们的大好机会；第二、从来没有一个漂亮的女孩子站在岸边看晒得黢黑的男孩子在河里滚来滚去；第三、哪一个成绩好的男孩子会在河里呢？只有唐军、吕伟、陈云峰、季杰等这些在班上成绩倒数的小牛屎们才会像野鸭子一样把大运河当成自家的大浴缸。

唐军是我小学的同学，他爸爸是镇上派出所的一位警察。我和他的关系很奇怪，和他好的时候我们会一起玩"车前草拔河""消灭洋辣子""跨大步""打纸博子""剥树皮"等游戏。不好的时候又常常会因为一些小事而呕气斗殴。他总是仗着人高马大，把我的手捏得生疼，或者干脆把我一巴掌推倒在地上。想起来当时我进错女厕所时，会不会就是他站在我背后给了我一竹杠呢？

站在背后的人很可怕，因为你永远不知道他们是朋友还是敌人。记得风子提醒我说不要做"为兄弟，我两肋插刀；为老婆，我插兄弟两刀"的人。他总小看我，我这人虽表面上各种不靠谱，但我毕竟不是刽子手转世，喜欢站在人家后面观察人家的颈椎或者瘦腰。而且我喜欢的女生和他喜欢的完全没有交集，他这是在以君子之心防精神病之腹——毫无意义。他最近在追求付医生，一个冷若冰霜的单眼皮漂亮女生。据说她不喜欢将来过还一穷二白的生活，因而风子在出名发财之前能追求到她委实有不小的难度。既然我也没钱，因此我和风子间相互捅刀子的可能性只能是零。

唐军的爸爸只是一名普通民警。我小时候对派出所并没有什么特殊的感觉。我们小镇的街市繁荣、社会稳定、治安良好，连路过的野狗都能找到赵记臭了的猪头肉和生小狗的对象。经常一年下来唐警察手里也没有几件案子，他们能捉到几个外地来偷猪的侉子就已经是镇上最大的案件和镇民很大的谈资了。我平时也只是羡慕唐军有时候可以坐那种带挂斗的绿皮摩托车。除此之外，警察也没啥了不起的，唐军的爸爸到学校来还不是得给各位任课老师磕头递香烟，求各位老师"多照顾照顾"。唐军也很争气，一年要写好几十份检查，不是因为欺负这个就是因为打了那个。他书包里总有一大堆没写日期的检查书和简化版的《小学生行为规范》，字体还都不一样，有几张还是我给他抄的。只要被抓了现行，陈老师就会赏下抄写的任务来。到了该交检查书时，他就赶紧掏出那些被塞得破破烂烂的纸，签上自己的大名和日期。

唐军并不蠢，他只是不善于做作业而已。每个人都有自己的天赋，唐军的天赋在于有父母给他的强壮基因，加上一份好伙食，让他的身材在整个年级都出类拔萃。如果我小时候有他这样的身板，我也要去给其他小朋友讲讲锻炼身体的必要。他也不是一个十恶不赦的大牛屎，反而他有着一颗一心追求正义的心。在正义感从天而降时，他的脑子会短路。有时只要我们跟他说："三班的那个叫王成的傻子欺负我们班的女生余建。"他不等下课就会找到隔壁班找人家聊天，用拳头告诉人家"从小当牛屎是可耻的，我们班的余建不是他可以去碰的"。如果我们告诉他："倪大嘴在背后说你坏话，说你吃过学校处分的，将来肯定当不了警察。"他也会暴跳如雷，立马就会去给倪大嘴两个耳光，告诉他："不会说话，就不要大嘴说话。"

即使有时候会被他欺负，我也不反感唐军，我喜欢和这种单纯的人在一起玩。人这一辈子应该交几个单纯的朋友，只是我原来并不清楚这点。随着进入初中这个被成绩"群分"的年纪，这些单纯的人也在离我远去。因此，现在我能肯定小时候的两件事：第一、那一年唐军即使站在我的背后，我也相信并不是他暗算了我的脑袋。以他的性格，他是永远都不会出现在女厕所里的。第二、在海螺里我听不出海涛的声音，只能听到空气的鸣响，和用手半捂住耳朵的效果一样，对着热水瓶胆听也可以。而且海涛声音明显就不是空气蜂鸣的声音，要不然你们也可以像我的潘老师一样，骑着自行车来金山的海边听一听。

至于这个带着一皮袋子水的女孩子，我是一筹莫展，倒是罗发明医生想了一些治疗办法。一开始我们拿着50ml大针筒从她的皮下往外面抽液体，抽出来的都是淡血性的澄清积液，和柚子茶颜色差不多，一次能抽出来一百毫升，小姑娘的"热水袋"顿时就扁了下去。一开始我以为自己是神医再世，妙手回春。但是三五天后这些水又会慢慢生出来，又是满满一大腿的皮下积液。后来在罗医生的建议下，我们干脆一点点把她腿上面已经坏死的焦痂全切了，露出底下一大片坏死的脂肪。这下那些组织液不再进入皮下，而是直接洇在纱布上，弄得整个床单像洗了澡一样。继续换了一周的药，创面慢慢新鲜了，渗出液也变少了，那些积液也不见了，周围的皮肤也开始长了过来。罗医生脑子一热，请了个烧伤科会诊。烧伤科李主任来了以后很高兴，建议把患者直接转过去植皮，"不然这么大的创面要长到什么时候？"心急的小姑娘也同意了，高高兴兴转去烧伤整形科"贴邮票"去。关于这个病例，我学习到一点：疮疤还是需要揭开的好，遮住的世界看似平静，实则暗流涌动，会增加更多感染的风险。这其实和烧开的牛奶一样，只有揭了盖子才不会溢得遍地都是。

和罗医生在一起工作了一阵子以后，我发现他也是一个单纯的人。虽然他一直和孙医生穿一条杨医生看不上的裤子，但是他很坦荡。他说："人一辈子最重要的是钱，赚不到钱就没人会尊重你，尤其是准丈人丈母娘。"他说的没错，才华这种东西在目前只有"赚钱"这一种才最有用，其他什么诸如唱歌、跳舞、弹琴等都只不过是生活的点缀。至于写小说、写诗歌等特别文艺的才华其实比卖臭豆腐、茶叶蛋的还不如。文学是一个死围城，外面的人不屑进来，里面的人又等级森严，一个个著名作家都比庙里的四大金刚还凶恶。那种从成功文人们心底散发出来的傲慢简直比西伯利亚的万年冻土还难以融化，却不知道时代已经走进了"乾隆通宝"那简单无比的正方形孔里。虽然孔方兄与文人们的酸臭味挺令人鄙视的，但是作为一个潦倒又无聊的小医生，孔方兄和酸臭的文字却依旧是我想去追求的物件。

此时讨论自己的物质生活有多富有似乎有炫富且说谎的嫌疑，但讨论自己的精神有多富有其实更没人听。因而我也无法和周围的同事们讨论苏童、余华、铁凝、顾城，甚至鲁迅。我女朋友每次看到书上那些密密麻麻的字时会像受了除颤仪的电击一样瞬间睡着，因此我也不指望我能把我这爬格子的"才华"推销到哪里去。这辈子能收获大概只有冯佩兰这位不会拒绝我邮件的读者，虽然她不总回复我，但这也成了我的一种欣慰。

杨医生过了年和陈华医生一起去了门诊，病房改由孙医生负责。医生轮换的事也是孙医生提出来的。我猜他没说出来的理由是：在门诊做手术毕竟不安全，手术完的患者在家里出了事不好处理。这点我也没必要去求证。还是孙医生对马主任在台面上说的话好听些："去年我们科的手术量下降太明显，会被医院其他科室看不起。今年我申请在病房里带组，一定要把病房的手术量给拉上去。我们不能被医院领导小看。"感觉在他嘴里，业务量如同五颜六色的洋泡泡一样，随随便便便能膨胀起来。

想起我小时候发现的关于肥皂泡的一个规律：只要泡泡的颜色从五彩的变成黑白的就说明它马上要爆掉了。后来我看不出肥皂泡的颜色了，也就不能再和唐军、季杰比赛谁能叫出肥皂泡的泯灭瞬间了。因此，不管孙医生的肥皂泡是什么颜色的，今天在我这色盲症的眼睛里也没有太多的吸引力。

我不像罗医生，我喜欢钱，但是却不想努力去挣。如果在"清闲无聊但穷困潦倒"与"忙忙碌碌但钞票满地"中选择，我宁可选择穷困潦倒。这听起来并不像是一个有女朋友要娶的年轻人，有值得被有责任心的赵秀才（《阿Q正传》）吊起来打的罪过。在病房里的日常工作里，我也不想承担什么责任，除了自己会做的、能做的，其他一律丢给罗医生。换药、收病人、写病史、值班，做些简单重复无风险的劳动，岁月才会变得静好。如果有这种皮下积液的特殊病例，或者有诊断不明的病人，我都推到罗医生的床位上去，并和他说："这个病例我看不来，没经验，罗医生你帮忙收一下吧。"比我早一年工作的罗医生会很高兴地把病人安排在自己的床位上，一点都不会推诿。

其实我也没我自己写的那么坏。我和罗医生已经建立了互惠互利关系。为了能瞬间发财，罗医生每天的首要工作是看股票。上午因为要查房换药收病人，不能好好看股票市场，那就只能专注于下午，所以每天下午他要等三点钟股市闭市后才会出现在病区里。在他出现以前，我就一直坐在办公室里镇守，或者看小说，或者去护士台和护士小姐们聊天。为此，单纯的小妖和燕子经常为我打抱不平，关心我的奖金为何比罗医生少，关心为何我总是待在病区不回家，关心我为什么不去市区和女朋友一起。小妖和燕子都是没读过多少书的好姑娘，跟柳月兰一样清浅好骗，但她们也因为没有感染到酸腐的文艺细胞，因此常常听不懂我说的各种文艺梗，因而又有点没意思。

"市区的工作不好找。你别看我是研究生，但在中医大其实我啥都没研究出来，只研究了几年如何在面对小姑娘时不要太要脸。"她们听我说这话时很认真，也很诚实，还问："你不是挺好的，哪里不要脸了？"既然她们听不懂，我则更没必要向她们说明我其实并不喜欢做医生，而更喜欢诱拐所有的漂亮小姑娘，并准备把她们都写在我这部智障无比的小说里。

12. 高深理论看不好病

陈医生和杨医生去门诊以后，我们组病房里全剩下男士，这很无趣。同辈的男人间只有三种关系：兄弟、敌人或者陌生人；不同辈的男人间只有两种关系：我的团体或者其他人的团体。对于罗医生来说，我可以是朋友；对于孙医生来说，我是可以被争取去他团体里的人。其实他们都高估了我的价值，我只是一个需要更多爱的文艺空虚症患者，如同成年后被赶出族群的埃塞俄比亚的高山狒狒一样。因为我思路不正常，所以我只能在"是男人就下一百层"的游戏里或者每个月的《小说月报》中寻找自己的人生定位。

孙医生五十多岁了，说话时还中气十足，大概是吃过一阵金匮肾气丸或补肺丸。他的历史据各位前辈的拼凑是这样的：以前他在我们医院做过一阵中医科主任，善于搞经济活动，善于为科室增加收入。在他的主持下，中医科曾经有一段时间拿的奖金比院长还高，引起全院人员的嫉妒。于是他被（或主动）调去了下面社区医院当了一阵的院长。后面的事就不知道了，去年年底也许是合同期满还是有什么其他的原因，他现在又调了回来。

孙医生在回来以后什么行政职位都没有了，因此他要跟杨大师搞奖金的事。他一辈子最喜欢干的事大概是"和钱过不去"！我这句话的意思是：任何一笔钱在他面前都过不去。我不在乎他为了什么职称系数、提率、返还比、医护比等跟主任、护士长讲出一套套的理由来切走科室的蛋糕。我只是一个代表票数为"1"的数字，因此对于肉食者们提出的任何一种分配方案，我都说"可以，随便"。我这人随便惯了，以前喜欢陈子冰，可以接受她被别人温暖；喜欢过杨静，可以接受她挽着别人的胳膊；喜欢过苦楝，也可以接受她说我很烦人；喜欢过冯佩兰，也可以接受她的不远也不近。只要她们不愿嫁给我，我随便她们去干啥。如果哪一天我对女孩子们彻底死心了，我还可以穿着宝贝袈裟、背着青龙偃月刀去我的小镇上当和尚，反正柳护士也说了"我才不会陪你去当尼姑"。

联想起孙医生对这"阿堵物"的态度，我总想起那句"弱水三千，只取一瓢"的佛教故事。我挺喜欢这个佛教故事，既然有人因为喝不下整片湖水而宁愿一口也不喝的渴死，那他定是一个内心高傲的人。如果佛祖非要用一整片湖水来测试人心，那人界有个王侯将相敢于对佛祖说"不"，这的确是一件很酷的事。我也愿意做这种酷酷的事，如果只能喝一口水，我还不如在整片湖水前渴死；如果一辈子只能爱一个女生，那我不如干脆在那一年的厕所里被人打死。可是我不能老是对柳月兰说同样的话，在她心情好的时候，她会说"去吧去吧"；在她心情不好的时候，她也会说"去吧去吧"。这两个"去吧去吧"，音调不一样，意思也不一样，可见表演是一种艺术。一个人即使长得特别好看，只要不能当着评委的面瞬间流下一碗当药引子的无根水来，上海戏剧学院也不好考。同样的话我对陈子冰也说过，她很生气，说："苔米花虽小，也学牡丹开。"这说明她即使曾经喜欢过我，但她还是高傲的，容不得不纯情的我再去调戏。

原来的我不是这样花心，至少我小时候规划的不是这样。在情窦初开的年纪，我曾经很认真地去喜欢我的同桌，想着将来跟她一起琴瑟和弦、白首皓经，或者至少是"你割着麦、我开着拖拉机"。后来我发现生活不是一尘不变的，那些女孩子们总是会和我渐渐地走散，即使自己再坚守原来的纯洁也会被新的情愫替代。有一段时间，我曾觉得自己很罪恶，直到有一天我有能力能从书里找出种种理由来解释男人的不纯情本就是天经地义的事为止。是的，人一辈子必须要学会的最重要的能力之一就是给自己的无耻行为找出种种合理的借口和论据。关于这一点我比周围的大部分人都要擅长一些，要不然他们也不会让我去参加中医大的辩论赛，只是他们没有预计到我这个人不善于站在舞台上与我爱的杨静唇枪舌战，只擅于在宿舍或者书里大放厥词。

关于雄性动物会不会从一而终的问题上，我会举出猩猩、猴子、狮子、大象、牛羚、河马、海象等各种群居动物的动物社会学特征，来证明一夫多妻制是保持群体活力与健康的必然选择。即使有些被人选择出代表着忠贞的天鹅、鸳鸯、豺狗，其实也并非如人所愿的那么忠诚。从原始社会到西欧的封建社会、到国内的帝国制度下，一夫多妻制也曾经是人类社会的一种正常选择。其实只有没本事的男人才需要现代社会的婚姻制度来保障他们也能把基因遗传下去的权利，这大概也是现代民主的一个重要含义。只可惜在自然选择中男女出生的比例本来就男多女少（110：100），即使现代的阳光再怎么普照，也还是会有那么多男生像我的谢海叔叔一样，只能对着挂历或者电脑屏幕来缓解自己对遗传染色体的渴望。

我的理论如此高深和通俗，可惜我的女朋友不要听。她现在只要听我说"我爱你"。虽然我说这句话时特别欠揍，但是"我爱你"就如同贝多芬《命运交响曲》的前奏，如果不说会直接导致我没有小命。我不想丢了小命，我已经好几次差点把小命丢了。有时候是在小学的女厕所里，有时候在高考的答题卡上，有时候是在实习时调戏了不该调戏的猪头小队长。每次想到命运的那些转折点，我都会抬着头对着天花板说"我爱你"。这时连天花板的日光灯都觉得我很虚伪，常常烧坏了自己的继电器而发出癫痫病样的闪烁。

临近夏至时病区里的日光灯接二连三地坏，修电路的技工师傅说最近医院里也有点妖，连难得收重病人的中医内科最近也走了一位患者。那是一个晚期肺癌的患者，在他生命的最后几天，他的家属既没说放弃抢救，他自己也没说要在临终前出院睡在自家客厅的床铺上。内科组的高医生在他心脏停跳以后还冲进去给他做了一阵胸外按压，等护士推着抢救车进去，高医生已经满头大汗。他一边叫护士给他推肾上腺素，一边指挥小金医生去叫 ICU 的医师来急会诊。坐在护士台写病史的我曾走过去问高医生，要不要我过去帮忙轮流按压一会儿。他回答说内科医生都在，暂时不用。一会儿 ICU 的钟医师出现在病房里，他看了看心电监护直接说"人已经没了"，然后直接回办公室写起了会诊记录。写了一会儿，他想了想又去病房里做了两次心脏叩击，出来对高医生说："没用了，你们赶紧把家属叫过来签字吧。家属不签字，也不能送太平间的。天那么热。"中途马主任出现在病房门口，看了看还在做按压的金医生，长叹了一声，一句话没说，又脸色铁青地回自己办公室去了。到了下午，死者的家属才过来。她们也没说什么，和病区公用护工一起把人送去医院的太平间。

大概夏至时阎王爷也是要收一批人的。杨医生也从门诊收了一个很妖的患者。是一位主诉是膝关节痛的中年胖子，他的右膝关节明显肿胀。用了几天消炎镇痛药，效果一般。第三天胸片报告出来说：肺 MT 伴纵膈淋巴结肿大。罗医生问我说："MT 是什么意思？"这大概也是放射科最近才用的术语，以前在 SD 医院实习时，他们的诊断从来不打英文简写。"T 是 tumor 的意思吧，M 应该是 Migrating 的意思吧。这个应该是转移性肿瘤的意思吧。但是肺转移性肿瘤不应该用 Migrate cancer 来表述吗？"我说。我其实好久没接触到英语了，虽然考过了英语六级，选修过《医学英语》，但考试和应用是两码事。罗医生的英语大概比我还差，虽然平时他仿佛是在看四级词汇表，但这个医学词汇在那个小本子上肯定是查不到的。科里也没有一本专业英语词典，于是我们两个都同意了我的解读。接下来，我们坐在办公室里开始讨论这个肿瘤的原发灶在哪里。罗医生不放心，中途去病房里给他做了正规的全身体检，回来对我说："这个病人右腹股沟有两个肿大淋巴结。我说："是吗？"他说："我们请个胸外科会诊吧。"我说："好。"

下午胸外科的钮医生过来会诊，我们问他 MT 到底是什么意思？钮医生很不屑地说："MT 是 Malignant tumor 的缩写，恶性肿瘤的意思。"哦，我们两个都点了点头。我点头的意思是我错了，罗医生点头的意思是原来我是在胡说。

接着罗医生问他腹股沟淋巴结怎么处理。他说："要不做个淋巴结活检吧，看看是什么性质的。"征得病人同意后，他们在床边给他取出来一枚肿大的淋巴结，泡在福尔马林里送去了病理科。后面几天那个被缝上的切口一直没愈合，整天漏着清澈的淋巴液，就如同在他大腿根上开了一个泉眼似的。病人自己很害怕，对我们说"这是怎么回事？怎么办？"我们还没告诉他本人得的是肺癌，只是和他家属交代了一下。

打电话问钮医生。钮医生说："没事的。说不定哪天就自己闭住了。"结果等他出院去其他医院治疗肺癌时，那个泉眼也没有闭住，就如同那天在办公室里听说自己父亲得了绝症以后，他年轻女儿的眼泪一样。

13．誓言有时没有意义

自从杨医生看门诊后，门诊手术基本暂停了，科里所有的手术都放在了病房里，于是病房手术量的确得到了前所未有的提升。我的奖金也有了不少的增加，可以拿到两三千块钱了。孙医生在病房待满半年以后对马主任说，他要继续在病房里为人民币服务。杨医生不同意，说："原来是他说要半年换一换的，说过的话就这样被吃啦？哪有这样出尔反尔的，我要和主任谈谈。"结果马主任批准了孙医生的建议，以"为了科室的和谐发展"强行安抚了杨大师。于是杨大师和孙医生之间终于到了只用传声筒的地步，这个传声筒包括马主任、陈华医生和我。

陈医生比我大上个五六岁，和科里的绝大多数医生一样都毕业于同一个中医大。因为她长得很漂亮，为了表示亲近，我叫她"陈师姐"，后来叫贫了，就叫成了"师姐"。其实如果按这种学籍排列排序，我应该叫杨大师"杨师兄"，叫于医生"于大师姐"，但是我嫌弃与他们的代沟太大。要是他们当年不那么用功读书，考上中医大，早点娶（嫁）了炼化部又红又专的职业工人，努力一下都可以生出我这样岁数的儿子来。如果我没那么用功读书，初中毕业时什么学校都没考上，在小镇上当一个专业的牛屎，也许现在已经和某位娘娘夫妻和睦、儿孙满堂、横行乡里、称霸于瓜洲镇农贸市场……不过我也知道那不现实。每个人都有自己的天赋：我从初中开始只有死读书，想浑事的天赋；棍棍有泡马子、当博士的天赋；牛文才有泡马子、写 SCI 文章的天赋；风子有泡马子、解释世界潜规则的天赋；某人有泡马子、搞科研当医院院长的天赋；大畚箕有泡马子、卖中药的天赋……这年头似乎只有我没有泡马子的天赋，因为我特别能把愚蠢的她们都弄哭。

不过柳姑娘不爱哭，她只爱发公主脾气，动不动几天都不理我。这次发作是因为她在我的手机里看到冯佩兰给我发的短信。那条短信的内容是这样的：我结婚的时候，你是得出个大红包。

我之所以到现在还留着这条短信，是因为愚人节那天轮到我值班，很无聊所以编了个小笑话：两个小气鬼聊天，一个人说，我最喜欢的动物是小狗，因为它看到我时就会叫"旺旺旺"；另一个人说，切，那有什么用，一点实际的都没有。第一个小气鬼问，那你喜欢什么动物？第二个小气鬼回答，我最喜欢的动物是母蚊子，因为它每天都会给我送好多红包。母蚊子们，大过节的谁给我送点红包来啊？

群发以后这个短信如同以前一样石沉大海。我的那些同学们永远都那么理性，连配合着回一个笑脸的也没有。大概只有我在短信里写："号外号外，我们院长、书记嫖娼被抓了。是什么导致了医学大佬们的沉沦，是什么导致医学界的世风日下，是什么样的美女能够拖累整个医院领导层的集体下水？……请持续关注来自某某医院的愚人节特殊报道"，这些八卦精们大概才会发个短信来问"真的假的"？

因此那天我很郁闷，反复想如果当年听高中"大运河肥皂"班主任金老师的话，和张宇同学一起在文科班里学习，与众多多愁善感的妹子们背诵《诗经》与《离骚》，再手挽着手一起跳进高考这条大运河里。只要不要像杨静一样被狂风骤雨吹进中医大，我此刻的人生轨迹应该是在扬州某著名小报里给人家编撰花边新闻，哪里会躲在药葫芦里与这些天天都肝郁脾虚、肾气不足的小中医们为伍？！

给人家编莫须有的故事是我喜欢又擅长的，说几个无与伦比的弥天大谎的才能应该比吃不到肉却说"听《韶乐》的美妙赛过吃肉感觉"的孔子更厉害些。想起高中时我曾为了省钱一个月都没在食堂里买过肉食，为此我说了一个自认为可以瞒天过海的谎："因为最近小便不顺畅，我们镇上看病的老中医说不能吃肉，因此只能长期吃素。"宿舍里好几位同学都纷纷附和。大老虎说："是的，中医有忌口呢。我老早屁股上长疖子的时候，我们那块老医生说不能吃公鸡。真的，一吃就发。"小老虎说："是呢，是呢。长痔疮的人也不能吃这些发的东西呢！"怪不得老虎的屁股摸不得，原来不是长了疖子就是长了痔疮。

我说了小便不畅忌食肉类的话以后，虽然那些鬼精的高中同学不再笑话我是茖蔷鬼投胎，但是一个月后我真的尿路发了炎，真的被拉到扬州市中医院里去喝八正散打底的中药，忌食了所有的发物。然而那些汤药在我身上一点儿作用都没有，最后我的尿路感染还是在瓜洲卫生院里挨了毛医生的三天庆大霉素才好。因此从那时起我又得了两种新病，一个是"臀大肌庆大霉素注射后硬结症"，另一个是"一语成谶畏惧症"。我可不想如布袋和尚一样，留下一个偈子后满面春风地升了天，因此我虽然想在愚人节造我们医院领导的谣，但也特别怕哪一天领导们会来病房里来找我算命。这样博人眼球、遭人嫉恨、还没有什么实际好处的短信还是不要发出去的好。

没想到的是快半年没联系的冯老师给我回了一条短信：你今天怎么这么无聊？

其实我每天都很无聊，因为无聊是我的常态，不无聊才是我的病态。说我无聊的冯佩兰今天才是无聊的吧。我满心欢喜地和她用短信聊一会儿天，才知道她已经准备嫁人。而对方是谁，她回了一句：你认识不认识都无所谓吧。我的心咯噔了一声，有种原本属于我的东西被人家偷走的感觉，瞬间想起来小时候被唐军拿走的五彩橡皮，想起来初中被张宇、武亮霸占的班级第一，想起了被中医大抢走的为上海市改造排污设施的职业前景，于是"悲从中来，不可断绝"。虽说最后她写下了这句由蚊子送的红包引起结婚包红包的话，但是我并不相信冯老师结婚时会真的请我去吃喜酒。到时候她该如何介绍我？"这是我当初睡在一张床上吟诗作对的异性朋友"或者"这是一位在非典期间差点睡了我的亲密战友"？我不相信她说这些话时会一脸微笑，也不相信她会泪眼婆娑。如果现实如此戏谑，倒是我要流下眼泪来。

柳月兰在我洗澡的时候翻开了我的手机，于是她愤怒了，要我发誓和那些女生们断掉这种"草蛇灰线，伏行千里"的关系。我只有说"我心如月，不负天地"。她说："不听鬼话。"我说："天打五雷轰。"她说："算了。"她说算了的意思不是指我没必要发誓，或者和别的女生搞不清关系的事，而是指我发过誓"没有屁用"。她今天如此愤怒的原因其实也不是看到我什么见不得人的事情，她知道我的精神一直在铁轨上翱翔，而她已经懒得开着蒸汽小火车来碾压。作为一个一心想保持忠诚的女生，她已经十分的大度。令她烦躁的其实是青蛙伉俪俩最近又在说一些对我们未来关系不利的话。作为一个始终不能被上海及上海人接受的上海户籍的外地人，只有拿着钱和房子才能让这对聒噪的老青蛙们闭嘴，可是这两样我都没有，因此我特别希望回到早已过去的冬天，希望春天的雷公公没有狂捶自己的大鼓。这样青蛙们才会乖乖地躲在自己的小小泥洞里冬眠。

冬季泥洞里的青蛙是一个非常好玩的物件。以前冬天在池塘边看我小舅舅挖河泥，有时候可以看到他挖出这些变成石头的东西。我会把这些冬眠中的青蛙捡起来玩。这时随便怎么蹂躏它们，它们也不会像夏天时一样拼命挣扎，最多在屁股上留下一摊浅浅的尿液。欺负比自己弱小的动物，在小时候并不觉得有什么不堪，等到读了书才知道人要知道"上天有好生之德"，万事皆有"因果循环"。人在心生怜悯后会长大，但长大会失掉童年的很多乐趣。于是我现在最终要被青蛙夫妇报当年虐待他们同类之仇。

《中医基础理论》上说"恐伤肾""肾主二阴"，肾虚则小便不禁也。

被柳月兰恐吓并不值得小便失禁，但是想到结婚的必备物品，我觉得对老青蛙们发过的誓才容易让人色变振恐，容易尿了裤子。因此《谢氏新编难经》有云：当潮水退去，才知道谁在裸泳；当恐吓来临时，才知道谁的肾先天不足。现在即使有药房可以抓点牛鞭、羊肾、狗脐带来煮"谢氏新编骚味汤"喝，也不见得可以补肾固精，可以"他好，你也好"，可以在他们家三十年的老马桶上尿出一泡爽利响亮的小便。他们俩更不会觉得为了结婚，我已经到了落魄的时刻。

14．杨大师遗留的病例

　　工作满一年后的大暑之日，杨大师从门诊收了一个巨大脓肿的病人。这位患者感染范围过大，连带整个左边臀部都如同一个大烙铁，摸上去的皮肤温度高得可以烙烧饼，全身也发着烧。按理说这种病人应该先切开皮肤，找到脓腔，把脓先给放掉，不然感染范围还会扩大，但是这半片屁股的感染目前还很坚硬，一刀下去不一定能顺利找到脓腔。因为切开手术暂时不能进行，罗医生和我争论到底如何治疗。罗医生说："先用抗生素吊呗，抗感染。"我说："书上说使用抗生素会导致硬结僵化，将来变成一个僵块，到时候想切也切不开了。""那你说怎么处理？"我说："书上说'脓肿初起'可以先用'透脓散'。""也不是不可以。你手里的病人你看着办吧。但我觉得还是吊抗生素更安全。"罗医生说。于是我去找老孙医生，老孙医生说："都可以的，谢医生，你看着办吧。切不开就暂时不要切了，增加患者痛苦。"得了尚方宝剑，我给这位患者开了三贴的"透脓散"。

　　老祖宗的方子果然神奇，里面都是补血补气的好药。第二天大补之后的患者体温马上就上升到39.5摄氏度，他的屁股变成了坐不下去的火炉子，给他塞退热止痛的消炎痛栓（吲哚美辛栓）都止不了他的哼哼。到了晚上，他那一屁股的脓没等到我们第二天早上去切就自行破掉了。一时间整个房间都像是掉进了粪缸里，全世界都晕了过去。早上起来，其他七位和他一起住的病人都带着家属来投诉，说要把整个房间包括窗帘、空气都要彻底消毒一下，不然他们要写血书，要"集体出院"。他们说的很有道理，而且最好还得把病区里的医生和护士也都放在消毒水里焯一焯，不然造成了院内大面积感染，连内科病人都要患上细菌性肺炎。

把这位患者换到小房间象征性隔离以后，那些断腿断胳膊的患者终于安静下来。我们组收的病人挺分裂的，骨伤科和肛肠科完全不搭嘎的病人在一起治疗有时候是有一点龃龉。在孙老医生的带领下，骨伤科的患者已经比原来少很多了，但是也没到可以大声对骨科医生说"不"的时候。人家骨科吕博士说了："小伙子，大家都是本院的！要相互照顾，以后谁求着谁也不一定的。"我就不喜欢"照顾照顾"吕博士！这位骨科大医生态度蛮横，说话口齿不清，又是五短身材，皮肤毛糙，长着个蒜头鼻子，其余五官就如同被橡皮擦了五百次一样，都快从脸上消失了。我不相信自己有一天会落在他手里，我这种人最多因为对青蛙夫妇起了不该起的誓，被穿着暴露的电母娘娘拿着草叉电成熏拉丝，被拉到烧伤科撒胡椒面和辣椒水，才不会因为撞到了人力三轮车而被吕博士拿着德州电锯切掉大腿。

这位屁股烂成了破抹布的患者成了最近科里的一个大难题。虽然我们一直在帮他换药，但是谁都知道这伤口不会彻底愈合，而且他还有严重的糖尿病。即便打了胰岛素，他的血糖也如同心电图一样忽上忽下。孙老医生想让他过些日子再来做后期手术，收他住院的杨大师则在门诊和病人说可以现在就做根治手术。患者是一个急性子，听杨大师说可以让他立地成佛，他哪里还能等几个月？于是求着孙老医生现在就给他来上一刀。这个要求实在合理，如果当年我挨了一竹杠以后变得智力低下，面目歪斜，整天对着女同桌流口水，我也希望有人能给我一刀，好让我早点去西天取经去。孙医生拗不过他，最终选择在医院手术室给他打了个半身麻醉做手术，术前他还请了普外科的金老主任会诊。最终两位年过半百的老医生在手术室里对着人家的屁股做了五个小时的手术。一直捣腾到下午六点，我还看不到他们准备包扎收手的迹象。当助手的罗医生和我的肚子都发出了此起彼伏的吼叫声，好似一对互吠的蛤蟆。

不知道主刀医生在干什么是一件挺痛苦的事。实习时曾经在 SD 医院普外科打过两周的酱油，仅仅学会了脱穿隔离衣和戴无菌手套。每天的日常只有给一个巨大的腹股沟外周 B 细胞淋巴瘤患者换药，每天夜里值班内容就只有给人家打杜冷丁。手术室只进去过一次，还被手术室护士长劈头盖脸地说："实习生没事不要进来，什么都不懂，把房间弄脏了我还要消毒。"每次被她说得我都满身怒火却没法爆发。如果痴呆与脑残病能通过飞沫传染，我一定像星际争霸里的刺蛇兵一样给她啐上一脸口水。特别不喜欢在 SD 医院时的感觉，在那里当医生如同是被各位护士圈养的大宠物，召之即来挥之即去，必要时还应该代买快餐与奶茶，如果敢叫唤还会招来一顿训斥。这些还都是本院医师的待遇，我们这些实习生更像躲在宠物毛皮里的疥虫，"你们这些小东西还敢跳出来？再跳出来，明天就拿硫磺软膏把你们熏死！"

这点还是现在医院里的护士好。即使开错了医嘱，主班许苹果护士也只会打电话过来说："甘露醇里面不能直接冲地塞米松的，你再问问上级医师？"或者"量血压一天四次是不是太多了，能不能改成一天两次？"或者"这个人血糖挺稳定的，能不能少抽两次？"在我们医院手术室，巡回护士李护士也只问："你们第一次来，有什么要我们准备的东西早点跟我们说。"什么是当医生的感觉？这才是！护士即使再有经验怎么能对医生指手画脚呢？正如同一个会开战斗机的乘客也不可以对公交车上第一天当班的司机说说道道。

晚上在宿舍里遇到值班回来准备离职的牛文才。牛硕士说："肛瘘有什么难开的？直接划开不就好了。"看起来他思路更清楚一点，但是直接划开会不会造成肛门失禁呢？如果肛瘘那么好开，Parks（人名）也不用写那么多页的废话了。"术业有专攻，闻道有先后"，不过我其实挺想去外科手术台上见识见识人家医生是怎么开刀的，我不相信他们都像金主任一样喜欢推着磨盘磨豆蔻。

孙医生和金医生共同作业的复杂性肛周脓肿患者在术后一月后果然再次复发，罗医生和孙医生在换药间又给他切开排脓了一次。为了表示感谢，这位叫王金龙的患者第二天还特意拿了一塑料袋大橘子给大家吃。橘子在这个季节特别不常见，王老板说他是个卖水果的，因为水果容易坏，而他又舍不得扔掉，他的糖尿病肯定是吃了太多的烂水果造成的。这橘子是他特意从冰库里拿出来的。隔年的橘子并不像橙子，总有一种发了霉的中药味道。也难怪，橘子皮叫陈皮，橘子筋叫橘络，长不大的橘子叫枳实，没熟的橘子皮叫青皮，都有理气化湿的功效。但是橘子本身就不是中药了，吃多了容易口舌生疮，因此活该被腌在糖水里。小时候吃的橘子罐头里的橘子瓣其实一点都不好吃，滑腻腻的就像一条滑到嘴里的泥鳅，还不如那罐糖水好喝。只是喝多了加了苯甲酸钠的防腐糖水容易引起胃疼、胃痛以及胃壁的僵尸化。

我们给王老板又换了一个月的药，那个创面还是长不上，还时不时地漏出点脓液来。最终老孙医生也没邀请杨大师上来给王老板再做一次手术，杨大师逼孙医生承认他才是"科室第一刀"的计划终于失败。杨大师只好又说了他的口头禅——"让伊去"。杨医生平时一直对自己修炼多年的法术很自信，在他眼睛里"没有难开的刀"，但其实我也不完全相信他。总有那么几个特别复杂的病例不是谁都能开得好的，比如这位王老板，比如上半年因为在市区医院开了好几刀也没开好，最后抑郁症发作跳楼的某领导。

等到八月底，新职工施医师来了以后，杨大师私下里找我谈了谈，说："我觉得你应该出去别的科室轮转轮转，出去多看看。天天跟着孙医生没什么花头，他那点东西都是老古董了，什么刀都开不好，跟他有什么好学的。"老孙医生也没杨大师说的那么差，但人总是会先入为主，思维会惯性而僵化。自从不喜欢某人开始，大概到死都难以改变；自从不喜欢吃毛豆，大概到死都不会再吃；自从看了无数的暴力影片，连《发条橙子》里的阿列克斯也觉得他是一个好人；自从当年晕倒在了厕所里，我也要当一个高傲的优秀学生。

新职工来了，病房暂时不缺人。于是我要背着小书包，唱着"太阳当空照，花儿对我笑，小鸟说早早早，你为什么背着草药包"的《谢氏新编求学歌》去其他科室轮转学习去了。之所以这么开心，是因为私下里杨大师对我保证："你不要担心奖金的事，我给你每个月都发一千块奖金！"

几个月后，我在骨科轮转时偶然在门诊走廊里遇到王老板。他正好陪她老婆来看锁骨骨折，他对我说："我后来去枫泾看过了，又开了一刀，现在完全好了。"因为冯佩兰在枫泾，所以忽然听到这个地名还是让我激灵了一下，也感慨枫泾医院还有比我们开刀开得好的医生。总有一天我应该去那里拜访一下他和她。

说起来王老板是一个骨骼惊奇的人，身高一米八，秃头，秃眉毛，没胡子，满口烂牙，说起话来慢里斯条，嘴巴里总有一股烂苹果的味道。他大概命里有我一劫，被我们折腾了快两个月，我们也没修好他的屁股，我觉得挺对不起他的信任与他发了霉的海盐蜜橘。

15. 去其他科室当空气

在我正式出去轮转前，医院出了个通知，让三个病区间来了个大调换。大概是因为我在心里老是编院领导的流言蜚语，被他们用 X 线侦知了。院部通知我们科搬到五官科去，把五官科搬到肿瘤科，把肿瘤科搬到我们原来的病区。这样转一转，压低了我们科的床位数，而扩大了其他两个更能为医院带来效益的科室的床位。五官科原来病房是和眼科在一起，等我们搬过去就变成了我们和眼科在一起。到我们病区来会诊的医师会说"我到屁眼科"（屁股和眼睛）去了。真是难听，还是原来的"眼耳鼻喉科"好听些。

脸这个东西在医学分科里很奇怪，明明叫着"五官科"，却不看眼睛和口腔；明明叫口腔科却不看扁桃体、咽后壁，因此更符合五官科实际情况的名称应该叫"耳鼻咽喉科"。可是这名字又臭又长，多写几遍连手都要抽筋，而且特别容易写错。据说汉字里笔画最多的字也是来自五官科，叫"齉"（后来才出现了"biang"这个奇葩的字，明明还可以简写）。说到齉这个词我享受了它十年，小时候我总是因为齉鼻子而大脑缺氧，连睡觉都会被自己憋醒。偶尔和我睡在一起的胖姑父佛，即使他自己呼噜打得像海啸一样，也要嫌弃我睡觉时擦得到处都是的鼻涕泡。现在我忽然意识到那年挨竹杠事件可能还有一个隐秘的好处，感觉似乎就是从那时开始，我的齉鼻子突然好了。自从鼻子通了，空气也不带腥味了，也能闻到花香味了，天也变得更明亮了，连最无聊的课本读起来也有点意思了。

后来我在县里上高中，高考前没事干翻《现代汉语大字典》时读到"当头棒喝"这个成语，忽然明白了凡人成佛的真谛。早知道佛家早就写了这种让人开悟的方法，我当年应该多挨几杠子。这样干的话，也许可以直接去见波若波若密活佛，省得将来考上中医大，傻读了几年玄之又玄的阴阳五行，埋没了自己普渡众生的才华。因此我现在最想干的职业是拿着戒棍，站在高旻寺大雄宝殿的角落里，等那些有缘的年轻女施主们跪在蒲团上给菩萨磕头时，我就跳出去大喝一声："女施主，您要和小僧一起研究研究佛法吗？"如果她没有开悟，没领悟到"菩提本无树""色即是空""般若揭谛五蕴空"的道理，而是失声尖叫起来，我就要拿着戒棍给她的脑壳来上一棒子。这样女施主们会像卧佛一样安详地在蒲团上睡去，等她醒过来，就能领悟到"一棍一菩提""一花一世界"的道理。

不过看起来这比去当花边小报的记者更不靠谱。我的职业已经不可挽回地走上了邪门歪道，变成了站在手术台边，扯着不锈钢的拉钩给老金或老孙主任暴露视野的无聊小医生。想起在大学时我曾写过一阵花边新闻，专门制造一些毫无依据的小故事。可惜在《中医人》上发表的"红肿热痛"式的小说并没有给自己带来中医文献考据专员的职位。那时还特别想与文献馆的张如青教授好好探讨一下敦煌文献的临床意义，问他一下当谢道士有没有可能在中医大发了霉的图书馆里发现《黄帝外经》《炎帝天经》《玉女心经》的可能性。

在自己医院与耳鼻咽喉科第一次打交道的经历也很有趣。那是马主任刚当上大主任的时候，有一天大交班结束后她见到我时，对我说："小谢啊，你最近的脸色怎么这么难看啊，是不是得了什么病啊？要是有病就回家多休息休息，身体是革命的本钱，不要把病传染给别的人。"我知道她想讲的其实只有最后一句话，前面的话都是铺垫。因此我这人有一个不好的习惯，总想让人家少说点废话，赶紧快进到最后一句。包括看电影时也一样，如果有可能我总是想先看了结尾才能安安心心地把前面的故事看完。跟人家说话，这个习惯可不好，因为对方说的最后一句话都具有不可预测性，因此我总是在人家结束了高谈阔论以后，想起来其实他前面的话或都没听进去，只好让对方重复一遍。在我对马主任说出"主任，你说什么"时，她一张脸挂了下来，说："咿，跟你说什么你都不上心，年轻人要这样可不行。我说你气色差，你应该找我来开点中药，调理调理！"

"好的，主任。"这句话我听进去了。在去找主任开药之前，我先自我诊断了一下：镜子里的自己面色黧黑，皮肤干燥，眉角黯淡，舌胖大有齿痕，苔滑腻，左脉沉细，右脉滑数，加上口苦咽干，纳差乏力，夜梦纷纭，我觉得自己得了教科书上五脏不全的毛病。如果拉到LX医院去，名老中医们肯定要给我来个全院大会诊，然后效仿施今墨大师，给我开上两斤砒霜吃，因为只有这样才能阻止我大脑细胞的异常放电。

其实我也知道我就是一个中医大培养出来的媒子（托），哪里需要这些金条般值钱的老煤球，不，老专家们特殊照顾。我还是在没有发疯前，好好自己照顾自己。于是我想到中医基础理论里的一句话："肾为先天之本，脾胃为后天之本"，因此只要把两个本都固住，李杲和张仲景都会在黄泉之下给我敬附子鹿鞭酒的。不想去挂专家号，怕见马主任的我自行去门口的自费药房里买了一瓶六味地黄丸和一瓶归脾丸，以此来调理一下自己的身体。在宿舍，当我在嘴巴里倒满整整两瓶盖的中药小药丸并准备一口气全吞下去时，风子忽然推门进来，大喊了一声："完蛋了！谢安！5号楼我们住不了了！新职工下个星期就要来了，人事科让我们这周末前搬到外面的宿舍去。我们现在有空就去人事科选一下房间吧！"

"什么？！"虽然我知道这一天迟早要来，但是没意识到当住院医师的一年这么快就过去了。我说话时，含在嘴巴里的水和药没完全咽下去，呛着了气管，直接打了一个不得已的喷嚏。一半的药丸子随着喷嚏的气流直冲向素髎大穴，有一些从嘴巴里飞了出去，打在风子的脸上，有几颗在越过鼻咽部时遭遇到了下鼻甲，直接卡在鼻子里了。无论我怎么擤，那些绿豆大的药丸子就是不肯从鼻子里出来。一筹莫展的时候，逐渐溶解的药丸子在鼻腔里散发出了辛辣古怪的味道。原来脾肾双补的中药丸子这么辣鼻子，我想起了吞了孙悟空叔叔的铁扇公主。十分钟以后，十分难受的我只好去五官科找专科医生解救。

"你怎么啦？"五官科今天当班的女医生是我们一届进来的徐医生。"我吃中药丸子呛到鼻子里去了。"我尴尬地说。"呵呵。还有这样的事？这个不好弄，要看喉镜的。不过，这个应该会自己掉下来的吧。"徐医生一脸开心的样子。她话音刚落，那两粒被黏液包裹的中药丸子忽然就真的掉了下来，被我一口咽了下去。真是神奇，赶紧和徐医生说："徐医生，你嘴巴有仙气啊，你一说它们就真的掉下来了！""哈哈。那你下次吃药的时候要当心啦，吃东西的时候不能说话。不过你们中医挺好的，会自己保养。哪天我也要去找你调理调理。""你来你来，可以找我们科的马主任或张医生去。我先走了。"

我哪里有什么调理阴阳的本事，没把自己看出癫痫病就不错了。那两瓶中药丸子吃了两天我又忘了吃，也是一朝被呛着，三年怕吃药，不过我吃药一般都是这样三分钟热度。大三开始读中医时，为了向后备国医大师小龙同学看齐，希望自己能老而弥坚、老当益壮、老而为贼、老了能修《谢氏新编中医大宝典》，我总是时不时弄各种中药来吃。什么刺五加片、健胃消食片、金铃子散、五参散等等堆了我一抽屉。每次买药后一般最多一周，我就会彻底忘记它们的存在。那些药丸子会静静躺在塑料药瓶里慢慢变得黏滞，变味。那些年真是浪费了许多宝贵的中药药材，如果加在葛洪的炼丹炉里，说不定还能炼成"老子不死、庄子不灭"牌金丹。如果送给玉皇大帝吃，能让这位老神仙再多活上几万年。不过他也未必想吃，因为明显五庄观的人生果和蟠桃园的仙桃也有同样的功效，而且味道更好、甘甜可口、水分充足，吃的时候还特别容易吧唧嘴。是药三分毒，药补不如食补的道理，想必玉帝老儿也拎得很清。

我小时候倒是特别想吃几粒金丹。因为小学时看《八仙过海》的电影，看到吕洞宾的紫金大葫芦装了不少金丹，凡人吃了也能成仙，神仙吃了会瘸腿，何仙姑也是吃了吕洞宾的大金丹才变成了仙姑。我总怀疑吕大仙对何小姐有非分之想，总觉得他的药里有阳起石、巴戟天、淫羊藿的成分，要不然为何何小姐在当凡人时还像个女孩子，成了仙以后就成了一副少妇打扮了。于是我曾特别希望自己在回家的路上能遇到一位背着大葫芦的白胡子老道，希望他会把我叫住，对我说："这位小施主，你就是我找了一千年的王侯将相。来来来，这只紫金葫芦我要送给你。"说完他就会变成一阵烟而散去。等我把紫金葫芦里的金丹倒出来，吞下去，我也能腾云驾雾，神游太虚，一辈子说不尽的快乐逍遥。而且等我升了仙，我也要给朝思暮想的小菱角或小荷花同学送几粒不怀好意的药丸子，让她们和我一起畅游那极乐世界。灵霄宝殿上如果没有女孩子陪着一起吃馄饨、吃油条，那该有多无聊啊。不过玉帝和王母似乎并不是两口子。

等我真的学了中医，才知道这些放着金光的仙丹是有的，叫做紫雪丹或者至宝丹。而且它们只能给昏迷不醒的人吃，但吃下去的人能不能遨游仙境，要看他们会不会被不谙仙道的西医医生给抢救过来。

当我和风子准备搬出 5 号楼时，舍友牛文才也考上了六院某教授的博士，直接辞职去读博了。牛同事真是精力旺盛，在普外科四天一档班、自己组里一台刀都不落下，经常来回市区，同时和几位女士保持友达以上的关系。没想到他居然还有闲情逸致去考了个博士，真是应了那句老话："人比人得死"。马博士拿到录取通知书时跟我们说要一起去随塘河的红灯小馆子里吃个散伙饭，再去红灯区参观一下大美女啥的。结果一直等到他卷铺盖走人，他答应的饭和美女都没送到眼前。更过分的是他从医院图书馆以我的工号借了好几本带着铜板插画的专业书，偷偷背着它们去了市区医院。两年后医院图书馆清查书目时逢馆长对我以死相逼，说："要不还书，要不赔钱。"一脸茫然的我只好替马博士赔了不少银子。

最终我和风子搬去了医院外的职工宿舍。因为没有单独空出来的宿舍，所以我们只能结束同居生涯，分开来去了不同的宿舍。他和放射科的李硕士、肾内科的王医生一起，我则和放疗科的陈医生一起。我们搬出医院不久，科室也搬迁了，从 23 号楼的三楼整体搬到了 7 号楼的五楼。楼层变高了，窗外的风景更好一点，无聊的时候可以眺望医院北面的那一整片杉树林。没多久，我也要再次出去轮转了，在普外科当一个小白助手，见识一下人家的阑尾炎、胆囊炎、各种癌症的手术到底是怎么做的，看一下中西医的差距到底在哪里，也反省一下作为小中医的我到底能干些什么。

16. 与其他人非法同居

甲申年八月，中医科只来了一位新职工，是一个女孩子，是我们中医外科组的，姓施，本科毕业。施医生有点小胖，说话声音有点浓厚，有点像林俊杰。我和她没搭几天班被杨大师安排去了普外科，中间回来仅仅带她值了几次班。施医生实习的时候是在 YR 医院，第一天带她值班的时候，和她聊了会我那些留在 YR 医院的同学，什么老虎、西西，她表示不认识。她说唯一有点印象的只有人贱人爱的小胖和老虎的女朋友洋洋同学。

等到晚上九点钟夜餐车来了以后，我用值班券买了一份罗宋汤准备带回去，问她要点什么。她说："不要了，不饿。"临走前不放心，简单问了一下值班遇到一些突发情况时如何处理。比如"发热怎么办？""病人睡不着怎么办？""术后疼痛如何处理？尿潴留怎么处理？""低血糖怎么办？""血压高如何处理？"，等等。她大概是因为害怕我，一个都不愿意回答，只用同一个"不知道"来搪塞与我。于是我一脸郁闷，在电视机前坐着生了会儿闷气，打开塑料袋，开始喝我的罗宋汤。一碗酸甜的白菜番茄汤进了肚子以后，我的心情才变得好了一点，果然生气的时候只有吃才能让人有活着的感觉。

其实我也没觉得我的问题有多高深，我的业务能力有多么强，只是觉得这些简单、基本的知识，连我这个打酱油的医生都会的东西，其他人没有理由不知道。如果每个从学校毕业的医学生都对此类问题说不知道，真不知道医院怎么开下去？病人怎么看病？中医未来的前景是什么? 有时候我真不知道当年学校和医院里教了我点什么, 其他人都学了什么。我也挺可恶的, 总是喜欢问一些人家不愿意知道的问题来显示我有多无聊, 我知道光我这不屑的态度就挺招人恨的。

不过也许这些都是我杞人忧天吧, 那些没学过现代医疗技术的老中医还不是照样看病。那些整天开药方的老中医生有时根本就不需要学太多的现代医学基础理论和医学前沿知识, 只要临床疗效好, 慕名而来的患者们排队都能排到医院外面的空地去! 即使看病开药只有一分钟, 那些患者也要扑倒在老专家的门前, 给他们送挂不下的锦旗。等再过些年, 等我老了, 也许有一天真成了中医界著名小说家, 我也要挂一个 "中医圣手" 的牌匾来倚老卖老。我要给那些得了斯德哥尔摩综合症的读者们开上要用炖全羊的锅来煮的几百味中药。想象着他们可以绕着煮沸的大锅一边唱歌、一边跳舞、一边喝中药、一边骂我写的小说的幸福样子, 我会十分满足。

慢慢地喝完了汤, 我终于从病区里滚蛋了, 留下施医生一个人可以安安静静地看她的《甄嬛传》了。路过护士台时, 和小妖打了个招呼。小妖说: "回去啦? 下次记得买点水果来慰劳慰劳我们呀。" 小妖总是和谁都很铁的样子, 但她的铁只在于谁能带她 "吃香的, 喝辣的"。

回宿舍以后, 陈医生还没回来。我已经三天没睡好了。托陈医生的福, 他是一个几乎不需要睡觉的人。下班后我总不知道他在哪里, 但是晚上十点多他总是能准时出现在宿舍。一回来他就躺在床上看电视, 大概要看到所有的台都变成雪花为止。他看电视的中间, 我能烙几十个芝麻饼, 想起十几个妹子, 做十几个没有内容的假梦。

一个星期都没坚持下来, 我已经下定决心出去租房子住。在宿舍睡觉还不如去病房里值班呢! 和风子在食堂吃饭的时候, 问他: "要不要一起?" 他说: "我不出去。我现在住得蛮好的。我那两个舍友一个嘛整天漂在外面, 另一个是放射科的李硕士, 他整天在弄什么论文,好像要考谁的博士。但是他一直住在外间，和我也没什么干系。他最多也就是有点洁癖，别人不能坐他的床，不然他连被子都要烧掉，你下次去小心点。""哦。天天照 X 线的人，怕啥？还好没当临床医生，不然像我这样的，天天看烂屁股不得去跳楼啊，真是的。"我又问风子："还有你女朋友搞定没？""你问哪一个？"我说："你还哪一个？付医生。"风子曰："那个早就不追了，人家在外面找了个有钱的。""那你现在在追谁？""我不能和你说。说了你也不知道，反正不是医院里的。"我好奇："你该不是和哪一个病人吧？"风子辩解："就说了你不要猜了吧，别瞎猜了呐。""看来被我说中了。""你不要再说了，不过合租的事，你可以问一下放射科的孙飞医生，我前段日子听他说也想出去住。"

　　孙飞医生和我同学 YR 医院的旺仔小馒头医生是一个省的，长得也是圆滚滚的，但是没那只馒头医生白。其实不能说白，应该说很黑。如果想象他们能并排站在一起，我会联想到豆沙糕这东西，而且会流下口水。于是中午吃饭时，我打电话问孙飞有没有兴趣一起过日子。他说："好的。"这家伙平时小气抠门得要死，去年我们这群新职工一起出去吃火锅、逛小饭馆时，从没见他掏过一次钱，不晓得为啥这次舍得破财了，值得以后好好观察。

　　晚上下班后和孙飞医生随便在路边找了一家中介，看了两家的房子。第一家的房子在一楼，里面和堆过几百斤煤球似的到处都是黑乎乎的，连灯也是那种吊在头顶的只有十五瓦左右的白炽灯，昏沉阴暗，大白天和进了鬼屋一样。那里面此刻还住了几个大人和两个孩子。他们都躲在黑暗里用阴森的眼神看着我和孙飞，感觉他们随时有可能从阴暗里飞出来咬住我们两个的耳朵。寻思着自己没有年糕同学的法力，也没在寺庙里求得什么降魔杵之类的法器，感觉镇不住这座阴森的宅子。于是我对孙医生说："还是再看看？"孙飞医生说："好。"

　　另一家也好不到哪里去。满墙壁贴着的是我姑父佛结婚时代的那种印着玉兰花的淡绿色墙纸。地上铺的是豆腐干大小的小木地板，板缝里都是黑色的油灰。一只最老式的春兰空调的外机被塞在阳台的一角，连个外壳都没有，外机上的散热片密集裸露在空气里，仿佛是进了水、生了霉、最后翘起来的书页子。但是这间房子是二楼的，采光要好一点，而且厨房间也干净，没有陈年的老油烟。两间房子的租金一样，最终我和孙飞医生决定以第二间房子为家共同生活，我睡北面的小间，孙飞医生住在南面的大间。晚上给柳月兰发了一个消息，说："我要跟一个男生非法同居啦！"柳月兰回："那我算不算第三者插足？""是的。"我回。她回了个："那我不去了！你们两个好好过日子吧。"第二天我配了两把钥匙，买了一台小电扇，和孙医生搬了过去。

在我出去轮转后，科室的门诊量在杨大师的操持下有了明显增加，所以门诊人手相对不足了，于是杨医生在老孙医生对马主任的建议下把长期休病假的老孟医师请回来看门诊。又过了一个月，医院宣布把中医科分成两个科室考核，也就是说把中医外科从中医科独立了出去。原来兴高采烈要当科主任的老孙医生最后发现科主任的任命书上居然写的是杨大师的名字，一脸的错愕。更加错愕的是马主任，自己管理的科室莫名其妙地少了一半，忽然变得沉默寡言起来，连大交班都不高兴讲"要为科室奉献"的话了。过了一个月，杨大师说："马主任下月也要走了，要调到市区某三甲医院去。中医内科要解放了！"当然他指的解放是几位烧火专业户可以随意烧烟草了。一想到他们要把我们的医生办公室办成烟雾缭绕的人间仙境就觉得可怕，但想到再也不用担心马主任随时贴出来的大字报也是一种安慰。

马主任走后，群龙无首的中医内科被医院安排由莫主任来管理，而莫主任还担任着康复科的主任，因此他也是风子的上级医师。当年也是他去YR医院把风子诱拐到这里来，因此风子总拿着"找不到女朋友"来"曰我"其实是不对的。我只是当他站在粪坑边观望时，对着他喊"You jump，I have jumped（你跳下来吧，我已经跳下来了）"的人而已。当然医院肯定不是粪坑，而是一个可以装下任何东西的大坑，可以装如牛文才、饭医生、李硕士这样类似碧玺、翡翠、珍珠、玛瑙的宝藏，也可以装我这种金玉其外、实际却是陈年的胆结石一样的小人物。

不过，我觉得现在的中医科真是一团乱麻，还好我抽身在外，每天都很开心地和那些精力充沛的手术科室的医生们混手术。

17. 去枫泾制造的危机

自从我和孙飞医生住进了医院外的小房子，我需要每天步行十五分钟才能到达医院。自从忘了吃中药，又有好些日子得了短暂性睡眠障碍，我觉得自己是一天比一天跑不动路，于是趁着休息赶紧去二手市场买了一辆半新的自行车。

那个二手车专卖店在一个丁字路口，门口光明正大地挂着"某某二手车专卖公司"的牌子。走进去，里面有无数不知从哪里搜罗来的废旧自行车，都等着被拆成零件重新组装成新的一堆破烂。想想我一辈子曾经拥有过十几辆自行车，各式各样，新的旧的，喜欢的不喜欢的，把它们排列在一起也是一部辉煌的个人史。这个个人史其实也能反映国家发展史及个人恋爱史。如果把自行车比拟成人，而且是女生的话，我有十分的感慨，但是想想这有拉低女生地位的嫌疑，很容易被女生们揍，于是还是不要提女生和自行车在我生命里的相关性。

随便买了一辆能骑也不贵的男式永－凤（永久凤凰合体）牌自行车，骑着回家，选了一条不常走的小路，穿过医院北面的那一片杉树林。这片隔离了厂区和生活区的杉树林已经在秋风中变色，生了锈的叶片被阳光吹动，静静地落了下来，撒在林荫小道上。地面仿佛铺上了一层薄薄的深灰地毯，在干燥的秋天里盖住了那些曾经泥泞的土壤。骑车经过时，车子的轮胎还是会因为不平的路面而不时跳跃，几乎要把我从车座上给颠下来。和我一起跳跃的还有那林间的鸟叫声，应该是黄莺。它们怕人，因为那婉转清脆的叫声总是在自己的身后。杉树大概是最美的树之一，笔直对称，用一个简单的等腰三角形和一条竖线就可以标示清楚。与之相似的松树虽然也很漂亮，但是我不喜欢它们那尖锐的松针和永远不变的色彩。苏州天平山上的枫树是很漂亮，可是它们只有在秋天才会燃烧，在其他季节不注意可能都不会被认出来。穿越了最后一堵围栏后，我经过了一条慢慢远去的铁轨。那铁轨的表面还是锃亮的，说明仍有列车经过。我曾在值班时的夜晚听到过它缓慢而有节奏的叹息声。无论何时，总有一些东西在老去，就如同这秋天的杉树，正如那老去的火车，正如那曾经的爱情。

出了杉树林后，天空中忽然掠过一群海鸥，不成队伍却目标相同，高高低低地向北面的市区方向飞去。回到租的房子以后打开电脑看了会黑泽明的《罗生门》，忽然想到了点什么，给柳月兰发了一个消息，说：房子、车子都有了，你可以嫁给我啦！柳月兰回了个：嫁你个头，你肯定买的是自行车，又想蒙我。

这小姑娘的智商自从和我谈了两年的恋爱已经与日俱增，但更可能的是我自己的智商在直线下降，证据就是我已经再也不会做我高中大学里的各种题目，也背不出明代的各种"汤头歌诀"了。我总怀疑人和人之间在认识几年后会像吸了血的越冬蚊子，可以彼此共享基因。想起高中时学的热力学第二定律：能量总是从高处流向低处。如果智商学也存在第二定律，那是否也可以描述成：智商总是从高处流向低处？我能提出来的证据就是在互联网的时代，世界也变得扁平无比，而我的智商余值也明显朝柳护士流动着。转念一想，如果智商第二定律明确存在，那智商第一定律肯定就是：全世界的智商总量守恒，也就是说全宇宙生物的智商有一个恒定值，聪明的人类多了，那么自然界其他动物的智商就会明显下降，比如那些被平均了智商的被圈养的猪牛羊。如果动物们选择不下降智商，也可以选择灭绝自己，比如类人猿、剑齿虎、猛犸象或尼安特人。

如果缩小研究模型，结合到我们这届中医继承者们，那么智商学第一定律也可以得到这样的推论：既然我那些同班同学在为中医学做出了巨大贡献后提高了智商，那我就应该降低自己智商以保证全班同学的智商守恒。采取的方法可以有吃点朱砂、砒霜、马钱子，或者在脑袋瓜子上再挨一大竹杠。不过砒霜不好吃，据说吃了以后连肠子都会断掉，死之前会无比痛苦，而且在今天的中药房里买不到。而挨竹杠呢？也许不会马上就死，而是先造成大脑充血水肿，神昏谵语，连说话都会变成"阿奴屋哩"的。万一柳月兰还爱我，愿意救我，让120把我送进医院急诊。那些西医会给我挂甜得要命的甘露醇，新中医们会给我挂香气扑鼻的醒脑静。这两样药品，我的身体肯定都不会老实地接受，因此我一定会挣扎着醒过来，对着这些做医生的人大喊："有刺客！小的们赶紧护驾！快把这些刺客都给我拉到菜市口砍了。"闻听此言的医生们一定会瑟瑟发抖，会以为我病入膏肓，继发了精神病，会让护士给我推上好几支氯丙嗪以便让我早日进入冬眠状态，再催着零陵路600号里的精神科专家坐大巴车到郊区来给我会诊。在冬眠的梦里也许我能和前清的著名学者俞樾相见，会与他相见恨晚，会积极地当他的走狗，会和他讨论如何消灭那些在气血津液里游泳的鞭毛虫。

既然柳月兰不肯乖乖跑来金山嫁给只有自行车和出租房的我，那我只好去枫泾找冯老师聊聊天。半年前的愚人节，冯佩兰提过她要嫁人。现在半年已过，她却一直没有按约定发来请柬，我觉得应该亲自去她那里考证一下她有没有撒谎。当然冯女士这样做肯定有她的道理，但犯贱也是我的特异品质之一，于是我准备再去一次枫泾。本来风子前些日子也说要去古镇上逛逛，但我自然不能和他一起。这件事知道的人还是越少越好，风子虽然没我嘴巴大，但是一旦"曰"起人来也够人受的。

好了，我写了几万字的废话，终于要再次写到我书里的第二位女主角了。我在《无请之疾》里曾写到冯佩兰是枫泾当地人。枫泾是块风水宝地，解放前出过一些人物。解放后金山最出名的是韩寒，不过他是亭林的。我挺喜欢他拍的电影，但很不喜欢他在高中写的《三重门》。《三重门》的故事里固然旁征博引，但是过于繁琐，过于卖弄，有太多没用的堆砌。我也惯于堆砌，但是我比他高那么一点点，因为他是写故事是为了反抗，我是写这么多废话为了预防阿尔海默氏病。阿尔海默氏病虽说病因不明，但明显和家族遗传或与大脑外伤有点关系，因此我将来不但要因为谢校长的贪吃基因迎娶糖尿病小姐，还要准备因为脑子挨过一棒子而拥抱早老性痴呆女士。这两点我虽然和柳月兰提过，但是她似乎根本不在意这些，她还是一个学了点医的人呢。由此可见女士们大概只在意臭男人们有没有得拈花惹草的病，而不在意将来会不会照顾一个瘫痪在床或者对什么都流口水的痴呆。

枫泾在我这次去之前，已经去过两次。第一次是陪着冯佩兰去扫墓，那次我差点成了她的男朋友。第二次是科室活动，是去年吃年夜饭。活动由老孙医生组织，包了一辆车子去枫泾逛了一圈。老孙医生对组织这些活动还是很积极的，但那时大概他也是为自己能在新的一年里重新登上中医外科主任的王座而努力铸造不错的君臣关系，可惜最后的结果却是事与愿违。

那天晚上大家聚在枫泾一家小餐厅的包房里，老老少少一群人喝了十几瓶当地专供的金枫花雕。罗发明喝得舌头都大了，流着眼泪说要继续"精忠报国，杀身成仁，不到世界末日绝不游到美国去"。杨大师和老孙医生喝到最后也再次以"师傅""徒弟"相见，感觉重回了西游的时代。等最后一盘枫泾丁氏"大猪蹄子"端上来以后，一群中医大的毕业者都变得笑靥如花，以"师兄""师姐"相称，晃晃悠悠地绕着吃饭的桌子跳着"忠字舞"。看来没有一辈子的敌人，关键还是得看所处的位置和心态。而酒精是一种不需要处方就能改变心情的良药，于是我那时非常理解大明正德皇上整天抱着酒坛子的缘由。

为我们科室和谐出了力的这种枫泾特酿，其实也不是什么高档货，只是一种四块多钱就能买到的那种。方形茶色瓶子上贴着黄裱纸一般的标签，感觉是拿稀饭糊上去的一样，和店家一开始拿出来的石库门黄酒相比，从头到脚都显得如乞丐般寒碜。当时我也没想到黄酒也可以这么好喝，但也许只是那时心情很好的原因。于是想起齐国淳于髡关于酒量可伸缩性的描述，想起汉代酒鬼东方朔说的那个叫"怪哉"的有趣虫子。

　　这次我要怀着一种有趣的心态，如同做贼一般去做一件我认为并非是贼的事。这是一个风和日丽的秋天。车子从石化海边启动后，秋风从北窗穿透了车厢冰冷了我的脸，秋阳则从南窗穿越了座椅照亮了我的脚踝，于是我在车厢里同时接受着阴与阳的共同洗礼。我的内心如太极双鱼图一样旋转扭曲，却又期待着和谐美好。窗外的天空只有一张纯净的蓝色油布，没有一丝的白云。路边村落的房屋前种的一些银杏有一些已经变黄，颤巍巍地在风中摇曳。那一片片成熟金黄的稻田搭配着路边高挑的水杉与远处刷上白漆的房屋，这秋天的景色特别像小时候想要画出来的田园风光。

　　公交车开了很久很久，几乎把金山区西部的所有集镇都兜了一遍。如果以时间计算，都可以去莲花路上的南方商城买一套结婚的礼服再回来。当车子终于在枫泾的车站停下，我也长舒了一口气。三个小时的车程把我的屁股颠得生疼，腰也酸软无力像卡住了齿轮。慢悠悠地站起来，活动了下腰，缓慢走下车去，发现双脚都是木木的。从头坐到尾的乘客只有我一个人，挪到车门口时，连司机和售票员也高看了我一眼。要不是他们本性矜持，他们两位应该给我一个大大的拥抱并颁发给我一枚"金山区颠而不破之优质人种"的奖牌。

　　不是周末，游人不多，但是行人不少。抬眼对面居民楼的西墙上画上了很大一幅的农民画，画的是过年时灶头上的场景。我一点都不喜欢这样的画，虽然我没学过美术，也不会画画。当年的那一棒子也没有把我大脑中央后回里的艺术干细胞给激活起来，但是我知道艺术这种东西还是有形而上的成分在的。农民画这种作品在我眼里简直毫无美感，如果真的是农民阿姨们在自己家的老房子或者流鼻涕的小孩子衣服上画上这些画来增加点童趣，那还能接受。最怕的是那种明明是从美术系毕业，会画山水鱼虫、人物风景的美院特长生却在画这种简单粗暴的画作，这叫无药可救。把粗陋当招牌不应该成为一个艺术家的追求。

从牌坊一直向镇中心走去，我顺利地找到了镇文化服务中心，那是冯老师工作的地方。毕业后她没有留在大学，也没有去学校教书，而是选择了在社区工作。曾问她"是不是公务员"？她说"在考"。今天我来之前没和她说，打算到了以后给她发了个消息，看看她会有什么反应。其实去年科室吃年夜饭时，我就想溜出去找她的，但是那时显然没有时间，时机也不合适。

于是，自从两年多以前在万体馆分开以后，我要来再见一次我一直牵挂着的女孩子了。

18．一杯没有奶的奶茶

实际上，今天也不合适见她。任何时间都不合适，但人类有时候并不知道"时间、地点、人物"等写作三要素是什么样时才是最合适的。我在文化中心的门口站了一会儿。时间已经是中午十二点多，阳光正是最高的时候。梧桐的树影在风中晃动，烤红薯的香味在风里飘荡。我给冯小姐发了短信说：我在枫泾古镇，方便见个面吗？

我这人不喜欢打电话，说不清为什么，大概是觉得自己开口说话时特别欠揍的缘故。这点我以前不甚了解，但是自从读了《诊断学基础》以后就明白了几分。正如得了帕金森病的人，一张口说话，他们的嘴巴就会哆嗦，脸上就会冒出苦笑，说出来的话别人听起来就像发了室颤一样会上下抖动。一个人脑子是不是有问题，有时一张嘴就能知道，所以无论看病还是招工，面对面的聊聊永远比看病历或简历更重要。"傻人永远只会说傻话"，《阿甘正传》里也是这么说的。

过了一会儿我收到了一条短信：不想见你。意外也是预料之中的话，于是我回：好的，那我一个人在镇上逛逛。发完短信，我从街口绕过两个圆石墩进入了古镇的区域。那是一条临河的小街，河道的南边有一条长廊，也有一排供游人休息的桌椅。青砖铺的路面湿漉漉的，只有三五个店铺开着。游人也不多，比大七时和柳月兰去逛的朱家角古镇冷清很多。但这很合我的心意，人流如织的古镇固然繁华，但喧闹的街市总让人产生一种想逃离的感觉。在清风桥的南面小广场上站了一会儿，对面古镇上戏台边的河道附近似乎新开了一个游船的码头。码头上停靠了三艘摇橹的船，船檐上挂着的几只灯笼已经有点泛白。有几位船工打扮的老人家都穿着统一的褂子，坐在船头聊着天。清风桥头一棵大苦楝树看起来已经有些年头，上面挂满了苦楝子。苦楝子已经有些皱皮发黑，有些落在了石阶上，被行人踩成了一摊摊粘脚的汁水。

上次路过时怎么没注意到这棵楝树呢？人生大概就是这样，走得越快漏掉的越多。还没准备惆怅一下，我的胃已经开始宣告它有这个身体的主导权。本来计划有可能的话和冯小姐一起吃个午饭，聊聊过往啥的，没想到公交车乘了那么久，到这里时早过了饭点。而且冯小姐似乎也不肯赏脸，既然"色"不可见，只有自己解决"食"的问题了。过了清风桥，一眼就看到一家面点，门口的小黑板上写着诸如"奥灶面8块"的几行粉笔字。其实完全不明白"奥灶"这个词的意思。记得上海话里"懊糟"是恼火的意思，奥灶面是不是越吃越恼火的面？那谁还敢吃？明显不合常理，我于是决定去看看它是如何令人肝气郁结的！走进去找了个桌子坐下，点面，胳膊下的桌面有一层那种永远都擦不掉的黏腻感。

我不反感这样街边小店。虽然我是医生，但我没洁癖（我这个行业的医生不能有洁癖）。相反，我倒觉得这样有烟火气。这很容易令我想起坐在瓜洲许记馄饨店里吃馄饨的场景，那时一心想将来嫁给我的许家二小姐在放学后与周日都会一直在店里帮忙。一看到我，她就会笑靥如花，拿着抹布冲到我的面前，把我准备坐下去的凳子和桌子擦得干干净净，而她妈看到我时总会给我下满满一大碗好吃的酱油小馄饨。每到这时我都特别想将来当她们家的姑爷，虽然我将来可能娶得并不是她们家漂亮的许大小姐，但这不重要，因为无论娶的是谁都可以每天都可以吃到全镇最好吃的馄饨和熬面。忽然想到今天点的奥灶面是不是就是我们那里说的"熬面"？

等面端上来以后，我发现不是。这里的奥灶面是放酱油的，我们那里的熬面更类似于上海的青菜肉丝面。今天的面有点淡，又是宽面，里面倒是可以翻出一点走油肉的肉末和碎的梅干菜，面上撒了些细碎的葱末。汤里漂了一层猪油，很香。自己又多加了点酱油，吃完。付钱走出小店，与几位当地的人擦肩而过，他们自己拎着一瓶黄酒走进刚才的店铺。

朝东走去，这条石板路我已经走过几遍。每次来，这里都会多开几家店铺。有几家已经开始像七宝老街或朱家角老街一样在卖芡实糕和粽子。中国人的古镇最终总要变得千篇一律。没意思，也不知道我那个瓜洲古镇将来会变成什么样子。许记馄饨店和我的许家小姐还在不在？还有张记烧饼铺还开着吗？忽然很想回去看看。

在一个街头拐角忽然看到一个穿着破了很多洞的老头衫的老头。他正坐在自己家的北门口，漫不经心地看着偶尔经过的行人。在背阴的地方这样穿，他也不怕着凉。我则在想等将来我老了，我也要光着膀子，摇着扇子，坐在自己家门口看来来往往的年轻妹子！不过我又想到在瓜洲古镇上我已经没有了房子，而且我也肯定活不到他那么老，一时又觉得十分失望。

经过古戏台，依旧不是演出的时间。戏台下仍然没有观众，戏台上也没有演员。好想扮上一个老生跳上台去，在秋风中拄着拐棍，咿咿呀呀地唱一曲："湘兰！是我王稚登负了你呀！呀！呀！呀……悔不该当初去北京，留下你只身在秦淮，独守寂寞，借酒消愁，难举琼扈，冷落时蒙君不弃，却不敢受此一首秋闺曲……"

正幻想着呢，手机响了，拿起来一看，是冯佩兰的。

"怎么啦？冯老师。""你在哪里？""在我们曾经走过的那个戏台那里。""那你在那里等我一会儿。"她说。

一颗心忽然就怦怦跳了起来。走上北风桥，在桥上坐了一会儿。远远地看到冯佩兰从桥南走了过来，顶着一只圆顶的白绒线帽，穿着长格子裙，套着工作服样的小西装，是我从小对女神打扮的设定。等她走近了，却发现初看是她，但是细看，总觉得这不是原来的那个女孩子了，大概这是从青涩走向了成熟。而我大概还是那么浑浑噩噩、邋邋遢遢。今天我穿的是依旧是一件旧衬衫，依旧把衬衣的下摆放在皮带的外面，依旧穿一双钉过鞋掌、走起路来像骑马一样的旧皮鞋。

"冯老师好。"我咧开嘴假笑着。"你下来吧。站那么高干吗？我不上去了。"她仰头看着我说。"哦。"孤王这就下桥。咣咣咣咣，咣才咣，爱妃接驾……我唱戏的乐趣还没下去，想词的时候，脚底下没踩稳，临了差点摔下去，朝原救火队的门口冲了几步以后才站稳。我尴尬地小声说："哈，孤差点甍了。"我以为她没听到，结果她说："早知道你还是这样，还是应该不见你。"她转过头去朝来的地方走。

"今天不见，总有一天会见的。"我说。"你哪来的自信？"我回答："我在想我上辈子肯定是丝厂里的纱锭，被我纠缠过的线头总有一天会再绕回来的。""你总有奇怪的言论！真受不了你。你刚才一直在逛古镇？""是的。""有什么变化？""没注意到，我一直在戏台下唱戏来着。""你还会唱戏？""不会，说着玩的。""我问你，你今天到底是准备干什么来的？""不干什么，看看你而已。看到了，我就准备回去了。""你说谎！""好吧，其实我是来想问你讨一个结婚请柬的，不然我怎么给你送红包呀？""我为啥要请你？""没事。你告诉我时间和地点，我到时候买一瓶啤酒和一包花生，我保证不进去打扰你们，我在门口吃完就走。"她叹了一口气，说："你知道吗？每个女人的心都很小，小得只能装得下一个人，装了这个就装不下那个。""我装得下你呀！""我又不是什么货，要你装来装去的！再说，你装着谁，装了多少女人，跟我有什么关系？你又不会娶我，我不想在心里有你的位置。"

今天的空气很透亮，所有的物体都很清澈。天空中正飘过一排排淡积云，但阳光很热烈，却总是时有时无。那些云彩看起来很蓬松，小时候总想着云里面会有一个小孩子，饿了就吃一口白云棉花糖，累了就睡一会儿。尿了也不用担心，因为那会变成了太阳雨，如果角度合适还能见到彩虹。想起我小时候经常尿床，那时总是悄悄地把裤子脱了，然后用带着三昧真火的屁股把床单褥子给焐干。早上起来免不了被牛贵妃发现我又画了地图，一阵臭骂。臭烘烘的老被褥被晒出去时，母亲还要和邻居们打招呼："我们家的小炮子又来龙了！"以前这一句话也是证明我会是王侯将相候选人的论据之一。

看到我忘神地傻笑，冯佩兰说："我就知道你没听我说的。""我听到了，你说我花心。我哪里有花心？我只是想见见老朋友。""可我们不算朋友！""以前我觉得男女之间没有友谊的原因是因为男的总想着越轨的事，现在我知道了有其他原因。""什么原因？""是因为女生都不花心啊，就像白雪公主，即使和七个小矮人在一起那么久，最终还是要嫁给白马王子的。""我就知道见你还不如不见，除了被你嘲笑以外，没有任何好处。"冯老师这样说着，却没有立即翻脸要走的样子，我们仍是沿着小河的南岸长廊一前一后向西走去。

"下午休息陪我？"我紧走了几步。"你想得真美。""那你介绍你的白马王子给我认识？"她没接下茬，说："我记得你以前是有点无聊，只是没想到你现在变无赖了。""你能说我无赖，说明我们的关系还不赖，没到你说的不算朋友的程度。"我自嘲着。

说着话，我们已经走出了古镇。在路边看到一家"随时即递"的奶茶店，我说："我请你喝奶茶吧。我刚才在桥头吃了一碗奥灶面，嘴巴干。对了，还没问你中饭吃了没有。"

"早吃过了。差不多到时间了，我要去上班了。"她站在了路边，转过身，面对着我，又说，"你应该忘了我，你知道吗？随便去打扰一个女人的正常生活对她是很不公平的。我根本就不想去想以前的事，我觉得在这里分手对彼此都是最好的选择。"她说得很平静，也很在理。

我说："好的，那就在这里分手吧，你去上班。"我微笑着，看着她走过马路。阳光照耀在她的细格子裙子上，十分耀眼，仿佛把她点燃了一般。一会儿天上的云又飘过来，阴暗像一个精灵一般扫过了路面，她的背影又暗淡了下去。看她走进了对面的文化中心，我转头去旁边的奶茶店里点了两杯奶茶。

不知道从什么时候开始，我特别喜欢吃奶茶里面的珍珠。我从小讨厌吃一粒粒的东西，尤其是豆子。也讨厌吃糯米做的东西，但我却不反感奶茶里的珍珠（现在我知道奶茶里的珍珠并不是糯米做的，是一种叫木薯的东西做的）。但我们家老爷爷最喜欢吃糯米做的东西，比如蒸年糕，蒸糯米饼，煮赤豆粽子。要不是猪油拌的八宝饭和咸肉粽子会如闪电划过糯米界的天际，会让我偶尔的眼前一亮，糯米这种食品对我来说简直就一片黑夜！我总觉得我爷爷是平行的糯米宇宙派过来毁灭人类的大反派，而我的命运应该是化身为正义的王侯将相，端着一碗加味麻黄汤，义无反顾地把他永远封印在糯米淀粉的支链里面。

今天卖奶茶的妹子挺清秀的，额头上有两粒代表着青春的痘子。只见她熟练地在杯子里勺上珍珠，从冰箱里端出盛满奶茶的大壶。在她准备把奶茶倒进塑料杯子时，我忽然打断她，说："这一杯我要双倍的珍珠！"她看了我一眼，又给我勺了小半勺珍珠，接着倒上奶茶，把已经做好的两杯奶茶依次拿到贴膜机上去封口。其实在这过程中我还想说的是："这一杯不要茶，不要珍珠，只要奶。我那一杯不要奶，不要茶，只要珍珠。如果可以的话，我可不可以只买珍珠？你知道吗，我更喜欢在超市买一听午后红茶加在里面，这样味道会更好。还有你知道午后红茶吗？就是赫本演的广告。我读大学时最喜欢的女孩子的网名就叫午后的红茶，她和你有点像……"我想这个妹子大概会拿着勺珍珠的勺子从柜台里跳出来与我拼命："你是不是在消遣我？！"我会说："对的，洒家今天特意来消遣你！"不过看来卖奶茶的妹子并没有注意到我脑子里的梗，因为她问了一句："打包？"

"不！不要！"我接着说，"打包。"

妹子显然被我的逻辑弄糊涂了，愣了一下，差点就要说："你有病吧。"我会接着说："你有药啊？"但这又是一个老梗，不说也罢。

我提着两杯奶茶进了对面的社区文化中心，在大厅里没见到冯小姐。于是我提着奶茶站在了一个办公窗口前，对里面的工作人员说："这是你们这里一个叫冯佩兰的女士点的奶茶，请问她在哪一间办公室？""你到二楼文娱办公室找她吧。"

我对她笑了笑，走上二楼，在办公室又再次见到了冯干事。办公室里这时只有她一个人。她一脸惊讶，显然没有从她自己刚才自己说过的话里走出来。

"您的奶茶，请慢用。谢谢惠顾。"我把奶茶放在了她的桌子上，转身告辞。

在我转身时，我感觉到背后的那位女生站了起来。我相信她不知道该如何是好，其实我也不知该如何是好。人生就像在穿越不同的路口，等红灯时满心烦闷，一路绿灯时又错过了路口的美丽风景。

19. 期望获得诺贝尔奖

　　从枫泾回来以后，我继续在普外科轮转。我上面的医生是张雨主治医生，再上面是俞主任，也是整个普外科的科主任。因为他在普外科科主任的位置上待得太久，所以大家都尊称他是老俞头。这名字念起来有点像"老狱头"，因此总让我怀疑他的背上文着青龙偃月刀。然而跟他上台开刀时，我发现他背上没有。于是我又觉得他更像"老芋头"。小时候在瓜洲时，我只吃过芋艿。蘸糖吃还挺好吃的，但是如果没有白砂糖蘸，那吃起来还有点涩嘴。

　　《生物化学》告诉我，糖能提供能量，而盐能维持电解质的平衡。盐在矿物界到处都有，而糖只能从生物中提取。由此可见糖是一种恩赐，盐只是一种必须。于是盐的意义是让会新陈代谢的东西活下去，糖的意义在于让有嘴巴的生物可以快乐地活下去。对脑子还算正常的人来说快乐有时比活着重要。老芋头也算上海及浙江地区的一种特色食物，它的大小与小时候玩的小皮球差不多，似乎只能切开来和走油肉一起炖。如果蘸糖吃明显有些木，因此它和芋艿不同，明显属于咸觉。

　　普外科的老芋头主任个子不高，四方大脸，皮肤较黑，大概年轻时熬夜做手术做得太多，眼皮像得了重症肌无力症一样耷拉着。在科里大交班时，他说话总是不紧不慢。即使天掉下来，昨天病区里发生了什么人命大事，他照旧有条有理、不卑不亢，带领大家分析病情和处理方案。有时他说哪位主治医师或者住院医师观察不及时、处理不得当时，也并非采用疾风骤雨般的语调，令人有种不怒自威的感觉。平时我几乎没见到过老芋头主任露出笑脸的时候。这在行为学上叫"不为物喜，不为己悲"，在心理学上叫做淡漠。可因为他的威严，作为小中医的我也不能当着别人的面，在查房时给他推荐什么出家旅行的必备中药小丸子——加味逍遥丸。

外科有两个病区，包了一层楼，有二十几位医生，还有实习轮转的同学。每次交班，我们都要提前去才有位置可以坐。只是我来轮转时，已经见不到我的舍友牛文才大医师，还有原来招牛医师进来的朱江教授。这两位得道高人都抛弃我们这个海平面以下的郊区医院了。

老芋头一周带我们查三次房，其他时间都是张雨主治医生带着我们查房。张雨老师是个特别有趣的人，他喜欢留着郭富城式的中分头发，身材高大、身型庞大、大眼睛、厚嘴唇，头发有些早老性发白。他与我那叫张宇的初中同学消瘦清秀的外形完全不一样，但我在想起他们的名字时，总想把他们叫成章鱼老师或者章鱼同学。

章鱼老师说起话来没完没了，只要逮着检验报告上的异常指标，他会揪住我的白大褂给我滔滔不绝说上半个小时。比如：低血钾的原因是什么，要考虑哪些疾病，是排泄太多还是药物使用不当。患者的症状有哪些，要警惕心率问题还是呼吸情况，病情不处理会有什么特殊进展，怎么处理最为妥当，口服药物无效的情况怎么办。如果采用静脉补液，补液的速度是多少。多少时间复查检测指标……他讲了一堆东西我都记不住，只好翻出准备记录医院八卦素材的小本子来记上。每次下午查房前，听他分析回报的实验室检查时，我总想起《海绵宝宝》里的章鱼哥。这时总有一首歌会在我心里歌唱："章鱼哥拿起了竖笛，吹起了乱七八糟的曲子，吓走了一群吃着汉堡的小鱼。可是我派大星觉得好听，因为他们都说我没有脑筋……"当派大星挺好。

其实我可以听懂些章鱼哥老师的小讲课，只是不太想去记住它们。在中医大学里我学得最好的是现代医学的基础，学得最差的是中医临床和西医临床。因为我只对整个世界运行的原理感兴趣，而对怎么拯救它们毫无冲动。读大学时，我曾经把整个大脑里的每一根线路都背下来，把红核、薄束核、锲束核、纹状体的功能和位置、神经元的交换位置都背了下来。虽然这些关于神经病的知识对我现在的临床毫无用处，对恢复我受过伤的脑子也毫无用处。因为我将来总不会成为伟大的爱因斯坦，需要把自己的大脑捐献给全人类，让解剖学大佬们用锋利无比的西瓜刀把它切成厚薄一致的云片糕样的标本，以供未来中医博士们分析研究。

但我也幻想着自己的脑子如果真有被西瓜大佬们切豆腐的那一天，希望那些脑子的中医博士们能联名写一篇"论中医教育对颅脑空洞症患者在获得诺贝尔文学奖的重要性研究"，并刊登在著名的《Science》杂志上。这样即使我死后，也会有无数的中医学继承者借我那变成海绵样大脑组织的光，可以当上科室主任、三甲医院院长、各省中医大校长，甚至国家两院的院士！

当然达成这点还需要三个基础条件：第一、我会获得诺贝尔文学奖；第二、我得愿意捐献大脑；第三、我得承认自己学过中医。至于后两点，其实并不难办到。等我死了，无论柳月兰还是冯佩兰都不会抱着我脑子像朱元璋的妃子一样愿意闻着蛋白质变性的恶臭与我合葬在一起。至于学籍，即使我因嘲弄中医理论而被开除了学籍，也可以被领导们特殊处理一下，这叫"拉失足中老年出水"。因此，最后两条在实际操作上没有难度，最难的还是首先得去获得诺贝尔文学奖。

按照我为医这几年的人生经验，这年头除了需要有一定的才华以外，还得和圈子里的人混成脸熟才行。因此与瑞典皇家文学院里各位懂中文的教授们拉上关系，还是最为重要的。为了早日能拉上他们的皮条，我花了好些心思。既然我没有大英帝国威廉王子的地位和人脉，那我只能毛遂自荐般给瑞典皇家歌剧院写几行小诗，希望能打动他们高雅的心。我准备给他们寄去的诗是这样子的：

谢氏新编中医大神方

中医要学用砒霜，牵牛黑丑马钱藏；

三斤巴豆为良药，五块乌头上天堂。

我觉得这首诗写得无与伦比，韵脚工整、中药配伍和谐、杀人疗效显著，可以同时获得"大明汤头歌诀最佳传承奖"与"孙思邈中药配伍最要命奖"。只是不知道在老外的天堂里休养生息了一百多年的诺贝尔同志会不会因为看不懂我的中医药美学，恨而拿着硝化甘油与我拼命，而皇家科学院那些精通中文的文学大院士们大概也看不了我这种胡言乱语般的中药歌诀吧，这前景真令人沮丧。

和我一组，一起接受章鱼老师和老芋头领导的还有武亮医生与一个姓杨的上医大七年制研究生。武亮医生是一个帅小伙子，特别喜欢泡在手术室里或者去手术室的路上。他生性开朗，活泼激情，还比牛大医生谦虚谨慎，这实属不易。离奇的是我初中的死对头也叫武亮，我曾在《消亡史》里写到过他。武亮同学是个满脑子都是裸体女生的学习天才，除了会做各种题目，也会画各种裸体美女。这种大色狼如果也能考上县中、考上大学，那叫我们这些真牛屎情何以堪？于是初中那两年我放弃了在镇中学与剩下的牛屎们继续为害小镇的机会，拼命做题，拼命做题，终于和他一起考上了省重点高中。我原本还准备在高中继续和他比高下的，结果高一上学期还没结束，他就因为帮一位师兄与师姐亲嘴放风而被开除了。

两位武亮同志都写有一手的好字。武亮同学的字秀气工整，像一个女孩子写的，非常合适模拟女孩子的笔迹给自己的学业对手寄情书。武亮医生的字潇洒飘逸，有书法大师的风范。只要医院有来检查病史的或者有病历书写比赛，普外科拿出去的病史总是武亮医师的。字如其人还是有一点儿道理，因为武亮医师干活也很漂亮，科里的人都称他是"阑尾小王子"。更重要的是他没有拖延症，总是会主动做掉很多本来并不着急的事情，比如写病程录、术前插胃管和导尿管之类的琐事。他也从来不计较谁多干了点、谁少干了点什么，这就和牛大医生有了不同的追求。当然，他们两个将来都会成为自己医院里的栋梁。

在我去普外科轮转时，武亮还没拿到执业医师执照，而我已经考出了中医执照，于是我们两个常常一起去手术室开别的医生不愿意开的急诊阑尾手术。虽然我一个有执照的医生需要给一位没执照的准医生当下手，但是我不觉得有什么不妥，也不害臊，反而十分兴奋，因为在"小王子"的带领下，我终于可以合法又不会出什么医疗事故地去切掉人家一条化了脓的阑尾。

阑尾大概是人体最没用的器官之一，这是余华医生在《许三观卖血记》里写过的。谢校长在我小时候也说过："人家外国人一出生就把阑尾给切掉了。"等我上了《医学免疫学》《组织胚胎学》，老师们又说阑尾怎么样也算一个免疫器官。虽然它总是把自己烂穿了孔，但多多少少参与了肠道免疫，因而还是不切的好。于是我知道谢校长又胡说八道了一次，而且老外出生时切掉的根本不是阑尾，而是包皮！因为没有人会没事干地去让医生打开自己的肚皮，找一条或大或小还会躲猫猫的阑尾。更重要的是也不是每一个外国人都会切掉自己的包皮！在犹太教里，那叫割礼！

于是我又想起了我的割礼，想起了我从背后挨过的一杠，想起了那天离开枫泾的场景。其实那天我走的时候，冯佩兰从后面忽然抱住了临时当快递小哥的我。这是她第二次这么紧地抱我。我想转身，她却说："就这样，别动。"我感到她有些颤抖。过了很久我感到她慢慢变得平静。终于她一把推开了我，并用手挡住了我想转过去的脸，说："我把欠你的还给你了，你走吧。别回头，别让我再尴尬了，就算我求你。"

这大概就是她让我着迷的地方。如果她像小妖、燕子、母鸡一样单调纯洁，这些年我肯定不会这么想她。而且坐上公交车以后我才想起来，除了一杯她肯定不会喝的奶茶，她根本就不欠我什么，也没必要用一个从背后的深情拥抱来偿还点什么。反而是我一直在亏欠她，欠那无数次的骚扰，欠一份催人心死的爱情。

我这人总是事后诸葛亮，事前猪一样。在小学时所有的任课老师都说我这个人不机灵，经常犯别人不会犯的错。人生也不会给我这种不机灵的人太多改正的机会。我这种人的人生其实从一开始就是规划好的，正如同一颗出了膛的子弹，在没有遇到阻碍之前只会按照牛顿的第一定律无限堕落下去。除非超过第一宇宙速度，否则总有一天要掉进粪坑。而直线运动下，改变运动轨迹的障碍物体永远都是最少的。医生这个职业即使不喜欢，我也会继续做下去；柳月兰的父母即使不喜欢我，我也会娶他们的女儿；冯佩兰我再怎么欠她的，我也不会抱着她说，我爱她。

在手术中，与我和武亮医师玩躲猫猫的阑尾终于在患者的肝脏附近被找到了。本来我们应该可以更快一点的，但是武医师喜欢切一个只有三厘米的小口子。他把做手术叫做"肉上雕花"，小切口虽然利于患者的恢复，但是却对手术医生创造了一个更高的难度。这相当于初三时张宇同学给我冠名的一个成语，叫"管中窥豹"。张宇给我解释这个成语的意思时明显带着看不起我的态度。也不能怪他，谁叫我那时从小学时一个全班第几十名的牛屎变成了他考试成绩的对手。加上正值青春期的我们都变得如此敏感和高傲，于是我们俩从小学一年级下学期开始的九年友谊终将像我们此刻正在切掉的阑尾一样，走向腐烂。

我们面前的这条阑尾弯曲得像一根蚯蚓，因为化脓而剧烈肿胀，即使戴着口罩，我也能闻出它发出的大肠杆菌的特殊味道。在武医生的指导下，我将它从长夹钳上切了下来。这是我第一次切掉人家没用的阑尾，比王小波写上山下乡时他在云南看人家切阑尾时要成功得多。

因为这次，我既不是帮马切掉脸盆大阑尾的兽医，也不需要患者自己坐起来一起帮忙在肚皮里找那条淘气的阑尾。把它丢在弯盘上以后，我们把阑尾的断端缝好，翻进去，再在浆膜层上打上两层荷包，把阑尾窝雕成一朵重瓣的莲花。最后把那节肠子塞进肚皮，把肚皮再缝起来。

一时间，一股自豪之情油然而生。我觉得瑞典皇家医学院应该立刻增设一个"诺贝尔最佳手术奖"，并立即颁发给我。这样如果将来有一天我与柳月兰或者其他的女生因为特殊原因而流落到一个孤岛，如果吃了生的全蝎、蜈蚣和僵蚕，我那听起来有点用处的阑尾发了炎，我可以掏出这张奖状，拿着椰子壳切开肚皮，像疯子一样自行了断了它。

对此，柳月兰给我的回答是："我想去皮皮岛，普吉岛也行！你不会连海南岛都不带我去吧？！那我们还是分手算了！"可见她现在并不在意我会不会做阑尾手术，她在意的是我在死前有没有积攒了足够的资本去娶她。

20. 后天之本之奇怪谈

我轮转时外科实在太忙，其实外科总是很忙，有时晚上得过去补病史，翻翻明天做手术的患者的检查报告。看了看手术排班，第二天只有一个脾切除手术。这是一个肝硬化伴脾肿大患者，三系降低，血小板只有五十多点。正常人的脾只有两百克左右，比肾脏大不了多少，是一个基本都是淋巴细胞构成的免疫器官。B超显示该患者的脾肿大得直接超过了脐中线。

如果按最开始的老中医的说法，两千多年来他们一直以为脾脏是消化器官。后来他们把它和胃列一起，称为"后天之本"。说了这句话的李杲老祖宗也因为"脾胃论""补土派"成为了金元四大家之一。他老人家最后算名垂青史了，即使几百年后的今天，作为小中医的我也要去背诵他发明的理论，虽然在《中医各家学说》他的理论只是其中的一种而已。

有趣的是大学里教我们中医基础理论的老师们没有一个人会告诉我们中医理论是一个大杂烩。他们总说中医理论博大精深，而我却觉得它如同我们扬州四大名菜之一的杂烩汤一样。黄帝（后世托词）放进去了关于阴阳五脏的大肉丸子，张仲景放进去六经辨证的鱼丸子，皇甫谧丢进去一包针灸秘术的炸肉皮，叶天士丢进去卫气营血辨证的鹌鹑蛋，吴鞠通再加上一点三焦辨证的鸡毛菜，最后还有其他名家们撒进去的各种油盐酱醋茶，于是一锅香气扑鼻的中医理论杂烩汤制成了。无论医生还是患者，只要觉得肉丸子炸得过了，可以选择鹌鹑蛋，如果觉得鹌鹑蛋夹不起来，还可以选没有塞肉的小油豆腐果……无论如何总有一种带着鲜味的理论可以说服医生们空洞的大脑与患者们奄奄一息的身体。

而且李杲这个名字真的是很"搞"。如果不读中医，大概我也不会念着个叫"gǎo（第三声）"的字。最搞笑的是李杲的别号叫"李东垣"。这两个名字总让我莫名其妙地想起《金瓶梅》里跳墙头的西门大官人。与李杲一起，排列成"金元四大家"的还有刘完素、张从正、朱震亨。每次中医各家学说的考试，都会出一条"连连看"的题目，连连看金元四大家的姓名、论著与他们的观点。这本身难不倒我，我只要记得刘完素是刘河间，张从正是张子和，朱震亨是朱丹溪就可以了。大不了我还可以用趣记：刘河间，河水寒冷，无论是洗澡还是跳河，留在河里自然是寒凉派；张从正，"汗吐下"，去了心中的邪念才能从良从正；朱震亨，猪为啥哼哼唧唧？因为它们懒成整天趴在稻草堆里晒太阳，因此"阳常有余，而阴常不足"。但出题的老师们总是要在题目里混着写一些其他中医名家的姓名，比如什么张元素、张介宾、张景岳。这就十分的不道德，正如同从地鼠的洞里不经意跳出来的黄鼠狼，我总是一不小心就揍错了他们，因而也总是考不到优秀小中医传承人应该获得的"优秀"。

清代的王清任老祖宗写过一篇著名的作品，叫《医林改错》。他的初衷很好，想去改正老祖宗对心肝脾肺肾观点的遗毒。为此他曾每天半夜里去乱葬岗子里研究人家被砍了的、杀了的、狗吃了的各种残破尸体，但没有学过毕达哥拉斯定律的他又不愿意戴上手套和防毒面具亲自动手、科学研究，这样造成了他的书里面关于人体解剖的知识几乎没什么是对的。于是那些学了点现代解剖学知识的近代中医们就给王清任戴了个"医林改错，越改越错"的大帽子，害得老王医生过世后一直在棺材里郁闷生霉。等现代医学从全世界各种各样的传统医学中脱胎换骨、彻底升仙以后，那些聪明的中医继承者终于把中医的五脏六腑从《解剖学》上剥离了出去。他们说老祖宗讲的那些都是功能，不是实质的脏器。

于是面对"脾胃为后天之本"，我们却要切掉人家的脾脏时，可以很开心地告诉患者："中医的脾不是西医的脾，中医的肝不是西医的肝，中医的肾不是西医的肾""搞中医的人也不是西医所说的人"。自然这最后一句是我加的，因为我觉得接受中医理论彻底洗脑的人和接受现代数理化基础洗脑的人是完全不一样的人种。彼此在活着的时候根本不能一起好好地对话，死了倒可以一起躺在棺材里论论英雄。看看到底是谁在死了以后还能诈尸，再经历九九八十一难后成功渡劫成菩萨的坐骑——金毛犼。

麻醉，洗手，上台，开腹，翻开大网膜，在章鱼老师的带领下，我们找到那个巨大的脾脏。在分离周围组织时，张老师与我们几位助手都发现了一个问题：这位患者的创面一直在渗血。无论用丝线扎还是电灼，血液还是从创面上的各个毛细血管中涌出，如同一座正在漏水的水坝坝体。手术进行了两个小时后，主刀医师终于叫来了科副主任。过了半个小时，副主任又叫来了主任。各种想得出来的止血措施都上了，又折腾了两个小时，创面上的血还是没止住。做到下午三点多连麻醉师也换了班，麻醉医师也从主治换成了副主任医师。紧急申请的血浆和成分血一袋袋输了进去，折腾到晚上五点多，患者的心脏还是停跳了。想起早上查房时患者还兴奋地说"晚上没睡好，医生，几点轮到我手术啊"，现在他却一动不动地躺在了手术台上。在麻醉中死去到底是不是一种幸福？

从太平间回到办公室，写完死亡记录，我返回自己租的房子。天已经黑了，想去翻翻《西医内科学》却发现两只手都在不自主地抖动。这大概与我的精神病无关，与我未来帕金森病无关，和酒精性脑病无关，与当年挨的一棒子无关。孙飞医生今天在放射科值夜班，晚上不会回来。本来不大的屋子此刻寂静到诡异，即使开着电脑在放金·凯瑞的《冒牌天神》也觉得特别毛骨悚然。去客厅里烧一壶水，水沸腾时在客厅里居然可以听见回音。想了想去冲了一把澡，水流冲刷着瓷砖的声响总算增加了点环境的温暖，可是挡水的塑料帘子总是在负压的影响下像幽灵一样飘过来，黏在身上。推开它很多次，一会儿它又贴了上来。匆匆洗完，走了出去，在小区的路上看到不少来往散步的居民，我才感到松了一口气。

走出小区，跟着人流走上海边的观景长廊。现在是退潮期，海水在很远的地方轻歌曼舞，再远处有一排挖泥船。听人说今年区里已经决定把海围起来，建一个很大的城市沙滩，让海水彻底变清澈，把这里变成上海的三亚，这挺令人期待。在海边坐了一会儿，夜也越来越深。繁星下的海、如繁星般的船灯以及近处拍打岩石的海涛都可以让我患得患失的心逐渐平静。给柳月兰发了个消息问她明天能不能来陪我。她说不行，明天要值班。医生和护士真是最差的婚姻组合。

过了一周，早上交班时老芋头说："关于赔偿的费用，我昨天拍板拍掉了。家属的要求也不算很过分，毕竟人很年轻，才四十多岁。从下个月起大家艰苦几个月，大家也别叫奖金少。哪个外科医生说自己不会出医疗事故的可以提出来不分担这个赔偿费用，有谁不愿意的现在或者会后可以向我提出来。关于这次事故，下午我们再做个病例讨论，看看还有哪些是我们有没做到位的。"大家都没说别的。

下午的死亡病例讨论，全科的医生几乎都到了。经过一个星期，章鱼老师也没那么泄气了，首先表述了诊疗过程中自己有哪些不到位的地方。其余大部分时间都是不搭嘎的老医生们在说，小医生们都只管听着。最后大致的观点是此种脾肿大患者大多有凝血功能障碍，要准备好凝血酶原复合物以及血小板以防万一。还有这类手术还是要由上级主任医师把关。关于上述药品和新鲜血小板其实我们医院平时是不备货的（不宜保存）。虽然无法预计加上这两样东西，患者的血是不是能止住，会不会不"die on the table"（死在手术台上），但是至少有这样的术前准备可以让那些参与医疗鉴定的专家们不会提出同样的置疑。

  又过了两个月，在离开普外科之前我跟着老芋头去开一个大网膜转移性肿瘤的患者。患者是一个女性，大网膜全层浸润改变，已经有严重腹水，而 CT 显示内脏组织未见明显肿瘤，因此患者与家属希望通过手术看看有没有找到并彻底切除肿瘤的机会。于是我们上台打开了患者腹部，却发现那是一个根本无法手术的病例。她的腹腔里已经全是肿瘤组织，也根本不可能去寻找来源。抽干了她的腹水后，我们切了一块组织做病理，那个布满肿瘤细胞的切面一时也难以止血。这样仅仅做了个"开关"术后，送患者回了病区。这位患者在术后第四天也去世了。这次家属没有闹，在写完死亡小结和死亡讨论后，我暂时离开了这个充满意外的科室。

21. 婚姻是一台绞肉机

三月，从傍晚开始的春雨淅淅沥沥下着，不紧不慢。到晚上九点多，天空了传来隆隆的雷声。雷声由远及近，十分舒缓，似乎在给这个城市做着一套完整的敲背捏脊。雨慢慢变得浓稠起来，空气里弥漫着一种温热的气温。远近楼道中的感应灯亮了起来，好像这城市的毛孔都张开了，向外透着微弱的骚动。

惊蛰的季节，我真的收到了一张结婚邀请卡，是冯佩兰寄过来的。"乙酉年五月某日，诚挚邀请您于百忙之中携祝福共同见证一场关于爱的典礼。"虽说几个月前，我调侃了她那说话不算话的婚礼，等到我真正收到它，我才意识到这不是一颗蜜糖，而是一包砒霜。女生一般谁会给自己以前的恋人发一张婚礼请柬？如果冯老师是一个像我爸一样，喜欢喝喜酒、凑热闹、到处给人家证婚的人我倒是可以理解，关键她不是。如果我明年结婚，我肯定不会给她发结婚请柬，因为我怕她会给在婚礼上免费赠送不要钱的"霜之哀伤"。因此这份请柬虽说履行了以前的一个开玩笑式的承诺，但实际上更像是一封浸满洋地黄汁的挑战书，过量地接触它，是会让我的心脏骤停的。我的确不该在工作后再去见她的。

这份请柬上并没有贴即将结婚的两个人的照片，也没写新郎新娘的姓名，只写了时间和酒店，酒店叫"维也纳国际酒店"。酒店名字很好记，也很普遍。我们这里有一个叫塞纳河畔的酒店。我有一阵很好奇国际上有没有名字叫"莱茵河畔""伦敦河畔"或"伏尔加河畔"的酒店。不过大概应该是没有的，因为那几个河畔的国家总让人觉得刻板、阴沉或苦闷。酒店就应该充满阳光、活力与浪漫的邂逅。可惜我不喜欢巴黎也不喜欢维也纳，因为我穷得连回老家看父母都舍不得，即使别人说得再好，我也不相信背着中药药葫芦的自己可以在这两个国家或者这两个酒店里找到属于我的异国风景。

上个月，天气还寒的季节，我刚刚与柳护士拍完了婚纱照。随塘河路上的婚纱摄影店把广告一直做到了离这里很远的亭林镇上。帅哥靓女们的大幅画像被民间艺术家们刷在了路边民居的好几堵白墙上，坐在车子上老远就可以看得到。那些店有叫"时尚巴黎"的，有叫"米兰婚纱"的，也有叫"龙之梦"的等等，店名一看就充满了异域风情。其实它们和那些著名国际城市没有什么联系，工作人员、摄影师、外景地没有一个不是从本国土地上长出来的地道药材。但国人就是这样，"外面来的和尚才会念经"。如果婚纱店起名叫什么"黄河婚庆""长江影棚"，虽说听起来气势磅礴，但估计不会有很好的生意，因为这两名字总让人联想到一种浑浊。

金山的海水也是混浊的，总让人无法把它当成大海。在这里拍婚纱照的外景都是在城市沙滩取景。和摄影公司聊的时候，经理说他们说会用后期制作把海水修图成蓝色的。我不太喜欢作假的东西，即使是为了美丽。

到拍婚纱照的那天，化妆师先在她脸上抹了好多没用的精油，再涂上了厚厚的白粉，画上更细长的眉毛，涂上最亮的口红，戴上巴塞罗那式的鬈曲假发，愣是把林黛玉化妆成了观世音菩萨。在一旁看她化妆，发呆的我又想起大学时的师妹瑶姐。不知道瑶姐拍婚纱照时会是什么样子，是不是得先披上半斤刷墙的白腻子，把它变成《大内密探凌凌漆》中无相王的脸才能往上画出五官呢？看到我诡异的笑容，柳月兰又生气，说："我知道你又在心疼你的钱！"我不想和她在拍婚纱照的时候吵架。按她的说法，拍婚纱照"是一件大事"。既然是大事，就不该把钱放在嘴上和心里，而应该直接放在摄影师的皮夹子里。我解释说："我想起了在中医大遇到的一个挺有意思的师妹。"她一副听不懂的样子，但也没耐心听，因为她知道我脑子里不会有什么正经的细胞，催着我也赶快去把脸给换成《都是天使惹的祸》里任泉的脸，免得在拍合照的时候拉低了照片的整体颜值。

那天在海边拍外景时天气很不好，有点阴冷，阳光都藏在厚厚的云层里。风很大，大家都套着羽绒衣。在拍摄时只能脱下它们，咬着牙用意志抵御寒冷。上海这地方一年四季难得有几天透彻的天空。给我们拍外景的摄影师是个胖子，梳着个油腻的小辫，留着三撇小胡子，活像电视上演的绍兴师爷。旁边帮忙拿反光板的女孩子一副萎靡不振的样子，不知道他们昨天晚上干活干到了几点。当一切都变成工作，再美好的事做起来都会变得无聊。

努力地微笑，深情地对视，磨磨蹭蹭地跪下，一切都得听绍兴胖师爷的安排。其实我最想拍的照片是这样的：背景是夕阳下的沙滩，主题是两只平行的脚。但这不可实现，因为第一、绍兴胖子不是马致远笔下的断肠人，不会为了我的创意而等到夕阳西下；第二、今天没有太阳；第三、没有她漂亮脸蛋的照片柳月兰不会花钱去买，而且如果她想象力丰富，很可能会联想到好几年前印度尼西亚海啸后悲惨景象。

过了一周我们去选照片，在电脑上看成片时我很不满意。天空被修图成了没有一丝白云的蓝色桌布，真花被修图修成了假花，而原来说过的我手里拿着的马粪纸他却没有给我修图修成《新编中医大宝典》。最令我不爽的是我觉得花了钱得到的却是别人的照片。柳月兰本来很开心地过来看她的仙女照，结果被我的一张碎嘴打碎了她原本完美的心境，于是我们在结婚前又一次不欢而散。等她气呼呼回市区后，我只好重返婚纱摄影店咬咬牙买下她刚才所有看中的照片。还是获得诺贝尔奖的海明威说得对，"人用一两年来学会说话，但却要用一辈子来学会闭嘴"。

又过了一周，烫着金字、帅气又沉重的大相册印好后，我赶紧赤膊负着它上门去市区向柳月兰请罪，接受公主殿下及其国王夫妇的深刻批评及教育。这世界有一种东西叫绞肉机，即便把整头猪塞进去，最后出来的仍然是肉糜。现在婚礼的礼堂就是那台绞肉机，即使我们以前瞒报了自己的肋骨数目，即使我们现在时不时地释放着一些自我，即使我们已经没有了以往的新鲜，但只要还愿意向婚姻前进，这一切龃龉都不值得一提！况且我决定马上去买一套用作结婚的房子。

收到冯干事的请柬时，我已经看了不少套房子。新建楼盘是不敢想的，均价比老小区都要翻一番，而且还不送装修。只看品质不看价格，"只选贵的，不选对的"，把买房当买菜的估计只有《大腕》所描述的真正大腕才能做得到，不是我这种在小镇上当惯了小牛屎的人能学得会的。心平气和、风流潇洒、气宇不凡地去参加冯老师的婚礼，也不是我能做得到的。于是在骨科当火腿搬运工时，我决定：还是不要去了！

基于以前科里收了太多从骨科转过去的患者，骨科的几位主任都认得我。在杨大师安排下，我跟着他们的大主任学习。大主任姓徐，是个瘦高个，似乎有放慢微笑的特质，比庙里的长眉罗汉只差两道白白的长眉毛。我上面的主治医师姓满，是个没有脖子的矮胖子，挺像我那只装了不少药丸子的紫金大葫芦。住院医师就是以前那个要我"要相互照顾"的吕博士，真是冤家路窄，终于轮到我要被他"照顾照顾"了。于是我总是得像《童年》里的小冈茨一样不时扛着患者断了骨头的大火腿，等着吕博士来给它打上漂亮的大石膏。

我们这组开刀的机会比其他三个组要少一些，这大概与徐主任不翻急诊班有关。他似乎更喜欢在门诊看专家门诊，因为有"西学中"的证书，所以他喜欢给人家开各种混着三七、续断、骨碎补的中成药吃。他还老是对我说，"你们中医是不错的。"我不相信中医是不错，反正在 SD 医院实习时，他们中医骨伤科的一位有家传的老主任说，

"中药对促进骨折愈合是没用的,骨折的愈合主要靠局部的应力作用"。徐主任看门诊总会叫我一起去给他抄方子,他会细心地检查我写的每一张处方,指着每一个抄错的地方让我改正。他空的时候也会给我讲解一些遇到的病例,从这点上看,我挺喜欢他。

有一次,徐主任举着一张左手指骨骨折的片子和写着"右手指骨折"报告给我看。我拿起笔来直接把那个报告上的"右"手工改成了"左"字,结果被徐主任说了一顿。他说:"你怎么能随便改人家的报告呢? 你怎么知道自己一定是正确的呢? 你应该打电话给放射科医生,让他们确认一下。如果他们觉得的确是他们自己错了,可以让他们另出一张新的报告。"好吧,作为一个小中医,我连改"左、右手"的权利都没有,只好叫患者再去放射科确认一下。

当医生的都不喜欢"左右"这两个字,因为经常会写错。左下肢写成右下肢,左肺写成右肺。所以无论手术室的护士、麻醉师还是病房的护士都会反复向患者和医生确认到底是左还是右,这听起来很像军训喊的口号。据说国学大家钱锺书都是一个左右不分的人,要在手心里写好字才知道哪边是左,哪边是右。我觉得这两个字明显是仓颉造字时的失误,字形差异太小,自然容易弄错。有朝一日,当上王侯将相的我一定要下一道诏书,命令把这两个字改一改。我的指导性意见是这样的:"△|"为左,"|□"为右,这样很符合象形文字的传统,还加入了最美的几何图形,也很一目了然(还是英文好一点,不容易混淆,left、right,多好)。

徐主任看病看得太慢,往往到了中午还没看完早上挂的三十个专家号。到了上午十一点半,他会让我拿着他的饭卡去专家食堂给他带午饭。他还说:"小谢,你的中饭也拿我的卡买,反正我卡里的钱用不掉。"他的钱用不掉与我何干呢? 又不能取出来给我买房子。一顿食堂午饭的小便宜我才不要去贪! 不饥者不受嗟来之白饭! 志短者不收别人结婚之请柬!

骨科是个做回头生意的科室，这与普外科一锤子的买卖很不一样。普外科的手术只有成功或者失败，骨科的手术除了失败以外还包括"成功的装上了钢板"与"成功地拆除了钢板"。装内固定，拆内固定，在人家的骨头上打电钻，拧螺丝，而且可以坐着干活。如果骨折愈合得不太顺利，还可以再来一次。在 SD 医院骨科轮转时遇到一个外地手术后感染并发骨髓炎的股骨干骨折患者，他们科中医出身的医生都想用保守治疗，用有祛腐生肌的中药给患者换上半年的药，而西医出生的医生都想着再次手术清创。我觉得骨科这个专业与牛贵妃的机器修理行业差不多。当初我应该像小胖、小生同学一样选一个骨科主任当导师，这样也算变相地继承了我母亲的家传。

骨科虽说徐主任行政级别最大，但他们为了提升全科的业务水平还外聘了一个主任，是中山医院骨科的 Z 教授。Z 教授参编过最新版的骨科学，比我秘密参编的《中医皮肤性病学》明显正经和高深得多。教授每周二都会百里迢迢从市区过来给大家上课，拿出各种最近的病例、片子和大家一起分析讨论。每次听他上课，我都觉得自己应该放弃去编什么《新编中医大辞典》。

轮转期间，Z 教授带着我们去做了一个脊髓神经鞘瘤的手术。这次手术在徐主任的安排下，我挤掉了吕博士第二助手的位置。吕博士只好穿着小一号的手术衣站在我们后面探头探脑，喘着带着大蒜味的粗气，真是令人厌烦。我真想拿手里的拉钩把他的圆脑袋拨拉到旁边装医疗垃圾的废物桶里去，好在等 Z 教授准备切开脊髓表面的硬膜囊时，他就跑到对面去了。硬膜囊被打开后，一颗像透明玻璃弹子一样的鞘膜瘤瘤体从马尾神经丛里跳了出来。教授小心地剥离，刮除干净，止血，缝合脊膜，缝合肌肉与皮肤，手术一共做了三个多小时。Z 教授毕竟老了，手也有点抖了，连眼镜上也起了一层白雾。从普外科出来以后，我也很久没陪着主刀医生站过那么长的时间，下了手术台后觉得腰酸痛得厉害。第二天去找了在门诊闲得牙齿都生了醋风的风子，让他给我打了一排针灸，拔了一排火罐，照了半个小时的阿拉丁神灯。

冯佩兰结婚是在五月的第一个周六。当天晚上我正和骨科值班医生韩医生一起泡在急诊手术室里。接的第一个客是一位趾长伸肌肌腱断裂的患者。患者说是一把从桌子上跳下来自杀的菜刀干的，是它不偏不倚地砸断了自己的脚背。韩医生从被菜刀整齐切开的皮肤里找到了肌腱鞘膜，又从腱鞘中拉出了两侧挛缩的肌腱，再用血管钳夹住两端，拉齐固定，用专用的缝合线做了一个漂亮的"双十字"缝合。韩医生说这样缝合才会更加牢靠。那条缝好的白色肌腱在手术灯下散发出彩虹色的光芒。一时间我也想让韩医生打开自己的枕骨，找到脑子里那些断了的神经给重新缝上。不过这样的活估计韩医生干不了，而且按现代医学的研究，从根部断了轴突的神经元一般都会死亡。缝合好患者的皮肤后，我照旧举起患者的小腿，韩医生照旧给这位患者打上了漂亮的石膏。最后他拿出水笔，在石膏上写了一行小字：此处需付费叁佰元整。

今天我其实并不值班，但并不准备回去。我打算在值班中度过佩兰结婚的日子，免得在出租屋发呆的我会因为冲动打上一部出租车，飞奔到婚礼的现场，按《毕业生》的剧本把这个故事套路下去。这种事我经历过不止一次了，我知道自己是什么样的人。虽然我并不害怕自己会被现场的宾客们揍成金山区著名的食物——"塌饼"，但我不会出现在那里，也不想去改变这个故事的结局。

回病区继续写了会病史，处理了一些简单的事，忙活到晚上九点多。刚和韩医生躺在值班室的床上，急诊又打电话来说来了一个把腿摔破的年轻人，让我们去清创。韩医生不愿意起来，对我说："你去吧，你已经跟着我处理了好几个了。清创这么简单，你先去！搞不定再叫我。"于是我一个人跑到急诊，看了看是一个简单的皮肤破裂伤，已经自行止住了血。创面上撕开的皮肤很完整，对合很容易，直接缝合就可以。我于是给他简单打了点麻药，拿着持针器夹住皮肤针开始缝合。缝到一半，我才想起来忘了用双氧水给创面冲洗消毒，只好重新把前面缝合好的线拆了，消毒后再来一遍。躺在那里的患者似乎也没有发现我的失误。弄好返回病区，在夜风中发现自己已经出了好几身冷汗。在床上躺到了凌晨一点多，护士站打电话过来说病区里有一个桡骨骨折手术后的患者，说他在出血。起床，穿上白大衣，跑过去一看，包在患者胳膊上的绷带上是洇出来一大片血迹，不知道该如何处理。在我们自己科遇到这样出血的话肯定要打开重新止血的，在骨科就不知道该怎么办了，只好去问韩医生。韩医生很不情愿，起来看了以后说："大半夜的弄啥呢，没事的，弄一包烫纱给他再包一层！"

弄完还没躺在床上，急诊又来了拷机。打电话过去，急诊手术室说有一对夫妻打架，两个人相互咬得一片模糊，现在还在他们那里吵呢。于是又和韩医生爬起来，跑去急诊清创。到手术室时，他们还在骂骂咧咧。韩医生没好气，都已经是黎明前的黑暗了，叫他们赶紧消停，可是他们不听。韩医生和我直接用含酒精的碘伏消毒液和双氧水浇到他们的伤口上。两个人开始哇哇叫痛，终于不再继续指责对方是"更大的神经病"。两个人的创面不大，就是有点凌乱，找了几个稍微大一点的伤口胡乱缝了几针，也没打麻药。清完创让他们一会儿再去楼下打破伤风针和狂犬病疫苗。那位女患者不肯去打狂犬病疫苗，和我们又叽歪了好一阵。等他老公已经跑到楼下去了，韩医生问："你怎么知道他没得狂犬病呢？"愣了一会儿，她郑重点了点头，乖乖地去楼下打疫苗了。看来韩医生更懂如何改变患者的思路。

走出急诊时，天已经亮了，韩医生说："你真霉！"我也说："我再也不和你值班了，我去买油条去，你要吗？"他说："你帮我带个蛋饼吧。我还要写交班。"

骨科的值班一直都很忙，半夜吃饱老酒打架或者酒驾出车祸的很多。除了这些简单的创面，还有经常需要进大手术室开刀抢救的。有时还要胸外科、普外科等其他科室的医生先行处理各自专科问题，等生命体征稳定以后再处理骨科问题的。手断了、腿断了一般不会马上死，而肝破了、脾破了、气胸了等更加危险。当年张无忌在深山老林里摔断了双腿也没死，等丑女蛛儿给他打上了老祖宗的神药"黑玉断续膏"，日后他还不是照样练成了武林盟主？我在 SD 医院见过黑玉断续膏，当时忘了去偷上一点，但也可能是并不相信它有如此神效。

走出医院时，街上的人还少，在街角处看到一个卖小锅贴的胖子，去年他曾经在我们这里做过手术。我以前在他那里买过几次早饭，每次他都会多给我一两只锅贴，但想到他在我这里花了几千块的手术费，我再反复去蹭他一两块钱的便宜很是难堪，于是我穿过马路朝另一个方向走去。

避免与任何人相欠本是我的人生原则。可是这五月里漫天飞舞的杨絮，即使我竭力逃避，也会黏我一身。一瞬间，一股无名的空虚就如同这漫天的杨絮一样飘满了我整个心间。

22．在骨科的无能为力

空虚这感觉不知道从何而来，却又为何不走。自从它进入心灵以后似乎就如同槲寄生一样永远生活在那里，即使可以被收割下来做成补肝肾、强筋骨的中药丸子，也有害于心灵的本身。小时候在瓜洲镇镇南当牛屎时，一个人在家里也会感到无聊，但无聊不是空虚。无聊找点事情做就可以解决，空虚却是即使在做点什么也还是会觉得情绪依旧不可救药。这如同杠精一样，虽然韧性很好，但毕竟心是空的，横着难以砍断，但劈开却很容易。我此刻正好被冯佩兰的请柬劈成了两半，在接受胃痛呕吐之余，还把自己虚弱的内心暴露得一览无余。

初二那年，武亮曾把我拉到厕所里，悄悄对我说："何歆说她不喜欢你，她喜欢他们班的语文课代表。"我知道这肯定是卑鄙的武亮同学在造谣，但是语文成绩一般的我依旧伤心了一个晚上。三班的语文课代表是一个潇洒英俊的岸外乡的小伙子，他的确会写一点儿"崇高的理想"或着浪漫的小诗。女孩子们喜欢他无可厚非，但其中无论如何不应该有何歆同学。作为我亲自选定的西宫娘娘不安分守己等着我将来娶她，而去喜欢别人，这简直是晴天霹雳。不过即使受到这样的打击时，我也没有勇气去和何歆姑娘对质当面，问她个水落石出。那时我立下了崇高的理想：初中毕业时，我用那高高在上的成绩让何歆同学移情别恋，让她主动给我打一个小纸条，说"我从小学开始，一直喜欢的是你"。在这之前，我必须长期隐忍，畅游题海，悬梁刺股，寡情灭欲。

后来我实现了我的梦想，当上了物理课代表，考进了年级前十名，也和武亮一起考上了县中。可是从初二到初三，隔壁班的何歆并没有主动和我说过一句话。毕业时，有五十几个人的班级只有十来位同学在我的毕业纪念册上留了言。拿到省重点中学的录取通知书时，我发现自己已经从小学时一个人见人爱的小牛屎变成了孤家寡人，而帮凶就是那一次次的考试。随着秋天离开小镇去遥远的县中上学，最终属于夏季的荷花与菱角都随着渐冷的秋风沉入了大运河的河底，可是空虚却像个阴魂一样从那年一直徘徊到了今日。

那些从小到大知道我喜欢过她们的女孩子们曾经喜欢过我吗？是否会在她们生命中的某一瞬间想到我呢？我以前总想知道这个问题的答案，直到我被柳月兰拿晾衣架敲醒。她说："女人都有一个衣柜，每份感情就像一套衣服。如果有一天不喜欢了，我会把它们都打包在一起，找个地方扔了。"她说得很有道理，遗忘是女人的天赋，陈子冰忘了我，苦楝忘了我，杨静忘了我，凭什么冯佩兰不会？而且那时她不是说了，她的心也很小。

今天是 Z 教授来上课的日子。我早上强睁着眼跟着主任们去查房，路过昨天那位胳膊出血的患者，他们组的主任已经把他的绷带和纱布拆了，看了看说没事，又重新包了一层洁白的纱布。我们组吕博士昨天收了一位肩关节肿大的大学生。今天 CT 片子拍好了以后，徐主任拿出片子给 Z 教授看。Z 教授说一会儿到办公室去说。

在办公室里，教授说："可惜了，才十九岁。这么大的骨肉瘤，还是肩关节，手术做了也意义不大。可以化疗看看，但存活时间一般不超过两年，运气不好的话只有半年。"于是专家们讨论怎么谈话告知家属。吕博士举手自告奋勇要去打头阵，下午两点多他穿着紧身衣，背着鱼肠剑去找患者的母亲谈话。没多久，在办公室里写病史的我们听到外面闹哄哄的。开门出去看时，一位护士说有人要跳楼被拦住了。她说，还好我们是两楼，不然真跳下去就麻烦了。在医院跳楼的虽不常见，但偶尔也会遇到一两个。自杀一般总是与突然的打击或者长久的折磨有关。到医院来看病的都是已经经过心理挣扎、有了心理准备的人，因此一般不会选择这么一种结束人生的方式，即使在令人绝望的肿瘤科，跳楼也是一件很罕见的事。

第二天早上查房时，我们发现骨肉瘤患者母子两人都不在医院里了，交班医师说晚上他们家有人来把他们接走了。吕博士很不满意，说："这家人心理承受能力好差。"如果遇到是我，我也没那么好的心理承受能力。辛辛苦苦把儿子养到十九岁，刚考上了大学，还没给他筹办婚事却要给他准备后事，这叫"晴天霹雳"。如同我写了好几年的小说，毕恭毕敬地送到编辑手里，编辑只瞄了一眼，刚看到我的笔名就说："你这种没教育意义的东西也要来污染我的眼睛？！"我就很想拿出我口袋里的大砖头来给他上一堂"什么叫教育意义"的课，但这样教育意义似乎无法以理服人。对于这种满腹经纶的资深编辑，我应该拿着自己编的《谢氏新编难经》，告之以理、晓之以理，最后再跪在他的面前，声情并茂，泪如雨下，恳请他给我们中医文学史指一条出路。不过他一定如同吕博士一样会铁面无私、秉公执法，而不会以"四大皆空""生命无常""没钱寸步难行"来教育我。

其实我的口袋里没有"教育意义"，也没有用蝌蚪文写的《新编难经》，只有一本中医大出版社正经出版的《中医方剂趣记》。我以前还有一本《六级词汇》，自从和西西同学各奔西东，我已经把英语给丢了。将来也许还会有一本五百斤重的《谢氏新编中医大宝典》，但天晓得它什么时候能编完。说起这本《方剂趣记》来，它其实既不能帮助我记住每个方子里的具体用药，也不能帮助我背下全部的"明代汤头歌诀"的原文，因而也不能让我在《方剂学》的考试中拿到优秀。但这并不妨碍这本《方剂趣记》书成为我学中医时不离手的宝贝，因为它总能让我对中医药产生可笑的联想。比如小册子里中医第一方"麻黄汤"的趣记就是"干妈贵姓"。对此，我想麻黄汤的干妈应该姓"中"，干爸应该姓"西"，这样"中西结合"才完美。书里还有其他的各种搞笑的趣记，比如"一贯煎"叫"一贯杀狗当地零卖"，"真武汤"叫"富贵新疆人数枝白脸美"，如此种种。我总感觉编这本书的人和我一样是个在中医大的教育中挨了不少"教育意义"的人，本着被"教育意义"教育过的共振，我也要把它永久收藏在白大褂的口袋里。

其实我不该一直是非中医，而是应该希望它能一直好下去。因为只有它还能被证明有用处，这个行业就不会被某些现代医学大佬们递交弹劾文书，继而被国家取缔掉。即便我升不上职称，但至少还有一张国家专业机构颁发的专业技能证书。拿着这张证书，我还可以找到个赚钱娶老婆、写小说纪念女孩子们的工作。不然即使是小妖这样哥们，也会因嫌贫爱富而嫌弃我。

有钱才可以挥霍，没钱只能霍霍。可惜除了我的未婚妻没谁愿意接受我的霍霍。最近小妖真的去和一个长得像猴的证券贩卖员谈起了恋爱。证券贩卖员虽说一直和证券打交道，但又不是真的有钱，就好像中药房里发药材的人是按方发药，并不拥有整个药房一样。在一个属于心碎的月份，我觉得彻底放手才是此刻我应有的心态。于是我取出所有的积蓄，贷款买下一套可以装下我和柳月兰之间日益微薄的爱情的小屋。在这世界上没有什么比花光所有的积蓄再背上一臀部的债务是填补空虚和实现遗忘的更好手段。

23．没有房子哪有幸福

我的房子买在了老小区，属于工厂福利分房的性质。窄窄的楼梯，砖土的墙，剥脱的墙面与屋外花坛里紫薇树一样在东北风中瑟瑟发抖。一年中最热的季节即将到来，但末路的冷空气依旧徘徊在江南地区，如同每一个不怀好意的前任去参加新娘的婚礼一样。怀孕的夏总在等待一场足月的南风，不过那炎热的南风似乎还在太平洋的子宫里生长发育。

卖我房子的是一对厂里的夫妻。几十年前石化厂在一片滩涂上开始新建，经过这些年的发展，目前厂周围已经变成了一个中小型城市。据说刚建厂时候厂里绝大多数都是男性，为了防止男女比例严重失衡造成不良的社会效应，厂里会给又红又专的社会主义接班人分配媳妇。领导的愿望很好，但女性的来源有点问题，毕竟我们的文明社会不是万恶的北美奴隶市场。愿意来郊区化工厂嫁人的市区女性实在有限，于是领导们想到了去同样也是郊区却更加贫困的崇明县去招募愿意"离家出走"的女性们。他们告诉那些急切地想改变生活的女孩子们不但可以解决她们的户口、工作，还能解决将来结婚的住房问题。于是天真烂漫的女孩子们蜂拥着来到了这里，与陌生的建设者们拉起了小手，谈起了恋爱。厂里的那些无聊的光棍们于是再也不半夜出去搞破坏了，再也不半夜到其他区的电影院、跳舞厅里游荡了，再也不半夜去街上喝酒打架了。作为工业支柱的石化厂蓬勃发展起来，人口密集起来，厂周围无数的小楼盖了起来，无数的小家庭建立了起来，无数的小孩子从地里被收割了出来。在工厂的废气笼罩下，在油气井的猛烈燃烧下，到处都是欣欣向荣的样子。

虽然几千人的集体大相亲也要讲究双方对得上眼，但领导组织安排婚姻这件事本身很让我流口水。现在都是自由恋爱，我却不很喜欢。自由是很好，但是恋爱的成本却提高了。不主动不是男人，人家看不上的话又浪费时间和金钱，更换恋爱的目标又可能会被说成是花心的萝卜。因此过于自由的恋爱，对于我这种不会花言巧语、长得又不帅、脑子还有问题的人来说，远远不如组织随便分配个老婆给我的好。即便有可能遇到个漂亮的泼妇，但难保我不会在恶毒言语的鞭笞下会成长为新一代的苏格拉底。但如果领导真的给我分配一个丑得要命的媳妇，那我只能认命当登徒子，和她生一堆丑陋的孩子。

卖我房子的这对夫妻真是郎才女貌，颇令人艳羡。他们养出来的男孩子也是漂漂亮亮的，穿着整洁，已经上了小学。他们大概觉得目前的两室户的房子太小，不利于小孩子身心发育，于是去新城区买了新的大房子。他们说新房子目前已经装修完毕，就等着大风早日吹散甲醛，再找个黄道吉日搬过去住。见到我这个自带王气的小中医，他们都很喜欢我，全力配合着中介公司，说一定要让我早日搬进他们家这个适合安身立命生孩子的好住处。帮忙拉皮条的是两个中年妇女，不停劝我，说我将来一定是大富大贵之人，应该趁现在房价没有上涨，赶紧囤货，但我还是犹豫不决，面露出无米之炊的苦涩。三方僵持了半个小时，中介中的一位高个子阿姨说："算啦算啦，我知道你们这刚工作的医生也不容易，这样吧，你少付一千块的中介费吧。这样总行了吧。"另一位矮胖子阿姨的脸马上挂上了霜，比冰箱的冷冻室降温还快。看着她的长了不少黑痣的大圆脸，我想起了爷爷每年过年都会去买的带霜柿子饼。

一千块是我目前一个月的奖金，可以买不少的柿子饼，于是我答应她们立刻签约。我平时很不喜欢柿子和柿子饼，反正我爷爷喜欢吃的东西我都反感。我爷爷在肝硬化昏迷的时候总说谢校长不是他亲生的，如果的确是这样，我的确不能继承我爷爷的家国大业，即使那只是一个糯米的王国。每次这时我奶奶会如同受了侮辱一般骂他："你这个死老头子嚼什么蛆呢！儿子不是你的是谁的？！"等我爷爷吃上了杜秘克，输上了白蛋白，拉出了宿便，尿出了十几泡清长无比的小便，他已忘了自己在肝昏迷时说过的话，不计前嫌地打电话指示我父亲赶紧从乡下把新糯米和咸鸡背上来，说梅雨季节里扬州的一切都会生霉，坏掉多可惜！

　　我觉得我也不像谢校长，因为他年轻的时候为了能当上校长调换了很多次工作。可是我一点儿都不想出人头地，只想找一个地方默默终老。如果我问我母亲"我是不是谢校长亲生的"，想必她也要拿着掉了毛的鸡毛掸子请我吃一顿"竹笋烧肉"，于是我只能怀疑我那应该雄起的肾上腺也是被当年的那一棍给敲萎缩了的。这就是传说中的下丘脑－垂体－肾上腺轴。当年因为背不出这条轴，我挂了《实验中医学》的科，丢了两千块为人民服务的奖学金。我一直是这样认为的：中医需要做什么实验？反正都是给患者开中药吃。吃好了领锦旗，吃不好领刀子，如此干脆的买卖何必搭进去那么多小白鼠的命！

　　得知我都没商量就定了房子，第二天柳月兰一下夜班就气呼呼地从市区赶过来骂我。等我领着她去定下来的房子看了以后，她态度缓和了许多，只是不停地说："你为啥不考虑在市区买呢？"我知道她的意思。她一家都希望我如果还想将来挂在他们家墙上就应该负责任地跳槽去市区。"宁要市区一张床，不要郊区一套房"。而且柳月兰似乎也不太愿意到我这里来上班，为此我们早就冷战了很多回，她一直等着我因爱的名义妥协退让。可是我这人除了懒就只剩下固执，但懒和固执在心理学上讲也含有同一种意思。

　　短短一个小时的看房结束以后，我在小区门口叫了部三轮车送她去公交车站。我们这里的车站很大，有二十几部车子通向周边各地。

不过这个时候除了去市区的车子前还在排着长队，去其他的郊县和浙江省的线路已经完成了一天的运营，司机和管理人员已经清洗完地面和车窗。站里北面有一排售货小摊，现在也只有两家还在营业。方便面和雪碧永远都摆在最显眼的位置，即使再饿，柳护士也不会正眼去看它们。随着队伍的前进，我们终于接近了出口。在排队的铁栏杆两边，我们匆匆相拥而别。排在月兰后面的两个人已经迫不及待地绕过了我们，冲上了公交大巴。在这郊区，总有人愿意等着，也总有人一秒钟也不愿多待。

送走自己的未婚妻，我从车站走回我和孙飞医生暂租的房子，经过罗发明经常吊单杠的茂大广场。茂大大厦里还开着的只有二楼的一个家具市场，但据说二十年前这里也曾是很繁华的地方，曾有无数争风吃醋的事在这里上演。可惜现在人间的灯火已经熄灭，莫大的广场连跳广场舞的妇女都没有。抬头只见数颗夜星在夜空里闪烁，在银河都看不到的今天，没有什么人能体会孤独对黎明的期望。

回到小屋，孙文医生已经关上了自己的门，似乎有人在低声说着话。不方便打扰，明天再告诉他吧，我们非法同居的日子很快就要结束了。

接下来的一个月，为了五斗米不停地向父母请安，向公积金营运中心弯腰，在各种的表格上筑起一座小巢，忙碌得如同南极斯图尔特岛上一只凤头企鹅一样。拿到贷到的公积金后，我向房东付完最后一笔款。办完过户手续，他把钥匙交给了我。我也结束了在骨科的游荡。

临走前跟主任查房时遇到一位全是多发伤、骨折、脾破裂术后的患者。他是由外科转进来的，已经做完了股骨干骨折手术。主任对病人及家属说："你们啊，被车撞的时候求医生要救命。等命救下来以后，又要医生保住腿。等腿保住了，你们又要求两条腿一样长，不影响将来走路。"患者和家属都笑了，不过还是坚持问："有什么办法？"主任给他两条腿并起来看了看，两只脚跟差不多差了两厘米左右。吕博士插嘴说："这点又不算什么，你的手术已经很成功了。你看看你这一个月在我们医院做了多少手术了？最后还要提什么要求？！"徐主任笑着说："这点差距是没啥的，你将来走路要是真的瘸得厉害，就找个鞋匠给你做专门的鞋子。如果你不认识，我倒可以给你介绍一个。"

　　做不一样高度的两只鞋子给他，这倒是一个好办法，我以前怎么就没想到呢？以前的我总觉得人的两只手、两只脚都是一模一样的，后来在复旦上了《生物化学》才知道了正链脂肪酸和反式脂肪酸。上了《物理学》知道了镜像，才知道我们照镜子时候镜子的里其实不是自己。镜子里的自己明显比自己以为的自己要难看些，也怪不得这几年没撞到桃花运大神。在半夜刷牙的时候，我总害怕有一天镜子里的人怨恨在现实世界里一无是处的我而跳出来取代我的位置，但那时候世界上也许会多一个名垂青史的小中医，而不是一个中医肇事者。

24. 在病理科领悟风寒

拿到房子以后，我已经去了病理科，这是一个别人都不会去轮转的科室。我为啥要去病理科轮转呢？是因为那一年去 YR 医院面试，某人的研究生导师居然问我"红斑狼疮的病理表现是什么"。他问这话的时候明显带着恶意，如果对调一下身份，我一定会问他"你认为新生代小说家里最具有代表性的作家是哪一位？他的代表作是哪一部？"不过这两个问题有不同的本质，他的问题他大概知道答案，而我的我不知道。

这个问题层次相当于小学老师和大学老师的区别，因为小学老师总能告诉我正确答案，而大学老师总是给我打哈哈。实习时我问了那么多老中医怎么辨证论治、看病、开药方，他们不但没有一位愿意告诉我答案，而且会做出奇怪的表情。那表情表达的大概意思是这样的：同学，你负责抄方就行了，我没空跟你分析我这么经典的方子。我这时特别想脱了白大褂和他们干上一架，但这有欺负老年人的嫌疑。其实这也不能怪我，像我这种从小学开始被标准答案惯坏了的人，问了问题却得不到老师给的答案的感觉比一个星期没吃大黄、没上厕所还难受，非得问他们讨要到真正的"老中医传儿不传女，传内不传外的国家一级保密文件"以后才能化瘀理气。

那次面试被枪毙回来后，我特意去向潘老师告状。喜欢切除组织打包送给病理科去化验的潘老师也没直接告诉我答案，而是说："你是应该花点时间去看看专业书。"我已经看了不少专业书了，可是我都记不住。如果我记忆真有那么好，我当初会去选文科的。谢校长说："文科如同大海，理科就像高山。"高山尚可一级级爬上去，可是大海只能被望而兴叹。文科那些是是而非的东西远不如数学世界那样环环相扣，可以层层推导。不过据说数学界终于到达了面对"混沌"的时候，看着他们一筹莫展的样子我觉得十分有趣。我知道面对混沌有两种解决方式，一个是像盘古一样拿着不知来历的斧子劈开它，一个是像北方人一样用嘴巴糊里糊涂地吞了它。

病理从复旦到中医大都上过，组织包埋，脱水脱蜡，切片染色，再趴在显微镜下看微小世界，用一支铅笔做细胞裸体画，那些都曾是我的学业之一。重新闻着福尔马林与二甲苯那熟悉的刺鼻味道，一时间我又想起了大学时代里的红同学、老虎和善于作画的风子。

在一个不需要面对患者，只需要面对不会说话的细胞组织的场合里工作可以让人长舒一口浊气。在显微镜下即使是令患者谈之色变的肿瘤细胞也不再让人生畏。这些个被切成薄片并被固定染色的肿瘤细胞，即使以前在人体内再如何耀武扬威，此刻也只能赤裸裸地躺在盖玻片里被我看了个透彻。不过老是看片子也没意思，容易伤眼睛，病理科的医生就没眼睛好的。去年进来的任医生戴着的眼镜已经像啤酒瓶底，一圈一圈的可以挂上一个名贵古树的金字招牌。也不晓得病理科这个专业当初是如何去高中招生的，会有多少一往情深的孩子们愿意报考。

我们医院的病理科自开科以来从来没有临床医生去轮转。今天终于来一个会念"太阳病，项背强几几，反汗出恶风者桂枝加葛根汤主之"的中医科医生，因此他们对我都很好。从来不指示我干这干那，而是小心地问："谢安医生，你今天准备干什么呢？"我说："我今天还是从取材开始学习吧。"他们点头说"好"，于是我和任医生组团去切组织。

每天外科系统都会送来各式各样的组织：有内镜室送来装着胃粘膜、肠粘膜组织的小瓶，我们就在记录本上写上"芝麻大的组织一堆"；

有五官科送来的声带息肉，我们则记上"灰尘大组织一个"；有妇科送来的一大包组织，我们记上"全子宫及附件一个"。不过此时我会想起了敏姐同学那句"我的子宫哪里去了"的尖叫声，会感到一阵阵脖子发凉，背阔肌痉挛酸痛，连汗毛孔都要立起来，这在《伤寒论》里就叫"项背强几几"。

关于"强几几"我相信很多人都不会读这"几几"两个字，因为这两个字的读音被各种老祖宗们争论了一千几百年。虽然中医学院里的教授都喜欢读"shu shu"来表示自己是个看过成无己《注解伤寒论》的文化人，但是也总有人跳出来反对成祖宗的观点。那些混出了些地位的老中医有读"jin jin"，有读"wu wu"的，也有读"ji ji"的。不过我就要读"ji ji"，因为我没什么学术地位，也没有读中医古籍写博士论文的动力。我情愿相信这两个字其实就是"叽叽"。"强叽叽"正如同于"苦叽叽""呆巴巴""穷兮兮"一样，是某位同学在背后说我坏话的辅助词而已。

自从来上海读书，穷已经变成我的常态。现在因为买房，又背了一屁股债。想到每个月要还给银行本金及利息，对比着自己微薄的收入，顿觉自己的冠状动脉都已被血栓栓塞。再想想风子同学，他比我还不如呢，心情就会好一点。人有时只能这样想，想到自己无非就是一块垫脚石的料，那就不会因为别人的莫氏硬度比自己高而难受。总有瓷砖是要铺在厕所里的，总有云彩是会变成雨的，总有同学在班上是倒数的。我虽然不笨，但是不一定就非得比人家活得好。

前些日子风子同学推荐我看了一套高佩罗写的《狄公案》，这荷兰红毛老头子写的中国侦探小说比很多中国人写得都好。文中某一个案子的结尾，狄公说了一句："那老道像龙一样飞升而去固然令人羡慕，但他毕竟是仙人，而我只是一个凡人，我要像蚯蚓一样在土里不停掘进。"看到这句话时，我颇有些感慨。不过读者也别较真，因为这不是原文，我说了我记性不好，这只是一个隐喻。狄公根本不是蚯蚓，而是一只大象，大象自然能干很多蝼蚁不能做的事。我呢，只是炼丹炉下的一只蝼蚁，因为葛洪老祖宗最终也没发明出成仙的灵药，因而我也偷不成他葫芦里的药丸子，当不成扎两只小辫的神仙童儿伴读。

既然我有了房子，就应该到处得瑟一下，于是首先应被邀请参观我家房子的应该就是风子和与我同居了几个月的孙飞医生。风子说："喏，必为汝炊美食乎！"于是在一个夏风阵阵的傍晚，风子和孙飞医师一起过来我这里做客。风子穿着绣着八卦图的黄色大道袍，拿着浸了不少狗血的桃木剑，挑着两斤小排骨和鸡毛菜翩翩而来，而孙飞则像裹了一层厚厚的粽叶，满脸都贴满了红豆。

我那房子很小，吃饭的地方只有一个一米半宽的过道厅。如果我的胖姑父佛来打坐犯瞌冲，可能把头都要点到对面的墙上去，留下一个南极仙翁般的头皮血肿。两个房间也小，倒也整齐，上家除了带走了一张大床，几乎留下了全部家具。看了我新房子的陈设以后，风子曰："此地乐，风水甚佳，居之可显富贵。""多谢风大师的吉言！请风大师赶紧赐饭！"我回答。风子曰："小竖子，速避之！饭何可难？顷刻即为尔等变之，如是方知吾之手段！"孙飞医生说："我只带了嘴。"

做饭简单，自从日本人发明了电饭煲，做饭变成了必然成功的事而显得非常的无趣。小时候我在农村大灶上烧过饭，在蜂窝煤炉上烧过饭，在液化气灶台上烧过饭，没有一种是百分百成功的，把饭烧焦或烧成夹生的都挺常见。用钢精锅烧焦的锅巴有种明显的苦味，比铁锅烧出来的锅巴难吃得多。如果做成了夹生饭，那最后也得吃下去，那种带着腥味的米吃到嘴里就如同吃着砂子一般。

看风子淘了淘米，把米倒进了电饭锅，把插头插上，我和孙飞插着手去房间里看电视。接下来的时间，风大师将独自一个人在厨房里开启他征服中华的料理事业。洗菜、切菜、配菜，半个小时后终于听到他打开抽烟油烟机开关的声音。一阵呼呼的风声传了过来，看大美女金喜善主演的《神话》的我，怎么总感觉脖子后面凉飕飕的呢？

25. 仙姑见证下的友谊

自从冯老师结了婚，我一时没联系过她。她也没有打电话，问我在她结婚的那天为什么没敢拿着啤酒、花生坐在她的窗前吟诗作对、卖弄风情。和风子、孙飞喝啤酒的时候我倒想起她来，算算日子又过了两个多月。这样挺好，婚姻好比科罗拉多大峡谷，跳过去的人就不该回头。因为这个结婚仪式代表着几何级增长的责任，这正如细胞核里正在复制的两条 DNA，从一个碱基对开始的配对意味着以后数十万碱基的逐渐结合。对丈夫的责任，对公公婆婆的责任，对夫家所有的亲属的责任。婚姻是两个大家族错综复杂的契约，密密麻麻、层层裹裹，不到万不得已难以被再次拆开。想起整本《三国志》，在里面天天打打杀杀的每个有头脸的人物或近或远其实都有点亲戚关系，这大概也叫杀熟吧。

我问风子："你和那个给你送玫瑰花的小病人现在到什么程度了？"风子曰："无量天尊，我和她分道扬镳了。"我说："怎么回事？怎么会这样？你这分手有点莫名其妙呀！你们之前不是挺好的吗？而且我觉得小玫瑰除了矮了点，挺漂亮的呀。"孙医生嘿嘿地笑，说："她是嫌你矮吧？"风子说："狗屁，她嫌我穷！我现在一个月三百块奖金，吃饭都困难，哪有钱带她出去玩。现在小姑娘都很势利的！"他转头问孙医生："你和你老乡什么时候结婚？"孙飞说："哪能呐，我们是清白的。""清白个鬼，你们安徽人是不是都是地下党，喜欢秘密做事？"我说。孙飞回答："我不是光明正大来吃饭了？"我和风子都想揍他！又吹了一阵牛，三个人含泪吃着风老道烧成黑炭的糖醋小排、烧成了黑炭的鳊鱼，炒成了黑炭的花生。在闲侃之余，总觉得肚子一直在咕咕叫着。不晓得一会儿这些碳化物会在自己的胃肠道里诱发西医的肠炎出血，还是会具有中医理论指导下的凉血止血之功效。

吃完晚饭后，无聊的三个人又朝商业中心走去，走到步行街，风子说："好久没去网吧了，去网吧玩一会儿？"我说："好的。"孙医生说："我还真有事，先回宿舍了，今天还要上夜班去。"也不待见他，于是我们两个转向了网吧。

大二时吃了不少五石散的风子和小龙曾经通宵了无数次，就为了玩英雄无敌2。那时我也通宵过几次，但显然与风老道同学的修炼不在一个档次。无论如何通宵打游戏也曾是我们共同的记忆之一，虽然在大学时我们并没有那么亲密无间，但此时此地我们还能坐在一起玩游戏，这本身就带着奇迹的光芒。

滨海网吧很大，里面云雾缭绕，灯光幽暗，仿佛是太上老君那正在炼丹的炉子一样。转到最里面，见到几张熟悉的面孔，但想不起来是哪个科。随便找了个位置坐下，却不知道要干什么。和风子打了两盘星际，他又嫌我水平太臭。玩了一会儿他自己去玩魔兽世界去了，留下我随便刷了会第九城市的网页游戏。差不多到九点多，和风子打了个招呼准备回去，在网吧的门口看到了小妖。她正在那里玩劲舞团。我路过她的时候敲了一下她的头。她掉头看到是我，大叫一声："讨厌！"因为她戴着耳机，所以"讨厌"两个字说得特别大声，连周围的几个头发都立起来的年轻人都转头看着我。我笑了笑，走了出去。没想到一会儿小妖也跟了出来，在背后踢了我一脚，问我："你怎么回去了？"我问："你不玩了？"她说："没意思。我们到楼上打街机去吧？""额。"看到我犹豫，她拖着我去了楼上。

楼上是电影院和街机房。去年年底医院在电影院里开过新春团拜会，女主持人正是当年给我们主持迎新会的那位女生，可惜这几年来我还没搞清楚她的名字。而且自从我们这一批职工以后，医院里也再没有为每一年入职的新职工们办什么迎新会。医院里其他科室的各种人才一起表演了十几个节目。我们中医科室小，人也都比较含蓄。平时都喜欢什么书法、念经、画符、养生之类的事，没什么愿意上台表演的人才，因而也没出什么节目。只有于医生作为院模特队的成员之一，上台走了几分钟的时装秀。表演结束后，老孙医生在最后的抽奖环节还抽到了个 MP3 播放器，看起来风子曰的"财靠大树"很有道理。

走到二楼，发现游戏机房的声响都开到了极限，老远就能听到那种机器模拟的声响，比亲自蹲在鼓里还闹腾，连心内膜都要被震碎了。晃了一圈，感觉头疼，我对小妖说："算了，我还是回去吧。""你说什么？"这地方不贴着对方的耳朵说话，完全听不见，于是我又说了一遍。这下她听见了，说："真没劲，你先走吧。"我看她找了个跳舞机蹦跳了起来。

似乎很久没去电影院看电影了。出去时经过电影院的门口，看了看电影的演出安排，今天放的是《寂静岭》。看了看手机上的时间，已经散了场。跳下楼梯，走进广场，耳朵里终于安静下来，还是这里适合我。广场上有一尊花岗岩雕刻的仙子，我不知道这尊雕塑具体叫什么名字，每次提到它我都叫它"滨海浪仙姑"。

不知道为什么到处都有这种花岗岩做的雕塑，原来的中医大有一个散播情花毒素的花岗岩大灵芝，敦煌市中心也有一个花岗岩的飞天，好像有的大学里还有花岗岩的伟人。我觉得这种材质的雕塑色彩晦暗，造型刻板，棱角模糊，完全不能展示作者想要展示的美感。如果遇到阴天下雨，淋了雨的花岗岩美女比鬼还要可怕。如果我是有成就的国家一级雕刻师，我一定要给滨海浪仙姑刷上腻子，打上粉底，画上腮红和眼线，让她即使在深夜里也能散发出妖娆的气度来。另一方面，因为我不是复旦材料系的王万年上尉，不知道这种云母、石英、长石的混合体能不能被糊上腻子粉，涂上黑油漆，粘上假睫毛。不过依据我现有的物理学常识，即使我给仙姑美上了颜，风吹日晒也会让她的油漆褪色，面皮剥落。到时候她定会变成真的妖孽，需要风子提着桃木剑和开光灵符来收服。因此，我还是让她安居乐业，带着一脸伤心与疲惫站在十字街头吧。

起身回去的时候又见到了小妖，也许也是我故意等她。"你大半夜还在这里干吗？没地方去吗？还是准备请我吃夜宵？"小妖说。"请你吃麦当劳还差不多。""麦当劳也行。"

走进街对面的快餐店，我们点了两杯咖啡，她要了一包薯条，我点了一个汉堡。不知道风老道知道我又饿了会不会生气。"你今天怎么一个人呢？"我开始了我的关心。"今天上夜班。""没去你男朋友那里？""难得今天一个人，别提他了。""不喜欢就别嫁了。""不嫁，嫁给你啊。你要吗？""我要个屁。""那不得了。对你老婆好一点，当护士的苦只有自己知道。""行了行了，你什么时候结婚？""明年吧，你呢？""国庆节前吧。"

一会儿她手机响起来，她掏出来接。只听她说："刚才在游戏机房，听不见！什么？和朋友在一起。肯定是女的啊！我出去玩一会儿还不行啊？好了好了，我还有五分钟到科室里了。"

挂了电话，她端着剩下的半杯咖啡说："剩下的薯条留给你吧。我先走了。天天查岗烦死了，一会儿又要打到科室座机去了。走了啊。"

"好。"我看她走了出去，自己在店里又坐了一会儿。这个二十四小时的营业点也算这个城市的一个小小地标，这么晚也还是有男女青年进来出去。可惜这不是个谈恋爱的好地方。推门出去，趁夜色浓厚，消失在一片失望中。

26．放射科偷懒的日子

　　病理科待了一个月后，我又跑到放射科去混了一个月。杨大师说以后升副主任医师职称要学会读片子。虽然他自己还是个主治医师，但看得出来，他把科室今后发展的希望做了符文贴在了我的身上。这也不能怪他，因为他虽然贵为书法大师、修身大师、画咒大师，但他不太会算卦看相，没学过"两仪生四象，四象生八卦"的道理，不晓得"坎中满，离中虚"，不晓得我是一个地地道道的"离卦"肉身代表。话说那年老虎班长给我普及《周易》基本常识时，我还以为这两句话是"二姨生思想，思想生八卦"。那时我还嘲笑他说："几个姨娘们在一起夸夸其谈，能没有八卦吗？"

　　放射科的轮转十分简单，主要任务是每天早上陪主任读片子，读完片子即可以自由活动。早上来复核片子的主任有好几位，有的敞着白大褂，背着双手，踩着白色的蘑菇云飘着就过来了；有的像一只没睡醒的大松鼠，坐在读片灯下要梳理半个小时的毛发，才开始读片；有的则像一只黑玉米一样，喜欢一动不动地趴在读片灯前，如果不穿白大褂，我还以为今天的主任来自非洲。

　　简单交了班，值班医生和各组的住院医生会把昨天有些疑问的X片、CT片等拿出来请主任们一一过目，这就如同打着领结的法国侍者端上来一道道口味不同法式大餐，等着各位食神逐一的评价。仙人主任一般都说："这个是肺炎！""这个是肺癌！""这个是脑梗！"大松鼠主任会说："这个我看着像结核，最好再做个CT""这个更像肝转移，建议他再复查个增强的 MR""这个你请黑玉米主任来看看"
一会儿黑玉米主任像黑旋风一样卷过来，趴在片子看了又看，说："这
个有点疑问啊，首先这个肯定是个磨玻璃结节，我觉得 90% 是良
性的，但是也不好说，建议他三个月随访一下""还有这个肺大泡合
并胸水的，要考虑胸膜恶性肿瘤的情况"……

　　每每这个时候我都坐在最后一排默默发呆，因为片子们离我离得
太远，模模糊糊看不清楚，不如在后面想想自己的心事。坐在后面时，
有时候会见到孙飞医生和他的秘密女友。他们目光相遇的一刻，女孩
子眼睛里全是甜言蜜语。孙医生面容则很正经，屁股却像发了毛囊
炎一样扭来扭去。我懒得去戳穿他，不然又要招来他赤豆粽子式的
嫌弃。有时候我也会遇到"明月几时有"李文同事。主任在读片子
的时候，我会在后面戳他的后背。他总是回头对我说："老谢，你怎
么还在这里？！"

　　我们这个年纪总是以"老某"来称呼对方，大概因为读了那么多
年的医，一把年纪了还没孩子，所以需要相互调侃。等什么时候变成
了"某老"，则说明某人终于熬出了头，因为他已经把他的同辈们都
熬死了。因此当个国产著名老中医的首要任务就是活得足够长，而不
是会看什么病。但在我心里，我称他们为"某老"时，更愿意加上"不
死的"几个字。可惜他们都听不到，因为他们周围的徒子徒孙们就
像铜绿假单胞菌那结实的细胞壁一样紧密地包围着他们。他们包裹的
胞浆里只有阿谀奉承这种单一的甜蜜物质。仅凭这点阴暗，足以让我
和国医大师们绝缘，因此即使每年都有国医大师继承人的选拔比赛，
但最终的名单目录里都不会出现"谢安"这两个字。

　　"老李，凭什么说这个是肺结核不是肺癌啊？"我问他。"你可
以啊，你怎么看出来的？你水平很高啊？"李明月同事先给我戴了个丈
二的高帽子。"不过这个还是更像结核，肺癌也不能排除，可能还要
进一步检查。"他又接着说。我其实并不想知道挂在最前面的片子里

是什么毛病，我只是想听听"明月"先生平时说话的语调，可惜他平时说话走调走得没他唱歌厉害。这时我也不知道有一天我们会在云南继续相会，那时还会有无数有趣的事等着我们几个去完成，但那应该属于另一个故事。那篇故事的名字我已经想好了，叫《杀死一只猪》（大概会改成《杀猪犯》）。但在完成它以前，明显我还得去补看一下著名的《杀死一只知更鸟》，学习下如何文艺地杀掉几个和自己有仇的人。

下午没事了，我就逃出去弄我的小房子去。虽说房子是装修好的，但是被小孩子画满梵高式壁画的墙是要重新粉刷的，满是波斯湾油泥的厨房是要擦洗的，满是死海泡沫的卫生间是要好好收拾一下的，充满贝聿铭风格的滴水阳台是要重新封闭一下的……最最重要的是一张大床是要新买。是的，我要买一张大床，即使常常把天给聊死，我也要有一张床可以和柳月兰一起躺着聊天。打电话问柳月兰同志要不要一起去家具店走走。"废话！你又不会买东西。"她说。很好，这正是我要得到的答案，不然谁也不能保证我不会买一个上下铺回来。实际上从高中开始到医院值班，我睡了十多年的上下铺。我特喜欢上下铺那四周的铁栅栏，因为它能带给我安全感。正如电影《肖申克救赎》里被关押了几十年的老布一样，活在一种完全禁锢的状态倒会觉得安全，一旦走向了自由反而会变成了失了魂的行尸走肉。

在某一个柳月兰夜班补休的日子，我们去附近的家具市场转了转。从进门的第一家商家开始，我们俩滚遍了里面每一张铺开的床铺，滚得每个商家都跑过来围观我们这两个精神病。这都是柳姑娘拉我干的好事，虽然我脑子有问题，但我还知道在人家的床上要收敛一点。

"你知道人一辈子有多少时间是在床上度过的吗？"她反问我。

这有什么难算的，但我不想算，我说："睡不着的时间也算吗？"

"说人话！"她坐了起来。我知道这是要吵架的前奏，我不能这么傻。我回答说："是三十年，公主殿下。"

"给我一张床，我能睡到明天。"她又躺了下来。

"你就是睡到下个月也没事。这张床我觉得不错，待会让他们直接连人带床一起搬回家去，怎样？"

"再看看吧。我觉得这个样式不好。"她拉我起来，让我掀开了席梦思看了看下面的床架子，说了一堆挑毛病的话，又向下一家店铺走了过去。

就这样，她总是嫌这个造型不好，嫌那张结构不好，或嫌老板开价太高。最后我们转了一圈，回到第一张睡过的床，并把它买了下来。这让我想起"博弈论"里谈到的关于"如何在麦田里选择最大一束麦穗"（也见于苏格拉底关于解释爱情本质的故事）的策略问题。作者最后提出的解决方案里包含了不少数学原理，数学是门最实用的科学，毕达哥拉斯说"万物皆数"。研究数学的人可以凭此解释掉很多生活常识，但人却总不会那么喜欢数学。人这种生物从诞生以来，更多时候用的是"凭感觉"与"我喜欢"这两种测不准公理。这两个公理在女生中应用更广，可怜的男性数学家们总会被这两条"公理"的大棒抢得两眼发黑。

柳姑娘最后选中的婚床应该是大红色的。我这色盲症患者总是分不清红色和灰褐色的区别。它的样式高贵典雅，有一条西班牙海湾式的靠背与一条徽州砚台式的脚部挡板。床底是由两只光滑柔顺刷着大漆的地中海风格的木箱拼接而成。那张席梦思的图案具有典型英国古板格子风。柳姑娘还说："我还要买一套波西米亚式的床上用品，这样我的床才有更丰富的元素。"但似乎她忘了床上会躺着一位注定成不了什么风格的谢安。

在付钱开收据的时候，店铺的女老板说："怎么样？逛了一圈还是我家的东西好吧？我们都是苏州厂里直销过来的，我们家的工艺那是没话说的……"我真不知道乱搭的风格算什么风格，不过柳月兰开心就好。柳月兰刚才还郑重其事地和她讨价还价，现在却笑嘻嘻地和她谈起了"这是什么木头？保修吗？""你们厂子在哪里的？""直接去厂里买是不是更便宜？"之类无聊的问题。

下午在小区门口找了个私人装修队，把刷墙的重任托付给他。老板追着要给我递烟，我推说我不会，因为我觉得这样可以省下一包烟钱。我们和他一起去小窝里看了看，他从头到尾都叼着根双喜牌香烟，因为有女士在，他也没点燃。我们向他提什么要求，他都会嘟嘟囔囔地说："好的，好的，没问题。"这装修老板除了头发比罗发明医生浓密一点，和他倒有几分的神似。

晚上柳月兰陪我去海边走了走。这是一个气温很舒服的夜晚，干净与清爽的空气令人误以为已经到了深秋。海风很大，把每个人的裙子和衣服都拉扯出声响。一会儿一轮明亮的圆月从东面的海岸线上升了起来，通体白亮。清透的空气让它看起来就在眼前，令人禁不住想用手去摸它。此时我忽然想起了《围城》里曹元朗写的那句"孕妇的肚子颤巍巍地挂在天上"的诗，不禁莞尔一笑。幸好夜色已黑，没人注意到我脑中欢跳的虾米。低头看海水正晃动着月影，折叠细碎，就如同此时柳月兰晃动着我的心情。海浪也在轻拍着沙滩，沙滩于是也在月色里低吟。

我一把拉住柳姑娘，及时抬起她的下巴，问："你愿意给我生猴子吗？"

她躲了过去，回答说："讨厌。你都问了一百遍了，有意思吗？"

"有啊，现在后悔还来得及！"我说。

"去你的吧！哪天给你喂点三聚氰胺才好。你这人还是不要说话，永远当个哑巴才完美！"她气呼呼地往回走。

27．别人怀孕天经地义

　　到七月底，天气炎热，云层高耸而模糊不清。海边橘园的树上已经结出了大大小小的橘子。橘子皮还没彻底变色，要再等一两个月它们才会变得成熟。不晓得橘子什么时候开花，就如同经常忘了枇杷树是什么时候开花的一样。路边有一片油菜，现在已经完全枯萎。饱含油菜籽的荚已经脱落，全都掉在地上，只剩下了干瘪的荚，那些油菜籽都已尽隐在土壤里，不知道它们什么时候会发芽。种下它们的农民伯伯大概都忘了自己在冬天曾经种下了这么大一块油菜地，也或者是他们搬到了其他地方。从小就不喜欢菜籽油，觉得它有种怪味。现在市场上菜籽油也不是主流，但不晓得为啥这油菜花种得倒是一年比一年多。

　　我见到的这片过期油菜花地不是在城区，而是接近山阳镇渔村的农田边。这一周我去了两次渔村，第一次是杨大师请他的骨科好友们吃饭，另一次是一位打过招呼的手术患者请杨大师吃饭。罗发明医生和老孙医生都没出席这两场盛宴。酒席宴前，劝病人不要喝酒抽烟的医生们都喝了酒，抽了烟。由此看来烟酒对身体只有损害的研究报道即使能登上《Nature》，也不能说明它们一无是处，正如《发条橙子》电影里导演想要展现事物的另一个方面一样。遵规守纪的人活得很好，在监狱里文着青龙偃月刀的人活得也很好。黑中医的人活得好，吹捧中医的人活得也很好。每个人为获得内心的平静和快乐所需要的刺激并不一样。科学杂志上这些冰冷的数字后面其实并没有加入人性的成分。如果是我研究，我会在里面加上一个"抑郁指数"。这样我就能在收到冯佩兰的一条短消息后，为自己又抽烟又喝酒还到处找地方乱吐的行为找到一个非常合理的借口。

那条短信是：我怀孕了。

看到这短信时，我脑子很清楚。读完它一分钟后，我的脑子变得十分错乱。这则短信说明此时的冯佩兰不是一个思路正常的人。可是如果我去责问她"为什么要给我发这个短信"时，她一定会回答我："好消息要及时分享。"实际上她回的也是：你不恭喜我？

这有什么值得恭喜的！结了婚的女人怀了孕不是天经地义的事？！正如同春天到了，只要不是死掉的树，哪棵不会发芽？正如夏天里的牛奶，只要摆在空气里就一定会长出霉菌；正如只要是排比句，怎么样都要弄出三句来走下形式一样。话说回来，又不是我让她怀的孕！如果几个月前我穿着西装，打着领带，戴着一大捧玫瑰花，背一根大竹杠去她的婚礼上抢亲，也许今天她肚子里的孩子会是我的。但这不可能成为我的选择，我又不是《毕业生》里的达斯汀·霍夫曼。宋明理学的泰斗、娶了很多小妾的大哲学家朱熹老祖宗告诉我们"不能脚踩两只船"。因此我这人只有思想中的爱情，没有现实中的担当。而且我认为爱情只是生殖的一个借口而已，一切的你侬我侬，最后只是为了两组DNA的分裂组合。孩子才是女人应有的精神寄托和最大财富，男人不过是家庭中负责养家糊口的工具而已。只是有人在当奴隶的时候会高唱《国际歌》，而有的人唱的是《一无所有》。

我还没做好当奴隶的准备，因此我要反复问柳月兰愿不愿意嫁给我。可惜的是她总是回答"愿意"，这样的回答很伤我的脑筋和钱袋子。为了娶她，我和我的家庭已倾家荡产，还贴上了未来二十年的卖身契。当初到银行签卖身契时，银行因为对我的小中医职业很有信心而愿意借给我很多卡上的数字。最后这一堆数字还不是直接打在我的卡里的，这让人很不开心，连把它们取出来，铺在地板上，做一个假摔的姿势来表明自己是个假冒富豪的机会都没有。

不过即使银行对我这样"好心"，也还是需要我提供《收入证明表》。那张小纸条是人事科黄老英雄给我出具的，上面写的是："兹有我院中医科谢安医生，月收入伍仟元整，特此证明"。我连忙对黄老英雄说："我没那么多收入。"黄老英雄说："我们医院都是这样出具的，写少了，银行肯贷款给你？！"我顿时矮了半截，英雄还是老的辣，赶紧接过他递过来敲上单位公章的收入证明表。银行果然也没去税务局验证这张白纸的真实度，于是我被动地成为了高收入人群。这伍仟元的数字让杨大师都很眼馋，连风天师都要追着我求施舍。于是我只能请他去步行街，吃了一份心痛无比的新疆大盘鸡和加肉拉面。

第二天早上酒醒的我翻了翻昨天的聊天记录，发现我昨天还算清醒，并没有把给两位女士的短信发错。给我未婚妻发的"明天送床来，我知道了。晚安"，并没有发给冯夫人，给冯女士发的"那你把孩子好好养着，生的时候说一声"的短信也没发给柳护士。想了想，最后把冯佩兰发过来的所有消息都删了，包括那句"你是第一个知道的"。我还是第一个知道？第一个知道的明明是她自己！如果我的角色是当她的闺蜜，可惜我又不是个女的；如果我角色是个备胎，可惜我又不那么爱她；如果我是个值得结交的医生，可是我又不是产科的……

一大早起来就头疼，总觉得嘴巴里一股馊味，去烧了一壶开水。一口气喝了半壶下去，站在自家的阳台上发了会呆。我的小屋上周被红双喜老板成功交付了，老旧的地板上他给我新开了不少口子，仿佛被《浪客剑心》里拖着斩马刀的相乐左之助砍过。找他赔我的地板，估计他会拿着射钉枪和我讲"人世间哪有不吃草还能干活的驴子"的道理。

到了快中午，手机电话终于响起来，送床的也终于到了楼下。等他们把新床给我搬上来，组装好，看他们准备走了，我才问他们："我的席梦思呢？"他们说："席梦思？你看我们哪里藏着席梦思？我们是送床的！"原来床和床垫是两家人，虽然定了亲，但什么时候睡在一起却不是由买家决定的。打电话给柳护士，柳姑娘说："你还说自己聪明，真是笨死了。一会儿我来打电话。"过了一会儿她打电话过来说："床垫是后天送的，和厂家说好了。"

中午去菜场门口买了三只肉包子，这个点还在卖早点的店铺不多。第一个吃下去就觉得油太大，想起那年在淮海路拿肉包子打狗的场景，没敢把剩下的两只吃完。和衣在木板床上躺了一会儿，居然很快睡着了。一直睡到感到骨头酸痛，爬起来看了看窗外，感觉太阳已经明显向西倾斜下去，就差国足门将的临门一脚。掏出手机来看了看已经是下午四点多，手机上面还有几条新的短信。一条是谢主任的，说他公积金里的钱拿到了，问我是他带上来，还是我下去拿？另一条是好久不联系的我哥发的，说他老婆下个月生日，到时候全家聚一聚，让我把女朋友也带上。想了想，这些年我们这父子三人一点儿都不像父子三人。

中午的肉包子经过我那千疮百孔的脾胃亲自检测，结果还算新鲜，没有诱发胆囊炎的发作，也没诱发腹痛腹泻。于是我准备把它们都消灭掉，找了个碗，把它们一起塞进微波炉。第一次用微波炉转冷包子，不知道打几分钟合适。想到"事不过三"，于是把转钮转到了"3"上。一会儿铃声响起，高高兴兴去取，却发现肉包子变成了石头，又硬又烫，掉在地板上把瓷砖都砸了个洞。不好意思再告诉柳姑娘这个新的重大损失，如果她下周来发现并问起来，我就告诉她这也是红双喜老板的杰作。没舍得把生铁样的肉包子扔掉，我把它从地上捡起来，用开水泡了五分钟，勉强吃了下去，那味道如同吃泡了水的面巾纸一样。

吃那玩意时想起《山海经》里记载着一种动物叫食铁兽，据说能吃生铁。传说被后世人逼着编了《黄帝内经》的黄帝他老人家也是骑着它征服了蚩尤部落。到了民国，那些专吃国家俸禄的老专家们终于证实食铁兽其实就是大熊猫。大熊猫作为一个食肉动物演化成能吃生铁和竹子的怪兽想来也是进化史上的奇迹，被当成国宝来养也不为过。今天我也吃了生铁样的包子，却不能享受国宝的待遇，这让人有点闷闷不乐。

初二时曾在班上与坐在最后几排的那几个牛屎比赛吃各种东西。除了厕所里的米田共与各种有皮肤的活物，我和小霸王周毅尝遍了那些坏牛屎们想到的各种东西，比如蓝黑墨水、胶水、铁锈、铅笔及其笔芯、红药水、橡皮泥等。最终我输在了唐军的墨汁上，因为他的墨汁在炎热的夏天发出了阵阵令人恶心的臭味。我总怀疑那时的墨汁真的是由墨鱼汁勾兑的。如果墨汁只是木炭做的，按照碳元素在化学元素表里的稳定性，它怎么会馊掉呢？最终我虽然输掉了比赛有些不甘，但是周毅和我一样也输掉了班上的小辣椒、小芹菜、大狐狸等同学的喜欢。这好比一个人掉进插着十八把钢刀的陷阱里算倒霉透了，但一会儿又掉下来一个，这就有种幸灾乐祸的得意。谁叫周毅比我帅，也比我滑头呢？幸亏初三时他和我分了班，不然我们可能还会联合起来把初三的女生们搞得鸡犬不宁。不过那样我就考不上重点高中，只能找机会与我的菱角姑娘或荷花姑娘在小镇上青梅竹马了。

想到那些失去的青春，我浑身难受起来。在手机上打了很长的一个短信，劝慰别人应该向前看，而不应该老是去怀旧，但想到这也是自己一直在做的事，于是最终没发出去。

28. 意料之外的再见面

结束了放射科的无聊生活后，杨大师并不同意我回自己科室，因为他还在门诊奋斗，而孙医生仍然和罗医生穿一条裤子。最近施医生十分不开心，因为老孙医生对杨大师提出了"带教费"的概念，说：施医生什么都不会，全是他手把手教的，因此要把她原本奖金的20%提出来分给他一个人。杨大师不同意，但架不住老孙医生三番五次去院部提意见。自从老孙医生没戴上自己努力挣出来的科主任帽子，他已经和他徒弟撕破了脸。还好去年我在老孙医生手里干活时，孙医生并没有发明这种奇葩的奖惩条例。刚上临床时，谁是什么都会做呢？即使是张智慧、姚老师、西西这样的天才，也是要适应一段时间的。何况人家还是五年制的，底子本来就差一点。

施医师和我说"带教费"时，气得咯了血。可惜我不能帮她做些什么，最多帮她分析一下"咯血"和"呕血"的鉴别要点，而且咯血的读音不是"luo xue"。以前 SD 医院呼吸科主任还读"luo"血，这也不能怪他。大家都不是国家语言研究中心的研究员，读半边字也不影响日常的交流。对中医古籍里的那些生僻字，除了如此瞎念还能怎么样？我以前幻想自己有朝一日会够吃上皇家粮，穿上黄马褂，拿着尚方宝剑和翰林院的进士们争论"溺"的读音，没想到现在却为了五斗米在医院里看人家的米田共。我没跪在滨海浪仙姑的石头裙子边求路人施舍就已经是道德模范。

大七那年在 SD 医院大礼堂里听第四军医大学的某主任讲"介入

治疗的最新进展"的讲座。人家大主任说了："我国现在的医疗人才十分匮乏，不但人少，连素质也不行。你们看每年的高考状元基本都选了清华北大，有几个是选医科大的呢？即使有一些聪明的选择了医学，又有多少是选择学中医的呢？学了中医的又有多少聪明的学生留下来教书了呢？所以你们中医院校现在是个什么状态呢？三流的老师教三流的学生。这叫三三得九，你们后面的一代就都要变成'九九八十一流'以下的医生啦。"坐在堂下听课的实习学生们都哄堂大笑起来，丝毫都没感到受了侮辱。因为，第一、人家是笑着说的，和那年被我"扇"了耳光的广播台主持人不一样；第二、他讲的很正确，因为教我们中医临床的老师们的看病水平大多数具有"不可衡量的特质"。即使有水平也仅限于他们的口才、师承或者祖宗的荫功。带教老师愿意教的基本也都是现代医学的基础知识和技术操作，没几位老师愿意把他们祖上的密折翻出来给同学看。在哄堂大笑中，我偷看了下周围那些未来的中医顶梁柱们，他们都面露不悦之色。

既然我没继承到什么名老中医的衣钵，也没得到他们当头棒喝，我还是放弃修炼我的紫金葫芦了吧。安慰了施医师几句，说了一些似是而非的损人不利己的废话，我丢下她又去普外科轮转了。

再回普外科我换了一个病区，没继续在老芋头手下接受批评教育，而在杨大师的铁哥们沈刚医生手下捣糨糊。沈刚医生上面还有一个老主任，姓金，就是去年和孙医生一起给王老板开复杂性脓肿的主任。每次跟着金主任上台手术，我都会手足搐搦，嘴角抽动，全身括约肌松弛。他开刀实在太谨慎了，喜欢把人家的肠子、胃、阑尾等器官翻出来捧在手里，左看三遍，右看三遍，再放进去前后比试三遍。仿佛此时他正在四十大盗的藏宝洞里分拣宝贝一样。往往这样仔细的检查得持续半个小时，等他最后确认了哪一颗是猫眼、碧玺，哪一块是赤石脂、生石膏后，他才开始做下一步的切开或缝合。跟他上一台手术，往往得空着肚子为人民服务。别人两个小时能做完的手术，他基本都要翻个倍。他的每一针每一线都缝得十分的精细和小心，因为我不是本科医生，他最后连缝皮的机会也不让给我。他一切的事必躬亲势必让我无事可干，于是我往往抱着拉钩站在那里打瞌睡，又往往在腰疼、胃疼以及他"野性呼唤"下苏醒过来。我于是继续讨厌姓金的人。

沈刚医生也不喜欢和他的上级医生一起做手术。只要有机会他就会逃掉，方法是出夜休、去办公室抽烟、拉几个轮转的小医师顶上去，或者干脆自己安排另一台手术。我们一个组加上我这轮转的小中医也才五个医生，既然我是杨大师亲自打招呼的人，沈医生常常拉着我去隔壁的手术间开刀，留下另外两位住院医师陪着金主任做无比拖沓的手术。摆脱金主任昏昏欲睡的手术是挺让人开心的，但是也要冒着沈医生隔着口罩不断飞出的唾沫星子。因为我毕竟没经过普外科正经训练，总是不能以最快的速度提交血管钳，以很快的速度帮忙夹住噗噗冒血的血管，以较快的速度摆正腔镜的镜头……

其实我站在手术台第一助手的位置上根本就不知道主刀医生下一步要干什么。这源于我长久的中医辨证论治之教育，扩大于我在外科马马虎虎的轮转，爆发于我从未当过主刀医师训练的基本功。当年跟着皮肤科的潘老师只做过几次狐臭、皮肤癌、硬皮病等小手术，最多混了几个泌尿科的包皮。在自己科室也只跟着孙主任做了几个痔疮。前几个月跟着老芋头轮转时，都是以第三或第四助手的身份参与了甲状腺、大隐静脉、阑尾、胆结石等手术，我从未把自己当成马上就要继承外科事业的正经医生。这次当第一助手被沈主刀批得满头是包，一脸羞愧，耳根子烧得像烙铁一样。一脖子的汗都流下来，打湿了整件隔离衣。最终我们两个人站在台上在腹腔镜下勉强把人家的胆囊给切掉了（常规胆囊腹腔镜手术至少需要三个人，然而我们两个人也做完了）。经过此次打击，我放弃了将来在某个小岛上给自己做腹腔内手术的幻想。

晚上我一个人躺在新床上发呆，反复质疑自己到底能干什么。想了半天，答案是没有，于是一时间对自己的前途感到非常的迷茫。半夜里隔壁房子的那对老夫妻又开始吵架，东西摔得咣咣的响，把我惊出了一阵冷汗。真是活见鬼，人老了还能这么折腾，可见他们俩在年轻时一定是名扬地方的人物字号。

第二天早上交完班，看门诊的金医生收了个褥疮的患者进来住院，这明显是和我们中医科抢生意。沈医生像吃了胆结石，有点腻歪。他大概认为这种不能做手术的患者收在普外科简直就是浪费床位。于是他对我说："小谢，你们中医看这个比我们好，你来给他换药。要是没什么，过两天还是转到你们中医科去吧。"于是我给这位六十岁左右的老先生换了三天的药，然后把转到了自己科室，转到了施医生的床位上。施医生觉得有点奇怪，我告诉她我会每天都从外科跑回来给患者换药。于是每天在外科查完房换好药，我会回自己科室，拿着浸满汞化物与铅化物的红油膏纱条给他敷在创口上。消毒，不时地清除些坏死的组织，修剪过度生长的上皮来维持创面的正常生长。好在患者本身体质蛮好，不是那种神志不清、血糖异常、还胖成了肉山肥海的人。等他褥疮愈合、成功出院时，谜一样的自信又回到了我的心里。

我们这组的另一位住院医师叫大海，前面提过。普外科的住院医师是要在不同主任的手下轮转的，这样便于他们学到各种手术流派的特点，以便将来形成自己的特殊刀法，从而开宗立派。大海是个不错的住院医师，长得虎背熊腰、膀大腰圆，像一个超大号的土豆。因为他是圆滚滚的，所以怎么样都不能抱住他的大腿。他在科室里人缘很好，无论和他说什么，他都是一副笑呵呵的态度。即使我有时取笑他的体型，也从没见他生过气。他有一句口头禅叫做'有错就要认，挨打要立正"，说得好像长得胖的确是他自己的失误一样。这种总是把一张笑脸凑过去送给人家打的人一般都不会真的挨打。性格真的能决定人的命运。我这人总是嘴欠，加上那年在松江方塔公园里被一位教派不明的仙姑说破了天机，这些年反而更加自甘堕落下去。

胖子在面相学上获得的赞美词要远远多于瘦子。《麻衣神相》上说"脸上无肉不可深交"，因此大海医生与我那 YR 医院的小胖医生一样，是个值得托付终生的人。最近他们都请我喝了酒，一次是去大海家的毛坯房对着他们家黑乎乎的混凝土和空洞的窗户洞喝啤酒。一次是小胖同学请我去五角场的和平大饭店里喝甜草莓酒。这两种不能让人昏昏欲睡的酒喝起来总让人感到内心幽暗，于是想起《小王子》里写到的酒鬼。

　　记得书上写道：某颗星星上有一个酒鬼。小王子遇到他时，问他为什么喝酒。他说：喝酒是为了忘却羞耻。小王子问他：为什么会觉得羞耻？他说：喝酒很羞耻。这是一个奇怪的悖论，类似于冯老佩兰说的"傻子才去写小说"。我不知道是自己本来就是傻子，还是因为写小说变成了傻子，还是变成傻子的事被她当成现实里的真实了。在我寻求这些问题的答案时，我忽然意识到我不该关注问题的答案，而应该去追寻问题的本源。出现这个让人头疼的问题的本源其实是这样的：有天我在普外科查房时见到了冯佩兰。

　　我以为我们不会再轻易地见面，至少不会这么快，这么随意。理论上我们都应该努力去避免这件事情的发生，即使有联系，也只应该发生在手机的短消息上。那天我们一组医生走进一间病房，准备查房查一个姓肖的老年男性时，我见到了她。见到她的脸时，我的脸肯定无比的惊慌，一时间仿佛心脏被出了颤一般。这个场景过于出乎意料，以至于我没直接和她打招呼，而是努力将注意力放在金主任的查房上。

　　这时大海医生汇报着病史，他说这是昨天收进来的一位急性胃穿孔的患者。昨夜急诊做的手术，他和昨天的二值已经把胃上的洞给缝上了。肚子里的情况还好，还没发展到严重腹膜炎的程度，而且在手术前他自己的大网膜正好把他胃上的那个溃疡面给包上了。金主任转头去问老爷子"怎么样"。他回答说："很好，蛮好的，谢谢你们医生救了我一条老命！"受了患者如此真诚的表扬，唠叨的金主任又说了一大堆后续的处理意见才转向下一位患者。等查完房，我和大海医生打了个招呼，说有点事。大海说，你去忙你的吧。不拿人家的奖金，没有利益的纠葛，人家也不会有太高的要求，何况还是这样一位值得依靠的大土豆。

查完房，慌慌张张地去找冯干事，发现她不在病房里。肖老爷子看到我又进来，努力抬起身子来，问我："医生还有什么事吗？"我说："没事没事。"回头要出去，看到冯佩兰正拎着一壶水走进来。算起来她怀孕大概也才两个多月，而且正穿着一件稍微蓬松的连衣裙，一点儿都看不出肚子来。穿着白大褂的我似乎不能随意去帮她拎水瓶，我犹豫着。再次看到我时，她也有点不自在。等放下热水瓶，她似乎恢复些力气，说："这是我外公。昨天到山阳我舅妈家吃饭，在那里多喝了几杯，半夜就出事了。"我说："哦。有胃溃疡病史的，不能喝酒，也不能暴饮暴食。"肖老爷子意识到我认识他外孙女，赶紧说："谢谢你啊，医生。"我转头说："不用谢我，你的手术我又没帮什么忙。再说我也不会做你的手术，我只是一个轮转医生。""那也得谢谢你，你也是负责我的医生，我早上查房见到你了。"肖老头很固执。

"你注意休息，别乱动，小心肚子里的线崩开来。"我吓唬他一下，出去了（外科的确会遇到一些术后腹壁切口裂开的患者）。在门口站了一会儿，看到冯女士走出病房，我抓了抓头，对她说："其他有什么困难和要求你可以和我说，我看看能不能帮上什么忙。""嗯，暂时没有。"她想了想说。"那我走了？"我说。"等一下，你请我吃早饭吧，我肚子饿了。"她说。"哦，可以。你等我一下，我去换一下白大褂。"我说。

走出医院时，我问她："你老公呢？他没来吗？"

"他来干什么？又不是他外公。"

29. 每个人都与众不同

肾内科最近请了个全院大会诊，是一位尿毒症的患者，其中也请了我们中医外科。杨大师很得意，感觉自己至少也算医院里的一号人物，还能被其他西医的主任们想起来，于是他特意带着我去参加会诊。

在肾内科病房，我看到医院里的骨科、外科、ICU、烧伤科主任们都去了，围着患者的后背站了一大圈。骨内科的住院医师打开患者背后包着的一层烫纱以后，露出了下面一大片马蜂窝状的皮肤。我看到一些大大小小的脓栓都从皮肤上冒了出来，估计皮下脂肪和筋膜全都坏死化脓了。伴随空调风吹过来的是一股特殊的臭味，仿佛进了生猪屠宰场。内科系统的主任们赶紧都戴上了口罩，外科系统的主任们倒是一副见怪不怪的样子，甚至有人还讨要了一次性手套去摸了摸患者那千疮百孔的皮肤。这毛病在中医里类似于"发"，"痈之大者，谓之发"，在古代是个"法当七日死"的毛病，和我们屁股上的大脓包一样。据说明代的徐达也是长了个"发"，被朱重八一碗鹅肉给吃死了。但这应该属于民间传说，即使在很玄幻的各代著名老中医的病案里，也没见哪位神医写到过吃鹅肉会死人。

回到办公室以后大家开始扯皮，没有一个科室主任愿意把该患者转到自己病区去治疗，但大家的诊疗意见还是统一的：蜂窝织炎，抗感染治疗加清创换药。只有 ICU 的主任非要说这个诊断还需要讨论，也有可能是皮肤结核或者其他疾病，其他几个主任都不愿意理他。他如同自言自语地又讲了要做分泌物培养，查肺部 CT，做痰培养，还要排除肝炎等处理方案。这让我想到了杠精，想到了自己。我挺佩服这位坚持不懈、一直要打断别人说话的 ICU 主任，能在其他主任医师的清流中依旧保持着自己的一点浑浊，没有一点藐杀一切牛鬼蛇神的心理还真做不到。

杨大师这次似乎并不愿把患者转到中医科病区，以此来给孙老医生制造新的矛盾触发点。杨大师说了一句"同意外科处理意见"并签上了他自己大名以后，我们离开了肾内科的病区。外面不知道什么时候飘起了绵绵的小雨，立了秋的雨不同于春雨的粘稠，落在身上有一丝丝的寒意。回到自己病区时，东南的天空漏出了一个能透出阳光的空洞，可头顶的雨还在飘着。在等电梯时，杨大师叫我去门诊坐一下。

到了门诊，几位一直在等杨大师的病人把他围在了中间。我只好躲在一边，旁边的孟医生正无聊，指着墙上挂着的两张锈迹斑斑的水墨画对我说："小谢，你知道这两张画有什么来历吗？"我摇摇头。孟老医生说："这张画是当年区里组织程十发等市美术协会的一群画家来金山采风时画的。"说实话我连程十发是谁也不知道，但我意识到这是一个很有福气的名气。发财一次还不够，还要连发十次。但转念一想"十发"也有可能是子弹，他父亲是不是指望自己儿子将来能成为神枪手，在战场上能"一枪消灭一个敌人"，却不晓得儿子最后却变成了大画家。也许我父亲也曾指望着我能成为手握印信兵符的王侯将相，而最终我却仅获得一枚刻着工号和姓名的橡皮图章。整天给各种药笺戳小章，卖没有灵魂的中西药物会成为我的事业。

挂在科里的画画得挺一般，以前见过好多次，没太在意，总觉得这两幅画的画面布局有点奇怪。于是我回答说："这个是程十发画的？"老孟医师说："这怎么可能，要是程十发的就发财了，医院还不早就拿回去了？反正都是当年那一批画家在宾馆画的。""哦。"我点点头。看起来我没有必要半夜将它们盗走了，还是听任它们在半旧的墙上、在满是大肠杆菌和葡萄球菌的空气里继续做旧下去吧。

老孟医师是个很有趣的人，前几年一直请病假赋闲在家，也不知道在研究什么道法自然。自从被老孙医生请出山以后，一天假都没请过，只是每天接近中午时都会以"我血糖低了"为理由，提前去食堂吃饭去。老孟医生以前是学推拿的，把自己的一把青春都留在了这里，因此在医院和区里认识的人不少。经常有熟识的人来找他相互揩油，别人揩的是不花钱的油，他就揩人家脖子上的油。这种没有好处却要付出体力劳动的医疗活动，即使是我也不愿意干。因此他也喜欢半心半意给人家随便推拿几下，并告诉人家"你们已经享受到了孟氏正骨大法的终极传功"，如果病情还没好转，应该回去好好反省一下自己"人品问题"。只有遇到几位厂里、区里的高级领导，他才会用心上门去给人家来一场充满中医传统韵味的正经全身马萨基。

年初我和老孟还组团一起去山东旅游了一次。在宾馆里我和他住在一间，晚上洗完澡出来，他穿着短裤光着身子对着洞开窗子跳起了大神操。依我看，他的身材保持得不错，想必当年也练过不少日子的内功。于是我向他提起了我们在大学里学习推拿功法时练到的少林神功，他却问："什么少林内功？""就是那个'前推八匹马，倒拉九头牛'，练到最后得吐血的那种。"我笑着说。孟医生说："我们不练那些的，我们练的是硬气功！"跳完二十分钟的大神操，他爬到床上睡觉去了。

第二天在蒙山的上山缆车上意外遇到了两位 SD 医院的急诊科医生，应该都是我的师妹，可是我们相互都不熟悉。为了套近乎，我向她们询问一下当年在急诊带教过我、后来被查出来患了白血病的陈医生，问他"现在怎么样了"。她们说："他啊，上个月走掉了。""还不是太累了，新结婚，又装修房子，得了白血病也没好好休息。化疗间隙还到医院里来上了几天班。现在留下一个大肚子，唉。"

一切很意外，一切也很正常。白血病只有急性早幼粒细胞性白血病吃鹤顶红（砒霜）是有点效的（发明砒霜疗法的现代医学大佬为此获得了无数的荣耀），其他的都得看现代医学有什么新药被发明出来。缆车坐到半山腰以后，我们与她们走散了。我和老孟又向上走了一段，在半山腰进了一座龙王庙。一时没搞明白此地为什么要供东海龙王，总感觉龙王庙应该修在水边，镇守住一条大河才能免得被"大水冲走"。老孟医生说："应该是当地人祈求风调雨顺吧。"想想也对，龙王也管降雨。山东这地方总觉得干燥得很，车子一路开过来见到的都是光秃秃的石头山。即使遇到几条叫不出名字的大河，在那十几米宽的河道流动的也只有几缕宛如头发丝的涓涓细流。在一个离家那么远的龙王庙里点上一炷香，怀念一下陈老师似乎不合适，而且我还是个无神论者。于是我走了出去，留下身背后的游客们点燃的一片袅袅青烟。

向前没走几步，看到山顶处过于遥远，老孟和我都泄了气，决定下山返回车里。这时旅游车里已经坐了不少人，欢声笑语，气氛欢畅。看来大家的心理年龄都太大了，对山已经失去了那种"因为山在那里"的征服欲望。我靠窗坐着，窗外的蒙山那灰暗的山峦像一幅画一样默然静立着。我想起那时还求着陈老师有空给我刻一个私章，告诉他我会以身相许。结果他说他很忙，而且正在给某一位院长设计和篆刻图章。其实我何德何能去问陈老师要一个私章。一晃三年过去了，也不知道那枚刻着院长名字的章被丢在了何处。这个世界没人有会带着其他人的悲哀前行，即使他们曾经相欠许多。

我与冯小姐也曾那么接近，那一年的晚上我们的心脏只隔着两层薄衣，只有二十厘米的距离，可是那时的我们已经不属于彼此。从那以后我们之间还能保存着的是什么？这是一个我和她都不愿去回答的问题。那天坐在明华饭店里，她点了一碗拉面。明华饭店里的拉面是由一位并不像回族或者任何其他西北部专业做拉面的师傅给做的。面里放了不少咖喱，看起来如同刷过一层金黄的油漆，那闪亮的色彩与寺庙庙顶的琉璃瓦差不多，一看就不正宗。

我问她："你喜欢吃拉面？"

冯女士说："是啊，咖喱我也喜欢。"

"可是你怀孕了。咖喱是热性的。"

"我一直有吃的，没事，不怕。"她说。

似乎自从怀了别家男人的孩子以后，她与以前有点不一样了。比以前开朗一点，活泼一点，不再是那个喜欢一言不发、害怕受伤的豌豆公主。喜欢吃拉面倒是和我有一个共同点。我的未婚妻就讨厌拉面，说不喜欢这种"十分简单与单调的食品"。其实她的潜台词是"我不吃农民工才吃的东西"。在她眼里，除了我的智商以外，处处都需要进行现代化的改造。只不过她最近有点泄气，因为我一直都是当年曾经晕倒过的那所厕所里的一块砖头——又臭又硬。

"感觉结婚以后你和以前不一样了。"我终于还是说了出来。

"还好吧。也许怀孕的女人都会不一样。我现在要对得起我的孩子。"她小心地挑着面吃，怕烫着嘴。我则抱着胳膊看着她。我没见过几个女生吃饭，但总感觉冯小姐是吃得最文雅的那位。

"你老婆怀了没有？"她问我。

"没呢。我今年愚人节去领了证，但婚礼还没办。"我回答。

"愚人节领证？挺少见的，不过也符合你的性格。那你结婚请我去不？"她专挑关键的问。

"不请。"我回答。

"我就知道你会这样回答。不过我以为你会犹豫一下再回答的，没想到你连想都没想，说明你早就想过这个问题了，对吧？"她说。

"我讨厌像你一样聪明的女孩子。"我说。

"我也不指望你请我，我们之间没有友谊。我吃完了，谢大医生。"她拿出自己的餐巾纸来擦了擦嘴，站起来走了出去。

在回医院的路上她问了个奇怪的问题："你还在写小说？"

我回答说："是啊，写我们的故事。高兴的时候写一点，不高兴就停很久。"

她说："是你的故事，不是我的。傻子才去写小说！把过去都忘掉多好。"

回到病区以后，她和他外公坐在一起聊天去了，而我则继续在外科瞎转悠。后来的两天我都没见到她，而她外公在三天后办理了出院。于是日子现在又回到了原来的轨道。

打发掉刚才的一堆患者，从门诊检查室出来的杨大师见我在发呆，说："我下个月去病区了。你在外面也转了好几个月了吧？"

"是的，一年多了。"我回答。

"那下个月你也回病房吧，我们把病房给它搞起来。"杨大师四十多岁的脸上露出了小孩子般无邪的笑容。在外面科室怀胎十几个月，是该回家待产了。只是不知道我将来生出来的是米田共还是龙涎香，更或者是人见人恨的哪吒。

30．走进婚姻法律程序

　　我们在一个充满雾霾的晴天去民政局领的证。即使我那青蛙老丈人和他的女王殿下万般舍不得，我也要将一枚没有钻石的戒指戴在柳公主殿下的无名指上。我们选择登记的日子是 4 月 1 号，这是我们在一次无聊的约会中达成的协议。愚人节是个很能承担婚姻含义的日子，因为只有傻子才会把自己的未来绑在一个看似熟悉的陌生人身上。我们其实永远不知道自己娶（嫁）的人到底是一个什么样子的人，也不知道她（他）将来会变成什么样子。我们总是自欺欺人地以为对方是自己的命中注定，并幻想着自己的幸福会直到永远。

　　路边两排法国大梧桐在仲春的暖风下重新焕发了青春。我很喜欢这种梧桐树，它们的树干就如同得了银屑病一样，斑驳的树皮会不定时地从树干上自然剥落出来。我小时候最喜欢玩的游戏之一就是：路过梧桐树时把它们的树皮从树干上抠下来，让它们呈现出白癜风的状态来。今天我又手贱起来，很快我手里就有了一堆。柳月兰说："脏不脏啊？抠树皮！像个小孩子一样。"

　　"对啊。我小时候有一次和我们镇南扫荡队的小伙伴们在瓜洲镇迎江路上扒了一个下午的树皮。"

　　"你小时候真无聊。不，你现在也很无聊。"

　　"还好吧。梧桐的树皮可以拿过来点煤炉子，比直接点木头块好点。"

　　"我怎么不记得小时候家里点过煤炉子呢。"

"你们是上海人，从小烧煤气罐的。我小时候最喜欢点煤炉子了，因为每次我都会把作业本上的纸撕下来拿去当引火的东西，后来家里烧液化气了，我就没机会烧本子了。"我说。

"那你怎么读书读那么好？都是作弊来的吧！"她说。

"小时候谁想读书？初中有喜欢的小姑娘了就喜欢读书啦。"我回答。

"哎呦呦，看不出来呀。那时我也有喜欢的呀，我怎么就读不好呢？"她把自己推了出来。

"那是你天生就蠢！"

"你自己才蠢！读了那么多年的大学，连个女朋友都没有，还要我倒贴！你还好意思说？！"柳月兰揪住了我的耳朵。

于是，我吱哇乱叫着走进了民政局。大清早站在门口排队领号的男女已经有十好几对了。今天的大多数女生都穿得很正式，只有几个穿得随意些。天气虽然不是很热，有几位还穿着呢裙子，好在颜色和样式不太一样，不然在结婚登记的日子撞衫，大概会在她们的心里留下阴影。

前两天我还问我的未婚妻今天要不要穿白大褂和护士服来登记，这样永远都不会撞衫！结果她说："滚！"这丫头最近暴躁得很，于是我不得不陪她去商场里买了两套样式新潮的衣服来赔不是。本来想省一套衣服钱的，现在变成了要花两套衣服的钱，真是得不偿失。柳姑娘今天穿的这套衣服是韩版的风衣，完美收了腰，也露出了她漂亮的小腿。而我穿的是浅色的西装，从镜子里怎么看都是狗着人装。因此我不完全同意小生同学说的"人靠衣裳"的观点，也要看漂亮衣裳里包裹着的是什么样的灵魂。人如果没有自信，就如《生化危机》里的行尸走肉一样。最后说一句，我很乐意当一块会走动的没有思想的肉。灵魂这种东西还是被竹杠敲出身体才好，不然活了这些年，想想每个人的命运，即使吃再多的百忧解，也会如法兰西国王查理六世一样发疯。

拿着表格排在队伍的后面，上班的人还没有来。一会儿我们后面陆陆续续又排上了好几位。愚人节怎么会有这么多人办理结婚？他们都是如此愚蠢的人，还是都想像我一样愿意变得愚蠢？真是讨厌，害得我要排大队。为了发泄心头的不满，我对柳月兰说："据说上海的离婚率已经达到60%（顺口瞎编的）啦！"

我的未婚妻果然被吓到了，问："有那么夸张吗？"

我说："那是当然。现在很多年轻人都是脑子一热就结婚了。不过，你怎么不问我离婚率是怎么算的？"

她说："不知道啊。怎么算的？"

"就是当年离婚的对数除以当年结婚的对数（离结比，非规范化离婚率）。"我说。

"也就是说，每年结婚的十个人里面有六个人离婚，是吗？"她想了一会儿，说。柳姑娘的数学果然如扶不上墙的月季花一样，她的计算结果很奇特。

"差不多吧，每三对结婚的就有两对离婚的。不过似乎隔壁排队离婚的人没我们这一队长。"

听到我的话，前后几对准备领结婚证的人都转头看了看隔壁离婚的通道。这时我们这条队伍前后大概已经排了四五十人了，而隔壁只有五六个人左右。有男有女，似乎都不是一对对来的。有两个人一看就是在等人的样子，不停地看手表，来回踱步。余秋雨说过"曾经的海枯石烂抵不过好聚好散"。也许结婚的都在憧憬未来，而离婚总是在与过去诀别。

我说："看起来离婚的都是凑不齐的样子，一个个都磨磨唧唧得很，大概两个人里面总有不愿意结束这段感情的，哪里像我们这些忙着结婚的人，那么早出来排大队，都跟打了鸡红细胞一样！我站得腰都疼了。"

"是啊！哈哈！我也不知道为啥今天愚人节会有这么多人结婚。"

"大概都和我一样，小时候被人拿竹杠砸过。"

"你闭嘴吧，嘴巴损得来也不怕一会儿人家再拿东西打你。"

"切，打残了你正好可以撂挑子。"

"好了，行了啊你。我看你才想撂挑子！"

我看势头不对，赶紧说："哪有啊！我是昨天晚上太兴奋，没睡好，现在头都晕了。哎，上班的人来了。"

我们前面的队伍终于开始向前移动，而那些被我恐吓的新人们似乎一个后悔的都没有。我们只好又等了半个多小时，才终于走到了队伍的最前侧。给我们走程序的是一位穿着工作礼服中年妇女，几乎没什么话，指着台子上的范文，"这里，这里，还有这里"。我们按照她的指示，把需要填写的地方填好。到最后女士问了一句："婚前检查做吗？"

我说："我们都是医院里的，做过了。"

她看了我一眼，转头又多看了柳月兰两眼，说："自己对自己负责啊。"

这叫什么话？不过我不想当面跟她争吵。人家也是好意，这类似于我在门诊时在人家不想住院或者不愿意做检查时让人家"签个字"一样，此时大家的态度都不会很好。

"你们按地上的箭头去下一个地点拍照片吧。"她开始招呼下一对新人。我们身后的那个女孩子穿的是一件连衣裙，脸上刷了一层厚厚的石膏粉，仿佛我理想中的滨海浪仙姑。负责登记的女士对她说："你自己照片有吗？没有？那你一会儿去厕所里把妆卸了吧，你的妆也太浓了。"

隔壁一步之遥的窗口上，帮忙办理离婚手续的女士也在忙碌着，她穿的与办结婚的人是一样的工作服。我原本以为她们会穿不一样颜色的工作服。路过离婚的柜台，她正把做好的两本离婚证书颁发给柜台外面的两位中年男女。接过证书的这两个人都神情自然，都把注意力放在检查证书有没有错误上。

在拍照片的窗口前排队，付钱，等拍照片。这位年过五十的摄影师一口老上海的腔调，一脸的疲倦，大概昨天做了不少私活。他随意给我拍了两张，说照片一会儿洗出来会直接贴在证书上，又打发我们去下一个地点。看起来他对结婚证上这种无聊重复的作品毫无追求，同时也不让新人们有所追求。这种经历如同我轮转时去过的产科。记得小时候看到《故事会》里一篇小说里讲，在医院里产科的医师是最开心的，因为她们每天迎接的都是新的生命。等我工作后，我在产科医师脸上只看到麻木，真正开心的只有那些自以为和新生儿有血缘关系的人们。这好比看日出，一年去看个一两回会觉得壮美和兴奋，但如果一天要去看四十四次日出，除了心理纯真的小王子估计没人能做得到。

我们沿着地上的箭头短暂经过婚前检查的小黑屋，对里面的白大褂报以歉意以后，终于走进了宣誓的小礼堂里。在那里，排在我们前面的几对新人陆续走上前台宣誓。过了十几分钟，一位小个子女士走了进来，问："谢安、柳月兰？"我们应声向前，站在了那只小小的讲台上。

"举起你们的右手，请跟着我一起说——"

"我们自愿结为夫妻，从今天开始，我们将共同肩负婚姻赋予我们的责任和义务。孝敬父母，教育子女，互敬互爱，钟爱一生。无论顺境还是逆境，无论富有还是贫穷，无论健康还是疾病，无论青春还是年老，我们都风雨同舟，患难与共，共甘共苦，坚守一生！"

31．从来没有轻而易举

我们并非自愿捆绑在一起，从认识开始，我们就在试探彼此的忠心，享受相爱的快乐，逃避生活的苦闷，害怕婚姻带来的责任和义务，啃老并不可恶，子女必定烦人，相敬相爱只是传说，顺境我们要相互依靠，逆境大家都要酌情考虑，富有是海市蜃楼，贫穷必如影随形，健康终究失去，死亡必将到来。无论青春和年老，无论我们是否同心，我们仅能希望：你若不离，我便不弃。

宣读结婚誓词时，我一点儿都不伟大，因为我不相信那些誓言会真正毫不保留地实现。人活着一切不过是过眼云烟，没有多少人会将爱情进行到底，曾经的誓言在未来的生活中总会像生铁一样慢慢生锈，只是你永远不知道自己会变成二价铁还是三价铁。不过这些都没有关系，重要的是曾经有那么一刻，我会想起当初的我曾经为你心动。

刚拿到我们的结婚证书时，我去了一次柳月兰的家。在国王和王后的狭小宫殿里递上一封葫芦国国书与一份聘礼。国王伉俪皱着眉头，把一张列了一百条进贡清单的国书交还给我。因为清单上的项目众多，筹备需要不少时日，经小心交涉，我和他们约定农历八月初二将有华丽的仪仗、华美的车马、风光的仪式一起前来迎娶柳公主殿下。最后他们说："吓。"我回答："喏。"最后向两位殿下叩首退下。他们本该留我参加晚上的国宴，以示大喜之日应举国欢庆，但估计怕中了我的"粪球屠城"之计，于是又向我说了不少表示歉意的外交辞令。

筹措粮饷的日子继续。重回自己病房以后，我发现罗医生并没有跟着老孙医生去门诊，而是继续在病房和我一起干活。杨大师显然很想趁机把他拉到自己的阵地上来，但是似乎并没有成功。看到我重回科室后，罗医生十分高兴，说要给我普及一下股票常识，说了几句"牛市不言顶，熊市不言底""多头不止，下跌不止""三浪上升"之类的箴言。听了几句我就没兴趣了。第一、我没钱去投资股票；第二、我觉得做股票和赌博无异；第三、我没赌博的爱好。见我愚鲁不可教，他从值班的床底下翻出来一副陈年老围棋，要找我切磋棋艺。下围棋还是我同学咸教授厉害些，我知道自己不是罗医生的对手，再一次拒绝了他。罗医生只好在换药结束以后去门诊找老孟医师切磋棋艺。

在康复科门诊更加没有业务的风子现在经常跑到我们科门诊串门。下午没什么病人时，他们三个人算找到了知音，经常在下棋的时候一起研究些股票、道法、收藏等旁门左道。如果夫子、鬼氏在我们医院工作，我想他们三位之间一定会有更多的共同语言。于是我抽空在QQ上给夫子发了一个消息，问他最近怎么样。夫子立马打了个电话过来，说他从医院辞职了。我问他，你结婚了吗？他说，结啦。我说，你不是答应过我结婚时会请我去广州的吗？他说，得了吧，说了你也不会来！我说，我下个月结婚，我邀请你来！他说，好的，但是不去！

这叫做微笑着相互打脸，还得说："你抽得真好，手法到位，力道合适，正中耳门大穴，不愧为一个学中医的，《经络学》学得地道！"看来那年在毕业时站在南去的火车前我们说过的话犹如一支二十毫克的多巴胺一样，除了有几个小时的短暂升压效果以外，并不能把一腔的热血长久维持。人际间的友谊符合热力学第二定律，时间和距离会让彼此的连结系统散发掉多余的熵。正如宇宙在膨胀中冷却，友谊也会在时间的膨胀中冷却一样。和夫子聊了会，问他到底有没有发财。他说，这不是还在奋斗嘛！

夫子即使在广州最著名的医院当急诊科医生，干了一年过多也要辞职下海经商去，可见广州医院急诊的风险压力与个人期望值也是不成比例的。风子曰："贫穷非罪也！罪在 No change（没有改变）。"我认为他说得很有道理。如果我一个月连医院的平均奖都拿不到，我也会想到辞职。当然这仅限于想，我不是一个喜欢挣扎的人，要不然当年也应该和夫子、素素、小生一起去广州闯闯那里遍地都是藿香、地龙的黄金世界。

最近风子在大学时撩的女生倒是从湖南跑到上海来投奔他了。那位和风子煲三年多电话粥的女孩子终于把自己奉献给了一直念经布道的风老道。风子那张圆圆的脸一时间贴满了各种自己画的符，一会儿哭一会儿笑的，特别像太极双鱼图。笑是因为他女朋友真的很漂亮，哭是因为他女朋友一时找不到工作且善于过小资的生活。以风子每个月的微薄收入来维持恋爱中两个人的交际实在是力不从心，因此他只能天天在门诊给患者们烧艾条，并祷告自己能在滨海浪仙姑的脚下捡到一饭盒明码标价的大钻戒，或者在股票的大波浪里狠狠赚上一大笔钱，但这两者的希望看起来都很渺茫。

按道理风子是我的同学，也是我关系最好的同事，加上我每个月奖金比他要多一点，我理应请他们吃一顿饭。于是我只好在一个傍晚去步行街请他们俩做客了一家叫苏州餐馆的小饭店。那家饭店门口挂着一个金字招牌，写着"4050 工程"。我一直不明白这是什么意思，直到风子说："这是指 40 岁—50 岁，是上海市下岗工人再就业工程。"

"是吗？"风子真是比我聪明。想想再过十年，我也差不多要到四十岁了，不知道能不能进入这个再就业工程。反正我已经像夫子一样厌倦了当一个脑子有洞的中医医师。

风子的女朋友今天穿着一套画满浅绿色月见草花的长裙，一看就是风子给他的女神新配的。她笑着说："你好有趣。现在就在想退休的事啦？"她笑的时候睫毛煽动，嘴角上翘，十分好看。

"对啊，十年以后我的小说就写完了！那时我肯定出名了。到时我天天收版税，谁还干医生啊！天天看屁股，烦也烦死了。"美女当前，我一片璀璨的幻想。

点完菜的风子过来劈了我一筷子，说："你能当作家？算了吧。就算你能把小说写出来也没用！你那种题材的小说谁要看？谁会买？再说了，哪个朝代的文人能养活自己？搞文艺都是副业好不好！不是写畅销书的作家能养活自己？你呀，天天有屁股看就不错了！你看看我！天天在门诊看空气。理疗室里那些官太太们什么都不干，连医院给我发的四百块平均奖也要被她们分一半过去。你知足吧！"

"我哪里知道你们科那么惨的。算了算了，被你说得我也不指望当作家了！反正等我赚到一百万，我就不干了。我算好了，每年攒五万，有个二十年应该够了。"我说。

"二十年？屁啊！到时候就算你赚到一百万，也要通货膨胀的好不好？到时候一个烧饼一百块！你辞职？到时候你哭着闹着要回来修屁股！知道不，有个工作才是抵抗通货膨胀的最好工具。"风子总是能参透《道德经》上写的天地之间无穷无尽、无色无味、无所不能的"道"。

于是我又泄了气，宛如破了的皮球又被人踩了一脚，闷闷不乐了好一会儿。三个人吃完晚饭后，我与他们俩告别，一个人走回医院去值班室睡觉去（如果马主任知道我值班还跑出医院去，肯定又要带我去看木渎古镇上的"三寸金莲展"）。现在病房里没什么病人，自从杨大师回到病房，病区里的肛肠病患者又开始变少。杨大师即使没抽烟也恨得鼻孔都冒出烟来，但也没有好办法，他只好又去骨科找他的医生兄弟们搬伤兵。那些伤兵转到中医科来时多半不情不愿，但不手术的患者，骨科医师都不愿意留在自己的床位上。转过来的患者中有一位脚跟被锐器切割伤的患者，缝合的伤口里面都溢出了脓，骨科医生也不肯拆掉急诊缝合的线。在杨大师的指导下，我把线给拆了，冲洗干净伤口。又换了几天的药，伤口总算干净起来，生长旺盛的肉芽很快就把露在外面的跟骨给包住了，不然挺瘆人的。还有一个老先生因为糖尿病，脚背感觉异常，被开水烫了一下就烂出来了一个一厘米深的小洞。给老先生吹了几天纯氧，塞了几天红油膏纱条，肉芽慢慢长出来，皮也慢慢长起来了。每天换药很轻松，还有成就感，比做手术简单安全。让我心慌的是杨大师最近总让我主刀几个简单的手术，说我"经过外科的磨练，做这些手术应该不在话下"。哪里知道我做手术时满头都是豆大的汗珠，就像在夏天从冰箱里拿出来一会儿的皱皮橙子一样。

我的紧张其实也不能完全怪我的心理素质不行，主要是前两天罗医生主刀的一位患者出了点小状况。那是一个脓肿患者，在换药三天后伤口附近又流出了新鲜的脓液。按理说这种已经打开了脓腔的伤口不应该会再积脓，出现这种状况只可能是当时手术时有一个残腔没完全打开。于是在做完患者的安抚工作及必要的后续清创后，杨大师趁机找罗医生谈了次话，告诉他做手术不要像孙医生一样毛手毛脚。罗医生只好傻笑着说："知道了，下次一定注意。"

可是做手术这种事情，还真不是谁都干得好的。我就很怵头，还是让别人冲在前面挡住患者飞溅的鲜血才好。上周杨医生自己做了一位老先生的痔疮。上午刚做完，下午护士就来汇报伤口有出血。让他躺在检查床上，打开外敷料以后，患者一直在拉各种形态的血便。结块的，不结块的，看了让我一阵烦心。因为看不清伤口，摸黑捣鼓了半天，还是找不到出血点。我只好去叫杨大师过来止血。杨大师到底还是老江湖，一会儿就把出血点找到了，用线扎了起来。我这才松了半口气。

大家坐在值班室里休息时，大师一直安慰我说："你不要怕，我们做手术出血不是很正常的!？这点出血量不算什么的，最多就六百毫升。我们的出血讨厌在有可能是倒灌进肠道的，所以我们术后要检测患者的心率，心率高上去了就一定要注意，心率正常就没事。一会儿我们给他复查个血常规，要是血色素掉得太厉害，我们可以给他输血！"过了一个小时复查的血常规显示患者的血色素从术前的十三克掉到了七克多，算了下根本不是只出了六百毫升血。担惊受怕了好几天，好在患者经止血及后续处理后，身体没有大碍，伤口长得倒很快，这周已经出院了。

杨大师到底是一块熬过不少中药汤剂的老干姜，遇到事情一点儿都不慌张，即使面对这么可怕的场景，他也能稳如泰山。我就不行，那时即使已经止住了血，我还是心慌慌的，生怕有一条仅仅是开痔疮手术的生命会从我的手下流逝。虽然这种事在其他医院也曾发生，但对于我来说，一辈子都不想写那些死亡记录、死亡病例讨论等如此严肃的文书。由此可见其实我不适合当一个医生，所以我要请假休息一周，调整一下自己的心态。

我请假的理由是：婚假。

32．在婚礼中思索崇高

　　我的婚礼邀请了班上几乎所有的男同学，而当年和我一起在皮肤科轮转的菜菜同学则邀请了全班几乎全部的女生。我们在同一天结婚，却从未想到应该给对方通报一声，也没有给对方发一封婚礼的请柬，似乎我们还是那对在潘老师手底下为同一个留在 SD 医院的岗位而相互漠视的人。而且关于菜菜在同一天结婚的事情，我是在婚宴上从洋洋同学那里知道的，由此可知我只是菜菜同学的一个道地路人。想起自从那年在 SD 医院勉强毕业以后，我没和任何一位女同学见过面。在我心里自己似乎又回到了初高中的时代，我可以去爱她们，仰望她们，或者忽略她们。我似乎更喜欢永远一个人待在自己营建的 TB97号星球上。

　　我的婚礼并没有按照青蛙国王在几个月前要求的规格去办，而是只办了个十分简陋的古典婚礼。于是生了气的国王伉俪借口要招待自己国家的臣民，宣布不会出现在我婚宴的现场。我只能开着向女巫借来的南瓜车去青蛙国迎接公主，在众多小仙女的特殊关照中溜进了公主的房间，在国王殿下的鼻子下把公主"偷"走，在我爷爷的魔法小屋里接受长辈们的祝福与稀奇古怪的礼物，在附近的仙境花园拍一部唯美的动画片，并在租来的城堡里完成最后的结婚仪式。

　　热天结婚真不是一个好的选择，炎热的空气会把人的灵魂都蒸发进了空气里。似乎应该忙碌的人并不是自己，而是自己的一个在地面的投影，正如一出正在演的皮影戏一样。此时真实的我更像一只焦头烂额的花背蚊子，嘤嘤着悬浮在空气里，观察着在地面上跑来跑去的每一位汗流浃背的人类。那位当皮影的新郎完全没有灵魂和心脏，连司仪要他提前准备的演讲稿，他也没去准备。在众宾客期待的眼光中，他只胡乱说了几句不搭调的"祝你们幸福""祝你们唇齿留香"之类莫名其妙的话以后，自己一个人躲到隔壁小房间里，估计是怕被宴会上宾客们燃烧的香烟给点着后烧成灰烬。到了敬酒环节，被牛贵妃和谢校长从小屋子里拖出来以后，他像被疯子贴了僵尸符一样，面无表情地举着一杯葡萄酒敬完了所有的宾客。那杯酒到最后也没有减少一点，看来草纸糊的假人同样惧怕所有的液体。

在游戏环节，司仪想出来一个拍卖可乐的节目。很快游戏就到了白热化的程度，老虎同学和宾客里一位长得特别像史瑞克的王亲国戚开始相互抬杠。一杯一杯的可乐被司仪加到了大冷水杯里。最后那一大杯可乐超过了两升多，看起来好像液体炸弹一般。成功拍到它的老虎在拆弹环节一开始还很轻松，喝到一半时他已经被可乐的魔法笼罩，脸色开始变得苍白。等杯子还剩三分之一时，可乐精灵已经统治了他的整个上焦。老虎同学的脸终于被憋成了炭色，感觉下一秒那些像肥皂泡一样可爱的可乐精灵们马上就要从他的眼睛、耳朵里飞舞出来。刚才和他抬杠的史瑞克大帝哈哈一乐，跳上台去帮老虎喝完了最后半升可乐。于是两位胖胖的糯米团子搂抱在一起，当了异姓的兄弟。

这样挺好，婚礼虽说是那位纸片假人在参与，但总归还算热闹。只是不知道嫁出公主的老国王和老王后在此时此刻，会不会流下眼泪来。这十几年他们忙着防火防盗，却没防住从瓜洲镇牛棚里爬出来的一只屎壳郎。我觉得自己就是一只屎壳郎，整天和人类的排泄物和排泄器官打交道，除了屎壳郎还能有什么别的比喻？不过这种说法也许还会得罪泌尿科、妇产科的医生。

人其实挺有意思的，总觉得排泄是个特别不值得摆上台面的话题。正如《百年孤独》里的老太太乌尔苏拉骂她儿媳妇说的一样，"连大便都要当宝贝一样藏在肚子里"（注：不是原文）。这么多年来，老王后总想把她的宝贝女儿嫁给一个真正的王子，或者至少是一个在医院里有些前途的医生，而不是像我这样一个在介绍女婿职业时表情会变得异常复杂的中医肛肠科医生。无论如何，"肛肠科"这顶帽子听起来总有些让人起鸡皮疙瘩。我也不知道说起这个名字时应该用一种屎壳郎般的平静态度，还是用一种自嘲自讽的姿态来讲。不过大概只有我能到坦然面对它的那一天时，才表明我已经修炼成精。

不过，我也不应该把自己自嘲为屎壳郎。这样说有点对不起屎壳郎君，毕竟这种学名叫蜣螂的动物比我更加崇高。它们不消灭任何有生命的东西，在净化环境的同时还顺手播种了植物的种子。更离奇的是它们居然在粪球里繁殖出自己的下一代，让子孙们世世代代干同样的事。它们做着自然界里最恶心的活，却不会责问上天为什么让它们专业干这个，如果这都不算崇高，那就没有崇高了。

我的下一代，我是绝对不会让他们再去做医生的。这源于几点：第一、当医生混得不咋样的我并不能为他们提供合理的荫庇；第二、无论如何我也算从瓜洲镇镇南扫荡队里闯出来的文凭最高的人；第三、我没屎壳郎君崇高；第四、一个人用一辈子去重复同一件事已经足够厌烦，犯不着让每一代都去重复。在医学这个重复无聊的世界里，就算是克隆出来的多莉羊也该过一种不会被抓到剪羊毛架子上的生活。

结婚挺好，抢过别人的女儿，把她变成自己的媳妇，看那些丢了小棉袄的父母们痛哭流涕，这大概也是十三世纪的蒙古大汗征服世界的乐趣所在。看着那些在酒桌上东倒西歪的男同学，我觉得至少我还有同性间的爱，我的《无请之疾》也没有白写。那些女生们就由她们去吧，反正张智慧在徐家汇教堂里办婚礼时候没叫我，小静在嫁给马来西亚人时也没叫我，小吉在北京结婚时也没叫我，今天菜菜办婚礼时也没叫我。最后，我相信自己在秋天播种下的饭局种子，到了来年总归会收获十几顿铺满五粮液和中华烟的饭局的吧。

结完账，喝多的没喝多的都四处散去，在偌大的城堡里只有我和我的公主两个人。即使是柳月兰那些吵吵闹闹的精灵姐妹们也都不见了，还有那些说要大闹无底洞的妖怪们在黑暗降临后都逃得无影无踪。一时间我倒有些惆怅，大概他们都觉得纸糊的人过于脆弱，万一出了意外不好收场。也或者这段跨越种族的婚姻并不让人嫉妒，更或者是今天来的贵宾们都是医生和护士，而他们都因为读了太多医术书而变得特别死板。想想我们的同学们都过了青葱岁月，平时都是在枯燥刻板的医疗活动中度过。他们平时除了能接触一些稀奇古怪的患者，想起一些刻板化的治疗方案以外，大概也想不起一些捉弄人的小法术来。

于是我和我的新婚妻子就那样坐在城堡楼顶的大房间里，坐在水幕电影的投屏前，点开了一部叫《天下无贼》的老片子。刚看到葛优在那里表演用玻璃杯剥鸡蛋，我的公主已经躺在大沙发里打起了小呼噜。我于是吹灭了所有的蜡烛，关掉电影，抱过一床波斯毛毯给我妻子盖上。靠着她，念着朱砂安神丸的方歌，很快自己也变得人事不省。

一辈子最重要的一天来了，走了。世界不会为我们增加一秒钟的时间，也不会平白无故地少了一秒钟。即使我们俩规划好这最重要的一天中的每一件事，也不会让我们记得住这一天的每一分每一秒。记得小时候我在谢校长办公桌上找到过一只铁皮青蛙，那是他在班上从调皮捣蛋的学生手里没收来的。我小时候没什么玩具，谢校长和牛贵妃也不太敢给我买玩具，因为到我手里的玩具总没多久都会变成零件状态，连叔叔送给我的昂贵的卡西欧电子手表都被我拆掉了。在我的字典里大概没有不能拆的东西，至于能不能复原，那似乎并不在我的计划之内。因此，我没继承我母亲的事业实在有点可惜。

铁皮青蛙是一个挺不错的玩具，那位被没收了小玩具的同学一定很不开心。但他估计也没办法，因为怎么说我的父亲是他的语文老师兼校长，而他的农民爸爸也肯定不会为了一只铁皮青蛙到学校里来为儿子伸张正义。在那时，学校本身就是正义，其次课本也代表着正义，而挑过大粪也读过书的谢校长在课堂上当场没收开小差同学的小玩具就更能体现出正义！我很喜欢这只因父亲主持正义而意外获得的小玩意。

这只铁皮青蛙是纯机械的，要想看它向前跳跃，我需要先给它上紧发条。上紧发条的青蛙在一开始能蹦得老高，三五下就能跳过一尺多远。但再蹦跶一会儿它的步伐已变得沉重，好几秒才能向前跳上一下。到最后，它实在蹦不了了，那模样宛如进入了 ICU 病房一般。肚子里发条还能发出的卡动声音，但身体却仿佛有一口喘不上来的气，只能趴在那里呻吟，如同我那坐在凳子上也能打呼噜的胖姑父佛一样。那个青蛙最后还是被我拆了，里面的发条被我拿榔头砸成了碎片，里面的弹簧和销子全都蹦了出来，飞得到处都是。因此，我一点儿都没看懂发条的运行原理。

今天，结了婚的我觉得自己与那只铁皮青蛙很像。结婚前的日子就是我还能蹦跶的岁月，从此时起我将进入一段永恒的步履维艰。

33. 执子之手与子成说

太阳落下后，天空是纯黑的。有一丝微弱的阳光挣扎着在远处跳跃，那是几百公里以外的日落留下的余晖。一条清晰的天际线就这样维持着自己笔直的身影。它在我们的右侧，向左望去则是一片漆黑。在这空旷的黑夜里，我们正骑坐着一只天鹅上。我们的天鹅全身洁白，一尘不染，即使在这黄昏的微光中，依旧反射着细瓷般的光泽。天鹅飞得很高，正翱翔于云层之上。在黄昏中最亮的星辰的指引下，我们正穿越那厚厚的风声。

有一会儿我以为看到了远方的山峰，等飞近时，我才发现那是另一片高耸的云朵。天鹅冲进它的胸膛时没有犹豫，但是云层忽然变成一片白雾。迷茫、怅惘，但不寂寞，因为耳朵里传来了轻盈的歌声，是躲在雾里的精灵在唱失传的曲子。时间似乎静止了，连时钟也在躺在自己的手腕上，像一个慵懒的孩子。滴答滴答，时钟在向后转动。顽皮的质子重又变成了中子。破碎的杯子重又跳回桌子上变成完整。过世的中医老祖宗们也都飞过来，拉着我的衣襟。"跟我学吧""跟我学吧"，他们都很热情。我很乐意，可我们不能留在这里，我们还有重要的事情。终于我们飞出了这片耸云，魔幻的世界消失了，向后流动的是旧时的呼唤，向前奔跑的则是新的未来。

透明的月亮跳出了天际，云层上的夜空如此静谧。每一颗星星都变成了闪烁的星沙，荡漾着流过柳月兰的每一丝长发。忽然间，我们的脚下也变得透明，云层消失了，浮现出人间的夜。成条的灯火勾勒出了道路、城市与湖泊，也可以看到位于田野山间的村庄，因为它们在零碎地闪烁。

我喜欢田园的生活，有的是时间可以欣赏日落，也有的是时间可以琢磨烛火。如果这时还有一本小人书该多好，不用扮演别人，还可以在自己的想象里执著。我想起圣·埃克苏佩里在《风沙星辰》中的描述，他说那每一点灯火都是一个故事，而每一个故事其实都辗转曲折。我们的故事曲折吗？我问我的妻子，她只笑了笑，没有话语。我注视着她的眼睛。她的眼睛在说话，在黑暗里格外明亮，亮到我能看到自己的影子，因此我知道她的心里有我。

天鹅继续飞行，飞过了很多闪着灯光的城市，飞跃了一片漆黑的大海，终于眼前出现了另一座被灯火渲染的城市。我们快到了，我们开始下降。天鹅啾啾地鸣叫着，提醒下面等待已久的人群。两排穿着锡服的士兵挑出了长灯，在广场上夹列成整齐的两队。下落的通道清空了，我们的坐骑飞得越来越低，地面也变得越来越近。可以看见宫殿的塔尖了，可以看见宫殿的窗户了，可以见宫殿里那些戴着圆顶礼帽的男人和穿着长裙的女士们了。他们都向我们挥手示意。"欢迎王子和公主的到来"，他们是这样说的。

终于要着陆了。洁白的天鹅竖起了翅膀，让更多的风吹过它厚密的羽毛，又好像是它打开了胸口，把黑夜紧紧拥抱。在离地五米的空中，她伸出了两只宽厚的脚掌，坚毅地踩向了这片温暖的土壤。着地的速度稍微快了一点，于是它又向前小跑了几步。有一点小小的颠簸，它有点不好意思，用一声鸣叫来表示对我们的歉意。我们则用拥抱着它细长的脖子来表示对它这一路辛苦的感激。当我们从它的背上滑了下来时，我触碰到它那张巨大的翅膀。那些翎羽多漂亮呵，白得像玉，滑得像绸，还散发出一片片的温暖。

走上迎接我们的波斯大地毯，周围的人都在欢呼。"真美啊！真漂亮呀！"他们兴奋地说。这时明月已经挂在了夜空的正中，清澈得宛如明镜。一只偌大的兔子在月宫中捋着自己长长的胡须，估计它把鼓手的鼓槌看成了可爱的胡萝卜，频频朝着我们点头。我们手挽着手向那巨大的宫殿走去。夜太深了，负责演奏的皇家乐队的成员们都睡着了，打起了带着曲调的呼噜。没人愿意去叫醒他们，因为那也是一首有趣的曲子。

步入宫殿的正厅，那里的灯火似乎从来没有熄灭过，似乎那一千年前的灯光还在厅堂里萦绕。一位穿着无比累赘、戴着无数大勋章的黑色大葫芦弯腰向我们致敬。他正托着一个垫着丝绸的托盘，上面放着加冕的披风和王冠。每一件都被擦拭得闪闪发光，每一件都被打理得一尘不染。我们迈着庄严的步子，徐徐向前，走过广场，走上台阶，走到了这个宏大殿堂的最高处。我们在万众瞩目中披上礼服，戴上王冠，接过了象征神圣的权杖。人群在欢呼，士兵在鼓掌，醒过来的皇家乐队终于奏响了《新编万岁大乐章》。一个被吵醒的穿着开裆裤的孩子叫了起来："我们的国王怎么长得像个大烧饼！"周围的人都大笑了起来。

"好的，美丽的公主。"大烧饼国王说，"这里就是我们将要统领的大葫芦国，让我们一起度过这今后的岁月！"

小小的王国

葫芦藤的上面

有我们的小窝

三两片叶子

就能庇护我们的王国

在这里可以感受风的赞歌

在这里可以看到每一次的日落

蜘蛛正编织精美的牙床

蜻蜓将带来茉莉的花朵

蜗牛要啃出我们的舷窗

蚂蚁已送来花蜜和坚果

金龟子抱着去年的陈酿

蟋蟀正受命谱写新的国歌

很快我们就要开始庆祝

庆祝我们成立新的王国

通宵达旦 谁也不想睡去

日以继夜 每天都有新的传说

风儿吹不灭欢庆的焰火

雨儿打不湿密聚的烟萝

歌唱吧，我美丽的新娘

跳舞吧，我最爱的公主

在这葫芦藤的下面

我们将一起统治

这个小小的王国

34．婚后生活中的龃龉

中医内科的高医生在上个月的月底启程去了日本，他要在日本的大学里读中医学的博士。高医生是个吃苦耐劳的老实人，不争名利，不耍小聪明，做事情踏踏实实的。前年市里有几个公派出国留学的机会，经过层层选拔，高医生在众多申报者中力压群雄、脱颖而出，最终在传统老中医老孟医师的取笑下去日本学习汉方医学去了。中医医师去日本学习中医，这的确是一件有趣的事，当然是那些以在中国以当中医为荣的人是无法接受的。去年一整年高医生都在东北某大学学习日语，为出国留学做语言的准备。年底前他回了一次科室，说准备在出去留学前结婚，到时一定请大家吃个饭。

高医生的新婚妻子年近三十，和我差不多大。在市区这样的年纪不算大，但在郊区就显得有点老了。人这一辈子委实不应该到社会上再谈恋爱。爱情在学生时代或许还有可能冲破各种束缚，一旦到了社会，对方的父母、职业前景、经济条件、生活习惯等哪一条都是万劫不复的绊马索。哪里还有什么心跳加速、一见钟情、非你不娶（嫁）的洋地黄类药品中毒症状。年轻时的任性在成人恋爱中只有两种可能再见和永别。

婚后的我和柳姑娘也出了不少问题，常常为"谁做家务，做哪些家务"冷战好几天。这也怪我，我不喜欢做家务，也不喜欢做饭，比我的胖姑父还堕落。不但如此我还喜欢玩那个过时的《暗黑破坏神 2》的游戏。为了把人物练到满级，为打到高级符文，我晚睡早起，夜以继日，连值班出夜休也都是早早地回来砍怪。哪里想去干什么吃饭、洗衣服、扫地、擦桌子的家庭琐事。以前单身时，这些都可以不干，吃食堂，睡猪窝，这是多么幸福。婚后却要被动地成为一个需要承担家庭责任的男人，这样的落差让人有点难以适应。而且夫妻两个人整夜睡在一起，我总害怕睡在旁边的人半夜里会把手脚放在自己的身上。于是想起裴多菲的诗："自由与爱情，我都为之倾心。为了爱情，我宁愿牺牲生命；为了自由，我宁愿牺牲爱情。"但我知道我不能为了自由而牺牲爱情。我的爱情来之不易，自由倒是唾手可及。于是我需要做的是：应该努力假装长大。

长大的标志之一是忘记。忘记该忘的一切，忘记所有的不愉快，忘记以前对别人的思念，忘记自己曾经无比憧憬的王侯将相的职业，于是羡慕起那些阿尔氏海默症患者。大学里教《神经病学》老师说他们的大脑里有一个儿时的臭橡皮，会把昨天或者刚才的记忆都擦掉。这如同小时候的一张水印描红纸一样，随着空气的对流，活过的痕迹都会被迅速蒸发掉。我也想把所有我看过的患者的面孔和屁股都擦掉，这样我才能安心地去睡觉打游戏，而不会老是想着他们的伤口会不会化脓感染和复发，会不会因为没看好他们的毛病导致他们到处散布对我们科室不好的言论，或者反复跑到科室里来问："我的刀是不是没开好？你们的处理到底有没有问题？你们医生到底有没有责任？！"

最近科里收了一个痔疮合并糖尿病的患者。因为长期服用格列美脲，开完刀，到下午他忽然就低血糖昏迷了。赶紧给他推了一支二十毫升的高渗葡萄糖，一会儿他就醒过来了，和我们有说有笑的，还说："没事，没事。我也不知道，怎么一下子就昏过去了。"安慰了他几句，让他吃点饼干，我回办公室里看电视去了。过了一会儿小妖又打电话来说他"又昏过去了"！正好陈医生在，对我说："马上再推一支葡萄糖，再开一瓶 20% 的糖水，让护士领上来给他挂上去静脉维持。"我说："好的。"其实我知道我前面处理得有点草率了。口服磺脲类降糖药是有蓄积效应的，单给一支二十毫升的糖水来纠正低血糖的剂量是不够的，而且最好还是用静脉泵维持，每小时检测一下快速血糖，等稳定后再说的。在我心中一直觉得高血糖引起的酮症与危象才需要更加注意一点，低血糖一般吃点零食自己会上去的。

等杨大师下午过来晚查房，对陈医生的处理表示赞同，也没说我不好，只说了一下我："经验不足，要多和老医生学学。低血糖引起的脑水肿也会死人的，要特别当心。"陈医生对我不错，杨医生对我也很好，我觉得自己是被他们宠坏的那个人。罗医生就无法享受我这个待遇，他手里只要有点事都要被杨大师拿到法坛上作法捉妖。不过罗医生也习惯了，自从他因为某件小事与他原来的顶头上司老孙医生搞得不开心，现在无论杨医生还是孙医生都不照顾他了。于是他只好我行我素，迟到晚归，年底时为了年终考核是"不合格"还是"合格"和杨大师辩解一番。

等高医生去日本读博士以后，内科病房里只留下张贤医生、金婷婷医生、于兰医生、潘红医师，以及从康复科调来主持工作的莫主任。莫主任比杨大师小三届，比陈师姐大几岁，和于医生差不多时间来的。最近因为工作能力突出，升好副高职称的莫医生被提拔到医院纠纷办当起了办公室主任。

年底时，和杨大师吵吵闹闹三年多的老孙医生退休了。医院一纸命令下来，把独立的中医外科和中医内科重新合并在一起，又把康复科的风子调入中医外科，由莫主任统一管理。没几天，不想和莫主任一起查房的杨大师提出来要继续去门诊练字去。于是他、老孟医生、风子三个人一起坐在了中医外科的门诊诊室里。陈医生、罗医生、施医师在病房上班。作为科里小豌豆的我也继续在病房朝死暮生。

分分合合的中医科在此时终于进入了一个崭新的阶段。风老道和我终于成了一条马路上的两摊柏油，等待着被医院里的各个部门来回碾压。在被彻底碾成印度飞饼前，风子首先要面对的是他的掌上小花已经旁落的问题。这场跨越了大半个南中国的恋爱从一开始就一目了然，漂亮的女孩子从小到大总会被别人惦记，被喜欢成为一种天经地义。因为主动躺在肉案子上供她们挑选的人太多，于是她们的择偶标准也变得水涨船高。除了帅和聪明以外，一无所有的风子终于被人拿着黄金打造的金箍棒给按在水里，淹死在国民老公的标准以下。他的月见草女友终于变成了前女友，踏上了南去的列车。那时正好是冬月，风子去送她时想必是落了泪。回来的时候，他眼皮变得和他的嘴唇一样又厚又黑。这也难怪，在一个漫长的夏季与一个短暂的秋天后，上海正式入了冬。医院门口的一棵大栾树的叶子在还没变色时就被北风吹落在地上，它们那些圆鼓鼓的小果子也囤囤在昨夜新积的水洼里，这不能不让人触景生情。

晚上风子叫我、普外科的大海医师和皮肤科的曾医师一起去步行街上一家新开的火锅店吃饭。是先烧一只石锅，等吃得差不多时再加水涮料的那种。风子点了一个石锅虾，天虽然冷了，但是大家依旧叫上了吃涮菜最应景的啤酒。四个人吃了没五分钟，风子已因为酒精中毒趴在桌子上不动了。也不能怪他，我们四个人里面除了风子以外，其他三人都是已婚状态，而他今天是特意叫我们吃饭，大概为了给他举办一场向过去告别的仪式。只是我们还没来得及给他来一个"肝胆相照""肝肾同源""脾胃互表"的劝慰和拥抱，他已把自己灌醉，趴在桌子进入了新的梦境。

一起吃饭的曾医生是四川人，偏瘦，长得挺帅，也很聪明，说话诙谐幽默，爱笑，在医院里也算一个人见人喜的人物。因为皮肤科门诊与我们科门诊只有一步之遥，他空的时候也经常来找风子谈法论道，不过他们聊得最多的还是哪一支股票可以短线操作的股市问题。我和他们是熟也不算熟。我这人社会适应能力有点问题，总想开一些不合时宜的玩笑，但因为水平问题，常常又得不到别人的赞许，最后只沦落到专心去吃的地步。大海医生虽然一直很胖，但今天明显是在控制自己的食欲。因为今天菜点得少，锅里的汤加了一次就已经没什么可以吃的了，但是谁也没主动提出来再加一盘宽粉条或一块方便面。把四瓶啤酒喝完，用力推了推趴在桌子上已经严重脱水变成陀罗经被的风老道，这时风子才满脸眼屎地复苏过来，重新参与我们的话题。

我们问他"你知道现在在哪里吗"，他说："Go die（去死）。君问之何处？我岂曰无衣？吾三十已自立！更请数美女，如何？"看起来他还在酒精勾勒出的迷梦里，只是不晓得在梦里他遇到的是月见草还是小玫瑰。我挺羡慕他这样一瓶啤酒就能醉生梦死的人，能那么轻易就能去另一个维度里织造自己的空间。在把他架起来回宿舍的时候，另外两位医生都对他说："明天给你介绍一堆科里的小护士。"风子立刻流下了两行鼻涕，并缓慢流进了他宽厚的嘴唇里。这话大海医师说还可靠些，曾医生科里哪里有什么护士？我最终也没搭茬，帮人介绍女朋友的活我从来没干过。这源于除了小妖，我并不认识什么待嫁的漂亮姑娘。

其实，这些日子我也挺难的。柳护士在陪我睡了三个月以后已经又搬回市区去住了。在市区和郊区两地起早贪黑、来回奔波实在不是一个还在值中班、夜班的护士女士应该干的事。让她回娘家去住似乎等于下了休书，而她除了有点"公主病"之外，又没有犯什么"七出之条"。为了防止我们的婚姻像风子的爱情一样发生裂变，我们在市区她的医院附近又租住了一间被改造过的小屋。那间出租屋是上世纪七十年代造的，连厕所和厨房都是公用的，因此我们从来没在那里烧过饭吃。房间小得连张吃饭桌子都放不下，房东勉强塞进去一张四尺半的床，再加上一只小小的冰箱和一只半旧的衣橱，脚底下的空间连放下两双鞋子都很紧张。每次睡在里面，我都觉得自己和睡在一副被埋葬了三十年的棺材里差不多。最令人郁闷的是隔壁棺材里总会发出各种奇怪的声音，有吵架的，拉琴的，还有不规则运动的。等隔壁完全消停了，又会听到几只老鼠躲在某个角落里开会，商量着如何给我的脖子里栓上一只大号的铃铛。因此我总是睡不踏实，生怕那些狡猾的老鼠之中真的有一只吃了熊心豹子胆，敢于爬到我的头上作威作福。这一切似乎又不能对我的新婚妻子说起，只能买了好些个粘鼠板塞在角落里。

因为我也要值班，平时也只是隔三差五地过去睡一晚。我感觉我们现在和分居也差不多，这不是一个好事。

35. 一夕朝阳一夕暮晚

丙戌年的阳春三月，小妖也结了婚。这个喜欢到处打劫零食、水果、游戏币和别人爱心的女孩子在早樱飘舞的季节还是把自己嫁给了那只缺少母爱的大狐猴。我特别不喜欢狐猴，虽说它们和我们一样也算是灵长类动物，但是这种长得和黄鼠狼差不多的动物明显比猫鼬的智力低下。它们整张脸上除了两只呆萌的眼睛以外，几乎看不见其他的五官，这在《诊断学基础》上明显属于痴呆面容，在《中医诊断学》里属于木火独旺。

因此当大狐猴跑到我们桌来表演吃虫子的绝技时，我都不拿正眼看他。而过了好一会儿小妖才终于过来给我递烟。我接过这支中华烟时对她说了一句："哪天后悔了来找我啊。"她说："找你干啥？""一起去打魔兽世界啊。""死开！你哪次陪我打过！"她拎起自己的婚纱裙，用穿着高跟鞋的脚踹了我一脚，在我花了好多钱干洗的"彬彬"西裤上留下了一只脚印。在隔壁桌敬酒的大狐猴看到这一幕时脸都黑了，仿佛好多年的肝病一下子爆发了，需要两百克的醋柴胡煮汤来吃才能疏肝解郁。不过和我们一桌吃酒的风子和他的新女朋友小蝉倒是笑出了很大的声音。结婚嘛，不闹不吵有什么意思。

席间，风子说他们也准备在今年晚些时候结婚。想起去年年底时他失恋时，我老是被他拉倒网吧里打魔兽去。鉴于我对网络游戏魔兽世界没有兴趣，他只能带着我去打"澄海3C"。这种短暂培养类的即时战略的游戏对战斗意识的要求要比星际争霸低一点，但是我依然每次都拖风真人的后腿。后来没多久，他就再也不拉着我玩这种劳心劳力还得"曰人"的游戏了。后来才知道原来大海医生真的给他介绍了一个外科的护士小姐，叫小蝉。

小蝉和风子两个名字一听就是门当户对、榫卯和配。于是乎他们很快就走遍了石化街道上的每一个店铺，公园里的每一块草皮。感情发展之快，程度之深，令我始料未及，感觉比《中药方剂学》里经典组合"当归与熟地、麻黄与桂皮"还更甚一筹。现在作为同班同学兼同事的风真人和我是越来越像两块枕木，都并排躺在医院里，又都以调戏护士小姐为余生的一大乐趣。

当然我私下里还肩负着调戏其他女生的乐趣，比如快生孩子的冯佩兰。我不知道她当时把生育卡建在我们医院了，她也从来没和我说起过。我一直以为她会在朱泾的人民医院生下她的孩子，毕竟那里离她家近，万一有什么事去医院也方便。因此我没想到她会在我们医院迎接新的生命。她后来给的理由是"那边医生水平没你们医院的好"，她也从没提到她和她老公都已经调到我们这边来上班的事。不知道怎么回事，她不再从事文化产业，而是进了基层社保中心，这多多少少似乎与我的行业扯上了点关系。

金山区大概是上海市行政资源最分裂的一个区。因为历史原因区政府的各个职能部门一直在朱泾和石化之间游走，最近听说那边的政府机构终于都要迁建到这边来，在金山大道北面的新的政府大楼已经封顶。科里的同事如已经买了新房子的陈华医生、潘红医师、李夕护士等好几位也一直叫我去新城区买一套新房子。但这明显是让一位无米之妇做一单极品寿司宴，或者像晋惠帝在一千多年前说的那样"何不食肉糜"？说这话的人都是好心，但在我心里却都挺欠喝大承气汤的。

冯妈妈在三月底给我打电话报弄璋之喜的时候，我正在处理一个骨科转过来的一条坏腿。那是一个年轻漂亮的小姑娘，因为骑车被汽车带倒，在地上被拖了一段。虽然她穿着冬天裤子，可裤子被卷起来以后，大腿上还是被擦掉了一大片皮。面积大概占全身皮肤面积的 3% 左右。医学里有一个关于烧伤面积大小的描述，叫九分法和手掌法，比如头颈部占全身面积的 9%，双上肢占 18%，手掌占 1% 之类。最常用的是用手掌来比划，这种面积比例其实只能是估算。每次这时，我只能用手远远地比划一下。如果我真的把手放在人家的大腿皮肤上做贴着皮肤的估算可能会造成伤口感染，也可能会引来患者的一阵叫唤。如果患者叫的不是"好痛"，而是"流氓"的话，我可能会送掉自己的饭碗。因此只有书呆子或者数学系研究生才会专注于创面的准确大小。

给小姑娘消毒换药的时候接到了电话，但是没手去接。等我给这条大腿换完药，已经是十分钟以后了。一看是冯佩兰的，打过去问："冯老师有什么事？"她回答："来看我儿子不？你们医院十三病区 25 床。""啊？哦……"

给其他患者换完药，看看杨大师没收新病人，和陈师姐说了一声，我匆匆跑到产科病区去。那是一个单人间，敲了敲门，听到里面有人说了句"请进"。我推开病房的门走了进去。冯老师一脸憔悴地半躺在病床上，脸上有点浮肿，头发散乱着，穿着一件大一号的条纹服。如果不是我以前认识她，即使她拿着以前的相片来给我辨认，我也可能会认为这不是同一个人。她现在是妈妈了，从今天开始，她是一个真正的妈妈了。房间里这时还有一个阿姨在整理东西，也不知道是请来的护工，还是冯老师的婆婆。环顾左右却并没看到那一位从没谋过面的新晋父亲，我出了一口长气。

冯佩兰病床的右手边摆放着一只小床，一个新生命被小被子裹着放在那里。我走近了简单看了看他，他睡着了，在睡梦中似乎找到了什么好吃的东西，正不时努着嘴。不知道从哪里说起，心中有无数个疑问，但是又没必要去知道，我一时尴尬。她却问："怎么样？漂亮不？"

那孩子一点儿都不好看，满脸都是皱纹，像个核桃。头发倒很浓密，因为可能刚洗过，还没彻底干，都黏在头顶上。在我眼里每个小孩子都差不多，都与动物园里的猴子一样。虽然法律上说这已经是一个"人"了，但是我认为这个毛茸茸的东西更接近于动物。一个有血有肉的玩具，一个饿了尿了就会哭、吃饱了会睡觉、挤眉弄眼却什么都看不到的幼兽。

"蛮好看的，和你长得很像。"这是我刚才在走楼梯时就背过的台词。她问："你要抱抱吗？""不抱，不抱了吧。他那么小，我没经验，我抱不来，万一掉下来就不好了。"我似乎又说错了话。"好吧，你看过了就走吧。我也睡一会儿。""他爸爸呢？""他昨天熬了夜，回去睡觉了。你也回去吧，有阿姨在也没什么事。"她强似微笑了一下，接着说，"我说过的话是算数的，对吧？""算数算数。我先走了，科里一会儿可能要收病人，有事要帮忙的话打电话给我。"我说。"走吧走吧。"她转过头去。

她躺下了。我推开病房的门，走了出去。

"孩子出生的时候说一声"，这的确是我在她刚怀孕那时提到的。她今天说出那句"说过的话是算数的"明显是来讽刺我的。我以前觉得女生的承诺都是口头上的，说过了虽然不会忘，但根本也不会想去做。大部分女孩子都很极端，要不选择至死不渝，要不选择彻底遗忘。其实我早已意识到她一直是一个固执的人。原本她是要把我彻底遗忘的，只是她没想到我会在工作以后还如此令人讨厌地去翻她的牌子。我也不知道那时坐在养心殿里时自己的心态，也不知道此时的我们算一个什么状态。是两颗彼此缠绕的双星系统，还是逐渐红移远去的星系？人生也许是一种叫"泰丝"的手术结扎线，在彼此曾经打过结的地方总会留下一个螺旋，即使这个结已经被现实的剪刀无情地剪断。

今天这个现实很无情。这个皮肤略显干燥的襁褓里的孩子如同是一颗新生的白矮星，体积很小但是质量却很惊人。他的皮肤不白，却无比耀眼，让我不敢直视。因为他在我和冯佩兰之间忽然出现，这让我们拥有或者曾经拥有的一切又被再一次的改变。我和冯老师认识五年多以来，一个崭新的环境力场闯入了我们俩的社会关系中，这也预示着属于我们俩青春时代的彻底结束。

这个新的时代也许名叫"她成人母"。

下　部

1. 生活畏惧一杯白水

　　与冯佩兰的成功相对的却是我和柳月兰之间的寡淡日子。离多聚少的日子从本质上来说并不利于夫妻关系的升华，更不会创造出更多的生育机会和动力。我们似乎都在赚钱，赚钱去还房子的贷款，赚钱去租市区的房子，赚钱换苹果手机、吃必胜客披萨或去周边走走，更或者计划在市区再买一套小房子。而房价和物价似乎总在上涨，当你刚存了一万时，房子每平方米的单价已经上涨了三千，一步没跟上就要继续为社会、医院和银行多当好几年苦力。也不是我们不想在房价再次上涨前再买一套房子，而是两个家庭一时都不愿或不能拿出多余的内帑来让我们扩张自己小小的葫芦王国。

　　市区和金山两边的家都很小，而且现在到处都塞满了火药桶。引爆它们的有柳公主"市区情节"、我的"小农思想"、对金钱的态度、日常生活的满意度、对各人同事和家人的评价，甚至一双没有放对位置的鞋子等。这一年来家里出现了太多被剪碎的衣服，被打碎的饭碗，被碎瓷片割伤的手指以及藏在角落里数不清的怒气。每次吵架时，我都在想要不要像小时候一样离家出走算了。

　　小时候的我经常离家出走。出走的目的地只有一个：瓜洲渡口。每次我走到渡口前都很坚决，可是离渡口越近，心里就越没底。因为我不像唐代的鉴真老和尚，实在不知道自己出走后还能到哪里去化缘。陌生有时比孤单更让人感到恐惧。吵架后在外面闲逛的时间里，我总会想起生命中的那些女孩子们，想到她们此刻也许正躺在别人的怀里，顿觉得人生黑暗。想起刚才吵架时柳月兰说的"你滚出去就不要回来了！去找你那些不三不四的女人吧！看看人家要不要你！自己如花似玉的老婆都不要，还指望别人会爱你？！我倒要看看哪个女人有这么蠢！"

别的女人虽然不见得如我妻子说的那么蠢，而且是否愚蠢也和会不会收容我无关，但她们的确没有理由收留我。长大了，才知道父母并不完美；谈恋爱时，才知道女孩子们都不完美；工作了，才知道同事更不完美；做医生久了，才知道某些患者和他们的病情其实都是自己的在喉之鲠。人不能与全世界为敌，尤其是曾发誓与自己相濡以沫的妻子，那我只能在一长串的叹息声后乖乖回家。

在结婚一年多后，为了不再照顾趴在隔壁墙上偷听的几双耳朵，为了避免家里再出现新的伤痕，我终于要彻底放下自己无畏的挣扎。于是，在父母和同事眼里我们又变成一对和睦的夫妻，但是两人都知道这样子的原因只是彼此的心都累了。生的气虽然要隔好几个夜才能消除，应该要做的爱不做也行，但一时的口舌之快还是都放在一边吧。爱到此时，无论在嘴巴里还是在心里，都变得不那么重要了。于是以前说好的一起生只小猪的誓言拖到了鼠年，变成了一时的戏言。即使双方家长都在催促，我和她都不想触及这一最刻薄的矛盾点。

如果人生只是一个故事，在结婚前无论受过多少苦难和煎熬，只要最后男女主角"快乐地生活在一起"，这都是一个伟大的故事或者美丽的童话。《简·爱》中简和罗切斯特终于结婚并生了一个孩子，《傲慢与偏见》中伊丽莎白和达西也终成眷属，《格林童话》里的白雪公主和灰姑娘最后嫁给了王子。但似乎更多的文学大家们都有严重的抑郁症，他们都不太喜欢这种写到结婚就结束的故事。因此他们为这个世界书写了更多更悲惨的小说。《呼啸山庄》《红与黑》《巴黎圣母院》《安娜·卡列尼娜》每一个都没保留爱情的最后一点体面。甚至连《安徒生童话》中大部分故事也灰暗无比，即使是智慧、勇敢的小美人鱼也要被写成变成泡沫才能让作者满意。

可惜大部分人的人生都是事故。我并不知道自己的这个事故会发展到何种程度。我既不想从这本书里看到莎士比亚式的悲剧，也不想看到莎士比亚式的喜剧。人生大部分时间都像是一张画满了无数个心动节律的心电图图纸，拉到最后总会变得紊乱，发生心室颤动并逐渐衰减成一条长长的直线。再说人生的事故如何继续写下去也由不得我一个人来做决定，别人的一个小小的回眸和微笑也会忽然改变热敏图纸上自己的心动周期。

2008 年是一个特殊的年份，这一年中发生了无数的大事。从2007 年年底开始下的雨雪断断续续下了一个多月，无数的旅客在雨雪中回家过年，又在雨雪中上工。金山也一样，这连续的阴冷最后以一场十厘米深的积雪和零下10℃的晴天才彻底结束。于是，这一年的开年就冻得人牙疼。

初春，蛰居了一个冬天的棍棍给我打了个电话，说他这次要真的回南京了，问我有空去聊聊不。毕业四年，这是棍棍第二次叫我去玩。第一次见面已经是三年之前。那时大家都才刚刚毕业，那时他还和陈洁在一起，那时他还在坚持那一段爱情，那时他还在 120 救护车里跟车。棍棍是心内科的，他喜欢干这种有挑战、有成就感、有年轻护士和医生妹子会疯狂抛媚眼的专业。那时他特别喜欢和我说各种被他抢救过来的病人，什么"气胸的老人，被我用一根十毫升的空注射器直接从死亡线上给拉回来了""有一个心脏骤停的，我在 120车子上给他按了半个小时给他按回来了""一个吸毒的和人家打架，被打的休克了，胳膊上血管细的护士连针都打不进去，还是我给打进去的""急诊室里面他们抽不出的血气分析都是叫我去抽的"……我也一直挺佩服他，以前读书的时候他成绩不是最好的，但上了临床以后他的临床才能才逐渐显现。人长得帅，嘴巴又会说，还会弹吉他，唱情歌，这样的医生没一大堆小姑娘追着要和他借 DNA（遗传物质）

是不可能的事。

今天，毕业四年后我再次去见他，他正在宿舍里打包收拾自己的东西。

"家里工作找好了？"我靠在了宿舍的门上。

他从抽屉里翻了半包中华烟来，给我递了一支，我伸手接了过来。我平时不常抽烟，棍棍平时也不抽烟，但是我们都把烟给点上。小说书上说尼古丁可以在八秒内抵达大脑，教科书上说尼古丁可以扩张脑血管，谢校长说抽烟可以让他陷入更深层次的思考，我妻子说抽烟影响小蝌蚪的质量。本来她不说倒也罢了，但说这话明显是在找茬吵架。为了这句话，我生了半天的闷气，在离家出走时又吸进去更多的烟。但我现在已经决定不再和她吵架，想开了的话，99.999999999%的小蝌蚪即使质量超越了千足金的水平，最后还不是在附睾里无声地死掉。如果是我的原因导致我们生不出孩子，那我有什么理由去大动肝火呢？

"找好了。没办法，我妈又说我不回去她就自杀的事。最近她还真的去精神病院住了两天，我怎么办？""前年为了你和陈洁分手，她不是已经自杀过一回了？她不会真自杀的。""自不自杀，她也都是我妈。""不睬她就好了。好不容易弄的上海市户口，浪费了多可惜。""其实上海户口倒没什么值得留恋的，这里也没什么值得我牵挂的地方。""同事、滚过床单的妹子、还有我们，一个值得你留下的理由都没有？怎么说你在这里也待了十多年了吧？"我问。"谢安，你不一样，你家在这里。我呢？我的家看起来不在这里。"他狠吸了一口烟，又长长地吐了出来，像一个烟雾制造机。其实我也一样，没多久我们就把宿舍抽成了一个纳粹毒气室。中途有一位他医院的同事进来后咳嗽了几声，赶紧出去了。

棍棍问我："对了，你给我说老实话，除了你老婆，你和其他人睡过没有？"我说："这我不能说。"棍棍又问我："不够意思。我听说你和冯佩兰还有联系，你跟她在一起过没？"我说："没有，睡觉多没意思。""你还想搞柏拉图啊？男女之间，哪里有你想的那种爱情。我看你还和刚上大学的时候一样，单纯。她结婚了吧？"棍棍问。"嗯，结了，去年还她生了个男孩子。"我回答。棍棍又说："我们都是学过心理学的，女人睡过了才会把心交给你。你到底是不是想要得到她？"我说："我不知道。"棍棍说："可怜的谢安。我劝你一句啊，人家想的和你想的肯定不一样。你想搞的这种精神恋爱，人家肯定不会陪你玩的。你要是真的不甘心呢，找个机会去把她睡了，然后一刀两断。你要是真的不想把关系搞成这样呢，就好好看着你自己的家，别再联系她了。我看你也不是想离婚的人。"我回答："你扯得太远了，远得我胃疼。"

"走吧，我们出去吃饭吧。看起来锵锵不会来了。"我们在医院附近找了个茶餐厅，让服务生泡了一壶乌龙茶，坐在那里继续聊天。又说到在学校那些年的事，说起这些年他曾经追过的或者追他的女孩子。棍棍其实并不是一个花心的人，但一直在干花心的事。一个人会变成什么样子的，有时真不是自己能决定的。我喜欢棍棍，因为我们对彼此都很真诚。他不厌恶我说话的方式，也不厌恶我恶劣的玩笑，也不厌恶我的处事原则，我们之间可以畅谈内心的那块柔软。男人间的友谊多不长久，所以我很珍惜我和他之间的友谊。

等到六点多，锵锵还是出现了。给他让了一个座位，在坐下前，他把绕在脖子里的那条真狐狸毛的围兜解了开来，又脱掉画满了香蕉树叶的大衣，露出了自己敞着胸毛的白衬衣。

"拆那，侬还来啊？"

"讲好的事总归要来的。"锵锵这些年换了好几家医药公司，也不知道现在在哪一家外企里练中式英语。锵锵是一个有趣的人，和他在一起时很开心。我可以尽情地蹂躏他，捏他的脸，撸他的毛腿，调戏他说话的腔调，但是分开以后我却想不起去联系他。这大概是因为我觉得他有点像暖宝宝，只有在他周围才能感觉到他的温暖，而我内心孤冷，讨厌待在市区被拥挤的感觉。

我问锵锵："侬啥时候结婚啊？""结婚有啥意思？"锵锵对着过来点单的女服务生说，"一杯白开水就好了。"小姑娘白了他两眼。"这个小姑娘蛮喜欢你的，锵总一会儿去跟她要个电话。"我说。"你们两个人就知道小姑娘，小姑娘有啥意思？"锵锵说。"没小姑娘，锵总这么好的基因不是浪费啦。"我说。"纳两个宁（人）一大把年纪了还在学校里一式一样，污浊！"锵总又说起了口头禅。

三个人接着又聊了很多。锵锵还是像大学时代一样不愿说他的感情史，不过他推荐我们多出去转转。"东京的樱花值得一看，都是那种几百年的大樱花树""北海道的雪很美，有机会你们一定要去滑滑雪""罗马竞技场真的很雄伟，有生之年你们一定坐在里面看看""爱琴海上罗德岛的建筑不要太漂亮哦，而且很适合潜水。棍棍我推荐你度蜜月的时候一定要选那里"……锵锵说的每一个景点都是应该和至爱一起共赏的地方。不过听他的口气，他对个人的婚姻问题却像吃过大黄蛰虫丸里一样，充满敬畏。

三个人点了三份简餐，服务生过来摆盘子的时候又多看了棍棍和锵锵两眼，明显辜负了我多看她的两眼。没办法，我又想写我关于面相学的 SCI 论文去了。

到七点多，我找到了个合适告辞的间隙，和他们两位说了声"后会有期"。在没有酒精的场合里分别，就如锵锵点的那杯白开水一样平淡。我不喜欢白开水似的生活，虽然我一直过白开水的日子。

"如果你结婚的时候不叫我，小心我拿两把菜刀去血溅夫子庙！"

"你肯定要来的呀，你就是死了我也能给你按压回来！"棍棍故意在曲解我的意思。我锤了他一拳，本来想给他捶个心脏骤停，让全世界爱慕他的小姑娘都悲伤欲绝，但拳头出手后还是收了回来，在他肩膀旁轻拍了一下。想起当年一起唱过的《未来会怎样》，其实未来永远都这样。

　　在市区昏暗的灯光下，我向地铁站走去。夜色里路边的大香樟树飘过来一阵淡淡的香味，一阵风吹过来，三两片米粒大的樟树花落在了地上、身上，像极了粟米——原来又到了春尽的季节。

2．要和孩子一起长大

去年元旦前我侄子出生了，他们那两室一厅的房子里现在常住人口变成五个人，加上帮忙来坐月子的我嫂子的妈，一时他们家是无比拥挤。因而自从给我那襁褓中的侄子包了一份微薄的见面礼后，我好久没去见我爷爷。

清明节前的一天，爷爷打电话来问我们正清明那天有没有空，空的话过去一起拜拜老祖宗。等我去了以后，爷爷说他们老夫妻两个打算去乡下住一阵。想起来毕业时我堆在他们床下的小说、杂志和一些手稿，觉得还是不要在老人家的床下继续发霉或把箱子给拖了出来，吃了晚饭后打了部车子运到了我在市区租的房子里。第二天早上，上完夜班的柳月兰回来时，我正在清理会不时跑出几条蛐蜒的书籍、信笺和稿子。

"你在干吗？"她解下了自己的头发，脱下了外衣，爬到床上准备睡觉。

"看我以前写的稿子。"那是以前写一篇叫《青涩花环》的校园小说，也是一个写了一半就写不下去的故事。今天重温它时，我有一种想把它写完的冲动。

"我最讨厌看东西了，看见黑纸白字就想睡觉。"

"所以你只能上卫校。"我笑话她。

"切，你是学霸又怎么样呢？还不是一样混成这样？连个主治都升不上去。"她抱着一条薄被子坐在那里，头也没有偏一下，似乎一点儿都不害怕我会从柜子里拿出绷带，跳上床去把她捆起来，强迫她和我生一堆小老鼠。可是我不能跳上去，这样就变成了《万寿寺》里的情节。她不是苗寨里的红线女，而我也不是文武双全、相貌伟岸的大唐节度使薛嵩。重要的是，我对此事似乎失去了动力。于是我就继续看我以前写的故事，对她说："迟早要升上去的，我难道真的混一辈子？"

"哎？是吗？好久没听你说这么上进的话了。一定有问题！你在看什么呢？"她趴在我肩膀上从我背后看我手里的稿子。

我一缩肩膀让她从我的肩膀上滑下去，问："你最近重了没？"

"你不是说，喜欢我胖一点？"

"我是怕你过劳肥！"

"肥了你还能不要我？"

"要，胖了我还能多吃几天。"

"滚。我看你还是抓紧时间多写写论文吧。我们科室那些医生们每年都要写好几篇论文。有好几个和你差不多年纪的都要升副高了，你还在当住院。你说你写小说有什么用？能换钱还是能升职称啊？医保局至少还会出钱买你写的病历。你的小说呢？大该只能进垃圾堆吧。"

"娘子批评得很有道理。"我妻子说得很中肯，但是我很难过。

"那你改吗？"

"不改。"

"我就知道我说了没用！懒得理你了。我要睡觉去了，你别吵我啊。"

我说："好的。你睡吧。我出去晃一圈，买包烟。"

"你又不抽烟，你买烟干啥？"

"给命运女神点两根，看看她会不会改变主意。"

"我看她会劈了你！"

"行了，劈了我，你应该开心才是。你睡吧，我出去了。"我穿上外衣，走了出去。《青涩花环》里杨宁和苏雪到底是不是应该分手呢？该如何分手？是毕业后还是结婚后？无论如何这个故事都应该是一个令人唏嘘的事。好像研究"红学"的哪位大专家写过"相爱的总会分手，只有迁就的才会在一起"——这个世界到底有没有相爱的最后在一起的呢？

上海的大街总是很极端，要不就是高楼下的阴影，要不就是浓云下的阴郁。进了附近的一家7-11超市转了一圈，买了一包薯片和一包便宜的白沙烟。小店离医院很近，顾客很多，排了半天的队才结完账。走出小店，撕开香烟的包装纸，抽出一根叼在嘴上，却想起来没买打火机。回头看看店里排着的长龙，想想还是算了。把烟卷放在鼻子上深深吸了一口，有种佩兰草的香味。其实刚开封的烟草是最芳香的，当它被点燃时味道反而有点冲，吸到肺里去就变成了焦糊味。中医学里说用火炒过的东西热性都会变大，就如白术、山楂、麦芽等一样。

春季本来是欣欣向荣的，可也是花开花落的季节。这时对面走来一个四十岁上下的男人，看着我叼着没点着的烟，问我："没火？"我说："是的。"他掏出来一只打火机递给我。我接了过来，打着烟又还给了他。他接了回去，但是有点欲言又止的样子。于是我掏出烟盒来递给他，他抽出一支来点上，说："大兄弟，谢谢啊。"

有了烟，似乎彼此的距离比原来近了不少。在墙脚我觉得除了说一些客气话，还应该说点别的。我问："听你说话的口音，你是苏北的？"

他说："不是，我是安徽的。大兄弟你是？"

"江苏扬州。"

"我安徽天长的，和你们扬州很近。"他很兴奋的样子。

我不晓得天长是什么地方，又为什么和扬州很近。安徽在我心里只有几个地方有点印象，比如小胖同学的铜陵、洋洋同学的芜湖，还有名气很响的黄山、九华山。不想纠结于这个问题，我问他："到上海来有什么事吗？"他不是那种一看就是到这里来讨生活的人，因为他穿的不是那种廉价的西装和破旧的皮鞋。

"没什么事，儿子生病，家里医院看不好，人家都说上海医院水平好，所以我们过来看病。"我看见他的眉头轻轻皱了一下。

"你儿子几岁了？"

"十五啦。"

"医生说什么病？"我还不想说我是医生，而且我也不觉得自己能帮上什么忙。

"我也不知道，反正是腰子上的毛病，是个什么细胞瘤的。"

"哦。是要做手术的吧？"我知道他说的应该是"嗜铬细胞瘤"，但我不想表明我身份，再说我是中医，懂点皮毛又能怎样？如何手术，如何治疗都不是我知道的。

"是的。明天做手术。"

"上海的医生水平是最高的，手术肯定会顺利的。你不在医院里陪陪他？"

"我老婆陪着呢。和你说了这么久，我是要去买点东西。大兄弟，我先走了。谢谢你的烟。"

"也谢谢你的火。"看着他走进超市，我继续向前走去。

在附近的公园里又坐了一会儿。这个世界总有人在上班，也总有人在休息。我不知道哪一种人的比例更高些，也不知道其他的人是如何养活自己的。在海棠花散落的花瓣上坐着、站着、跑着好些位大人和孩子，即使在这么小的空地上，也有成人在帮孩子们放风筝，每个孩子的脸上都堆满了由衷的微笑。放风筝应该去金山的海边，市中心哪有我们那里那种一泻千里、扶摇直上的大风。城里的风都是些螺旋着的、缠绕着的、令人迷惑，像十六岁的小姑娘的心情一样。近处的几株晚樱已经开放了，花下面是新鲜油亮的叶子。我以前喜欢晚樱，喜欢复旦大学里望道路边的日本晚樱。晚樱大多重瓣，显得富贵。不过到了现在，我却喜欢上了早樱。早樱的花纯粹些，花开的时候树上还没长出叶子来。那种淡淡的繁盛配合着纯净的天空，会更令人怜惜。可越纯粹的东西则越容易受到伤害，简单也许是物理学最基本的规则，但人心却永远是愈变愈复杂，就如同几千年来中药那越来越庞杂的配伍一样。

看了看时间过去了很久，我准备回去了。香烟盒里还剩下一半多的烟，不想再去抽它。准备把烟盒放在一个顺手的地方，让其他有需求的人能捡到它。看了看自己身边的上海老城区，都是些在开埠时代建的砖房。红砖的老房子基本都没有窗台，那些平整的窗子都是向内开在临街的墙面上。这里的每一间屋子在任何一个时代都住满了人，每一个窗户后都有一个家庭，都有一段属于自己的故事。只是没人会去阅读，没人会去书写。我眼前有一扇窗子没有完全关上，半拉着窗帘，隐约可以听见里面有一个很小的小女孩在奶声奶气地说话。她说："爸爸，我现在还不能起床，我要先给小熊穿好衣服，给它刷好牙、洗好脸才能起来呢。"接着我又听见有个男的说了些什么。嗡嗡的，听不清楚。我把刚才准备丢在他们家防盗栏上的烟盒收了起来，向前走了几步，找到了个垃圾筒，顺手放在了垃圾筒的挡雨平台上。

刚才那个小姑娘说的话好有意思。其实挺想掀开帘子来看看她长得什么样子的，但想起来这很不礼貌，也与入室抢劫没什么不同。小学一年级时班主任小红老师总对我们说，当遇到陌生人问你们"小朋友，你爸爸妈妈在家吗？你家在哪里"的时候，千万不能对他们说"我家里没人，我的家住在哪里哪里"！不然坏人就会到你们家去，把你们的家里值钱的东西都偷走！我家里没什么值钱的，除了几张被锁在柜子里的存折和国库券，但被他们拿走我的麦乳精罐子就不好了，毕竟里面有我攒了好多年的钢镚，还有一个徐菱以前送给我的一只印着蓝精灵的香橡皮。小孩子的藏在家里的小秘密，大人能明白吗？

又问起自己来，自己的家在哪里呢？想起我爷爷谢车间主任说：哪里都不是他的家，瓜洲、运西、东庄、上海，哪一个都不是。想起我父亲谢老师说：老婆就是家，老婆在哪里，哪里就是我的家。我呢？这里？金山？扬州？很难回答，不过我现在忽然认为所谓的家，应该是一个有孩子的地方，一个能为了孩子去做点什么事情的地方吧。

转回小区，楼下有一棵黄连木，上个月它还是光秃秃的样子，像《皇帝的新装》里的国王。现在春风把已经把它的每段枝头都吹出来一簇细长的新叶，那些蜷缩在一起的叶子没有完全展开，像画眉鸟那两道招摇的眉毛。也像巫婆枯瘦的手指，在风中拘散着，仿佛在施展着关于生长的咒语。现在四季的轮回真是变得越来越快，冬没几天到零下，已经是春；花还没时间看，就已经是夏。

我已经在外面晃了四个多小时，现在我要回家去。开门进屋，柳小姐睡得很沉。我把她摇醒，说："我想长大了。"

她一脸茫然和惺忪，问："什么？你说什么？"

我说："我们来生孩子吧，我想和他一起长大。"

3．论文比小说有价值

在临床混了四年以后，为了开启我和柳月兰之间新的生活话题，我决定去弄主治医师职称。作为附属医院的正经医生，升职称需要在复旦大学认证的核心杂志上发表论文，而中医类杂志在那个目录里只有一个巴掌级数量。作为一个搭不上潘老师皮肤科事业的我，不想写论文却不得不写这件事就显得特别麻烦。

写学术论文是我最不想动脑筋的事，让我编几个爱情故事我还能照着生姜画几块三七来。写这种八股文式的科研论文，简直比蹲在扬子津镇的牛棚里闻一个月的牛粪还难受。当然，这种依葫芦画和尚的论文我也不是学不会。反正每篇论文的开头都是"为了验证某种治疗方案是否有效，我进行了科学的研究"，而结尾都是"我研究的这个治疗方法是非常有效且明显优于对照组"。按杂志的容量和数量来看，每年被创造出来的治疗方案估计有几千种。而如果这些公开发表的方案都比其他的治疗方案有效，那就表示没有一个是可信的，是可以被其他人采用的。如果大家说自己的好，那这种论文写不写、看不看其实没有多大的意义。它们存在的唯一意义在于大专家们在抢夺学术界的话语权，或者纯粹就是为了晋升。

我不想写科研论文的另外一个重要原因之一是科研论文里必须有各种数据的采集、统计和分析。虽然有专业软件可以迅速导出系统化录入数据的分析结果，但这种与纯数学打交道的事情依旧令人五心烦热、两眼发黑，连八年一轮转的天癸都会闭塞。以前为了表示对这种无效的、虚拟的文章的抗议，我会把论文写得非常小说化。我把编的这些论文拿给莫主任修改时，他会一直批评我写得太不专业，最好在菜籽油的油锅里再煎上几遍才应该再拿去给他看。

专业？我的专业是"之乎者也"而非"五脏六腑"！我曾经在高二时为了表示对语文老师郭老师教学水平的不满，恶意写了一篇不怎么通顺的文言文作文去嘲笑他。可他似乎无动于衷，每天依旧在黑板上写隶书的板书，对着课本念白字，对我们的周记批一个极其简单的"已阅"。其实我也不能怪他，在理科班教语文的郭老师大概相信决定高考语文成绩的因素只有两个：运气和书法。在复旦六教的楼顶上我曾对夫子抱怨说："我到底做错了什么？才会上了这个学校。"他说："你做错了题啊！"夫子真是犀利，我觉得自己做的最错的题肯定是郭老师教的语文题。

写论文已经让人头疼脑热，而且还需要在正式杂志上发表才能算数，意思是只有被同行或编辑承认了才说明我写的论文是有专业或临床意义的。这好比作家写的小说如果没被发表，那就不算是自己的作品，也就不存在剽窃的问题。因此发表论文这件事简直与信号放大器一样，更会令人大脑积水、头颅尺寸倍增。在行业里，发表论文其实是有一个捷径的，就是戴上一个"某某级课题"的帽子。从国家自然基金项目到市级到区卫生局的各级课题可以让每一篇论文都开上佛家不同等级的大智慧的光。有了这些光效加身，这些论文被各个杂志录用的概率就会倍增。于是医院里为了晋升的医生们都在抓破头皮写各级课题。我也写过几个课题，但我写的课题也像小说书一样，在区里的专家和市区的专家眼里都没有意义。专家们说我写的课题临床实验的流程设计不严谨，基础实验的连科学的门槛都够不着，因此被他们举着红牌、吹着哨子，枪毙掉也很自然。

其实我想研究的内容我是不敢去写在标书上的，不然那些看我标书的专家们肯定会眼球突出，鼓膜出血，连扁桃体都会水肿发炎让他们半天说不出半句人话来。我预想的课题题目是这样子的："论马桶的高度与痔疮发作的相关性研究""论睡眠时间与便秘的相关性研究""论门诊就诊量与医生抑郁症的相关性研究""论嘴角的倾斜度与医疗纠纷发生率大小的相关性研究""论 SCI 论文发表数量与医生自杀率的相关性研究""论智商高低值与平均寿命的相关性研究"，等等。

"论"是一个好词，鲁迅爷爷就"论"过不少篇，《论雷峰塔的倒掉》《论中国人的脊梁》以及《论"他妈的！"》。我的这种"论"虽比不上凤子的"曰"，但"论"起来的时候自己感觉特别过瘾，然而这都是我梦中的一厢情愿而已。我这种"论"虽有可能获得"国际诺贝尔搞笑研究奖"，但在国内的科研体制下会沦为笑柄，因此被思路缜密、必出国家级成果的科研大专家们拿装满五氟尿嘧啶的移液枪枪毙掉很是容易。可是万一哪位也受过竹杠教育的专家心生怜悯让我中个安慰奖，让我按照科学的方法做出科学的结果来也会要了我的小命。因此，无论我有没有中到课题，都会感到备受煎熬，如坐药罐。

杨大师在升职称上也很懈怠。本科室的那些中年中医们做到主治医师后都不愿意去晋升副主任医师，也不知道是小环境使然还是大环境恶劣，大家都在科室里混着。"把毛病看看好就行了，写论文、搞课题有什么意思，还是你们研究生毕业的研究这些容易些。"他们都是这样鼓励我的。因此在看病闲暇时，他们更愿意和我一起聊聊炒哪只股票、买哪里的房子，似乎完全不想追求自己在区里和市区的学术地位。只有莫院长早早晋升了，要不然他也做不到我们科的主任或者副院长。

在莫院长的介绍下，我把勉强拼凑起来的一篇论文投递到某杂志后就不管它了。一个月后我收到了修改及录用通知。这挺让我意外，也许是这篇论文我其实写得挺符合规范的，除了数据以外，其他都很真实。我论文最后一段的小结里写了一句"某版本中医类教科书关于这点的描述是有问题的"，但是编审专家在改稿子的时候特意把我写的这段话给删了。他写了一个注释说："没有证据就不要写书上写错了。"的确从我的论文数据上不能引导出我写的这个结论。我也不是行业的大佬，有资格自己写教科书还可以得到中医学者们的夹道欢迎。说些和教科书抬杠拌嘴的话也只是我胸廓畸形后夹带的私货，于是我知道人家医学杂志社的编辑同志还是有自己的底线的，毕竟科学这种事情和我这种半吊子的文学医生走的是两条路。

我和冯老师走的也是两条路，虽然住得近了，但我们已经沿着两条看不到指示牌的路走向了不同的目的地。有时我挺想在出夜休回家的路上拐个弯去医保中心去看她，但想到自己的轨道上没有安装岔道扳口，强行打方向很容易翻车。在道口的犹豫让我容易想起结婚前乘火车回老家拿谢老师的公积金的场景：在京沪铁路的苏州段，有那么一小段路在列车上可以看见隔壁在京沪高速上奔跑的小汽车。汽车道和铁轨在一段距离里忽近忽远，等过了苏州就再也看不见彼此。既然不再联系，我也不再去眺望于她。因此我不会主动去创造我们相遇的机会，虽然这个再次相遇的镜头我曾幻想过。我总想着我们将来还会在某一天意外相遇，毕竟今后的日子有那么长，彼此又住得没那么远。

2008 年春天很短，夏天很长。大概每一个严酷的冬天以后都会有一个炎热的夏天。虽没到五月，束在腰里的皮带在三十摄氏度的空气里已经变得柔软脆弱。这条在地摊上淘来的劣质皮带在卡扣的折磨下只用了一年多就坏了，真是便宜没有好货。平时我总是叫患者脱下裤子，现在自己的裤子有可能在患者脱下裤子的时候自己掉下来，这很危险。

去年杨大师还被一个在半个月前找他看病的女性患者给投诉了，说他存在非礼行为。杨大师一脸茫然，拿着人家的投诉稿件看了三遍，最后说："这谣造得也太离谱了！"在投诉信里，那位女士把被检查时的姿势、看病的时间、医生的行为动作等都写得十分的剧场化。当莫院长在科会上提出这件事来时，杨大师甚至多看了我两眼。会后我赶紧向杨医生撇清关系，说这不可能是我捉刀代笔。因为我最近在疯狂研究希区柯克，绝对写不出这种"走近科学"式的风格。杨大师点头表示信了，回去写了一封"爱莲说"式抗辩的稿子交了上去。最后该投诉的结果是不了了之，因为投诉的患者并不愿意亲自到医务科来与杨大师做三堂会审。我本来还挺期待与这位"小说家"相会的，畅谈一下编造故事的原则和方法，好让我难产的文学之路变得顺产。

问我妻子买哪个牌子的皮带好些。她正在电脑上追看去年的电视剧《新上海滩》，心不在焉，却顺口说了一句："LV 的！"看来我和她没有共同语言，还是自己在周末时去大商场随便买一根吧。

到了周末，去了石化最有名的商场，直接乘电梯上楼。商场一楼一般都是女人的地盘，几乎所有的大型购物商场一楼都是化妆品和女生的饰品。如果不是陪着我妻子，一个人独自在一楼仔细欣赏那些柜台里的东西，那些打扮得十分职业的女士们一定会投过来异样的眼神，而此时如果我不扭着屁股、翘着兰花指、仰着四十五度角的头颅来显示一种异类感，似乎配不上人家满瞳孔的异样。我自己也挺怵头这样子的人，每次有这种特殊举止的患者们来到我的门诊时，我都会不由自主地先点开梅毒、HIV 的检查项目，并劝解他们还是老老实实地去抽个血再说。

因此在一楼我不愿意多待，准备乘自动扶梯转三楼去。三楼才是男士的衣服，二楼是女生的衣服。路过二楼泳衣的衣架时，我多看了两眼。去年夏天柳月兰说要去学游泳的，在这里买了一件泳衣后就没有下文了，也不知道游泳衣放在箱子里会不会缩水。等我把头转回电梯时，我看到了冯佩兰。她正朝左手边的窗外看。马路对面新开了一个钻石店，正在拉着的横幅送廉价的洋泡泡。她从上面乘电梯下来，我从她的右手乘电梯上去。我转头看到猛然看到她时，她没有回头，因为她右手里还抱着一个两岁多的孩子。这个孩子都挡住了她母亲的脸，也封杀了她朝我这边看的目光。当她母子俩从我的面前一晃而过时，我犹豫了一下，很快也失去了叫住她的机会和冲动。

商场里总是堆满了日光灯的惨淡光线，无论什么商品看起来都泛着雪夜的光，而且无论卖的是不是女士用品，营业员和收银员几乎都是女性。我在一家卖男士内衣的摊位边站了一会儿，那位胖胖的营业员拉着我问我要不要添置一些过冬时穿的棉毛衫，现在正在打对折。我摇了摇头，继续看着窗外。从三楼的窗户里，可见看见冯佩兰抱着她的孩子走到了马路对面的钻石店。一位小丑打扮的人正用长条气球捏着各种东西，有长颈鹿、小兔子之类。排了一会儿队终于轮到了他们俩。那孩子吵着要下来，冯佩兰把他放在地上。那小孩子站着还没小丑的腿高。小丑向他挥手，穿着西装的助手用打气筒把一根长长的泡泡吹鼓起来，递给了小丑。小丑做着怪异的表情和夸张的动作，开始揉捏手里的洋泡泡。一会儿谜底揭晓，原来是一只赖皮狗。

她的孩子已经那么大了，我想。找到卖"鳄鱼"的店铺，挑了个价格亲民的皮带，付钱拿货，穿上新皮带，把旧皮带扔进楼梯口的垃圾桶里。鳄鱼似乎有好几个牌子，搞不清哪一种是正经品牌，还是都是正经品牌。这种分清品牌的事还是女生更专业一些。我只觉得有的鳄鱼商标是用尼罗鳄，有的商标更像凯门鳄。我爷爷说在他小时候大运河河岸边还能看到野鸡和鳄鱼。现在要看鳄鱼的话，只有去动物园里了，大街上能见到的只有被社会驯化过的狗和人。

下楼，走进街头，冯老师已经不在珠宝店的门口。去珠宝店里面转了一圈，柜台里排列着各种样式的钻戒，实在无法分辨那些闪亮的石头和玻璃的视觉差异。其实我还欠柳月兰一只钻戒，虽然我总和她说这东西毫无实用价值。看见我在柜台前发呆，营业员很积极地围上来问我"是选婚戒还是选礼物？"我问其中一个女营业员："你怎么不在东方书报亭里卖杂志了？"她说："原来是你啊。不卖了，书报生意不好做。""怪不得医院门口的那个东方书报亭已经拆了。""还是你们医师好，工作稳定钱又多。给你老婆选个戒指呗，刚开业，金饰品九折! 钻戒五折! ”周围几个营业员看我们认识，都在添油加醋向我推销她们公司最新设计的珠宝和钻石。我说：“我只是想来问问哪里还可以买到最新的《小说月报》。”她们一下子都愣了，以为我是在和她们开玩笑。小说有什么好看的，难道会比满店铺闪闪发光的钻石、金子好看吗? 看来走错了地方，我只能悻悻地走开。

我不知道这个女营业员叫什么名字，她长着一张《围城》中三闾大学汪处厚的爱人汪太太的脸。其实我不知道汪太太到底长得怎么样，但我记得小说里孙柔嘉说，汪太太只有一张涂满口红的嘴和十只涂满红指甲油的手指头。书报亭的老板娘也是这样的打扮，盘着头发，有一张口红涂到肥厚夸张的嘴与一口标准的闽南普通话。每次看到她坐在被各类杂志报刊包围着的小亭子，我就想起汪太太来。可惜我不是空心大萝卜赵辛楣，无法与她坐在报刊亭里，对着变旧褪色的书籍畅谈文学的理想或者她口红的颜色在我眼睛里并不是红色。但从今天在钻石店里相遇的结果来看，坐在小亭子里卖别人文字来养家糊口的工作似乎也走进了历史。

因此，如果失去文学，我就只剩下了养家糊口。

4. 护士节变成防灾日

　　每年的 5 月 12 号是护士节，也叫"南丁格尔节"。大五的小学期，我们有一门叫《护理学》的课程。在教科书前几页的护理学史里重点提及了国际第一个护士，叫南丁格尔，是她开创了护理科学，也创造了新的职业。中国最早的护理院校还是二十世纪初由上海的教会创办的，最开始招的护士是几位男士。不过这些知识不是给我们上课的附院护士长们讲的，而是中山医院的某教授来我们医院授课时说的。无论如何，南丁格尔女士成功地把自己留在了历史书里，把自己的生日变成了一个节日。虽然这个节日在医疗系统以外几乎无人知晓，但并不妨碍医院每年都会在这一天为护士小姐们准备一些小礼物，把一些经过考核的临时工护士们转正。

　　今年小妖终于被轮到了，医院里还没同工同酬，因此正式工比临时工的报酬会多那么一点。2008 年的这一天，小妖中午特意主动买了一个蛋糕给大家吃。我午饭吃多了，吃不下去，于是拿着分好的蛋糕进了值班室，打开电视，坐在那里看了一会儿新闻。我们医院食堂的红烧狮子头一直很够水准，又香又大又油，让我直打饱嗝，于是也睡不着。

　　一点半，罗医生破天荒地提前来上了班。看到我似乎睡着了，他拿起遥控器把频道换成了上海财经频道看。我一个瞌睡醒来以后，发现电视里的那些股票几乎都是带着负号，大盘又是一条单边下行的曲线。看起来今天的股市又是以跌为主基调，这让罗医生一阵阵地叹气。

自从美国的雷曼兄弟银行和房地美、房利美公司先后倒闭后，全世界的股市似乎都在暴跌。在罗医生、风老道、曾医生与老孟医生的股票知识熏陶下，我却看到了抄底的机会。到了下午两点多，忽然有字幕跳出来说四川强地震。地震这算自然灾害，防不胜防的，一开始也没特别想什么，而且四川那地方本来都是山，估计也不会死太多的人。

下午换完药，继续回办公室看新闻，发现几乎每一个台都在放关于地震前线的报道。地震震级被定为了7.8级，感觉不是一个特别高的级别。记得以前智利有9级多的，地震波还穿越了太平洋引起了日本的海啸。还有前几年的印尼海啸，好像也是8级以上的地震引起来的。虽说我们这里是海边，但在内陆的地震，应该不会对我们这里造成太大的影响。一时间手机里的短消息也飞来飞去。在看电视时，建芳护士特意跑过来对我们几个住院医师说，在金茂大厦上有震感的。于是想起来小时候劳技课上做的不倒翁和高中学过的物理学上的摆动原理。角速度一样时，末端的速度越大，想必住得越高的人越能感受到地球表面细微的震动吧。如此算来，玉皇大帝一定也是一个失眠症患者。谁叫他住得那么高，半夜里生物们造孩子的每次震动估计都能传导到他的耳朵里的吧。

发消息给今天过节的柳护士。柳护士说，忙着呢，没感觉。也是，数千公里以外的地震传到我们这里能有多大感觉？我们也不是可怜地住在琼楼玉宇里的玉皇大帝。下班回家继续一个人看电视，发现电视里好几个台都在全程报道灾情，而且死亡人数已经从几十个升至成百上千了。到了第二天，去门诊找风老道分析今年的"五运六气"，遇到了四川籍的曾医生。曾医生说："那几个县都是少数民族聚居的地方。""山区应该人不多的吧？""四川哪里都是人！""发生在白天的地震总归好一点，晚上更危险。""反正我那边的同学说蛮惨的。"一阵唏嘘。

小时候经历过几次地震，都是半夜被父母从床上叫起来，而且似乎都是在夏天。依稀记得房间里吊在房梁上的白炽灯在左右摇晃，依稀记得很多人都在门外坐着，依稀记得有人说"这是日本地震传过来的"，依稀记得似乎没多久大家就都回屋睡觉去了。那几次地震，受伤的只有几只从屋檐上摔下来的几块土疙瘩和几只蝙蝠宝宝。

到了第二天的晚上，受伤人数和死亡人数已经开始成倍的增长，特别像 2002 年的"911 事件"。一时间无数的消息通过各种渠道在发酵，电视里开始出现了大量的断瓦残垣和解放军的步伐。有些小镇据说还没人能进入，信号中断了也还没恢复。不晓得为啥地震会影响手机信号，难道所有的信号塔都倒了吗？到第三天，总理也进入了灾区，电视也变成黑白的了，娱乐节目全部停播。地震的震级最终被修正成 8 级，也就说比 7.8 级又多了六点几个 7 级地震。

关于地震震级的里氏分级是一个很奇怪的分级。这位叫 Richter 的美国人也成功地把自己的名字变成了一个数学单位。初中时我也特别想如"安培""伏特""瓦特"等著名科学家一样，把自己的名字变成教科书里的单位。为此我和于飞、张宇等商量过好些奇怪的称谓，比如"1 谢的车前草""3 于的内功""5 张的草纸"。结果张宇生了气，好久没和我说话。

黄金救援的 72 小时过去后，从废墟里挖出来的活人也越来越少。有几个被埋在下面时还没事，挖出来以后反而很快就去世了。这其实是救援人员没有医学急救常识所致，但这也没有办法。这种情况叫"挤压综合征"，长期受压的肢体在坏死时会释放大量钾离子。下肢血管被压时钾离子不会进入血液，血管被解除压迫后，高浓度的钾离子进入循环系统以后会造成心脏骤停。正确的做法是把压住的下肢捆住，或者截肢，或者向静脉里静滴胰岛素等。但这种救援的时刻，和在医院里治疗坏境完全不同，没有药也没有合适的救治工具，似乎一切都得看个人的身体素质和被埋情况如何。挤压综合征的患者即使没有当场死亡，送到医院以后也会出现肌红蛋白尿、肾功能衰竭等严重并发症。我们科以前收过一个骨科转过来的"骨筋膜室综合征"的患者，一条腿上的皮肤被医生竖着切了几十个口子，难看又整齐，仿佛小时候擦萝卜丝的铜片一样。骨科医生这样做目的也是为了释放皮肤下的压力，不然下肢的那些肌肉和组织都会因为剧烈水肿而缺血缺氧，坏死后释放致命的钾离子。在国际上几起著名的踩踏事件中，有很多人被挤死也和这个疾病有关，因此人多的地方还是不要去比较好。

我们医院里很快也派出了专业的救援队奔赴四川灾区，去的几位都是高年资的内科医生，相信他们会为当地提供不错的救治服务。除了带队的肾内科的沈医生我认识以外，其他几位都是面熟，平时见着连名字都叫不出来。沈医生说起来还是中医院校毕业的，却去了西医科室，这算一个特例。沈医生的西医内科基础知识很扎实。她来我们科会诊时写的会诊记录让我很钦佩。人家写的记录字体优美、逻辑清晰、分析透彻、用药指导完善。如果当初没去西医科室，而是真的来我们科当一位小中医的话，那实在是屈了才。如果她只会写一些五脏辨证的套话，开一张可有可无的中药方子，我反而会看低了她。

在地震中提供医疗救治，这也不是我这种半吊子小中医擅长处理的事，就像在地震中能正确领导孩子们及时躲避灾难的人也不会是范跑跑老师。在地震中能够幸存，还可以"尽天年"的大概只有猪坚强这种幸运的动物。后来各种各样的灾难多了，自嘲的中国人中出现了一种说法叫"你永远不知道明天和意外哪一个先来"。我也不知道我的意外和孩子哪一个会先来。

汶川大地震最后的死亡数字接近七万多人。后续的新闻报道中，地震后活着的情侣们有的结了婚，有的离了婚。有的人身体成了永久的残疾，有人心理成了永久的残疾。无论如何大灾大难都是会改变一个人世界观的事。谢校长曾说：这个世界分两种人，一种叫由天命，一种叫尽人事。我大概属于第一种，觉得很多事是没法改变的。比如自己秀逗的脑子，与冯女士之间的似有似无的爱情，还有我那没有动静的孩子。

无论如何，过了没多久，5.12 国际护士节也变成了国家的"防灾减灾日"。这个不能放假的日子除了我们医护人员，估计很快也会被忘记。我也忘了把写一篇叫做《地震中的猫》的短篇小说发给冯佩兰，毕竟我们都没到经历了大灾大难后，需要重新认识彼此的程度。

对于我们来说，生活还是犹如春天的池水，太遥远的涟漪终究会被时间拉平。

5. 离职是别人的勇气

金婷婷医生在六月份辞了职，调到市区某管理部门当领导去了。原来她家的饭医师是一位有些背景的人，去年他已经先去了市区某三级医院工作，现在轮到他妻子了。不想当医生的医师终于不用做临床医师了，这是一种无法言喻的幸福。

想起今年过年期间有一天是她值班，因为家里没人带孩子，她只能把一岁多的孩子带过来放在科里散养。结果她被一位留守的女患者给投诉了，说："值班医生怎么可以带孩子来上班？！病房里都是小孩吵闹的声音，让我们这些患者怎么好好休息？！"原本就是在市区长大的金医师现在终于如愿以偿了，当了回打成回马枪的胡汉山。这正如我家那下放插了四十年队的谢愚公说的："我一定要打回上海去！我不行就让我儿子去，我儿子不行还有我孙子！子子孙孙无穷尽也！"可是我一时还不能生出孩子来，不能传递他的志向，只能像一只蛞蝓一样躲在上海郊区的一个小小的泥洞里。

如果每个人都是一条蛞蝓，都能在自己走过的路上留下明显的痕迹，那么上海这个城市的道路肯定会变得无比的粘稠和刺眼。小时候总觉得蛞蝓很蠢，它们每次都会在大雨里爬出自己的泥洞，在天气转晴时还在到处游动。最蠢的是它们会在我的小院子里留下自己出游的路线，那条由粘液构成的白色路径在阳光下特别显眼。我总是在白线的尽头找到它们，在它们身上撒上几粒食盐，看它们慢慢化成脓水。可惜人不是蛞蝓，在食盐的浸泡下只会变成肉干，走过的每一个脚印也会被时间冲刷干净。无论努力还是散漫，对其他人来说自己永远都是那么的陌生。我觉得人生其实更像一只蚕蛹，走过的路线更像是在作茧自缚。在自己吐出的一层层一蚕丝的包裹下，如果不能及时化蝶，那就只能慢慢窒息。运气好的话还可以被煮熟了，抽成丝做成马王堆里千年不朽的素纱禅衣，运气不好只能成为大宇同学喜欢吃的清水蚕蛹。

两年来科里没有实际增加一位医生，这一年来好几位医生都前后脚走了。施医生去年年底拿到医生职业证后就去了浦东某医院。去年来的金花医生在五月份考上研就辞职了。最后到了七月，连罗医生也辞职不干了。中医外科只剩下杨大师、陈师姐、老孟医生、风子和我。最后本专科的人员周转不开，我们只能向莫主任提要求，去向中医内科借医生过来工作。从内科转过来的医生姓张，叫张石，是金花医生的同班同学。

于是乎，在此我得用凉水浸泡一下那些离开了我们这只紫砂药壶的中医医生们，免得将来在某些批斗场合里他们看到我时会说"我们以前还是同事呢？你怎么不写写我们呀？"其实这不用他们说，我觉得每只蛞蝓在化成脓水前都该为这个世界留下点微小的痕迹。

首先是施医生。施医生虽然在刚到科室时被我取笑过一阵，但是她还是以踏实做事的风格来弥补自己基础理论的不足。她写的病史是我们科最干净整齐的病史。她能把病史里的每个字都写得大小一致，间隔整齐划一，粗粗一看还以为是印刷上去的。这是一种我学不会的本事，如果有一天我能正式主持编撰《谢氏中医大宝典》，我一定要让施医生誊写我胡诌的那一段。癞马需配宝鞍，黄连需配蜜饯，挂着漂亮的紫金葫芦才能把我煮的变质药丸子给卖出去。

大部分女生都不适合当外科医生，当内科医生比较合适。女医生们一般诊断思路缜密，但一般动手能力不足，平时杀一只鸡还要尖声惊叫，切个人没有强大的心理是做不到的。由此我想起了明代的女医官谈允贤，可惜中医大校长编的《中医各家学说》里没有讲到她的学术研究。中医妇科只有一代游侠兼道士兼思想家兼书法家等头衔的傅青主先生在《中医妇科学》里贡献了几个方子。奈何这些方子对我来说全然用不上，毕竟当年并不想去读什么妇产科的研究生。读医已经是一件够受的事，当妇科医师则更是一件无法够受的事。

在现实里，我也不能让施医师帮我写病史，毕竟我们还是同级关系，也都是医院里最底层的住院医师。在当住院医师的四年里，我的字是越写越烂。也不是我不想写出一笔好字来，奈何把杠精画得很好的郑板桥毕竟不姓谢。毕业写病理录时，我一开始向杨大师的颜真卿靠拢了一阵，发现学不会，又向罗医生的钟繇靠拢一阵，发现也学不会。去写施医生的诏书字体，我又觉得浪费了宝贵的时间。在手写病史的年代，整天写重复单调、没有美感的东西容易让人血压升高，心绪难宁。如果心神不宁，则容易出现神昏谵语；如果血压太高则容易中风脑梗，昏迷后跳"搓空理线"般的手指舞。"神昏谵语""搓空理线"是中医专有名词之一，这种濒临死亡时患者的无意识动作更像是在写遗书，只不过是在空气里写而已。

我在临死前一定要亲自手写这样一份退位的诏书："奉天承运，开天辟地的大王上谢安同学诏曰：孤自大学毕业以来，历数中医理论之恶劣，恒诋中医传承者之乖张，总怨中医哲学之留祸。今死之将至，心有悔焉。故敕令天下，亟将中医之学随鄙人之薨而并入地下。寡人愿与之互守至地灭也。诏以天下，钦此！"但估计没人会给我挖上一个装有黄肠题凑的大墓，也没人会将中医宝典们和我埋在一起，毕竟在思想自由的新世界里不再允许"焚书坑儒"事件的再次发生。

施医生进来没多久就结婚了，对方是一个房屋设计师。前年吃她喜饭的桌子上，施医生介绍她老公的职业时，我说起了那位给我家地板做了雕花的红双喜老板。施医生赶紧说："他是搞设计的。"言下之意是她老公干的是艺术层次的事，和刷涂料、钉石膏板、打冲击钻这种工作有着天壤之别。我也知道它们不一样，但我非要这样说。因为我也可以介绍自己是搞设计的，只不过设计的是别人的屁股。结了婚，生了孩子，休够产假后，施医生跳槽走了，去浦东某医院干骨伤针灸专业，算从本设计专业彻底毕了业。总的来说，施医生是一个低调的女生，虽然我常常取笑她，但是她也难得生气。《谢氏新编灵魂饭》里写着：被谢安取笑而不会生气的女孩子都是好女孩。

不愿让我取笑的是金花医生。她总是一本正经，在本专业当医生还那么不可调笑，这实在有违专业潜规则。我总觉得能从事肛肠这个专业的医师如果不具备自黑的品质根本就不合天理。最终金花医生噘着嘴，发了狠，一口气考上了同济大学医学院的研究生。从她开始考研复习的半年里，她用一只血管钳在自己周围画出了一个正压的结境。有她在时，我们都不敢在科室大声说话，晚上值班有事也不敢叫她，有什么问题只能自己处理。最后连科室年终的聚餐我们都没敢叫她，因为她说了："本职的事我自己会做好，其他什么事都不要叫我！"听得她如此豪迈的誓言，于是我们都不知道该给她指派什么本职的工作。陈医生和杨大师商量之后一致决定让她出去轮转。至于轮转时，她在其他科室会勾引来什么流星就由它去吧。一个人注定要走，即使念一千遍的招魂咒也是留不住的。正如一只想往天上飞的风筝，拼命拉住那根线其实是对风的不尊重。

金花医师在她还没闭关之前，曾经对我讲过她的故事。她是家里最小的女孩子，她上面有五个姐姐。她爸爸在生下她以后终于丧失了生育男孩子的斗志。父母一般都最宠爱最小的孩子，姐姐们也是最宠她，因此她一直是家里的宝贝小珍珠。而且她们家和当时大部分家庭不一样，家境殷实。在改革开放的初期，她的父亲已经和几个人合伙开始从新疆往内地贩卖棉花。据说他们几个合伙人每次都要包上十几辆大车，每次都是拿着大量的现金和当地人直接交易的。后来有一次被省里的稽查大队查个正着，判了几年的投机倒把罪，罚了十几万。

但他并没有一蹶不振，而是蛰伏着等待着新的机遇。正像是藏在昆仑山巅冰雪下的顶冰花，只要有合适的春风就会率先长出地面开出花来。她父亲出狱后，发觉时代的车轮继续向商品经济方向滚动，投机倒把罪也终于被扫进了历史垃圾堆。于是她父亲东山再起，几上几下，几起几落，最终在当地成为了富甲一方的大户。在县城里，她们家甚至拥有整整一条街的店面房子。

然而金花医生却说："我当年要考大学，我爸爸不让我考，让我回去帮他做生意，将来继承他的买卖。我不听他的，他就威胁我不给我学费！我说，好啊。不给就不给，我自己去挣！等我考上中医大，我的学费都是我自己当家教挣出来的！等我毕业了，他又叫我回去，说，不回去就和我断绝父女关系！断绝就断绝，我才不要回去做生意！一股铜臭气！我有五个姐姐，随便找哪个女婿帮他料理就好了！真是的。"

我说："可是，我觉得你爸爸应该是最喜欢你，所以才会提出来让你回去啊。"

"我知道啊。但我有我自己的理想！我有自己的人生规划！他从小就想支配我，穿什么衣服，买什么帽子，吃什么东西都是他一个人说了算！和这样的爸爸在一起，我完全没有什么自由！因此我只要有机会就一定要逃出去。现在我终于逃出来了，我才不稀罕他的钱！钱只有我自己赚的，才觉得安心，才觉得开心！……"

那次聊天，我挺无语。小时候我还经常离家出走，等长大了反而越来越失去离家出走的勇气。因此当金花医生成功考上研究生以后，我们反而舒了一口气。她和我们全科医生说再见时的表情，也许就像她和她家庭告别一样，坦然、毅然与决然。走的那天，她样子如同一只爬出了水面的水蛊，满脸堆着微笑，仿佛正准备着羽化，飞向另一片天地去。

最后一位离开的是罗医生。我从没想到他会离开，但他说："我对这个医院，对这个行业失望透了！"整天一副怪笑表情的他居然说出了这样的一句话，这挺让人感慨。罗医生的离开有一个导火索，这个导火索是一起小规模的斗殴事件。

金山区从前年开始围海，已经把滨海浴场东面的那片海给围了起来。规划说要弄成一个很大的海湾，把里面的海水净化成二类以上水质，让阳光、沙滩、高大棕榈树以及海水里自由在的鱼儿变成金山区最美的招牌。去年我和柳月兰在海堤上散步时，看着那些在远处围海的船时也很兴奋，仿佛不久以后我们可以在此重温海南的景色。等到他们改造好后，我才意识到我们失去了大海。这片被混凝土彻底围住的海水，没有潮汐，没有海浪，没有海草，甚至没有了乱跑的小螃蟹和海蟑螂，变成了一个地地道道的卤水大池塘。负责开发的公司在周围造起了长长的围栏，收起了腌制作坊的门票。原本一到节假日就人山人海的城市沙滩终于变成了一个充满臭味的咸肉坛子，也变成了一个令我厌恶的景点。

老城区的居民被下达了一份福利：每户可以免费办两张游览卡。这个政策是为了照顾习惯于饭后去海堤上散步的居民。办卡地点是各村的居委会，需要提供房产证和一寸照片。办理还需要出工本费，鉴于不喜欢那片虚伪的海，我于是懒得去办了。罗医生正是因为这张免费腌制卡与门卫吵起了架，动起了手，最后中了彩。罗医生的彩在鼻子上，门卫的彩在胸口。发生争执的原因是门卫对罗医生提供的腌制卡提出了异议，他们认为卡上的照片不是罗医生本人，涉嫌欺诈，理应扭送到公安机关行政处理。罗医生的照片大概是在大学时拍的，那时他还没剃这么短的头发，也没现在这么瘦。于是保安们坚持认为这个从外地来的小瘪三明显是借了当地人的卡来逃门票。这让我想起王万年上尉，想起他在火车上被列车员查票的情景。那时列车员说王上尉是"农民工拿着学生证公然逃票"，差点把他戳着"复旦大学"公章的正规学生证给没收了。

罗医生也是在自己的游览卡要被没收的时候和门卫打了起来。论单打独斗，那些个大腹便便的门卫哪里会是罗医生的对手，但打起群架来，罗医生要想获得自由搏击金腰带则必须采用逐一击破的战术。当一群保安一拥而上时，罗医生的老婆因为害怕她老公在暴怒后打出几十连击的巨量伤害，一直在抱着他老公的腰，恳请他"三思而后行"，而不是让他放手一搏。在老婆帮倒忙的情况下，罗医生最终吃了不少亏，愧对了自己横得飞起的肱二头肌和腹横肌。

但罗医生岂是那种吃了亏还继续当雷锋的人？在报警后，他在自己医院里做了一大摞检查，最后终于查出来个"鼻骨骨折"。鼻骨骨折岂是小事？这又不是尾椎骨骨折。尾骨骨折除了有几天不能坐，不影响其他生活，而鼻骨骨折的影响很严重。这影响到老中医对疾病的诊断。山根、准头、鼻翼哪一个不是辨证论治的要紧地方？即使不谈中医辨证学，鼻梁的高低在《面相学》上也是影响财运变化的！

既然保安们的拳头已经破坏了自己的财运，半辈子吃够了"穷"字的罗医生就一定要和他们讨还一个公道！他于是请了病假，自学相关法律法规，拿着《刑法》《民法》《中医辨证学》与《麻衣神相》，每天都在售票处和那些没文化的保安讲课。面对全身都是肌肉还会论理的罗秀才，自知理亏的保安们无话可说，只好采用推脱战略，和雇佣他们的围海开发公司来回踢了罗医生一个多月的皮球。最终开发公司答应向罗医生赔礼道歉，在赔偿医药费之后再额外赔偿三百元整的营养费。这塞牙缝式的赔偿和罗医生提出来的双份误工费、营养费、伤残鉴定费、精神损失费等一大堆法律规定的合理赔偿额度相差甚远。于是倔强的罗医生坚持继续请病假，发誓要和愚蠢又无能的开发公司周旋博弈到底。

这时候莫主任不高兴了，请一个月的病假不是好好在家里休息，而是跑出去搞了一地鸡毛，整天和保安混在一起算什么意思呢？简直是蛇鼠一窝！沆瀣一气！而且最近莫主任已经从医务科科长被提拔成医院副院长。对于这种被传开了的影响了科室名声的事，莫院长决定找罗医生谈了一次话，让罗医生收起当黄鼠狼的心，回来安心上班。出乎大家的意外，罗医生直接交了一份辞职报告。为了这种小事居然连工作都辞了，这实在令人费解。连以前天天说要给罗医生多吃点苦头的杨大师也很奇怪，骂了一句："这个小居（鬼）搞什么鬼？！"大概杨大师觉得在自己手里没能成功点化罗医生实在令人惋惜。

我也很惋惜。我一直挺喜欢这个单纯的人。想起在罗医生鼻骨骨折之前，我们还一起收过一位足跟溃疡的外地女患者。是骨科吕博士直接打电话让我收的，面对吕博士我总是无话可说。这位患者半年前在自己地里干活时被半截嵌在地里的篱笆戳破了脚跟。半年来她脚跟的伤口虽然一直在换药却没有愈合，而且溃疡面反而越来越大，于是吕博士把她又推荐到我们中医科来。我看患者的创面烂糟糟的，表面长得像花菜一样，黑乎乎，一点皮肤组织都没有，而且渗出特别多，觉得有问题，问罗医生怎么看。罗医生说："要不切块组织下来做个病理。"于是我们简单打了点麻药，切了一块硬邦邦的组织送去了病理科。三天后病理科的叶主任出了个报告，写的是：皮肤黑色素瘤。

书上说黑色素瘤最好不要做病理，以免肿瘤细胞扩散。我们是有考虑患者的组织有癌变可能，但没往这个疾病考虑，毕竟其他皮肤癌的发生率和危害性本来就不高，赶紧劝她家属带她去市区肿瘤医院看，看如何去做进一步的手术。我在一个月以后打电话随访了一下家属的情况，她女儿说她已经做了手术，肿瘤已经切除而且已经长好了。问她"有没有截肢？"她说："没有啊。"看起来她的病情并不严重，也让我心安了些。毕竟大学上《病理学》的庞老师说黑色素瘤是恶性程度最高的肿瘤之一，很容易发生早期转移（后来的电影《非诚勿扰》里也描述过这个皮肤恶性疾病）。

罗医生在医院时炒股票时，已经考了好几次的注册会计师，但都没成功。在辞职以后，他来办退工手续时说自己准备去某一家证券公司当操盘手。我也不知道他后来有没有成功转换技能，有没有赚到让他丈人"刮目相看的钱"。看起来当一个人时运不济时，应该去整整容。如果舍不得花钱，也可以像青面兽杨志一样选择在街市上主持正义，勇敢地用别人的拳头来改变自己的面相。当然也可以像金花医生一样努力学习，通过读书、考试来改变自己的生活环境。

"树挪死，人挪活"。人也不一定能从乌鸡变成凤凰，也有可能从凤凰变成了乌鸡。只是不知道另一种活法是不是自己的内心所需，才是一个人一辈子的重大困惑。

6. 别人的欢喜和忧愁

　　2008 年 8 月 8 日晚上八点，北京奥运开幕了。虽然北京很遥远，但这不是一个能被空间拉平的日子。对于整个中国来说，这个日子很重大，将来想忘掉也挺困难。不过这天柳月兰又要加班，本来说好一起看开幕式的约定又变成了泡影。

　　不晓得领导们为什么要选这么多有"八"的日子，毕竟"八"和"发"只是押韵并不通假，也许这也算变通于民间习俗。在我心里的"八"更接近于"八戒"和"八卦"的意思。扬州话里总把做事不靠谱、浑头浑脑的人叫"八戒"，但也有扬州当地学者考证这两个字也写作"八折"。但是我觉得"八戒"更贴意些，毕竟这是《西游记》里的主要人物。

　　对《西游记》的印象只有 1986 年央视版连续剧里的镜头。等上了高中，没事时从我爷爷书橱里翻出了本正经的《西游记》来阅读。那只是一本下册，一开场是七个蜘蛛精在河里洗澡的那一幕。看完这一章，我已经看不下去了。因为那群漂亮的光着屁股的蜘蛛精正在河里洗澡，一溪水的莺声燕语、追逐嬉闹，这本是多么令人赏心悦目的事。结果在岸上偷窥的猪八戒直接飞过去，用那把恶劣无比的九齿钉耙把女妖精们全都打死了，而书里的八戒根本就没有给出任何正当的理由（此处情节是为杜撰）。蜘蛛精们提都没提和唐长老要发展什么特殊的关系就无缘无故香消玉殒，难道仅仅因为她们是妖怪？可是猪八戒它本身也是一个妖怪呀！不能因为他是佛祖钦点的取经人就可以如此胡作非为吧（也许在作者心中，佛教大于阐教，阐教大于截教）。在我心中，丑陋的猪八戒并不能比漂亮的蜘蛛精更能代表着正义，因此用"八戒"来形容做事没道理的人，的确很有道理。

奥运开幕式是张艺谋导演的。从电影《十面埋伏》以后我对他讲故事的水平变得十分失望，但是这次开幕式设计得倒很大气和壮美。可惜这一切都被负责转播的导演给毁了。他大概也和我一样，小时候曾经被竹杠敲过后脑勺，也喜欢用闪烁的镜头来表达脑袋中的混乱世界。于是我的视线总会在五秒钟之后被镜头强行带入到另一个场景，半个小时没到，我已经两眼昏花、癫痫病发作，需要不时看看窗外摇动的树影才能平复心情。因此整个开幕式在我心中只剩下一堆碎片，宛如上个月我的一条被柳月兰剪成碎片的裤子。想起那时看着那一堆碎布片，我很心疼。我的妻子却说："不干不净，没把你某个地方剪掉就不错了！"这大概算是一种迁就，类似于豫让之刺赵襄子。谋杀一个人的衣服，总比谋杀他的肉体更值得写入《谢氏新编刺客史》。

开幕式勉强看到十点。柳护士还在加班，似乎是中班收了几个看直播看到打架的病人。看急诊的医生大概和今天住院的医生有些不对眼，把那些轻度脑震荡、颅内血肿的患者都收了进去。住院医师忙着做急诊手术，中班护士忙着接送手术、接心电监护和挂盐水，走廊里的报警灯总不停地响起，柳月兰帮助中班的护士忙里忙外。这是想都想得出来的场景。

柳月兰半夜回来，钥匙刚插进锁孔我就醒了过来。相互打了一个简单的招呼，再也没多说什么。她睡下没多久已打起了轻鼾，我掉了一个头接着睡下。不知道杜丽有没有卫冕成功呢？

第二天，清晨我已出发赶往郊区，也没叫醒我那忙了一晚上的妻子。这个周末班两天都是我的。虽然不能在家里看奥运直播，但上班的时候偷空还是可以看看金牌榜。换完药看电视时才知道，昨天杜丽是输了的，中国的第一块金牌来自女子举重项目。

靠近中午的时候，菜菜同学打了个电话给我，问："潘老师生病了你知道吗？"我说："不知道啊，生什么病？"菜菜说："不知道。好像是肠癌，今天在SD医院做手术。现在应该做好手术了。你什么时候去看他？"我想了想，问："你什么时候去？"蔡同学说："我明天去吧，今天值班。"我说："那我周一去吧，周一我出夜休。"

　　周一早上交完班，我请假直接去了SD医院。好久都没有到这个充满记忆，却也情感错杂的老地方，也不知道在上海市区工作的其他同学们是不是还时常走动一下。上次到这里来已经是四年前，那次是参加SD医院组织的业务培训，拿点继续教育的学分。那次来时我还在医院门口的一家小店里买了一只水果篮子。隔着一层保鲜膜，我看见里面有柚子、橙子、苹果、火龙果等水果，满心欢喜地买了拿了上去。等科里的老护士拆开来以后，大家发现这些水果基本上都不是新鲜体。好多水果的好些地方都烂掉了，商家只把它最光鲜的部分展示在了外面，正如我的大学时代一样。那次潘老师对我说："回来看看还买什么东西！"我猜他的意思是：看看你买的东西吧，这么不靠谱，叫我当年这么提携你？

　　现在我站在潘老师面前，他正睡在外科ICU的监护室里。我站着，他躺着，盖着浅条纹的被单，眼睛闭着，接在他身上的监护仪滴滴答答地响。他的心率稍微有点快，氧饱和度正常，呼吸平稳，床边的角落里有两只负压引流瓶，没有气管插管和其他引流液体的管子。因此从目前看，他整体状态还不错。周围的几张床都满了，有的病人在哼哼的，有的则张着嘴喘大气。有一个看起来并不乐观，躺在那里一动不动，他的身边围着好几个穿白大衣的，忙着抽血，忙着写卡，忙着推药。

　　潘老师是一个好医生。读大学那会儿，每天挂他专家号来看病的患者是全科室最多的。每天他看病都要看到别的医生下班去吃饭回来他还没看完。他对患者的态度也很好，从没见他对病人摆过脸色，总是笑眯眯的。在科里也难得见他不高兴，有时候说了一两句狠话大抵都是因为科里其他几位医生办事拖沓的缘故，或者对他们"纯粹混日子"的状态表示不满。不过他如果知道我也一直在混日子，他肯定会跳起来当面呵斥我："你！你！你！唉！"

在我心中潘老师和我父亲差不多，因为他和谢校长都是上海的知青，有着差不多的人生经历。古话说得好，师父，师父如父，因此即使我不算个好徒儿，但此刻站在师父的面前，看一眼师父那萎靡的脸也是我应做的事。平时总感觉当一位医生很无奈，治不好别人，也治不好自己。终有一天，当医生的我也会穿着条纹服，躺在医院的床上让其他人围观。可将来谁会站在我的床边呢？即使是我妻子，我也不能保证她一定会在那一刻陪着我。

本来不穿白在衣的我不能在 ICU 病房待那么久，但我进来时与里面的值班医师打了声招呼。那位医师姓何，以前带过我，正是他教我如何准确而且快速地从股动脉里搞定"血气分析"。现在这个外科 ICU 还是在我离开 SD 医院后新建的，我实习时他们都把重症患者都放在大熊主任负责的内科 ICU 里。那时他们总给胰腺炎或胰腺癌术后形成腹水的患者们敷芒硝。这种绑在肚皮上装满芒硝的布袋子特别像董存瑞系在腰间装手榴弹的腰带。药带子的中间还缝上了一条条的分隔，鼓鼓囊囊的显得很有分量，于是我总害怕那些喘着大气、神智不清的患者们会忽然跳起来大喊一声："为了新中国，前进！"

又等了一会儿，似乎我的老师还没从梦里醒来。我也直接不能把他推醒，惨兮兮地对他说"您受苦了"，再把准备好的信封塞给他的手里去，这样有违当徒弟的道德。于是我打算去门诊找鬼氏去，让他代为处理我的一点心意。就在我准备退出去时，在病房的门口意外遇到了师母，赶紧和她打了个招呼。

师母姓戴，我以前只见过她一次，我这人因为记忆有问题，总是记不住普通人的脸，但是戴师母却是我可以记住的一位。他们的女儿是我们的师妹，只比我小一届。在进 SD 医院实习时，我才正式认识了她。

那次是支部书记糖糖组织几位积极分子去参观新建的上海大剧院。站在大剧院的不锈钢移动栅栏前，我一眼就知道这位师妹是潘老师的女儿。

基因遗传这东西是有点有趣，它不会让子代和父代成为一模一样的多莉羊，但是总会在子代的身上留下父代的影子。从某种角度来看，师妹与她的父母都很像，但却没有继承她父母面相里柔弱的那一面，这让她看起来有点过于老成且有男子的气度。得知我是她父亲的学生，潘师妹并没表现出一种一下子和我形成了某种特殊关系后的友好。看来我的导师在茶余饭后并没向她的女儿提到过有我这么一位怪异的学生。于是我也不能指望潘老师会把他打下的"SD 医院的皮肤病学江山"如西辽皇帝直鲁古一样让给我。其实想要达成这点，必须取得以下条件：首先潘老师要认为我是一个人才而愿意将女儿许配给我，其次我得有实力让我的师妹觉得嫁给我是一个不错的选择，最后我得觊觎我导师的江山。但这三者都犹如鲁迅先生写的"如沙上建塔"，哪一点都是没影子的事。

从门口进来的师母正穿着隔离服，像那种护工平时穿的那种。师母还认识我，说："小谢，你也来啦？还特意从金山赶过来看潘老师？我替潘老师谢谢你。"看起来师母的记忆力很好，可是我就没记住她是干啥的，也许也是潘老师当年没告诉我。随便打听师母的职业也有违当徒弟的职业道德，虽然我有时挺没道德的。

和师母简单寒暄了几句，我掏出了我的信封，一把塞进师母的手里，说："这是我的一点心意。"为了防止被师母拉扯住，我瞬间像一只跳蚤一样飞也似的蹦开去，再从楼梯间里的楼梯上直接跳了下去。

走出 SD 医院，好一片淡云的天空。两只灰色的麻雀在路面上啄食着散碎的饼干屑。有人经过时，它们又呼啦啦地飞回到电线上。生物们只有两种状态，忙着生，或忙着死。对人而言，忙着生只有二百八十天，而忙着死却要忙一辈子。

7. 获得幸福并不容易

　　2008 年的八月，中医科终于又招进来一位新职工，姓丁。他是一个沉默寡言的男医师，喜欢理那种老式的头发，很像郭富城郭天王刚出道时的那种发型。这种中分的头发其实很难打理，太长的头发在夏天时一天不洗就会黏在一起，两天没洗的话就会起球，三天没洗的话会在头顶形成好多条大蜈蚣，四天没洗的话会被莫主任在晨会上点名批评。丁医生的头发却能永远保持飘逸，这很难得。我觉得他这一头秀发应该去给某洗发水做广告，再说他人也很帅，留在我们中医科发展实在有点浪费。我问他当年为啥不去报考上海戏剧学院？他嘟囔着说："考毛线！"

　　毛线怎么考是一个值得探讨的问题，但是丁医生不愿意和我深入探讨。我小时帮牛贵妃张过毛线，对此还有些切身感受可以推理研究一下。以前的毛线都是一把把拿出来卖的，像卖挂面一样堆在瓜洲商场的玻璃柜台里。这样一尺来长、松散的毛线条很不利于携带，于是瓜洲镇上家家女主人都喜欢把它们团成致密毛线团的样子。没班上的女人在自己家里织毛衣，有班上的女职工在厂子里给自己的老公和孩子们织毛衣。如果母亲休息时遇到我也在家，为了防止我一个人自闭或者把家里的三五牌台钟给拆了，她会命令我抻开两只胳膊，给我套上毛线条，给她当一个会移动的整理架子。但是如果我非要说还要写家庭作业，她也会把毛线张在小凳子四条腿上。但我这借口实在过于苍白，无人会信，因此当绕毛线的架子成了我的业余功课之一。

我比小凳子有优势的地方在于绕毛线时牛贵妃自己手臂移动度的大小，如果是小凳子，那她绕毛线的动作幅度就要大一点；如果是活人我，那她可以省力一点，因为我要去配合她绕线的方向和速度。如果配合不默契，她会拿着织毛衣的长竹针敲我的头，说："你给我认真点！"

由此，对毛线有特殊感情的我断定小丁医师说的"考毛线"的意思就是"考如何更好更快地绕毛线团"的意思。结果他对我这篇"论考毛线的词语来源"的诺贝尔文学奖级的论文嗤之以鼻，明显想开口说我点什么，却又咽了回去。我其实也不喜欢我写的这篇论文，我喜欢的是看丁医生那种欲言又止的表情和状态。

快到教师节时，杨大师收上来一位截瘫术后的病人，也不知道患者的哪一个家属认识了杨医生。早上陪陈医生和莫主任查房时，我在汇报病史时说，该床的病人是外院术后一周余的患者，然后随便说了一下他目前的体征和治疗。言外之意是没必要花费太多的时间在这个病例上，但是陈医师和莫主任明显感觉我的汇报太过敷衍，依然自己详细向患者采集了病史，问了他手术前的症状、做手术的原因、现在的情况等。

其实这个病例并没有什么特别，病因是患者因为腰痛在按摩院里做按摩。可能是技师水平有问题，在按摩后他忽然就半身瘫痪了。在我们医院做了腰椎 MR，提示腰椎间盘滑脱。滑脱的椎间盘掉在椎管内卡压了硬膜囊和马尾神经，因而造成了截瘫。患者直接去市区医院做了髓核取出和椎体融合术。现在他下肢的感觉已经开始有点恢复了，但是肌力还是只有 1-2 级之间，各种病理征还是阳性的，还插着导尿管。

两位上级医生大概不喜欢我汇报病史的随意感。没办法，做了四年多的住院医师，我的身上已经有一层洗不掉的懈怠气。这种不是在本科室推拿出的事故，也不是本院做的手术，任何后果其实都和我们科室无关，把他收进来住院只是一种碍于人情的决定。最后莫主任的意见是：除了吊盐水营养神经以外，还要加上我们中医的特色治疗，比如打针灸。

打针灸的事，我真的不想干，不是说我不会打，而是这是一个不赚钱又费力的治疗方案。门诊连想钱想疯了的老孟医生和风老道都懒得去给患者做针灸治疗，说明针灸治疗对医生来说，性价比实在太低。性价比低的原因无非有两个：一个是收费低，收费标准还是 1997 年制定的；另一个是医院返还的比率低，打一次七块钱，返还给科室 15%，怎么算都觉得没意思。打针灸还特别占用看病的时间，除非有人非要拿"高尚""救死扶伤"的词来绑架每位医生的道德水平，一般来说人还是一种首先会考虑经济利益的动物。

既然主任说了要打针灸，那只能去给他打了。于是我每天拖着电针、神灯去打患者的足三里、阳陵泉、梁丘，或者八髎、环跳、委中等穴位。这种患者的肌肉一般都萎缩得厉害，针灸针打到组织里去就和打进豆腐里一样，让人很没有成就感。也不想去做什么叫做"苍龟探穴""白虎摇头"之类可以加强"得气感"的手法，于是给他接上电针，让他的肌肉在直流电的刺激下跳舞。我初高中物理学得那么好的电路，现在仅剩的工作就是给患者通电针。每次给他打针灸，看他的肌肉在跳动时，我总会想起《霹雳五号》，想起《霹雳贝贝》，想起《大内密探零零漆》。我很希望这位患者在我的治疗下能够立刻起身出院，但也知道即使被穿珍珠汗衫的电母电着也不会让他满血复活。这种小剂量的电刺激其实和上电椅的原理相似，也是在审问他那些濒死的神经组织："你丫的到底还行不行？！"

小学时，小牛屎季杰同学说："李小龙为什么那么厉害？是因为他每天都会给自己过低压电，电能刺激自己的潜能！"有时我也想给自己来上那么一阵强烈电刺激，从而激发自己的中医潜能，并治好自己的色盲症，但是隔着颅骨的电针是不能触及到自己的脑回路的。想要在大脑枕叶和顶叶间插上电极只能掀掉自己的枕骨和顶骨，不过那样过于残忍。这也让我想起在手术室里看脑外科医生做手术的场景，《豪斯医生》中有一集也描述过这种奇特治疗方案。那一集剧里，豪斯医生因为喝酒喝到了断片，又因为的确需要想起来前一天晚上的一些关于患者病情发作的细节，于是他给自己的脑子通上了电。在这一刺激过程中，他想起了好多无关紧要、不愿想起的事。如果用电刺激自己的脑子会有这种副作用，那我还是不要给自己插电极了。我不要想起那些大学时被妹子们拒绝时的风花雪月，不要想起小学时挨过棒的雷厉风行，不要想起高中时刷试题的呕血吐酸……那些令人不愉快的记忆蛋白质还是任由它们在细胞膜上彻底氧化，变成尿素被尿出体外吧。

被我连续针灸两个星期以后，这位患者忽然间症状有了很大的改善，下肢活动功能出现了比较大的进步。他的脚趾头已经可以背伸和跖曲，甚至可以做轻度的移动，连提睾反射都开始恢复了。在 SD 医院时，针灸科的沈主任告诉我们说神经恢复总是从远端开始，神经恢复在前三个月最为明显，一般两年以后恢复程度就固定了，因此两年以后做任何治疗基本都不会再有什么进步。但是如果有那种中风两年以上的患者来找他治疗，沈主任还是会给患者打针灸。因为医生有时候总得给患者一种希望，这种治疗有时也是一种善意的谎言。

无论如何，这次一开始并不情愿的治疗让我收获了患者及家属的一点赞美，也满足了自己一点小小的虚荣心。即使患者的神经恢复和我的治疗之间是否有明确的相关性需要科学研究，但老祖宗流传下来的东西和老师们教给我的经验，想必总有它存在的意义。

在收获该患者一面锦旗的那天，早上交接班时内科值班的丁医生说：外科组的病床上有一位患者昨天半夜突发后腹疼痛，他给安排了一个急诊的 CT，CT 初步报告说是有胰尾部占位。他临时给开了一粒止痛药，让我们今天再仔细看看。于是早上我们翻了一下病史，这是一位痔疮常规入院手术的患者。已经是术后第三天了，当时入院时的 B 超做了，但报告说"胃肠大量气体，胰腺显示不清"。肿瘤指标不是我们科的常规检查项目，于是在陈医生的指导下，我给他抽血检查，再安排了一个腹部增强 CT。过了两天，检查报告提示：胰尾部占位，MT 可能。这只是一位只有四十来岁的中年男性，于是又想起刚上班时查出来的那位肺癌骨转移的患者，只能感慨世事无常。

于是联系外科和肿瘤科医生，最后外科医生把他转了过去准备手术。当年牛文才医生在宿舍里曾经说，胰腺癌手术是普外科最复杂的手术，叫什么"Whipple术"。那时我总以为这是惠普打印机公司老总家的亲戚发明的术式。连老芋头这种做手术的大神最起码也要做五个小时以上。想想外科医生要在手术台上连续站五个多小时，连肾结石都要掉进输尿管里。

写完转科记录，问丁医生为什么会想到半夜查个急诊CT？他说："后腹痛，不是考虑肾结石、主动脉夹层，就只能考虑胰腺癌啦！""胰腺不应该是中上腹痛吗？""书上说的。"丁医生很无奈的样子，但是作为一个年资比我低了几年的医生，总不能像SD医院内分泌的主任一样，直接训斥我的学术不精和懒惰。是啊，我是有好长时间没有看专业书了。上了临床只有在遇到那些特殊病例时，才会把专业书翻出来看一看。在没有小说、杂志可以买的情况下，我大多都在看电视里的纪实频道来消磨时间。

丁医生临床水平由此看来是非常高超的。可他说自己当年是LX医院科研型研究生，毕业论文是给大鼠喂乙酰胆碱和洗袜子水（中药汤剂）。但他毕业后没去什么"非正常人类科研所"搞动物实验、发SCI论文、当上研究所副主任研究员，反而热衷于来临床看病救人，拿一点可怜的奖金，在我看来也是不知道"搞什么毛线"。

过了些日子，莫院长把他调到我们组轮转，说是为了在本科室内普及各专科常规诊疗方案，以免在值班时面对其他组患者时动不动就先叫会诊的情况。这一年护理部轮换了好些个老护士，连许苹和建芳最近一个月也都调到其他病区去了。刚过来轮转翻班的护士和内科住院医生看到我们组术后患者的外敷料纱布上如果有一点点血色，她们就忙不迭地打电话叫我们组的医生来止血。其中十有八九都是虚惊一场，只是些渗出或者尿湿了而已，根本不需要我们来重新止血。

丁医生明显很嫌弃在我们组的轮转，但是也无可奈何。他每天都会戴着双层的手套给那些患者们换药，大概是为了晚饭时还能保持自己的食欲。他每天会提前半个小时开始下午的第二次换药，并说"活嘛，早点干完早点好"，这是他为数不多的为自己辩解的话，大部分时间他都是那种"算了，我懒得解释"的表情。

　　下午换药前，他会打开手机上的炒股软件看一会儿股票行情。按理说他应该和风子、罗发明、曾医生之间有更多的共同语言，可惜罗医生已经跑了，而风子和曾医生一直在门诊待着。每次我向丁医生提出几只被风老道超度过的股票，丁医生都会摇摇头说"这个股票业绩都是造假造出来的，要当心点""现在是熊市，我看还要跌一阵的"。于是我又犹豫不决了起来。

　　在股市大盘跌倒两千点附近时，高举着换药手套的丁医生忽然对我说："你如果想炒股的话，现在可以买一点。"问他买什么股票好，他说："现在这个点位跌是跌得差不多了，买蓝筹股收益稳定些，但小盘股机遇会更大一点，随便你。""你别给我打哈哈，给我个具体的代码！"我拿出剪刀准备剪破他的手套。于是害怕了的丁医生说："光电行业吧！这个行业将来肯定要大发展的，这个是国家重点扶持的产业。"对于平时沉默寡言的人来说，他们说的每一句话都值得尊重，于是被债务压得难受的我的确需要在工作之余研究一下股市了。

　　当然，不换药、不收病人、不看股票时，我也向丁医生提出来一起造点什么高深的课题和论文来。他说："我就是不想造数据才来干临床的。"只是他没想到要来我们肛肠组轮转三个月。临床工作虽能收获看好疾病的一点成就，但也要承担看不好病时的丧气，而且收入也不会比研究所里的工作稳定。马克·吐温说："世界上有三种谎言，分别是谎言、该死的谎言和统计数据。"因此，以后好几年，作为科里的三位拿着研究生学历的年轻医师——我、风子和丁医生，什么都没研究，什么科研文章都没去造。

我和柳护士的最近几个月的造人活动也没成功，这主要因为我们功利。她功利到只有排卵期才会为了我宽衣解带，我功利到天天去算她的排卵期。当做爱变成一个月一次的功利性活动，感觉一切都变了味。因此以前我总觉得我只有论文写不好，人际关系处理不好，但现在却连爱都做不好。

　　努力到第三个月，一股巨大的失败感压在心头，感觉自己都快变成了古希腊神话中背着天球的阿塔拉斯。以前刻意避孕怀不上也就算了，后来三心二意、听天由命也怀不上还可以吹着口哨假装轻松，到现在如此努力却还是怀不上，这怎不让人阴虚火旺、口舌生疮？忽然想到了阿Q，想起了吴妈，想起了孟老夫子的讹传"不孝有三，无后为大"。

　　不过在彻底正面自己无能之前，我还得去做另一件重要的事：抓住眼前的发财机会，因为股票已经跌到一千八百点左右了。我觉得应该相信丁医生一次，赌上一把，即使是万劫不复，我也要投身其中。我不能再像读大学时一样，在面对 90% 的失败概率时，选择退却而不是勇敢地把鲜花递给我爱着的杨静。

　　2008 年十月二十八日，股市终于跌到了 1664 点附近。在之前，我已经瞒着柳月兰，把身边攒的所有的钱都投进了股市里的光电行业。没钱时我就不回市区，自己躲在金山的小房子里吃三块钱一斤的挂面。不但如此，我还百般拖延支付上海的房租。因为股市虽然已经开始反弹，但还是上下波动，为了补仓，每个月的奖金工资刚拿到手，我立马都投了进去。被我妻子发现异常以后，我只得向她解释目前巨大的机遇与投入股市的必要性。因为话不投机，我跟她吵了好几架，最后她说："你要是亏完了，就一个人住在金山吧！别说我没提醒过你！还有你别打房子的主意！"

　　于是，我只能祈福自己哪天能踩到洁白无瑕的臭狗屎，从而得道升天。如果升仙失败，我发誓我会把小丁医生切成肉丁，再煮一碗本来想送给瑞典皇家科学院的"谢安大神方"，并一饮而尽。

8. 消失了的黄金时代

在罗医生辞职三个月后，十月底的一个晚上我一个人在茂大广场上散步，意外遇到了罗医生的老婆和他的女儿。我问她，罗医生怎么样了。她说，他现在在证券公司做操盘手。问，他收入怎样。她说，不行，哪有你们做医生的稳定。问她为什么不劝他回来。她说，罗发明那脾气，能劝得了吗？

罗医生的老婆原来也是医院里的一位护士。模样瘦瘦小小的，仿佛迟子建在《青草如歌的正午》里描写的杨秀。当年罗医生当住院医师时住在医院宿舍里，曾把他的女朋友睡得满层楼都能听得到他们俩对生活的呐喊。以前与罗医生共事时，我曾调侃过他的直率，结果他说："你少操没用的心，多陪你喜欢的人！"由此可见罗医生前世一定是个好农民，像《活着》里富贵的父亲一样喜欢土地，也喜欢在自己的土地里播种。

她老婆二十岁就嫁给了罗医生。在怀孕这个问题上她的命运有点坎坷，她第一次怀孕是宫外孕，做了手术。第二次怀孕过程总算太平，生下了他们现在的女儿，没想到的是第三次怀孕又是宫外孕。宫外孕是妇科急腹症，如果输卵管破裂很容易造成失血性休克和死亡。以前在 SD 医院妇科实习时遇到过一位只有十九岁的小姑娘，以腹痛就诊。去急诊会诊的宋医生问她和男朋友最近有没有同过房，她一口否认。但是宋医生不相信她，给她验了个尿 HCG（促绒毛膜性腺激素），证实她的确是怀孕了。这时她才承认"有过"，宋医生问她"男朋友呢"？她平淡地说分手了。宋医生在急诊给她做了个 B 超和后穹窿穿刺术，证实的确是宫外孕破裂。于是把她直接收进了病房，让病房医生安排急诊手术。让她自己打电话找别的直系家属来签字。也不知道后来怎么样了，反正这种临时找家属签字的时候经常找不到的情况挺多的。

后面在讲解这个病例时，宋老师说："第一、患者说的话永远不要完全相信；第二、抽出不凝血是确诊宫外孕输卵管破裂的重要指征；第三、做手术会切掉一侧的输卵管，也就是说以后怀孕的机会起码少了一半。因此你们这些男生在和人家小姑娘一起的时候，要想想清楚能不能承担相应的责任，要对得起人家小姑娘！"

那一时我也感觉自己罪恶得很。除此之外，那年已经二十七岁的我也很感慨，常常感慨别人的十九、二十岁时就已经有一种最美的色彩，又叫做爱情。一如《黄金时代》里十九岁的王二和二十多岁的陈清扬之间"所敦的伟大友谊"一样。我的十九岁呢？正愁眉苦脸地准备迎接高考，为准备考上海一个著名的理工类大学而焦虑。记得那时的我曾为了找一个排解情绪的渠道，刻意强迫自己去喜欢班上一位并不漂亮的女生，并发誓金榜题名时可以向她表白。后来我既没有高中名校，也没有向女同学表白。这两者之间其实没有关系，因为我的十九岁并没有实实在在的爱情。喜欢谁，追求谁？对于只能考试、不懂女生的我来说，的的确确是一件很扯的事。

十年之后，已经年过三十的我和柳月兰之间怀不上孩子，这也很扯。以前我们没结婚时，柳月兰的"姨妈"总是在我打算与她亲热的当天前来造访。现在人近中年，她的大姨妈反而比布谷鸟闹钟还准。未采取任何避孕措施的半年以后，柳姑娘的肚皮还像瘦西湖那波澜不惊的湖水一样。每次看着她那片平坦的皮肤，我都想在它上面画一个九宫格，和她一起玩一种叫三子棋的游戏。

三子棋是一种在泥地上找六块碎砖瓦就能玩的小游戏。这游戏还是我的堂妹谢丽教我的，结果没多久东庄的孩子们都不愿意和我下了。因为我总是能赢下一盘又一盘，而他们也越发的索然无味。人有时就是这样，年轻时总想打败所有的人，等年纪大了才意识到打败所有的人会让自己成为孤家寡人。高高在上只会造成疏远，因此"养寇自重"其实也是一种害怕失去对手后的孤单。

我和我的妻子之间并不是对手，虽然生孩子是两个人之间的事。既然她现在一切正常，怀不上孩子只能考虑是我的原因。以前和妇科的宋老师看不孕不育门诊时，她说：这个世界有一种不孕症是由于抗精子抗体造成的，也就是说即使再努力，小蝌蚪们都会被当成是外来入侵者被女方身体里的免疫机制围歼掉。换句话说叫"老天爷让你们分开"。天最大嘛! 我现在很担心这种情况。天注定的话，哪还有什么办法? 但我并不想去什么生殖中心做什么检查，走进他们的大门几乎等于宣布自己已经缴械投降，这和拿着法棍面包抵抗纳粹德国的侵略有何不同? 作为中医伪继承的人，我决定先给自己喂一阵的中药看看。

"肾主二阴""肝经绕阴器"，不孕不育症当从肝肾论治。这是从《黄帝内经》里跳出来的颠之不破的"真理"。于是我去找科里名老中医的直系亲属——张贤老中医开了一张无懈可击的方子。方子里有"好得不能再好"的仙灵脾、菟丝子、何首乌、覆盆子、桑葚、续断等。因为当年吃过吞药丸子呛进后鼻道的苦，现在我每天都守在沸腾的砂锅前，像一只得了痒病的傻羊或者得了库鲁病的原始人一样，等着把这些中药熬出来的宝贵汤剂一饮而尽。不吃点苦口的良药，不亲自验证《神农本草经》，怎么能当上中医界的王侯将相? 怎么能给国家的"人口建设计划"保驾护航呢?

为了防止煮中药时在小区里造成空气污染，我都把煎药的地方放在金山而不是市区，这和市领导把石化厂建在金山的海边是一个道理。如果任凭这种"酸苦甘辛咸"五味杂陈的空气在市区的楼道里蔓延，隔壁整天督促女儿拉小提琴的吴妈肯定会去居委会那里告状。她会说我煮的中药气味已经严重影响了她女儿身心的成长，如果国家大剧院将来少了一位拉锯子的著名演奏家，到时候她肯定会让居委马主任把我抓进监狱，让我去和青龙偃月刀先生好好辩论一下"刑法通则"（目前是没有的）。看在小忆的琴拉得实在难听的份上，我觉得还是让她继续拉琴好了，封住吴妈的嘴反而会让她获得彻底的解放，而且我应该体谅一位离异的上海妈妈对子女超越正常的期盼与爱。

当然封住吴妈的嘴只是我心里的想法，即使我三天两头都会构思一遍具体的行动方案，但动机在付诸行动之前是不能被定罪的。因为在刑法学上这叫犯罪预备，正如即使我每天都会想出一百种办法来烧掉中医大的图书馆，也没有一个老中医可以举着《黄帝内经》来定我破坏文物的罪。也正如我年幼时每天都做梦想拯救世界，拯救苍生，拯救在厕所里被我惊吓到的女孩子们。如果仅考虑动机，我觉得自己在那时即应该获得一套王侯将相的蟒袍玉带。

可惜这个世界只关注结果，说再多的大话，做再多的迷梦，第二天醒来发现自己不喜欢的生活依然如旧。"枕上思量千条路，明朝依旧卖豆腐"，因而我不能把自己的不孕不育怪罪到隔壁女孩的扰人琴声与吴妈的唠叨上，何况我妻子与她们还建立了似是而非的邻里间的非凡友谊。于是这一切只能怪我自己没有继承到家国大业，没有挂上全国名老中医继承人的金字招牌，也没有厚实的家底可以在市区高档小区里买上一套三百平的监狱。

连吃了半个月的中药以后，我已经开始懈怠。嘴巴里越来越甜，嘴巴却没有变甜；口气越来越重，口吻也越来越重。终于有一天，为了到底是"先买房"重要，还是"先生孩子"重要，不想做爱只想早点睡觉的柳月兰与吃了半个月不孕不育的中药、不想睡觉的我之间又大吵了一场。晚上十点多，我一赌气从市区坐车回了金山。

乘上石梅线时，车子并不是很空，可见那些愿意两地奔波的人不是少数。但是今天所有的人都霸占两张凳子，没有一个人有让座的举动。我只能质问司机："他们是不是都给自己的行李买了坐票了？"司机不情愿地站起来说了几句以后，才有一位有着灰白头发的老年人把占座的包裹收拾起来。我在坐下去时在心里不停咒骂这些个老而不死的乱臣贼子，又不是祖宗祠堂里供牌位的香案，需要这些个老家伙如此不要面孔地捍卫并不属于他们的座位。而且关键是今天怎么了？为何这个世界里处处都有人和我作对。

汽车在黑夜的道路上奔跑，半夜道路上的灯光在车窗玻璃上跳跃，散碎着，萦绕着，像无数只萤火虫。想起宫崎骏的电影《萤火虫之墓》，电影里的萤火虫也是点着这样昏暗的小灯。昏暗本是一种温暖的光芒，容易让人想起了家乡，想起那些年在瓜洲小镇上停电时点过的蜡烛和煤油灯。可是这些野外的微弱灯火，却让人感到惆怅。小时候我没见过发着黄光的萤火虫，它们发出的亮光是白色的或者浅绿色的。初中时和张宇借来看的《昆虫记》里说"萤火虫的主要食物是蜗牛和甲虫"。自那以后，我不太喜欢这种看起来挺浪漫的小动物。电影里，清太和节子都死了，正如被他们埋葬的萤火虫。这情节很像黛玉的葬花。黛玉葬的也不仅是花，而是她自己的心情。

在茂大广场下车，我没有回家，跑到海边去转了好一会儿。天空里隐约有几颗星星。正南方有一颗星星很亮，不知道叫什么名字，但这个时候应该看不到天狼星吧。想起《狮子王》里木法沙对辛巴说："那些死掉的国王会变成星星在天上看着我们。"可惜我们都是从科学的教育中长大，已经缺乏了这些天马行空的想法，所以我不知道该如何描述今夜这黯淡的星空，我也不想把它们想象成谁的眼睛。

按年龄来看，这已经不是我的黄金时代了。我觉得自己应该像林黛玉一样，拿着锄头，在沙滩上挖一个能躺下一具尸体的大坑，在这个萧条的夜晚把自己与落寞一起埋葬。

9．不能被掌控的身体

　　小妖和她的大狐猴在十一月终于分了居，这是早就应该去做的事。家暴只有零次和无数次。我不知道男人为什么要打女人，如果我的玻璃心受到了伤害，我只想去伤害自己身体。人的灵魂一辈子限制在一个肉体里，这是一种不可改变或解除的契约。我可以指使它做事，它会反馈我以快乐和痛苦，但最终这个躯体会死亡，而且必然会带上作为灵魂的我。如果灵魂有权利去伤害身体，那只有自己的这副肉体，而不是其他人的（尽管现代法律认为人对自己身体没有绝对支配权）。

　　小妖在今年夏天时还穿过高领的衣服。即使在最热的天，她也会给自己围上一条漂亮的丝巾，很像一位航空公司的女乘务员。可惜她脖子下的瘀斑太多，总会在她转动脖子时露出来。我只问了她一次，问她这是怎么了？她说，摔的。以后我再也没问过她，因为这不是一个合理的答案。如果一个问题得不到合理的答案，只能说明一点：这个问题无解。如果这是我的病人，我就会一点儿面子都不给地揭穿他们的谎言。可这是以前废话不要太多的小妖，于是我克制了打破砂锅的冲动。小妖脖子里的瘀斑有时颜色深一点，有时浅一点，有时还会改变位置，像一只只春天在菜地里跳舞的蝴蝶。于是我总想起以前寄给陈子冰的某张卡通贺卡上画的大月牙、从月牙上掉下来的碎屑以及那些碎屑变成的妖精。

　　小妖在开始正式分居的时候，科里出了一件事。那是一个老年男性，有前列腺肥大病史，术后第一晚发生了尿潴留。我值班，所以我准备给他插上导尿管，以免他晚上翻我的牌子。专看男科的 LX 医院的超哥说：男人身上唯一确定会一直生长的器官只有前列腺。老先生一把年纪，增生的前列腺让导尿工作变得很不顺利。我抹了很多石蜡油，来回倒腾了十多分钟，最后总算插到了膀胱里，引出了一大袋的尿液。给固定水囊打上灭菌用水后，我下了"留置导尿管"的医嘱，然后安心睡觉去了。一个晚上老人家反复对夜班的小妖说"不舒服""痛""难受"。早上五点，小妖打电话过来让我再去看看。在头晕脑胀中我给他把导尿管拔了，让他多喝水。中午下班出夜休前，去床边问了问。他说，他还没尿出小便来，肚子现在胀得难受。我去敲敲他的小肚皮，里面又满是浊音，只能说服他还是继续把尿管给插上吧。但这次我无论如何都插不进去了。最后只能叫泌尿科医师来急会诊。

泌尿科是我们医院重点专科，有会诊资格的几位医生平时都忙得不得了。有时我们叫了会诊，经常三五天都见不到会诊医生。好在今天会诊的是骆医生，一个还算熟悉的老医生。他带着一根翘着头的奇怪导尿管来，一阵勇猛的操作后，他也没插进去。于是他问病人自己"到底是一点都尿不出来，还是能尿出点"。患者回答说每次能尿个几十滴。骆医生考虑了一下后，说："先观察观察吧，实在不行只有做膀胱造瘘，但造瘘很痛苦，要在小肚子上打一个洞。现在他膀胱的充盈度还不够，因此造瘘还是有风险的。再看看吧。"患者和家属也不想做膀胱造瘘，于是会诊医生先回去了。说实话我也不知道膀胱造瘘是怎么做的，但如果我听到要在自己肚皮上打一个洞来解决小便的问题，我也不能接受，毕竟这又不是找水打井。

因为不是我值班，交代今天值班的丁医生重点关注下他后，我也回去了。到了半夜十点多，丁医生打电话来，说，因为患者腹痛得厉害，于是他叫泌尿科医生来急会诊。急诊做了腹部 CT 说膀胱破裂了，泌尿科医生现在已经把他拉到手术间做膀胱修补手术去了。术后大概会直接转进泌尿科，他正在写转科记录，让我明天去那边补几个签字去。

以后的一周，我一直去泌尿科病房给老先生换屁股上的伤口。老先生的伤口恢复得还不错，一周后不仅屁股上的伤口长好了，而且肚子上的导尿管也拔掉了。老先生是一个好人，每次换药时也没多余的话和责备的样子，还使劲说"不好意思，麻烦你们了"。只是他的两位女儿比较激动，出院后反复向我们讨要个说法。这是一个合理的要求，我们不能把问题怪罪于患者的前列腺本身有问题，因为它是一个客观存在，正如我不能怪自己生不出孩子。

身体这个东西，我们只有使用权和维修权，而没有绝对的了解权和支配权。但是这里面到底是我们科室处理有问题还是泌尿科处理有问题，这是一个挺纠缠的问题，关键要看谁愿意承担相关的责任。如果患者不来我们这里做手术，就不会尿潴留。如果我的导尿管插得好，患者也不会感到各种不舒服而要求拔了它。如果泌尿科及时做造瘘也许不会发生膀胱破裂，但是直接造瘘要破坏患者的腹壁和膀胱，患者没有签字同意也不能立刻进行有创操作。因此，如果要明确各自的责任，需要由可能没学过医的法官们依据医疗专家的鉴定来界定相关医师的具体责任比例。

走法律途径是一个麻烦无比的事，等患者从泌尿科出院以后，杨大师把我叫到办公室里说："泌尿科主任昨天和我说了，这次就由我们科室来承担相应的责任吧，面子总要给的。"这其实是一个原本就可以预计到的结果，正如当年我并不看好小妖的婚姻一样。事情的最终解决方案是：科室里从下月奖金里扣出一笔钱来赔偿这位老先生的诸多损失。与家属沟通最后协商的结果是赔偿老先生额外的住院费用，这点要求不算过分。这是一个双方妥协后的结果，却不是莫院长想要的结果。但是面对有点越俎代庖的杨大师，莫院长这次选择了妥协和沉默，毕竟那边的主任在医院里也是位有些权重的人。

我觉得自己也应该向我的妻子妥协了。在婚姻中任何只强调自己的付出而忽略对方的付出都很片面，这样只会让问题的解决停滞不前。

让我想通这件事的其实是冯佩兰。上次在海边看星星时，我给她发了一个消息，问她：如果我选择离婚，你会支持我吗？她回消息问我，为什么要离婚。我说，过不下去了。她问，原因呢？我不能说因为我妻子不想和我做爱，只能说我们生不出孩子。她说，就为了这个？怎么会怀不上呢？是谁的问题？不过生孩子的事，你自己是医生，总归自己更清楚些。过了一会，她似乎想起了什么，接着问我为什么要和她说这些？这些和她有什么关系？我于是不知道该怎么继续说下去了。在我犹豫要不要挖个坑或者直接跳到海里去的时候，她又说，这是你自己的事，她管不了，至于我离不离婚与她也没有关系，她没有义务给我出什么主意。她还说，无论如何我今天做的事都很不道德。我想她大概的意思是我不该用离婚来挑动她的心情。

所谓的道德总是将每一个心里还有道德的人绑架。而没有道德的人就像一头暴怒的犀牛，除了法律的子弹能让他们清醒些，谁也不能把他们怎么样。被冯佩兰提到这个词时，忽然间"道德"二字就如同黑夜一样牢牢束缚住了我的身体。慢慢想来，我似乎欠这个世界很多东西。除了妻子、父母这些年的陪伴，还欠中医学的一个公道，最后最重要的是欠这个世界一个完美的故事。自然，写一个完美的故事只是一个借口。虽然我写不好它，但我不能用自杀来当这个故事的结局。

选了个值班的日子，我打电话给柳月兰说："我明天去市区检查身体去。"她说："哦。"

检查小蝌蚪对任何男人来说都是一种最大的侮辱。不但要在一位相貌平平的女护士指导下去小隔间里合法地观看一些裸露的视频和图片，还要在规定的时间里把装着标本的瓶子还给她。小隔间使用时间是十分钟，我觉得这个时间挺歧视人的，按性功能障碍的诊断标准，每个能在十分钟之内解决问题的患者肯定都需要去吃点金锁固精丸的。

进入这个房间以后，我发现它已经很老旧了。我相信没有一位护士会亲自动手给它消毒、整理。干这活的肯定是拿着戊二醛抹布负责打扫卫生的阿姨。想到扫地的老阿姨们曾无数次进出这里，也想到无数的男士也曾在这里拿出小蝌蚪，这很容易令人毛肌收缩，全身起鸡皮疙瘩。随手翻了翻摆在桌子上的那些"色情"杂志。铜版的图片都很老旧，仔细看看图片里的女人有几位还认识，但算起来年龄来她们估计可以当我的阿姨。不过她们至少把自己最美的青春留在了铜版纸上，而我最美的青春是在准备高考。翻了翻杂志又想起鬼氏和他的赚钱计划，只是现在我不是来卖小蝌蚪赚钱的，而是来花钱鉴定真伪的。这又让我想起了鉴宝栏目，如果被鉴出自己是假货，会不会有领导会拿着雷神之锤冲进来把我砸成碎片？还有我怀疑生殖中心的领导招了这么一位实在不好看的护士来当监工，目的大概是为了戒除来就诊的患者移情到这位护士身上。移情是心理学上的基本概念。以前当医生前，总幻想万一将来有病人喜欢上自己该怎么办，后来才发现想要被患者喜欢也是需要像棍棍、大畚箕一样，是要有个人实力的。

于是又点开电脑里的片子。随便点开的一部片子并不好看，女主角除了丰满以外，比门口的那位护士还要乖张。门被敲了两声，于是我又害怕起来。如果有人要冲进来要和我一起欣赏这部伟大的片子，刚有点感觉的自己肯定会一蹶不振，需要去找佛系的针灸大师年糕香同学针刺关元与长强。想起当年与杨静一起学习《性心理学》时，我们与其他的同学一起看过一部很艺术的关于生殖的国产影片。那时我是一点儿冲动都没有。但那天的场景与今天完全不同，毕竟那时大家都是衣服整齐地坐在教室里，而现在却要在公共场合脱下裤子。

脱下裤子本身更像一个仪式，象征着人和兽的转变。即使这个房间很私密，但我总怀疑哪里藏着一双眼睛或探头。只有想通了灵与肉本是两回事以后，我才能大方地脱下裤子，对着裸体的异性释放自己的欲望，可我瞬间又想起了柳月兰和冯佩兰。为何此时我会想起一个不愿与我睡觉的女人以及另一位没有与我真正睡过的女人？今天的我又为何一定要证明自己具有生育能力？如果今天的检查证实了我是一头公骡子，我应不应该选择离婚？如果不离婚，今后没有孩子的婚姻是否牢固？如果离了婚，她和别人怀上了孩子，我是不是应该祝福他们？作为单身的我是更自由了还是更不自由？那时我是否应该策马扬鞭去干掉别人的丈夫，抢走别人的妻子吗？……

等门外又响起了一阵急促的敲门声，我还没搞定我的标本。我的思绪总飘在天上。除了这里无法逃避的空气，我不想接触这里的一切。我甚至都没脱下自己的裤子。拿着空的标本罐子走出小房间后，收集标本的女护士差点就要吼了出来：“你到底是来干什么的？！”

我说：“我换个地方吧，我有洁癖。标本我一会儿拿过来吧。”于是，我听见她在心里用上海话说了一句“十三点。”

走出大门外，外面是晴天，难得的一个水晶一般的湛蓝天空。仅有的几朵云没有像今天这么白的，一朵朵散开来向西北方向飘去。云在天空中移动得很快，地面上却没有太大的风，大概是被这高耸的建筑搅乱了气场。人类总是喜欢建造这些高耸如云的楼宇，这让活在地面的人觉得很压抑。这里的每一栋大楼都不曾向我敞开，随便我走到哪一栋的门口，都会有保安问我几个深入灵魂的问题——“你到哪里去？你要干吗？”因此，我散乱地走着，直到走到静安寺。这里没有人拦着我，于是我走了进去。

静安寺很热闹，穿着灰色僧袍的和尚也很多，大多数都还留着很短的头发，但或许是庙里剃头的师傅最近去外面挂了单。一直搞不清楚僧衣的样式有什么特殊的说法。在我们这个充满佛教文化的国家里，除了简单看过年糕同学的一本《金刚经》，我搞不懂这一门学科。在我看来，佛学有时比我学的《中医学》还要令人费解。

静安寺里的各大建筑的外形雄伟，设计错落有致，各殿内雕梁画栋、富丽堂皇，颇有皇家寺庙的风范。在功德箱里投了一百块钱，我找到在大雄宝殿的门边负责填写功德簿的老和尚，问他：“老师傅，如果在脑子里总想做坏事，怎么办才好？”

他看了看我说："阿弥陀佛。施主，人心本就险恶，然善良亦是根本。诸恶莫作，诸善奉行，常怀善念，常怀善心，一切必有因果，一切皆自有法度。恶海当前，回头即是。常思善念自会忘却。"

老法师说得很对，可我还不能向某一座金光护体的雕像下跪认输，于是我退了出去，在庙门外给柳月兰发了个消息说：晚上回来吗？

她回：回。

10. 破镜何时能够重圆

柳月兰比她的父母都漂亮，这源于她继承了父母面容的优点。我就没那么好运，没有像我哥一样继承英俊的谢校长和漂亮的牛贵妃的优点。柳月兰有时调侃我说我肯定长得像隔壁的王神经。其实她并不认识王神经，只是从我的嘴巴里听过说他而已。我也并未向她说明，王神经并不神经。人总是会相信被重复了一百遍的谎言，也只相信自己相信的东西。如果她说的这话被我母亲知道了，不知道牛夫人会不会气得浑身发抖。她坚定认为我们结婚两年来还没生出一儿半女来，一定是"这个小姑娘的问题""当初就叫你不要娶她"。这对婆媳俩几年来从没对付过，虽然表面上她们维持着一种似是而非的亲属关系，但在背后都说了对方不少坏话。到现在为止还没爆发大规模的战争源于牛夫人并没有和我们住在一起。

母亲是一个倔强的人，一旦受了刺激会气得发抖，一言不发，给人家看一张仿佛得了肌萎缩侧索硬化症的脸。我和我母亲一样，只是我把母亲遗传给我的倔强又提高了一个层次，因为我还有读了十九年的教科书和其他的闲书可供骂街。以前与柳月兰吵架时，我有时会用"大丈夫三妻四妾，古已有之，今事虽不古，但我心不可改之！若你我空山不见、雨恨云愁、弃如路野，虽必各有春山新竹，但我之幸福必胜于今日！你可再思再想！"于是，气得不想搭话的她总会拿着医用剪刀来剪家里的衣服，而此时我也可以掏出手术刀片来划报纸，但是我不能这样做。作为学医的我们都知道如何能更快地干掉对方，因而此时死在我们手里的只有这些倒霉的衣服。这情景好比现代国际关系，拥有核武器的国家间并不会爆发大规模战争，被揍的只有那些嘴巴很硬却没什么实力的小流氓。

如果我们俩真的离了婚，对于没有孩子的我们也许真的不是一件坏事。曾经的爱，曾经思念，在时间面前本就不堪一击，总有一天我会真心祝福她找到了幸福，也会表现得毫不在乎。记得以前陈子冰在信里写过"一个人如果不在乎，你就伤害不了她。"看起来柳月兰还会继续被我伤害下去。因为从每次我妻子都会部分向我妥协的结果来看，我的妻子至少还在乎我。从这点来说，她也许还在赎当年主动勾住了我胳膊的罪业。

我现在挺羡慕婚姻幸福美满的风子。风子的蝉宝宝年初时给他生下了一只小知了，是一只会吱哇乱叫的雄知了。小知了现在半岁多了，已经长成了圆脸，和她母亲完全不一样。可见儿子也不一定非像妈妈不可，但也许将来还会变，毕竟知了有脱壳的时候。蝉姑娘的脸偏长偏瘦，是家里的独女，家境不错。传说家里的自留地还埋着一块奇异的石头，石头里封印着一块无暇的美玉。风子说按先天八卦的推算，他们家大石头里藏的可能是和氏璧。听到这话时，我只想抽他的耳光，因为这话有侮辱《二十四史》的嫌疑。我很想告诉风子：和氏璧已经被做成了传国玉玺，在历史上已经消失了一千多年，而且传国玉玺曾在我们家出现过。那是我小学五年级的冬天从京杭大运河边的河泥里捡到的，不过它已经被我卖给了废品收购站。那时紫铜八块钱一斤，废纸三毛，生铁一块二，张记烧饼两毛五，许大小姐家的猪油小馄饨三毛。赔给何欹的高档塑料文具盒一块二，虽然她不要。

小蝉姑娘在医院当护士大概纯粹是找点事做而已。当初她和风老道谈恋爱时所有的开销都是她一人承担，所以穷困的风子感动得连鼻涕都流了一地，很愿意天天抱着她的大腿。等到他们完婚以后，蝉姑娘还是那么阔气，经常给科里的同事带 85 度 C 的奶茶、买来伊份的零食、送必胜客的夜宵。风子说他爱人去商场买东西时从不还价，而且只爱去不打折的商店逛，经常把一眼看中的衣服鞋子打包回来，但常常穿了一次就束之高阁。因此每个月医院发的那点可怜的收入对小蝉姑娘来说，等于是在马路边捡的一分钱，交给警察叔叔，警察叔叔都会觉得头疼（大概觉得贪了不值，上缴手续又过于繁琐）。小蝉虽不见得非要向风子要零花钱，但也听不得风子劝她节省的话。书上说直脸的人往往比较直率，敢爱敢恨，但也容不得别人说她不好。于是风老道有时愁苦，偶尔郁闷，总觉得他娶的是一位乔峰式的豪爽汉子，而不是缠绵的西夏公主梦姑。好在他们相爱，于是这一切龃龉都是可以被暂时闲置的。

去年年底小蝉还怀着小知了时，风老道凑了一笔首付款以后在新城区买了一套三室两厅的大房子。房贷什么的肯定是不能指望他老婆了，因而最近大半年风子也总是节俭得很。好在股票市场近期有了不错的收益，因此他的脸上还见不着和我一样的太多的菜色。自从他的蝉儿子出了生，风子把他的父母从湖南小城市里接了过来和他们一起住。一大家子虽然暗流涌动，但至少表面上看起来很幸福。

我母亲也想搬过来和我们一起住。曾经显赫一时的化工厂在数年前关闭了大部分车间，于是她在四十三岁那年就办了退休。到今天，她已经在家赋闲了好多年了。我上大学时，她曾去父亲的中学门口摆了一阵子的地摊，卖过一阵新年贺卡。卖不掉的几张贺卡都被我寄给了陈子冰和其他几位高中女生。因为赚的钱养活不了自己，她又去亲戚家的羽绒服厂里当了几年的监工。后来厂里的出口生意不好了，她又出来帮我老姨娘看台球桌子。做做停停，有活干赚点打麻将的钱很好，没活干在乡下搓麻将更好。去年我侄子出生时，她上来帮了一个月的忙，最终因为她烧的菜不好吃，家务做得不干净，孩子抱得不科学等小事和我奶奶吵了一阵，一赌气又回乡下去了。

可是我现在也没理由把我那同贵妃出生的老娘从乡下叫上来一起

住。万一她对每天到家都不愿叫她"妈妈"倒头便睡的儿媳妇说："你们俩为什么不生孩子？你要不要去医院看看？"生了气的柳月兰肯定会恨恨地说："你儿子也是医院的，怎么不去问问你儿子？！"既然两人戳到了我的短处，但我肯定不会像一只绑在东庄杀猪场里即将被骗掉的公猪一样任人宰割。我一定要跳出来说："日子还过不过？不过就离婚！这个家里一点儿意思都没有了，今天我不回来了！"

是啊，日子没法过。一个没有新生命出生的家庭正如同活在棺材板里一样。每个在棺材里生活的人，将来不是变成僵尸就是变成吸血鬼，也或者是变成老太奶奶说的"老秋物子"。想起了《红楼梦》除了贾宝玉以外，贾府上下正经出生的婴儿只有巧姐。整部书前后十余年，只有人死，少有人生，这是多么悲凉的境地。

我此时的心境也很悲凉，不是想吵架，就是想离婚。可如果真的离了婚，我能找到谁去了呢？冯老师？那不现实，强迫她和我一起有违三纲五常，还容易引起法律纠纷，更可能引起血光之灾。如果她不愿意，那我不是更得尴尬。以为志在必得的东西等背上辕、上了大磨盘却发现连盘能磨的红豆都没有，岂不是要忧郁咳血而亡。

于是又想到小妖。小妖最近在一直在忙离婚的事。我觉得这个时候找她一起吃吃饭，聊聊天，互诉一下同是天涯沦落人的友谊挺好。我发了个消息给小妖，问她哪天晚上有空，天气冷了，去不去锦川吃火锅去。她问："几个人？"我说："就我们两个。"小妖说："不去。""为啥？"她说："孤男寡女，我没你一样不要脸！""骗你的，还有张石头、大海和燕子。""为啥叫我一起？平时没见你这么大方过。""又不是我请客，你们家石头哥请！"

石头哥是我们对张石医生的尊称。即使他比我还小几岁，我也得尊称他一声"石头哥"。正如皇帝即使再小，白胡子一大把的臣子也要喊"吾皇万岁万万岁"。张石医生是金花医生的老乡，却和她有着完全不同的性格，可见地域歧视是很不道德的。和金花医生一样，张石医生也一直是家里的一块宝。他是家里唯一的儿子，上面还有两个姐姐。他自己常说："我从小是吃洋奶粉长大的！"我耳背，以为他家是在农村里养羊的，居然还会把羊奶做成奶粉。不过我总以为羊奶和羊肉一样骚气，哪里吃得下去！天天吃这么骚气的食物而长大的张医生与从小吃紫河车的鬼氏同学还真的有一比！从小就懂得能吃补药的人，也怪不得他们的脸上总会长出各式各样的痘子！

经过张石医生的强烈抗议，我才知道张石头的爸爸其实是远洋的高级船员。因为经常出国，所以他经常从国外带一些在国内凭票都买不到的商品，比如写满梵文的香烟和意大利文的洋酒。这种商品一般都不能多带，被查出来后可能会被《刑法》审判，但不带的话又不符合人性的原本设定，于是他多多少少都得给自己或亲戚捎点什么。张石说他父亲最厉害、最辛苦的一次是背回来一台21吋的东芝大彩电，从上海的口岸换了好多部公交车才返回安徽家里。八十年代的彩电最起码有五十斤重，张老爷子如果不是当过兵，我相信也坚持不了那几百公里的路程。当然这种个人夹带的私人物品，比起那时赖昌星那种大规模倒买倒卖有着不同性质，纯粹只是为了改善一点生活，因此海关里的官员大部分时候也是睁一只眼闭一只眼。

石头哥在医院人缘不错，倒不是他大方、喜欢请大家吃饭，而是他有饭必报、有美女必陪，所以值得信赖。今天这顿饭是他为了报大海医生上个月给他介绍一位小学老师之恩的。虽然那位女老师已经明确表示看不上他，但也阻挡不了我们趁机吃张医生一顿。石头哥的择偶标准很简单：肤白、貌美、大长腿，加上有大学文凭。不过以石头哥那雄厚的脸以及穿内增高鞋才能不残废的身材，实现他的目标是有一定的难度的，而且他还有现实的人物为对照，这就更让科里乐意给他当红娘的同事们打起了退堂鼓。

"起码长得要像燕子姐这样的吧。"石头哥在敬酒的时候谄媚地说。

小燕子有一双漂亮的大眼睛、弯月眉、鹅蛋脸、高鼻子，嘴巴不大不小，喜欢微笑，经常话还没说，已经把笑声先递了出来。用《诗经》里的话叫"蝤首蛾眉，巧笑倩兮，美目盼兮"。不过燕子护士应该没看过《诗经》，不晓得我是在恭维她，因为我故意把倩念成了"靓"。靓仔、靓妹原来是港台剧里广东话传过来的，读音甚是奇怪，居然和"亮"一样，而不是读什么"贱"或"倩"。不似形声字的传统，想必应该属于南方蛮夷文化的内侵。为此字的读音，小学时我曾被学霸张宇和小牛屎季杰笑话过几次。

席间，大海说他们科里最近在搞一件纠纷。是一位三十几岁的年轻妇女，半年来两次肠梗阻。这次梗阻到肠子都坏死了，急诊开进去一看结果是结肠癌，是结肠癌造成的梗阻。家属和患者不开心，说怎么半年前没查出来。"三十几岁又不是高危人群，当时给她做腹部 CT 也没看到肿瘤，谁会莫名其妙去做肠镜呢。你们科也跟肠道打交道的，注意点。"

于是张石头也提到他今天请大家吃饭的另一个原因。最近他被一位原来当过医生的老先生给投诉了。老先生在病房里追着他吵了半天，说他没医德，说他乱开检查和治疗，骗他那痴呆女儿医保里的钱。"我们住院已经检查得很少了，都是常规检查，比内科检查少多了。指着我鼻子骂我，真受不了他。"

有时就是这样，在医院看病，检查多了不对，不检查也不对。当然这也看医生和患者是什么样的人。

小妖更显得心事重重，问她离婚离到什么程度了。她说："离个屁啊！先分居呗！等分居半年，我再去打申请。""快刀斩乱麻！""斩你妹！我儿子可怜得来。"小妖毕竟不是一个文化人，说话总有点乡土气，虽然长得可爱，但总觉得找不到"倚楼听风雨"的感觉。想想对面的两位美女都已经是孩子的母亲，脸上的皮肤明显有些松弛，长期值夜班后眼袋发黑，而且总不时谈到她们的孩子，顿觉没劲。

吃完火锅，张石头提议去对面的夜总会里唱歌跳舞去。大海医生说不去了，家里有老婆等他。本想调侃他"是不是回家植树造林去"，但想到这几年我也没造出半根竹笋来就没继续说下。走到对面的 KTV，在走廊里遇到了骨科考了博士的韩医生和外科当了销售代表的吴医生。他们俩都不在我们医院做了。吴医生说："正好一起，我们也没几个人，都是你们认识的。"

走进包厢，果然都是医院里的人。其中有一位是以前我们科的建芳护士。她已经在 ICU 待了好几个月了，问她还回我们科室不？她说，估计不回去了。还有一位是最近才调到科里的护士。女孩子姓候，除了矮了点，相貌、脾气性格都挺不错。其他的大概都是外科的最新调进去的护士，不认识了。穿着制服的男服务员问我们要加点什么，我们几个新来的看了看石头哥，石头哥说："果盘、啤酒，挑便宜的来两份。"韩医生说："别听他的，这是我的场子，我跟你去点吧。"

一会儿一位穿着短裙的女服务员进来，端着几份坚果、小吃和果盘。她把东西放在茶几上，说了句"请慢用"以后却没有出去，继续微笑着接着说"你们要点什么歌，我可以帮你们点"。这位点歌服务员挺漂亮，像一只优雅的白色鹦鹉。但也许也不一定漂亮，反正在 KTV 包房的灯光下，再丑的女孩子也会有几分姿色，再丑的女生穿一身白裙都有公主的感觉。

唱歌不是我喜欢做的事，连《国际歌》都会唱走调的人还是不要去和女生抢麦克风了。其实绝大部分来 KTV 里唱歌的人都是自娱自乐而已。听了他们唱了一会儿歌，宛如在欣赏一副顾恺之的《庐山图》，有点置身于松石嶙峋中的错乱感。过了半个小时，小燕子接了个电话说她有事先回去了，建芳护士也和她一起出去了。

我也想回去，这不是我喜欢的场合。于是又过了几分钟，我借着出去小便的机会从 KTV 里的厕所里尿遁了出去。

11．让我们在梦里走散

十一月，万物盛极而渐衰，到处都是接近消亡的哀叹。短命的虫子也在夜晚发出了一阵阵最后求爱的叫声。桂花的香早已飘过了，细小的花瓣洒满了湿漉漉的水泥地面。小区里农民伯伯晒在路上的芝麻也收了起来。白天尚且温暖，夜晚已有寒凉。虽不至于要穿厚衣服，但秋露或秋雾也不时出来炫耀一下自己的魔法。

小时候这个季节已经是收割的季节，可现在地里的稻子还是成片成片。大概以前都是早稻，而现在都是晚稻，而且地里也看不到成片的挥舞着镰刀、边割麦边唱山歌的农民兄弟了。机械化收割取代了人工，也取代了收获的欢歌。在收割的季节会有那么一两周时间，我们这个郊区医院里的患者会有明显减少。但等到月底，人们会像参加婚礼一般纷纷赶到医院里来看病，说着笑着来检查、住院、做手术，于是病房里会一下子变满。

农忙后的第一波住院高峰中，有一位住院病人病情很奇怪。他进来以后患者总是觉得胸痛、手抖、乏力、头晕，给他做了心电图没什么问题。顺手查的一张电解质的报告提示血钙明显升高，结合胸片提示胸骨及肋骨多发虫洞样改变，于是叫了内科会诊。内科医生又叫了血液科的高主任来会诊。高主任过来看了看报告直接说："这个是多发性骨髓瘤。你们怎么这种病人也收？""我们哪会看这个病，来开痔疮的。"我们回答。"那我跟病人谈吧。你们忙你们的去吧。"高主任说。

血液科的高主任原来是医务科主任，后来因为和新来的院长有些聊不下去就重新回了临床。新来的院长是一位接近退休的高个子老头，长寿眉，有点含胸，说话有点腔调。学院里把他派过来当院长好像是为了推进新医院的建设。建设新医院是从上个世纪末就一直在推动的，但还在嘴皮子认证上。大的方案不过是在原地改建，还是选址新建。新院长的行政级别比起区长来也不低，于是医院里传说他常常连区长的面子都不给，何况是一个话不投机的医务科主任呢？脱离了行政管理的高主任比当科长时倒是亲切很多。有点腔调，但是说话很真诚，叫他会诊的话基本随叫随到。这很难得，作为一个只有三位医师的科室，让一位五十几岁的老主任在医院里练长跑也是所有医院血液科的特色之一。高主任向患者推荐了一些治疗意见，让我们给他开点口服点磷剂，或者打一点降钙素以减少高血钙造成的临床症状。治了没几天，患者出院去市区继续看病了。

我的论文也在年底前终于被发表了，和预计的不一样，原来是发在杂志增刊上的，也就是说不能被文献检索到。因此科教科不承认，不给报销版面费，但人事科说无所谓，只要是核心目录里的杂志可以给升职称。写核心论文已经把我弄得头昏脑胀，半条命都要丢在里面，于是庆幸可以捡回来一个中级职称。一高兴请风子在明华饭店吃了一顿毛血旺。席间风子抱怨他两年前报了中西结合的专业技术职称考试，结果被关了两年，害得他的主治职称也被耽误了两年。他今年考的是中医专业的考试，这次总算通过了。去年他的核心论文已经准备好，明年升中级职称应该是没问题的。

风子虽然被中西医结合的试题给卡了两年的脖子，但法力依旧很强，写专业论文还难不倒他。可惜他的专业和我不相关，我以前还想去蹭他或者其他大学同学的文章，以图蒙混。现在我已经放弃了，毕竟当年从事我这个专业的医生只有孙一医生，但她两年前就不做医生了。人这一辈子，大部分时间只能在一起走那么一小段路。所有的努力都只能靠自己，别人说过的相互提携的话不过是一种挂在驴子面前的外国胡萝卜。而且即使我自愿当一只又蠢又懒期望挨鞭子的驴子，但对别人没好处的话，谁又能主动拿出自己的萝卜缨子或皮鞭来呢？

《史记》里说"天下熙熙，皆为利来；天下攘攘，皆为利往"。"博弈论基础"告诉我们"不要去考验一个人的人性，因为人原本就是一个自私的动物。"自私是一种本能。希望别人大公无私、甘心奉献实际是一种耍流氓的表现。如果想让人变得崇高，必须制定让人崇高的游戏规则。想要让人敢于做好事，就得设计"好心人免责条款"。不然遇到躺在路中间的老太太，有谁敢去扶她呢？不然遇到心脏骤停的路人，除了心内科医生，即使学过心肺复苏的其他科医生或普通人，谁又敢去给他做胸外按压呢？不然遇到我这样不想写科研论文的医生，有谁敢把他们写好的核心论文好心送给我呢？于是这种事，不想也罢。

圣诞节前，冯老师在一个周末晚上很突然地给我打了电话，问我"可不可以见个面"。我说："可以。"但答应下来以后却犹豫了，思考了一刻钟，烧掉了三根烟，感觉自己还年轻，并不需要非专业人士的心肺复苏，于是对自己说"没问题"。这个没问题还源于今天我没在市区，也源于柳月兰这周请假和小姐妹们去桂林旅游去了，当然还源于我刷了牙。

关掉游戏和电脑，我走出了我蜗居的小屋。楼道里三十年前粉饰的墙面已经开始剥脱，露出了以前的那种粗大的砂子。小时候我总以为这些砂子都是来自沙漠，后来才知道不是。书上说沙漠里的砂子不能用作建筑材料（这很奇妙），不然仅凭这几年国家建的商品房就能消灭掉不少塔克拉玛干的沙丘。从小区里香樟树下走了出去，那些一人都抱不过来的香樟树年初被绿化管理部门修剪过。这些参天的大树几乎被拦腰截断，原本巨大的树冠变成无数待烧的树枝堆在小区的路面上，树的后排终于露出来几栋小楼。原本我会以为这些一片叶子都没留下来的树会死掉，而那些树在三月的春风里也的确没有发出芽来。到了四月末，从靠着树皮的树干上才长出了一圈细小的树芽。那些细小的树芽和粗壮的树干形成了鲜明的对比，容易让人想起小时候捉到的龙虾和螃蟹。有时候那些被我们捉到的甲壳纲动物会挥舞着完全不一样的两只钳子，一只很大，一只却很小。有的甚至连钳子都没完全长出来，只有一只像带着拳击手套的肢杈。现在那些细小的树枝已经长出来一米多长了，可仍然不协调，仿佛是种在磨盘边的几根芝麻杆一样。

人这种生物就没有器官的再生功能，不如会七十二变的孙悟空，在车迟国里即使把头切了还能再长一个出来。前两天科里也收了一个刚被截了右侧小腿的中年人。他在单位干活时被一个忽然倒塌的锅炉砸烂了小腿。因为那条腿被砸得稀烂，骨科医生看实在没有接回去的价值而且容易感染并发坏疽，征得他同意后给他截掉了膝关节以下的小腿。现在骨科把他转到我们科来治疗与换药。其实这种情况也没必要住院，门诊就可以换药，但是这里面牵涉到工伤。患者自己觉得需要一直在医院里住着，这样他才有与厂里讨价还价的一份资本。每天给他换药时，看着他那丝线缝起来的残肢我都会想：明天会不会从那些肉缝里长出几根细细的芽来。等十几天以后拆了线，我也没有看到有什么新生物，看起来我诚心念的"洒下一粒子，开出一朵花"的人生娃娃牌咒语并不灵验。

每天查房时患者总是闷闷不乐，有时他也会说："我总觉得我的脚还在，总觉得我还能动我的脚指头。"这在医学上叫"幻肢感"，也就是说这是一种对已经失去的东西还存在拥有的幻想。正如我总觉得我还爱着别人，或者别人还爱着我，其实自己和别人早已越走越远。也正如我总以为我会把中医理论给忘了，但它却总是不时跳进我自我封闭的大葫芦里来。

冯老师约的地点是一个咖啡店。我从来不去咖啡店。咖啡很奢侈，睡得好也很奢侈。如果这两种奢侈还是相互冲突的事，那实在没必要去做这种需要吃富含硫化汞的朱砂安神丸来补救的事。

咖啡馆此刻没什么人。我走进去时，冯佩兰已经坐在一张靠窗的位置上。看到我进来，她举手示意她的位置，其实我在转过门口的四扇屏风后已看到了她。在她面前坐下，她问我："你喝什么？"我说："随便。"她问："拿铁？"我说："不要。"我不想喝拿铁，因为这名字让我想起魔兽世界里的熊猫人来。游戏里的熊猫人喜欢拿着一根大铁棒子，平时用铁棍子挑着两桶豆腐乳，如果谁不肯买他的豆腐乳，他会拿出大铁棒子请人家吃棒子。作为吃过竹杠子的人，看见别人拿在手里的铁棍子，我就会瑟瑟发抖。

于是，她叫了两杯很普通的"卡布基诺"。在等咖啡的时候，我对冯女士说："怎么啦？今天有什么事吗？还是家里有什么情况？是小孩子的事呢？""嗯。"她没说话，拿着茶匙在杯子里轻轻搅了两下，把上面一层漂亮杉树给变成了年轮。"好吧。那我不说话了。""你要小聪明时很讨厌。""差不多吧，应该不是最讨厌的。"我回答。

咖啡馆里的灯光比较暗，窗玻璃也是灰色的。窗外就是街边，晚上九点了，街口还很热闹。路边有一些出来卖散货的小摊。有一个还是卖切糕的，路过的人没有一个去问价买糕。那些新疆人生活也不容易，但是由于语言、习惯的问题总是令人感到有种天生的距离感。刚工作时这条街是城市的边界，现在这里已经是城市的中心了。周围的高楼林立，镶嵌在大楼玻璃里的轮廓灯，如小时候的星星一样，慢慢闪烁。

沉默了一会儿，冯佩兰开口问："你现在怎么样？"

这是一个没法回答的问题。我其实挺讨厌这种开放式的没有标准答案的问题。什么叫怎么样？问的是婚姻、工作，还是我的生活？在不知道对方想知道什么的情况下回答这个问题需要很高的社交智慧和语言修炼，这不是我擅长的。

"你不如问，你爱我吗？"我有点脑抽了，但我是笑着说的。"那你爱我吗？""不爱。"我回答。"我知道就是这个答案，你从来没真诚过。"她看着窗外。我想了想说："也许在书里我会真诚些。""我不想看你写的书，一点儿也不。"她端起咖啡来抿了一口。"你喜欢这种叫卡布基诺的咖啡？能告诉我它和那个叫拿铁之间的区别吗？"这个名字容易让我想到抹布。她没回答我，犹豫了一会，反而说："如果我让你今晚陪我，你会陪我吗？"她说这话时没看我。"会啊，"我说，"我不是陪着。""你是故意的，对吧？"她说。"故意什么？""算了，你这人既不真诚，也不勇敢，纯粹就是一个懦夫，而且还假装是一个好人。"她说。"但我的确是一个好人。"我朝自己杯子里又丢进了两块方糖，说，"还是说说今天到底有什么事情吧。我这个当医生的大概总喜欢开门见山地问人家的主诉是什么？不然我总是心慌慌的。"

她盯着我的眼睛看了很久，才慢慢地说："我也不知道今天为什么要叫你出来。你还记得以前在松江时有一个算命的给我算过命吧？""记得，那个骗人的老妇女，像个巫婆一样。还没我会算命呢！我这些年研究了不少相面书……""那你能帮我解个梦吗？""哦，什么梦？"我的兴趣来了。"下午我看电视时忽然睡着了，做了一个奇怪的梦，梦到了你。"她停了下来。我说："嗯？梦到我什么呢？死了？""不是。"她叹了一口气，接着说，"说实话，这些年我从来没有梦到过你。你说是不是很奇怪？""然后呢？""我梦到我怀孕了，我们两个去医院。你一直在前面走，走得很快。有一会儿你回头想和我说点什么，可我听不清楚。我叫你停下来等等我，我说我头晕，肚子痛，可你却像听不到似的，一直往前走，一直往前走，可是前面什么都没有。我很害怕，拼命喊你，可是你忽然就不见了。这时候我忽然意识到这是一个梦，拼命想醒过来，可无论我怎么挣扎，我还是在梦里。""梦就是脑子里不想睡觉的细胞在开联欢会，你是不是压力太大了才会做这么奇怪的梦。"我问。"不是，你不知道这个梦有多真实。"她看着我，说，"其实你什么都不知道！"我捏住自己的鼻子，捏到喘不上气，说："我大概的确什么也不知道。""唉。"她长叹一口气，转过头接着说，"你还是说说这个梦怎么解吧？"我想了想，说："梦都是反的，说明现实里我们不会有孩子。后来你看不到我了，说明我不会离开你的生活。""真不喜欢你的解释，一点意思都没有。我在对面的宝丽酒店里预定了一间房，这是房卡。你要是不来的话就把房卡还给前台。"说着，她起身走了出去。我相信她出去的时候顺手买了单。

我知道如果我们的关系按照故事的情节发展，总有一天会发生这一幕。以前这只是一种假设，今天变成了现实。道德和情感在此刻考验着我的肾上腺。工作四年多，我从一个战战兢兢的小医生，变成了一根小油条。但是在情感方面，我还是那根不敢下油锅的稀面疙瘩。成年人的世界真是没意思。有时你谈感情的时候，别人谈利益；你谈利益的时候，别人谈道德；你讲道德的时候，别人讲责任；你讲责任的时候，别人问你爱不爱她；你非说不爱她时，她给了你一张房卡……

这是一件很惆怅的事，想起了《红与黑》，想起了于连和德·雷纳夫人。不过那也许只有在浪漫的法国，在无畏的年轻人中才会发生的事。记得那时于连说："我不爱她，但是我一定要这样干。"我有一定要这样干的冲动，却没有一定要这样干的理由。如果仅仅为了一个毫无理由的梦，睡在一起只会让彼此的生活进入一个更糟糕的状态。但这也许只是冯佩兰的一个测试，当我顺着那个梦境一直向前，也许前面如她梦中所描述的一样——什么都没有。梦与现实哪一个才应该醒来？今天的这一切应该只是她来测试我是不是真的心里有她。我坚信她已经不再是大学时代的单纯，因为从她怀孕开始就不时地给我设一些陷阱。包括前些日子，她在回复我的某一封邮件里写："我不爱他，从认识他开始，我就没爱过他，虽然他是一个不错的人。"

可我也不是一个好的情人，除了让一切都成为发了炎的阑尾，我似乎什么都做不好。两年前与杨静通过最后一次电话，那时她还没结婚，她说她看不起那些不忠诚的人。一年前和陈子冰发过短信，她说"不欢迎死人复活"。其实我是要干什么？一直在干什么？我不过是在秋天大明山的山涧里伸手挽留那些随波流去的枫叶，或者在敬亭山的山巅抬手去抚摸那些即将飞尽的流云。即使这种行为在有些人的眼睛里毫无意义或十分不堪，但这也是我内心中所坚信与期盼的美好。我挺喜欢沈从文写的《边城》，喜欢他写的那些没被现代气息改变的美好，喜欢单纯地去爱每一个人，喜欢在一个亘古不变的古镇上为五斗米奔跑。

街上的行人已经变得稀少，咖啡店里的服务员过来提醒现在已经快十点了，她们目前并不提供住宿服务。我整理了衣襟，走下楼去，朝酒店门口看了一眼，却看见穿着裙子的柳月兰站在那里，仿佛是大六时的那个车站，仿佛是复兴公园的领袖像前。无论如何，2008年的今天，我都会让她们中的一位无比失望。

12．一条背负责任的狗

　　2008 年年底，建造新医院终于被正式立了项。医院基建与后勤等部门开始忙碌起来，只有临床医生有种隔行如隔山的感觉。有那么几天，莫主任拿着设计的图纸来征询我们未来门诊诊室的内部设计问题。那一片未来的诊室在平面图纸上看起来很不规则，好像是困难版的俄罗斯方块中的某一种图形。基于墙体的不可拆除性，怎样设计诊室内的办公桌和治疗床都觉得别扭。

　　最近我在翻长门诊。有一位门诊的患者自从要到了我的电话以后总是不时过来找我聊天。她其实没毛病，只是需要安慰。我觉得她去精神卫生中心更合适。那里的专家、主任和抗抑郁药更能满足她渴望诉说的冲动。今天她又来了，屁股还没坐到凳子上她已开始这样的论述："谢医生，我现在的情况是这样的……"下面是滔滔不绝的演讲，如果不被打断的话，她可以讲上半个小时。我不是在夸张，我真的在一个没病人的下午试过。她总是反复问我"要不要紧？""不会有别的问题吧？""没有再做肠镜检查的必要吧？""我吃饭吃得太快有没有影响？""肠癌不是我这样子的吧？""真的不需要用药？"……每个问题她常常还要重复三遍。每次听她说话时，我总想起小时候的大运河，想起那些拍岸的波涛。其实每一个波涛都很相似，看得多了会让人昏昏欲睡。听这位女患者的主诉也会让人昏昏欲睡，而她又总不让我去睡，因而令我很是郁闷。好不容易劝她回家，看她走出了诊室，下了楼梯，过了一会儿她又回来问了几个"如果肠癌的话开刀会不会复发？""不开刀要不要紧？"的和她毫无关系的问题。

美国著名医生特鲁多的墓志铭是这样写的："有时是治愈，常常是安慰，总是去帮助。"这是最近才流行起来的话，我觉得这不是对医生说的，应该是对患者说的。让那些无比焦虑的患者们知道，这个世界其实没有能拯救他们的医生，正如也没有医生能治得好我的色与盲。

以前看中医经典专业书籍，老祖宗们总是写他们治好了哪些病例，却难得记录被他们看死的病例。只有"史家之绝唱，无韵之离骚"之《史记》这种号称"史书"的文学作品中，在写到名医扁鹊和淳于意时才会这样写到："某某病，法当几日（如何）死"。这类似于中国的一句俗话叫"阎王叫你三更死，哪敢留人到五更"，但这很神学。司马迁写史也很文艺，一点都不像讲求证据和数据的科研史学论文。如果我出生在两百年前，如果我也有幸读到什么孤本的《黄帝外经》，大概也能写出这么有趣的医案来，也许也能成为一代看不好什么毛病却能在汗青上留下大名的著名医学家。

和我们在一个病区眼科医生王主任，元旦前援外回来探亲。在病区里遇到他，闲聊时他说，他驻守的那个国家的民众都是信仰宗教的。他们有一个习惯：如果把他们的毛病看好了，他们会说"这是上帝（安拉）借你们医师的手来拯救了我们"。如果看不好，他们会说"这是上帝（安拉）要召他回去"。因此那里基本没什么医疗纠纷，也不会有人来送锦旗。医师和普通人一样，都是神权社会运转的哈利路亚。

连日来的冬日每天都是大雾。太阳很晚起来，偶尔露出一点迷离的光芒，却也晒不透这厚厚的雾霾。在门诊窗口眺望城区里远远近近的楼房，似乎都隐在白雾中。这种没有层次的雾霾很不好看，令人没有一点点的期待。有时到中午，阳光也不肯现身，连近处的几棵七宝树也看不真切。来门诊看病的患者终于出现了断档，在闲着的时候终于能与隔壁开诊的风子同学探讨一下最近红火的股市。

在春节前把手里的所有股票都抛了。大概是踩到了狗屎，被小丁医生加持过的股票涨了五倍多。其实我早就想抛了，手里的股票刚涨到50%时我的心脏已经受不了。但是风子和小丁医生都像参观过满汉全席一样，都劝我说"别急"，于是我屏到了现在。卖了股票一身轻，再也不用担心账户里的庞大收益变成镜花水月。这时连我的妻子都对我刮目相看，甚至青蛙国王都想拿出藏在国库里的金币来让我投资，但是被我一口拒绝了。老两口为此有一个月都没叫我们过去吃过饭。

手里有了点闲钱就想着还是折腾一下房子吧。毕竟租别人的房子付房租还不如买套新房子还房贷。和乡下的谢主任商量，告诉他们我们准备在市区贷款再买一套小房子。谢主任哭天喊地地说，地主家没有余粮了！钱都给我哥了！何况他们已经把镇南的帝国给丢了。等我们把市区一间只有一室半厅的小房子的合同签了。柳月兰倒是从她的青蛙国王手里借出来十几万块钱，谁叫他和我们说有钱给我炒股的。晒干了的老蟾酥们真是不点就不能散发出光和热。退了租的房子以后，柳月兰回她娘家住了一阵。新买的旧房子得把厨卫重新归置一下才能搬进去，不然陈年的油烟总会令女孩子们有怀了孕的错觉。

当新的一年到来时，我终于下定决心去做试管（婴儿）了。我的确不能责备柳月兰，为了排挤结婚两年来的寂寞，一个月前她甚至养起了一只小狗。我们叫它油条。那是从路边捡回来的一只流浪狗。它有一身金黄而笔直的短毛。我妻子想叫它小黄，我觉得这个名字很大众，显不出我算半个文人的品味。于是我想了一夜，在一个经常路过的小李早餐店门口，我给它想好了名字，叫"油条"。

油条是个至臻至善的名字。外强内柔，清脆可口，如果加上它那焦香金灿的外表，很符合我家的王者气度。我把我的理由告诉柳月兰时，她立马说："你不能动我的油条！你想都别想！"听起来，她似乎知道我的打算，也同意我的命名。小油条是条田园犬，有领地的意识，听见陌生人会发出很大的叫声。吓过隔壁小忆的吴妈，请它吃了几顿"竹笋烧肉"后有所收敛。自从油条进了家，我们上海的家比原来有了些温暖。我的地位于是出现了明显的下降，如果它不能开口叫我爸爸，我大概也只能算它与我妻子的一个玩伴。

柳月兰上班没法遛油条时，只要我不值班，我都得赶回去牵着它在小区里走一圈。小区里别人家养的都是有些很身份的犬，最不济的也是好几百块钱的泰迪。不过我们养的油条并不认为自己低狗一等。它走起路来十分轻盈，像一个会跳舞的伊豆舞女。它也不掉毛，也不用非得吃狗粮，也不生病，也不用去宠物店洗澡、修理毛发。自从它学会管住了自己吵闹的嘴，我觉得它简直就是马路边捡来的天使，比其他有品种的犬不知道好到哪里去。

即使这样，在市中心的老小区里养一条没有品种的狗也很麻烦。油条小时候的外形还算萌，我希望它会被无知的上海人以为是来自日本的小柴犬，但我也知道那不现实。那些住在蜂窝煤里的群众们总以为自己住的房子下面修的是中国人民银行的地下金库。他们每天都睡在价值好几亿的金丝楠木做的床上，穿的也都是价值连城的金缕玉衣。平时即使端着臭豆腐，他们看人的视野似乎也高人一等。如果不是柳月兰会讲上海话，估计连我这样一个拿着上海市户口却只会讲乙等普通话的外地人会被他们用"反对葫芦星人入侵"来向物业投诉。

中国人其实一直有两种性格，一种叫曲水流觞，一种叫王八乌龟。当王八乌龟的总是喜欢幻想自己有朝一日会成为王侯将相，拿着金饭碗吃"珍珠翡翠白玉汤"。当王侯将相的总喜欢问人家"何不食肉糜"或"哪里有蜂蜜水"。我就是那种幻想着自己可以坐在大条案子上拿着金筷子和我的贵妃娘娘们一起吃扬州盐水鹅的那种。其实这个小区里每个人都和我一样，只不过有的人的家长是在清末民国时期来的而已。

心理学上有一个名词，叫"电梯效应"。说先进电梯的人总不喜欢后进来的人，因为后进来的人会挤掉先进来的人的空间。其实人与人争来争去也没太大的意义。纵有广厦千万间，卧眠也不能过七尺；纵有家产千千万，临死还不是两手攥着空拳？可惜大部分人都做不到"看空"二字。因为勒庞在《乌合之众》里也写了：个性融入群体后会被淹没，会表现得情绪化、无异议和低智商。比如隔壁的小忆，虽说她长得很可爱，每晚都用高贵的小提琴拉着高贵的曲子，却也和她家不喜欢阿Q的吴妈一样，不喜欢我牵着的油条。

我倒希望我的油条可以永远当一只个性独立的狗，也希望我能成为一个与众不同的人。于是搬出租住小区的那天，我和油条都走出了一种走在几百米宽的长安街御道上，走向长乐宫的感觉。

13. 诸痛痒疮皆属于毒

　　乙丑年的春节后，柳护士连熬了几个中夜班。我正月十五见到她时，她的眼睛上长了一个麦粒肿，让她憔悴的眼睑显得十分别扭。按我们那里习惯，把这种病叫"偷针眼"。我总觉得不对，应该叫"透针眼"还差不多。我的理由是这样的：偷一根针和眼睛有什么关系？偷一根针，眼睛就会发炎？完全没道理。还是透过一个针眼大小的孔，看到了一些辣眼睛的事从而患上了眼病更恰当些。于是我问她："你是不是最近偷看了什么不该看的东西？"她说："去你的。你才天天看不该看的东西！你这个看屁股的医生！""抬什么杠？真是的。"我有点把自己绕进去的感觉。"当护士的什么没见过？我这是卖力肿！卖力才会得的肿！"她这是讽刺我的不卖力。一个人卖不卖力一般都心知肚明，我只是没找到值得卖力的目标。自从去年被冯老师的梦将了一军，我也好久没干过什么卖力的事。

　　忽然想到了下象棋，大学时我下不过风老道和西西同学，被他们将军我觉得情有可原。要是被棍棍或者鬼氏将了军，我就会难受好一会儿。等我在临床上奔波了五年，谁再将我的军，我都变得无所谓。当然这里面不包括论文、课题和冯老师。看不好的毛病，可以推到别的科室去看，别的科室也看不好的毛病可以推荐他们去市区顶级医院去看。顶级医院看不好的毛病，可以推荐他们去看中医。于是那些被我劝了去看中医的人会问我："你自己不就是中医吗？"我会很干脆地说："是的！可是我中医的水平不高，没有得到名老中医的真传。你看我现在还是一个主治医师，而且还是一个中医肛肠科的医生。"他们就会知趣地跑开，去挂其他专家的号。我的葫芦里大概只有醉生梦死，没有乾坤万物！人有时正如一只在密闭容器里被实验的跳蚤，在瓶盖上跳到头破血流才会趴在罐子底认命。无论如何我这个科室的天花板太低，还是让他们在更高级的地方碰了壁，他们才会知道有时候有的毛病是看不好的。

春节后的第一个星期，原本出空的病房三天内都收满了。相比市区那些大医院，我们还算轻松，可我不喜欢。虽然医院已经开始推广电子病历，不用手写病史已经比去年拿着钢笔爬格子轻松很多，但是这一切都是在摸索下进行。病史的模板也没确定下来，尤其是我们中医类的。于是大家都到几个市区的附属医院里抄他们的病史格式。陈师姐是 LX 医院的，就去借 LX 的；杨大师是 YR 医院的，就去找 YR 医院。我是 SD 医院的，按道理应该由我去借 SD 医院的。我想了想五年来那些还留在 SD 医院的同学——糖糖、米小糊、鬼氏、大卫，发现自己一点兴趣都提不起来。这类似于刚毕业时大家都是从中医大的大磨坊里磨出来的新鲜豆浆，在不同的医院里有的同学已经做成了绢豆腐，有的人已经做成了日本豆腐，而我最后却是一坛被变质的卤水沤烂的臭豆腐，且我也不想下油锅。

想起《西游记》里大小妖怪们总是喜欢架起油锅，即使是在五庄观里已经得道成仙的镇元子也一样。想必油炸唐三藏、孙猴子、猪八戒和白龙马都可以获得不错的口感，如果再撒上一点辣椒就更好了，很符合川菜的口味。可惜三藏法师去印度取经时并不需要经过川府之国。从云贵高原绕到印度去虽然可行，但明显不符合那个时代的特征。还有唐三藏所生活的大唐王朝并没有辣椒，辣椒当时还只晒在南美洲的印第安人帐篷上。在国内想要吃到辣椒，得到大航海时代开始后的明代才可以，然而在明代忽然兴起的小说热潮自然不会像如今的 SCI论文一样讲究科学的考据。不过花椒倒是从张仲景老祖宗就开始有的，也是一味温中止痛，杀虫止痒的好药。我特别喜欢给屁股痒的患者开上一点儿花椒来坐浴，这与把它们放在口水鸡里麻掉吃货们舌头的效果是一样的。这叫道不同，不知另有妙用。

我有时也想中国明清小说那么繁荣，大概也与辣椒的传入有关。下油锅大概是古人能想到的最严厉、也最好吃的刑罚之一，类似于有的经里的火狱。但吃油炸的东西太多容易得中医辨证论治里的"火证"。"诸病疮疡，皆属于火""诸逆冲上，皆属于火""诸躁狂越，皆属于火""诸病胕肿，疼酸惊骇，皆属于火"。反正各种有向上发作的毛病都属于火，这叫"火性炎上"。这也符合说谢校长经常说的"凉打脚下起，热从头上去"的谚语。当年背诵这《病机十九条》时经常上火，口舌生疮，大便秘结，感觉与被美国人在骷髅岛上逮住的大金刚一样，非要爬到帝国大厦上吹一阵充满暮光的风才会冷静。

但在上火之前，我都很懦弱。虽然以前总是时不时给冯佩兰发一点小诗、小短文或短消息，但现在我打起了退堂鼓。我其实一直是想把她当成一个可以对等聊天的朋友，并没有把她变成自己女人的勇气。她所需要的对等的爱实在让我为难，于是乎那天，我是把房卡放回前台，默默地离开了的。

当晚，大概看到我离开后，我就收到了她的短信，只有两个词，写着："再见，不见。"

过了年，我把整理好的《杏壶之殇》的上半部稿子通过邮局寄到了冯女生工作的医保服务中心，并在开篇写了这样一首诗：

毒药

城市微黄　夜色微凉

遥远的星辰　点不亮你的纱窗

花已沉睡　爱也沉睡

在秋虫的歌声里　我慢慢沉醉

夜晚漆黑　醉也难睡
写一首曲子　默默回味
阵阵潮水　段段眼泪
那紧闭的窗户里　是我的心碎

空无一人的街道　霓虹闪耀
孤单在蔓延　而夜在燃烧
晃动的影子　熄灭的灯泡
你是否知道　我的需要

如果时光是毒药　爱就成了长矛
当生命慢慢消失
希望这无声的诗句
可以诉说　那一个过去

一周后，稿子被完整寄了回来。那首诗下面夹着一张小短笺：

说好了再见，为何还要纠缠？既然我总是被舍弃的那个，为何你还要阴魂不散？也许你觉得这个故事需要一个不一样的结尾，那我只能奉陪。但请别忘了，我是一个女人！

14．谁都有决堤的时刻

　　二月二，龙抬头，在农村是可以舞龙的。小学时，镇上还有一个舞龙队，大概有十来个人，来自于镇上的各个工厂或者文化站。也许我母亲叫得出他们中几个人的名字，但我和父亲都喜欢当看客。他们都扎着北方人的方头巾，在锣鼓声中欢快地跑来跑去，把一条绸子做的大龙摆弄成一条翻云覆雨的活物。在家里听到锣鼓响而跑到大街上来看热闹的大人和小孩子很多很多。小镇不大，他们沿着迎江路一路从瓜洲闸下面的电影院跑过来，再一路跑回去，差不多有一、两公里。这支镇上的舞龙队一年大概出来闹三次，正月十五、二月初二和国庆节。只是随着小镇上的孩子越来越少，围观的人也一年年的减少，到我小学毕业时，终于再也没听见过那令人激动的锣鼓声响。

　　谢校长和牛贵妃都是属龙的。暑假休息时只要下大暴雨，我的父亲都会很欢快地脱掉自己背心汗衫，光着膀子，穿着一条平底的大裤衩跳到大雨里去洗澡。他还会让我把已经生了白毛的臭肥皂从水池子边拿了递给他。这时天上总是雷声隆隆，因此我总害怕他会被雷劈死。但我父亲总是说："我是属龙的。龙是什么？是神！真龙出来才有雨呢！连这雷都是被我这条真龙带出来的！"于是我很羡慕我的父亲，希望他真的是一个真龙天子，而我正是真龙天子的嫡亲儿子！将来我一定会和我哥一起瓜分瓜洲镇镇南的那一片家国大业。

　　等我慢慢长大了，才发现我其实什么也没继承到。除了用他们两位的那点可怜的公积金填补了一点买房子的亏空，我甚至连老家的房子也没了。牛贵妃几百人的化工厂也倒闭了，谢校长的小学学校也被合并了，我的户口也在考上大学以后被迁出来。小时候以为将来会统治的一方天地，终于慢慢变成了只有一条被子覆盖的狭小空间。

我准备回答冯老师在纸上问我的那个问题。我想我的答案应该这样的：我之所以阴魂不散，是因为我潜意识里总以为我还是一个王侯将相，以为我所爱的所有女人也会不计得失地永远爱我。不过这个答案她应该不愿意接受。

戒烟戒酒戒游戏，三个月后我和我的妻子去做了第一次试管婴儿。这也是迫不得已的事。之前被我推脱了半年多的小蝌蚪检测结果向我告知了一个令人丧气的事实：我的生殖中心每天只能生产巨量的残废小蝌蚪。这就如同在我父亲当年在运西小学的工厂里制作塑料袋时一样，虽然车间里塑料袋的产量达到了每天一万只，但检测结果却没有一只是合格的。这中间不是模子有问题就是工艺有问题。在拿到检测报告后，我一脸煞白，宛如被人拿着砖头又拍了一下脑袋，感觉马上要昏厥过去。在一边监督我来检查的柳月兰伸手拉住了我，说："没事，老公，我们还可以做试管。实在怀不上，我们可以做丁克。你看，我们还有油条。"

她是一个好女人，真的。电视里、书里写了太多的蛇蝎美人，也写太多的脾气怪异的漂亮女生，然而我总是用自己恶劣的言辞与高高在上的假想来辜负身边的这个女人，现在又轮到了这具不争气的身体。情感上我知道，我应该推开她，对她说："只恐双溪舴艋舟，载不动许多愁。"她一定听不懂，而我会接着说："离愁渐远渐无穷，迢迢不断如春水。"她一定更加惊愕，那我还会继续说："衰兰送客咸阳道，天若有情天亦老。"这时她应该杏眼圆睁、柳眉倒立，对我大喊一声："你给我滚！"

滚，才是我认为的目前最好的路。

可是我不能这么做，而是接受了她说的方案。

把油条送到扬州乡下交给我父母去养。大城市并不合适它这样一条土狗，只是牛贵妃并不喜欢养这种会传播致死率达到100%的狂犬病的生物。我只得与她交待："要是不行，你们就送到东庄的叔叔家养一段时间吧。"一切安排妥当后，我们去医院遵医嘱，吃药，取卵子，取蝌蚪，人工合成，养胚胎，种回去。这操作我大二时在复旦学过，实验是和红同学一起做的。从老鼠的子宫里取出胚胎，取出胚胎的视母细胞，放在细胞培养瓶养大，再制作成切片，拿到显微镜下看细胞的结构。这一切对红同学来说非常残忍，对我来说只是好玩。我没想到将来会用这个技术来养我们的孩子，也没想到将来写科研论文也需要复习这样的操作技术。谢校长说："诸葛亮看书，但观大略。"当年我学医学，也喜欢但观大略。

植树造林的第一个周期正式开始，日子已经是六月。今年的夏天来得比较早，刚到五月，有个别知了已经在梧桐树上开始小心翼翼地试音，仿佛是第一次走上舞台的歌女，带着一丝羞赧，叫叫停停。等到了六月初，外面已经喧嚣成一片。弱小的生命还是扎堆在一起才会变得大胆，比如羊群、狗群和我。

小时候最期盼的是过暑假。老师们布置的作业一般只有一本《暑假生活》。那本本子也就只有五十页，仿佛日记一样，已经标记好日期。中间一般只有两篇一两百字要求的小作文，一页最多只有四五条题目，还有很多趣味题。如果愿意，两天都可以写完，可是那时多半不想写，非要东写一块，西写一堆。到了假期接近结束，快到返校的日子，才想起来要补上作业里的窟窿。等到上学了，我们的班主任陈老师常常也忘了拿着我们没做完的《暑假生活》来骂人。而教数学的朱老师总说我们为什么数学学不好，就是这样老是"三天打鱼两天晒网"。后来有一次，他又说"三天打鱼两天晒网"对打鱼的人来说是对的，因为他特意跑到瓜洲大湾里的渔船上去问过那些渔民。对于在瓜洲生活的那些渔民来说，的确也不用天天去长江里打鱼。大部分时间他们都坐在船里补网、晒网、逗狗或者躺在船舱里睡觉，过我羡慕的日子。

医生们在柳月兰的肚子里种下了两粒种子，我们都等着它们生长和发芽。陶渊明说"孟夏草木长"，中医书上说"春生、夏长、秋收、冬藏"。夏季应该是一个繁盛的季节，无论种下什么都应该以最"长"的姿态出现。那些年的夏天，我们在大椿树的树荫下纳凉，在半人高的稻田里奔跑，在植物上捉蚂蚱、豆娘、螳蜋与其他各种漂亮的虫子……夏季是所有的生物展示自己存在的季节。可是现在即使窗户外还是那同样炎炎的夏日，我们的家却显得有点阴寒。不知因为什么，即使柳月兰按医嘱一顿不落地吃着保胎药，那两个小小的胚胎还是一起枯萎了，他们顺着一阵阵血流流在了柳月兰的裤子上。

在做完 B 超和孕激素的检测报告以后，我第一次看见柳月兰流眼泪。人有时候以为自己会是一个超能蓄水的三峡水坝，能够围住自己一生所有的脆弱，展示给别人的是自己永远的坚强，却不知道无论多坚固的水坝都会坍塌。因为水很柔软但却拥有自己的重量，这正如用篮子打水时我们觉不到它的分量，而用水桶打水时我们才能感觉得到加在躯体上的重压。在回家的路上，柳护士的大坝一直在泄洪，任凭我怎么安慰她，她都避而不语，于是我也没什么好说的了。真希望油条在身边，至少它还会舔我们的手。

在金山的家里，我们过了一个没有灵魂的夜晚。第二天一早，她起床后对我说："我想回市区去住一段时间。"她的眼睛很肿，如同被蜜蜂蛰过一样诱发了 IV 型变态反应，而且一个晚上我都能感觉得到她在翻来覆去。

15. 相见为何要到黄泉

潘老师在经过大半年多的休养生息以后，听说又开始去医院上班，每周去看两个半天的专家门诊。这是养在 SD 医院皮肤科的双面间谍鬼氏告诉我的。鬼氏最开始在心内科做了两年多的医生以后，终于待不下去了，去找了潘老师以后成功转型到皮肤科当皮肤科大夫了。去年潘老师生病的时候，他没和我说，于是我臭骂了他一阵，这次他终于想到了要通知我一声。

鬼氏在皮肤科倒是干得风生水起的。作为科里资历最浅的医生，他成功地做到了让自己成为全科收入最高的医生。这主要是因为他是一个不安分的人，干什么都有一定的冲劲。当然这也源于他对美好生活的追求，擅于在医院规则之下获得更高的报酬。我年初时又去了一次 SD 医院，是找锵锵的导师给我的丈母娘配治疗更年期综合征的中药，顺便找鬼氏敲了他一次竹杠，让他请我吃了一顿中饭。

鬼氏这个人是一个话痨，能说会道。虽然长得有点像没洗过泥的土豆，但是却从不带毒；虽然会见钱眼开，但能做到有进有出。在科室坐了一小会儿，发现猪头小队长今天没来看门诊，不然我挺想拿起治疗车上的电刀，顺手烫掉他脸上的大瘊子！皮肤科其他几位老医生对我都客气，但我没穿白大褂，也总不好意思与他们聊天，耽误正经患者来看病。于是在外面转了一圈，SD 医院还是那个医院，老专家也差不多还是那些老专家，但是心里知道我和他们格格不入。到中午的时候，鬼氏打了个电话过来说一起去吃饭，他还叫了大卫。

在门口的小药房前集中，三个人步行到淮海路，找了一家新开的湘菜馆。中午，随便点了三个菜一个汤，一盆米饭，没叫酒，主要是为了聊天。以前这家店还是做火锅的，楼下还是原来那家最开始认识冯佩兰的避风塘餐厅。避风塘的生意很好，看起来港式茶点还是能圈起来不少熟客。自从 SD 医院在浦东开了一家分院，在 SD 医院本部能见到的同学越来越少，大卫和鬼氏也都是在两个医院里两头跑。今天算碰了巧，于是正好一起吃个饭。其他几位女同学，鬼氏大概也没去叫，我也没那么大的面子。

那天吃饭的时候，鬼氏说："自从潘主任不在，科里的手术 80% 都是我做的，什么尖锐湿疣、狐臭、黑痣、皮肤癌……如果不是我去做，还有谁做？科里的那几个老太太都是在混日子。如果我不做手术，他们的奖金能有那么高？都是我做的贡献！整天说我抢她们的生意，关键是给她们做，她们也不做的！"

鬼氏讲得很有道理，可人性正如风子所曰"不患贫而患不安"。在一个相对平庸的环境里，如果有一个人特别努力，那就会招来别人的不满。这属于群体心理学的范畴。高中时，我的语文老师大运河肥皂先生叫我"不要随大流"，后来他发觉我不可改造以后，总说我是"小农民思想严重"，总喜欢过着"小富即安"的生活。他说"压力才会促进一个人的成长"，于是面红耳赤的我就从原来选的文科班里逃跑了。由此看来，我与鬼氏那几位年纪大了的同事一样，并不喜欢在背上刺上一幅岳阳楼上范仲淹先生写的"先天下之忧而忧"的烫金牌匾。

大卫做了一阵子肾内科医师，后来因为传承的原因，转到外科 ICU去了。而毕业那年和他一起在肾内科上班的小海哥早在三年前已跳槽去了医药公司，因此现在留在 SD 医院的同班同学只剩下大卫和鬼氏两位男同学，而且干的也都不是当年研究生学的专业。这大概也是"每个人都是螺丝钉，哪里需要拧哪里"的现实反映吧。大卫说他现在什么都做，各种清创缝合，胃肠穿孔，甚至连痔疮出血的 PPH 术也做。在取笑他抢我的生意时，我看他头上已经明显有些谢顶。他也说："在 SD 医院实在太累，今天出夜休，一会儿吃完饭回家好好补一下觉。"

那天匆匆吃完后和他们道别，毕业时说好的常联系，都变成了浮云。不过浮云也挺好，虽然有些高远，但至少还能看到，只要努力还可以追过去聊聊"你们家最近天气如何"。毕竟同了七年的学，无论我有多不堪，见了面他们还是得很兴奋地叫我一声"老谢"。我也会对他们说："对我要好一点，我可是会在小说里面写到你们的哦。"不知道他们知道我写的关于他们的故事情节时，他们是会感到害怕，还是会兴奋。李敖曾说："不要忘了，中国知识分子也是有权有势的，只是不是建立在刀光剑影上，也不是建立在金光闪闪上，而是建立在人类的良知上。"我觉得我也有权有势，也挺有良知。

文章写到这里时，想起来好久没联系潘老师了。给他发了一个短信，礼貌性地提醒他"注意身体健康，注意休息"，借此聊表我这个弟子的良知。到了晚上潘老师回了一个消息说："最近身体蛮好，多谢关心! 现在专家门诊都是限号的，不累。"潘老师是一个要强的人，不然也不会从下乡插队的地方考回上海来。当年在 SD 医院皮肤科，他也是最勤快的。他的这次复工，如果不是因为在家无聊，就是舍不得那些得了看不好的银屑病、老湿疹的患者们。

实习时跟着他老人家抄了不少治疗银屑病的方子。只是到毕业时那些方子都被我扔了，一个都没背下来。他最常用的一味中药叫"蜀羊泉"，这味药在《中药学》教材里查不到。有一次我大胆问潘老师"这味药的功效是什么？"他说是清热解毒的。中药书里清热解毒的药数不胜数，比如我在开篇写的'浮萍'。感觉只要是地上长的会开花的植物都有此功效，于是我也懒得去记它们和湿疹、银屑病的治疗关系。而且每次看到蜀羊泉这个名字我都会想起两个成语叫"羊肠小道"和"九泉之下"。

柳月兰回娘家住了已经有一个多月，她在请了两周的病假以后又去医院上了班。一个多月来，我们没有见面，她住她娘家，我住在金山，市区新买的房子让它继续招着灰。刚开始的几天，我还能做到早请安、晚请安，后来没话也不主动联系。这样子的婚姻有和没有是没有区别的，我总觉得现在我们可能正在一条快要断绝的羊肠小道上行走，也可能如大一时在复旦学古汉语《庄公克段》里写的那样："不及黄泉，无相见也"。不过这样也好，至少我现在有大量的时间可以继续写这个故事。虽说这么久以来，我和冯佩兰再没有见过面，但我把最近的窘迫短信了她。此刻的我如同一个孩子，感觉只有来自母性的温暖才能让自己冰冷的心好受些。想到冯佩兰给的那张房卡如果出现在这些日子，我想必会毫不犹豫地推门而入。即使第二天就会被人扭送到菜市口千刀万剐，我也会如同吃过蛐蛇胆一样敢于默默承受。然而这次她却没有回复给我任何一句话，又如同我们并不认识一样。柏拉图说："人生最遗憾的莫过于轻易放弃了自己不该放弃的，固执地坚持了不该坚持的。"

科里没有人知道我最近的生活状态，反正以前我也曾过过两地分居的日子。小妖说她分居快大半年了，灰脸狐猴终于答应她去办离婚，但孩子得归他。原本小妖说不要孩子，现在又说要把儿子争取过来，于是他们又陷入了一个新的循环。这让人容易想到所罗门王审判两个女人争抢一个孩子的故事。其实中国古代也有类似的故事，只是忘了主角是包公还是寇准。两个故事唯一不同之处在于所罗门的建议是把孩子劈成两半而一人一半，中国故事里是让两位母亲拉扯孩子的胳膊，谁抢到算谁的。虽然都是利用母性的光辉而引导出正确的审判，但是所罗门王的方法听起来过于公正而显得残忍，国人的方案明显更人性化一些。

生殖中心的工作人员也十分人性化，她们老是打电话来问我什么时候去做第二次试管。虽然是免费的，但是我还是得反复告诉她们："我的妻子还没做好准备。"最后她们善意地做了提醒，说："两年内有效，过了期钱也不退的。"我说："知道了。"

这不是还有一年多，反正我已经做好了最坏的打算。

16. 过去故事里的心殇

　　2009 年八月底，我和冯老师喝了一次下午茶。两个月没声音后，我意外收到了她通过邮件发给我的几个故事。那是因为我曾对她说，我想把整个故事写完，问她有什么想说的或者不想我写在故事里的可以说一下。结果过了一阵子后，她发来这样几个故事。这些故事都是关于她学生时代的，只是比大七在松江那一晚说的要详细和复杂得多。女士们在写自己的故事时一般都很平稳和细腻。冯老师毕竟是读文科的，写故事的风格很像林海音女士写的《城南旧事》。

　　在那些故事里，她提到了她的初中、她的高中，失败的几次恋爱以及和她现在老公的事。她老公是她高中时的同学。在故事里，他长得很一般，成绩不算太差，在班上算一个可有可无的人。当年曾经在她的文具盒里放过泡泡糖，殊不知正经的女孩子哪有喜欢吹泡泡糖的，于是冯佩兰写"我不知道当年他是怎么想的。"高中毕业后，他们两人考上了不同的大学，虽然都是上海，离得也很远。一个在西南，一个在北面。在大学刚开始时，男主角偶尔会到上师大来找她，叫她一起看场电影或者吃顿饭，却从来没有正式表白过。到了大二，他在她的世界里蒸发了。到了大三时，她遇到了我，然后是其他的人。等大学毕业冯老师参加工作后，有人给她介绍相亲对象，于是他们再一次的相遇。反正大家都不是那种令对方讨厌的人，也都能接受彼此的过去，于是就走到了今天。她在故事的末尾写到："世界很大，但是人的世界很小，小到一不小心就会遇到原来不想见的那个人，小到我们总把自己的不幸怪罪于别人的幸福。"

我也觉得人的世界很小。六度分割理论说："你和任何一个陌生人之间所间隔的人不会超过六个。"来医院看病的病人，也总是能找到关系来证明他们其实也是医院附属的人。他们总是会在某一个特殊的时候向我提起："我认识你们医院的某某，我们是好朋友。"或者"我和你们某个科的某医生是亲戚，你认识他吗？"以前他们说这话时，我总是不耐烦，世界那么小，我还认识美国总统小布什呢。后来我也想通了，因为将来的某一天，我也可能会在某种场合上腆着脸对人家说："某大主任是我的大学同学呢。"正如当年阿Q在造反时也说他认识革命党一样。人会这样说其实只是为了证明自己并不是一个失败者的失败者的自我安慰罢了。其实人和人之间没有任何的关系，别人的身份、地位、能力没有一件是自己的，别人出演的人生剧本自己也不能去当B角。合作时大家虽可以推杯换盏，背叛时也会拔刀相向。

想起那天差点和人家拔刀相向的事。那天中午我去护士办公室倒水喝，遇到一位刚从眼科出院的患者家属。他正站在护士台对小燕子大喊："出院小结怎么还没写好？你们医生中午都干嘛去了！"

这是一个年近七十的老叟，面容清癯，但面肿耳胀，这叫动了肝火。虽然这不是我们科的病人，但是怎么可以对我们科的燕子护士这么不客气呢？我觉得自己应该为美女燕子护士两肋插刀，于是我对这位脾气暴躁的家属说："现在是休息时间！而且拿出院小结，你得下午一点半去出院处结账，结了账再上来拿！"

"小伙子，你说话态度怎么这么冲啊？你是哪个科的？说话要低调一点，对人态度要客气一点！"老者把目光转到我身上来。

"我是医生，不是什么小伙子。你叫人家客气一点，那你态度怎么不先客气啊？！"

"你工号是多少？我要投诉你！你这样的医生没医德，侬晓得伐？"

也不知道他忽然说了半句的上海话是什么意思。感觉继续和这种人说话有点侮辱自己的智商，因为我不能对他说："去吧去吧，医务科开着就是为你这种精神病准备的。"这样说等于是给自己下套子，因为我无法证明他是精神病，除非他愿意坐下来，戴着老花眼镜，手指颤抖着做好几页的量表或者墨迹实验，这显然不现实。于是我不再搭话，转身离开，准备去值班室里找一只棋盘，听到闻讯而来的护士长在背后继续对他解释着什么。

过了一会儿，护士长过来办公室里说："谢安，你胆子大的，人家以前是副区长！"

退休的副区长这么拽？权利果然让人着迷，连退了休还在迷恋以前众星捧月、特事特办的感觉。副区长其实也没什么，去年夏天，经过努力成功晋升为副主任医师的杨大师还拉着我和张石头医师去见过一位。这位副区长的父亲屁股上长了个脓包，得了高级职称在医院里扬眉吐气的杨大师安排他走了一次绿色通道。半夜安排他住院，再半夜安排急诊手术。解决他屁股的问题只要半小时，但写病史、签字、写手术记录、开医嘱，却需要至少三个小时时间。虽有怨言，但碍于人家好大的官威和杨大师的气场，这也是没奈何的事。如果这次我真的被这位退休的从十品的官员给投诉了，我就通过杨大师去找一个现任的当靠山。我可以对他说："你们家老爷子当年的屁股还是我给换药的呢。"不过这样听起来十分的不体面，估计副区长大人的脸上会挂不住，变成方鸿渐式的晴雨表，更可能因为似乎没见过我而会给我发一个"滚出去"的金牌。

到了下午，纠纷办并没有打电话叫我过去填《医疗纠纷情况说明表》。想着老干部不是因为成功提前拿到了出院小结而怒气已消，就是因为气急败坏、肝火上延、血热妄行、脉络淤阻、髓海失养而忘了我的工号。我的工号并不好记，没有幸运数字，也不对仗工整，和上级领导的出生年月也没有相关性，让一位讲了几十年官话的老官僚记住委实不容易。

冯佩兰的老公也是在区政府的一个小部门里，负责一些环境监测方面的事。据说他每天主要做的事就是坐着等着人家打投诉电话，或者等着领导组织下去做突击检查。这是冯老师在喝茶时说的，这次她说他老公时有点轻描淡写，似乎讲的是一个同事。她曾写："哥哥在外面应酬很多，每天回来得都很晚。"对了，她说她在家里从来不称呼她丈夫为"老公"，而是"哥哥"。哥哥的称谓让我想起了在我大六那年愚人节跳楼的张国荣。虽然我并不喜欢张国荣的歌，但我喜欢他演的那部叫《春光乍泄》的电影。冯佩兰说她也喜欢这部电影。我喜欢与她这种"友达以上，恋人未满"的感觉，但也知道这很像在水面行走。除了水黾以外，谁也无法做到既不沉到水底，也不会被风吹走。

　　"你的故事写得很好。"我说。她又问那个问题："谢安，你觉得自己是好人吗？"我说："算吧。""那你觉得和我这样一个已婚的女人纠缠下去是正常的吗？""你为啥总是喜欢提问题？""我有提问的权利吗？""关键你的问题，我不知道怎么回答。""那就不要回答了。我把我所有的事都写给你了，这样子你应该满意了吧？你可以把你的故事写完了。""刚才说的还挺好的，现在又变得咄咄逼人了。""女人都是善变的，我其实也不该来。你今天约我出来还有什么事吗？""其实没什么事。""我知道你在想什么，你无非是想看看我有多爱你，对吧？""哪有。""其实你哪里值得我对你好？你能给我真正想要的吗？你以为我还是一个很容易被骗的小女孩吗？"我尴尬地笑了笑。她又说下去："以前吧，我总觉得男人一定要有才华。有才华得60分，对我好20分，高学历10分，其他的什么加在一起10分。""那我得几分？"她没回答，继续说："现在吧，我觉得有才华这种实在太虚了，能抵得上一只名牌包对我的诱惑吗？抵得上我拿在手里实实在在的东西吗？现在我看开了，我现在的标准是：对我好60分，有收入有前途一共30分，有才华最多给10分。""我大概连10分都没有，我也从来没认为自己有什么才华。""所以我现在一点儿都不爱你。别人的东西我不要，也不稀罕。忘了你，我会很轻松，真的。我现在挺幸福的，老公工作稳定，孩子听话。给你看的故事其实也不全是真的，我想的是既然我不能阻止你写我的事，不如主动写点东西让它对我有利一点。还有，我情愿你一点儿都不要写到我，我也不希望别人知道我。我现在过得挺好，并不像你想的或要写的那样。"

"我知道了。"我给面前的两只茶碗添上茶。今天的这茶叶是普洱，泡出来的汤是深色的。杨大师说普洱是发酵茶，熟茶养胃，有健脾化湿的功效。今天，我却只喝出了一股稻草味。怪不得午后的红茶里总要放一点奶和大量的糖。也不知道今天的杨静还是不是原来那一杯香醇可口的红茶。

沉默了一阵，又说了几句其他没法再深聊的话。冯佩兰看了看手机上的时间，丢下手里的茶杯说："我约了朋友一会儿去商场，给我儿子买两件衣服，再去书店买点小孩子看的书。"

"哦，好。"

她拿起放在桌边的折伞，撑开后走了出去。她撑开的伞上画满了缤纷的海棠花，她绽开的裙子也像一朵垂下的海棠。她走出去的样子袅袅婷婷，而我像是在看一副春末的花鸟画，甚至感觉到空气中有落英正缤纷而下。在大学时代她不算一个漂亮的女孩子，等嫁了人、生了孩子、精于打扮以后反而更有韵味。喜欢少妇大概也是我心态渐老而内心不安的反应。

窗户外依旧是雨。这雨从日全食那天开始一直下到了今天。早上看天气预报说未来的一周还是会泡在雨水里。今夏的雨很凉，和初夏的梅雨不一样，仿佛一下子进入了秋天。想起日全食那时，传闻说有一个阿拉伯的公主住在了海边的五星酒店里，包了一层楼说要看这次史无前例的日全食。结果那天一早上起来，一轮本该耀眼的太阳如同一轮洁白的月亮一样隐约在面纱一样的云层里，不用戴护目镜也可以看到整个日食。那天早上骑车去上班，周末病房里留的病人不多。在查房的时候，天完全暗了下来，真如黑夜一般，远近都开了灯，像一个末日。等天狗把太阳吐出来，这雨忽然就落了下来，而且下得没完没了。

听雨，喝茶，可惜此刻已经没人可以聊天，也没一只舒服的床榻可供睡眠。没人时孤单，有人时又觉得难以掌控。人的世界还是太过烦躁，令人生厌。男女之间大概的确是没有友谊的，我也许真的该为这个故事写一个结局，像冯老师说的那样，但一定要写成悲剧。

17. 相爱一定要在一起

　　2010 年年初拿了年终奖以后，柳月兰终于把工作换到了郊区。用她本人的说法叫："为了与其他的狐狸精斗智斗勇。"这话说得很微妙，这里面有三层意思：第一、说明她自己就是狐狸精，不然就不存在"其他的狐狸精"这个概念；第二、说明她凭狐狸精的第六感算计到她自己的婚姻有倒塌的危险；第三、说明她还愿意维护自己的婚姻。

　　我想她的勇气肯定是有的，但是智力就不一定斗得过别人了。其实她也不需要与人家斗智斗勇，毕竟相对于她自己来说，我可能只是一个临时装着宝珠的破匣子而已。单纯从相貌来说，既然她自以为自己是一个狐狸精，那她即使去米兰走 T 台也不会比其他女孩子逊色。但是按照心理学马斯洛的需求理论，人是有不同层次的需求的。我可能最重要的需求是有一位愿意看我写的小说的人，一个愿意与我分享一些文学的话题，或者愿意和我聊一些精神分析层次话题的对象。当然，这年头没有人是能完美满足别人的需求的。我想柳月兰也需要我能陪她聊聊她们科室里那些医护患三者间的八卦新闻，陪她逛街买东西，聊一些明星间乱糟糟的爱情。自然现在的冯佩兰也不愿意当我的听众了，她已经不会再打开我的邮件，这是她在最后一次喝茶后说的。她毕竟也是一个正常的女人，也有她固有的喜欢和厌恶，而我却也不能免俗。我们总是把别人想象得很美好，而忘却了自己是不是配得上自己想象的这种美好。

　　柳月兰没来我们医院工作，而是去了市公共卫生中心，她嫌我们医院护理部活多而钱少。她去的医院比我们医院等级还高一点，那是在 SARS 的年份里由市里组织建成的传染病医院。"非典"早就过去了，一晃已经快七年多了，可区里的群众都叫它"非典"医院。七年前的那场传染性肺炎让我们见识了果子狸，也让我们认识到了"股骨头坏死"。这也都是没办法的事，当年为了保命的治疗方案总要有些牺牲。

股骨头是一个非常有趣的物件，长得特别像一只从股骨干边冒出来的大蘑菇，也特别像手扶拖拉机的打火摇把。小时候看农民伯伯发动拖拉机时，他们都要先戴上被机油染得漆黑的棉纱手套，把摇把插在拖拉机的小耳朵里，使劲转上好几圈，连身体都要跟着做几个圆弧运动。拖拉机在排出了几团黑烟以后，终于发出持久而有力的"突突"声。为此，小学时季杰同学还编过一个儿歌，叫"拖拉机突突突，你家馒头蒸不熟"。这里的突和熟，在扬州话里发的都是"ao"韵，不管怎么样去读，押韵是童谣的第一要义。只要我们这群小牛屎们凑在一起时，在大街上遇到开拖拉机的人，我们都会齐声大喊这句顺口溜。为此，我们经常被那些农民伯伯一阵臭骂和做势要打。有一次我们在洛家路上还无意中取笑到了徐菱的父亲。她父亲那时正敞着衣服，露着线条明显的胸大肌，载着一麻袋一麻袋的稻子意气风发地朝镇粮供所进发。徐菱是我的同桌，我很喜欢她。我曾以为他们家的拖拉机将来也有我的一份，她家打上来的粮食也有我的一份。我也曾幻想过将来有一天，我也会开着崭新的手扶拖拉机到她们家去娶她。

股骨是人身上最长的骨头，因为长且有股骨头在，这也是一个用来打架的好工具。以前农村里土葬的人多，村头的坟地常常修得此起彼伏。外婆家扬子津镇的坟就修在进村口的路边，东庄的坟都修在大运河的河堤上。有些年老失修的坟总是会在雨季里被水冲开，再被好心的村民胡乱垒起来。因此在坟地里总能捡到一些散碎的人骨头，不怕鬼的小孩子经常捡了人骨头来吓唬人，或者在打架的时候从书包里掏出来。但股骨实在太长，小书包里放不下，一般在当场随便玩玩就扔了。

SARS 不会造成股骨头坏死，而大剂量的激素会。股骨头上有一条很细的动脉叫"股骨头动脉"。这条负责向股骨头供血的动脉其实比向阑尾、胆囊供血的阑尾动脉、胆囊动脉要细得多。由于这条动脉太细，以至于很容易因为疾病的关系而挛缩闭塞，最终会造成所供血组织的缺血坏死。

以前科里有一个姓陆的老医生，平时走起路来一歪一歪的，因此也不常出来走动。单位每年的体检拍片都显示他的双侧股骨头是王小二过年——一年不如一年。陆医生说起来是带杨大师进屁股科山门的老师，他当年和老孙医生很不对付，结果被老孙医生"举报"他是工农兵大学的，不合适在我们这个大学附属医院里当医生。结果他只能去外面当了一阵厂医，后来又调动回来，但是医生是没法做了，就去了行政部门，在病史室当一个大王手下的小喽啰，负责检查全院的病史。

陆医生的人缘很好，以前在科里工作时认了一堆姨太太和干女儿。因而从另一个角度看，在天庭里他只能算个小神仙，但在科里他算得上太上皇。中医科的太上皇是一个令人尊敬的职位，也很繁忙。他每天都要手捧着我们胡乱写的病史，找出其中语句格式不通畅及重复啰嗦的地方。每个月月初我们都要等待他写下的批文，对不符合玉帝老儿规定的病史做限期修改和整顿。又因为他是我们科的太上皇，所以这些记录病史缺点的折子都是单独下发到科里，而不会被呈报给天庭里的医务科。因此每个月各路高位神仙们开院周会时，因病史问题而被点名批评的科室名单里永远都不会出现我们科的名字。而我期待的是他的一纸传位的诏书，把他审阅病史的职位传位于我。但仔细想想，病史这种文体毕竟不是小说，看多了不会有文学上的明显收益，反而很容易得颈椎病和眩晕症，于是也不是特别想继承这份王位。

我妻子搬到金山来以后，我们把市区的房子简单弄了弄就出租了。

有了额外的房租收入后，我们买了部二手的新版桑塔纳。车子的车况还行，开了一个月，没什么大毛病，开得顺手了，我们商议着开着它去扬州把油条接回来。去年送它下乡时，我们开的还是风子的雪佛兰。虽然那时风子说"车与老婆不外借"，但是我得像阿Q一样质问他："小玫瑰借得，我借不得？"于是他像静修庵里的小尼姑一样，怂了，把车钥匙乖乖地交给了我。

我的驾照是2008年学的，那时还不想买车，是被风老道、张石头、小丁医生给绑架去学的。复习了半个月的交规和色卡表，从容上阵去参加各个科目的考试。体检难不倒我这老色盲，理论难不倒我这背书狂。小路一次过，然而大路我却被不识好歹的考官关了两次。一次说起步后不能怠速，一次说学校门口不准掉头。两次考官看起来一脸庄严，像穿着制服的十八罗汉，但关起人来毫不留情。真想掏出个"区免死金牌"吓死他们，可惜副区长不肯发给我。第三次路考的考官一身的牛屎气，怎么看都不是好人。上车前与他打招呼，他一副爱理不理的样子。我心想完了，这次还得死。我这镇南帝国的备选王侯将相居然要困死在考驾照上。转念想想，其实我哪里需要一张驾照，哪里需要亲自驾驶什么车子。我本应该和我公主坐在南瓜车里，念着大悲咒的咒语奔驰在《格林童话》里的。

在路考中，坐在副驾驶位置的这位考官根本就坐不住，在考试车的破旧座椅上一直扭来扭去，仿佛身上长了疥虫，弄得我也莫名地瘙痒起来。考试半途中他还摇下车窗，与路口乱转弯的社会车辆上的驾驶员相互问候了五分钟彼此的老母亲。最后他吵架吵赢了，因为那位司机开着车子先跑了。虽然吵输的人在风里留下了一堆脏话，但先开车跑就表明他潜意识里已经怂了。考试考到最后，我忘了应该礼让对面横行过来的一车装满西瓜的三轮车，被考官一脚踩住了副驾驶位置上的刹车，吓得我出了一身冷汗，但最后他并没有关我。由此可见，人虽可貌相，但也架不住对方有一个吵架吵赢了后的美丽心情。

风老道大概在考试车上贴过符、念过咒，和小丁医生都是一次过了。张石头在小路挂了两次，最后在大路考上追到了我，和我前后拿到了驾照。拿了驾照后，风老道和张石医生马上就买了车子。看起来风老道这两年的收入不错，张石头的家境很好。没钱的小丁医生和我一样当了一个本本族。去年开车回家时，和柳月兰两个人抖抖霍霍地开着风子的车子在高速上跟在大货车后面开了五个小时。好在车里挂着风老道从淘宝网上请回来的金刚结加持，来回都没出什么事。

　　自从去年抛了股票，这一年来我是没再入市。因为第一、我受不了那种上上下下的折磨；第二、我看出来这种额外收入和搓麻将差不多，没听说过打麻将的四个人都赢了的事，自己赚的都是别人的钱。股市里的每一个人都要为自己的贪婪缴一份智商税。我还是见好就收，刀尖上舔血、扁带（比走钢丝难）上睡觉的事，只有曾医生、罗医生、风子这几位念过几遍《往生经》的仙人们才有十足的底气和技巧去挑战。

　　大半年没见的油条在东庄的村西口一眼就看到了我们，立马丢下了它的同伴朝我们扑了过来，兴奋地想要咬人。一会儿蹦出去好几米远，一会儿又跑了回来，尾巴摇得比拨浪鼓还欢，仿佛刚偷吃了隔壁王神经的一条咸鸡腿。见过堂叔、堂婶，递上香烟、酒，又拿出一些给他们家孙子买的零食玩具。他们很客气，都说我们"太客气了"。坐着一起聊了一会儿家常，他们都说自己身体还可以。婶婶说今年年头上堂叔的胃不舒服，把酒也戒了。我问他做了胃镜没有。他说去苏北医院做了，医生说有浅表性胃炎，问我要不要紧。我说，没事，浅表性胃炎只要做胃镜都会打上的，我也有的。最后我道明来意，说："这次来是要把油条带回去的。"堂叔说："你们上海大城市养草狗也不方便，小黄在这里挺好的。狗嘛，别当回事。"听起来堂叔把油条的名字又改成最没品味的名字。顺路接过来一起的牛贵妃也觉得完全没必要把油条带回去，因为这让她感觉她这个做母亲的地位还不如一条狗（儿子和儿媳妇特地从上海开车回来接一条狗，却没考虑到要把她接上去一起住）。

私下里和母亲坦白这不是还没到接她上去的时候，说等明年造人计划成功以后再接她不迟。牛夫人说："你们两个人哪里会照顾自己？要不然花了那么多钱才怀上的双胞胎怎么没了？"这话说得有点损，以结果来论英雄用在这里似乎不合适，感觉再聊下去要爆发新的淮海战役，赶紧把她的话打断。

在堂叔家吃了一顿午饭，在柳月兰的坚持下，我们把油条带了回去。母亲对我说，好久都没在乡下打牌了，一直在扬子津镇上的浆糊大学里看宿舍，这次好不容易休息两天，就留下来和庄上的那些老搭子们打麻将吧，她说这话时有些愤愤。等母亲去打麻将了，我们与堂叔堂婶告别，嘱咐老人家们注意保重身体，准备开车回上海。父亲那里就不去了，母亲说他今天和学校里的领导干部们去市区弄什么调查去了。经过王神经家的门口，按了两声喇叭，没见着王神经从破门里跳出来骂街，大概他也是出去了。

回去的路上经过瓜洲镇，我停了车。再次回到我梦里的镇南王国，我决定以一位出走十余年的王侯身份，邀请柳月兰一起去吃一碗史上最好喝的馄饨。沿着已经改成了水泥路的迎江路，走过曾经属于我的镇南土地时，我发现古镇的格局还在，但店铺门面基本都已人物皆非。一会儿已找到许小姐家的店，却发现小店早已关门，透着门缝朝里看了看，里面一点儿烟火气都没有。周围转了转，发现隔壁的张记烧饼店也关了。问了下对面正在炸油条的店主，听口音是本地人，但不认识。他说许家的店前几年就不开张了，自从许家的两位小姐先后嫁到外地去以后，老夫妻两人就不出摊了。

一阵惆怅后，在镇上找了家还开着的馄饨铺要了两碗馄饨。两碗酱油小馄饨端出来以后，小小激动了一下。吃起来感觉味道也还好，但总归没有记忆里许小姐家做的好吃，但也可能是积攒了几十年的错觉。心有不甘，又去何歆的家附近转了转，发现那两所房子都已门上挂锁，屋里蒙灰。唉，古镇都变了，谁还住那么老旧的屋子。又在镇上晃了一会儿，似乎也没遇到幻想里正在当警察的唐军、修自行车的季杰与卖水果的自己。在回去的路上眺望了一下徐菱家的房子，发现那里的农田早已消失，变成了一排新的商品房。

回上海的高速公路上，我很郁闷。柳月兰没说什么，一直在睡觉。而油条很乖，它大概知道我们要回家里了。没有一个地方比家更有安全感，乡下虽然自由，有很多同类，但是毕竟没人把它当一回事。人也只有在把自己当一回事的地方才会感到舒心。

18．从家里飘走的生命

　　油条身上的毛很厚很硬但不蓬松，都顺着同一个方向齐刷刷地贴在皮肤上，阳光下可以反射出一种油亮的光泽。回来的第二天，柳月兰带它去宠物医院洗澡，驱虫，打各种预防针。那个叫"唯爱宠物店"的宠物医生并不唯爱这种没有品种的田园犬。店里的兽医在给油条打针时一点都不温柔，也难怪油条会冲着他龇牙咧嘴、大喊大叫。

　　高三毕业前，我们学校曾有一个兽医硕士专业的保送名额。当初我挺想去的，但是谢老师不同意我去上南京的大学，而且说我"想看小说当初就应该去选文科班"的化学班主任魏老师觉得我这成绩去读兽医有点浪费。他们都没想到我读了比兽医专业更危险且没成就感的中医。

　　"你们应该养一条宠物犬，草狗脾气都不好的！也不能办狗证。给它打针也是浪费，这种狗家里养不住的。对了，你们做不做绝育？"他配第二瓶药水的时候说。

　　"不做。"我说。

　　"那你们就更要当心了，这种草狗到发情期很容易跑掉的。"他似乎很有把握。

　　狗很容易跑掉，这是事实，但它们更容易被人毒死，吃掉。之所以把油条从乡下接过来，因为快到年底了，很多像它这样健康的草狗在邻村的人眼中已然是一顿冬季的美餐。狗肉对人类来说很好吃，有滋阴壮阳的功效，但也必须得吃和它们没有共同生活记忆的，这是人类道德上仅剩的一点遮羞布。我做了这五六年的小中医，感觉中医在吃上面的传承深入国人的骨髓，能被冠以"滋阴壮阳"功效的食材不甚枚举。"滋阴"也好，"壮阳"也好，摆在全国各地地摊上的各种奇形怪状的食材药材，卖药的摊主如果不提这两个功效，大概连卖出去的机会都没有。

"你们的狗是不是怀孕了？"宠物医生在准备给它打第二针时忽然问。"是吗？怎么可能？它才两岁不到啊？"我们表面上都不相信，但是也知道这个可能性很大。在农村待了大半年，说不定就被大自然给规律了。"是怀孕了。"这医生摸了油条的肚子以后说，"不信我给它做个 B 超。""不用了。"我说。

被我妻子抱住头的油条此刻很安静，不然被给它打针的陌生人又摸了肚子，它肯定会激烈反抗。今天的防疫针没打完，也不知道打下去的第一针会不会有什么影响。这事很奇葩，今年人没怀上，狗倒怀上了。明年依旧要迎接新的生命，也算是一种安慰。只是不知道这狗爸爸是东庄谁家的狗，不知道狗爸爸是长什么样子的，大概也不好看吧。在乡下的几个小时没见过什么好看的狗，大多都是些杂成一塌糊涂的田园犬。

复旦教《遗传学》的赵教授讲过"杂种优势"。纯种的动物一般都有基因的缺陷，就像哈布斯堡王朝王室成员的统一鞋拔子脸，也像试验用的小白鼠。各种类型的小白鼠都是来源于兄妹杂交，白鼠说白了其实都是得了白化病的低智商种群，就算给它们一条生路，它们大概率也无法在野外生存。但国人有美觉上的偏好，叫"一白遮百丑""要想俏，一身孝"。因此整天穿着白毛衣的试验用老鼠无论如何从视觉上看，肯定要比奔跑在田野里的灰老鼠更令人怜爱一些。

小区里紫藤花的叶子在十二月的寒风中逐渐凋落，街面上法国梧桐的叶子也逐渐变得焦灰。一个多月来油条的肚子如打了气一样日渐膨胀开来。"猫三狗四"，这是俗语。由此，我们推测油条的预产期大概在明年的一月份，差不多春节前。

小时候我总是听不懂别人说的俚语，比如这句"猫三狗四"。总以为大人是说猫喜欢三只扎一堆，狗喜欢四只扎一堆，后来才知道这是说这两种家宠的怀孕时间。但乡下人有时也用这个词形容人，说"某某人真是猫三狗四的"，想来大概是形容一个人在胡说八道，也或者是朝三暮四的意思。但也可能是其他意思，反正教了三十年语文的谢老师自己也说不清楚。

过了元旦就是阳历 2010 年了，是一个整数年。从 2004 年毕业，到现在差不多已经当了六年的医生，但这也很正常，我还没别的打算，因此也没必要开一罐丁亥年的雪碧来庆祝。新的一年还是油条肚子里的新生命更令人期待。今年到现在还没下过雪，曾刮过几阵大风，吹走了不时弥漫的雾霾，偶尔的冬雨也没有为这个城市带来更多的水汽。油条的窝在阳台上，但它一般都睡在我们旁边的地板上。柳月兰给它弄了一个毛垫子，它就安静地睡在那里。我也习惯了柳月兰长久地睡在我的身边，夫妻之间虽然不一定要睡同一条被子，但还是不要长久分开的好。因此我很感激她放弃了在市区的坚持，来金山陪我。

春节前，油条在阳台上的窝里生下了两只毛茸茸的小狗崽。一只是黑色，胸口上有一片白；另一只是不知道是什么色的，应该不是红色，反正和咖啡色一个色彩，胖胖的。我们给它们都起了名字，一只叫小心，一只叫嘟嘟。生了崽的油条比原来暴躁很多，经常对门外或街面上的异常声音发出无休无止的吼叫。即使是我和柳月兰回来，它也会牙疼几声。田园犬一般都这样，护崽得很。这引起了隔壁那位动不动就会和人家或者自己家人吵架的老头子的不满。春节过后没几天，居委会叫来了打狗队的人。在一个家里没人的上午，他们给我打了个电话，打开了我家的门，把油条和它的孩子们带走了。

等我到了家，楼道里每一家邻居的门都关着。只有两个警察站在我的门口让我签字画押。我不激动，也没愤怒，安静地签完我的名字。

他们拿法律条文继续批评了我一会儿，见我没什么反应，他们也下楼走了。

整个下午，穿堂的风在走道里发出刺耳的呼啸，水池里叠在一起的碗发出了咯咯的颤抖声，挂在阳台上晾晒的狗衣服发出了啪啪的撞击声。今天的阳光很好，也没听到小孩子出来放鞭炮。这年复一年的，每个人要做的事越多，赚赚不完的钱来改善自己的生活，跑跑不完的路来工作，看看不完的病来表明自己还是一个可以被压榨出剩余价值的医生。即使过年也要忙下去，没有人去想怎么去过一个像童年时一样、有仪式感的年了。

斜靠在床上躺了好一会儿，开了电脑想写点什么。抬头看到吊在头顶上被打开的灯，三只灯泡坏了两个。站在床上把坏了的灯泡拧了下来，露出来里面烧得黑乎乎的插座。想了想又把坏了的灯泡拧了回去，新年里周围卖灯泡的小店估计还没开门，挺羡慕那些不把这里当家的人。但这年头里，无论如何生存，维护个体幸福的成本都太高，高得以至于我怎么都够不着。

19．比悲伤更悲惨的事

　　病理科的外聘专家最近特意跑到科里来看一位术后的患者，原因是一位患者的手术病理切片显示切除组织有细胞的异型增生。他戴着手套特意去摸了人家的屁股，回去以后发来一张"肛门粘液腺癌或者异位移行上皮"的病理报告。片子我后来去病理科问任医生找出来看了看，不明所以，反正就是一堆像树枝一样不该出现在痔粘膜上的细胞。我应该拿着这个片子去找复旦生科院的"勿来塞"院长，向专门研究组织胚胎学的他请教这个片子上的细胞到底是什么东西。

　　当年在病理科混日子的时候，小叶老师说："临床医师都盯着我们的病理报告看呢。没办法，我们病理是金标准，但是这个诊断有时候真的很难打。"是啊，总有些细胞长得似是而非，正如有些疾病的临床表现一样，诊断和鉴别诊断总是能筛选出不同水平的医师来。在中医大学《病理学》时，教我们的庞老师提到过一个病例：在其他医院做了手术的一位卵巢肿瘤患者拿着几年前被诊断成"癌"的病理切片来看她的门诊，问她"到底是不是癌"。她说她仔细看了下，向病人说这个不是癌。既然不是癌就不用担心转移和复发的问题，病人于是安心地回去了。她说："病理是疾病的基础，是基础医学和临床医学最关键的桥梁。"

　　失去油条、小心和嘟嘟以后，柳月兰哭了一天，之后又闷闷不乐了好久，直到有一天她对我说她的乳房上长了一个肿块。在她们医院做了 B 超和钼靶，都说性质待定，可能不好。问她准备去哪里手术时，她就在我们医院吧。她说暂时也不要告诉国王和母后，省得他们担心。于是联系了很熟悉的普外科大海医师，他已经读好研究生，准备升副主任医师了。他们先在全麻下做了肿块切除，肿块术中送冰冻后，小叶老师打了个初步报告说是良性的。于是他们放心大胆地把组织周围稍微清了清后，缝了起来，没做淋巴结清扫及乳腺次全切除术。三天后的正式病理报告也说是良性的，稍微有点不典型增生。但是作为医务人员，我还是得去找肿瘤医院的病理专家确认了一下，不然柳护士肯定又要说我心里只有钱，没有她。

手术后一周，我拿着柳月兰乳腺组织的病理切片去肿瘤医院找专家复读片子。作为小中医的我应该去对面的中医大病理教研室去找庞老师的，但是中医大在我毕业那年已搬去了浦东。老校区的教学楼和宿舍拆的拆，改的改，已经面目全非。即使我走进去，估计也无法再找到当初对杨静和苦楝的记忆，而病理科的庞老师估计更不会记得住我。当年我的片子画得很不好，尤其是那个血吸虫雌雄合抱的完全体，画得比例失调、形象坍塌，完全没画出它们俩至死不分开的幸福感。

病理科医师的数量大概是专科医生里最少的。顶级的病理专家少之又少，能考上医学院的都不是傻子，没效益的科室除非有特殊的情怀，谁能坚持下去？交了八十块钱，排了两个多小时队，拿到最后的报告，和我们医院的差不多——良性。站在肿瘤医院的院子里，看着来来往往的那么多患者与家属，感慨我们还是属于幸运的那一种。

不用化疗了，不用吃西药了，不用吃不明原理的抗肿瘤中药了，这是不幸中的万幸。一直没搞懂这个词，"万幸"到底是什么意思，一万个幸福还是万分之一的幸福？回想这一切，想来肯定与做试管婴儿时吃了不少孕酮有关，但也与失去油条、小心、嘟嘟的悲伤有关。

我们医院中医内科门诊张贤老中医的老婆原来也是医院里的医生。我来医院时一直没见过她上班，后来才知道她是办了病退，病因是乳腺癌。有次在门诊遇到她来复查，看起来瘦瘦小小的，像一位没发育的男生。听张老师说给她吃了十年的中药，所以她目前都还好，而当初与她一起开刀的病友们基本都已过世了。这说明中药抗肿瘤也许是有效的，但也许是手术做得早、做得好。在 SD 医院中医外科病房实习时也遇到过一位乳腺癌术后的中年女性，右侧乳房切除后整个右上肢肿得像得了丝虫病的大象腿一样。她一年到头只能穿无袖的衣服，一般的衣服她的胳膊根本就套不进去。老师说造成她胳膊这么粗的原因是因为手术切掉了腋下淋巴结和淋巴导管，导致上肢淋巴液无家可归，逼上梁山在上臂组织里当流寇才会如此。虽然乳腺癌的生存期相对其他恶性肿瘤较长，但却是女性恶性肿瘤中发病率最高的，也严重影响女性的心理健康。

打了个电话给在家休养的柳护士，柳护士说："知道啦。""医师说都是心情不好整出来的毛病。"我说。"知道啦。手术医生说什么时候拆线？""下个礼拜吧。""你回来帮我换一个药，痒。"她说。

换药自己消消毒就好了，真是烦，但是我此刻不能推卸责任。当年养狗也是我赞同的，开刀也是因我而起。国外有篇报道说和谐的婚姻会延长寿命，但不幸的婚姻恰恰相反。这一切都是源于一种情感的转移，如果当年她没在车站前抱住我的胳膊，她就不会嫁给我；如果我能给她一个孩子，她就不会养油条；油条如果没消失，她就不会得了乳腺肿瘤。说到底都是我的不对，是我不该填"服从志愿"考上中医大，并在SD 医院的内分泌科实习，更不应该在大七说了分手之后还追着她不放。没出息的男生其实都是祸害，就像漂浮在空气中的霉菌孢子，只能在培养基上生长出乌黑的菌落，哪里会长出补肾益肺的冬虫夏草来。

拆线以后，柳护士去上了班。她们现在科里的病人并不多，有个班上可以把胡思乱想的时间给大大压缩掉。我也准备把现在的房子卖了，换一个大一点的房子，省得我妻子睹房思情，也可以不用再见到那些合不来的邻居。我其实不怪我的邻居们。人都是自私的，只有当自己的自私行为严重影响到别人的价值取向时，他们才会如此反抗，我们只是挑战失败而已。

20．给青春留下些纪念

四月底，柳月兰过生日时我们开车去了绍兴。总感觉以前在学校里读书的日子是以周来计算的，等工作了日子变成以月来计数。只有在难得的假期里，日子才真的是以日来计数的。一年里似乎只有那么三两个非国定假日的日子有点特别，比如父母的生日、冯佩兰的生日、棍棍的生日等。想起来时说当天得给他们发一条短信祝福一下，但往往前几天还记着这事，等到了当天反而又忘了。这大概也是人老的标志。

绍兴是一个好地方，有山有水、有名人。无论是鲁迅、陆游还是王羲之等，都把他们住过的地方变成了五A级景区。等我们俩在"鲁镇"的街道上走了一遭，才发现从百草园到三味书屋即使拿着折扇，一步三摇般地走，也只要步行五分钟就可以了。很好奇小周树人为何还要在课桌上刻一个"早"字呢？小周树人的经常迟到在心理学上其实应该叫"学校恐怖综合征"。如果学校里有拿着戒尺、脸上难有笑脸的老夫子，动不动就会被罚站罚抄罚背书，这样的课堂的确令人可怖。从百草园里的一百种乐趣，变成三味书屋里只剩下的经史子集的书霉味，除了不想上学或在课堂里和同学们淘气，还能做什么呢？人总是会害怕各种东西，有的人怕蛇，有些人怕鬼，有的人怕空旷……我小时候特别害怕牛和大象，也总怕瓜洲大药房里飘出的中药味。

中医理论里说"胆者，中正之官，决断出焉"。因此总是害怕的人会被人叫没胆量，胆子小。我读小学时就挺害怕班主任陈老师的，虽然难得被他抓到抄《小学生行为规范》，但也经常因为害怕被他请了家长，而被逼着检举揭发其他牛屎们的捣蛋行为，于是我在牛屎中算胆囊最小的。但胆囊巨大的人一般都有严重的胆结石，连吃口油腻的东西都不行，哪里能做到勇者无畏。但是老祖宗的话，学过就算数了，大家都心知肚明，这只是一个文化说辞罢了。吓得死的不是因为胆量小，而是因为高血压、高血脂以后心脏冠脉的狭窄。一紧张，痉挛的动脉不通了，于是没有血供的心肌细胞就饿死了。

陆游和王羲之都是有文化的人。有文化的陆游喜欢自己有文化的表妹并娶了她，虽说最后离了婚，但符合那时的传统。古代人不学遗传学，虽在《左传》提出过"男女同姓，其生不蕃"，但具体执行起来恐怕也没那么严格。复旦同样教遗传学的乔大佬说，近亲结婚不一定就会生出傻子来，一方是傻子生出傻子的概率才会大一点。有显性遗传病的人与谁结婚都一样，只有患有隐性遗传病的人近亲结婚才会提高患病的概率，傻子显然是一个显性遗传。人类都进化了那么多年，留下来的遗传性疾病已经变得屈指可数，诸如血友病、多指、地中海贫血、白化病之类，但只有在专业技术考试的时候我才会想起它们来。

沈园门口石壁上刻着那两首悲怆的《钗头凤》，我在高中时都背过。当年背的时候我很感动，可是后来发现自己不能拿这种离情别绪来感动任何一位现实里的姑娘，因而渐渐也忘了其中的句子。在那两首诗前站着复习的时候，柳月兰已经拖着我朝里面走了，这真是一件无奈的事。女子无才到底是不是有德之事，恐怕也不能只听张岱一人之言，但有才的确也不是一般的女生喜欢追求的事。因此，对我那中专毕业的妻子来讲，出来玩的话还是得在沈园里挂两块希望白头偕老的牌子，或者对着兰亭里学大白鹅叫唤几声更符合当游客的身份。或者至少现在，她的心情和流产前一样又变得简单率性了。

到了六月份，科里处理完两件医疗纠纷后，在莫院长的规定下我们把所有的手术都安排进了医院的大手术室。这样做的好处是在住院部的走廊里再也听不到患者在打麻药和做手术时痛苦的吼叫声，坏处是做手术要等，得等排在前面的手术做完了才能轮到我们去做。手术室对我们手术的定义叫：污染手术。污染手术做完了需要进行彻底的消毒，但五官科、外科、骨科、妇科也总会遇到化脓性疾病，也不见得每一个手术都不会释放大肠杆菌的特殊味道。

导致改变手术流程的事件是这样的。一例患者是女性，反复便后有物脱出肛外，诊断为肛乳头肥大。通过关系，她找了杨大师做手术，术中发现为巨大肛乳头一枚，予以切除。第二天排便后患者自己发现又有另一枚巨大肛乳头脱出，只好请杨大师上来看了看。经患者同意后，我们予以再次切除。另一位患者是肛瘘患者，经肠镜检查无殊后予以手术，术后病理发现瘘管已经癌变，或者这是个癌性的肛瘘，只得请普外科会诊后转给了老芋头，让他们对他再次行扩大根治手术。

在这两起非计划再次手术的医疗纠纷沟通中，患者及家属都表现得很悲怆。他们反复强调了他们所遭受的痛苦，提出了超出常理的赔偿要求，并列举了"在病房手术是否规范"的问题。在医务科的新任姜科长的主持下，这两起纠纷最后得以合理的解决。姜科长在私下里与我们沟通时说："老实，不是把你知道的一切都告诉患者，那是愚蠢。我们每一位医生都是完美主义者，总想把一切都做得很完美。把手术做得很完美，把内科治疗处理得很完美，但医学不是一个完美的过程，而是一个反复试错的过程。谢医生，一旦你觉得自己与病人沟通有问题时，不要怕，也不要把什么都和病人说，要先向主任汇报，让上级医生去沟通。他们会更有处理经验，最后还有我们医务科呢。"于是我学到了一招。

对于去手术室手术的问题，杨大师提出了抗辩，但是莫院长没听他的。经过审慎考虑，科里还是决定从七月份开始把所有的手术都放在医院手术室去。莫院长提出了一个不可抗拒的理由：在手术室可以邀请麻醉师做半身麻醉或全身麻醉。这样对部分患者的治疗的确有好处，既可以有效解决一部分患者局麻药不耐受的情况，也可以开展一些更大创面的手术治疗。术后或术中还可以做冰冻病理检查，这对医疗安全是有利的。杨大师大概觉得仅靠他在术中的传功的确很难保证躺在床上的患者不会因为疼痛而喊破喉咙，因此在最后也同意了莫主任的决定。

在手术室做第一例手术时，医院手术室的护士和麻醉师都很好奇，纷纷过来参观。好奇总会害死猫，在综合医院里的他们对中医一直有一种神秘感，大概他们总觉得中医与那些在终南山上修仙修道的隐士差不多，不是带着气功就是驾着祥云。等他们了解到我们的具体手术过程后，他们都很不解。因为我们的手术后创面都是不缝合的，与他们的原本思路截然不同，因此他们不停地问："这样的伤口能长好吗？""这伤口看起来好吓人！"

人这东西其实就是一个皮囊，即使里面已经是一团浆糊，只要把皮肤都缝合起来看起来就很安全。但凡露出了一点脂肪、肌肉、肌腱、骨骼都让普通人无法接受，有时即使是医护人员也一样，只要他们以前没接触到过。伤口上的缝线类似于裤子上的拉链，只要忘了拉上，就会让看得到的人有种不自然的感觉，有机会非要提醒别人拉上才行。其实那拉链后面的东西也没什么特别的，多多少少谁都见过，只是我们一时无法接受它们直接暴露在眼睛里而已。以前柳月兰在公交车上还遇到一个露阴癖，回来还和我说，她吓死了。

我问她："你害怕什么？你是医护人员，你是没见过还是什么的？"

"是啊。我也不知道怕什么。大概是怕他拿出别的什么来吧。"她想了半天这样回答。

《犯罪心理学》书上说露阴癖的人一般都是有性功能障碍，在和女孩子们独处时往往有问题，因此只有暴露在大庭广众之下才能获得性满足。我觉得他们挺可怜的，也觉得这更像是小孩子式的恶作剧。除了带给被伤害人一点意外的惊吓之外，也没其他的了。但人的心理承受能力不同，心理脆弱的小女生们也许是会留下点弗洛伊德式的创伤，需要去精神卫生中心找点安慰。我也想找点安慰，于是在这部书的下半部写到三万多字以后，我把新的章节发到了冯佩兰的邮箱。我知道她不会去看，但这已经是我的一个习惯。

最近几天听郭德纲说了一个相声。里面有句话挺有意思，叫"一个不逛庙，两人不看井，三人不抱树，独自莫凭栏"。联想到那一年白天去师大见了冯佩兰，晚上又在天桥上被柳月兰抱着看月亮的情景。于是我将之前写完的那篇故事改成了《凭栏望月》。栏指的是冯佩兰，月是柳月兰。月亮很美但过于遥远，栏杆很近且便于依靠。可惜故事后来的发展并不会按自己设计的来，我也没想到自己会翻过了栏杆，捞到了水里的月亮。也不能怨谁，杜甫老人家说了，"文章本天成，妙手偶得之"。每个人的人生也是一样，都充满了偶然性与必然性。

21. 买房卖房都是折腾

从 2008 年奥运会以后国家好久都没举办过什么大项目。到了 2010 年，上海世博会成了国家和上海最大的事。我们医院最大的事是新医院的建设，到了世博会开幕的五一节，新医院的门诊楼已经封了顶，住院部也建到七楼。去年年底时院长在一年一度的全院露脸大会上说，新医院将在明年 2011 年中建成，2011 年年底进行整体的搬迁。

现任院长身高一丈有二，不戴眼镜，头发有一些花白，背有点点驼，因为手不够长，所以喜欢扶着讲台演说。他原来是内科出生，但没在我们医院开设门诊，也不去病房查房。我们一年中在正式场合里大概也就看到他一两次。算起来原来这位院长来了已经三年多了，新医院已经奠基一年多，日子真的比 2008 年北京奥运会的飞人博尔特跑得还快。想起了朱自清的《匆匆》，日子总在换药时流过，总在写病史中流过，总在值班时流过，总在打游戏中流过。想想毕业七年了，我似乎还是没找到值得奋斗的目标。论文又发了两篇，但都不是被大学承认的核心期刊，于是等同于零，反而是还房贷的压力才让人觉察到自己还在喘息。

新医院离老医院很远，但是离非典医院要近一点。因此在新城区买一套房子除了前面的理由，也有工作便利上的原因，于是去向已经在新城区安了家的几位同事打听行情。

风子说："我们小区旁边的确新开了几个楼盘，你有空就去看看吧。"我说："我看你们小区不错。""我们都是拆迁房，质量不灵的，又都是二手房。你还是去几个新楼盘看看。"风子建议。

风仙人的话还是要听的，毕竟自从毕业以来顺着他画的符都走对了路。买房子也是他极力推荐的，"抵抗通货膨胀的手段是工作和房子"，看来他的理论有了新的进化。唯一要请他吃"大竹杠"的事是这次他对我说："你把老房子卖给我，你那房子风水不错。但是我现在没钱买，你先把房子过户给我，等我股票里赚到大钱了还给你。你就当你的房子在我这里投了资。相信我，我肯定会给你分红的。"

我老房子风水是不错，冬冷夏凉，但我住在里面似乎没发生什么好事。孩子怀不上，狗子也被打死了，升职也没动力，还是卖掉的好。股票市场现在并不好做，指数不上不下的，指望风子从股市拿钱出来，近期是一个不现实的事。虽然我相信风子身上有太上老君附体，但拿不到卖房子的钱，我怎么去付新房子的首付？因此我必须得揪住他的白大褂，请他吃几套中医大的早操——陈氏太极拳。

"你平时赚的钱呢？""我哪里有什么钱，每个月的房贷都是我付的。我老婆又不拿钱出来，我现在就指望手里的那两只股票能够大涨。""现在这形势还能买？""现在只能炒题材股。我有消息的，不过也不知道准不准。""哪里听来的消息？""曾医生！""曾医生不是去区卫生局帮忙去了？卫生局也有消息？""这小子最近赚了几笔，应该没问题的。"

听起来不错，但此刻不是我赌博的时候。有钱横行天下，没钱寸步难行。我总不能把那三手的南瓜车给卖了，毕竟柳月兰从我们现在住的地方到非典医院去上班没有直达的公交车。我也不指望能从生殖中心要回我的生育基金，毕竟我们已经做了一次，剩下的那一次就像超市里的火腿肠，只是买一送一的赠品。

周末开着小破车去新城区看房子，先到了一家叫紫杉林小区的售楼处。现在股票市场不行，房地产经过 2008 年的快速上涨后，现在处于相对不应期内，有点不景气。售楼处里来看房子的没几个人，看到我们驾车而来，售楼小姐挺热情，像模像样地给我介绍了两套房子，口口声声说"只剩下这两套了"。

其实无论谁来问，她们都会说只剩下两套，一套是准备卖的，另一套是用来做对比的。不过在当时我是没想到这个，我不是一个专业买房子的，也没做售楼小姐的朋友或像小玫瑰一样的铁杆患者，对于自己不熟悉的领域只能选择相信别人。正如那一年在 SD 医院里听沈主任介绍的"子午流注行针法"一样，只能把下巴掉在地上。

紫杉林房子是期房，只卖毛坯房。已经封了顶，但还没拆外面的脚手架，不能实地参观，只能看建筑模型与纸上的房屋结构。两套房子都是高层，都靠路边，一个结构整齐一点，另一个有点别扭，价格也差了两万多。售楼处的小姐拿起计算器啪啪算了一会儿，说："现在首付只要三成，你们只要再贷款五十五万就可以了。"售楼小姐说得轻松得很，又不是从她口袋里掏钱，她自然没什么心痛的感觉。对她来说这个数字只是一个数字，正如小学时我们做过的应用题。在那些小学题目里，出题的老师们总会让我们去会买卖各种好吃的、好玩的，还得计算每一次的买卖后还缺的钱或还能剩下来的钱。即使年幼，我们也知道这只是一种纯数字的游戏，不会因为真的以为自己有那么多零花钱而流下口水。算错了也不会因为口袋里的钱不见了而挨父母的"鸡毛掸"，只会因为考成"不及格"而吃父母"毛竹笋"。

柳月兰拉着我出去和我商量，说："买那个九楼的吧，虽然贵一点，但我喜欢。""喜欢要值好多钱，市区的贷款还有一半没还呢，现在再背一屁股债，得赚多少年才能赚得回来！"女人的喜欢果然是世界上最费钱的一种情绪，怪不得可以养活那么多诸如"破拉达（Prada）""谷吃（Gucci）"之类的国际品牌。"我们都在上班呢。钱总是会有的。""你不再看看别家的楼盘？""去看也行。"她说得有些不情不愿。

花了大半天时间去把周围几家都跑完，又见了好几位售楼小姐，都没第一位漂亮。和她们磨了好几次嘴皮，果然还是回到了这个紫杉林小区。于是想起那次买床的经历，我们总是有一眼看中的东西，却非要找出种种理由来确认自己是不是真的喜欢。由此可见，上天似乎会给每个人选择的机会，但其实都只是做做样子而已。每个个体就如同宇宙中的一个基本量子，都有着自己相对独立的特点。

对于宇宙的形成，物理学上有一种大一统的理论叫弦理论。大意说宇宙不过是上帝拨动的琴弦，中子、质子、电子这些基础粒子的表象其实都是因为上帝弹的琴弦不一样长而已。我觉得每个人也是一根琴弦，只是被弹奏时演出的音色不一样。这世界也总有一种物体会无意中拨动自己的心弦，让自己心慌意乱，失魂落魄。那一年让我心猿意马的杨静曾给我写过她的"弧理论"。她说每个人都在寻找能和自己形成一个整圆的圆弧。那时我总觉得她说的不对，只是没找到反驳她的证据和机会。后来我看到了莱洛三角形，于是我豁然开朗。莱洛三角形的边也是弧，不但滚动时稳定，还比圆更有韵味，在工程学里堪称完美。棍棍和大卫弹吉他时用到的拨片也是莱洛三角形的样式。可惜那年杨静的微笑可以拨动我的心弦，而我的固执与狭隘却拨不动她的，而且现在我和她无论属于怎么样的弧都没有了意义。

签下紫杉林新房的合同，挂旧房子的牌。先卖房再买房，继续压榨自己的亲戚，向他们中的每一位都借了一大笔钱。这也是我向他们收的租子，谁让他们当年没给我提供一个在市区混吃等死、没有风险还有高工资可以拿的爵位。此刻再不让他们多补缴些贡品，王侯家也要饿殍遍野了。为了圈钱而奔跑的日子如同置身于豚鼠的跑笼，在各处奔跑时我的脑壳里总会听到金币流动的"叮当声"。巴依老爷说闻到肉香就应该付钱，阿凡提说听见钱响就可以支付肉的香味。房子毕竟不是肉香，用耳蜗膜迷路里迷路的金币响声自然无法买下柳月兰心仪的房子。

海边的老房子最终卖给了一个离了婚的单身汉。纯粹男人间的买卖要比夹杂了异性的交易要爽气得多。前几批来看房子的总是拖家带口，几张嘴叽叽喳喳，挑着挑那还压房价，最后他们都说要回去考虑考虑。反而这个离婚的汉子什么都没说，从头到尾只说了几个"好"，就像红双喜老板一样。在柿子饼家的中介公司他当场就签了意向书，心头一块压方石总算被夏季的台风给吹走了。由此可见"吆喝是闲人，褒贬是买家"用在房屋买卖上不一定合适。房子是大宗商品，谨慎也是应该的，谁都不愿自己的血汗钱像目前的股票市场一样那么容易地就化为小美人鱼留下的泡影。自2003年以来上海的房价已经翻了三次跟头了，谁也不知道它还会不会再涨上去，还是会跌到个底裤朝天。我们每个月的收入是增加了，却似乎离房屋每平方米的单价越来越远。好在郊区的房子比市区的要便宜很多，也庆幸前年年底在市区买房的决策是我们葫芦国建国史上最伟大的政治决定之一。

在卖房签合同的闲聊中，仔细观察了一下我的下家。下家姓马，圆脸、一字眉、大眼睛、鼻子微塌、嘴不大、口唇丰厚，年纪不到五十，算一个英俊的中年男子。这样的男人离了婚，总觉得离婚的原因在他，而他是属于被扫地出门的那种。而且从他偶尔的言语中，我并没有觉得他有什么悔恨的表情，但我也不能直接去问他离婚的时间地点和人物故事，这样显得很不礼貌。万一他发了飙不买我的房子，我还得忍受几天那些小姐、阿姨、婆婆们嘴上的砍价刀子。

不过，讨价还价应该算女人的必备技能。这类似于美国宪法修正案的第一条原则，属于言论自由的一个部分。比如我的地板被红双喜老板刮花了，小媳妇为什么不能提出来？比如阳台上的木板因漏雨而掉漆腐烂了，老阿姨为什么不能指出来？比如我的客厅在设计上太小，鹤发童颜的老妪为什么不能表示遗憾？这是人家的权利。

但按这道理，我们自己在签购房合同前也有评价开发商房子的权利，比如"你们这房子房型不好还卖得这么贵"。可是气人的是售楼小姐用一句"一分价钱一分货，你们可以选那一套贵的呀"，直接把我和柳月兰噎回去。虽然气不顺，但还是得问她："还要半年才能交房子吗？"她说："是的。"柳护士只擅于给人家的静脉里注射其疼无比的氯化钾，而不能给人家脑子里注射笑气（一氧化氮）。而我更不能与漂亮的女人争论，只能阿Q一下。房子嘛，买了就买了吧。就像去医院找老专家看病，出尔反尔虽然不一定会被老专家拿着虎骨镇纸追着打，但很有可能会被老专家记在黑名单上。明年如果想再去找他开膏方调理不孕不育，他肯定会在方子里加上活血化淤的制大黄。

　　老房子卖了，新房子还要半年才能交付。柳月兰说，到时候新房子还要装修，新装修的也不能马上就住，于是还是得在外面租房子住，怎么算都得在外面租上大半年的。正好中医内科的于兰医生有一套老小区的小房子可供出租，价格很便宜，于是我们俩就搬了进去。初夏偶尔步行去海边时，经过我们原来的房子，看见阳台上有晒着女人的衣服，我的心里小小地黑暗了一下。可惜我是没机会金屋藏娇了。

22. 棍棍结婚选在吉日

　　返回南京工作的棍棍在今年"教师节"期间终于要结婚了，当惯了孩子的他终于要承担起一个当丈夫的责任。如果不是当初老南京夫妇俩非要拆散他与陈洁，老人家们此刻应该早已抱上了孙子。棍棍的未婚妻是南京某大学领导的女儿，大概也是一位老师。她长得清秀自然，举止端庄贤惠，说话温文尔雅，一看就很有文化。她虽不喜欢我开棍棍的玩笑，但不妨碍她抿嘴一笑。回想和他们第一次见面，已经是前一年的事。那也是一个晴朗的夏末，那时柳月兰流产了一个多月，我们与他们在狮子桥附近的一家餐厅里吃了一顿午饭。下午棍棍的女朋友还要上班，把棍棍一个人丢下来陪着我们在南京逛了一圈。

　　第一次到南京来，棍棍带我们去了南京最著名的夫子庙和中山陵。夫子庙原来是一个大考场，叫江南贡院。密密麻麻的格子间看着就让人浑身不自在，我若想穿越回去想当王侯将相，看来过不了贡院这一关。毕竟在那样一个还没我身高高的半开放的小房间里吃喝拉撒待九天，没一点恒心和毅力是做不到的。恒心、毅力、书法、才情、运气，大概是封建帝国时代封王拜相的基础。以前靠写小说的一点才情我还能引起冯佩兰的注意，到现在这一切已经毫无意义。如果只能带着自己的挨过竹杠的脑子穿越回去，而不是一挺装了十万发子弹的机关枪，怎么看我都没有王侯将相的命。

　　中山陵是孙中山先生安息的地方。"天下为公"是一个不错的愿望，但崇高的人往往先被乌合之众淘汰掉。在经济学上有一种说法叫"劣币驱逐良币"，在博弈论里叫"英雄不长命"，在《汉书》里叫"水至清则无鱼"，在中医基础理论中叫"阴阳格拒"。

阴阳互根互用，"孤阴不生，孤阳不长"。人总是要阴平阳秘，化生万物的。于是悄悄地问棍棍："你这是最后一个了？"棍棍点点头，一本正经地说："这个我是要当老婆的。"看来棍棍是找到了他的包法利夫人。我知道把这位有文化、有涵养、有背景的大美女比喻成包法利夫人并不恰当，但也一时找不到其他合适的文学人物。

晚上在棍棍家吃了一顿家常饭。棍棍的女朋友没来，我和柳月兰都很不好意思。席间我研究了一下棍棍母亲的面相，的确如棍棍所说，是一个郁郁寡欢的人。吃饭过程中，棍棍的父亲还说了几句客气话，他母亲前后一共只说了五句话，真正实现了范文正所写的"不以物喜不以己悲"的境界。也难怪需要服用一些抗抑郁的药物，也难怪棍棍必须为了母子之情与整个上海的人与物一刀两断。李白写过"抽刀断水水更流"，我不相信棍棍会忘记他以前的那些小姑娘们，正如我不能忘记杨静和冯佩兰一样。

今年在棍棍的婚礼上，我只见到了胡大和锵锵。胡大还是像一只黑白的大旱獭。在餐桌边刚坐下来，他立马从包里拿出了一个笔直的小架子摆在台子上。正当我纳闷时，他又掏出一截短香来点着，插在了香架子上。一股淡淡的烟从餐桌上升腾起来，那味道和我那老外婆敬佛用的香完全不一样。接着胡大掏出了两根大雪茄，问我要不要。我自然是要的，胡班身上的蛤蚧油不揩不足以平穷人的愤。问胡大还有谁来，胡大说他不知道，反正锵锵是要来的。问他锵锵结婚了没。胡大说："伊啊，黄特（掉）了。伊个小姑娘阿是有问题的，两个宁（人）谈了好几年。上个号头伊帮锵锵来一句'窝只（下个）礼拜六，请侬来参加吾绑某某某的婚礼'。锵锵听到嘛港特（傻掉）了。小姑娘平常问锵锵要这要那，锵锵陪伊到处白相（出去玩），原来一直是利用伊……"

我挺为锵锵生气，但这很符合锵锵的品性。那年为锵锵写下《叮叮当当》时，已知道他是一个相信爱情是一种必须你情我愿，更要凭感觉的人。顺口问胡大的孩子多大了，胡大说："三岁，闹得不得了。"算了算，自从胡大在华亭宾馆结婚到现在，一晃已经三年多。那时遇到已经生了孩子的小静，她还是像一个小姑娘似的。胡大问："你的呢？"我说："还没生出来。""你在班上结婚算早的吧，怎么还没生？像饭太稀一样当丁克？""哪里，很多因素。最近是因为手术中HIV暴露，吃了一个月的药。""哦，现在HIV的人多得不得了。某某医院的一个主任得了这个病，好像死了也没多久吧。我们胃肠镜室现在也不查这个，真说不清楚哪一个人是艾滋病。你们开刀科室也要当心一点。"胡大信了。我觉得这个理由编得很好。

　　临近中午十二点钟，周围其他桌子上的客人陆陆续续来得差不多了，我们的桌子一直就我们两个人。又过了一会儿，才看见进门口的地方锵锵终于出现了。看他把红包递给棍棍，和新娘握了手以后，我们朝他挥手示意。锵锵今天还是西装革履、人模人样的。他还没坐下来，胡大就把他的领带和西服都给扯掉了。又不是伴郎，何必打扮得那么帅气，一会儿新娘子来了，岂不要看低了我们两个？

　　"锵锵，我觉得你应该穿一套阿拉伯的传统服装来，再穿个白袍子，戴个黄金打造的头箍，挺合适你的。"我取笑他。

　　"嘿嘿，说不定我就是潜伏在你们中国的阿拉伯王子。"锵锵看起来毫无失恋之忧。

　　"你是想着又黄又暴力的《一千零一夜》吧！最近怎么样？你还在某某医药公司？做到大中国区代理了没有？"我问他。

　　"混混日迹（日子）嘛好嘞，爬那么高摔下来要西宁（死人）的。"锵锵问胡大讨古巴雪茄。胡大表现得很不情愿的样子，相互嘲弄了两句。胡大从包里拿了一支新的雪茄，连并小刀一起丢在锵锵的面前。看锵锵在那里削雪茄的两个屁股，我就想起古巴黑人妹子的腿毛，也想起整年都穿着秋裤的东北老爷们大鹏同学。好像大鹏同学从中山医院博士毕业后去了广州，和夫子、小生在一个城市了。

正式开席后，我们的桌上真的只有我们三个人。周围吃酒的人都很羡慕我们，却没人过来和我们分享。也行吧，三人行，则其中必有一个傻子、一个骗子和一个无聊蛋。既然整桌的酒席都被我们三人包了场，不像猪八戒一样敞开肚皮也不恭也。于是我们很快在剑南春和腿毛雪茄的指引下，一起趟过了记忆里中医大一间又一间教室。

"不好意思啊，今天特别乱。让你们带老婆孩子来，你们都不带。晚上还有的，还是这里，你们要来哦。"棍棍中途一个人跑过来陪我们坐了一会儿。

"你忙你的，我们正好叙叙旧。"

今天的棍棍并不比以前更帅，穿婚纱的新娘子也不比去年穿职业装时更漂亮。这大概是源于我喝多了剑南春，眼睛结膜干燥的缘故，也或者是因为嫉妒。我大学时最好的同学结婚了，但是他并不知道我有多喜欢他。想起冯佩兰曾对我说："我以为你是一个用情专一的人，没想到你很滥情。"那时我挺想对她说："你看到哪一本小说里的男主角是用情专一的？用情专一的只有锵锵。那是傻瓜，那是笨蛋，那是备胎，那是女作家们的幻想！"可惜我不能亲口对她说这话，因为这些话都应该是我死后才能想起来的。

到最后，纯情的锵锵脸白了，说："我真的喝不下了，胃疼。你那里有达喜吗？""达喜没有，只有棍棍的大喜！"锵锵"拆那"了一声。

渐渐地，周围新娘新郎的亲戚朋友都散了。服务员过来撤台子，胡大让她上了一壶大红袍，说记在新人的账上。老南京夫妻俩今天应该是满意了。前面见到他们时，老人家很激动，说："你们三位同学来了不容易，一定要多吃点！"有文化的还是找有文化的，帅哥还是要配靓女，门当户对的虽不见得夫妻恩爱和谐，但至少让父母长辈满意。黛玉虽好，可如果我是贾宝玉，我也选薛宝钗。

柳月兰没来参加婚礼，是因为她在前几天一个黄道吉日上又去种上了种子。这次她要一直住在娘家养胎。青蛙伉俪总觉得去年他们家公主的流产是因为我们的葫芦王国里肯定住着一位邪恶的女巫，而他们在市区的王国里南有窗、西有墙、北有菩萨、东有樟，可以有效抵御黑心皇后的入侵。此次由他们亲自施展保护咒，柳公主的孕产过程必能一帆风顺。也好，把问题丢给童话中的人物，这是一个不错的解决之道。

我那青蛙国王平时有点小迷信，做事喜欢看日历上的老黄历。他买挂历和台历时，如果上面没有印上这些"宜忌"，他是绝不会买的。这让我想起我家老太奶奶。小学时，谢厂长的学校和牛贵妃的厂到年底都会发挂历。那时发挂历很时兴，作为社会主义社会的新产品，日期里面除了国定假日和周日会印上红色，其他的日期都以净面示人。因此从东庄过来与我们一起住的老太奶奶很不喜欢。她会自己去迎江路的地摊上买一个充满迷信色彩的日历本，让谢厂长钉在挂着照片框的那堵墙上。从此每天早上撕掉一页日历纸变成了家里的一个仪式。虽然我不知道黄道吉日有没有用，但必须每天都要向不识字的老太奶奶汇报："下一个黄道吉日是五天以后的礼拜天"或者"离黄道吉日还有三天啦"。有时候老家有人生病或我们去亲戚家住几天，再回到家时日历本就得撕掉好几页。有一年在上海爷爷家过暑假，返家时已经是一个多月以后。谢老师看看要撕几十张，懒，不高兴，于是用竹尺压住头上，揪住下面的几十张纸一起往外扯。最后一用力，把整个日历本都扯了下来，原来固定用的铝皮都撕脱开了，他只好把日历本整理好重新钉在墙上。

那种日历本一般到一年中的最后几个月就变得很难撕，穿过纸洞的铝条下压住了一层厚厚的废纸根。那些厚厚的废纸根正如对每一个过往日子的死刑宣判书，无一不是在向我诉说光阴荏苒、岁月穿梭，而我又没能在期中（末）考试里考到班级前二十名的好成绩。小学五年级时，家里的老太奶奶在一个黄道吉日升了仙，那天是观音大士的三个生日之一。她大概是看好日子才主动断了气，也是在那一年我参加了小学生歌唱比赛，也是在那一年我的脑壳上挨了谁一竹棍。

老太奶奶死后，我们家也没再买过这种印刷粗糙、纸张惨薄的日历本。我的生活中已经没有大仙，只有棍棒。几十年来，虽然我不信神佛，但我尊重青蛙国王的习惯，并希望每一个黄道吉日真的是一个大吉大利的日子，希望所有人的努力没有白费。

23. 疗休养留下后遗症

　　参加完棍棍婚礼回来后的第三天，我直接飞去了西安。那一天并不是一个适宜出游的黄道吉日。这次出行并非什么学术会议，而是单位里组织的疗休养。在医院里混了七年，终于轮到我了。其实去年我就被轮到了，只是那时柳月兰的心情不好，需要人陪，于是我申请把疗休养放在了今年（除非夫妻都是本院职工，否则不能带家属）。

　　飞机成功降落在咸阳机场，看起来迷信并不能把不迷信的人怎么样，正如菩萨不愿惩罚不信他的人。同行的同事们在机场大厅里集合，由地接导游一起带了出去。那些同事们有几位叫得出名字，大部分都只面熟，还有几位见也没见过。可见医院大了，人就认不全了；字码多了，前面写的也会忘了。那年一起参加工作的同事们在这次和我一批出行的只有武亮医生，他去年大概也是有什么事才延期到今年的。想想和我一同进入医院的那批医生到现在还留下来的人也不多了，单医生、吴医生、牛文才，内科的刘医生，还有风子追求过的付医生等，好些位都去了其他医院、机关或公司谋求更好的锦绣前程。

　　第一天的中午，我们在一家百年老店里吃了一顿羊肉泡馍，把汤喝完后导游宣布为期五天的行程正式开始。西安以前是国都，颇有些王气，但存留的那点似乎并不能将我扶上中医界王位。我只能背着我的紫金葫芦以走马观花的方式，到这个城市的各个角落里去收集那些残余的历史气息。西安的城墙保留得很完整，符合一个三千年古都的气质。城墙宽大，可以跑马、骑车、开坦克，当然这有破坏文物的嫌疑。永宁门的城门楼子里有开茶舍和卖黄龙玉的，大概是文物局保护文物的无奈之举。"蠹众而木折，隙大而墙倾"，几百年前的古建筑如果不找固定的人看着总会被无聊或内心黑暗的游客给留下一些不道德的涂鸦。因此我觉得这几位在城门楼子里做买卖的人其实都是密探，是中国古代文化的秘密守护者，让他们在古城墙上做点生意赚点文物利用费也无可厚非。

回民街在初秋炎热的午后并不热闹，吃了一顿饱饱的羊肉泡馍后，实在没有食欲去开启新的美食之旅。我这人不好吃，也许一晚泡面就能打掉我的馋虫。但馋虫经常在我吃完泡面后发出严正抗议，并在我的胃里尿出一大泡无法下行的酸水，常常致使我胃痛、嗳气、腰酸、乏力。这其中机理不得而知（懒得去查文献，也许与免疫有关），反正中医理论里叫"肝郁脾虚"或者"肝乘脾"。如果不加调味包，胃就没事，因此在《谢氏新编中医大宝典》里，我一定会把方便面调味包的特性写成：入肝经，可致肝经火旺。但如果联想到《西游记》，那我也可以写成：调味包是泼猴转世，专治各种脾气虚弱。因此要想降服方便面妖，就得向三藏法师学习紧箍咒或者炼制加了不少生大黄、大柴胡的中药丸子。如此云云。

西安的面喜欢用死面。死面挺形象，就是没有活酵母参与的面。大一在复旦做实验时用过干酵母。那一大罐子的干酵母和麦乳精差不过，却一点都不好闻，有股酸味。这让我意识到我们吃的酸奶其实并不是奶，更多的是酵母，也明白了为什么小时候做包子要在面里放碱水（酸碱中和）。活面松软，但死面吃起来有嚼劲。不过经常嚼死面容易造成咀嚼肌肥大，那种大腮帮子的人还是不要训练它们的好。艺术类院校更喜欢招小脸学生，因为"上镜头三分肥"，除非他们主演的是包子。

大慈恩寺的建筑并不高大，但是殿内的装饰却可由小见大，处处都显得巧妙精致，而且佛像和雕刻似乎贴的都是真金，目光所及都晃眼得很。在慈恩寺后院里的大雁塔很是古朴，虽然掉了不少外皮的石灰，而且还有些水渍和霉斑，但也增加不少沧桑和历史感。大雁塔对游客开放，登高处可见整座城市，比周围的其他建筑更接近天空，也更接近神居住的地方。只可惜现在太阳系里，神已经没地方可以住了。

后面几天跟着大巴车又去了黄帝陵、黄河壶口瀑布。黄河的河道很宽很大，水却很浅，说明母亲河在最近一百多年里心绪宁静，没遇到什么儿子不孝、丈夫出轨的破事。她涓涓地流淌着，仿佛是一弯宁静的溪泉。在黄河对面的山西境内住了一晚，第二天返回时参观了兵马俑、大唐芙蓉苑。贵妃娘娘沐浴的池子很大，但是斯人不在，也无流水与芙蓉，只有破旧的砖瓦和石碑，整个看起来和坟墓没太大区别。黄帝陵与秦始皇陵能看的全是游客。始皇帝大人还好好地躺在他的水银大墓里，我们只能远眺一下被围墙围起来的大坟包。而黄帝老人家也没有从他的衣冠冢里跑出来向我解释，其实他根本就没写过什么《黄帝内经》《黄帝外经》或者《黄帝天经》，因为更不可能羞赧地对学中医学到愤怒的我说："真是难为你了！"

最后一个景点是华山。导游说"中华""华夏"的"华"字来源于华山。可是华山的"华"是入声而非上声，不知道这是老祖宗的以讹传讹，还是文字学家的死不认错。华山是一个考验人意志的景点，异常险峻。整个山体都是白色的，像水墨画，比黄山那灰黑的石头好看些。半夜从景区门口开始爬山看日出的壮举大概只适用于没钱有冲劲的大学生。我们这群有牵有挂、怕苦怕累的医务工作者们还是乘索道更合适些。索道直上到华山论剑的北峰附近，一群人举着手简单分了一下高下后开始向其他诸峰进发。没一会儿，体力和意志的差异让前后左右都变成了陌生人。苍龙岭从下面和上面看都很可怕，但是真的走在上面，反而了了。心里只有一个"累"字，大概也是"雪上空留马行处"的境界。

快到金锁关时，掏出手机看时间，却发现有一个未接电话和一个短消息。电话是冯佩兰打的，消息也是她的。算起来快有一年多没正式联系过，肯定有什么急事吧。从金锁关到西峰之间有一段平路，找了个座位坐下来休息，喘匀了打电话回去。近处有几只山雀站在灌木丛几枝摇晃的树枝上叽叽喳喳，不知道它们之间在说着些什么。

冯佩兰问："你在儿科医院有认识的人吗？"我问："怎么了？"她说："小孩子肺炎，在你们医院儿科看了几天没看好，想去市区看看。""在发热？"她说："是的。""我们儿科没安排住院？""他们拍了片说暂时没必要住院治疗，我儿子一直有哮喘，因此我不放心，想找个专家看看。你知道的市区的专家号不好挂。"

夏天得肺炎还是比较少见的，大概是空调开得太多了吧。可怜天下父母心，孩子有病乱投医。我一个不求上进的小医生，何德何能去认识市区大医院的主任？想到那些乡下的亲戚也一样，总以为我在上海大医院工作，平时肯定是"谈笑有鸿儒，往来无白丁"，什么毛病都要找我咨询引荐。每次接到这样的电话时，我都很不耐烦，经常回答"不了解，不知道，不认识人"。这时我家老贵妃都很不高兴，经常数落我"忘恩负义""推卸责任""不懂人情"。实在为难的亲戚，我只有厚着脸皮去找关系。去年扬州有一位亲戚得了胆管癌，托到我，我还去了找六院外科的牛文才博士。不过胆管癌的预后不好，很容易早起转移，怎么看都有点从硫酸池里向外捞人的感觉。

冯佩兰这次找我问的情况，我的确有点犯难，问这个还不如直接问我生殖中心的主任电话呢。想了想儿科医院我唯一认识的可能只有杨静，她那个电话我从来没敢打过，只有刚毕业那一两年里发过几个消息，也不知道这几年她是不是换了号码。想了想，周幽王为博褒姒一笑连国家都不要了，我这不还没当上王侯将相呢，有什么值得失去的呢？于是我让冯女士稍等一会儿，我准备先给杨静打个电话再说。找到杨静电话时，刚才休息时已经平复的心率又"怦怦怦"加速跳起来。

过了好一会儿电话终于被接了，是杨静的声音，但显然她已经删了我的号码，因为她问："你是哪位？"幸好我有正事，不然肯定又要词穷。问她，是不是还在儿科医院，她回答说"是的"。于是简单说了情况。杨静说："哦。呼吸科的某某主任还可以，我有空帮你问一下他什么时候门诊。你朋友什么准备时候来？""总归越早越好，你看人家主任怎么方便吧。""好，我问好了回你。"

　　舒了一口气，起身继续向西峰进发。因为在山坳里，这一路上什么风景也没有，只有松林和岩石。林子里没风，很闷热，石头上有风但晒得背上皮肤痛。浓烈阳光下的空气仿佛蒙了一层油纸，天空似有似无，正如在夜晚强烈的霓虹灯下看不清夜空一样。在天下第一洞房的狭窄石路上接到杨静的电话，她说："明天下午，你朋友行吗？"我回答说："应该没问题。"她问："你在干什么？怎么这么喘？"我说："我在爬华山。""那你继续，当心点，看着路。"

　　做医生挺好，至少有很多做医生的朋友，只要想找关系，总是找得到。这一年年来，自己以前的那些同学多多少少都已经生根发芽，随便揪住几棵萝卜缨子就能带起一大堆泥来。自己的脸不见得管用，但总有同学的脸是管用的。但此时为了一个曾经喜欢的人，去打扰另一个曾经喜欢的人，这是我从没想到的。

　　在西峰上转了一小圈，看了看《智取华山》里描述的可以打炮打到华阴县城的地方。平视时两公里远的物体要比向下看的两公里物体看起来大很多，这是由于视觉的恒常性受到影响的原因。书上说视觉上的恒常性受控于日常积累的经验。正如我们的视觉其实无法准确感知超过自身奔跑速度的速度，坐在一百迈的车子上并不觉得自己有多快，只有躺在路边躺椅上乘风凉时，看路上那些超速的汽车时才会意识到一百迈原来有那么风驰电掣。

　　坐在西峰的斧劈石上吹了好长一会儿的风。想，人与人之间的情谊有时正如这被块沉香劈开的石头一样，虽断犹连，虽连犹断。叹了一口气，从石头上下来，沿着陡峭的石壁朝南峰走去。在南峰峰顶拍了个照，导游打电话来说："你们团里大部分人都已经在山下了，你怎么还没下山？山上还有几个人？"看起来长空栈道没时间去了，其实我现在也没什么体力了。先前被杨静的声音和冯佩兰的电话打了一阵鸡血，现在早已体力透支，赶紧借着导游的电话直接下山去。返回苍龙岭时，被管理人员拦住了去路，说这里只上不下，只好绕了一个大圈子才下到了索道。下景区去坐小交通的时候，两腿像包着棉花一样，同时一软，好像截瘫了一样摔了一个大跟头。幸好就势滚了半圈，臀部着地，一阵酸痛。没敢用手撑，怕摔成柯力氏骨折，擦破了点胳膊上的皮，十分庆幸不是摔倒在山崖上。

到了集合的地方已经下午三点，被几位同行的老人家说了几句。懒得理他们，下半身都不是自己的了，头皮那么翘也没必要。随便扒了几口饭，便和最后一批人上了旅游车。回到宾馆，五个峰都转了一圈的武亮医生依旧活蹦乱跳的，像一只新鲜的大明虾。他看到我时，问："谢安，你怎么瘸了？"

"没摔死就好。"我说。我还真的怕出什么事。

从陕西回来的第二天真出了事。周一的早晨，上班，查房，换药做手术。有一个打麻醉的肛瘘患者，直行瘘管，很简单。术前张石医生简单汇报了一下说凝血时间有延长，正常12秒以内，这位检查结果延长了一半。脑子里没想这事，麻醉师也没说什么，常规打完麻醉后，常规做手术。做完了伤口有点渗血，也没在意，反正回去要输止血药。上午十一点钟做完，中午吃中饭时小妖就来报伤口有渗血。去看了看，真的出得蛮多的。心虚，拆开纱布看了看，看伤口里到处都在渗血，肯定是哪根血管在冒血，赶紧把患者又拉到手术室去止血。结果电刀、凝血酶纱布、止血凝胶、丝线全用上去了，一点用处都没有。小小伤口里的血就像水龙头里的螺丝滑牙了一样，怎么关都关不住。这时追问病人，患者说他一直在吃华法林。华法林是他心脏支架术后长期服用的抗凝药，昨天还在吃。没见过华法林的说明书，赶紧叫陈医师和杨大师过来救场。杨大师跑到手术间来看了一眼，手都没洗，直接说："止不住就别止了，先送回病房再说。"于是联想到刚工作时在外科实习遇到的那位牺牲的脾大患者，心想这不幸该不会马上就要落在我的头上吧？

回病房，让护士开了第二路补液，把胶体和晶体全输上了。杨大师请血液科的高主任急会诊，我们则忙着申请临床用血。高主任自从从行政部门退了位，就一直临床的洞府里修炼，官威没了，但气势还在。他赶上来一张口直接说："吃华法林的你们也敢开啊？！不过不要紧，有我高医生在，别怕！我肯定给你处理好的。华法林代谢要两天，维生素k1和去氨加压素可以拮抗华法林，只要熬过这两天就没事了！我把意见给你们都写上，不要慌！心电监护接上，补液跟上，该输血的输血，该补液的补液，病人慢慢会好起来的。""屁股后面的血怎么办？一会儿就一摊。""你们不要怕，吃华法林就这样，湿了就给他换一张。"

于是把一切补救措施都加上去，把心电监护给接上。一个晚上那机器一直在报警。每次去看时，患者心率都在一百二十次以上，比刚跑完一百米的步或见到了心仪的小姑娘还快。好在血氧饱和度没掉得太厉害，血压也维持住了。让护工每三个小时给他换掉一张浸满血的尿垫。第一天光输液输了三千五百毫升，还要加上八百毫升少浆血。我和张石医生两个人在病房里陪了一夜，一晚上我都是在噩梦和惊醒中度过。因此当第二天的阳光照进病房时，我庆幸患者和自己都还能看到它。从第二天下午开始患者身下的血慢慢变少了，尿垫也不用一直去换了。到第三天伤口真的不再有血渗出，只有一些正常的淡色分泌物，患者的心率也慢慢降了下来。

第四天早上查房时，患者说："谢谢你们，我捡了一条命。有你们在，我知道没事的。也是我没说清楚，上海医生和我说了，吃华法林不能手术，我也不知道这个药有这么厉害！"高医生过来随访，说："放心了吧。小谢，不要怕。在医院里，我高医生水平还是可以的！"我赶紧对高主任恭维了几句。

事后杨大师总结说："不要慌，这就是小时候做的关于游泳池里放水的应用题。只要上面补得比下面漏的多，就不用怕水池里的水会干掉！"杨大师的解释的确很有创意，让我明白了小学时和徐菱一起学的应用题是有实际用处的，只是又容易想起高中学哲学时赫拉克利特的名言"人不能两次踏进同一条河流"。换了水的水池还是原来那个水池吗？输了别人血的那个人还是原来的那一位患者吗？

吃华法林的患者姓赵，快六十岁了。他儿子是区里的一位警察。手术当天他儿子拿着我开的《用血通知书》去血站办《用血证明》时，说话态度很冷淡，一看就是那种"老爷子如果有事，我们走着瞧"的意思。后来据说他是打算直接去法院告我们的，只是被杨大师找了他们所的领导，给压了下来。可以不上法院，但纠纷总要处理。出院后，老赵每次来换药都说，是他自己的问题，不要赔偿。如果他是那种得理不饶人，要赖吃定我们的人，那我们只能走司法程序，公事公办，该赔多少赔多少。但他那么客气，态度那么好，又都是抱在一起和死亡战斗过的人，不给他一点补偿，我们每个医生都觉得问心有愧。最后整个科室每位医生在一起凑了三千块钱营养费，写了一封慰问信，让他签字领走了。

24．藏在画壁里的莲角

秋风起　虫声低　天地留白点点意

鸟轻啼　叶满地　寂寞梧桐声声起

飞扬着　歌声里　谁在看

旋转着　雨点中　是影子

细雨飘　琴丝撩　谁把秋思轻轻绕

好像是　千年前　你把莲角藏画壁

转身一回眸　你已不在

相隔多少载　我不相识

迷路了人海中　各自辗转

远望着　秋天里　谁在独眠

等你如有再千年

到时不想诉离别

只说庭院深　草木长　青苔绿

　　国庆节长假最后一天我一个人住在租的小房子里。前几天把那台破旧的南瓜车丢在了老丈人那里，怕万一邪恶精灵入侵他们的堡垒，老丈人可以开出去直接送进魔法圣殿里去。老丈人是一直有驾照的，他说是以前在厂里学的，但厂里没多余的卡车给他开，因此他对以前的厂长总有些耿耿于怀。假期里和他出了几次车，在周围转了几圈，虽说他念咒语的样式生疏了点，但掌控力还是在的。他自己却说："不行不行，开不惯你的南瓜车，油门深还容易跑偏。"当一位职业司机只要不慌，一般不会有什么问题，因此男性一般比女性开车稳一些。如何了解别人的驾车技术其实很简单，看他如何用油门和刹车就可以了，喜欢重踩油门和急刹车的早晚会出事。如果这种人一辈子没出过事，我觉得他应该去开 F1 赛车为国争光去。

我租住的小区周围新开了一个商场。那商场造了一年多，最近终于拆除了围板。进去逛了逛，觉得设计有点超前。不再是那种老式的全封闭大楼，而像小时候搭过的积木，东一摞，西一片。店家都散碎地开着，仿佛是一个高档的农贸市场，卖着闲散的物品。有一家专卖儿童用品的商店，我进去转了转，没看到我怀念的一些诸如竹蜻蜓、发条蛙、积木之类的玩具。老丈人去年已经买好了积木玩具，比我小时候复杂得多，但还是被我妻子和丈母娘笑话为古董，说"现在人家都买乐高"。老丈人的面部一时充了血，说："我好不容易在地摊上看见有卖的，纳晓得啥！"看青蛙国王一脸尴尬，我说："那你给我吧，我挺喜欢的。"想去拆了包装时，她们俩又不允许，说："你这么大的人了，玩啥！丢在那里好了。"可见女性对搬进自己屋子里的东西有种天然的占有感和支配欲。

积木这种玩具对于孩子们来说，大概类似于男人胸口的乳头，不能没有但其实没多大用处。除非将来得了男性乳房发育症或者患了极其少见的男性乳腺癌，平常时候很难了解到它们存在的意义。当年谢校长给我买的积木很简单，加在一起没几块，一个黄色的球、一个红色的三角体、一个蓝色的长方块、一个紫色的正方体，还有几个大小不一的小方块。除了搭房子之外，我还真不知道还能搭出其他什么东西。谢老师从不陪我玩这个，也不教我怎么玩。每次摸出来求他指点时，他总是说"没空"，继续在文稿纸上涂自己鸦，或者低头在那里刻油墨卷子。那时隔壁比我大两岁的邱大曾问我将来去不去给他的建筑公司当工人，我一口拒绝了，然后我挨了他好几个"毛竹栗子"。

新商城的三楼有一家影院，名字叫蓝星影院。不远处原来的滨海影院已经关门倒闭，只有楼上的游戏机房还开着。今天我要看的电影是《画壁》，《聊斋》里的故事。没看过全本的《聊斋志异》，初中教科书上有《中山狼》，高中课本有《促织》。小时候倒是有一部叫《聊斋》的电视剧播出过。记得开头是一个鬼风凄凄的场景，然后有一个老人家提着一盏灯笼在夜色里行走，最后他进了一间四面透风的茅草屋子，在烛影摇晃的书案上练大字。依稀记得歌词结尾是一句"你也说聊斋，我也说聊斋"。凡人哪里敢说什么聊斋，半夜里看着镜子总会觉得那只千奇百怪的阿布（《热带雨林里的爆笑生活》）会从里面跑出来。写那首歌的肯定是一个得了强直性脊柱炎的患者。

这部《聊斋》电视剧的片头挺令人害怕，但剧中的鬼和妖怪都有情有义。印象最深的是第一集里有一个相貌丑陋的大鳖精，变成人形后可以在别人的胳膊上种一个蚕豆大小的牛痘，而被种了痘的人则可以见到埋在地里的宝贝。受此启发，我放学或放假以后经常去镇上古运河的河道边巡视，希望有朝一日可以遇到从河里爬出来的大鳖精，或者可以在河边的淤泥里捡到诸如铜条、废铁、玻璃珠、珍珠、算盘珠、和氏璧之类的宝贝。如果捡到的东西值点钱，我就把它们卖到废品收购站里去，攒点零花钱买小人书看或油墩子吃。

在电影院的门口等到了冯佩兰，和她一起取票进去。位置是冯佩兰选的，最后一排的中间。等我们进去，最旁边位置上已经坐了两对小情侣。一会儿放完广告以后，灯光暗了，荧幕上的光成了通往另一个世界的窗口，这让我想起了飞蛾扑火的场景。小时候的夜是那么的黑，没有月亮的晚上连萤火虫的光都显得十分耀眼。瓜洲镇的镇上常年都有路灯开着，一开始是水银蒸汽的，后来换成了霓虹的。每个夏夜，从周围农田里飞来的昆虫绕着路灯的光圈一圈又一圈地飞舞。暗夜的光有那么值得追求吗？还是在这暗夜的光里可以寻找到自己的爱情？

和冯佩兰一起看电影其实是因为她说，要感谢我那次帮她儿子在市区找专家看病。也自从有了那次联系以后，我们之间似乎又开始有了新的接触和话题。前几天她说，下次找个时间要谢谢我。我说，怎么谢？她说，你看呢？我说，一起看个电影？她说，可以。我说，你不怕出事？她说，我比你勇敢，问题是你敢吗？我说，我不敢。她说，那不结了。我说，但电影我是要看的。她说，行。

因此我似乎应该感谢她儿子生了病，但这样想有被道德审判的嫌疑。那个小孩子我见过两次，一次是他出生，另一次是他两三岁的时候，现在他已经五岁多了。因为老是感冒，动不动就发热咳嗽，他们夫妻俩又总觉得他长得慢。他们自己在网上查了查，被诸如唐氏综合征、肝豆状核变性、地中海贫血、歪嘴笑综合征等遗传病吓坏了。因为对我们医院的儿科有了审美疲劳，夫妻俩于是才想到去市区最好的医院看看。小孩子住了几天的医院，用了点药，肺炎和发热也好了。最后其他检查的结果仅仅是有轻微的缺锌，加上点过敏性鼻炎，于是压在他们胸口的石头才被搬开。

冯佩兰客气地说是我帮忙他们搬走了胸口的石头。其实我没有，我只是马戏团舞台边那个拉皮条的，我能干的事是给杂技演员递过去一个大铁锤。敲碎的石块才能被更好地搬走，不然搬那么重的东西得费不少力气。不过因此与杨静的两次短暂通话反而变成了我胸口的大石，只不过不去想它，它也没那么重。

小学四年级时在街边看过一次街头的卖艺表演。是两个和我差不大的男孩子和一个比我小好几岁的女孩子，没有大人。他们表演了咽喉处顶红缨枪，耍双刀，还有这个胸口碎大石的节目。周围围观的大人小孩都纷纷喝彩，纷纷慷慨解囊。我则看得魂飞魄散，两腿酸软。当时我只有一种想法，人家在我这个岁数已经出来跑江湖了，而我还可以有一张书桌可以读书、打闹、当牛屎、暗恋同桌的女生。那天晚上我特别崇敬我的父母，也别感谢他们给我一个稳定的上学环境。只是过了几天后，我已忘了这种感恩的心情，可见习惯是一个巨大的惯性。

锌元素在我小时候就知道了。因为我母亲工作的化工厂车间生产的就是氧化锌，一种白色或淡白色的粉剂。我母亲说她们厂的产品纯度不行但用处很广，可以如何如何。我只记住了锌元素可以促进伤口愈合，这和我目前从事的工作有重合，但是我从没拿氧化锌给伤口换过药。锌可以促进伤口愈合，但外用氧化锌是不是合适这是我没查过文献的。我知道冯老师的儿子需要吃的含锌药物也肯定不是我母亲车间生产出来的东西。因为第一、我母亲生产的是工业用品；第二、牛贵妃的厂早就倒闭了。

冯佩兰的老公姓金，一个我不喜欢的姓，因此在我前面的小说里多不愿提他。他的姓是一个原因，再加上我的角色对于他来说并不光彩。除非是在演电视剧，让他出场只会增加更多的矛盾冲突。为了不想写他，我决定让他在上个月就出差去！去山西大同煤矿附近某一个机关里挂职锻炼！时间嘛，两年算了！在他不在的两年里，理应由我来保管他的老婆和孩子，这是我的机会。而且这是我的小说，我有支配书里所有人的权利。况且，现实是金科长也的确是到外地出差了，具体不详，或也不问。

和金大人的老婆坐在一起看电影时，我总觉得自己染上了银屑病。不挠难受，挠了更痒。这主要因为从冯佩兰的身上传来一阵香水的味道。这香味仿佛是那年和潘老师一起捉过的虱子。它一下子就爬进了我的鼻腔，持续刺激着我大脑里的嗅球。我不喜欢香水，因为大部分香水的味道都不自然。花的香味还是紫茉莉和水仙比较适合我的审美。连桂花的香味，我也觉得有点做作的味道，而栀子花的香味已经让我觉得是站在了落入厌恶悬崖前的警戒线上。但冯佩兰今天喷的不知名的香水味配合着这漆黑的环境，让人顿觉激动与暧昧。加上她灯一黑就上来挽着我的胳膊，还故意把穿着裙子的腿靠在我的腿上，这简直要让我流下鼻血来。我不是正人君子，我与她之间没有窗户纸，只有一条长裤和一袭薄裙以及无数会发出义正言辞的道德妖怪。

人有时候还不如一条狗，即使在大庭广众之下它们也要苟且在一起，完全不在乎人类的感受，不在乎那些屁大点的孩子问他们的爸爸妈妈"它们在干什么？"但如果我真的变成了一条狗也不行，因为当一只有交配权的狗必须要长得足够健壮且富有心机，要有能力来应付其他同性的挑战。幸运或者不幸的是人类社会的评价体系要复杂得多，但最基本的原则是"多多少少总要有点用"。我长得足够高大，足够强壮，有一个好的职业，长得不能算丑陋，除了分不清几个基本的颜色，除了总是喜欢戏谑他人，我觉得自己应该有接受暧昧和应付挑战的权利。

当然这只是以前的想法，自从我被查出来小蝌蚪畸形率过高以后，我已失去了这偶尔会爆发出来的雄心壮志。因此当我想起匈牙利作家莫尔多瓦写的《会说话的猪》的时候，反而羡慕还有母猪架子可以上的种猪们。因为对人类来说它们还有用，除非闹情绪，不然不会被推进屠宰场。还有在科学有长足进步的今天，我得感谢有同类研究出了先进的生育技术，可以把自己的基因流传下去。虽然不知道把自己不孕不育的基因流传下去对社会有什么好处，但这起码保留了人类基因的多样性，也符合现代社会的伦理。就像小蝌蚪畸形率也畸高的猎豹一样，不能因为它们那微弱的生育能力就把它们全部捕杀掉，因为如果那样做就是中了马尔萨斯的毒。

我知道我和冯佩兰坐在一起看电影很不符合社会的主流价值观，但这种事情有它的合情性和存在的基础。再说我的内心很不安，说明我正在被道德审判着。我其实也特别想知道这个问题的答案，想知道我们为何还能像其他道德上清白的男女一样坐在一起。婚姻真的是需要钥匙的枷锁，还是只是一扇虚掩着的门？为何道德与法律的审判在婚姻的时间轴上前后那么不一致呢？

我的胡思乱想让我完全不想看荧幕在上演的故事。我喜欢孙俪和邓超，但不喜欢他们在一起演关于爱情的故事。爱情本质上说是动物之间的演戏，雄孔雀展开了它的尾屏，鹈鹕跳起了它们的探戈，猴子舞动着肿大的屁股，蛐蛐震动出戚戚的声响……可这对夫妻如果在家里是这样眉来眼去，在电影里也是这样眉来眼去，总让人想猜哪一段眼神是真实的。之前为了看电影，我还去复习了《画壁》的古文，为了保证我没有理解错古文，还去看了翻译，而我现在却一直在想电影以外的事。偶尔把心思转到电影上时，我觉得这个故事已经被扩展到一个不符合我审美的地方，因此也越发得不喜欢。而且我感觉到冯佩兰也不喜欢这个故事，因为她总是把我们俩的质心一点点地朝我这边移动，直至把头完全靠在我的胳膊上。一种冷空调下的体温，一种硬扶手上的柔软，一种暧昧的香水味终于促使我抽出胳膊，转而抱着她的肩膀，把她拉进我的臂弯。我低头亲吻着她的头发，那一会儿我居然满眶眼泪。她似乎知道了什么，仰起头，在荧幕的光芒中把嘴唇送了上来。

　　负罪感终于被隔离在一个不起眼的角落，以前想的那么多还有什么用？面对一个我喜欢了八年的女孩子，面对这八年来存满的点点滴滴，面对着这曾经错过的人，我以前的坚持到底有什么意义？爱不是解释荒唐的好借口，但没有比爱更好的借口。这时候我明白了聊斋书中《画壁》的寓意：人总活在两种世界里，一种是现实，一种叫幻境。现实永远都是那么骨感，而幻境里有自己诸多的理想和希望。我们总是把自己得不到的东西放在画壁里。在画壁里我们可以与自己想爱的相爱、生活，过另一种人生。如果人生没有一点儿遗憾，哪里还需要什么画壁？冯佩兰与小时候的何歆、徐菱一样，都是我一直藏在画壁里的女生，可我很想知道自己对于她们又算什么。随着曾志伟用一副愚蠢而做作的表情说出"幻由心生，我怎么知道"的箴言以后，故事结束了，朱孝廉走出了荧幕。这本是一个悲凉的故事，但我一点儿都不悲凉。我牵着冯佩兰的手走出剧院，准备坦然面对外面的阳光。

等到了出口，她却变得表情复杂，慢慢地松开了拉着我的手。我问她："怎么了？"她说："我不知道。"我问："你后悔了？"她回答："你别问了，我不知道。"等我们走到一个相对空旷的角落，她忽然问我："谢安，我们认识这么久了，你知道我是怎么样的人。我从小缺少爱，我希望我爱的人也会爱我。为了你，我可以什么都不要，只要你愿意娶我。可是我也特别想知道，为了我，你会抛弃你的一切吗？"这回轮到我要说"不知道"了，只好转头去看其他的地方去搜罗合适的理由。不远处有一个在抓娃娃机前的男生，他可能想为他的女朋友抓一个浣熊。看他投了好几次币，每次都是差一点儿就成功了。两个人每次都经历着从期望到失望的状态，但他们发出来的惋惜声却是那么幸福。

"没事，我不逼你，我可以等，等到有一天你有了答案。"她叹了一口气。"我值得你等吗？""不值得，但是我会等。"这沉重的气氛让我忘记了刚才想把她变成自己女人的冲动，忘记了此时应该再去补一个长长的吻。那些电影里的情景对我来说只会在脑海里播放，而不会变成行动。傻傻地又站了一会儿，她说："谢安，我先回去了，一会儿还要去早教中心去接孩子。"说完她提着包走出门口，走下楼去。可是现在离接孩子的时间还很早。

有时候费力地爬向山顶，以为在那里可以看到一道美丽的风景。等到了山顶却发现那里全是参天的大树，盘根错节，藤萝蔓蔓。那些高大的树影遮住了阳光，也挡住了可以吹拂面颊的南风。想了一会儿我实在没有勇气追下去给她一个肯定。刚才在电影院里我还像一块从烧炉里取出的火热的玻璃，现在到了室外被三两句问话就问到了冷却。我知道如果趁着余热还能把我们的关系吹塑成一个美丽的花瓶或者一个闪亮的灯泡，但每到这种关键时刻，我都会变得懈怠和无能。记得有一种特殊的玻璃叫鲁伯特之泪，泪滴处坚硬得可以抵挡子弹，尾巴处一碰却会粉身碎骨。我现在一点儿都不敢去触碰自己脆弱的尾巴。很快冯佩兰在我视线里消失了，周围的人来来往往，抬眼看去却没见到一张熟悉的面孔。行人的脚步声沙沙作响，阳光晒在身上也沙沙作响。掏出一根烟，却没有点上。

记得刚工作时，觉得这个城市好小。去街上的邮局买几张邮票，一路上都能遇到好几个医院的人。现在这个城市有了明显的扩张，人口越来越多，但每个人在这个城市的分量却变得越来越微不足道。

25. 有些东西难以维护

十月底，新房终于交付。十一月头上，怀胎已两个多月的柳月兰过来看了看，除了对"楼间距小了点、小区里的绿化设计有点乱"有点意见之外，对其他公共设施还算满意。至于房子里，毛坯房则全是灰，光线又暗，前后阳台又没窗户，仿佛是参观原始人的洞穴，除了空旷之外没有什么可取之处，在门口喊一句话都可以听见房间里传来几波回声。人也毕竟不是猪，随便抱几堆稻草就可以在里面吃喝拉撒睡。视察完，柳公主把一切的权利都下放给我。想到上次装修的经历，我决定这次听妻子的话，找一家正规的装修公司。以前路过唯爱宠物店时注意到隔壁就是一家装潢公司，本只想跑过去问一下行情，却立刻被人家扑倒在地、捉拿归案。

这家叫海艺装潢公司里的业务经理是一位中年男子，姓周，有点发福。监察经理也姓周，中年人，是一个喜欢留小胡子的瘦子。设计师是一个二十岁出头的圆脸小伙子，姓邹。好玩的是他们长得完全不一样，我感觉他们应该一起开叫"周邹粥店"的早餐店，而不是搞什么装潢设计。在正式装修开始后我见到他们时总喜欢在心里默默叫他们皮蛋粥经理、八宝粥监理和丸子粥设计。房子从毛坯向最终状态进化的确是一个脱胎换骨的过程，类似于从蚕籽到飞蛾的转变。这转变过程的唯一催化剂就是不时添加厚厚的大桑叶（人民币）。

两个多月来，我找到机会就会同那些在我房子里忙碌的工人聊天。接受了我的香烟赏赐以后，他们所有的人都变得侃侃而谈。水电工、木工、油漆工先后表示他们都不是海艺公司的正式员工，只是临时受雇于他们的仆人，并都表示他们自己手里的活在金山区都是数一数二的，谈不上百里挑一，但肯定是千里挑一。在公司里，八宝粥看不惯皮蛋粥，说皮蛋粥不懂具体的业务就知道吹牛。皮蛋粥说生意都是他拉的，虽然具体事他没做过，但是还不知道猪肉很香吗？只有丸子粥四面受气，因为他们都说丸子粥在报价表上乱填价格，简直要把整个公司都拱手送人。无论如何在这两个多月里，我的新房就像一锅煮开的粥，总会有一些问题泡不时从粥面上冒出来。什么电路不通，地面渗水漏到楼下去，插在墙里的网线没有信号，电视背景墙上的墙纸贴得全是气泡，厨房的柜子关不牢……只要我还有耐心，必定要像一只千年竹杠精一样陪稀粥们熬到底，但我也知道有时也要向吃华法林做手术差点死掉的老赵学习，得饶人处且饶人。修房子和修人体本质上没有太大的区别，没有一件事可以做到完美。每个人都有自己的标准，这世界的最根本冲突就是不同的"三观"标准之间的冲突。

乙丑年年底，成功离婚并收回儿子的小妖让我请她吃饭，说我得感谢她在分居时没给我找麻烦的牺牲。这话说得很不要脸，而且我又不是观音大士，有义务给她提供一个"守山大王"的职位。我让她闪一边去，她说："就知道你对我这么小气！我定了清风茶舍明天下午的位置，自助的，科室里的人都去。"最近因为装修房子，我是穷得口袋里连个硬币都舍不得掏出来，手机屏幕摔花了都没舍得去修，医院两块钱的工作餐补助都要掰成两顿吃。这种便宜用张石头的话，叫"能占一点是一点"，于是安心去吃饭。

夏天最后一丝的暑气已经在半月前被一阵北风给吹散了，骑电瓶车经过铁道桥时闻到一股桂花的香味，不知道是从哪里飘过来的。在上坡的时候追上了一辆人类三轮车，转头看了看，车子里坐着一个带孩子的年轻母亲。现在街面上这种人三轮车已经很少了。刚工作那会，街道上随处可叫，也是一道风景。也便宜，去海滩、商场、汽车站一般都是两块、三块。坐在三轮车上总让人想起《骆驼祥子》和《上海滩》，如果在下车时再多给他们一块钱小费，会凭空平添一种当了教父的感觉。

当初在老房子的小区门口有一位认识的三轮车夫，叫小崔。那时送柳月兰去汽车站坐车回市区时，经常用他的车。那时小崔说三轮车的牌照从最开始的九千多，一路涨到了一万八，还一照难求。于是马路上出现了很多假牌照的三轮车，为此三轮车夫们还打过几次架，闹过一些纠纷，警察还出来整治过几次。自从电瓶车和汽车的普及，三轮车也逐渐走进了记忆和历史。曼昆说，在经济学上这种失业可以定义为结构性失业。医生和教师大概是最不能被改变结构的职业，最多加一些论文和科研的考核指标。除了影响睡眠时间、胃口和便秘程度，并不会导致大家大规模的辞职。即使全世界其他职业都消失了，医生这个职业也不会消失。

到了茶社，发现小妖带着她的儿子，燕子也带着她儿子。侯护士马上当了两个男孩子的幼儿园老师，带着他们到处跑，检查他们有没忘掉加法口诀，并随时给他们颁发小小的奖励。护士长的女儿也来了，但她女儿相比那两个小的显得太大。小姑娘已经上了小学，和两个弟弟玩不到一起去。她和大人们坐在一起很拘束，但出去和小孩子一起玩又显得幼稚。张石头就不停说些谄媚的闲话。

今天科里的人来得比较齐。陈华医生、内科的潘红医生、小丁医生，还有科里的几位年轻护士。一个包厢坐不下，于是分在了两个房间。这种扩大了的交际活动总让我浑身难受，仿佛是得了疥疮又遇到了火炉子一样。也许是因为每个人都在说话，每个人都希望自己说的话有人听，更或者是我不知道该讲什么。在女人堆里各种不自在，于是我走出去，走到自助的食品台子上，拿了点鸡爪、鸭脖子、几块桂花糕、两只小粽子。水果只有几块变色的西瓜和破了皮的圣女果，其他香蕉、菠萝什么的一上来就没了，只抢到两片甘蔗条。对着窗外发了一阵呆，又转回包房，看她们开始打起了"红五星"。服务员倒是很热情，老进来问我们要不要来几扁担的担担面和小刀切。我想如果他们店里有海鲜要上的话，应该指的是海带。

闲聊中又提到半个月前出院的一位女性患者。那位女患者，三十八岁，没结婚，有一个男朋友，自己在某个学校里当老师。进来之后用上海话形容，叫"很作"。还没开刀就说有各种不舒服，说什么窗帘太亮了影响她睡觉，说送饭的阿姨早上给她发的牛奶只有半瓶，说护士发的病服裤子太大、腰带也断了系不上等。术前谈话时，她对谈话内容的每一段都要问清楚是什么意思，签字的时候反而没勇气下笔了。在办公室里我们都说她是嗲妹妹，不好惹，大家注意点。术中的情形就别提了。等做完手术，她似乎整个人都不好了，躺在床上一动都不动，仿佛受尽了天底下的所有委屈。此时她变身成一位睁着眼睛流眼泪的睡美人，怎么叫都没有太大的反应，大概只有嘴巴里含着吗啡注射液的王子才能把她的心给救活。

我不是王子，但那天却是我值班。她从早上手术完到吃完晚饭期间，一共叫了我七次。到晚上七点多她还没自行解出小便来，她男朋友把她扶到厕所去时，她干脆直接晕倒在里面。帮着把她搬回床铺，等苏醒后她说小便胀得受不了了。我想敲敲她的小肚子，看看里面有多少尿量，她又百般不让碰。实在怕麻烦，我直接下了一个"留置导尿"的医嘱。那天的中班是一位刚开始轮中班的护士。过了一刻钟，护士过来说导尿管插进去了，但尿管里没引出小便。我心想这怎么可能呢，但也没多想，是我判断错了？我们科的术后患者，很多患者都会有尿路刺激症状，也没想到去做一个膀胱残余尿的B超，心想大概也许还是因为她的"作"吧。

到了晚上八点半，中班护士自己不放心，又叫来了泌尿科的骆医生来看了看。骆医生是一个男医生，上次膀胱破裂的病例让我们之间的关系有点不同，比与其他同事之间单纯的同事关系要特殊一点。他来了以后直接给嗲妹妹插上了尿管，引出来不少小便。于是嗲妹妹更不开心了，哭着质问我们："我难受了一天，为什么导尿管要插两次？为什么叫男医生来给我插导尿管？你们护士的水平怎么这么差？我的身体受到了伤害，我的精神受到了创伤，我要求你们赔偿。明天等你们主任来，我要看看你们怎么解决！"原来导尿管不但可以让堰塞的膀胱倾泻而出，也可以让不爽的情绪大雨滂沱。我辩不过她，只能等第二天让杨大师或陈师姐来"话疗"。

那天当班的护士今天的聚会没参加。今天陈护士长说："我也不知道她在实习时没插过导尿管。这么简单的操作，我哪里知道她会插错地方。"这让我想起了猪头小队长那年质问我到底插过几个导尿管的事，但我在全班同学面前没好意思对他说："我还不知道女性导尿管怎么插。为什么附属医院里女性患者的导尿管不让男医生插？在外国，女性的导尿管男医生也可以插的。"但提出这个问题有思想不纯正的嫌疑。作为一个男医生，就目前国内的医疗伦理来说，去旁观或者实际操作一个女性导尿管有点不适宜。除了解剖图谱，我还真不知道女性的尿道口是什么样子的。大概很多中国的女性自己也不知道。

小妖问："她有什么要求？"我说："她一口咬定这是一个医疗事故，张口就要赔一万块。"小妖大吃一惊，气愤地说："一万块！让她上法院吧。又没造成什么具体的损伤，最多也就晚插了半个小时。"小燕子问："那最后怎么解决的？"陈师姐说："一开始想给她买一点营养品，赔个五百块意思一下算了。结果她不答应，营养品收了，但钱没要，已经去纠纷办了。看最后怎么解决吧，反正我们也没什么过错。""做老师的都不好说话，尤其是没结婚的女老师！都自以为是一个文化人，稍微懂一点医就以为自己不得了了，总觉得医生和他们一样，都是骗子，都要骗她们点什么。"我愤愤地说。

都说医护是一家人，此时此刻还算温馨。这要感谢医院近期修改了奖金制度，护士部奖金改由医院直接测算后下发，于是她们的奖金再也不用和我们医生一起统算了。彼此间已经没有了利益冲突，因而每个月不会再因为奖金分配的事而不开心了，但是这种科室小聚会却越来越少，彼此间已经没有了把大家都聚在一起沟通的动力。今天若不是小妖庆祝顺利离婚和要到了孩子，这种聚餐只能等到年底由莫主任主持召集了。

　　男孩子们在外面晃了一阵后又跑回小间里吵闹，让我们不要打牌，和他们一起玩。小妖的儿子像小妖，暂时从他脸上还看不到大狐猴的影子。只是他满嘴冒出来的本地话，我连一句也没听懂。不晓得是因为他的门牙掉了漏风，还是嘴巴里塞着什么吃的，也不知道来自外地的侯小姐是怎么把他骗得飞起来的。燕子的儿子要稍微安稳一点，皮肤像燕子一样白，手里拿着个跳跳球。他对他妈妈说，他一点儿都不想吃东西。

　　看见侯姑娘进来以后，护士长又在撮合张石头和她。她说："你看我们家小侯多好，又会照顾孩子，人又漂亮。"发了几颗新痘子的侯姑娘一脸羞赧，说："我愿意的呀，可是人家看不上呀。"张石头赶紧说："不不不，我们是好朋友。"众人大笑。

　　侯姑娘除了小巧一点之外，一切都好。我喜欢她这样调皮大方的性格，但每个人都有自己的标准，无法强求。在苏格拉底有一个关于爱情选择的题目：如果不能回头，而且只能摘取一次，如何在麦田里选取最大的一穗？这实际是对现实人生的一种模型化研究，可以类比于如何在自己的人生中找到最佳的伴侣。可是自己找到了最大的麦穗又能怎样，婚姻是要相互选择的。战斗和失败，妥协和退让，直到无法忍受。等离婚了，反而觉得是一种解放。冯佩兰说会为了我离婚，可是我担得起她的勇气吗？况且，我有离婚的理由吗？

　　今天，离了婚的小妖很开心。孩子都那么大了，她还像一个小姑娘一样，用一对"J"死死压住了陈护士长刚打出来一对"10"，吵着不让她反悔。有时候回头去想想，我们曾经拼命保护的、捍卫的东西，原来是那么的不值得维护。

26. 新老交替难有太平

元旦假期间，再次把柳月兰从市区接回来看刚装修好的新王国。粥经理们号称用的一切都是环保材料的新家园，在打开后仍传出来一阵令人头晕的味道。即使戴着口罩，柳月兰也紧皱着眉头。没有家具，没有灯具，没有窗帘，新的葫芦国里仍显得很空旷，但明显已经从原始社会进入了资本主义社会。这个假期的唯一计划是把所有的软装修都订好，以便让它真的能显露出一点王侯将相的气质来。

此时我妻子的肚子已经明显凸现出来，这归功于她本来就瘦。不过现在她已经比以前丰满很多，这让我很欣慰。原来在最危险的前三个月里我打算给她开点黄芩、生地、女贞子之类传统安胎的中药吃的，但最终被青蛙夫妇给婉言拒绝了。他们的言外之意是觉得我开的药不可信，有再次引发宫廷剧的可能。好在现在柳公主的危险期已过，不然我也不敢让她从结境里跑出来看房子。

把车子开到最近的一个装修建材市场。这个建材市场相对较偏，在城市的最边缘，因而客人也不多。本想就近找两家店面把灯具和窗帘的样式都定掉，但这明显是要剥夺一位女士写在宪法里的权利。只能由着挺着肚子的柳小姐四处走动，听她对各种布料、灯具的样式提出自己的看法，与店家讨价还价，索要一些可有可无的小优惠。

在这期间，我总想起很多种漂亮的鸟类，比如琴鸟、凤头企鹅和织巢鸟。很多鸟类都是雄性做窝，吸引雌性前来约会。如果窝做得漂亮，雌性很满意，它们就能恩恩爱爱、缠缠绵绵。这叫"良禽择木而栖"。人类社会稍微复杂一点，小窝不见得先要漂亮，而是应该足够大、足够值钱才行。至于如何变得漂亮，那反而是成就佳话以后的事。选完这些，又去选家具。问她去不去原来买床的地方，她说不要，只能换成另一家专业的家具城。

用一整天时间把所有的事情搞定，终于可以休息了，赶紧送公主回宫。在车子上我妻子靠在副驾驶的位置上睡了一路。从侧面看她时，觉得她的脸有点肿，但皮肤比原来细腻些，额头上有点微汗，铰短的头发因此粘在一起。今天有点过劳了，她的两只手正捧着自己隆起的小腹。在那里有两个生命正生长着、变形着，从单细胞生物向多系统生物转变，很快他们将从两条鱼变成会直立行走的人类。

女性真的是世界上最神奇的动物，不同于简单的细菌分裂，她们能孕育出和自己完全不一样的生命。我在学《组织胚胎学》时，总想不明白为什么母体不会产生抗体把寄生的胚胎给清除掉，学《免疫学》时才知道抗胚胎抗体是有的。生命最终能行进成功的有性繁殖可能要归功于几亿年前细胞内部的一次基因突变。基因的突变最终让寄生在母体里的胚胎会分泌一种不让母体产生抗体的蛋白质，这肯定是一种演化史的奇迹。由此可见包容虽说是女性的天性，也要看她包容的对象能不能分泌出大量有趣的抗体。不过这些抗体里一般不会是"花心""自私""大男子主义"。

车子开到丈人家门口，柳月兰才醒了过来，直说累。难得丈人今天举办了一次国宴。菜很丰盛，陪丈人喝了不少酒。席间柳月兰把拍到的葫芦国的照片给青蛙伉俪们看。他们都说："蛮好蛮好，要是在市区里厢（里面）有这样大的房子就更好了。下趟（下次）等家具都进去了，阿拉两个宁（我们两个人）也要去住几天呢。"本来国主今天早上是准备和我们一起去的，但临出门他又说："你们下半天还要回宫的，我还要组织宴会，等下趟吧。"

我按惯例准备去我爷爷家借宿一晚。丈人家的房子终究是小，而市区我们的小房子被租客租着。前几年我偶尔会和柳月兰在她的小床上挤一挤，现在她肚子大了我就不能和她挤在一起睡了。现在想在他们家打地铺也不行，因为老两口囤积了许多小孩子的东西，家里塞满了没开封的婴儿用品，一部连体婴儿车就占了很大一块地方。心中总泛起一些不吉利的话，却不能说出口。也许是我过于悲观，不去想那些糟糕的事才是正常人的思维，于是继续恨附了体的竹杠精。

晚上在爷爷的房间里拉开了一张小钢丝床，把一床有些味道的老被褥翻出来铺上去。看到柜子里有几张垫在底下的老报纸，拿出来翻了翻，内容还是去年南非世界杯的情况。在那一届世界杯中，拿了冠军的西班牙队进行的几场比赛一点意思都没有，没有一点儿惊喜和意外。他们就像一队装了人工智能的机器，或者像一堵挡在其他队面前的冰川。自己不犯错，也不给其他队任何机会，非常"无聊又丑陋"地获得了世界杯冠军，成为第七个获得世界杯冠军的国家。

这几份体育报纸应该不是爷爷去买的。报纸的空白处被写上了不少字。仔细一看，抄的是几段歌词："妹妹你坐船头，哥哥我在岸上走，恩恩爱爱，纤绳荡悠悠""村里有个姑娘叫小芳，长得好看又善良"之类的。挺奇怪爷爷不去抄那些革命样板戏，反而弄这些充满二十世纪末农村风格的曲子。算起来爷爷已经在上海定居了一个甲子的岁月，曾官至上海某机械厂车间主任，到现在还是一口洋泾浜式的上海话。他一个快八十岁的人了，居然开始想着唱情歌，这到底是因为什么？爷爷亲自演唱的歌曲以前听过几次，每次他都能把调子成功嫁接到苏北民谣《拔根芦柴花》上，宛如李健仁总是会穿上了如花的衣裳一样。在扬州插队的谢校长虽也鼓吹过他自己也当过音乐老师，年轻时能吹几首笛子，但除了国歌和"穿林海"以外，平时似乎没听他唱过什么别的曲子。从音乐细胞来看，我们这祖孙三代发生了明显的显性遗传。因此对也同样不会唱歌的我来说，当年去嘲笑"明月几时有"先生其实是不道德的。

奶奶给我端来一杯水，很激动地问我："小安，你媳妇怎么样啦？现在几个月啦？什么时候生？我和你爷爷的红包都包好了。"在客厅里戴着老花镜从保健小报上找东西看的爷爷，听到奶奶的问话，远远地说："你个死老婆子，你把窗子关起来撒，我看小安的鼻涕都冻出来了。"也不知道他从哪里看出我的鼻涕来的，总感觉他那个歌里唱的"妹妹"并不是我奶奶。

过了一会儿，隔壁关着的房门"吱呀"一声开了。我那五岁的侄子谢晓钻了出来，跑到我们这边来站在我床边，表情谄媚地说："叔叔，你在干吗？""铺床，睡觉。""叔叔，你吃冷饮吗？我帮你拿。""不能吃冷饮，大冬天的。吃下去，肚子里要下雪！""没事，我们房间开着空调，暖和得不得了。叔叔，我要有妹妹了是吗？""你不是已经有两个妹妹了？""我妈妈说，你们家的是亲妹妹，娘娘家的不是。""都一样的。你怎么不说是弟弟？""弟弟不好，家里有我一个男孩子就够了。我妈说只有我能给老太爷打幡！叔叔，幡是什么样的？能吃吗？为什么要打？"

我还真不知道幡是什么样子的，白纸糊的柳条还是用的是白色布条？是不是写着什么符咒？喜欢看黄历的老太奶奶死的时候是我哥打的幡。外公死的时候是我表弟打的幡。家里无论谁过世都没我这种非长子长孙的事，除了跪在他们的尸体前流点不值钱的眼泪，大多数时间我都不知道自己该去哪里消费我的伤感。

我嫂子从隔壁冲了出来，揪住我侄子说："侬这个小赤佬不睡觉，跑出来胡说八道什么！"在路过客厅时，用扬州话对爷爷说："小孩子嚼蛆呢！"爷爷却说："小孩子百无禁忌的。况且这种事情有什么好避讳的，人迟早要死的。"还没说完，嫂子已经把她儿子拖回了房间。

我嫂子应该有语言的天赋。她老家在安徽，到上海打工时学会了上海话，嫁过来又把扬州话说得很顺溜。她仿佛是日本虎杖，种在哪里都能开出漂亮的小花来。如果我哥有朝一日能带她移民，估计连英语她都能说出几国不同的口音来。不过现在他们的日子很苦，市区的房价那么高，两个人又只是在超市里上班，五个人挤在一起也是没办法的事。

"我和你爸爸商量了，我想过了年回扬州住一段时间。"爷爷丢下报纸，进来对我说。老爷爷又提这事。"去呀，乡下房子大一些。"我说。爷爷说："你没听懂我的意思，下去我就不想上来了。"奶奶马上接口说："乡下医疗条件不好，要什么没什么。你要到乡下去死呢，我不陪你去呢！"爷爷肝硬化几十年了，经常腹水。书上说长期肝硬化会变成肝癌，但每年体检做B超都说没找到肿块，因此我从来不去想多余的事。爷爷除了经常因为肝腹水尿不出尿来需要吃速尿片，也没其他不好。有意思的事是他一侧的肾脏只有另一侧的一半大小，因此他自己最担心的是肾坏掉，而不是患上肝癌。所以他每次在肝昏迷时总说自己的肾有问题，因此不可能能生出那么多孩子。

一会儿我哥也开门出来说："我帮爷爷讲，不要下乡去。这样挺好的，相互都有个照应。再说谢晓还小，还要人带的。"奶奶却反过来说："我们老了，晓得呢，惹人嫌，碍事呢。"说完一阵沉默，隔壁倒是有几声叮叮咚咚的声音。这老房子的隔音效果不行。我也觉得自己很碍事，"这种事不要和我们孙子谈，你们和儿子、姑娘说吧。"

柳月兰打了个电话来，我出去接了。她说："下面有点红。"我的心一惊，让她赶紧去医院。她说："就一点点，像铁锈一样，而且我没觉得肚子痛什么不舒服，大概是累了。我想先睡一晚上再说。"

继续观察是医生的常见用语，只是用在患者身上我们不会感到纠结，而用在自己亲人身上却没法做到心平气和。回屋以后，我哥已经回他自己房间了，爷爷奶奶也准备睡觉。他们都不看电视，说看电视眼睛花，会头晕。于是大家都在迷迷糊糊地睡，比值班时睡眠质量还差。脑子里总有一些不好的情节，却不知道自己是在做梦还是醒着。忘了带安定片也是一种痛苦。

第二天早上一到八点钟，我就给柳月兰打了个电话。她说暂时没事，已经没有血了，肚子也不痛。我悬着的心放下来一半。一会儿叔叔、娘娘和胖姑父王佛都过来了，属于他们的元旦节正式开启。一大家人坐在一起打麻将、喝酒、吹大牛，其乐融融。每个人脸上都洋溢着微笑，而且都很发自内心。将坏情绪的病毒隔离起来是每个人的惯常伎俩，正如杀毒公司做的那样。如果不用白开水当对照，怎么显示得出逍遥散可以放松心情？如果没有别人的不幸做对照，怎么显示得出自己的生活有时候很美好呢？

27．水中明月镜中兰草

2011 年过完元旦节假期的第一天，科里收了个警察。四十岁出头，他刚来的时候还穿着警服，配着二级警司的肩章。因为特别怕痛，他来病区时穿着制服，撅着屁股，弯着腰，抓着墙上的扶手，一步一步在病区里挪动，真像屁股上受了李广的一箭一样，十分好笑。这是一个很常见的脓肿病例。威逼利诱，强迫他立马做了切开引流，顿时他就把腰直了起来，直说："好多了，我现在像个人了。"第二天杨大师给他做了根治手术，手术很顺利。术后查房，他换成了病号服，躺在床上满脸堆笑，说："谢谢，谢谢你们救了我一命。"总感觉这句话从一个出生在旧社会的老人家嘴里说出来才合适，而不应出自一个中年警察嘴里。

做完根治手术后每天给他换药。因为他为人和善客气，不符合我原先对警察的设定，换药时我总喜欢和他多聊几句，做了几期的《谢安有约》。"你们警察是不是喜欢把人吊在窗台上？""那不行的，那不可能的，现在嫌疑人进来都要先验好伤才能审讯的，少两个指甲都是不行的！"他一副很顽皮的笑容。"你的糖尿病是不是天天有人请你们在外面吃饭喝酒吃出来的？""那不是的，那不行的。我爷娘都有糖尿病的，你看我这么瘦，怎么会是吃出来的呢？是遗传的。现在哪里还能在外面吃，都要报备的，被人家举报了要下岗的。"我又问："你们警察是不是有很多外快？""没有的，没有的。哪有你说的那样。以前发的多，这个案子破了，那个案子破了，还有什么活动结束了是有奖励的。现在不行了，都规范了，底下的小警察都苦死了，钱也没多少。""二级警司收入应该很高的吧，起码一两万了吧。""你说得太夸张了，我以前当法医的时候收入还可以。后来查出来有糖尿病，我就转岗了。"他很平静。"你当过法医？"我顿时敬仰起他。"正规法医班毕业的，以前在交通队下面。""法医应该蛮苦的。""法医苦！天天跑出去，交通队看到的都是那种撞得惨不忍睹的。""听着就瘆人。"……以前我们医院还有带教法医班的任务，现在好像停了。总觉得如果说学医人的心接近魔鬼，那么做法医的人要接近于神的境界。经过七年的学习加上这七年工作，即使我是红色色盲也只能达到看病人各种伤口而不心悸而已，哪里能看得下去那些支离破碎的人体。

警察姓蒋。住院期间很多的警察来看望他。他总把人家送的水果送给护士和我们，借口是"我要好好控制血糖了，再也不能瞎吃了"。我一直在想如果医患关系永远都这样和谐就好了，笑着把病看好了，多好。出院两周后蒋警司还请科室里所有的人吃了一顿饭，似乎也好久没患者请大家吃饭了。大概原因主要是避嫌，或者人和人之间不需要走那所谓的关系了，也或者是现在物价飞涨请人吃饭的代价太高，更或者是因为大家都那么忙，谁还有闲工夫出来吃饭呢？

酒席上我想到了燕子护士，他老公也是警察。想起她，是因为她已经在一个月前调到门诊去了，加上三年前调去泌尿科的小母鸡，科里的三朵小金花只剩下了小妖一朵。今天小妖也没来，新来的几位护士相貌平平，而且总感觉有了代沟。值班的时候懒得去找她们聊天，她们倒是经常打电话过来骚扰。无论病房里的患者有什么轻度的血压、血糖异常，或人不舒服，没安眠药了，都会过来骚扰一下，觉得越发不爽就越发有了隔阂。

吃完饭没直接回去。骑电瓶车去新房子看了看，把窗户开了透透气，散散漂浮在空气里的甲醛妖怪。给新买的发财树、虎皮兰和其他几盆植物浇上水，看看会不会有小蘑菇精从土壤里跳出来。坐了一会儿，发现没有，于是剥开新买的柚子，把残破的柚子皮按轴对称的原则放在客厅那长方形的空间里。新装修的魔法小屋里气味还是很重，闻了一会儿觉得头晕，点了一根烟换换鼻子里的味道，窗口的风却把烟灰吹得飘起来，把挂在阳台上装样子的一件旧 T 恤烧了几个小洞。

无聊得很，想到冯佩兰住的小区离这里不远，冒昧给她打了个电话，问她家在几号，说可否过去参观一下她的房子。她顿一下，问："可以，但是你必须先回答：上次的问题你有答案了吗？"我愣了一会儿，没法回答这涉及灵魂的问题，却说了一句不着边际的话："好吧，就当我没打这个电话。"看起来我不具备勾引别人老婆的强大内心。本来以为我们应该像两只飞蛾，应该扑向烈火，但没想到刚到冬天，我那点暧昧已经在北风的摧残下变成了僵虫。因为没有被虫草菌感染，因此来年也不会变成能补肺益肾、增加免疫的名贵中药。

想到这里，心情变得一点儿都不好。掐灭了烟，准备回租的房子，却看到刚才浇了水的一盆绿萝上真的爬出来两只小小的蜗牛。但它们似乎并未张口说话，说要送我一根可以改变心情的魔法棒。据说蜗牛都是雌雄同体的，在交配的时候谁先把对方刺倒谁就当雄性，被刺的当雌性生小蜗牛。我与冯小姐之间有时也像蜗牛，总想试探着对方，却又不想真的被对方刺倒。既然没有找到一个把对方推倒的理由，那还是把这个危险又没收益的游戏给放下。拎着那光着身子的两只赤膊柚子，我走出了小区。

这个冬天的夜晚很美，风不大，有一轮通透的银月挂在天上，在公园中央的水塘里可以见到它在水中的倒影。今天水的波纹很细密，像在春天里织出的绸缎，水中的月牙因而显得更加绰约。抬头看去，天空中有一片白云在追逐着月光，像一道细长的柳叶。忽然一段舒缓的音乐声响起，池塘的中央喷泉开始喷水，仿佛走来一位穿着白衣的少妇。月光下她开始翩翩跳舞，如兰盛开，如雪飘落，如水婀娜，如歌腾挪……

　　这时装修公司的八宝粥经理打来一个电话，说我欠他一套铝合金的门框钱，一共二百四十七块，问我什么时候去补缴一下。我说，我都结账半个多月了，你现在才发现？他说不好意思，是工作失误。我说，你现在破坏了我欣赏美景的心情，是不是也要赔我二百四十七块钱呢？八宝粥在电话那头问，你说什么？什么美景？我把电话掐了，与粥同志谈精神损失费有什么用！

28. 主任们的和平交接

　　新房子可以住人后，我把租于兰医生的房子给退了。于大姐说，这套房子她也不想再出租了，准备开了年就把这小房子卖了去换购一套大房子。她儿子马上要大学毕业了，不为他准备一套新婚的房子做母亲的总归内心不安。问她："上个月去做的胸部增加 CT 和支气管镜结果怎么样？"她说："还好，没查出癌来，吓死我了。"前段时间她忽然连续咳了几天血，想到自己已经过了五十岁，害怕起来。在我们医院和市区的胸科医院都跑了一圈，还好没查出什么来。于大姐于是也劝我少抽点烟。

　　等过了春节，在科里抽烟会成了一件难题，因为马主任在离开六年后即将在庚寅年春节后重回我们科室。在她回来之前的一个多月，科室里已经有了消息。每一位经历过她主持工作的同事，都宛如秋蝉，都在寒风里瑟瑟发抖。除了于大姐，剩下的医生连烟抽得也比平时紧了一些。刚工作的前几年我似乎并不抽烟，现在虽然抽得不多，但也戒不掉。某著名核心期刊上说：从青春开始的抽烟史与戒烟失败之间有明显相关性。看起来我不在统计学上写的 95% 可信区间之内。那些无聊的科学家如果做一下关于职业与戒烟的研究，想必医生这个职业也应是戒烟失败的危险性因素之一。

　　谁也不知道马主任为何回来，好马都知道不能吃回头草，因为它们知道自己屁股后面的那堆草里可能有刚拉完的米田共。要求证这点，我可以打电话去问我的同学小静。小静在大六实习时是我的好搭档，但自从进入了各自的专科，我再也没主动找她说过话。做研究生时小静的老板是肿瘤科的周主任，擅长给人做肿瘤介入治疗。这种治疗说白了就是向股动脉里插管子，向得了癌的脏器里的动脉里注射化疗药物。对很多肿瘤患者来说，介入治疗可以延长他们的生命。这与心内科的棍棍的导师专业类似，只是心内科介入的冠状动脉又细又长，比腹主动脉上的分支动脉细很多。不过无论哪一种都不是我喜欢干的专业，而且他们两位主任将来肯定要读个"国家级'西学中'高级特别培训班"才能继承那些名老中医的牌位。

至于马主任为什么回来，其实我也不用去向小静打听，用脚趾头也能想明白。在山头林立的中医院，以她在上海的根基肯定是不受其他本地特产的名老中医的待见。加上她刚直不阿的脾气，估计难免要受其他继承人的不待见。我们科这几年很不争气，发展缓慢，到现在也没再下出一个能打上"名老中医继承人"激光码的蛋来。因此马主任此次回归肯定能给我们科室提升不少职称的含金量，增添不少可以被明码标价的荣耀来。

马主任在一个阳光明媚的周一上午重新走进了我们病区，一时间她的脸上洒满了艳丽的阳光。这要感谢昨夜的一阵5-6级的西北风把天空冲刷至无框般的纯洁。早晨偶尔飘过的白云，让进入病区的阳光在明暗间迅速转化，宛如太阳眨着眼睛。

"好好好，这几位医生我都认识，于兰医生、杨医生、小陈医生、小潘，还有你——小谢。其他几位我不太熟悉，不过一会儿你们要好好介绍一下自己。还有你们这几位护士都是新来的吧，我都没印象。不过以后，我们就是一家人了！"马主任和六年前相比面容没有太大的变化，但是感觉态度要比那时客气得多。大家都说主任的记忆真好，接着张石医生、小丁医生、去年新来的徐月医师和徐萱医生都简单向主任介绍了一下自己，也不管马主任是不是能一下子记得那么多的人。门诊的医生今天没上来，不过都是马主任认识的，老孟医生、风子、张贤医生、任医生和邓医生。

在马主任重新回到中医科后，兼任中医科主任、康复科主任好几年的莫院长终于可以把我们这个负担给放下了。今天在正式交班时对大家说了一句"你们要好好配合马主任的工作"以后，独自离开了病区。

回想前年在莫院长主持工作时，我曾写过一个神经兮兮的课题，名字叫《肛周脓肿的模型研究》，主要目的是让白化病的大老鼠屁股上长出一个大疮来。我的实验方法是给它们的屁股注射某些细菌的混合溶液或者米田共。不过课题在医院里都没过审，专家们的意见是觉得我目的不良、手段恶劣，且不会成功。也是，叫我去学修理自行车、家用小家电或者三五牌台钟还可信，叫我去搞科学研究简直就是扶老奶奶过马路，肯定会让老奶奶在十字路口摔成颅骨骨折的。后来中心实验室的范主任在听说了我设计的课题后，说："你应该用兔子做，兔子容易发脓肿，大鼠不容易感染。"不过，即使她再提醒我也没用了，无论如何我都不想再写课题了。如果那年不是莫院长逼我写课题，不是他暗示会帮我把课题给过了，当初的我才不会异想天开，要与坚毅的大鼠谋屁股。丢了人不说，还被妖精们知道了我潜意识里有虐待实验动物的倾向。

两位主任之间的交接班很平稳。在马主任的重新领导下，中医外科继续由杨大师统一安排，中医内科由马主任自己负责，但整个科室的层面还是马主任说了算。为了表示对马主任的服从，杨大师把他盘踞了多年的道场给让了出来，带着他一堆修炼后的废弃物品搬去了门诊。杨大师说："明年整个医院搬迁，到时医院里总要给我安排一个做法练功的地盘的吧。不然我就天天做法！让他们好看！"

过完年，医疗工作很快重归正轨。但此时除了本职工作，我们还要配合医院制定各科室的具体搬迁计划。新医院从我新房里的后窗可以远远看到，但我没秘密潜入的计划。小时候虽经常去镇上没人的建筑里游荡，但一般都是跟着邱大这样的大牛屎。现在想想自己其实在一个镇南扫荡队里充其量也只是一个跟屁虫，根本不是自己想要成为的那种文着青龙偃月刀的汉子。

新病区的划分，医院里一直都在摇摆。一会儿说给我们一个独立的病区，一会儿又说要和五官科一起，于是最后的搬迁计划总不能做。自从莫院长不管我们科室后，似乎他也不再积极为我们争取什么，或者透露些来自领导班子的消息。马主任为此愤愤不平，说新医院门诊给我们科室的地方不行，一点都不正气，设计得一点都不好，挡不住妖魔邪祟！

按道理说这种诊室的摆设有关风水问题。如果想让患者多多益善，又不会被投诉，这就需要让专业的杨大师或风老道给测算一下。但风子最近懈怠了不少。看来娶一个有钱的老婆、养一个调皮的孩子会拉低一个人对旁门左道的兴致。其实大家都挺懈怠的，这包括不高兴收病人，不高兴开刀，不高兴换药。于是有一个星期病房里只收了三四位患者，对此杨大师很生气，说："我们开刀科室不开刀是不行的！医院开在这里就是要看病的！"在杨大师逆来顺受这点上，我很喜欢他，不然在当年也不会拜他为师。只是到现在我还没学会他的热情和懈怠共存，冲动与懒散并在。

马主任这次回归以后，虽然有时还会发脾气，但发作的频率明显减少。她自己有时也会不好意思地说："我是更年期，有时候容易激动，我的性格比较急，你们要体谅我。"以前她从不说这样的话，一件电话打不通的事可以讲半年。不过绝大多数让她生气发急的事情都是工作上的事，比如一时找不到值班医生，或者病人躺在床位上没人收，还有叫谁去急诊看患者谁没马上去……其实大家手里都有点要先做的活，但马主任的习惯是让别人马上去做她要求的事。用她自己说法叫"人老了，怕忘了"，但她的记忆力其实很好。人的脾气宛如一个爆竹，大部分人的引信不一样。有的人引信很短，有的人长，而有的人引信已经被童子尿给完全打湿了。主任在外面转了一圈回来以后的引信明显变得长了很多，这对我们下面的医生来说是一件好事。因为爆炸过于激烈会引起连锁反应，就如同每年年底的外地小烟花厂一样，不小心遇到火花容易引起爆炸，搭进去几条人命。

到了四月份，原来说六月就完工的新医院还在搞内部装修，于是院长们又说今年可能搬不成了，具体时间待定。四月底的一个周六值班，马主任给我打电话，说医院后勤部门的某领导介绍了一个病人过来，说是市区某医院做好手术的，没啥特别，让我直接收下来。我说："没看到病人我是不收的。"对病人，马主任总是那么尽心尽力，于是她生气了，说："小谢你怎么能这样说话，人家给我们介绍病人多不容易啊?！我们科病人这么少，怎么能随便拒绝病人呢? 我跟你说的话，你从来都不听的。你就是一个主治医师而已，不行我就找老杨去! 你们要不收，我们内科收!"马主任平时是不会给杨大师打电话的。我赶紧回答说："主任，我不是这个意思。因为人总要说谎的，我不相信任何一个打招呼的人说的话，没看到病人就不知道具体情况，如果真的没啥特别的我会收的。""那等你看到病人，收不收给我打个电话!"主任把电话撂下了。

等到下午，这个打招呼的患者躺在平车上被他老伴推过来。我仔细看了看出院小结，问了问病史，老太太一一如实回答。这是一个腰椎术后一周的患者，七十多岁了，下肢不完全性瘫痪，留置导尿，有低热，原发病有糖尿病、高血压等，一年前还中风过。我觉得把他收在我们科不合适，给主任打了个电话，说了具体情况，说了我的态度。主任从办公室里跑上来亲自看了看，脸色有点难看，但似乎火消了。她对家属说："你现在的病情比较重，不符合我们科收治的范围。你们叫某某再联系联系，看看骨科或者康复医院有没有床位吧。真不好意思啊。"那老太太继续求主任，说："市里的医院说手术没问题的，就是要做几个疗程的高压氧舱。主任，求求你，帮个忙把我们收进去吧。

现在我们哪里去找床位？"听主任继续和她解释，我赶紧转头回自己的办公室去。我还是不要变成泥胎塑像，被人说成是一个见死不救的黑心医生的好。

我不黑心，只是害怕承担自己无法承担的责任。我也不贪财，只贪图一种没有边际成本的爱，但这种爱似乎没有人能给我。我的妻子快到预产期了，我不能随随便便把自己变成一个箭靶子，但是一个人在郊区的日子是如此十分无聊，味同嚼蜡。《谢氏新编世说新语》上说男人在老婆怀孕期出轨的概率是最高的，因此古代有钱有势有喜好的男人都要纳妾。但现代社会讲究的是公平与对等的爱，因而人性和兽性对抗，一般是人性要赢了的。

金科长此时已经去外地有半年多。在此期间，冯佩兰并没有放弃她的要求，把她的一切托付给我。虽然我也曾想在半夜去敲她的门，再霸占她整个人。但这个念头很邪恶，除了能一时满足我的欲望，似乎不能取悦于这个故事里的任何一位角色。我在不离婚的状态下，也肯定无法得到冯佩兰的毫无保留的爱。如果我强行把她按倒在床上，她也有可能在事后抱着自己的贞洁，要求我履行事实义务。而我的妻子可能因此而打掉她肚子里的孩子。因为如果她把孩子们生下来，她就得反复对孩子们说："你们没有牙（父亲）！即便有，那也是一个应该被枪毙十回的居（鬼）！"但此种婚姻类的犯罪一般够不上挨十发子弹的程度，更有可能的是会与青龙偃月刀先生关在一块儿，不但要挨他的揍，还要挨全监狱见不得妇女同志们受欺负的犯人们的揍，这是我不情愿看到的。

于是我能做的大概只有在生日或者其他特殊的节日里让花店去给冯女士送一束鲜花。而她呢，偶尔也会让蛋糕店给我送一块奇甜无比糕点。我有次短信问她，是不是准备养猪。她说，是的，养肥了到年底就杀。我说，明年就是世界末日了，不用你杀，我自己会死。她说，不能便宜了我，我得死在她手里，不然她就死给我看。我觉得她逻辑不通，而且这话过于暧昧。于是回她，想杀我的又不是只有她一个。她说，别提你们家的那个，她不想听。于是又变得无话可说。

等待医院搬迁的这半年，两个女人离我都很遥远，只有电脑屏幕很近，于是还是一个人玩玩网络游戏吧。

29. 无论男女都是末日

戊子年的年末上映过一部电影叫《2012》，我对故事本身并不感冒。这个世界在各类艺术家手里不知道被毁灭过多少次了。从细菌、病毒到外星人，从自然灾害到疯子，总有一款能释放人类内心受迫害的妄想。我估计那些作家或艺术家是这样想的：如果死亡不可避免，不如自我调侃一下；如果一个人死没意思，不如拉着地球上所有的同胞。

电影我是和柳月兰一起去看的，那时滨海电影院还没倒闭，那时她还没从市区调回来。在电影里见到一个熟悉的女影星，叫桑迪·牛顿，长得酷似杨静。以前在大学宿舍里看盗版盘《碟中谍2》，当她出场时，棍棍对着我戏谑般大喊了一声："你们家杨静怎么去演戏了？"我只好回答说："人家找帅哥去了，我又管不了。""还晒那么黑。""就是，不要她了。""拉倒吧，她只要在对面楼上喊一句'谢安，我喜欢你'，估计你都美得都敢直接从楼上跳下去！""跳楼？怎么可能！跳墙我是可以的。"……

几年过去了，电影里的桑迪·牛顿比演《碟中谍》时瘦了很多，也不知道杨静现在还是不是那只可爱的小苹果。看《2012》电影时，我一直在出戏，不是想杨静就是在想故事里有多少不符合物理定律的事。为什么楼房倒塌得那么慢？被飞机撞了的世贸大厦可是瞬间就塌了的。为什么飞机可以在剧烈移动的地面起飞？起飞速度明明要算相对速度的。为什么海啸可以有几千英尺？要知道把全地球的水集中在一起做成一个水球的话，直径大概只有六百多公里。地球表面虽说是 70% 都被大洋覆盖，但这水的厚度如同敷在女人脸上的吓人面膜，和整个地球比起来渺小得很。电影的结局是有船票的人获得了活下去的机会，没票的人死无葬身之地。虽然船票不见得都得靠徇私舞弊才能获得，但一无是处的人肯定走不进这豪华的邮轮。这部电影的隐喻很暗黑，以至于那时的我顿觉自己的渺小，连成功繁殖后代的技能还是一个未知数，要我有何用？于是那几天闷闷不乐了好一阵。

现在离 2012 年还有六个月，大多数人还有大把的时间去花光自己的全部积蓄。周围也没人收到传说中的船票，包括已经修炼完《新编道德经》的风子。倒是张石头赶在自己快三十岁时买了房，结了婚，算成功地花掉了自己和老张海员的部分积蓄。但他的老婆相貌比起小燕子或小妖来差得有点距离，甚至也比不上侯小姐。他老婆的优点大概是本地人，家里有不少的房子，等着张石头去祸害。侯小姐等不到张石头娶她，也把自己嫁了。原来大家都不在意世界末日的到来，在出现海枯十日、黄河水清、天降流火之前，还是该干嘛干嘛去。

不过现在离 2012 年 12 月 21 日玛雅人规定的末日还有一年半时间，也许要到明年的 4 月 1 号，回家的路上才会有一位拿着《阴阳十六字秘诀》的老妇女拦住我，递给我一张刻着先天八卦的乌龟壳，对我说："小伙子，老妪我看你有经天纬地之才、济世救人之心，喏，拿上我这道灵符去解放全人类吧！"等到世界末日降临的那一刻，获得祝福的我将高举着刻着神符的大鳖甲，赤裸着上身，像《自由引导人民》画里的法国妇女一样，高喊着："中医还是西医？科学还是迷信？生存还是毁灭？……把这一切都抛下吧。现在，为了全人类的生存，龟板君，给我进攻！"然后我就能率领全人类战胜那位坐在岩浆里吃着泡泡糖、说要毁灭地球的咕噜怪兽。若干年后，关于我的神迹故事也许会被写在《谢氏新编国史录》里，流传至永远。

我妻子的预产期是六月一日。B 超室的医生含蓄地对我说一个是招商银行的，另一个看不清楚。其实不用她说，我可是跟着神经病科老专家一起研究过《脉诊学》的人。从我妻子的脉象上来看，我相信她肚子里有一个儿子，而且一儿一女本来就是生育协议上的标配。只要不是两个儿子就好，俗话说"冤成父子"，如果有两段前世的冤情前来投胎报仇，我还不如现在就死了算了。

老中医都擅长搭脉，据说可以从脉象里察知胎儿的男女，而且成功率都特别高。新闻上曾经有几位高人要挑战 B 超，但不知道挑战结果如何。我不知道是什么道理，反正对于整本《脉象学》，我只对"搭胎儿男女"这点有兴趣。从老中医那里学到的搭男女的口诀就是"男左女右"，哪一只手的寸口脉强、脉大、脉滑数有力就倾向于是哪一个性别，但这也要看每个老中医的感觉和经验。我觉得这里面有一些变数，胎儿太小搭不出，太大了也搭不出，双胞胎就更难搭出来。专看神经病的名老中医并不肯将他的秘籍倾囊相授，因此我也不能在我们医院的计划生育宣传室旁，挂个"专业搭脉测男女，每位十元"的金字招牌，再摆个放满鳖甲、龙骨的地摊，赚点外快，用来养家糊口。

但如果我真的有一天得到其他老专家们拿着药葫芦的当头一敲，有了慧根的我进而领会了阴阳之秘，那我就可以去真的摆摊子了。到那时，我会先问孕妇们："你是喜欢男的还是女的呀？"然后再装模作样地叼住她们的手腕，一边沉思，一边念叨，最后我会说："是个女孩！"这样到最后生的时候，如果生出来的是个儿子，他们大多都会获得意外之喜。而如果真的生出了女儿，他们就会觉得我很神奇，中医真是玄妙，一定会敲锣打鼓给我送锦旗和"产科搭脉圣手"的牌匾。但这种搭脉测男女的事不能多做，这类似于统计学，数据一旦大了容易向概率的可信区间靠近，到最后砸了自己的招牌不说，还容易丢我家名老中医师傅的脸。

以前看算命大师给某人看手相时选择手掌的原则也是"男左女

右"，后来我自己研究了《手相学》，才知道并不如此。还记得小学时排队时，老师一般都说"男生在左边，女生站右边"。说明"男左女右"也是一个通用说法，但公共厕所的设计似乎并不照此规律。从小到大，从国内到国外，设计得总是十分随意。不然为啥我五年级那年会进错厕所呢，我可不像古人的鞋子一样左右不分。不过正因为进错了厕所，才害得我的脑袋上无缘无故挨了一棒。而且我现在回想起来，我并不一定是站在厕所里挨的揍，也可能在往厕所外面跑的时候挨的。因为如果犯罪现场是在厕所里，那意味着谋杀我神经细胞的凶手也进了厕所。如果凶手是一个男的，那他应该也看到了不该看的东西，那他也应该写检查，上大字报，可是我不记得有这么一个陪我被批斗的同学。要不揍我的是女生，更或者就是被何歆从背后给丢了砖头。但一个会把自己打扮得漂漂亮亮的女孩子，肯定不会伸手去捡茅厕里又丑又硬的砖头。不过人在情急之下也说不准，马蜂急了还要蛰人呢。更或者其实就是我自己在匆忙逃跑时撞到了厕所的墙上，这属于自杀。于是小学到现在，这个问题还是没有答案。小时候的事，谁能记得那么仔细，靠逻辑来推论几十年前的事如同给孕妇搭脉看男女，总有不科学的地方。

　　冯老师是一个会打扮自己的女生，要不然也不会让我在这毕业后偶尔的几次相遇中感慨。而我的妻子现在已经懒得打扮了，因为接近临产，她的脸肿得像个无锡泥娃娃，如果拓在年画上应该非常喜庆。她最后还发了痔疮，老是和我哭诉屁股疼、不敢上厕所。作为肛肠科的医生我也无能为力，除了用一种比较安全的太宁栓和一些物理治疗方法，我帮不上太多的忙。偶尔回去只能挤在青蛙国王客厅里的岩洞里睡觉。因为总睡不好，所以经常惊醒，害得我也阴虚火旺，怒气上头，动不动就会和我的患者们吵架。到下个月，我的新房子装修就要满半年了，到时我得把她和我乡下的贵妃接过来等待临产，这段烦心的事才能到头。

夜寐不安的我似乎发现了一个医学定律，瘦的女生怀孕时容易发痔疮。老祖宗说了"瘦人多火，胖人多痰湿"。上火的人容易便秘，但痰湿也容易造成腹泻。行业大佬在核心期刊上写：腹泻和便秘都会诱发痔疮发作。要想不发痔疮，那就得把自己修炼成不胖不瘦的妖精才最好。但这对怀孕的妇女又不可能，因为家家都把她们当猪养，这叫"膏粱厚味"。因此一切都要归于原点，相当于我以上的推论类似于白说。我也习惯了这些转来转去的中医理论，谁叫它一直在洗我的脑。

　　"膏粱厚味，足生大丁"这是读《黄帝内经》必考的题目。因为这是老祖宗对糖尿病有明确认识的充分证明，正如有人说计算机"二进制"理论其实就来源于老祖宗的阴阳理论一样。我们这种高等动物总因为各种不同的目的，喜欢给其他同类戴上各种高帽子，包括老祖宗。老祖宗终究会被证明发明了一切，他们发明了巴格达电池，发明了东汉的地动仪，发明了图灵计算机，发明了埃及飞行器，发明了超越时空并永远正确的中医基础理论，并终将发明世界会在 2012 或在 31415 年里消亡。

　　我的孩子们并没有在母体里坚持到儿童节，她们在五月十八日的凌晨经剖腹产在我们医院出生，没有一个带着小丁丁，辜负了我杜撰的《中医神奇脉像学》。打电话问生育中心，问她们当初不是说好的一女一男吗？她们说：签的的确是两个女儿，不信我可以去查。我妻子说本来就要的是两个女儿，是我记错了。好吧，也许是我吃了迷魂汤。反正也没办法了，只能继续养着吧！

　　孩子出生的第一天，牛贵妃遇到隔壁房间一位产妇的妈妈，也不知道她们怎么沟通的，她成功地问人家讨到了两片黄连，回来说要煮黄连水给宝宝吃。我说："这个很苦的，不要弄。"她说："你知道什么呀？现在让她们吃点苦，将来好养！"我说："你别瞎弄了，黄连是大苦大寒的药，小孩子吃了要倒胃口的。"我丈母娘和妻子也表示反对。

牛贵妃私下里对我说："你还是学中医的呢，把老祖宗的好传统都丢掉了。""小孩子大便干，身上长热疮才考虑吃黄连呢！你不懂就不要瞎讲了，现在哪里有要弄黄连吃的必要。"正好产科给我们做手术的严医生经过旁边，也说："以前乡下是有这个传统的。也就是个开奶前的仪式，嘴巴边上抹一下就行了。现在没得多少人弄。要是过两天小孩子身上有黄疸出来，也是正常的。我知道你是中医科的，有些东西没必要的。对小孩子来说，初乳是最重要的了。还有给你老婆吃点生化颗粒，这个可以排产后恶露的。""好的，谢谢严医生。"

拆完线从医院出院后，我们住进了新房子。除了我母亲，青蛙王后也丢下国事，过来帮忙坐月子，于是新家变得热闹起来。

柳月兰本来很瘦，平时一直有点轻度的贫血。产后一个月她一直觉得乏力，最后终于发了热。严医生说这是很正常的产后发热，应该过几天会好，开了几天的抗生素，但是吃了两天没用。以前妇女产后很容易患上产褥热，是一种很危险的感染性疾病。中国人坐月子其实就是为了预防产褥热。也正是由于西方医学先辈们对产褥热的研究，才推生了现代医学对洗手、消毒等无菌概念的提出，也催生了人类对微生物致病的研究。柳月兰的发热属于生理性发热，类似于中医的气血亏虚症。为了继续喂奶，她停服了抗生素，也不想去吃解热镇痛的药，于是只好请内科的张贤老中医给她开了几贴中药吃。

喝了三天的神奇汤药，她的热度退了。于是她很开心，对我说："你不是不喜欢中医吗？你看中医多神奇！"我说："'甘温除大热'，你以为我不懂的。我其实反的不是药物，而是理论。"她说："什么理论和药物，不都是一回事嘛！"我说："你懂啥！中医理论就如同一堆碎抹布和破绳子捆在一起的破衣服。你看它好像是一整件衣服，但其实不是。这个老中医用这种理论，那个老中医用那种理论，吵来吵去吵得不可开交，就差给对方的脸上扔煮药锅子，因此到最后只能用疗效来判断医生的水平。其实这和医生的理论水平没有关系，关键是哪个医生先找到适合这位患者病情的药或方剂。要不是中药的确在某种情况下对某些病是有效的，中医早就被老百姓抛弃了。消化不良的，吃胆宁片就能好转；大便干结的，吃点大黄就能通便；产后恶露不干净的，吃点生化颗粒能改善；肿瘤晚期没精神的，弄点附子吃吃就能当大力水手……这里面其实都是药有用。之所以有用，是它们有科学的道理在背后支撑着。中医不像西医，西医是一件材料做出来的，物理、化学、生物、数学等学科都是建立在一个地基上的，你根本就推不倒它，而中医只是一块勉强遮羞的百搭布……"柳月兰说："听不懂，没兴趣。我现在只关心你妈和我妈一起带孩子老是不开心，你准备怎么办？"我说："那我天天去值班吧，眼不见为净！"她生气了，说："你这辈子就这点出息了！只知道逃避。好吧！你滚去值班吧！"

现在的我的确情愿天天去值班。正因为我的母亲和丈母娘都在，两个混吃混喝的小姑娘已经把家里改造成了京剧舞台。三个女人就是一台戏了，何况家里有五个女人。她们每个人都要在这条五线谱上画上自己音符。两位小祖宗更是彰显了生命的本质是挣扎求生，她们经常一起哭，一起尿，一起拉屎，一起发烧，就像军训时走的正步一样。情况如此复杂，以至于还没到盛夏，此起彼伏的哭闹声、大人们的哄喂声和对如何养育的争论，把新家变成了一个随时会爆炸的反步兵地雷，而我的两只脚都已经踩在了上面，就等我逃跑的那一刹那。

等天气凉快了点，贵妃和王后都说我们家的两个小公主长得越来越不一样，怀疑生殖中心给掉了包，甚至可能连小蝌蚪用的都是别人家的，"美国这种事多的是"。也难怪，其实她们不懂，这是因为她们并不是来源于一个受精卵，而是两个受精卵。同卵双生的双胞胎基因是一模一样的，把他们的器官随意调换都不会产生排异现象，而异卵双生的更类似于真正的姐妹。于是总有科幻电影描绘说将来的某一天，有钱人会克隆另一个自己，如果自己的器官坏了，就把那个克隆人的器官移植过来（《逃出克隆岛》）。这里面有很大的伦理学问题，比如克隆人到底有没有人的权力？如果不克隆大脑神经，那没有灵魂的肉体能不能生存等等？反正这不是我这样的医学学渣或者法律的门外汉去考虑的。

我现在考虑的是如何快速地增加两个小姑娘的体重，进而调快时钟的速度（依据爱因斯坦的相对论，质量越大的物体周围空间里的时间流动越慢。如果孩子的质量越大，那围绕着她们的我们的时间会过得越慢，而我们自己并不能意识到自己时间的流逝在变慢。那相对于我们而言，孩子会长得更快一点。按：纯属搞笑）。我希望她们像扎着冲天杵的人参娃娃一样，落地就发芽，见风就长大，开口叫爸爸！而且，最好能马上变成亭亭玉立的大公主，以便我好早点嫁祸于人。不过那样也会便宜了两只从土拨鼠洞里爬出来的大猫鼬。

不过我的丈母娘没等到孩子们演化成一个质量空前的大黑洞。在孩子们才长到八斤半时，青蛙王后终于辞去了在我家当服务生的工作。她说自己已经超额完成了任务，本来说最多帮一个月的忙，现在断断续续快帮了三个月，简直伟大。我也感觉欠她一枚铜质的"谢氏五一金质大勋章"。之前，丈母娘已经通过她女儿对我说："带孩子太累了，她不能忙了小又忙了老的。"言下之意是她对我母亲或者对我的忍耐是到头了。

在回到市区的王国，重新做回高高在上的王座上后，青蛙国主伉俪广告了一封国书，宣布：你们大葫芦国还是请个保姆吧，部分费用可以从他们青蛙王国的国库里提调。

30. 在新医院仍操旧业

因为有孩子们在，庚寅年余下的日子感觉是度日如年。虽然漫长，但也机械。机械的脑壳里完全填不下任何柔软的东西，只有希望值班的时候病房里不要有事，可以补补觉。如果被患者们吵得睡不好，那就只好刷一会儿无聊的网页，看些关于"定了！……""值了！……""完了！……"之类的标题党新闻。这几个月里一点儿续写小说的冲动都没有，也不再去想一些关于婚姻与婚外恋的哲学思辨。

和冯干事"友达以上"的关系也像山区的 3G 信号一样，变得时有时无。唯一一次接触是孩子们三个月大时，去社保中心办两个孩子的医保卡。当着其他众办事员的面，我也没法说些慷慨激扬的客套话，她也只是礼貌地笑笑。一段不能被公开的关系，正如角落里长得苔藓，只有在阴雨的季节才能开出阴郁的苔花来。办完社保卡走到室外，收到冯佩兰的一条短信：孩子名字起得挺好，也祝你终于当了爸爸。

站在大太阳地里，我在想自己的这本书是不是该开一个新的章节。章节的名称就叫作"我为人父"，正好与前面的"她为人母"相呼应，但有写不完这个故事的嫌疑，于是还是算了。抬头看看这炎热烦闷的夏天，一脑门的热汗流了下来。不刮东南风的日子，上海金山的天空总是白蒙蒙的，如同一碗稀薄的米糊。

医院搬迁的日子一拖再拖，从夏天拖到了秋天，从秋天又拖到了冬天，到最后日子终于被定在了 2012 年的 1 月 21 日。十二月底做完最后几位患者的手术，2012 年一月初把最后一位患者出空。把卡到经常死机的电脑、浸染了好多次血的检查床、老旧的柜子、破损的无影灯、全是灰尘的个人办公用品等统统打包。一时间，感觉整个医院和医生都要开始逃难一般。因为没有病人转运，中医科的搬迁工作进行得十分安全和迅速，除了摔破了几个箱子，砸坏了一口煮中药的大锅，滚走了几块牵引用的铁饼等，一切都还算顺利。

从此医院开始了它的新生，在新的地点开启它新的生命，宛如种在门诊门口的那一棵被移植的大雪松树一样，我们所有的人都像这棵雪松树上生长的松针。雪松落叶我是知道的，但我从不知道它什么时候落叶，还是一年四季都会落叶。我总是在不知不觉中，看到它的树下积起了一层厚厚的松针。医院里人来人往，医生也人来人往。不知道哪一天我会从这棵树上落下，不知道我会飘到何处，不知道自己何时成为一粒尘埃。

在新医院我们被安排与内分泌科在一个病区，在老医院一起工作的陈护士长带着小妖和侯姑娘以及她的一套班子离我们而去。她们现在与眼科、五官科一起搭伙过日子。五官科与眼科分分合合，今天又并在了一个病区。这样挺好，本来它们在脸上那么近，不在一起反而让人迷惑，就像从小亲梅竹马的孩子在长大后各奔东西，无论如何都令人哀婉。当年我们中医科作为第三者随随便便伸进来一条纤细的小腿，感觉像是笑话。

我们新病区的护士长姓黄，是我那一年在骨科轮转时骨科的护士长。她手下的其他护士我都不认识，唯一跟过来的中医科老护士是李夕，也算是一种接承。将和我们分享一个病区的内分泌科也不是个大科室，医生也不多，但大概都只是脸熟，好几位也叫不出名字。熟悉的只有和我同一年进来的肖医生和刘医生。一晃八年过去了，她们都早已结婚生子，脸上刻满了被医疗工作写就的年轮。女人到一定岁数，应该要化化妆，留住一些留不住的青春。不过医院里的高级知识女性们似乎更喜欢素面朝天，也许是忙，也是为了显得苍老些，这样可更能取得患者们的信任。

过完春节，新医院如同新开的大商场一样。周边地区的公民们似乎都捡到了我们医院新店开张的传单，于是他们拖家带口、相互搀扶着乘坐各种交通工具，争先恐后跑到医院里来看病、开药、住院，每个人脸上都洋溢出幸福和赞许的微笑。我觉得春节期间到医院里来看病的患者们也应该统计在国家旅游人次和收入中，这样更能显示出我们国家的蒸蒸日上。

开年的第一个星期一，我足足看了四十多号病人。在老医院时，一天能有二十号病人我们就要感慨今天是"多收了三五斗"的丰收景象。今天这些蜂拥而入的患者们仿佛是抢购廉价商品一样冲进我的诊室，举着病历卡喊："我这儿不舒服""我那儿不舒服""我要做手术""你们还有床位吗？给我一张！"……感觉我小小的诊室已经变成了农贸市场，而我正在给他们批发健康与快乐。

一起来凑热闹的还有八宝粥经理。他那十来岁的儿子最近有点便血，不放心，于是也来看门诊。见到我时，他很意外，我也挺尴尬。那次通电话后，我自然没去交钱。这不是因为我是一个坏人，而是因为我觉得为了他们算错的账而让我亲自上门去缴，感觉与"吃了一碗王老五麻辣烫，结完账王老五却追出来说他给我多放了一粒鹌鹑蛋，要我补缴鹌鹑蛋的钱"一样。八宝粥的儿子自然只是简单的肛裂，稍微开了点药，打发他们走了。粥经理最后也没从怀里掏出一台 POS 机来让我当场刷卡，这多少让我松了一口气。

一口气往住院部收了九个病人。一天下来感觉冠状动脉已明显狭窄，胸闷气急得厉害，感觉今天不但是医院门口的旗帜在鲜艳地飘扬，连自己心电图的 ST 段也飘扬起来。下班后到病区里探望那几位收病人的同事们，还没走进医生办公室，在护士台就被人拦住了。李夕护士说："忙死了呀！你们发疯不算，还要我们护理部一起疯！"我数了数护士台里床号牌上新插的小卡片，加上中医内科和内分泌科，今天一共收了十七位病人，怪不得她们要抱怨。"收满了就好了，床空着不是更心慌？"我回答说。"那倒也是哦！咯咯咯咯。"李护士笑了。

李护士年纪比我要大一轮，她的笑声也比我大一轮。以前她在我的故事里很少出现，是因为她相貌一般，说话音频又特别高。她本不应该当护士，应该去音乐学院学习发声。事业顺利的话，说不定今天她可以在上海大剧院里演唱《图兰朵》，接受著名演奏家小忆女士的小提琴伴奏。我值班的时候特别怕遇到她中班，因为她的嗓音具有极大的穿透性，即使我躲在值班室里，也能听到十几米外护士工作站里她高亢的歌声。"小谢~29床~去看一下~他说~不舒服~。"那种在高频声波里震荡的感觉总让我觉得置身于一架巨大的风弦琴里，于是我也不舒服起来。

刚工作时并不害怕护士们叫铃，现在反而越来越害怕。大概是随着年纪的增大，血管的弹性下降，随便一个带着动能的声波就可以引起体内整个血管网络的剧烈共振。李护士嫁了个不错的老公，生了个不错的儿子，住着不错的房子，但这与本故事无关。我只是想说明娶个护士当老婆不好。李护士四十多岁的人了，还要在病区里翻班。她和她老公站在一起时，会很容易把她认作他的婶婶。当然写这话，是要被柳月兰揪住耳朵的。

与内分泌科以及新的护理班子在一起工作，很多事情都要重新磨合。正如铅丹和九一丹手拉手一起跳进凡士林里，如果没煮开、没搅匀就不能成为一道色香味俱全的外用红油膏。换药室是要抢的，办公室是要协调的，床位是要分配的，相互借床需要什么流程，和护士的交班是放一起还是分开来……反正一切事情都要在具体的接触中才能由双方主任出面与护士长协调。因此新医院的一切都像一锅翻滚的中药，谁都不知道煮出来的是和解少阳的小柴胡汤，还是催动肝风的五石散。

关于"护士中班时谁来测快速血糖"的问题成了最近本病区的最

大的问题。护士说她们中班的人少，测不过来。内分泌科部分医生说他们只测自己的床位。中医内科说他们以前从来都是由护士测的。我们科说我们组没几个病人需要测血糖，让护士或者内分泌科医生代劳一下为何不可？马主任和内分泌科的周主任沟通无果，和护士长也说不通，那只能让我们科自己的值班医生节哀顺变，这叫识时务者为俊杰。

马主任最近又开始强调"执行力"："无论领导们布置了什么任务，我们都要坚决执行。有什么困难要自己克服，如果我们做不了政策的制定者，就应该把政策不折不扣地推行下去。"这正如即使护士打点滴时没把针头扎进手臂的静脉，我们也不该跳起来骂街；正如柳月兰让我去买进口的婴幼儿奶粉，而我就不该提什么三鹿；正如如果有局外人当着我的面说中医不好，我就应该脱了白大褂拿起药葫芦去揍他。于是每天晚十点那次测血糖的任务都交给了值班医生。我好久都没测过快糖了，等我重新上岗以后，发现现在测血糖的设备比那一年在SD医院时又改进了不少。那一年，我就是这样拿着测快糖的笔和试纸认识了柳月兰。正如军人拿着枪，鲁迅拿着笔，奶茶妹拿着勺，我拿着血糖本，工作中的人永远都是最英俊的。

新年第一批住院患者中，有一位老年女性。有糖尿病病史，入院后给她检测了快糖。第二天下午传染病检查报告回来了，提示她梅毒特异抗体阳性，RPR滴度1：16。这是一位明确的梅毒症患者，亏得值班医生还给她测了一次快糖。不过梅毒本身并不可怕，可防可治，而且我在前面说了，我本人倒特别想和梅毒螺旋体一起跳芭蕾舞。据说在梅毒螺旋体的帮助下，可以冲开巅顶百汇大穴，为我这个处于濒死期的文艺小中医找到出路。梅毒螺旋体平时非常脆弱，宛如娇羞的豌豆公主，温度太高太低都会立刻死亡。因此它们在体外无法生存，也无法在其他动物体内培养，获得它们的唯一或几乎唯一的途径只能是人类保持恒温的生殖活动。于是我们很好奇这样一位七十多岁的女性患者是如何患上该病？可又不便去向患者打听，而她的家属也不一定知道。反正这里面应该是有故事的，不是她老公有故事，就是她自己。但在农村，如此开放的老太应该不多见，倒是老有少心的老头子往往管不好自己的裤腰带。好在患者的 HIV 指标是正常的，我们也不想去打听背后的故事，虽然我本人很想知道。在办公室里和患者本人及家属讲明白，签告知书，让他们老夫妻俩一起去皮肤科检查、治疗，告知他们等把梅毒治好了再过来作屁股上的手术。老夫妻两个表示：好的；患者的女儿很无奈，表示：不知道该说些什么。

性传播疾病对我来说就像藏在镍铬罐子里的氟气。在元素氟的化学制备的一百多年里，它成功灭活了无数的著名化学家，比如安培。性传播疾病感染的风险也成功灭活了我无数次对画壁中的女人们想入非非的企图。据说来源于猴子的 HIV 病毒变成了最顽固的性传播疾病，虽然到目前为止 HIV 感染目前还不可治愈，但已基本可以预防和控制。而它其他的诸如尖锐湿疣、梅毒之类的疾病已经沦落到变成了一种产业。有些人躺着把钱赚了，有的人花了钱得到了一时的快乐和这些附加的疾病。这些附加的疾病害得他们必须去医院找鬼氏这样的医生，再花钱去掉这些额外的疾病从而获得新生，然后不安分的他们会继续去寻找下一个愿意躺着赚钱的伙伴。这是一个关于金钱周而复始的伟大运动。

经济学家曼昆说"人与动物最大的区别在于会不会使用货币"，而不是"会不会得性传播疾病"。金钱总在人和人之间流动，如果金钱不流动就不会创造出伟大的 GDP（国民生产总值）来。我只是怨恨梅毒病患者的金钱流动进了皮肤有病的皮肤科专家鬼氏的口袋里，这本该是我赖以发家的产业！

31．红肥绿瘦的周岁酒

　　焦头烂额地忙完医院搬迁后的第一个月。到了小阳春，医院里的各条线都已慢慢理顺。新软件系统的升级、操作流程的熟悉、医用材料的申请方式、手术的申请和实施、换药室房间内部的摆设、值班室的安排、厕所钥匙的配备等，一切都开始像被露水打过的剥了壳的鸡蛋一样变得慢慢圆润。住院部门口的几株新栽的梅花已经败落，长出了新的叶子。对它们来说，到了"绿肥红瘦"的季节。不过还有更多的花儿正在酝酿着情绪，樱花、桃花、杏花、海棠花以及并不高雅的油菜花，哪一个不期待春天呢？不过我倒不太喜欢春天，因为除了金黄的油菜花，其他花的色彩在我眼里其实都挺灰暗的。

　　肝属木，木主生发，春天是属木的季节，得肝病的人在春天不能吃春笋，不然容易发肝病，这是老祖宗经验的总结和概括。不知道在别人身上如何，反正在我爷爷这里很准。去年没有回扬州渡劫的爷爷今年一到杨柳飘絮的日子忽然就重度昏迷了，被我哥送到附近的三级医院。住了一周的医院，经过保肝、补蛋白、利尿、降肌酐等对症治疗，吃了几包乳果糖，大便通了以后，他终于醒了过来，于是他怨恨起去年那些不让他回老家的人。出院后，他在家里又躺了几天，每天都催着子女们赶紧办事，说如果不把他赶紧送到老家去死，那他就把现在的房子捐给国家。

　　中医基础理论里说"肝主疏泄"。春天是肝气上升的日子，因此精神病喜欢在春天出来发神经，我也喜欢在春天写有些不着边际的话发给那些不靠谱的妹子。肝昏迷的爷爷发了一通神经后，终于如愿以偿。从去年年底开始，在东庄叔叔家原来的猪圈上，谢主任建起了一幢两室户的违章建筑。现在违章建筑已经完工，就等着履行最后的送终义务。于是在清明前，上海的亲戚们找了一部车子把爷爷和奶奶一起拉回了老家。临走的时候老爷爷在躺在担架里，面容憔悴，脸色铁青，两脚浮肿，说话绵软无力。这场景怎么看都是木克一切、肝病入脑的临终状态，怎么看这场景都像是一种诀别。

有严重晕车病的奶奶也如奔赴刑场一样，带着一只小布包悲壮地坐进了小面包车。她的小布包里放满了正如生姜、大蒜、话梅、风油精、狗皮膏药和晕车灵片之类的东西。她对来送别的儿子、女儿们说："你们上班去吧。我没得事，我已经准备好了，过几天还要上来吃重孙女的周岁酒呢。"爷爷躺在被子里欲言又止的样子。以前爷爷对奶奶像个大老虎一样，平时哪里有什么好脸色给她看，尤其在她唠唠叨叨的时候。现在虎落平阳、受制于人，他只能被被子裹着，当一只准备去清河县做标本的死老虎。

我小时候也特别怕乘车子。从瓜洲镇到东庄只有十三里地，只有半个小时车程，可我每次乘车都会晕车。不拿着塑料袋悲壮地坐在汽车的角落里，我都不敢买票上车。因此在春游和寒暑假时，我总是异常的矛盾。出去游玩的兴奋与对晕车的恐惧往往不可分割，往往因此失眠。晕车药也吃过，有时候很有效，有时一点用处也没有，总不知道是因为什么。这种叫苯海拉明片的药物最开始只能在上海买得到，需要邮寄回来。后来可以冒着晕车的风险，乘车去扬州市区的百货大楼里去买。最后在镇上的瓜洲中药店里也能买到它了。这说明晕车病已经从大城市传播到乡镇农村，不过更能说明的是乡镇农村里的人乘车子的机会也越来愈多了。

一年吃不了几次的晕车药都放在谢校长专门放药的抽屉柜里，和无数的拆封的、没拆封的六神丸、麝香虎骨膏、冻疮膏、蛤蜊油、蛇胆川贝液、清凉油、仁丹、黄连素、金霉素膏、紫药水、庆大霉素、扑热息痛、鱼肝油等必备的药品堆在一起。经常到了要乘车子的日子拿出来一看，塑封的塑料都变黑了，大概的确也过了期。

我的晕车症到了读大学的时候才好。治疗的方式是反复站着乘车，从短时间乘车开始并逐渐加大乘车的剂量，这种疗法叫"小剂量脱敏法"。以前在化工厂的卫生室生病打针时，那个叫"小温子"卫生员就采用这措施来给青霉素过敏的人打青霉素（后来医学上已经禁止这种做法）。那个时候，被我叫成"小瘟子"的他对我说："青霉素副作用最小，四环素对牙不好，氯霉素会影响造血功能⋯⋯"不过我不喜欢他，他老是给我打毛医生给我开的很痛的庆大霉素针，加上他说的那套医学知识我真的一点儿兴趣都没有。没想到的是我后来真的读了医，学了《药理学》，学到了他说的那些知识。可惜的是小温子说的那些老旧的抗生素因为副作用太大，目前临床已经基本不用了。而且我还学过《耳鼻咽喉学》，了解到晕车和耳朵里的耳蜗有关。好玩的是有的人不乘车也会晕，比如得了美尼尔综合征。

爷爷下乡半个月后并没有讣告发过来。不放心，给谢主任打了个电话，问："爷爷怎么样了？"谢主任说："精神好着呢，现在能起来了，天天早上绕着村子跑半圈，清明节还去给老祖宗上坟化纸呢！"在上海接近枯萎的老爷爷，回到老家去反倒神气起来。人大概都知道地中药材，必须生长在道地的地方才有疗效。正如橘"生于淮南则为橘，生于淮北则为枳"。爷爷肯定是一只只能生长于淮南江北的橘。橘子本身当不了药材，吃多了容易嘴角生单纯疱疹，倒是晒干的枳实可以作为行气的中药被煎在大承气汤里。爷爷这棵老橘子树在老家的土壤里大概又获得了新的生长动力。

过了五一，两个女娃娃马上要周岁了。本来和柳月兰说，没钱，不办，但最后已经没落但还要撑排场的青蛙伉俪们说："满月都没办，周岁再不办实在说不过去！"他们大概要对其他的亲戚做一个交待。

酒席安排在柳月兰家附近的小绍兴酒家里。谢主任把老爷爷、老奶奶托付给我的堂叔，自己跑上来和牛贵妃相聚，说要亲眼看看两个孙女。两个一岁的小姑娘现在都圆滚滚的，像两只米其林轮胎。某些像绑了橡皮筋的地方会告诉你这下面其实是关节。她们都不会爬，但已经能扶着墙走几步。在酒店耀眼的灯光下，牛贵妃和丈母娘都黑着眼圈。牛贵妃的眼圈是累的，青蛙王后的眼圈是怨的。但她们俩望着两个孩子时，眼睛里都会放射出无比的自豪来，大概都觉得娃娃身上鼓出来的肉其实都来源于自己的辛苦或出的钞票。由此看来，无论哪一位老人家，宠起孩子来都是没底的。

　　晚上吃完了饭，我妻子和女儿暂时住在了青蛙国，我则准备和父母回到爷爷奶奶的房子里住了一晚。现在那里只剩下我哥哥嫂子一家三口，估计我那在扬州的陪着半死老虎的奶奶又要说些关于"鸠占鹊巢"式的闲话。

　　坐上出租车后，蓦然看到了迎面走过来一个陌生而又熟悉的面容。仔细再看时，发现那是独自在街边路灯下行走的杨静。与在中医大一别时已经不太一样，那时她像一只可爱的苹果。现在她脸上的皱纹明显多了起来，即使在灯光下也显得特别明显，头发还是留着披肩发。其实我喜欢她扎马尾，可惜我从没见她扎过。我坐在车里，犹豫着要不要下车去和她招呼，问一下她最近的情况：有没有离婚？我还有没有机会，或者感谢一下去年她帮冯佩兰找医生的事。然而想到自己今天的酒喝得实在太多了一点，当年半醉的时候也没敢冲上楼去把她抱在怀里，何况已经到了今天。还是给自己留一个念想更好，无论如何我都不应该再主动去对她说"你最近怎么样"。车子开动了，司机在路中间调了个头，在路口拐了个小弯，于是属于杨静的身影消失在我的背后。我在罗马没有假日，正如我永远到不了罗马一样。就这样，我的大学女神在我的女儿们过周岁的时候，忽然来到了我故事里，然后又飘走了。

车子在我哥哥嫂子的小区门口停下。门口一棵大槐树上细碎的槐花被夜风吹落，像我母亲曾经扬过的碎稻壳一样飘落在我的身上。到家后，我躺在爷爷的床上久久难以入眠，任是把一个周六的美梦睡成了一堆粘满了心痛的碎玻璃。

睡在一个房间里的谢老师凌晨四点多就醒了，在那里和他夫人小声说着话。早上五点多我的手机电话响了，一看是冯佩兰的。怎么会这个时间给我打电话？肯定有什么急事吧。电话又响了几声，接了，电话里却没有声音，只听到一个脚步的声音。掐了电话，再打，过了半天却听到一个言语有些幼稚的小孩子。他问："你是谁呀？"我说："我是你妈妈的朋友。你妈妈呢？"他说："我妈睡着了。"我问："她在哪里？"他说："她睡在地板上。"我心里一惊，说："你用力去推一推妈妈，看看能不能叫醒她。"一会儿小男孩回来说："她不理我。叔叔，我妈妈是不是死了？"他的声音听起来挺镇静，我说："不会的。你知道你们家的地址吗？我打电话叫120救护车来看看。一会儿你会开门吗？"他想了想，问："我能相信你吗？""你当然能相信我，你看你妈妈的手机里有显示我的名字吗？"他看了一下手机，问："有，你叫猪安？你姓猪吗？"原来她一直把我当猪。"对，我就是猪安。你叫什么名字？""我叫金一炘。""那我们现在已经是朋友了，你现在可以告诉我你们家的地址吗？我要派超人来救你妈妈了。""哪有什么超人，你骗我。你还是叫医生来吧，我们家是1102号。""什么小区？""岚城。""几号？""24号。""好的。你在家守着，不要乱跑，也不要挂电话。"

我赶紧用另一只工作手机打了110，说了具体的情况，他们很快查到了地址，帮忙叫了120的车子。过了没多久，我在电话里听到有人敲门以后，听到了有好几个人在说话，听到了一堆吵吵闹闹的声响，最后听到了电话里有人对我说："我们是警察，你是谁？就是你报警的吗？朋友？好的，嗯。人我们马上送到某某医院去。小孩子我们也一起带着。你有空也过来一下。"我说："好，我马上过去。"

32. 急诊室里的生与死

　　上高速的时候太阳刚刚升了起来，是一个完美的褐色圆球，像一只庆祝儿童节的气球，有几丝的云彩偎依在太阳的身上，显得十分暧昧。这个季节不太容易看到这滚圆通透的太阳了，一个是因为它起身得越来越早，另一个是因为早晨空气的温度越来越高。等它完整地跳出天际，已经不能用肉眼去直视。那些云彩也消失得无影无踪，天空变得模糊起来。轻风飘摇的季节，我总是找不见狂风中的清澈。

　　等我到了我们医院的急诊，抢救室的外面站着一个警察。一辈子怕警察，见到穿着警服一本正经的他们，我总想起我那消失的油条。穿上白大褂的我感觉底气足一点，上前去简单沟通了一下。这个警察挺好，说小孩子在警察局，已经叫他爷爷去接了，其他家属说一会儿过来，等直系亲属来了，他还有别的事去忙。我说，我是病人的朋友，他可以先走。他说，你不能签字就不能作数。我说，好吧，然后直接进了抢救室。

　　急诊今天当班的医生姓顾，是和我一批进医院的。顾医生长得眉清目秀，但是胡须比较旺盛。好几次在医院里遇到穿着便服的他，整个腮帮子上都是青嘘嘘的胡子，仿佛长满了杂草。顾医生是本地人，刚来的时候，他每天都骑五公里的自行车来上班。现在医院搬迁了，离他家也近了，但他家估计也拆迁了吧，因而他也比原来胖了不少。简单问了一下他冯佩兰的情况。他问："你朋友？"我说："是的。"他问："很特殊？你还特意来看她？"我说："是的。"老顾说："她已经醒了。"

在去看她之前，我简单地翻了翻她的急诊病史，病史上写的症状是：昏迷、乏力、嗜睡、肢体功能障碍。看起什么情况都可能有，更像是内科的毛病。头颅 CT 的临时报告说：未见明显出血灶及缺血灶，建议 MR 检查。我知道 MR 如果没异常，报告上就会写：建议头颅 MR+ 增强。如果增强再没什么，也许就要做血管造影。脑血管没什么，就要做心脏的检查。我挺喜欢现代医学的一点就是它会把所有的原因都能查明，过程也许复杂些，但总归能接近疾病的真相。

我喜欢真相，喜欢问为什么？为此那年教我开桑塔纳的驾校教练杨师傅头都大了。他经常说："你一个人问的问题比我带过的所有学生加起来还多！"可是我依旧不依不饶地揪住他的衣服，塞给他一堆他无法回答的问题，谁叫他摊上了我呢。比如我会问他"半离合是指离合度只有 50%？那为什么我脚下离合器从半离合到完全耦合的进程幅度并不是 50% 而是接近于 70%–80% 呢？""什么是安全距离，安全距离到底是几米？我怎么估算？""完全踩下离合而踩刹车，不就是在空档滑行吗？"……我应该去当一个警察或者律师，在思辨中寻找真相，但有时候这两者都不一定能接近真相，只能还原人们想要的真相。

抢救室有两个大间，每间都有四张临时治疗床。冯佩兰在里面的一间，睡在靠近最外面的那张。围帘没完全挂上，因此我一进去就看到了她。她躺在那里，歪着头，似乎刚才就听到了我声音，也远远地看到了我。等我走近了，她想把盖着的被子往上拉了拉，可是似乎有点困难，于是闭着眼睛对我说："虽然我想过很多场景，但没想到今天会以这个样子见到你。"我说："我也没想到。"她说："我是不是要死了？"我说："怎么会？你想得太多了。"她："我得了什么病？"我说："我也不知道，这不是还在查吗？CT 检查说没什么问题，就已经排除了很多毛病了。但你知道的，这不是我的专业。"她忽然哭了，说："你知道吗？这个身体不是我的了，我刚才把被子尿湿了。"原来她想去拉被子是想去掩盖身上的尿味。我沉默了一会儿，不知道该说什么来安慰她，也不知道我是不是应该先找一条裤子叫外面的护工给她换上。我更关注的是考虑她的诊断。

躺在那里的她显得特别小，没有打扮的她更接近于那一年我们在上师大相遇时的样子，只是老了不少。她哭鼻子的样子也特别像在松江时的样子，只是两颊没有了当年喝醉时的那种色晕。"没事的，肯定没事的。你这么年轻，我没听过什么CT做不出来的大毛病。也许就是你太累了。"我从被子下找到她的左手，紧紧地握着，想塞给她一个坚定。她的手冰凉、柔软，感觉一点儿力气都也没有。"可是我都感觉不到你的手！"她的泪又流了下来。

一会儿隔壁抢救室里又拉来一个全都是泥浆的人，陪着进来的一堆人都戴着安全帽，一看都来源于周围建商品房的工地。一个似乎是小头目的人对顾医生说："医生，请你们务必把他救活！别的不要考虑！"另一个人直接跪在地上说："求求你，救救我哥！"顾医生对进来的护士说："现在心率还有吗？血压呢？"在得到否定的答复后，他说："你们先出去吧，我们要马上抢救。"等工友都出去以后，他和几位护士各干各的，开放气道，胸外按压，开放静脉通路，插管，安装替代人工心外按压的"打桩机"。他们分工明确，条例清楚，配合默契，一看就是磨合了好多年的好伙伴。打桩机按好了以后，整个抢救室里都能听到一种有节奏的撞击声，"咚……咚……咚"。过了半天，那个被泥糊住的人依旧像一个没有生气的泥娃娃。

以前在老医院刚去手术室做手术时，无聊中曾去参观了一下隔壁产科的一个剖腹产手术。那个孩子被取出来以后，也是这样面如死灰、毫无生气。做手术的严医生使劲拍他的背，扣他的嘴巴，又把他放在小桌子上做胸外按压……就这样过了五分钟，但好像过了半辈子一样，他依旧是那样死气沉沉，而新生儿的母亲躺在手术台上哭着喊："宝宝，你哭呀！你快哭呀！"我很难受，总觉得是我把不幸带进了房间，是我导致了他与生命的擦肩而过。我于是赶紧离开了他的房间，想回自己的手术室。还没走到门口，背后突然传来了一声孩子的哭喊，我转头的一瞬间，看到刚才还是灰暗的孩子已经变得容光满面，仿佛是一轮新生的太阳一样。生与死真的只差一口气而已，死亡是那么的丑陋，原来哭也是一种美好。

冯佩兰拉着我的手说："我害怕。"我说："我把帘子给你拉上吧。"松开了她的手，我去把帘子拉上，说："我再去问一下你的病情。"她说："你上班的话就去上班吧，我婆婆应该快来了。"

我走向了顾医生，顾医生终于腾出了他的手，在写病史。我问："这个人还救得回来吗？"他说："救什么呀，人早没了。他们把他从泥浆里挖出来都过了二十分钟了，哪里还救得回来，我们就是做做样子。"也是，接受一位亲人的死亡是需要时间的，没人能经得起这种突如其来的意外。人们需要更多的证据来验证他们心里最不能接受的一个事实——某某已经不在了。因此才会出现这样的场景：人已经没了，工地的人还要把他送到医院来，护士医生还要给他展开抢救。似乎谁都在努力，唯独躺在抢救室里最该努力的人却没再努力地呼吸。

我问："顾医生，我这个朋友目前考虑是什么毛病？"顾医生说："血常规正常的，有点低热，但目前没有颅内高压的症状，有可能是早期脑梗或者 TIA（短暂性脑缺血）。但她这么年轻，又没高血压的病史。要不就是血管畸形，总归要做完磁共振再说了。我已经叫了神经内科医生来会诊了，现在情况是再观察观察。""哦，好的。""这个不是你老婆吧？""不是。""我看你们关系不一般啊。""是啊，她是我前妻。"老顾眼镜掉了下来，说："老谢，不是我不相信你。你这玩笑开得有点过了。""你还真不了解我。"

过了一会儿，神经内科邬主任来了。邬主任比我大不了几岁，但他水平还是很高的。上次科里住进来一个伴发双手震颤的中年男性，当时我还考虑他是帕金森病，结果他上来一会诊就说这是"酒精性脑病"。他说这种患者只要喝了酒，手就不会这样抖了。于是患者自己兴奋地说："真的是这样的! 我喝了酒就没事了!" 于是我们每天查房都告诫他要戒酒, 他也口口声声说一定会戒! 但出了院以后, 他真的可以戒得掉吗? 他会相信只有酒精才能治疗好自己的手抖, 最终他会因为酒精引起的诸如肝病之类的严重并发症而死亡。人这种动物, 大部分的心瘾其实都挺难戒断的。

邬医生询问了一下冯佩兰的病史, 我说她是我认识的。邬医生说上面有床位, 先收进去检查吧。我说, 好。一会儿冯佩兰的婆婆和她的外公也过来了。老爷子还认识我, 握着我的手, 直说谢谢。我说没事, 应该的。客气了一阵, 帮他们先把急诊的账结了, 再去住院部办住院。那边看看冯佩兰的婆婆已经帮她换了一身衣服, 和急诊公务员一起把她送往住院部。

33．每个人都戴着面具

　　在排除了脑出血以后，神经内科常规给冯佩兰开了营养脑神经、扩血管等补液以外又加了一大堆检查，什么血脂、血流变、心功能、皮质醇、风湿免疫类等一大套抽血检查，其他特殊检查还做了肌电图、血管超声以及已经约过的磁共振等。过度检查总是医院里一个不可避免的事情，密集的检查就像在织一张渔网，只有足够细密才能网住每一条鱼。对于病因不明的病例的确应该这么做，但临床上大部分病例都不会特别复杂。如果还要做那么多检查，一般都是由于医患关系越来越复杂，而医院又有特殊的考核指标而已。

　　过度检查的好处是可以减少误诊漏诊，以免造成严重的后果。以前收过一个四十多岁的病人，单纯的痔疮手术，没给他开腹部 B 超。做完手术三个月以后，他在其他医院住院治疗高血压，做了个常规的 B 超，提示有肝部肿块，最后确诊为肝癌。于是患者和家属特意跑过来，问我们为什么没在上一次住院时给他早点做腹部 B 超检查！如果那样的话，可以为患者争取到三个月的时间，"也许早三个月，我们做手术的结果就不一样了呢！都是你们耽误了我们的病情！"也许结果是不一样，也许患者是会多活一些日子，也许化疗的效果会更好一点。这就是漏网之鱼，可是没有一张网不会漏掉鱼，即使它密成纱窗。

　　图书馆馆长逄老师曾经和我聊过一次天（自从那年被她罚了两百块钱赔馆藏书，不打不相识，后来因为对文学都有点爱好，反而成了朋友）。她说她有一位中年文艺朋友，体检时发现肿瘤指标里有一个

CA199 的指标稍微有点高，复查了几个月都没有下降。已经做了 CT，做了肠镜、胃镜，都没发现肿瘤病灶。患者实在不放心又去市区去做了个 pet-CT，还是没明确的结果。一年后他出现了黄疸，这时再去查 CT，才发现肿瘤位于肝门静脉附近，也不大，直径才一厘米，但肝内已经有了转移，失去了最好的手术时机。医疗这个行业就这样，很多毛病一开始查不出，很多疾病治不好。我们的身体总是会背叛我们，只是我们一时难以接受而已。

每个患者都希望自己得到最好的医疗，而医院和医生能提供的医疗又绝对是不平衡的。有的医生看病水平好，有的医生科研搞得好，有的医生心理辅导搞得好，而很多疾病根本也没有特效药。医疗有时候不过是相互安慰罢了。拿着教科书时，医学生们相信他们将来能看好一切疾病，等做医生做得久了他们会害怕每一种疾病。期望值很高的患者们于是不相信任何一位看不好他们疾病的医生。面对共同的目标时，医患间却没有越走越近。有时候适当降低患者的期望值，反而成了减低医患矛盾发生率的最重要方法。

可是对于冯佩兰来说，我应该降低她的期望值吗？对她说"你的病可能查不出来""你的疾病估计看不好""你的病可能没有特效药"？这是我做不到的。住进病房以后，我让肖老爷子自己去吃午饭，让她婆婆回家再拿一点洗漱物品来，说暂时还是由我陪着。等他们走了没一会儿，床位医生王医生拿着腰穿包来给她做脑脊液穿刺。

我说："我回避一下吧。"冯佩兰说："你不要出去，陪着我！"我只好面对面坐在她的床边，抓住她的手，尽量不往她的背后看。她侧睡着，像一只虾一样弓着身子。我即使看不到她的后背，也知道操作的医生每一步在干啥？腰穿并不是一个很难的操作，我看过上百次，但实际是一次亲自操作都没有过。腰穿的针很长很细，因而可能在穿透肌肉等组织时发生偏移，找不到椎间隙，进不了硬膜囊，抽不出脑脊液。好在冯佩兰不胖，看她皱了几下眉头，咬了几次牙齿以后，王医生说了一句"好了"，拿着针管和医疗废物出去了。

"帮我把背后的被子盖上吧。"她闭着眼睛说。我转了过去，把卷在上面的病号服拉下来，拉过被子的一角给她盖上。我又说："你躺平好了，不用再弓着了，弓得久了腰里会更难受的。"她说："我没力气。"于是我帮她把身体放平，脑子里闪过了"病毒性脑炎"的名字，但我把它放走了。

以前在 SD 医院重症监护室实习时遇到过一个病毒性脑炎的，那位患者进来就是 40℃ 高热状态，一直人事不省。最后请华山医院的专家会诊，确诊为病毒性脑炎。我还给他抽过几次血气，当时也没在意这个病有传染性。好在戴着口罩，也没被传染到。后来轮转到神经内科还见过康复期的他。他人已经醒过来了，但是说话做事和一个青春期的孩子一样，永远离不开"给我吃的"和"我找女医生"。不像。难道是寄生虫病？昏睡病？真是一脑袋的大黄牡丹汤。

冯佩兰没有发热，但很疲倦的样子。有那么一刻，我以为她睡着了，但一会儿她看了我一眼，随后把眼睛闭上。我问："你要说什么吗？喝水吗？"她说："不，不喝，我在想，认识你挺好的。"我不知道该说什么。她又说："人要是不生病多好。"我说："哪有不生病的。"她似乎没接话，继续说："如果不生病，你也不会对我这么好。""哪有，我对谁都一样。""你这人心里想的和嘴巴里说的完全不一样。这么多年了，你一点都没变。""哪有。""唉。"她似乎想说什么却又不继续说下去了。

又过了一会儿两位老人家先后来了，肖老爷子说："小谢医生，你今天不上班？你先去吃饭吧，这里有我们呢。有什么事我打电话找你。""嗯。""兰兰认识你真帮了大忙了。""没关系的，力所能及的事。那我先走了。"我和他们告别，在他们家人面前，我的继续存在是不合适的。

出去以后准备去便利店里买点吃的，在路上打了个电话。电话那头的柳月兰问我"怎么回事"？我说："有个朋友病了，我帮她联系住院的事。"她说："朋友需要你亲自去弄？比你老婆女儿还重要？我看是你小老婆吧！"我说："你瞎说什么呀。"她问："是不是杨静？还是冯什么的？！"我犹豫了一下，头皮一阵发麻，说："是冯佩兰。"她说："我就知道是她，你们又想弄出什么花头来？是不是……"我赶紧打断了她，说："她早上在家里晕过去了，人都不知道了，小便都尿在裤子上了，你就别说这种话了。"我有点气愤也有点闹心。柳月兰改了口气，问："是吗？这么严重？什么病？""不知道，还没查出来，反正我感觉情况不是很好，感觉是你们神经科的问题。"我说。"啊？是吗？那你要好好关心一下。你明天再过来接我们吧。"柳月兰说。不知道我的妻子是不是真的单纯，还是有更高的智慧，但对那些可怜的患者放下心里的屠刀大概是每一位医务工作者的本能吧。

吃了一袋甜趣饼干，在自己科室里坐了一会儿，感觉仿佛隔了世。那么多年来，我一直在逃避。当年干肛肠科也是不想去承担患者们的生死，想如此这般，别人的生和死就没几个会与我有关的吧。然而今天我却为何感到一种莫名的恐惧？这一切都是做医生的职业病吧，把一切都想得过于悲观和复杂。也许她的病情并没有我想的那么严重呢？还有我不应该表现得那么紧张，因而我也一直做不好安慰患者的工作。

下午四点钟，我又去他们病区转了一转。有些报告周末没出来，看了看 MR 要排到明天。她的老公大概还在飞机上，不在病房里，于是我进去问了一下冯佩兰目前的症状。她说："好多了，没原来那么没力气了，感觉身体又是自己的了。"告诉她别多想，我先回去了。

穿过住院部和急诊的走廊时，遇到一位戴着帽子和口罩的中年妇女。她在我前面慢慢地走过来，嘴巴里却大声唱着："红梅花儿开，处处放光彩……"也不晓得她是病人还是家属，还是一个到医院来闲逛的人，然而我们医院并没有什么精神病专科。看不清她的脸，我也没有权利揭开她的口罩。每个人都戴着面具，有的是这样有形的，有的是无形的。戴着面具没什么不好，它并不虚伪，那上面刻着我们的最后的尊严。如果有一天，我们不需要这个面具了，那是否也宣告着距生离死别不远矣？

　　等电梯时意外看到了罗发明。我很惊喜，跳过去拍拍他的肩膀，问他："你来干啥？准备到科里来复工了？""屁哟，我老丈人住进ICU（重症监护室）了。""情况怎么样？""没事，老慢支，肺部感染了。""那么简单怎么会进ICU？""在呼吸科里没看好，现在呼吸衰竭了。""哦，那很危险了。以前我们科的建芳姐现在在里面当护士长，你让她多关照关照！""我知道。可都到这个程度了有什么办法？凡人总有一死。看来再不行，我得把他弄回家了。""你最近在忙啥呢？好久没听到你的消息了。""瞎忙，和人家合伙炒期货。""这几天好像股市不错，期货应该也还可以吧。""还行，赚了一点钱吧。""我可以参股吗？""可以啊，欢迎欢迎，你先准备五十万。""五十万我没有。""那不碍事，我可以先带你炒期货，等你赚到钱再说……"这时电梯开了，他要上ICU去，而我准备下楼回家。

　　"电话联系！""好，再联系！"

　　风子以前曰过：期货可顷刻富可敌国，亦可瞬时荡产也。我还是算了吧。

34. 何家在高楼上饮酒

　　周一请了半天假，早上出发去市区接孩子。经过收费站取通行卡时发现发卡的是以前的一位病人，叫不起名字来。她似乎也认出了我，相互点了点头。以前坐在这里发卡的工作人员里有一位叫"小胖"，是最早一批的网红，成名比芙蓉姐姐和凤姐还早。我曾在城市沙滩和街道路上偶遇过他几次。他成名时是小学生，现在已经完全长成了大人。总感觉他的满月脸是吃皮质醇吃出来的，但我也没好意思去问他得的是哪一种风湿免疫类疾病。对于一个曾经红遍中国的小胖子，我不是冲上去求签名和合照，而是去问"你是不是有什么有红斑狼疮还是肾小球肾炎？"恐怕不太好。似乎有一两年没在收费站里见到小胖了，大概终于是调职了吧。怎么想坐在笼子里给人家兜售高速通行卡也不是一位名人该做的事。但《黄帝内经》上也说了："恬淡虚无，真气从之，精神内守，病安从来？"对于治病防病，做一些简单的工作也应该是一种人生的选项。

　　这是春末色彩凋零的时刻，绿色成了几乎唯一的色彩。高速上有形形色色的行道树。有一些是不会开花的黄连木，有一些是会飘杨絮的白杨树，还有很小叶子的三宝树，以及常年会开花的夹竹桃，它们都在东南风里摇摆。常青的香樟树也都换好了新叶子，似有似无的樟树花香在无法驻足的人鼻子里也是可有可无的。再远处农田里的麦子已经收割完全，留下成片裸露的田野。作为行道树的水杉，在风中轻轻摇晃，似乎正在倾诉着对风的依恋。

分头去接回了孩子们、柳月兰以及我的母亲。父亲明天回扬州，到年底他终于要退休了。当了一辈子的知青，教了一辈子没什么成就感的语文课，最终也没混上一个中学校长当当。想必他一定很怨恨当年为什么可以好好读书的时候会遇到下乡插队挑大粪的运动，白白泯灭了自己读清华、北大的机会。这次回去前他对我说，下去就会和他们新校长商量一下，争取早一点退休，上来帮忙带孩子。他又说："干了一辈子了，忙来忙去都是为公家忙的。现在田田和小米也一岁多了，我要忙忙自己的事了。"我觉得他又在说大话，即使校长同意，在乡下渡劫的爷爷也不一定会同意。

我的大女儿叫谢田田，小女儿叫柳小米。在孩子们出生前，谢老师请他们学校的一位会看风水的老师给起过几个名字。那几个名字都充满建国初期的气息，总让我想起什么"胡八一""川建国"之类的中山装青年。如果乡下的风水大师只能起这种水平的名字，我还不如直接去找我的风子同学呢。不过风子给他儿子起的名字也很一般，对不起他的修行。

父亲把那些名字发给我时，一秒钟之内就被我否决掉了，害得他又不高兴了好几天。当年他给我与我哥起的名字其实挺失败的，正是这个名字让我获得了一个巨大的生活反差。如果当年的他没有读过大学，非给我们起个有文化的名字，就不会有我的《王侯将相的消亡史》。如果他起的是"谢小苟""谢安家"之类通俗名字，即使现在我坐在瓜洲镇上摆摊修自行车，也不会觉得自己的人生是如此的失败。名字还是要普通一点，接一点地气的好。我给女儿们起得这两个名字我就很满意，自我感觉良好。人嘛，有田有米就可以活。活下去是中国人最重要的宗教，比其他的信仰都重要。什么"功名利禄、光宗耀祖、显亲扬名、光耀门楣"，自己不能干成的事为什么要指望下一代去做？！关于姓氏，因为都是女儿，所以也不存在谁来继承家谱的事，况且我们两家都没那种供在祖宗祠堂里的镶着金丝银线的大宣纸本，于是一切都好商量。再说即使是儿子，也没什么好争的。

　　当然这也是因为前车之鉴过于深刻。前些日子风子同学的小区里有一个产后一周不到的年轻母亲，抱着刚出生的儿子从 13 层楼上跳了下来。小孩子是当场死了，年轻的母亲在我们医院急诊抢救了几个小时最终无力回天。传说跳楼的起因就是为了孩子的姓氏。这个男孩已经是他们家的二胎。双方家长本来是说好了生两个孩子，大的跟男方姓，小的和女方家姓。前年顺利出生的头胎是个女儿，所以随了男方家的姓。这次二胎生下来是一个儿子，于是女方家长高兴坏了。然而男方家长不开心了，又想把儿子的姓给抢回去，把前面生的女孩子的姓改成女方家的。这明显有关诚信问题，于是两家人吵吵吵，吵到最后，老婆没了，儿子也没了，真是一个悲惨世界。估计过不了几年，丧了偶的男人终究还是会续娶，继续为生一个儿子而挣扎。人生有时就是这样的黑暗和势利，为了一口气而跳下楼的真是一点意义都没有。

　　产后的妇女多半有些产后抑郁症。这与会分泌各种内分泌激素的脑垂体在怀孕时会增大，而产后会突然缺血有关。缺血的脑垂体会减少很多内分泌激素的正常产生。其中有一种蛋白叫脑啡肽，它是让人快乐的最重要物质之一。阿片类毒品正是因为和脑啡肽结构相似，所以才会变成一种无法戒除的毒品。对于产妇而言，没有了足够的脑啡肽的分泌，往往会觉得没什么快乐的事，对什么都提不起兴趣来。这时候如果再爆发家庭战争则更容易在思想上走极端。和喜欢感情用事的女人辩论注定没有好的结果，与产后抑郁的女人吵架更加得不偿失。

　　陈华师姐的姐夫就聪明多了。本来说好的做上门女婿，儿子跟着姓陈。结果等孩子上小学，他自己发家致富有家庭地位了，就偷偷把孩子的姓改了回去。他们家里也没爆发出什么战争。一个姓氏其实没那么重要，当然这要看当事人怎么去想它。结婚前，我觉得孩子必须得和我姓。等我生不出孩子最后又得到了她们，我已明白了很多。我那几位如锵锵、饭太稀等同学也有婚不结的，孩子不生的。想想那些国人非要抱着个姓氏的牌位有什么意义？姓氏算什么呢？死了就带走了，还能指望自己的后辈能记住自己？除了孔子、孟子、张天师等古代先贤的后代，有多少人知道自己的老祖宗是谁？我曾问过我那读过两年私塾的爷爷："我们家是不是东晋宰相谢安的后代？"结果他说："我们老谢家来源于神农氏呢！是神农氏的一支！"真是气死人，我才不要尝百草，我才不要当中医。

周二上班，到下午四点多又去神经内科转了转。在病房门口看到一位陌生的男人坐在冯佩兰的床边，我就没进去。去护士台把她的病历夹拿出来看了看，脑脊液检查的报告出来了，球蛋白水平有点高。风湿免疫类指标除了抗核抗体稍微升高一点点，其他还好。书到用时方恨少，患者坐在面前才知道老祖宗的方子没学好。当初在大学六年级选导师时有几天是想去学神经内科的，那时 SD 医院神经内科的支主任很喜欢我。每次查房会诊她都带着我一起去，向我展示了不少书本上不常见的神经科检查，比如"威胁反射（眨眼反射）""尼龙丝触觉检查""味觉测试"等。不过我当时没敢问她，在脑袋上挨过大竹杠所导致的色盲其机理是什么？这种色盲治不治得好？

支老师个子小小的，特别精致，说话和气，很有精干。我喜欢她是因为在她的脸上可以看到杨静的影子。神经内科是一个特别好找工作的专业，血压、血糖不控制的人很多都会并发心脑血管病。可是我怕累，又怕自己会去给人家查色盲表。而且我总觉得支老师在科里没话语权，除了教学以外决定不了其他任何事。将来运气好的话，她会把我推到某医院的中医神经病科的火坑里；运气不好的话，她会把我丢神经病里自生自灭。因此还是算了吧。

风湿免疫科就更别提了。在实习时 SD 医院的张主任整天就在展示他背书的技能。他能把每一种风湿病（此风湿并非仅指中医的风湿病，而是指一大批自身免疫类疾病）的诊断依据一条条都背出来，然后告诉你诊断这种风湿性疾病的主要依据是哪几条，次要依据是哪几条，如果要鉴别另一种风湿性疾病，哪几条是不同的，那几条又会有重合。他真像西西同学一样，不完全性的变了态，而他的病床上一共才住了五位患者。这真不是我愿意去做的学问。

问了一下护士，说磁共振已经下午刚做完。我于是打了个电话给放射诊断科，想问问孙飞医生在不在，结果是李文医师接的电话。李文医生现在混得很不错，已经是科主任兼院长的左膀右臂。以前放射科在我刚工作时是一个辅助科室，现在的放射科已经变成医院里的重点科室。他们大松鼠主任已经被提拔成高层领导，据说松鼠领导一年可以写好多篇 SCI 的文章，于是放射科也跟着升了仙。李文医师今天很客气，说："老谢，什么事？"我简要说了一下情况，报了姓名。他说："你等一下，我看完了打给你。"过了三分钟，他打了回来，说："脑室旁边有几个低密度灶，我看起来像多发性硬化，一会儿叫我们主任再看一下。"

于是我豁然开朗了，我怎么没想到这个疾病？以前在实习时还遇到过一例，也是这样三十出头的女性，也是这样莫名其妙的肢体疼痛、感觉异常。回办公室里翻出一本毕业后一点儿也不想去看的《神经病学》书来，仔细研究了一下，发现它还是没有有效的根治方法，依旧只能缓解。又去网上查了一下文献，目前的治疗还是免疫干预治疗为主，目前有单克隆抗体的药物，但没说可以治愈。关了网页，给邬主任打了个电话，咨询了一下目前的治疗情况，还有检查信息和 MR 的结果。邬主任说："磁共振我已经看到了，考虑多发性硬化。昨天我已经把激素给她上了。刚才晚查房时去看了下，她已经基本没症状了，后期还要巩固。激素也不能长期使用的。"

好多了就好。因为她老公在，所以我不知道该怎么去向她当面解释，毕竟我又不是她的床位医生，又不是那种能背得出整个治疗方案的专科医生，这真是一个尴尬的场景。于是给她编了一个长长的短信，简单说了下目前的情况，安慰她有药可以吃，让她安心治病。她回复过来一个短信，说让我找一份相关的资料给她，有空的话送过去，或者她让人上来拿。

晚上回到家，电梯门打开时，闻到走道里有一股炒大蒜的香味。这些日子周围的房子陆陆续续都有人搬了进来。厨卫的味道也许就是人的味道，有人的感觉会让孤单的人有一种说不出来的安全感。开门进了家，两个小东西正扶着阳台上的洗衣机，在嘟着嘴比赛吹螃蟹样的泡泡。一个念头跳出来，难道她们喝了洗衣粉了？赶紧冲过去检查洗衣粉的罐子，发现我母亲坐在阳台的另一角。看到我，牛贵妃笑着说："你看她们皮吧？"有母亲看着，她们应该不会比赛喝下那么难喝的洗衣水，不会像初中时的我一样。

柳月兰正在厨房里烫奶瓶。她以前就奶水不足，半年前已经把奶断掉了。现在虽说已经加了不少辅食，但晚上的奶粉还是要吃的。进口的奶粉要两百多块一罐，而两个娃娃如北方冬季的旱田。这一年下来，无论浇下去多少奶都感觉有旱魃重生。经济问题又产生了不少家庭矛盾，但我只能选择忽略。总想起高中时政治老师朱勇老师的课：主要矛盾化解了以后，次要矛盾会上升为主要矛盾。一个矛盾解决了会发现后面有更多的矛盾。哲学和中医理论一样，真令人丧气。

不过相对于自己家的这些小矛盾来说，冯佩兰那边的矛盾要大得多。相对于生与死，其他一切的爱恨情仇又算什么呢？面对别人的快乐或悲伤，我们总不能感同身受，毕竟每一个肉体和灵魂都是独立的存在。正如我面前的那一栋居民楼，灯亮了，灯灭了，谁知道那后面正发生什么样子的故事。

35．无法接受现实状况

五月末，连续下了好几天连绵的雨，空气潮湿闷热。以为梅雨会提前到来，结果最后一天天空忽然晴了，空气清新舒畅，心里还有一点小愉悦。大早上的，菜同学忽然给我打了个电话，说她的研究生导师丁老师因为脚跟痛，去做检查时却查出来得了肺癌。现在她住在SD医院的呼吸科，问我要不要一起去看看。我顿时觉得后脊背发凉，膝盖下阴风阵阵，急忙说："好的。"

丁老师是一个身材魁梧的女性，特别的强壮。在实习时我觉得她的前世应该是一位秦朝的女武士，拿着锋利的青铜宝剑和犀牛皮的盾牌在骊山上跳跃。她的右脸皮肤上有一块青色的胎记，很大，把整只右眼都包了进去。这又让我想起了青面兽杨志。我总想自己将来当上王侯将相以后，得给丁老师颁发一柄镶满宝石的痕都斯坦宝刀。但其实丁老师特别随和，说话声音甜细温柔，和素素同学的声音有几分相似。这么强壮的人怎么会生癌呢？和柳月兰打了个电话，她也说："怎么会这样？我也认识她呢，很好的一个主任。"

第二天，等我匆匆赶到市区，在SD医院住院部的一层和菜菜汇合后一起去病房里看望老师。电梯里有一位穿着鲜艳的女士，脸挺漂亮，但一身恶俗浓烈的脂粉味。那味道在这个密闭的空间显得更加肆意，让人的心情更加郁闷烦躁。大概不是护士，护士不会在这个点来上班。

我们进入丁老师的病房时，发现还有其他的医生在。都是女的，有一位是七年制的师妹，是潘老师女儿的同学。当年曾一起在复旦校园里面游过街，想不起名字来。其他几位都很面生，应该都是丁老师的学生之类吧。每个医院的病号服都差不多，都很丑，穿着病号服的丁老师也不好看，一点都不像个武士。见到我们俩进来，丁老师很客气，说："你们两个也来了呀。小谢那么远，你们工作那么忙，我真过意不去呀。"她的脸有点胱白浮肿，把脸上的青斑都衬托得更加鲜明。女人们间总有无数的话要说，女医生们又努力说着些无关手术、放化疗之类有关疾病的闲话。我插不进嘴，也不想插嘴。

探视癌症病人其实是一个很残酷的事，尤其当双方都知道这也许是彼此间最后一次见面的时候。当我见到丁老师笑的时候，其实我特别想哭，因为肺癌发生了骨转移不是一个好的征兆，还剩下的日子也许连我的女儿都能数得全。也有人说癌症其实是世界上最好的疾病，因为它会给你足够的时间去向自己告别。我认为这很有道理，但这不能发生在自己认识的人里面，因为没人能坦然面对这样的告别。

在病房里坚持了半个小时，心情实在沉重，终于等到她们说"丁老师注意休息，我们走了"。我也和丁老师说了声"再见"。出了医院，与菜菜分开后，我直接去了潘老师家。真的也好久没去看自己的研究生导师了。

到潘老师家时，师母开的门。潘老师也在，他们俩都挺意外。三个人坐在客厅里聊了一阵。师母说她已经辞去了工作，专职在家照顾她丈夫。我的师妹也已经嫁了人，也不在这里居住。潘老师说要留我一起吃中饭。我说，好的。在饭前的闲聊中，他说了 SD 医院现在科里的情况，说到了新主任，说到了鬼氏同学，说到了科研和临床，说了卫生局发的那可怜兮兮的交通补贴，最后不可避免地聊到了丁主任。

说到底，潘老师和丁老师年纪相仿，在一个科室里也当了那么多年的战友。丁老师不是那种会搞山头的人，因此两人的合作还算默契，比医院一些科里的每位医生都戴着"某某著名老中医钦定传承者"的高帽子的科室要好很多。聊到最后彼此都很惆怅，于是转移了话题。潘老师说他最近还不错，吃得下，睡得着。我说我生了两个女儿，现在还小。于是潘老师要看我女儿们的照片。从手机里翻出照片来给他看，他说很可爱呢。他又说，家里是得有个孩子，他这岁数的人看到小孩子心里的喜欢是年轻人无法体会的。他又说，他们的女儿也怀孕了，预产期就在明年年初。我说，那要先恭喜您马上就能当上外公了。潘老师哈哈笑起来。

一会儿开饭了，只有两个菜一个汤。炒白菜、番茄炒蛋，加上葫芦骨头汤，都是家常菜。潘老师吃了小半碗的米饭就不吃了，却一直和师母说要给我再添满满一碗饭。他说我还是小伙子，怎么能吃那么少。我也不好意思说，其实我的甘油三酯已经超标，应该像他一样少吃点碳水化合物。其实这么多年来，我一直想和他在我们医院周围的饭店里痛痛快快地喝一次酒。其实我一直想喝醉了搂住他的肩膀，对他说："桃花潭水深千尺，不及你我师徒情！"然而自从大学里错过了一醉方休，也就这样永久地错过了如醉春风。

想到前些日子冯佩兰给我发了一个消息。先对我前些日子的帮助再次说一声谢谢，又说她已经去市区的华山医院复查过，对这个疾病有了自己的认识，现在在吃最新的药物，相信可以控制病情。她老公已经申请结束在外地的挂职锻炼，下月会回来工作，如此就不必让我再为她费心。此次生病大概是上天对她的惩罚，她再不与我纠缠，希望我们珍惜彼此眼前的生活。

她写的如同绝笔一样，说的好像我们之间的缠绕有了值得上断头台的罪行一般，但女人一向很容易走向圣洁。无论精神上还是肉体上，"秋水尘不染"是很多人的追求，正如那些牺牲了爱情却留下了牌坊的中国古代妇女先驱们。对冯佩兰这样读了不少书的女士而言，敏感和自重是我们俩最不匹配的性格之一，也是阻碍我们关系最重要的绊马索。话说回来，她又不是德·雷纳夫人，有宗教和卫道士们处心积虑的构陷，何必把话说得好像已经铸成了千古大错一般，况且他们家的金科长在她出院前已经亲自到我科里来宣读过赦免诏书。他那封大诏书上曰："奉天承运，金皇帝诏曰：念太医院谢安救驾有功，特赏赐危地马拉香蕉十二只、厄玛里克甜橙二十个、吕宋火龙果六只、暹罗西瓜一只，钦此。"那时我们还简单聊了几句，他没色厉内荏地提出我私通内宫的隐情，我也没诚惶诚恐地提及他王位来之不正的道理。收到那条消息时不是很开心，于是给冯佩兰回了一个：安心养病就是，何必说这么多没意义的话。

也可能是我想得太多了。以前老师们在查完房以后经常说："所有生癌的患者们或多或少都有精神方面的问题，都应该给他们吃点百忧解。"后来我觉得这话说得不够好，应该是所有生重大疾病的人都有精神方面的问题。只是生了那种注定很快要死的疾病的人，这个问题会更大一点。谢主任曾说，他去年一个人在扬州做阑尾手术时最能体会到这点。那时他开刀前特别不想见人，对每个打电话的人都说"你们不要来"。等开完了刀，却不知道有多想见到别人来探望自己。他会抓到每一位来探视自己的人，把自己为什么会开刀的故事一遍一遍地重复讲给人家听，一点儿也不觉得累，"就像得了神经病一样"！

神经病和精神病在老百姓嘴里其实是一个意思。谢老师说的还够不上精神病，只能说是一时的情绪改变。这年头因为对手术效果不满意而爆发的伤医事件也越来越多，都是些鼻窦手术、包皮手术等不起眼的小手术。患者在做完手术手总会感到各种不舒服，这是因为他们手术前预期比较高，总觉得自己做的是小手术，术后又觉得手术没达到心里的预期，因而需要和医生理论理论。到最后，号称"我又不懂，当初全听你们医生骗，现在我后悔得不得了"的患者与"术前都告知你会有这些并发症，况且你也签字了"的医生们之间的口头理论总不会有结果的。于是患者只好拿起刀子来和医生理论"谁手上的刀子含碳量更高一些"。

我们科现在也有这样一位患者。我们现在特别怕他换药时会拿出刀子来和我们探讨拿刀的技巧问题。当初他刚住院时就问了一百个问题，没得到满意的答案后，说不做手术了。于是我们让他出院，可他又说住都住下来了让他再考虑下，说下周一再说。等到下周一问他做不做手术，他又问了一百个问题，比如"做手术他会得到什么好处？""做不好又会发生什么？"……都是一些难以量化回答的问题，感觉自己是在与"一元店"的老板娘讨价还价买一根火柴一样。因为觉得他本身的痔疮不严重，估算这刀开了以后应该有些效果，于是没特别使劲劝他出院。最后他心一横，说："那还是做吧。"等做完了手术，他就一直说各种不舒服。他说现在痛得受不了，说出院一个月还痛彻心扉，说手术严重影响了他正常上厕所，现在只敢喝稀饭，严重影响了他的生活质量，说他很后悔做这个手术。他总在放大他的主观感受，其实他的伤口愈合还可以，比正常愈合周期是慢了一点，最后一点小裂口长了很长的时间。一般婆婆妈妈的患者总是特别敏感，而越敏感的人生起病来比大大咧咧的患者要难治愈，这大概与精神上的压力会在局部组织里囤积大量的二氧化碳有关（胡诌的，没空去检索相关的 SCI 论文）。

每次见到他时，我的内心都在咆哮。要不是我穿着白大褂，真的想先比他更快地掏出一块从中药房里搬出来的镇静安神的大磁石来。而且我特别想在他的胸口碎了大磁石后，大吼一声："其实老子的精神才有问题！要不然也不会年纪轻轻就成为其他医生同学们公认的扬州第九怪！"

因为想这位患者，因此我一时也变得精神错乱。又想到对于我自己，冯佩兰连杯表示感谢的只有珍珠的奶茶都没吃到，这挺让我愤慨。想到原来和我拎不清关系的女人现在却说"我们还是好自为之"，这又挺令人伤感。但是转过念来，想到她现在也是一位重病患者，那背着"悬壶济世"大葫芦的我还得原谅她。这真是一件老鼠进风箱——两头受气的事。

36．奔跑需要无数鸡血

2012 年剩下来的半年平淡无奇。日子一个月比一个月跑得快，宛如进入了上海马戏城的保留剧目"时空之旅"。眼睛还没眨几下，已经快到了年底。时间总是流逝，万物总在生长，而人大多都只会待在原地。跑得再快充其量也只是锻炼了肺活量，消耗了卡路里。如果脑子没病，在铁圈里跑得久了一定会觉得厌倦。

医院里对论文和科研的考核越来越紧。科教科在年底时重复强调了以下规定：主治医师及以上职称的医师每两年都要写一个课题（以前规定是区级课题，后来规定要市级课题，说不定过两年必须得写国家自然基金的课题），每两年得在复旦承认的核心期刊上发表论著一篇（病案分析和综述不算）。如果完不成以上的指标，按医院的规定有可能要低聘和扣钱。他们说这是医院原来就有的规定，只是以前执行得不严格。他们说我们作为教学和大学附属医院，医院的每年科研论文发表的水平和数量比其他附属医院少也就算了，现在比区中心医院还不如，这简直不可原谅。说实话我在大学最开始的几年和老师们是学做过几个高深莫测的实验，但我使用它们来研究中医或科学的兴趣并不比大明木匠皇帝朱由校同志研究治国安邦的兴趣大。

马主任今年回我们医院时，从市区医院带回来一个市级课题，是关于什么"高血压病管理的社区联动研究"。我一看就觉得高深莫测，慌不能解。原来吃药还需要各级医师对患者们进行逐层督促，否则依从性差的老高血压们肯定会因为服药不规律导致血压崩溃，进而演变成中风偏瘫，给国家和自己的家庭带来无尽的灾难。前两年从日本学成归来、报效祖国的高医生在日本读博士时已发表了一篇 SCI 论文。这两年他一直在写各级课题，从区级到市级到国自然，没有一个落下的，只是到目前为此，还没一位中医老专家慧眼识珠，同意拨款资助。对此我只能相信那些中医专家们都是叶公好龙，或者手肘严重内曲。不过我也看不懂高医生的研究课题，他的动物模型是构建患有抑郁症的老鼠妈妈，再给它们喂某种有专利的中药方剂来观察其对小老鼠的影响。老鼠虽然可恶，但是整天在狭小容器里被禁锢几个小时，要是我也会得抑郁症。得了抑郁症老鼠妈妈喂出来的小老鼠肯定都会发育迟缓，智力低下。

我母亲早就说过："傻子妈妈的奶是有毒的，吃了要变傻子的。"她大概从来没觉得只有小学毕业的自己是个"傻子"。她指的是我那位叫谢海的堂叔和他的傻子老婆生的儿子。堂叔的儿子叫谢平，虽和我一个辈分，但今年才十七岁，小学没读完就退学了，连个文凭都没混到。他现在天天在村子里游荡，偶然会被其他村民叫出去做一些傻子能做的小工。到现在，他还是满脸鼻涕泡，人也长不大（看起来只有十二三岁），话也说不全，衣服总是脏兮兮的。但是他平时"大大（大伯）""爹爹（爷爷）"叫得很好，于是我父亲倒不讨厌他。但他平时很容易就会被村里的其他闲人给激怒，动不动会说"要打死"谁谁谁。其实他胳膊比晒衣服的细竹竿也差不了多少，就是猫从墙上摔下来掉到他身上，他也得断几根肋骨。自从我谢海叔在他七八岁时被车撞死了，他的傻子妈妈被来家里打棺材的张木匠拐跑了，谢平在东庄成了人人都恨，人人都惹，也人人同情的"八戒"。这会儿在乡下渡劫的爷爷想必也给他塞了不少纸票子，毕竟他蠢归蠢，也是家里的血脉。

关于科研，上周从市区过来给我们做科研辅导的市区大专家说了："科学并不是非要解决什么大问题，要循序渐进，哪怕是解决一个小问题也行，但必须要有新意。"这个世界上有无数的科学家们在寻找自己的新意。其实大多数科研都没太大的意义，这让我总想起爱因斯坦说的"拿起一块木板，选择最薄的地方，在最容易钻孔的地方钻许多孔"。但爱因斯坦没有活到现在，没看到这个世界上已经没什么厚的木板可供钻孔了。理论物理学走到了尽头，应用物理和应用化学也会达到尽头。只有生物医学还有很多似是而非的东西，但那也侵犯到上帝的权利，更有可能会毁灭人类自己。每年出生的聪明人有那么多，如果不在科学这块木板上钻上属于自己的孔，对于这些天生科学家来说，不是白来了这个世界？

我觉得这些个重复地在小木板上打孔的科研和我写的小说一样，纯粹属于自娱自乐。不过我也不该说出这样的话来，这样说只是狐狸捉不到老鼠只能在旷野里乱吠的行为。当不了科学家，也许是我的智商不够，也许是我不该挨那一竹杠以后变成什么都要抬杠的杠精。作为杠精，我就觉得如果给吃了毒奶的弱智小老鼠喂中药有用，我相信吃百忧解也有用，吃巧克力和白砂糖也有用，甚至可能吃自己的鼻涕也可能有用。因为吃本身就能带来脑啡肽的释放，带来任何一种生物都会感受到的暖暖的幸福，不然我那傻子堂弟为啥总是会向我爷爷要钱去镇上买扬州老鹅或鸭膀吃呢？

因此，大专家的科研话题并不像阿托品一样可以升高我的血压。让我血压升高的是陪大专家一起出席的金婷婷女士。她坐在第一排的座位上，依旧短发，穿着高雅，比离开我们医院时更加干练，脸上没有了婴儿肥，举止也更加得体，已经初具领导的风范。想到自己大概再也不能和她讨论些五迷三道的话题，顿觉当年倒掉压在身上的墙更重了。在课后得到她礼貌性的一撇微笑后，我一刻也没停留地离开了会场。

无论如何医院这两年渐渐被鸡血的迷雾所笼罩。无论以前喜不喜欢做科研的同事们开口闭口都是"养老鼠""养细胞""做信号通路"等听起来就令人头皮发麻的话题，感觉奋斗者身上的鸡血也会被日光灯蒸发，并散布在空气里，引起我的皮肤过敏。可是即使我抹上整管皮炎平、卤米松、曲安奈德，吃下整药库的甘草甜素，也还是觉得全身发痒，寝食难安。

好在家里还有两个可爱的孩子。不知道我母亲和我妻子做了什么，她们最先叫的居然是"爸爸"。高兴是高兴，但我总想起小时候从《读者》上看来的小笑话。据说这样半夜里孩子尿了、饿了，哭起来时，其他人就可以安心不管。但这种事其实没发生，孩子哭起来并不一定会叫什么"papa，mama"，而那时她们的母亲、奶奶和保姆也不一定会无动于衷。我母亲其实根本不喜欢小孩子，也不喜欢在家里养什么小动物，用她的话是"都脏死了"。她说过，两个孩子要不是她儿子生的，她才不管呢！也许牛贵妃的前世真的是生活在宫墙或院墙之内，不然作为一个在农村割麦、打场、修大机器的人，为何如此喜欢游手好闲呢？

柳月兰产后休了小半年的假，现在已经上了好几个月的班。谢老师终于在十二月份底办理了退休手续，但一时也上不来，因为爷爷奶奶还住在乡下。爷爷的情况是好一阵，坏一阵。有几天脚会肿起来，吃不下饭，整天想睡觉。如果给他及时输了人血白蛋白，他又会精神好几天。白蛋白现在在扬州的医院买不到，都是从上海买了寄回去。上海那些王公贵族们都叫老人家还是回上海来看病，毕竟乡下的医疗条件还不够好。但老爷爷说反正病也看不好，已经抱定决心死在乡下。可是他又没有马上就死，这增加了大家不少的担忧与困惑。

每个人都活在自己的困惑里。有人活在科研困惑里，有人活在赚钱困惑中，有人死在吃喝的困惑上，而更多的人活在去死的困惑中。到了2012年12月21号的那一天，我被一阵刮胡刀的声音惊醒。起来一看，原来是柳小米正拿着电动剃须刀在给自己那光溜溜的下巴上刮胡子，而谢田田在围观。我一把抢过柳小米手里的刮胡刀，她哇地大叫一声："坏叔叔！"然后拉着谢田田跑出去了，临了还说："我们不要理他！"

我则拉开窗帘朝外看去，地球非但没有毁灭，还艳阳高照。只是我的行为吓跑了两只在窗台上正在唱情歌的环颈斑鸠。无奈，只能去上班，在科室里寂寞地坐了一天，而一整天来什么新奇的事都没发生。晚上回到家，站在阳台上看了看。早上的那两只可爱的小鸟也没出现，似乎它们已经放弃了在我家阳台上建筑爱巢，来年生几个宝宝的计划。

等不到世界末日的我，第二天去花店定了两束花，一束送给柳月兰，祝我们的婚姻康泰；另一束送到了医保局，祝冯老师健康漂亮。

37. 伟大作品亟待创作

壬辰年年初，科室的年终总结饭定在海边渔村的一家小店里。本来说要叫一下莫院长，后来也没叫。因为年底时医院里有大领导来检查，原则上不允许科主任外出。恰好马主任在一个月前提前定了那几天在外地开的学术会议，最后以为中医科毕竟不是医院的重点科室就去外地开会了，让未来的主任高医生留守一下。结果在专家考察完的院周会上，莫院长在全院中层干部会议时点名批评了马主任，还宣布要扣掉她一千块的奖金。于是两位领导有了不能同桌吃饭的誓言。

年终总结饭是个周五。我们组做了五个手术，留下张石头医生值班（每年总有医生是吃不到年终总结饭的，谁值班谁就没得吃）。手术都不难，以为没事，多喝了几杯酒。结果吃饭吃到一半，张医生说患者把填塞止血的纱布自己拆了，一直在厕所里拉血。张石医生说他找不到出血点，那我只好带着酒气赶回医院去止血。跑出饭店时，发现外面居然还飘起了雪花，寒风把鼻涕都给吹了下来。刚才空调与酒精下的一身热汗变成了冷汗，更觉寒冷，冻得牙齿都在打寒颤，也怪不得古代有那么多酒后冻死在路边的酒鬼。

骑着电瓶车匆忙赶到医院，强睁着迷糊的眼睛检查患者的伤口情况，勉强发现在伤口很深的地方有一根结扎的线头松了。肯定是患者把胀气当成了便意，非要拆了纱布，又去用力排便，结果出了事。于是她又多受了一次罪，好在她后来"认罪"态度很好，也没投诉我醉酒驾驶后醉酒上班，也没投诉我们又给止了一次血。很多患者挺有意思的，有时候他们会认错而变得不好意思，有时他们会为了保护自己，强调说"我又不知道咯，我以为没事的咯""你们医生讲那么多，我哪里记得住呢？"

想起在老医院时有一位住在特需病房的小领导，术后尿潴留，到傍晚他没尿出来，说胀得难受。于是张石医生给插了导尿管，引出了几百毫升的小便以后对他说，导尿管需要留置一晚上，到明天早上再拔，不然如果晚上尿不出来还是要插，等于要损伤两次尿道。一开始他说，好的。但到了半夜，他觉得留着尿管也难受，而且他可能觉得留着导尿管影响他的形象，又怕将来影响到他的性功能，于是自说自话地想把导尿管拔掉。但是半夜张医生不想去给他拔导尿管，于是他就想自行解决这个小问题。他很努力地想去把尿管给扯出来，扯出来一半，便痛得无法忍受了。他只好又叫了护士，护士又叫了医生。张石头只得在睡梦中去给他把尿管拔了。

本来导尿管的设计就是要防止滑脱，特意在最顶端设计了要打水的球囊。小领导对自己能下如此的狠手，实在令人钦佩。早上查房时，我们都对他前无古人的行为表示敬仰，向他暗示这种事情即使听到也会觉得蛋疼菊紧，连鸡皮疙瘩都要长满全身。我们告诉他说，要是他把尿管前面的水球挤爆掉，产生的橡胶碎片如果留着膀胱里就更麻烦了，还要请泌尿科做膀胱镜取出来。他自己回答的也蛮好玩的，他说："我看你们不就是直接插进去的嘛，我怎么没注意到这上面有一个气泡？我没看到你们打水进去呀！"导尿管是一个应该获得"诺贝尔最佳设计奖"的伟大作品，可惜小领导在平常的生活经验里不可能了解到这东西的美感。"术业有专攻，闻道有先后"，修人体毕竟不是修电视机。机器实在修不好，还可以送到废品收购站，换回点买五香蚕豆或油墩子的零钱。人体给修坏了，可能会被投诉或成为刀俎上的人肉碎末。

过完年，小丁从医院辞职了。他说临床行业还是不合适他，而互联网医疗肯定是将来的发展方向，人工智能一定会取代医生职业的，因而"你们都会被淘汰的"。现在那边公司给他提供的薪酬要比当这么一个没钱还要担惊受怕的中医内科医生要高得多，而且他老婆在去年年底时还意外怀孕了，这忽然增加的养家糊口的压力大概也是让他下定决心跳槽的理由。以后又少了一个可以讨论些精神问题的好伙伴，这真是令人神伤。在临走前问他老婆是不是考上公务员了。他说是的，本来是在外地，现在可能要转到医保局。那他老婆将来也可能是冯佩兰的同事。

冯佩兰在壬辰年的新年里去了一次日本，拍了几张照片分享在微信的朋友圈里。微信不知道什么时候开始流行起来，QQ 都好久没登陆了，腾讯不知从什么时候出了这个挺有意思的软件。前两年还看过《社交网络》的电影，了解到世界上有一位娶了中国老婆的扎克伯格和他的 Facebook（"脸书"的翻译还真不如"非死不可"的好），但这软件似乎没引进国内。忽然发现我们和前首富比尔·盖茨一样成了落伍的代名词。十年来，自己的手机都更新了四代。以前与小吉同学一起做的关于"统一家电遥控器"的调查现在似乎马上就会实现，就差给手机装一个万能发射器。

一个月前，在柳月兰的指导下下载了微信软件，添加了一批通讯录里的好友，包括以前一个科室里待过的罗发明医生、施医生、小丁医生，还有燕子、小妖、母鸡等护士。在朋友圈里发现罗发明真的和人家合伙开了个徒步旅行的公司，专门安排闲人们在野外吃糠咽菜打行军铺。他的朋友圈里全是各种爬行在森林中的镜头，也有瀑布与群山，也有碧水与高处，但大多都是江浙沪地区，缺少一种旷世感。施医生还是老样子，不过已经是两个孩子的母亲，人倒没什么变化。小丁医生朋友圈里几乎什么都没有，只有私密他，他才会回几句。而护士里，除了小母鸡会发一些幼小鸡练琴的照片，其他两位同小丁医师一样，也不知道燕子的甲状腺结节有没有进展，小妖有没有再婚。

在添加好友时，不可避免地会点到冯佩兰，虽然犹豫了一下，但还是坚决按了"添加"，不过当时她并未通过验证。以后我总是隔三差五去点一点，两周后我的好友验证才终于被通过。原来她去了日本，我还真以为彼此当不成情人只能当仇人呢。

日本是锵锵同学竭力推荐的旅游地点，透过冯佩兰的朋友圈看到的另一个世界果然很是清澈。虽不见得都是毫无保留的碧蓝晴天，但风景、建筑和人都是一种毫无妥协的姿态。这不同于看美女，带着蒸气穿着浴袍的女孩子可能更会引起旁人的遐想，而打扮过的冯佩兰看起来更符合那一个不需要联想的世界。很好，从朋友圈的照片里我看不出她的忧虑，也看不出她的疾病有新的进展。我打过的招呼她终于没有回，我发的那些无聊帖子她也不会点赞，也许这样默默看着彼此的世界是另一种伟大。

关于伟大，风子最近又有了高论。因为他说他在写一个伟大的作品，叫《塔山下的和氏璧》，是一部伟大的侦探小说。他说要以此扬名立万。我一开始以为他神神秘秘地把我拖到食堂里吃饭聊天，是准备要和我讨论什么科研的事。心想着去年他不是已经在马主任的感召和晋升的压力下，率先申请了自己的课题，而且已经过了卫生局的审批。此刻他应该积极去搞他发明的颈肩穴研究，在核心期刊上发表自己能促进人类健康的伟大论文。等他很得意地报出了书名，我才意识这几年他应该成功从他老丈人那里打听到了一些关于传国玉玺和氏璧的最终线索。

我于是积极向他探听一二，他却说："这些秘密我都会写在我的小说书里的，想知道和氏璧的下落就来买我的书吧。"我问："你写了多少字了？"风子说："我写了三千多字了。"我笑话他，说："我都写了十几万字了，看起来应该是你要先买我的书。"他说："我才不买你的书，你的书都是流水账。你为什么不写一点像我这样的作品，有悬念、有情节、有深度、有意义的？"我于是不屑，说："这个世界伟大的人那么多,伟大的作品那么多,也不缺我一个。"风子说:"你这样没希望的,你当不了作家的。我劝你还是把心思放在专业里,写写课题,不然将来怎么晋升啊?"我说:"专家已经那么多了,也不缺我一个。"风子说:"不晋升?你不在乎吗?你不缺钱吗?那么多房贷,两个孩子,将来还有四个老人。升上去名气响一点,钱要多很多。"我说:"我觉得升不升职称和钱没什么关系。那你看我们科室,杨主任和马主任能比我们多多少?还不是差不多。而且我觉得这个世界上能力越大,压力越大。我最讨厌打鸡血了。""也是,其实在医院里当医生真没意思。我们学那么多年,做了快十年,攒的钱还没我老婆哥哥一个月赚的多,他随便包一个政府工程就几百万了。我们还要写自己不愿意写的论文和科研,人比人得气死!"我说:"不写不就得了。"他说:"总不能一直被人踩在脚底下吧?你看我们上海的同学好多个都升上去了,你不觉得难受吗?"我说:"难受是难受,不见面不攀比总归好一些。"风子长叹一声,接着说:"怎么可能不攀比?我们跳不出这个圈子的!说起来我们是三级医院!可和私立医院有什么区别?财政都是差额拨款,奖金全是自己挣出来的。可怜兮兮赚了这点钱,别人还不相信!他们总觉得我们是医生,总归比小资更好吧!""非礼勿听,非礼勿视!""都像你一样,一个朋友都没有的话,那活着还有什么意思?""没朋友挺好的,至少不花钱!""你真是无药可救!人不能没朋友的!""不喜欢,朋友叫出去玩,总归不能丢了面子。要穿得好一点,吃得好一点,住得好一点,车子要买好一点的,房子不能住得太小。消费层次上去了,钱都存不下来。唉,没意思。""所以才要努力赚钱呀!""我不想这么赚钱!哎,对了,现在有什么股票好的,推荐下?""推荐个屁,我现在全套在里面了!"看起来风老道最近有点心烦。"那你写小说的目的?""当然是为了赚钱!"风子大吼了一声。

　　看起来风老道的修行已经又一次进化了。他现在属于向金字塔顶冲锋的阶段，我也真心希望他不要再遇到卑鄙的老泥鳅从而被它们分泌出来的粘液给弄得滑下塔去。人的确应该活在社会的不同层次，应该有在屋檐下筑巢的燕雀，也应该有在白云里飞翔的鸿鹄。只是当我们刚刚破壳而出的时候一点都分不出来，等羽翼丰满后才知道谁应该生活在哪一层的天空里。努力啊，挣扎啊，却发现别人和自己永远不在一个频道。于是我们慢慢习惯于自己生活的环境，失去了去改变它的斗志，而且还要去鄙视比自己飞得更低的人。这时用鲁迅老人家的描述，人从奴隶变成了奴才。我大概已经属于奴才，没有齐威王一飞冲天的资本，因而也不敢像风老道一样还敢于去向我的破葫芦以外的世界宣战。

新年，在朋友圈里晒了晒我这部一点儿都不伟大的作品的写作进展，如预期一样没有获得自己妻子的点赞，同样也没获得同学和同事们的关注。他们都飞得太高，看不上我这块郁肉漏脯。没想到的是冯佩兰很反常地私信了一个消息问：唉，你怎么还在写？写完能先给我看看吗？还要写多久？我很激动，于是回：《孔子》有云：一年有三季——春夏秋。这不已经是春季了，快了。

38．叶落花残哪需秋日

　　癸巳年的愚人节，在我的结婚纪念日，在乡下的爷爷死了。他本来可以不死的，是他非要去乡下死。那几天等死亡真的找上了他，他又后悔了，和奶奶吵着说要住到扬州的大医院去。奶奶不准他去，说她已经在乡下陪他等了一年的死，现在真的要死了，为啥要反悔？她说他这样一点都不爷们。爷爷临死前一股豪气被激发了出来，为了表示临死前他还是能吟出"阳间阴府总相似，只当流落在异乡"的民国文人，不再要求去医院，而是求他的儿子谢主任彻夜陪着他去赴死。于是谢主任一直就抱着他，紧紧地抱住他，等着他慢慢变冷。

　　等死是一个漫长的过程，每一秒都会被拉长成一个世纪。我们这些不在等死的人总觉得时间过得飞快。一眨眼我上大学了，一眨眼我的女儿们两岁多了，一眨眼我当医生快十年了，因此我们其实并不能体会"度日如年"的感觉。相对论告诉我们：速度越快，时间过得就越慢。当物体以光速运动时，时间是会被拉成无限的，因此光是不会变老的。我们人类呢，总在坐着的时候、睡着的时候、读书的时候、游戏的时候、思念不该思念的人时迅速消耗掉自己的光阴。

　　我的父亲抱着他的父亲在农村的小破床上整整坐了一个晚上。爷爷对他儿子也絮絮叨叨说了一晚上。当凌晨的曙光照亮了彼此的脸庞以后，爷爷终于进入了昏迷。他嘴巴里说出的再也不是人类的句子，而身体的自主呼吸和不自主的运动正向世人宣告着身体和灵魂其实并非不可分割。到了早上九点钟，终于他死了。时间终于证实了它不可被无限分割，也不可能回头，一旦跳过了某一个普朗克长度，我们便能知道薛定谔的猫是死是活。戏台子被搭起来，水晶棺材的电源被插了上去，一匹匹白布被剪刀割裂后扯成了布条子。远在各地的亲戚们用自己的酒瓶和小手袋包装着形形色色的眼泪来参加这一期蓬草花盛开的宴席。

给爷爷操办完丧事之后的半个月，谢主任终于操劳过度，因为胸闷胸痛住进了当地医院。胸部 CT 检查下来的结果是：胸主动脉瘤，需要做主动脉支架。查了下胸主动脉瘤的资料，才晓得这是个与心室壁瘤差不多的疾病，只是一个在心室上，一个在主动脉上。它们都像我刚工作那年踩过的洋泡泡一样，等着那一个破裂的普朗克时间。不相信当地医院的技术，于是把他和奶奶一起运到了上海。安排妥当奶奶后，把父亲从急诊通道送进了中山医院。住院时又复查了一次胸部增强 CT，血管内科的主任对我们说："瘤体太长，一根支架不够，要把两个支架套在一起才能覆盖住全部的瘤体。"

一根支架费用要十万元，两根是二十万，还要加上住院费、手术费，可以买一部还不错的汽车，也可以还掉我不少的贷款。有那么一刹那我想劝谢老师放弃挣扎算了，但转念一想，此时的我既不是医生，也不是菩萨，没有劝人赴死的资格。记得以前学过一个叫"心碎综合征"的疾病，与剧烈的悲伤有相关性。在寒夜里抱着自己父亲的父亲，想必也感受到了那种赴死的冰冷。

冰冷的谢老师征询我这个做儿子的意见，小心翼翼地问："不看了吧？"我知道他心疼钱，我也心疼。既然现在已经没有了瓜洲镇镇南的帝国可以供我继承，作为儿子的我也不必像任何一个等待继位的太子一样巴望着老皇上早日去"薨"，于是说："看！为什么不看！你有医保的，担心钱干什么？"我哥也劝他不要想钱的事："我们会把钱凑上的，不够还可以问胖姑父借。"于是谢主任妥协了。

到了正式进行介入手术的那一天，我们一大家十几口人都在医院专门的手术等候室里坐着，包括我那坐着也能打呼噜的胖姑父佛。我们整整坐了一个上午。到下午一点钟，等候室里的显示屏才显示谢主任的手术做完了，已经转去了 ICU 病房。跑到 ICU 门口，里面的工作人员说，探候时间在下午三点。胖姑父佛实在等不及，说了句"什么狗屁医院，什么狗屁制度"的话以后，一个人不知道跑到医院的哪个角落里躺倒参禅去了。

等到了下午三点，外面排着长队的家属们已经比世博会中国馆门口的队伍还长。又排了半天队，我们才终于在参观窗口里见到了处于昏迷中的谢老师。那时他正闭着眼睛，喃喃自语。我们敲敲窗户，他似乎听不到，继续躺在那里神游太虚，灌溉他的绛珠草。一时间感觉我们是在参观动物园，为玻璃镜子里面国宝食铁兽的吃喝拉撒而兴奋。也不知道我的父亲什么时候能坐起来吃喝拉撒。

人就是这样，穿上白大褂时感觉自己黄袍加了身，可以和死神抢人。等脱了白大褂，却只能看别人和死神赛跑。好在第二天谢老师醒了过来，到第三天转去了普通病房。醒来的他依旧十分兴奋，为捡了一条命而斗志昂扬。说到手术时的感觉，他说他仿佛被大竹杠打了一下就昏过去了，而且他还仿佛见到了可爱的老阎王。说在挂着"到此一游"的牌匾的阎王殿里，他还被阎王封为了"诗虫"。于是，他举着右拳，面对太阳，豪情万丈地说："我要把余下的半生贡献给中华的诗歌事业！"问他，看清楚阎王长的样子了吗？他说，像我爷爷。我真想拿大竹杠把他敲醒，但想到他是位刚做完心脏手术的病人，且又是我那当年被大柿子的大粪桶熏过的父亲，而且他还在昏迷的时候看到了已经过世的爷爷，我于是放下了自己抬起的手臂。

我一度怀疑他做主动脉支架时心脏肯定停跳过，短暂的大脑缺氧已经影响到他的脑子。想想中医老祖宗们几千年都没搞清楚心脏的主要功能，还说"心主神明"。而帝国的暴君们似乎很早就知道杀头可以消灭敌人的肉体，而砍掉四肢却不一定能达到如此效果。如果我生活在古代一定会脑子抽风，坚定地认为脑袋装的腥臭浆子一定就是神明。如果那时我拿着柳树皮煮的汤治好一群头痛发热的患者，我也一定会被热血而淳朴善良的老百姓公认为一代名医。到时候如果我把这种对神明的解释写在我的《谢氏传美女不传丑男之中医辨证心法》里，一定会被后世的医者们高山仰止、引为经典（但似乎这样的书名就像我太奶奶的裹脚布——又臭又长，还是改成《谢安悬壶录》比较好）。古人其实并不伟大，他们中之所以有人变得伟大，是因为现代人需要他们伟大。因此我特别不喜欢冒名顶替的黄帝、岐伯和正史里查不到的张仲景，不喜欢他们对人体结构的哲学思辨，不喜欢他们写的盗版书籍，而且我还对把中医专业归于理科特别的不满。

我其实不该老是对很多事不满，而应该感到庆幸，尤其是我此刻的家庭。和我父亲先后做支架植入手术的患者中，有一位没能下手术台，另一位直接变成了植物人。无论如何，我应该感谢从父亲的干涉实验的双缝中飞出的那粒光子随机地落在了生的那一边。

谢老师在医院里住了两个星期，牛贵妃在医院里陪了他两个礼拜，于是这两周丈母娘只能过来和保姆一起帮忙照顾两个外孙女。小米和田田现在已经跑得飞快，还会说出一些奇怪的话来。除了还操着尿布片，她们俨然是两个新新的人类。小米是一个大馋虫，田田是一个胆小鬼，如果我抢走了小米的沙琪玛，她会哭着说："坏叔叔！给我。"如果我从背后朝田田大喊一声，她也会大哭着对柳月兰说："妈妈，叔叔是大坏蛋。"然后柳月兰就会骂我："侬这个十三点。"而我的丈母娘也会说我："小谢，你和小孩子说话要正经点，哪有当爸爸和姑娘这样说话的！"而我被骂了会觉得很无趣，当叔叔挺好，当爸爸多没意思。

等谢老师出院回家以后，丈母娘就回市区了。一个月后，我们也放了保姆的长假，让她去了别的王国。开始与我们一起住的谢老师果然一改以前喜欢喝酒说大话的性格，把烟酒都戒了，天天坐在电脑前写打油诗，并发在微博上。闲暇之余他会和两个孙女讲《镜花缘》里的小故事。说到长人国时，他指着我说"你爸爸在长人国里的话，只能给人家系鞋带。"田田会把手举起来问："爷爷，那个长人是不是有这么高？"小米会爬到爷爷的床上用手比划超过爷爷头顶的高度，说："不对，肯定是这么高！"她们俩这么有趣，惹来心痛的爷爷一阵哈哈大笑后的心痛。

我觉得她们两只小鬼肯定是葫芦国的精灵投胎。不然才两岁多，她们为何能会说出如此有仙气的话来。我感觉自己将来肯定降伏不了她们。为了怕她们还能想起前世更多的魔法咒语来，于是我翻出几本散布霉味的《唐诗选》来让她们背诵古诗，并时不时抽查她们的作业。如果她们背不出来，我会没收并不准备发给她们的蜜露糕和魔法糖。她们于是大哭，但也会更加努力地背唐诗。愚蠢的人类世界奖励机制得以顺利施行，这令我兴趣大增。按完美的欧拉公式猜想，这肯定与巴普洛夫反射有关。其实小精灵们根本就不懂诗里说的是什么，纯粹就是背发音顺序。据谢老师说我在两岁时也能背出很多唐诗，但到我上了化工厂冒牌幼儿园后，会背的似乎只剩下"床前明月光"。由此可见精怪与人类其实还有共同生活的一段日子的，只是总有一天她们会变成凡夫俗子。

刚过完了夏天，菜菜同学又给我打来了电话。她现在给我打的电话我都不敢接，总觉得没好事。果然这次也是的，她说："丁老师走了。""……""下周二在龙华殡仪馆有一个告别仪式，你去吗？"我说："怎么这么快？"她说："唉。我也不知道，查出来就全身转移了，我也有一个月没去看望她了。"我说："追悼会我就不去了。"她很失望说："好吧，反正我要去的。"我喃喃自语了一句："我觉得活着的时候更重要些。追悼会的话，去了也难受，反正她也看不到我了。"

有的人死了最后会变成领导念的一张复制了很多遍的悼文，但更多的人连这份殊荣都没有。医院的窗外现在已经是秋天了，院子里有两年前移植过来的十几棵银杏，叶子还是稀稀拉拉，但不妨碍它们在努力地变成金黄色。春天能开出绚烂花朵的樱树已经早早地光秃了树枝。樱树大概是这个季节最早落叶的树木，比它们还早开花的梅子树也经不住秋天的北风。

其实这个秋季与其他已经消失了三十个秋天没太大的不同，只是不经意中我才注意到自己对秋天的关注似乎超过了对其他的季节。

39. 凝望深渊凝视自己

　　冯佩兰在夏天去了意大利，秋天去了墨西哥，接着又去了冰岛，都是她一个人去的。打开她的朋友圈时，我总想象着是我陪着她拥抱比萨斜塔，是我在佛罗伦萨的花之圣母大教堂里陪她仰望着壁画，是我在太阳金字塔前陪她看那次日落，是我在雷克雅未克的间隙泉边陪她等一次剧烈地喷发。而且更奇怪的是，她发朋友圈里的照片一般只保留一天，如果我没有及时下载下来，第二天就看不到了。我觉得她在透支自己的欲望，透露着对余生的恐惧，这加深了我对她世界的内疚。可其实我不懂她的世界，不能了解她真实的心情，而且我总会不自主地以一个医生的角度来说服自己：虽然看不好，但她的病又不是没药吃，而且也远远没到谈论生死的地步。

　　可我写到这里时又会感到一丝惶恐，因为她是一个没有母亲、父亲又等同于没有的人。回头看看我的妻子、小米、田田、谢老师、母亲，还有我自己，似乎我们还有追求，还有盼望，还有足够的时间去挥霍。如果有一天当我站在世界的尽头，我会怎么样？是不是还有精力、金钱和勇气去做我想做的事呢？我不敢想。

　　大概是受了丁老师去世的事的刺激，潘老师在一个很热的冬天请他所有的研究生弟子到他家附近的酒店里聚了一次。聚会上一共来了十三位学生。戴师母说，还有三位在值班或者外地的没赶过来。和任何一次同学聚会一样，有混得好的，也有混得一般的。他们中有的做了大学老师，也有不做医生的，也有在其他医院继续挣扎的。彼此的年龄有不小的差异，前后差了十余年，有一种说不好的代沟。潘老师的徒弟中只有一两位我认识，我算较早的一批里的。他们中的大多数在我的过去和将来都难以记住，虽然都在一张中医蜘蛛网上待着，但我已经是被现实吸干了灵魂的躯壳。

我自觉地坐在一个距潘老师不远也不近的地方。师妹小夫妻俩带着潘老师的外孙也来了。师妹的老公我是一次都没见过，也不知道他是干啥的。他们的儿子比我女儿小，可能刚会走路，但是很调皮，一面跑一面摔跟头，师妹只好在台子下面追着给他喂饭。我们则在桌子上敬浅尝辄止的酒，吃恰到好处的饭，说其乐融融的话，一切看起来都很美好。宴席已毕后，戴老师最后用一张大合照留下了潘老师和他的弟子们的影像，更或许是最后一张影像。

三个月前，在丁老师去世后，潘老师的淋巴瘤被查出来有复发转移。转移的瘤体跑到了胆道附近，压迫胆总管后发生了梗阻性黄疸。他在 SD 医院外科做了第二次手术。鬼氏私下里说，仅仅是一个姑息性手术。我还没来得及去看他，他已出院去外地休养了。在空气清新的山区休养了几个月后，他感觉稍微好了点，才回来办了这次师生宴。

我们衣冠楚楚地去见他和师母，他也满脸微笑地看着我们。我们谈笑打趣、议论今古，就像一家人一样，也好像都是在帮潘老师完成一个心愿，但更像在共同说一个谎。在酒精及失落心情的淹没下，那么一刻，我觉得酒席上的他像是在悠闲地散步。可谁都知道他已步履艰难，临近深渊。我不敢去凝视深渊，因为怕在深渊里看到我自己。

师生宴回来的第二天，我带着一种很不好的心情去上班，在忙碌和烦躁的门诊中渐渐地忘记昨天的感伤。下午下班前去病房换衣服。那件白大褂穿了半个月了，总是忘记去换一件，屁股后面顺手擦水的地方已经晕开了污渍。在护士台遇到一个患者的女家属和护士长在大声说着什么事，稍微听了下，原来是为了一块用来洗内裤的臭肥皂。她老公今天下午出院，她刚才去出院处办结账手续，想起来有这么一块香气扑鼻的肥皂放在卫生间里，忘了打包。上来拿的时候发现肥皂不见了，问了病区里的扫地阿姨。阿姨说以为她们不要了，就扔了。于是她觉得自己受了伤，损失惨重，说怎么没问清楚就随便扔掉人家的东西呢？她们这不是还没正式出院呢！况且那块肥皂才用了一个星期，还剩一大半呢！

我上来的时候，她正在向护士长投诉扫地阿姨。想了想我抽屉里有去年单位里发的劳防用品，里面有两块白丽肥皂。反正用不上，我去拿出来送给了她。于是她高高兴兴地带着各种包裹扶着老公走了。新护士长屈老师说："你看这个家属滑稽吧？为了一块肥皂也要吵。"我说："人家的脑子和我们的不一样的。""真不一样！这个老太啊，刚住院的时候也是她，为了病号服口袋里有几张没掏干净的餐巾纸和手绢跟我们说，要是传染了什么毛病，就要找我们算账。""那后来怎么处理的？"护士长回答："后来被服间的小领导亲自上来跟她道歉，买了个水果篮子，最后还陪了她两百块钱吧。"我摇摇头，说："唉，这种人真麻烦，不晓得哪一点把柄被她抓住了不得了。""就是就是，你门诊把关要把把好！"其他的护士姐妹们掺和。我说："怎么把关？凭几句话就能看出来谁脑子有病啊？我没那个本事。况且这个是家属，家属又不挂号看精神病的。"她们都笑了。发几句牢骚，人之常情，但说的时候需要小心，不能让其他患者和家属听到，不然被人录了音，在网上播出去得吃行政处罚。

做了快十年的医师，还真的遇到过好几位真正的精神病患者。这种患者看起来吓人，但实际上他们一般都很安全。他们会主动承认自己患有精神分裂症，此刻正在医生的指导下按时吃药，也好久都没发病了，要不然怎么能出来看病呢？如果在发作期，肯定是出不来的呀！他们也配合我们的检查和治疗。只要安抚到位，即使打麻药、做手术时引起了他们的痛觉，他们也能很好地控制住自己。不像某些情绪很不稳定却不肯吃药的患者，因为话不投机，脑袋一热，于是拿出什么稀有金属或者大磁石来跟我们医生拼命。因此坚持吃药、并敢于承认自己脑子有病的人并不可怕，可怕的是不吃药还坚持认为自己脑子没病的人。去零陵路 600 号看病，看心理门诊有一个重要的治疗前提，就是你得首先承认自己脑子有病。如果你不承认，那你的毛病就看不好。

我承认我脑子有病。我总是在看门诊的时候显得很不耐烦，常常嘲笑那些不谙医理的患者说出一些诸如"我要不要紧？""我没有什么大毛病吧？""小孩子真的不会生癌吗？""你就给我配这个药，虽然它没什么用！""一个星期上一次厕所不是很正常吗？"之类的话来。我总是按耐不住要跳出去调侃他们，说他们"你应该去看看心理咨询门诊""你这是疑病症""你这都是你瞎想出来的毛病"之类的话。有时候调侃得过分了，他们会变得暴怒，会说"你的态度怎么这么恶劣！""你还是不是医生？""你还有没有医德？"……

有时候与这些没吃药的"间接精神病"（臆造的词）打交道得多了，我感觉连自己的精神病都要被诱发出来。很长时间我都随身备着黛力新和安定，有它们我才会感到心安。正如一位战士手里得握着枪，一位司机手里得握着方向盘，一位作家手里得握着笔或者键盘，一位诗人手里应该握着两条远去的铁轨。如果想让一位精神病手里不拿着菜刀，就必须在他的血管里灌满安定片。

在大学里上《性心理学》时，幽默诙谐的樊教授说过精神病发作有的与性冲动有相关性。吃了药的精神病大多性功能障碍，而且很容易不孕不育。因此有些轻度抑郁患者用药一定要注意，因为药物虽然可以减轻患者的抑郁症状，但性生活的缺失也可能会造成家庭的矛盾。

我大概的确是药吃多了，现在我一点儿都不想去想性。我也好久都没与妻子同房。而且即使我有时提出来，她都以"累，不想，好麻烦"来拒绝我。也是，生完孩子以后做爱的目的到底是什么？是为了推翻压在身上的重担，还是仅仅为了短暂实现对现实的遗忘？还是为了证明夫妻双方还可以相互妥协？这问题很让我头疼。

在漫长的毕业后为五斗米奔跑的生活中，最开始滑向深渊的一般都不是身体，而是灵魂。我还是多吃些百忧解、奥氮平之类可以让自己不会想起自己是精神病的药吧。

40．每个人的艰难里程

　　壬辰年年底，春节前最后一批准备手术的患者中有一位快六十岁的消瘦男性。早上查房时，他因为护士没给他发到衣服，在病房里吵了起来。听他说话时，我觉得他的思维特别跳跃。刚才还在谈论护士没责任心的问题，一会儿又牵涉到病号服的质量，然后从病号服有没有洗干净马上讲到了传染病，接着忽然又跳跃到上海市卫计委里他和谁吃过饭，最后又返回自己以前在车间里是扛把子，有多少女人喜欢他等等。他的言语中夹杂了各式各样的脏话，听得每位在场女同胞们的面孔都充了血。不相关的人员于是都跑了出去，留下他一个人对着隔壁床位上的患者继续骂诉。他激动的样子感觉全世界都欠他一条皮鞭，不是他抽别人，就是别人抽他。我觉得他已经达到了尼采的境界，觉得他自己就是太阳，觉得全世界都是围绕着他旋转的尘埃。等他老婆匆匆赶来，他的情绪才慢慢下去。到十点多钟，他又跑过来挨个给每一位护士和医生道歉。我们都感觉他真的是疯了。

　　到下午检查报告出来，他的梅毒抗体果然是阳性的，而且居然HIV也是阳性的。我们去和他沟通，建议他去柳月兰所在的传染病医院治疗。他反而很镇静，对我们说："手术我是不做了，但你们先不要让我出院。等我单位里的领导，还有一群好哥们都来看过我，我再出院。"感觉他似乎知道自己是一个怎么样的人，或多或少知道自己染上的病，而且也不在乎。这个世界总有人觉得自己活够了，人生哲学应该是快乐地度过每一天，而不是庸庸碌碌，简单重复。

在此我必须再一次写到疯子尼采。尼采的哲学思想是在他疯了以后才达到了一个新的高度，才备受世人推崇的（未经考据）。而让他发疯的其实是因为他生活不检点，得了梅毒性脑炎。如果他活在当下，他肯定会被性病科的鬼氏主任捉住，在写好保证书以后被注射几个疗程的青霉素或者头孢曲松。那时他脑子里那些神奇的想法就会消失，那他也就成为不了伟大的哲学家。因此抗生素的发现和应用虽然延长了人类的寿命，却可能在无意中阻碍了好多次科学与艺术的革命。如果有一天我能坐上金字塔尖，即使被戳到了屁股，我也要为伟大的梅毒螺旋体立一块凯旋门式的大纪念碑，还要为可悲的青霉素造一座阴森的小墓碑。但这样做很容易被脑子里没有精神病的人曲解，因而我还是老实点坐在被夕阳晒到发烫的门诊诊疗凳子上的好。

进化史上有一种理论认为人类智力的发展并不是循序渐进的，而是有几个突飞猛进的阶段。如果不能用外星人入侵的理论来解释，那只能用细菌、病毒入侵细胞核改变了影响智商的基因片段来解释。其实这种假说有实证。以前上《细胞生物学》时老师说每个细胞中的线粒体也含有遗传物质，这种遗传物质与细胞核内的完全不同，而且线粒体的遗传物质只能通过卵子传给雌性。因此最有可能的解释就是线粒体是一个数亿年前入侵或整合进细胞内的一个小细菌。线粒体和细胞核就像一对搭伙过日子的夫妻。线粒体牺牲了大部分的自我，变成了仅仅提供能量的专有细胞器，另一方则为其提供一个合适的居所。从这点来看，我觉得线粒体更具有人类社会需要养家糊口的雄性责任，而整个细胞更类似于一个懂得包容和生育的雌性。

这位活了一甲子的 HIV 感染兼梅毒症的患者在周二下午与自己的朋友们都见了面以后，签字出了院。至于他后来有没有去我妻子的医院看，我也没去随访。无论如何他在我们医院的日子都会成为他人生的一个里程碑或者中转站。同样的，2014 年也是我的里程碑，这是我为医十年的日子。我和医生这个职业共处了十年，我不知道我们之间算不算和谐，也不知道哪一方牺牲得更多一些。对我这种高中前没有丝毫准备的色盲症兼精神病患者来说，当医生并不是一种情怀，纯粹就是一个养家糊口的职业。

想起去年是我养家糊口第七年的日子。七年之痒我想这与心理学有一定关系。学龄前六年，小学六年，中学六年。这说明六年是一个坎，是心理承受的一个极限。当年我在中医大读大学读到第七年时特别郁闷和厌烦，恨不能躺在教室里，脱光上衣，让每一位女同学来给我做心肺复苏。好在我与妻子的七年之痒是在饲养两个孩子的繁忙中度过，我们都忘了该去挠一挠。人忙起来总会忘掉自己应有的权力，只有清闲时才会想到别人怎么对自己这么苛刻，为什么自己付出了那么多却没有收到对等的回报。

今年是风子结婚的第七年，他的婚姻从去年开始变得越来越不稳定。首先，去年天气骤冷，因为他的父亲在上海时并没有参与到马主任的课题，因而血压自我管理的意识并不强。而当地医院的社区医生似乎并没有读到马主任在核心期刊上发表的"关于高血压控制的社区联动机制"的重要论文，因为也没上门督促这位老爷子按时吃药、监控血压。于是老爷子第二次中风住了院。他这次脑梗的范围有点大，在老家的医院里躺了一个月，到最后还是去世了。其次，因为他父亲的离世，本来就不和谐的婆媳关系借此剧烈恶化。最后，婆媳关系的恶化，又引发了夫妻关系的恶化。最终风子关于和氏璧的侦探小说没有写完就夭了折。

过了阳历年，他和蝉宝宝走上了不同的人生路口。每个人的家庭总会经历这样那样的危机，就好比不同的生物遇到了75%的酒精一样。有的家庭像细菌，在酒精面前会直接破碎；有的家庭如动物的细胞，酒精并不会对它产生伤害。但毁灭一种生物的方案实在太多，以至于生命的存在本身就是一个不可推测、不可揣摩、不可假设的事。"不知道从什么时候开始，人类有了这样一种幻觉，认为生存成了唾手可得的东西。"(《三体》)不知道从什么时候开始,我们总以为自己的生活是一成不变的,应该会按照牛顿第一定律继续运动下去,直到死亡。

潘老师没有熬到过完新年。他的最后一次住院和追悼会,我同样没有参加。不是我看惯了生死,不是我做医生做到了绝情,而是生命的离去本身是一种不可承受之重。霍金在《时间简史》里讲,物理学的世界里物质总是从有序变成无序,因为把无序的物体变成有序的需要消耗能量。正如静置的玻璃杯最后总会落到地上而破碎,放在罐子里的盐总会吸水变成溶液,恒星总会燃烧掉自己而消亡。凡人们的死也是如此,对于地球上那么多的生物种群来说其实无足轻重。唯一会觉得心痛的只有曾经在彼此的引力场里感受过对方眼神的朋友或亲人。

还能喘气的人总会找点有趣的事做,比如读书、旅游、谈朋友、生孩子、聚会等。去年同学的群里开始陆陆续续地提到今年是毕业十周年的日子,说全班同学应该找个时间和地点聚一下。这个讨论在除夕这天进行得尤为激烈。今年的除夕并不放假,坚持到三点半,下午只来一位开药的患者。我和杨大师打了一声招呼,说先回家了,家里还有一桌年夜饭等着我去消灭。他说,去吧。年夜饭虽说已经不像小时候那么令人向往,但毕竟也是一种有仪式感的节目,即使吃到急性胃扩张,也不能辜负长辈们对自己一年来没有发表任何一篇小说或论文的期盼。

杨大师以前有一位得了神经性厌食症的小叔子,他在医院搬迁前饿死在老医院的留观室里了。人不能和吃过不去,虽然吃得太多容易患上高血糖、高血压、高血脂、高尿酸,但不吃死得更快。据说最近有医生团体正在努力争取把肥胖算成是一种工伤,因为作为精神压力很大的医生职业,吃奶茶和零食可以促进脑啡肽的释放,可以改善他们日渐抑郁的心情。但我觉得这只是医生们的娱乐而已,作为世界上最听话人群之一的医疗工作者,除了偶尔调侃一下自己,也实在没有其他的乐趣。

冯佩兰最近的朋友圈沉寂了好一阵。于是我趁过除夕给她发了一条微信，想祝她新年快乐，却发现微信消息发不出了。上面提示"你已经不是对方的好友"。有点心乱，借口买包酱油，偷偷跑到楼下给她打了个电话。电话还是通的，我问她："怎么微信发不了消息了？是微信被盗了吗？"她回答说："没被盗，我把你删了，把微信也删了。"我说："为啥删了？不好吗？至少可以让我知道你最近在做什么。"她反问："你有必要知道吗？你过你的幸福生活，没必要关心我的。"

一时无语，沉默了一会儿，挂了电话，感觉被一个冷粽子糊住了心。上楼勉强和柳月兰看了一会儿春晚。两个丫头吵着不要睡觉，说要听故事。我哪里有心情讲什么故事，只好翻出来一本冰心的《繁星·春水》来给她们读。结果她们不要听，又过去爷爷、奶奶房间让他给她们讲"吃五十公里的大包子"的故事。于是我去打水洗脸洗脚，结果不小心开水溅了出来，烫到了脚踝，一时痛得要死。坐在床上吹冷风，一会儿那里透出来一片心脏样的斑。向在看郭冬临小品的柳月兰抱怨："你水瓶里充的水太多了，都漫出来烫到我的脚了。""得了，是你自己倒水瓶的水平差！对了，你的酱油呢？"她大声说。"小店关门了。""你就说谎好了！""哪里有说谎，我不是出去抽烟了嘛，你们又不让在家里抽。"结果隔壁的谢田田听到了两句，叫着："爸爸，水瓶说你说水平臭！"

41．坦然面对皇亲国戚

　　年初三接到了金科长的电话，问我什么时候上班，想要和我聊一聊。我问他有什么事，他说电话里说不清楚，问我哪天方便。我说哪天都方便。他说他明天值班，我可以去他的办公室找他。我犹豫着。他又说，你不要多想，就是聊聊冯佩兰的事，不会把你怎么样的，你说在我办公室我能把你怎么样？

　　作为一位区里的小领导，想必他也不敢在办公室里干掉我。虽说人往往不够理智，但是不接受另一个男人的挑战也不是一个勇士的选择。俄国的诗人普希金因为决斗而死，法国的数学家伽罗瓦因决斗而死，美国开国元勋汉密尔顿也因决斗而死。如果我也因一个女人而决斗至死，也不失为金山区文坛上的一段奇谈，虽然我还没混上金山区文坛。

　　去金科长的办公室之前，我回了一趟医院，从换药室里找了一把手术刀柄，嵌上了崭新的三角刀片，用盖棉纸包住刀头，塞进裤子口袋里。虽然我不想主动掏出我吃饭的家伙，但是必须捍卫我拥有它的权利以备万一。

　　春节假日里的门卫依旧十分负责，登记了我的身份，和上面打了个电话后给我放了行，这或多或少让我的心宽慰了一阵。走到金科长的办公室，金科长的门敞开着。看到我，他说："谢医生，你好，你好。"我点了点头，也客气了一下。"喝茶吗？碧螺春还是大红袍？""可以，随便。"于是他起身从桌子下面端了一套小小的茶具出来，拿起壶来加满纯净水来准备加热。看起来他是想在茶里下毒，或者用喝茶来麻痹我。"碧螺春吧，大红袍有股怪味。"我说。"好。"他把刚才拿出来的两个精致的茶叶包放回去一个。

等水开了，他先给我把茶倒上，接着给自己的也倒上。柯南告诉我水一般是没毒的，但毒有可能下在杯子里。在我犹豫的时候，他把这两只杯子里的茶水又都倒了，续上新的茶水。看来我又过于小人了。

今天的碧螺春大概是真的，没有花香味，但我也没敢多喝。看到彼此间没有什么可以开场的话题，金科长说："你先坐吧，我去拿点东西。"他站起来，我也跟着站起来，同时把手伸进裤子口袋，摸住了刀柄，这年头不能随便把自己的背暴露给任何一个对自己意图不明的人。他倒很磊落，去隔壁很快拿了一只文件袋出来，放在了手边干燥的桌子上。

"谢医生，这样吧。我也不知道怎么开头。其实我们也不熟，有些话可能说起来不合适，但我还是开门见山地说吧。我知道你和冯佩兰的关系比较特殊，我也知道你和她之间是清白的。事情呢，在我。"

他停了一停，接着说了下去，"从她诊断出那个毛病以后整个人都变了，不知道是毛病的原因还是吃药的原因。很多事情说出来真是不怕你笑话，你不知道我有多难。也许有些事你也知道，你们之间有联系的，对吧？"

我回答说："这倒没有，我不知道你们现在的情况。"

他叹了一口气，说："是不是生这种毛病的人都没法沟通？"

我说："我不是这个专业的，不清楚。书上没说得那么清楚。"

"唉，无论我平时怎么关心她，照顾她，给她请佣人，结果我还是里外不是人。"

"生病的人多多少少都有点抑郁。"我说。

"每天我都过得小心翼翼，就怕她忽然发作起来。她是病人，让着她是应该的。一开始抱怨我几句也就算了，我能接受的。到后来她开始乱砸东西，这就有点过分了吧？"

"你可以带她出去转转，散散心，调节一下情绪。"

"出去过了几次，但我是公务员，哪里能说走就走，三天以上的假和出国都要报备审批，很麻烦的。"

"那就只能带她去看看心理医生。"

"她不会去的。我提过一次，结果她就爆发了，说心理科的医生开的药里面都是有毒的，还说我巴望着她早点死。"金科长掏出烟来，问，"可以吗？"

"你自己的办公室。"我说。

"你来吗？"他又问。

我回答："不要，戒了。"

他点燃了烟，解开文件袋上的线，抽出一沓纸递给我。我看到封面上写着离婚协议几个字，没有去接，说："这是你们之间的事，我不想看。"

他点了点头，把文件又塞好，说："我对她真的很好了，也不知道为什么会走到这个地步。她又是病人，现在提出来这个，这不是就是要别人说我不好嘛！"

"她从小没了妈妈，本来就缺少母爱……"

"我知道，她脾气一直有点怪，我还以为我能给她一个港湾，结果呢？她现在提出来要离婚，不知道别人会怎么说我。你都不知道她在家里从来都只叫我'哥哥'，你说我这老公做得有那么失败吗？"我仿佛看见他说着似乎动了情。

"我不知道该怎么安慰你，也不知道该怎么挽回你们的婚姻。如果你要讲的就是这件事，我也无能为力。金科长，我可以走了吗？"我问。

他挥了挥手，示意我们无话可说了。等我转头出去，他在背后又喊了一句，"如果你有机会能劝劝她，能不能说一句，儿子还是给我吧。她身体不好，家里老人年纪都大了，没法照顾她们母子俩的。"

走出政府大楼，新年里的一切都是寂静得很。枯草从停车位的石块缝隙里钻了出来，在风里颤抖。看来金科长这个机关里来往的车辆不多。刚出来时天还是晴朗的，现在在云层厚厚的像一床浸透了尿的棉被，处处都散发出阴沉来。在公园草地的水塘前站了一会儿，晴天时这里会很漂亮，水面会反射出天空和白云的倒影，但此刻却由于空气中富含水汽而更阴冷。没有水的景色是没有灵魂的，正如没有天空的景色是没有遐想的。想给冯老师打一个电话，又想发一个短信，最后却什么也没做。

金科长叙述的故事有一定的合理性，因此我可以相信他。但冯佩兰是否像他说的那样已经疯了，我持怀疑的态度。虽然神经科的疾病很多都会有精神类的症状，但我也没有借口去向本人求证。虽然我并不能了解事实的真相，但人总是会相信第一个出来说话的人，这叫先入为主。罗素说，从错误开始的一切推论都是错误的。虽然小时候也会遇到做错了题却得到正确答案的事，但那只是在答案形式上的正确，经不起推敲。但罗素说从正确开始的推论也可能是错的。反正人总在做错误的决定，无论从哪一种角度开始。

大学时我只认识《角斗士》那位叫罗素·克罗的演员，觉得拿着寒光闪闪的宝剑去征服世界很帅。到现在这个时代，拿着菜刀走到街上都会触犯《治安管理处罚条例》。我虽然习惯拿手术刀，但手术刀很小，拿到街上吓唬不了任何人。带着它去见金科长虽然没被别人抓住扭送进派出所，但我却被它划破了一条裤子。对我来说，拥有一条合适的裤子很不容易（因为我妻子生气时总会去剪掉几条）。虽然对死去的裤子心生怜悯，但想到没有被刀片划伤大腿应该感到幸福。

42．杏雨花落有谁能陪

　　二月份，区里发了一个文件，说在三月份要集中全区没有副高职称的中医医师统一去做什么"三基"培训。培训时间有两天，还放在难得休息的周末。这正是应了鲁迅爷爷的话，"时间都是海绵里的水"，只要挤一挤都是有的。但当领导的却不晓得时间并不是女生们的乳沟，挤得太厉害会导致胸部的 Cooper 韧带损伤。即使是过度挤压海绵，也要考虑物质本身的弹性系数，要不然为何海绵宝宝一身都是窟窿眼呢？无可奈何的风子对我说，干脆我们在那里住一晚，省得来回奔波。不管他说这话时有没有私心，但听到这句话时我是有的。

　　不知道枫泾的中医强在哪里，需要我们这些中医大正规毕业的研究生们去二级医院学习参观。但也有可能是因为他们可能还在坚持中医的传统，而我们这些在综合医院待惯了的医生早已把无坚不摧的中医基础理论丢到魄门里去了。我挺反感这种时不时被阴阳五行抓回去严刑拷打的教育活动。执业医师、专业技术资格考试、三基考核还有据说马上就要开始的医师定期考核，每一次的理论考试都让我畏寒吐酸。而且感觉自己如同一块出了锅的十全大补膏，一旦被中医大贴上了标签就一辈子不能撕掉。即使我想混到药品专柜，也会被质检严格的药店老板揪出来堆在保健品的柜台上。我其实挺想大喊一声，我已经腐烂变质，吃了我会上吐下泻、头痛脑热，但无论卖家还是买家都不在意。不知道在哪部电影里有一位独裁者曾经说过：每个人都在自己的岗位里恪尽职守，就是对整个社会的巨大贡献。因此，无论从社会规则来看，还是为了五斗米，我似乎应该继续坚持待在中药罐子里发酵。

于是到枫泾中医院继续听一些听了就会睡觉的课。第一天早上的课只有一位主任的课还能听听，因为他讲课用的是"糊建"普通话。一整节课我都在记录他奇怪的发音，比如他会把"留籽"说成"流崽"，把"引流"说成"阴流"，把"敷贴"说成"蝴蝶"，把"脱疽"说成"拖猪"，把"谨慎"说成"尽兴"……感觉老中医们流产的孩子们都化了蝴蝶，绕着一群二花脸肥猪在尽情地跳阴曹舞。

中饭吃盒饭时，我发现风子不见了，打电话问他去哪里了，怎么不来吃难吃的盒饭。他说，有人约他在外面吃。我问他男的女的。他说，废话，肯定是小姑娘呀。我说，你带上我呀！他说，滚。看来离婚挺好的，至少还能被漂亮的小姑娘敲打出新的火花来。

既然我落了单，我也准备实施我自己的计划。按以前记下来的地址，二十分钟以后我顺利找到了冯佩兰外公家的住址。一间乡下很常见的两层小楼房，坐落在离镇中心不远的地方。那屋子感觉只要地方政府再加把油，打了圈的"拆"字就会写在他们家东面的墙面上。肖老爷子和他的老婆子两个人正在门口剥蚕豆，一个半大不小的男孩拿着一只圆珠笔给蚕豆皮画眼睛、嘴巴，画得还挺好。

见到我，肖老爷爷马上叫了起来："咦，谢医生，怎么是你啊？到古镇来玩？"我说："不是，来培训的。"他说："你找兰兰？"我说："是的，听说她搬回来了，我正好在这里听课，来看看她。"小男孩听到我要找他妈妈，抬头看我，很警觉，问："你是谁？你怎么是医生？你怎么没穿白大褂？"我说："不上班就不用穿。"他又问："你是来给我妈妈看病的吗？"我说："不是。我是你妈妈的朋友，上次你妈妈在家里晕倒的时候我们在电话里说过话的。""哦，是你呀。你不是姓猪吗？"他的态度明显缓和了下来。我说："有时姓谢，有时姓猪。不过我早就认识你了。你叫金一炘，对吧？我叫得出你的名字。你今年几岁啦？"他还是一副有点警惕的样子，说："明年过年十岁！"我记得他的生日，即使是明年，他说的也是虚岁，而且现在离过年还很早，大概他是为了表示自己是个男子汉了。但我依旧很感慨，顺着说："那你明年得割尾巴了。""割谁的尾巴？猪的吗？"我说："不是。是你的！"他很生气说："我没有尾巴。你是猪，你才有尾巴！"我说："只是一种说法。我们那里小孩子要留小辫子的，到了十岁就要割掉了。""那你的尾巴早就割掉啦？"他笑起来。我说："是的。"

　　肖老爷子插嘴说："和大人说话，怎么没大没小的。""没事，挺好的。"这时我听到楼上有人说话："谢医生，你进来吧，我马上下来。"我抬眼看过去，正是冯佩兰，在阴影里穿着不知道是浅红色还是浅紫的衣服，这两种比较接近的色彩在我眼睛里有点分不清楚。老爷子丢下手里的一把黑黢黢的蚕豆梗子，也叫我进去坐。到了屋里，他从柜子里拿了两只一次性纸杯子出来，给我倒茶，问我吃了没？我说，吃了。一会儿冯佩兰走了下来。大概因为吃激素的原因，她看起来比原来胖了不少。我问她，现在怎么样？她说，你都看到了，就这样吧。看到我们聊天，肖老爷子要说去地里转一转就出去了，而金一炘拿着手机在一边玩。

　　我和冯佩兰断断续续说了半个小时的话，却一点儿实质内容都没有。期间她还训斥了她儿子一顿，说不准他玩手机，让他赶紧去做作业去。把手机交出来后，金一炘自然很不高兴，不肯上楼做作业去，坐在那里生闷气，并依旧盯着我看。在他有点敌意的目光下，我一段时间也不知道说什么好。冯佩兰忽然问我："这附近有个波兰倒置屋，你去过没？"我说："没有。"她说："我带你去看看。"金一炘马上说他也要去。他妈妈说："你都去了好多次了，你在家！下午把素描老师布置的作业做一下，我回来检查。"他说："不要，凭什么你们大人不要做作业。"我说："我倒希望回到有作业做的年纪。"他问："为什么？"我说："我小时候如果作业做得好，会有小馄饨吃。"他说："我也要吃。"最后弄完蚕豆的外婆走进来，听到后说，下午带他去镇上给他买熏拉丝和羊肉串，他才嘟嘟囔囔地去了楼上。

跟着冯老师出门，坐着她的车一会儿就到了倒置屋的门口。买票，进去。景区很小，但来玩的人挺多的。在门口有一个浅黄色头发的外国人正用古怪的表情逗新来的孩子们。感觉老外对孩子的喜欢是由衷的，而且会毫无遮拦地散发出来，并不像我们国人那样总让人猜不透。也许是因为我们被祖上的文化砍刀架了数千年，为了苟活需要永远隐藏自己真心的缘故。

倒置屋很小，只有两间楼上下，严格地说不是倒置，而是斜置，像是被大西洋上浓烈的极地气流吹翻后滚倒在冰岛的山坡上的。进屋子里转了一圈，思维的恒常性和肉体的感觉一下子发生了剧烈地冲突。如果闭上眼睛，似乎更能适应这个颠倒的环境。桌子在天上，地板在天上，自行车在墙上。站着还好，但如果走动，人会不停地晃悠。挣扎了一会儿，一个趔趄冲到了冯佩兰站在的对面，她伸出手来，我犹豫了一下，拉住了她。她咯咯地笑了，说："你笨得真像一只猪。"

贴着她靠了一会儿，冯佩兰问："一炘的爸爸找你谈过？"我说："是的。"我意识到她再也不叫他哥哥了。她继续说："他告诉你什么了？"我说："没说什么，就说你们离婚了。"冯佩兰说："那他说了多少我不好的话？"我说："他也没说什么，就说你心情不好。""你们男人说话总是避重就轻，从来不说真话，也不尊重事实。"她接着说，"想知道另一个版本吗？"我说："想。""先出去吧，无论我来过几次，站在里面也还是有点晕。"她说。

扶着墙，找到进来的门，手拉着手晃晃悠悠地走了出去。擦肩而过，又进来三个孩子和他们的家长们。孩子们总会对新奇的东西表示热情，吵闹着，议论着，追赶着，摔着各种各样的跟头，也不怕丢脸。大人们总是衣冠整洁着，行走艰难，努力维持着自己直立行走的成人们的尊严。

屋子外面的世界清净许多，说话的声音也不会被密闭的空间放大。很容易就找到了一个可以坐着看倒置屋的条凳，脚下的花岗岩石板路上还贴着一副彩色三维画，画着一只老鹰，但怎么看都没看到那张呼之欲出的感觉，大概也是褪了色的缘故。

"你下午不去培训吗？""不去了，陪你。"我说。"我不需要你陪。你还是多陪陪你老婆和孩子吧。"冯佩兰说。"那我是来听故事的。""嗯……"她暂停了一下，接着说，"好吧，我说的不是故事，但你也可以把它当一个故事。""无论什么都会被我当成故事。""唉，你大概真的可以当一个作家，但我不行。理智告诉我应该永远不要搭理你，但我做不到。虽然你不是一个值得托付的人，但到了今天，我也不想避讳什么。"

她沉默了一会儿，似乎在整理心绪和思绪，想了好一会儿才继续说："去年一炘的爸爸在山西挂职，在当地认识了一个也是从上海过去的女的。在当地可能是没什么事，我也不清楚。反正最近半年，我才注意到他们之间有事。但我也不在乎了，我都是要死的人了，去追究他们做什么？""你毛病恶化了？"我打断她。"没有，也不好也不坏，上个月复查了磁共振，和去年没什么变化。""那就好。""我就在想啊，反正我这一辈子够倒霉的了，干脆我主动退出吧，省得到最后碍了人家的好事。""所以你在家里发脾气、砸东西都是故意的，是吗？""那些都是以前买的一些廉价的东西，有一天发现原本想维护的东西不存在了，还留着那些东西干吗呢？""所以你把我的微信也一起删了。"我想到了过年期间的事。"对的，没有一个男人是靠谱的。"她看着我。我回避了眼光，说："总有靠谱的。""我其实也不是什么好女人，总和有些人搞不清楚。你呢？是大才子，是大医生，是好人、好老公、好爸爸，而我呢？注定是一个生活的 loser（失败者）。"

她整了整衣服裙子，站起身，朝景区出口走去。我站起来跟了上去，想出来一句："你是一个好妈妈。"她回过头来，问："就一个好妈妈？你真是太可笑了。"我无言以对。

走到停车场，她问我："这里还有一个农民画村，你要进去看看吗？"我说："随便你。"她说："没去过的话，那就进去看看吧。"

买票进去，转了一圈，没什么特别，有一排农民画画家的工作室。有几家有人，其他都关着。看了看他们的画作，也感慨也许他们真的没进过什么美术学院，也不容易。给柳小米和谢田田买了两只小小的冰箱贴又绕了出去了。后面有一个大草坪，有几个拓展训练的装置，但都生了锈。又远远地看见了围栏外的倒置屋。向回走的时候，佩兰轻轻拉住了我的手，有那么一瞬我想逃避，但很快就放弃了。

回镇子的路上，风子打来一个电话，问我："怎么没来上课，去哪里了，马上要考试了。"我说："考你的毛线！不是说明天才考吗？"他笑了，说："晚上一起吃饭。"我说："我和朋友一起，晚上你继续和你的小桃花去吃吧。""别呀，你说好了请我吃米线的。哎？你小子是不是有花头？！"我说："是的！"他说："我告你老婆去。"我说："去吧。"他说："算了，放你一马，晚上回来陪我，我们好久都没好好聊过了，酒店地址我一会儿发给你。"

开车的冯佩兰问："你晚上不回去？"我说："嗯，明天还有一天课，烦死了。"她又问："你们定了哪个酒店？"我说了名字。她说："那个酒店不行，临街，晚上会很吵的。我知道有个客栈还不错，你要去看看吗？"我说："好的。"

于是我跟着去了她推荐的客栈。果然僻静些，室内摆设得古色古香，空气里有一股淡淡的檀香味，大堂里还挂着一幅很漂亮的唐卡。她似乎和前台很熟，问她直接拿了一张房卡。上楼，开房门，她先走了进去，拉开了窗帘，一股属于春天的光明扑了进来。整个屋子变亮了，宛如院子里一株正在盛开的一株白色杏花。她的裙子也被那透窗的光给穿透了，露出里面隐约的身形。

她说："看吧，这里幽静些，你觉得怎么样？""很好。"我回答，反手把门锁上了。门发出"咯"的一声，她转过头来看着我。我没说话，她有点不安，问："你要干什么？"我说："我打算勾引你。"她笑了，说："那你可要想清楚后果。"我说："我想过很多年了。"她说："我不相信你敢。"我走上前，将她的全部都抱在怀里，低下头去，在她的眼睛下，找到了她的嘴唇。

过了很久，外面的雨下了下来，一点预兆都没有。水珠在黑瓦的檐头上弹跳，一会儿却越下越大。想必那屋外的杏花也会被雨水打落不少，但我没有心情去拾掇它们。今天注定是一个一切都会颠倒的日子。

43. 雾霭沉沉灼灼红日

原本对费马大定理没有兴趣，因为数学是我理科基础里最差的一门。看了王小波的《红拂夜奔》以后，我忽然掉进了双缝干涉的漩涡里，一时间觉得如果自己也能看懂英国怀尔斯教授的证明过程的话，可以证明我这样一个色盲症患者也可以像王小波一样当上知名大作家。于是我找来了定律本身以及它的证明过程，最终我发现这个定律的几百页的证明过程真是闲得蛋疼，根本看不懂，而且我觉得根本不需要写那么那么长的证明过程。以下是"谢氏推导费马大定律之全程无破绽解"。

费马大定律本身：整数 n >2 时，关于 x、y、z 的方程 $x^n + y^n = z^n$ 没有正整数解。

无敌解法：x 代表 X 染色体，也就是女性；y 代表 Y 染色体，也就是男性；z 代表 zygote，也就是受精卵。因此，本公式指的是：几个男人和几个女人在一起生出整数孩子的个数问题。那么我的简单又优秀的终极解法就是这样的：一个男人和一个女人有一个孩子；两个男人和两个女人可以生出四个孩子。三个以上的男人和三个以上的女人在一起……天，脚趾头想一想都很可怕，万一这里面还有一夫多妻、一妻多夫、同情恋、恋物癖、生育障碍之类，受精卵们将永远不会是整数！由此费马大定理已获得我的完美证明。

但有人肯定要说以上的推论似乎完全没有建立在数学的基础上，x、y、z 都是变量，而 n 是指数。这我不管，我的证明是建立在形而上的社会生物学的基础上，本质上也只是调侃一下"我想到一个天才的证明方法，但是我现在忙着去得个非死不可的病"的费马老前辈而已。还有，我还是不要去证明什么他的"飞马香烟牌"大定理，好好想一想以后我的人生该怎么收场才好。

人生毕竟不是数学，证明不了的难题可以像费马、哥德巴赫、黎曼等人一样一死了之。只要提的问题有意思就可以祸害一下后辈中那些超高智商的孩子们，运气好的情况下还可以把自己的大名流传于世。我从小到大也想提一个著名的"谢氏猜想"出来，但一无所获。小人物的难题其实不是提出伟大的理论，发现伟大的定律，造出伟大的机器，而是面对一个个飞奔而去的日夜。

毕业十周年，算起来也有了三千多个日夜。前些日子看到微信里的一个鸡汤，顿觉愤怒。鸡汤里说，人如果每天懈怠 1%，0.99^{3650} 几乎等于 0；如果每天努力一点点，那 1.01^{3650} 大概约有 6×10^{15}。这两者之间的对比如同宏观世界的大葫芦和微观世界里的原子核的区别。当然，我认为这是一个毒鸡汤，因为没有人会以每天 0.01 的指数在进步，最多可能以 0.01 的加法在进步。但即使是加法，3650×0.01 也等于原来的三十多倍了。作为一个每天退步 0.01 的人来说，随着毕业年数的增长，却真的越来越难以面对那些努力着的同学们。

毕业十周年聚会最终定在了六月，同样是那个属于栀子花开放的季节。地点定在了老黄浦区里一家开在石库门小区沿街的小饭店。店里的楼梯还都是木制的，刷着大漆，走上去咚咚的响，像打鼓一样。因此，在里面喝大酒、吹大牛的人会如同上了楚河汉界一般，经常会把自己喝醉。店长是胡班的铁哥们，胖且秃，像一位头陀，也像一只包子。

素素、小生、大鹏从广州来，小吉、大花蕊、晶晶姑娘从北京来，小龙从山东来，张智慧从上海家中来。除了几位值班的、赚大钱的、和不想来的，其他同学都来了。可惜夫子同学在忙着搞国际间投机倒把生意，缺少他的话，可能会引发新的世界经济危机，不过我又要少听他不少新的语录。西西同学值班没来，因而也听不到他对我叹出恨铁不成钢的铁锈味来。棍棍同学也没来，因为他的儿子刚刚出生，还需要一个曾经花心的父亲去给他擦屁股……

三桌子人一起吃饭聊天很热闹，但一会儿又形成了新的分隔。好在一开始还没进化到相互攀比"各家孩子的聪明才智""家里有几套房子""自己的职称问题""发表的几十篇论文"或"专业业务水平"的环节，大家还可以胡乱地坐在一起聊些过去。我的桌子上有慧影同学、小吉同学、小静同学，还有姚老师。丹丹姑娘、小青姑娘、艳超同学等都坐在了另外两桌。男同学就不按桌排位了，又不是在梁山聚会。同学们在这十年来都有了些或大或小的变化。原来胖的都瘦了，比如米小糊和玛丽娜；原来瘦的都胖了，比如我和超哥。而原本帅的还是那么帅，比如小生、小海哥、大卫等。原来不好看的女生终于学会打扮后也顺眼了不少，比如慧茹、小吉、红姑娘、小海燕等。

中餐开始前，菜菜同学说要给大家免费送一本书。拆开来一看原来不是她写的，而是她爷爷。翻了翻，发现原来她家从前倒有一位前清的秀才，真后悔当初被米田共糊住了眼睛。大畚箕接下去说，今天他准备了从崇明亲自搬过来的二十斤老米酒，他可不想带回去。言下之意是干不完这些米酒，各位读过中医、背过《中医内科学》解酒汤的硕士研究生们应该汗颜。米酒的度数和黄酒差不多。今天来了二十几位男生，喝完它们应该不在话下，因此大家也没有在私下里准备一些诸如葛花、豆蔻之类的醒酒药物。但年近四十的各位同学们的肝脏和崇明老米酒扳手腕的结果却是很多男生都输了，好几位男同学都挤在一起，抱着厕所的马桶抢同一个呕吐的位置。这中间自然有我、风子和小龙。

午餐撤了席后，没醉的咸教授、锵锵、大畚箕和胡大在隔壁小间里打上了麻将，大宇、超哥和年糕同学在里面围观。醉倒的人在各处趴着，打着呼噜或者吹着口哨，其余的都在有一搭没一搭地聊天。大鹏同学说自己前几年从中山医院去了广州，这简单证明了候鸟南飞是畏惧寒冷的一个必然结果。他说，前些日子有大公司挖他去做经理，后来又说没去。问他是不是还在做医生，他也不正面回答，只说现在在庙里给某中医大师抄经，完全不知道他说的是什么意思。小龙这几年来是到处跳槽，从浙江跑回来，又去了山东，现在在河北，于是他被无良的同学们封为了九千张床位的"龙院长"，他照例也不反驳。喜欢传统医学的姚老师继续散发着"中医坚不可摧论"，听着就想和她吵架。只有曾经的女神张智慧说她目前的工作是相夫教子，说过些日子再去美国继续做中美交流的事业。也不知道她对当年主动选择读中医而不是去清华以后，后不后悔。我呢，想要继续发表些读书无用论，然而没有人要听。

其实读书并不是没用，而是读得越好的人，社会责任越大，越努力的人越要承担更多的社会责任。读书的过程如同一个超能粒子加速器，在为每一个人争取到更多社会资源的同时，也在鞭策着每一个人在人生的轨道里拼命地奔跑。打了鸡血的社会期待着每一个奔跑的人，希望他们能以光速的状态与其他一些物质碰撞出未知的元素来。这个世界有一个惯例，只要发现新的元素一般就会获得伟大的诺贝尔物理学奖。在醉酒状态下想了想，其实在场的每一个人和十几年前没有太多的变化，尤其是人生观、道德观和世界观。每个人都和学校里一样，喜欢什么不喜欢什么，追求什么又唾弃什么，都一目了然。走上社会的十年只是加速了每个人最狭隘的那部分心态的变化而已。

一会儿胃里的米酒又泛起恶心起来，跑到厕所里看见老虎。吐完后陪他在厕所里抽了一根中华。老虎和洋洋似乎又在闹着一些分分合合的事。而跑过来凑热闹的鬼氏，很犯嫌地说着他投资美容院失败的经历。我劝他不如买房，他却说他已经有两套房了，而且他的房价已经翻了好几番。看来他并不值得同情，而应该获得向他胸口发射的一梭子银制子弹。

聚会从中午持续到晚上。晚餐后，在大学里关系更亲密的几对同学又相约等会或第二天再去哪里，找不到特殊友情的同学们握手告别。天黑了，一些原本的期待随着酒精的褪去也在慢慢褪去。无论是女神还是男神，与十年前相比依旧遥远。坐着锵锵的小汽车回到去郊区的车站，才发现高架上霓虹灯那微暗的光芒如同小时候坐在蚊帐里发呆时注视过的蜡烛一样，是对寂寞最好的安慰。我也早过了应该喊出那句"念去去，千里烟波，雾霭沉沉楚天阔"的年纪。

更令人伤心的是，无论这一天有多漫长，也没有任何一位同学再问起我当年说起的想当一位作家的梦想。只有喝醉了又醒过来的风子在石梅线上曰我："你写我们大学的书，名字起好了没有？"我说："起好了，叫《无请之疾》。"他曰："什么破名字！什么意思？能卖钱吗？！"我说："大概不能。"他说："那你还写个屁！"

我说："你醉了！"风子曰："还用你说！"

当别人在缓缓升起的时候，其实就是对自己默默隐去的鄙视。我的这本书也的确到了该写自己酒醒的时候了。

44．日暮酒醒人已远去

　　十周年的同学聚会结束后，日子又回到了原来的轨道上。每天接待形形色色的病人，每位患者一样也不一样。总有人毛病发得一塌糊涂却不想住院做手术的，也总有人一把年纪了连走路呼吸都困难了还吵着要开刀的，也总有人只是路过医院进来凑一凑热闹。

　　老孟医生于六月份退休后，杨大师调去了骨伤科门诊。我们组改由去年升好副高职称的陈华医生当了部门负责人。杨大师以后要开始和风子搭档过日子了。打针灸、拔火罐本来就是道家的传统，因此截教出身的杨大师去做这些自己喜欢的法场，想必是乐在其中的。

　　到了七月份，我们组又有新同事来。是一位和我一样岁数的住院医师，据说在外面晃了十年，当过急诊医师，当过针灸科医师，当过超市理货员。后来觉得人生无望，他只好重操旧业，复习了几天的阴阳五行和英语，考上了 SD 医院乳腺科的中医研究生。作为一个不受导师待见的学生，他在毕业后无处可去，在上海市区跑了一圈三甲医院以后，最终跑到郊区来，现在在我们科准备学习开痔疮。我觉得这位姓刘的医师也一定是被生活锤骗过。

　　回头再去看那些被锤骗的同事。肛肠组的张石医师、徐萱医师和我一样，只想做临床，为了医院发的那点上不了台面的薪酬和福利继续躺在锤骗台上呻吟。而中医内科的几位医师在剧烈的疼痛下，似乎都开始激扬起来。科里的希望之光高医生也终于申请到了国自然课题，他现在忙得满头白发，但副高的职称和美好的未来已经在朝他招手。

和我差不多时候来的潘红医师在生了两个孩子以后，终于放弃混日子，开始学写课题。而比她还年轻的徐月医师申请的区级课题已经过审，她已经开始饲养注定要为人类无聊事业而献身的小白鼠。

风子今年都很郁闷。2014 年大概是他的大忌之年，理应诸事不宜。最近一件最不顺心的事是他副高职称的评审在市里评审阶段，不知道被哪一位名老中医的合法继承人给毙掉了。而和他今年一起送出去评审的放射科的"明月几时有"先生和普外科的大海医生都被那些西医大佬们接受了。当年和我们一起住的牛文才医生去年也把副高升好了。按理说他早就好升了，读博时他说自己已经发了 SCI 论文。想到那么多送出去评审的同事都成功过了关，只有风子自己一个人被中医的执牛耳者们给盖了帽，也发了好些篇核心期刊论文的风老道的确该郁闷一阵。在他郁闷的那几天，他免费给露着白花花肩背的小玫瑰打针灸时，手抖了一下，不小心戳破了她的肺，造成了她轻度的气胸。于是两个人之间十来年的友谊也莫名其妙地结束了。

这世界上有太多莫名其妙的事。一直在病史室里检查病史的中医科太上皇陆老师，在年底的体检中查出来 CA199 升高了一百多倍。结合其他检查被确诊为胰腺癌，他那一群嘴上的后宫嫔妃们听到检查结果后都落了泪。她们都收起了以前的嬉笑，忙着帮他安排在外院的手术事宜。我最近在门诊也遇到了一位莫名其妙的患者，是一位来自成都的女性。五十岁不到，和一群家属跑到门诊来说让我帮她检查一下肿瘤的大小。我一开始几乎没听懂她的话，因为我总觉得肿瘤的大小不该由我来检测，而应该在二元一次方程中求解。我让她和家属慢慢叙述了一下病情，才知道原来是这么一回事：原来她在半年前因为便血被当地医院确诊为直肠癌，当地医院让她赶快住院做手术。结果她不同意，说这样就没魄门了，这样很没有尊严。于是她自己在外面找了一些医生给她看。问她外面的医生给她用的是什么药，她说就是一些简单的草药，但是那些医生看得很好，因为她再也没便血，也没有疼痛的症状了。

我给她做指诊时，发现她的直肠肿瘤已经广泛浸润，只是没向肠腔内生长，因此她暂时还没有梗阻和出血症状。中药应该是有效的，但也不值得再耽误下去，于是劝她赶紧去复查肠镜和病理，然后去普外科或者肿瘤科商议一下其他治疗的方案。但她不同意，说她死也不做手术。今天来就是让我做一个体检的，不做其他的检查。我转向她的儿子、女儿，他们说："我们不懂，我们听她本人的意见。"

的确，每个人都有选择如何去死的权利，即使这种权利法律并不保护。如果本人及家属能达成一致的话，我一个连副主任医师都升不上去的小医生又为何想在心里骂他们一家都是糊涂蛋呢？医院里有一个"十八项核心制度"，其中最重要的就是"首诊负责制"。可遇到这样的患者，又该如何首诊负责呢？其实我们医生能负什么责？不过是"把一些急着去见阎王的人从排队的队伍里揪出来往后排一排而已"。

临近年底，有一天晚上，柳月兰很突然地对我说："你不要做对不起我们的事！"这令我很惊慌。她又说："好好珍惜你现在的生活吧！"一时间在初冬的寒风里，我热出了汗，只能反问她："你在说什么呀？"她说："我说什么你心里明白。"这种口吻的话往往是唐军这种穿制服的人用在审讯的时候，类似于"你的同伙已经交代了，你现在就说你自己做过什么吧"或者"我已经知道事情的真相了，我看看你说的和我知道的有什么不同"。我和冯佩兰以前的事，她多少知道点，那时她也不想知道。我和她最近的事，她又知道了多少呢？是不是她翻看了我的微信、短信或者邮件？以前她从不做这样的事，女人果然天生都有巫婆的潜质，她肯定最近收到了她们家祖传的魔法棒。

我涨红着脸，说："我不知道你在说什么！""我可以假装不知道，你别低估女人的第六感，我只想说一句：反正你别替人家养儿子就行了。"她说着去给田田和小米洗弄脏的小裙子和围兜去了。从认识柳月兰开始，我几乎没见她哭过，除了那年流产和油条之死。那时她对我说过："人不如狗，你死了我是不会这么哭的！"我说："你不爱我啦？""爱你有个屁用，你值得我一辈子对你好吗？谢安，你那点破事值得我为你伤心吗？"那时我并不相信，我觉得她是爱我的，现在我倒真的没那么确定了。谈恋爱的时候，女生们总认为自己能找到自己的真爱，等结了婚过了日子，会发现以前爱过的男人又懒又馋，真是白瞎了以前透亮的眼睛。等她们生了孩子当了妈妈，还会发现身边的男人总和别的女人眉来眼去，这简直不可饶恕。这时如果再发现他还不能赚到孩子的奶粉钱，那这样的男人还不如一条狗。

其实对于这两位女人，我都没狗有用，既不忠诚也不勇敢。柳月兰是一个好女人，传统到只正式谈过我这样一个不如狗的男人。她虽然单纯乐观，但也有执拗和坚强。以前她还相信爱情，但现在她已经把所有的情感投入到孩子们身上。虽然她没读过什么深奥的书，却像《扶桑》一样践行着中国女性最悲惨却又最伟大的品质。当爱情不再是婚姻的基石，那么责任和隐忍会替代它。既然我的妻子并未因为没有了当年的爱而选择离开我，那么我也不会因为自己的原因而割裂这个平凡的家庭。其实我无法不爱她，当你和一个女人携手走过了那么艰难的路，你就没法把以前的记忆当成一只可以随意放飞的氢气球。我也并非是那种完全没有道德约束、喜欢寻花问柳的人，只是这一辈子会遇到这样两个女人，我要做的任何一种决定都很残忍。和谁在一起，我都想真心实意；和谁分开，我都痛彻心怀。

其实自从在枫泾一别，这大半年里我只见过冯佩兰两次。每次她都很正经，对我说不用再去找她。

她说："以前我是不甘心，我要我爱的人一定会爱我。两个人既然相爱，那就应该不顾一切。现在我是想明白了，爱有什么用呢？我爱你，可是你未必是爱我的。这辈子我遇人不淑，遇到的没有一个人是真心对我好的。"

"我不是你的小三。你有你的家庭，我也有我的。虽然我的没你那么完整，但我们都应该为孩子准备一个最好的家庭坏境。我不想有一天我儿子对我说，我是一个不忠诚女人，也不想看到你的女儿这样说你。"

"猪安，你看，我有多爱你！处处维护着你，处处为你考虑。即使你一次次的辜负了我，我也要保护好你。"

"我有时真的很恨你老婆，除了漂亮她哪点配得上你？不过你其实就是一个只注重外表的人。"

"我不知道她是什么样的女人。知道你是这样子的，她还会跟你在一起。算了，我没她那么大度。你是个好丈夫，好丈夫还是早点回家吧，免得我被人家戳脊梁骨。我是很有素质的，别人家的男人我不稀罕！"

"我不想和你吵架，也不想和任何人吵架。每次想跟你吵，我都会先流下眼泪来。"

"我知道你不是一个好医生，也不是一个好父亲，更不是一个好爱人。我不知道，我不知道，我为什么要爱你。那么多年，那么多年，你辜负了我那么多年。也许你还辜负了其他的女人，我从来没想到你可以爱那么多人。"

"或者其实你爱谁都不重要，你也许就是一个玩情感游戏的高手。如果你玩累了，你放手就好了，可是为什么要一直拉着我？算了，说什么你都是固执的，和我一样，不可救药。"

"好男人还是回家吧，别没事就来找我，这对你老婆不公平，对我也不公平。"

"我嫁什么人？你也别高看自己。我有我儿子就够了，我已经不想哭了，已经没什么事情可以让我再流出泪来。"

"我会吃药，我还不想死。我还要看着我儿子长大以后娶妻生子。"

"猪安，你说如果将来我儿子娶的是你的一个女儿，你会怎么想？到时候你是叫我亲家呢还是？算了，这话就当我没说。"

"好了，猪安，你得感谢我了，我给你的故事写了一个完美的结局。每年情人节记得给我买一束花，我要最好看的、最贵的那种！即使我死了也要。这是我对你唯一的要求。"

"还有，其实这里是你的世界，是你的故事。我原本就是一个根本不该存在的人，对吧？"

……

45. 壶中日月梦中之语

　　过了乙未年的元旦，我还继续当着我的医生。在中医大读四大经典时发誓"一定要摆脱这个行业，当一个著名作家"的愿望也没有实现。造成目前这个状态的原因可能有几种：第一种是我没有写作的天赋，第二种是我还不够努力，第三种是我生在了重商的时代，第四种是我在自己的医生岗位上过于安逸了。

　　柳月兰也总斥责我是安逸的日子过得太多了，总想去追求这些云雾缭绕的事。美国的约翰·卡尔宏教授在上个世纪曾经做了一个著名的"老鼠的乌托邦"实验。一个食物、水、居住条件都能轻易获得的老鼠社会最终没有在大量繁殖后撑破实验场地，而是在实验最大承载量的三分之一都没到时就已逐渐走向了崩塌。小学时的语文老师陈老师告诉我们说，北美黄石公园里没有狼群追赶的鹿群最后也走向崩塌。由此可以证明孟子老前辈的名言"生于忧患，死于安乐"实在是再正确不过的事。

　　我不知道柳月兰说"我的安逸"指的是哪一种的生活状态。我并不认可我是安逸的。我还有两套房一多半的房贷，有一个一心想当诗虫的心脏病父亲，有两个巨调皮捣蛋的女儿，还有一个最近被查出来得了结肠癌刚做了手术的母亲。当然我还有这本书里两位写了故事结局却没有人生结局的女性。

　　虽不想写这篇故事的结尾，但依旧要在此把它写完。于是想到些关于小说结尾的共性。如果大家读到了喜气洋洋的大团圆场景，也就说明故事不值得写下去了。而如果最后男女主角还在忧患中挣扎，那说明这个故事还有续写的可能。有时即使作者强行结束了它，我们也会在合上书页后议论着以后的情节发展的可能情况。这正如《红楼梦》《围城》《济公传》等名著的无数狗尾巴草般的续作。

的确，一个不完整的好故事总会让阅读它、喜欢它的读者们心处不安。前些日子读了《三体》，对于程心和云天明的爱情在网上也有无数的讨论，而我给他们的结局是应该早早自杀。不是因为相爱的人必须死在一起，而是因为人类的精神从本质上来说无法享受任何永恒的东西。生命无论如何都应该有一个尽头。每个人相对于其他的人来说都像天空中那繁茂的星星，在寂寞的夜里抬眼就可以看到，但实际上即使穷极人类的一生都不太可能抵达其中的任何一颗。

因此，作为一个从小脑子挨过竹杠的色盲症医生，即使我写的这个故事并不伟大，我也要选择写这样一个戛然而止的结尾：在这为医十年的日子里，有两个女人同时爱过我，这很幸福，也很痛苦。

（全书完）

按：当然我也可以这样写：毕业十周年的那次同学聚会上，打麻将赢了不少钱的咸教授忽然凑了过来，对明显喝多了的我说："谢安，我记得大六时在 SD 医院内分泌科，你暗恋过一个叫柳月兰的护士，对吧？她现在在我们科室工作，而且上个月她刚离婚！怎么样，要我帮你搞到她的电话号码吗？"

此时在酒葫芦中蓦然惊醒的我也许将会背诵英国著名学者罗素的名言："世界并不是为我们预备的，无论我们期望的东西多么美轮美奂，命运仍会阻止我们得到它们。"

（全书完）

跋

据"谢氏之不上核心期刊"之考证：跋的意思是拔鞋底，是以免穿的拖鞋掉下来的意思。要不怎么会用足字旁呢？"跋涉"一词也是从此意引申，拔上鞋子的唯一目的就是出门远行。书写完了，在片尾写上一个跋，代表着以上的文字到了该出阁的时候了。大部分人写点东西都是一种自娱自乐，是藏在自己的书房里招灰，还是出门会友，这取决于作者是否有浮夸的基因。我大概是属于浮夸的。除非在一些特殊的年代，一般人不会因为自己写的东西而掉了脑袋。因此我把以上的文字刊印出来正如一个"跋"字一样，绝不仅仅是文字的出行，也是我愿背负竹杠般心态的出征。

再论为何出征。古人写书的一般都不卖书，记得十余年前也一样。但现在时代变了，手捧着书去读的人少了，以至于作者自己写完印好的书得自己拖着拖鞋、推着板车出去卖。从一个行业跳到另一个行业，这大概也是出征。也不错，也是一种新的挑战和新的活法。对每一位想写小说的人来说，经历各种活法的意义要远远大于当一位躲在大葫芦里修炼的自闭症患者。

不过最近被一位负责卖书的书商打击到了。有点意外，我原本以为大家都是被时代的妖精收在紫金葫芦里一起等待慢慢变成血水的文墨同袍，没想到在慢慢等死的过程中，彼此还在相互嘲讽。这也是一件挺有意思的事情。不过人家说的也是在理："专业书还好卖点。你这种书太多了，都卖不掉的！下一部还是别出版了。没意思，浪费钱，还不如去买两块表来戴戴。"我知道他是为我好，但不晓得他让我买两块表戴戴的目的是什么。是为了感慨双倍的时光流逝，还是为了在两块表的不同时间刻度上用直尺圆规来作出我的精神分裂症？不想买表，又不想当精神病的我只能拿出我们区作协副主席写的话来当自己的挡箭牌：古人写诗词、小说，又没发表的地方，都是自己好玩，然后好朋友之间欣赏。一不小心，流传千古了。

我想我写的小说没那么伟大，不至于流传千古。如果推销不出去，堆在家里，肯定会被我女儿嫌弃。但家里至少有只叫卜卜的蓝猫喜欢睡在我这一堆书上以显示它的慵懒，为了给它造一个庞大的书堆游乐场，我这一辈子应该去做点自己喜欢的事。如果在自己喜欢的东西上还舍不得花点钱、做点浪费两块奥米茄手表的事，那活着就真的像一块越走越慢的三五牌台钟了。

于是，对于我来说，终究我那并不"健脾补肾、疏肝解郁"的"杠精时代"被我用两部书给写完了。虽这部书也不像个小说，但它已然圆寂。

是以为跋。

谢珉宁

2020 年 7 月